Benito Pérez Galdós

Episodios Nacionales I

Tomo IV

Clásicos en Español

GERONA

CÁDIZ

GERONA

En el invierno de 1809 a 1810 las cosas de España no podían andar peor. Lo de menos era que nos derrotaran en Ocaña a los cuatro meses de la casi indecisa victoria de Talavera: aún había algo más desastroso y lamentable, y era la tormenta de malas pasiones que bramaba en torno a la Junta central. Sucedía en Sevilla una cosa que no sorprenderá a mis lectores, si, como creo, son españoles, y es que allí todos querían mandar. Esto es achaque antiguo, y no sé qué tiene para la gente de este siglo el tal mando, que trastorna las cabezas más sólidas, da prestigio a los tontos, arrogancia a los débiles, al modesto audacia y al honrado desvergüenza. Pero sea lo que quiera, ello es que entonces andaban a la greña, sin atender al formidable enemigo que por todas partes nos cercaba.

Y aquel era enemigo, lo demás es flor de cantueso. Me río yo de insurrecciones absolutistas y republicanas, en tiempos en que el poder central cuenta con grandes elementos para sofocarlas. Aquello no se parecía a ninguna de estas niñerías de ahora, pues con las tropas que Napoleón envió a España a fines del año 9 constaba de trescientos mil hombres el ejército invasor. Los nuestros, dispersos y desanimados, no tenían un general experto que los mandase; faltaban recursos de todas clases, especialmente de dinero, y en esta situación el poder central era un hervidero de intriguillas. Las ambiciones injustificadas, las miserias, la vanidad ridícula, la pequeñez inflándose para parecer grande como la rana que quiso imitar al buey, la intolerancia, el fanatismo, la doblez, el orgullo rodeaban a aquella pobre Junta, que ya en sus postrimerías no sabía a qué santo encomendarse. Bullían en torno a ella políticos de pacotilla de la primera hornada que en España tuvimos, generales pigmeos que no supieron ganar batalla alguna; y aunque había también varones de mérito así en la milicia como en lo civil, estos o no tenían arrojo para sobreponerse a los tontos, o carecían de aquellas prendas de carácter sin las cuales, en lo de gobernar, de poco valen la virtud y el talento.

Tuvo la Junta allá por Marzo el malísimo acuerdo de establecer el Consejo de Castilla, fundiendo en él todos los demás Consejos suprimidos, y cuando esta antigualla se vio de nuevo con vida; cuando esta máquina roñosa, inútil y gastada se encontró puesta otra vez en movimiento, allí era de ver cómo pretendía gobernar el mundo. La fatuidad de aquellos consejeros que tanto adularon a José no tenía igual. Desde que se les puso en juego, empezaron a intrigar contra quien les había sacado del olvido, y decían que la Junta era ilegítima. Valiéndose de D. Francisco Palafox, hermano del defensor de Zaragoza; de Montijo, a quien hemos visto en alguna parte, del marqués de la Romana y de otros pájaros, llenaron de enredos a la Junta y a la comisión ejecutiva. Por último, en la Regencia, última metamorfosis de aquel poder tan nacional como desgraciado, también sembraron cizaña los del Consejo. Esta pandilleja no era otra cosa que el partido absolutista, que ya empezaba a sacar la oreja; y para que desde el principio se tuviera completa noticia de su existencia, también repartió dinero entre la tropa, fiando sus esperanzas a una sedición militar que por entonces quedó frustrada. Nada de esto era ya nuevo en España, porque el motín del 19 de Marzo en Aranjuez, de que, si mal no recuerdo, hice mención, obra fue de la misma gente; mas no se valieron sólo de la tropa sino también de varios cuerpos facultativos y distinguidos, como los lacayos, pinches y mozos de cuadra de la regia casa. En Sevilla azuzaron a lo que un gran historiador llama con enérgico estilo la bozal muchedumbre, y hubo frecuentes serenatas de berridos y patadas por las calles; mas no pasó de aquí.

Un arma moral esgrimían entonces unos contra otros los políticos menudos, y era el acusarse mutuamente de malversadores de los caudales públicos, cuyo grosero recurso hacía el mejor efecto en el pueblo. Cuando se disolvió la Junta en Cádiz, hubo un registro de equipajes, que es de lo más vil y bochornoso que contiene nuestra moderna historia; pero no se encontró nada en las maletas de los patriotas, porque estos, malos o buenos, tontos o discretos, no tenían el alma en los bolsillos, ni la tuvieron aun sus inmediatos sucesores, años adelante.

Perdonen ustedes, si me ocupo de estos sainetes de la epopeya. Lo extraño es que las miserias de los partidos (pues también entonces había partidos, aunque alguien lo dude) no impedían la continuación de la guerra, ni debilitaban el formidable empuje de la nación, con independencia de las victorias o derrotas del ejército. Verdad es que las discordias de arriba no habían cundido a la masa común del país, que conservaba cierta inocencia salvaje con grandes vicios y no pocas prendas eminentes, por cuya razón la homogeneidad de sentimientos sobre que se cimentara la nacionalidad, era aún poderosa, y España, hambrienta, desnuda y comida de pulgas, podía continuar la lucha.

Cansaría a mis amados lectores si les contara detalladamente mi vida durante aquel funesto año 9, que comenzado con las proezas de Zaragoza, terminaba con el desastre de Ocaña y la dispersión del ejército español. Por fortuna no me encontré en aquella jornada, pues incorporado al principio del año al ejército del Centro, me destinaron en Agosto a la división del duque del Parque, y asistí a la acción de Tamames. Poco puedo decir de la de Talavera, que no sea por referencia, pues el 27 y el 28 de Julio me encontraba en Puente del Arzobispo, y aunque algo podría contar de la campaña del duque del Parque, lo omito por no cansar a mis amigos. A fin del año servía en la división de D. Francisco Copons, que con las de D. Tomás Zeraín, de Lacy y Zayas guardaba el paso de Sierra-Morena, porque ha de saberse que los franceses, envalentonados hasta lo sumo y reforzados con nueva tropa, se disponían a invadir la Andalucía, a los diez y ocho meses de la batalla de Bailén, ¡a los diez y ocho meses! Las fuerzas de que disponíamos apenas merecían el nombre de ejército, y el del duque de Alburquerque, único que aún se conservaba en buen estado, no podía tampoco resistir el empuje de los franceses victoriosos, y se retiraba hacia el Mediodía para proteger la resistencia del poder central.

¡Qué situación, amigos míos! Esto pasaba, como he dicho, al poco tiempo de aquella brillante y rápida campaña de Junio y Julio de 1808; y los mismos lugares que antes nos vieron victoriosos y llenos de orgullo presenciaban ahora el triste desfile de los dispersos de Ocaña, que a cada instante volvían el rostro con inquietud, creyendo sentir las pisadas de los caballos de Víctor, Sebastiani y Mortier.

—¡Quién hubiera creído —dije a Andresillo Marijuán, cuando almorzábamos en una venta de Collado de los Jardines— que habíamos de desandar tan pronto este camino! Ahora me parece que no paramos hasta Cádiz.

—Con paciencia se gana el cielo —me contestó—. Yo tengo toda la que pueden dar siete meses de bloqueo como el de Gerona. Todavía estoy admirado de encontrarme vivo, Gabriel. Pero dime, ¿dónde has ganado esa charretera? ¿Creerás que yo no soy nada? Digo mal porque dentro de la plaza me hicieron al modo de sargento y a estas horas nadie me ha reconocido mi grado. Haré una reclamación a la Junta.

—Yo gané mis grados en Zaragoza —respondí con orgullo— y también te aseguro que al cabo de un año conservo cierta duda de si seré yo mismo el que en aquellos fieros combates se halló, o si después de muerto me habré trocado en otro sujeto.

—Bien dicen que en Zaragoza y en el ejército del Centro se dieron los grados como quien echa almorzadas de trigo a las gallinas. Amigo Gabriel, en España no se premia más que a los tontos y a los que meten bulla sin hacer nada. Dime, teniente de almíbar, ¿en Zaragoza comistes ratones flacos y pedazos de estera fritos con grasa de asno viejo?

Reíme de la pregunta, y los circunstantes dieron broma a Marijuán, porque este desde que se nos unió cerca de Almadén del Azogue en los últimos días del año, nos había venido aturdiendo con el perenne contar de sus privaciones y hambres en Gerona.

—En mi mochila —continuó el aragonés— tengo un diario del sitio que escribió en la plaza el Sr. D. Pablo Nomdedeu, y os lo daré a leer, para despertar el apetito cuando estéis desganados. Por ahora en marcha, que me parece dan orden de tomar soleta hacia abajo.

En efecto, después de una hora de descanso emprendimos el camino hacia el Mediodía, y Marijuán repetía la canción con que nos aporreaba los oídos desde que le encontramos:

> Dígasme tú, Girona
> si te n'arrendiràs...
> Lirom lireta.
> Cóm vols que m'rendesca
> si España non vol pas.
> Lirom fa la garideta,
> lirom fa lireta la.

En Bailén hicimos noche. ¡Qué triste impresión produjo en mí la vista de aquellos campos, al considerar que los atravesábamos después de dejar casi toda Castilla en poder de los franceses, a quienes poco antes habíamos sojuzgado con tanta fortuna en el mismo sitio! ¡Cómo se representó en mi imaginación lo que allí había visto y oído, la perspectiva y el estruendo glorioso de la acción, iluminada por el ardoroso sol de Julio! Todo estaba frío, helado, quieto, triste, silencioso, oscuro, y parecía que sobre los llanos y las mansas colinas de Bailén, una pesada e informe sombra se paseaba a flor del suelo. Visitamos luego Marijuán y yo el palacio de Rumblar, creyendo encontrar allí todavía a la condesa y a su familia, y aunque era ya de noche, nos propusimos penetrar seguros de ser bien recibidos. Cuando dimos los primeros aldabazos en la puerta, contestonos el lejano ladrido de un perro, sin que rumor alguno indicase la presencia de criatura humana en el palacio, lo cual nos hizo comprender que estaba abandonado. Insistimos, sin embargo, en dar golpes, y al cabo oímos una voz que desde el patio con enojado tono nos respondía, mejor dicho, nos increpaba exclamando:

—Allá voy. ¡Condenados muchachos, qué querrán a estas horas!

Abrionos echando sapos y culebras por su fea boca el tío Tinaja, antiguo servidor de la casa (pues no era otro el que a la sazón la guardaba), y luego que nos hubo reconocido, desarrugó el ceño, hízonos entrar ofreciéndonos un asiento junto a la lumbre, y allí nos contó cómo toda la familia con buena parte de la servidumbre había marchado a Cádiz huyendo de la invasión francesa.

—Mi señora la condesa doña María estaba en que se había de quedar —nos dijo—; pero sus primas de Madrid, que llegaron por Todos los Santos, le volvieron la cabeza del revés. D. Paco también tenía mucho miedo, y entre él, las primas y las tres señoritas, todos llorando y moqueando en ruedo, ablandaron el alma de bronce de la condesa, obligándola a marchar.

—¿No ha venido también el Sr. D. Felipe? —pregunté comprendiendo a qué personas se refería el tío Tinaja.

—El Sr. D. Felipe no ha venido, porque según dijeron, está con el francés. Su hermana, la señora marquesa, es muy española, y habían de ver ustedes cómo disputa con su sobrina, que se ríe del Lord y dice que ningún general español vale dos cuartos.

—¿Ha venido también D. Diego?

—No señor. Pues pocas lágrimas han derramado las niñas, y pocos mares han corrido de los ojos de la señora por las calaveradas de don Diego. No hay quien le saque de Madrid, donde se junta con

flamasones, anteos, perdularios, gabachos y gente mala que le trae al retortero. Parece que ya no se casa con la señorita Inés, por cuya razón mi ama está que trina, y el otro día ella y sus primas hablaron más de lo regular. D. Paco se puso por medio y echó una arenga en latín. Las señoritas empezaron a llorar, y aquel día en la mesa nadie habló una palabra. No se oía más ruido que el de los dientes mascando, el de los tenedores picando en los platos y el de las moscas que iban a golosinear.

—¿Y cuándo salieron para Cádiz?

—Hace cuatro días. Las tres señoritas iban muy contentas, y doña María muy triste y ensimismada. La mala conducta del señor don Diego la tiene en ascuas y la buena señora se va acabando.

Nada más me dijo aquel hombre que merezca mención, y a varias preguntas mías harto prolijas e impertinentes, no contestó cosa alguna de provecho. Después que nos ofreció parte de su cena, díjonos que podíamos albergarnos en la casa por aquella noche, y como la tropa se alojaba en el pueblo, nos quedamos allí. Solo, y mientras Marijuán dormía, recorrí varias habitaciones altas de la casa, iluminadas no más que por la luna, y una dulce e inexplicable claridad llenaba mi alma durante aquella muda y solitaria exploración. No hubo mueble que no me dijese alguna cosa, y mi imaginación iba poblando de seres conocidos las desiertas salas. La alfombra conservaba a mis ojos una huella indefinible, más bien pensada que vista; vi un cojín que aún no había perdido el hundimiento producido por el brazo que acababa de oprimirlo, y en los espejos creí ver no la huella, ni la sombra, porque estas voces no son propias, sino una nada, mejor dicho un vacío, dejado allí por la imagen que había desaparecido.

En una habitación que daba a la huerta vi tres camas pequeñas. Dos de ellas parecía como que tenían un lugar fijo en los dos testeros de derecha e izquierda. La tercera que estorbaba el paso, revelaba haber sido puesta para un huésped de pocos días. Las tres estaban cubiertas de blanquísimas colchas, bajo las cuales los fríos colchones se inflamaban sin peso alguno. La pila de agua bendita estaba llena aún y mojé las puntas de los dedos, haciéndome en la frente la señal de la cruz. Un fuerte escalofrío corrió por mi cuerpo al contacto helado, como si los dedos que habían tomado las últimas gotas se rozaran con los míos en la superficie del agua. Recogí del suelo una pequeña cinta y unos pedacitos de papel retorcidos, engrasados y perfumados, que indicaban haber servido para moldear los rizos de una cabellera. El silencio de aquel lugar no me parecía el silencio propio de los lugares donde no hay nadie, sino aquel que se produce en los intervalos elocuentes de un diálogo, cuando hecha la pregunta el interlocutor medita para responder.

Salí de aquella estancia, y después de recorrer otras con igual interés, sintiéndome al fin cansado, me recosté en un sofá, donde cerca ya del alba me dormí profundamente. La luz del día entraba a torrentes por las ventanas y balcones cuando me despertó Andrés cantando su estribillo catalán:

Dígasme tú Girona
si te n'arrendiràs.

En aquellos días, los últimos del mes de Enero de 1810, ocurrieron las más lamentables desgracias del ejército español. Creeríase que el genio de la guerra, fundamental en nosotros como el eje del alma, nos había faltado, y la lucha fue desordenada y a la aventura. El general Desolles atacó en Puerto del Rey a la división Girón que se desbandó junto a las Navas de Tolosa, y al mismo tiempo Gazán acometía el paso de Nuradal, mientras Mortier forzaba el de Despeñaperros. El mariscal Víctor penetró por Torrecampo para caer sobre Montoro, y Sebastiani por Montizón, de modo que la invasión de Andalucía se verificó por cuatro puntos distintos con estrategia admirable que acabó de desconcertarnos. Verdad es, y sírvanos esto de disculpa, que teníamos por general en jefe a D. Juan Carlos de Areizaga, hombre nulo en el arte de la guerra, y en cuya cabeza no cabían tres docenas de hombres. La pericia de algunos jefes subalternos servía de muy poco, y desmoralizada la tropa, convencida de su incapacidad para la resistencia, no veía delante de sí ni gloria, ni honor, sino el cómodo refugio de Córdoba, Sevilla o la isla gaditana. Resistencia formal sólo la hallaron los franceses por Montizón entre Venta Nueva y Venta Quemada, donde mandaba D. Gaspar Vigodet, el cual después de batirse con mucho arrojo ordenó la retirada en regla. En suma, señores míos, doloroso es decirlo y doloroso es recordarlo; pero es lo cierto que los franceses avanzaron hacia Córdoba cuando nosotros llorábamos nuestra impotencia camino de Sevilla.

¿Y qué podré deciros del espectáculo que nos ofreció esta ciudad amotinada, sometida a las intrigas de una facción tan pequeña como audaz? De buena gana no diría nada, tragándome todo lo que sé y ocultando todo lo que vi, para que semejantes fealdades no entristecieran estos cuadros; pero ya la fama ha dicho cuanto había que decir, y no porque yo lo calle dejará de saberse, que si en mí consistiera, a este y a otros hoyos de nuestra historia les echaría tierra, mucha tierra.

Es el caso que fugitiva la Central, los conspiradores erigieron allí una juntilla suprema, y azuzado el populacho, no se oían más que vivas y mueras, olvidándose del francés que tocaba a las puertas, cual si en el suelo patrio no hubiese más enemigos que aquellos desgraciados centrales. ¡Lo que es la pasión política, señores! No conozco peor ni más vil sentimiento que este, que impulsa a odiar al compatricio con mayor vehemencia que al extranjero invasor. Yo me espantaba presenciando los atropellos verificados contra algunos y la salvaje invasión de las casas de otros. ¡Y gracias que escaparon con vida de manos de aquella plebe holgazana y chillona! En una palabra, aquello era de lo más denigrante que he visto en mi vida, y si la Junta central valía poco, los individuos que en Sevilla y después en Cádiz agujerearon, como inquietos y vividores reptiles, sus fundamentos, no ocupan, a pesar de su mucho bullir y de las distintas posturas que tomaron, un lugar visible en la historia. Su pequeñez los hace desaparecer en las perspectivas de lo pasado, y sus nombres sin eco no despiertan admiración ni encono. Pertenecen a ese vulgo que, con ser tan vulgo, ha influido en los destinos del país desde la primera revolución acá; gentezuela sin ideal, que se perdería en las muchedumbres como las gotas de lluvia en el Océano, si la vituperable neutralidad política de los españoles honrados, decentes, entendidos y patriotas, que son los más, no les permitiera actuar en la vida pública, tratando al país como un objeto de exclusiva pertenencia que se les ha dado para divertirse.

Pero quiero poner punto en esta materia, que seduce poco mi entendimiento. Continuando nuestra retirada llegamos al Puerto de Santa María, donde estuvimos dos días con sus noches, y allí fue donde adquirí sobre el formidable cerco de Gerona estupendas noticias. Debo una explicación a mis lectores, y voy a darla.

Mi objeto al comenzar esta última sesión, en que apaciblemente nos encontramos, amados señores míos, fue referir lo mucho y bueno que vi en Cádiz cuando nos refugiamos allí, después que los franceses penetraron en Andalucía; pero un deber patriótico me obliga a aplazar por breve tiempo este mi natural deseo, haciendo lugar a algunos hechos del sitio de Gerona, que contaré también, si bien los contaré de oídas. Un amigo de aquellos tiempos, y que después lo fue también mío en épocas más bonancibles, me entretuvo durante dos largas noches con la descripción de maravillosas hazañas que no debo ni puedo pasar en silencio. Aquí las pongo, pues, suspendiendo el curso de mi historia, que reanudaré en breve, si Dios me da vida a mí y a ustedes paciencia. Sólo me permito advertir, que he modificado un tanto la relación de Andresillo Marijuán, respetando por supuesto todo lo esencial, pues su rudo lenguaje me causaba cierto estorbo al tratar de asociar su historia a las mías. Hago esta advertencia para que no se maravillen algunos de encontrar en las páginas que siguen observaciones y frases y palabras impropias de un muchacho sencillo y rústico. Tampoco yo me hubiera expresado así en aquellos tiempos; pero téngase presente que en la época en que hablo, cuento algo más de ochenta años, vida suficiente a mi juicio para aprender alguna cosa, adquiriendo asimismo un poco de lustre en el modo de decir.

RELACIÓN DE ANDRESILLO MARIJUÁN

- I -

Yo entré en Gerona a principios de Febrero, y me alojé en casa de un cerrajero de la calle de Cort-Real. A fines de Abril salí con la expedición que fue en busca de víveres a Santa Coloma de Farnés, y a los pocos días de mi regreso, murió a consecuencia de las heridas recibidas en el segundo sitio aquel buen hombre que me había dado asilo. Creo que fue el 6 de Mayo, es decir, el mismo día en que aparecieron los franceses, cuando al volver de la guardia en el fuerte de la Reina Ana, encontré muerto al Sr. Mongat, rodeado de sus cuatro hijos que lloraban amargamente.

Hablaré de los cuatro huérfanos, que ya lo eran completamente por haber perdido a su madre algunos meses antes. Siseta, o como si dijéramos, Narcisita, la mayor en edad, tenía poco más de los veinte, y los tres varoncillos no sumaban entre todos igual número de años, pues Badoret apenas llegaba a los diez, Manalet no tenía más de seis, y Gasparó empezaba a vivir, hallándose en el crepúsculo del discernimiento y de la palabra.

Cuando penetré en la casa y vi cuadro tan lastimoso, no pude contener las lágrimas y me puse a llorar con ellos. El Sr. Cristòful Mongat era una excelente persona, buen padre y patriota ardiente; pero aun más que el recuerdo de las buenas prendas del difunto me contristaba la soledad de las cuatro criaturas. Yo les amaba mucho, y como mi buen humor y franca condición propendían a enlazar el alma de aquellos inocentes con la mía, en algunos meses de trato, Badoret, Manalet y Gasparó, se desvivían por mí. No hablo aquí de Siseta, porque para esta tenía yo un sentimiento extraño, de piedad y admiración compuesto, como se verá más adelante. Mi ocupación en la casa mientras vivió el Sr. Mongat era en primer término hablar con este de las cosas de la guerra, y en segundo término divertir a los chicos con toda clase de juegos, enseñándoles el ejercicio y representando con ellos detrás de un cofre las escenas del ataque, defensa y conquista de una trinchera. Cuando yo iba de guardia, bien a Monjuich, bien a los reductos del Condestable o del Cabildo, los tres, incluso Gasparó, me seguían con sendas cañas al hombro remedando con la boca el son de cajas y trompetas o relinchando al modo de caballos. Asociado cordialmente a su desgracia, les consolé como pude, y al día siguiente, después que echamos tierra al buen cerrajero, y luego que se retiraron los vecinos fastidiosos que habían ido a hacer pucheros condoliéndose ruidosamente de los huérfanos, pero sin darles auxilio alguno, tomé por la mano a Siseta, y llevándola a la cocina, le dije:

—Siseta, ya tú sabes...

Pero antes quiero decir que Siseta era una muchacha gordita y fresca, que sin tener una hermosura deslumbradora, cautivaba mi alma de un modo extraño, haciéndome olvidar a todas las demás mujeres y principalmente a la que había sido mi novia en la Almunia de Doña Godina. Rosada y redondita, Siseta parecía una manzana. No era esbelta, pero tampoco rechoncha. Tenía mucha gracia en su andar, y poseyendo bastante soltura e ingenio en la conversación, sabía sin embargo acomodarse a las situaciones, distinguiéndose por una gran disposición para no estar nunca fuera de su lugar, de cuyas prendas puede colegirse que Siseta tenía talento.

Pues bien, como antes indiqué, tomándole una mano, le dije:

—Siseta...

No sé qué me pasó en la lengua, pues callé un buen rato, hasta que al fin pude continuar así:

—Siseta, ya tú sabes que va para cuatro meses que estoy alojado en tu casa...

La muchacha hizo un signo afirmativo, demostrando estar convencida de mi permanencia en la casa durante cuatro meses.

—Quiero decir —proseguí— que durante tanto tiempo he estado comiendo de tu pan, aunque también os he dado el mío. Ahora con la muerte del Sr. Cristòful, os habéis quedado huérfanos. ¿Tienen ustedes tierras, alguna casa, alguna renta?...

—No tenemos nada —me contestó Siseta dirigiendo tristes miradas a los cacharros de la cocina—. No tenemos nada más que lo que hay en casa.

—Las herramientas valen alguna cosa —dije— mas en fin no hay que apurarse, que Dios aprieta, pero no ahoga. Aquí está el brazo de Andrés Marijuán. ¿Dejó tu padre algún dinero?

—Nada —respondió— no ha dejado nada. Durante su enfermedad trabajaba muy poco.

—Bien, muy bien —dije yo—. Con eso podéis recibir el plus que nos dan ahora y la ración que me toca todos los días. No hay que apurarse. Tú serás madre de tus hermanos, y yo seré su padre, porque estoy decidido a ahorcarme contigo. Ea, dejarse de lloriqueos; Siseta, yo te quiero. Tal vez creerás tú que yo no tengo tierras. ¡Qué tonta! Si vieras qué dos docenas de cepas tengo en la Almunia; si vieras qué casa... sólo le falta el techo; pero es fácil componerla, sin fabricarla toda de nuevo. Con que lo dicho, dicho. En cuanto se acabe este sitio, que será cosa de días a lo que pienso, venderás los cachivaches de la herrería, me darán mi licencia, pues también se concluirá la guerra; pondremos sobre un asno a la señora Siseta con Gasparó y Manalet, y tomando yo de la mano a Badoret, camina que caminarás, nos iremos a ese bajo Aragón, que es la mejor tierra del mundo, donde nos estableceremos.

Una vez que desembuché este discurso, volví al taller, con objeto de examinar las herramientas, y todo aquel mueblaje me pareció de poquísimo valor. La huérfana después que me oyera, sin decir cosa alguna, púsose a arreglar los trastos ordenando todo con hábil mano y a limpiar el polvo. Los chicos me rodearon al punto, corriendo precipitadamente a traer sus cañas, palos y demás aparatos de guerra, viéndome yo obligado en razón de esta diligencia a recomendarles gran celo en el servicio de la patria y del rey, pues bien pronto, si los franceses apretaban el cerco, Gerona necesitaría de todos sus hijos, aun de los más pequeñitos. Por último, después que durante media hora pusieron armas al hombro y en su lugar, cebaron, cargaron, atacaron e hicieron varias descargas imaginarias, pero que retumbaban en el angosto taller, les vi soltar las armas decaído el marcial ardor, y volver a su hermana con elocuente expresión los ojos.

—¿Qué? —pregunté yo, comprendiendo lo que significaba aquel mudo interrogatorio—. Siseta, ¿no hay qué comer?

Siseta disimulando sus lágrimas, registraba los negros andamios de una alacena, en cuyas cavernosas profundidades la infeliz se empeñaba en ver alguna cosa.

—¿Cómo es eso? —dije—. Siseta, no me habías dicho nada. ¿Qué me costaría ir al cuartel y pedir que me adelanten la ración de mañana?... ¿Y para qué quiero yo los siete cuartos que tengo ahorrados? Nada, hija; es preciso no sólo traer lo necesario para hoy, sino también provisiones abundantes, por si escasean los víveres dentro de la plaza. Dicen que ahora nos van a dar dos reales diarios. Ya me figuro lo que harás tú con esta riqueza. Pero no es ocasión de detenerme en habladurías, que estos valientes soldados se mueren de hambre. Toma los siete cuartos: voy al punto por la libreta.

No tardé en volver con el pan, y tuve el gusto de ver comer a mis hijos (desde entonces empecé a darles este nombre). Siseta se mantuvo en los límites de una sobriedad excesiva, y mientras duró el festín les hablé de los grandes acopios de víveres que se estaban haciendo en Gerona, conversación que parecía muy del agrado de los pequeñuelos. En esto el Sr. Nomdedeu, habitante del piso superior de la casa, pasó por delante de la tienda en dirección al portal contiguo. Saludonos afablemente a todos, y después de decir algunas palabras de desconsuelo con motivo de la pérdida del excelente señor Mongat, subió a su casa, rogándome que le acompañara. Yo tenía costumbre de ir todas las mañanas a referirle lo que se decía en los cuerpos de guardia, y estas visitas tenían para mí el doble atractivo de contar lo que sabía y de oír las agradables pláticas del Sr. Nomdedeu, hombre con quien no se hablaba una sola vez sin sacar alguna enseñanza provechosa.

- II -

El Sr. D. Pablo Nomdedeu era médico. No pasaba de los cuarenta y cinco años; pero los estudios o penas domésticas, para mí desconocidas, habían trabajado en tales términos su naturaleza que aparentaba mucho más del medio siglo. Era acartonado, enjuto, amarillo, con gran corva en la espina dorsal, y la cabeza salpicada de escasos pelos rubios y blancos, como yerba que nace al azar en ingrata tierra. Todo anunciaba en él debilidad y prematura vejez, excepto su mirar penetrante, imagen del alma enérgica y del entendimiento activo. Vivía en apacible medianía, sin lujo, pero también sin pobreza, muy querido de sus paisanos, consagrado fuera de casa a los enfermos del hospital, y dentro de ella al cuidado de su hija única, enferma también de doloroso e incurable mal. Para que ustedes acaben de conocer a aquel apacible sujeto, me falta decirles que

Nomdedeu era un hombre de gran saber y de mucha amenidad en su sabiduría. Todo lo observaba, y no se permitía ignorar nada, de modo que jamás ha existido hombre que más preguntase. Yo no creí que los sabios preguntasen tonterías de las que no ignora un rústico; pero él me dijo varias veces que la ciencia de los libros no valdría nada, si no se cursase el doctorado de la conversación con toda clase de personas.

De su casa poco diré. Era tan humilde como decente. Muchos libros, algunas estampas francesas de anatomía, emparejadas con otras de santos, y bastantes cuadros que ostentaban detrás del vidrio innumerables yerbas secas con sendos letreros manuscritos al pie. Pero lo que principalmente impresionaba mi ánimo al subir a casa del Sr. Nomdedeu era una criatura tierna y sensible, una belleza consumida y marchita, una triste vida que junto a la pequeña ventana abierta al Mediodía quería prolongarse absorbiendo los rayos del sol. Me refiero a la desgraciada Josefina, hija del insigne hombre que he mencionado, la cual, enferma y postrada, se me representaba como las flores secas guardadas por el doctor detrás de un vidrio. Josefina había sido hermosa; pero perdidos algunos de sus encantos, otros se habían sublimado en aquel descendente crepúsculo que iba difundiendo sobre ella las sombras de la muerte. Inmóvil en un sillón, su aspecto era por lo común el de una absoluta indiferencia. Cuando su padre entró conmigo el día a que me refiero, Josefina no respondió a sus caricias con una sola palabra. Nomdedeu me dijo:

—Su existencia de plomo está pendiente de una hebra de seda.

Pronunció estas palabras en voz alta y delante de ella, porque Josefina estaba completamente sorda.

—El profundo silencio que la rodea —continuó el padre— es favorable a su salud, porque siendo su mal un desarrollo excesivo de la sensibilidad, todo lo que disminuya las impresiones exteriores, aumentará el reposo, a que debe esa lánguida y decadente vida. No espero salvarla; y todo mi afán consiste hoy en embellecer sus días, fingiendo que nos hallamos rodeados de felicidades y no de peligros. Desearía llevarla al campo, pero el deber y el patriotismo me obligan a no abandonar el cuidado del hospital, cuando nos amenaza un tercer cerco, que parece va a ser más riguroso que los dos primeros. Dios nos saque en bien. ¿Con que se murió ese pobre Sr. Mongat?

—Sí, señor —respondí— y ahí tiene usted cuatro huérfanos desvalidos que pedirían limosna por las calles de Gerona, si yo no estuviera decidido a quitarme el pan de la boca para dárselo.

—Dios te premiará tu generosidad. Yo también haré lo que pueda por esos infelices. Siseta parece una buena muchacha, y sube algunas veces a acompañar a mi hija. Dile que venga más a menudo, y hoy mismo encargaré a la señora Sumta que les dé a los hijos de Cristòful Mongat todo lo que sobre en la casa. Pero cuéntame, ¿qué has oído en el cuerpo de guardia? Antes dime lo que ha ocurrido en esa expedición a Santa Coloma de Farnés. ¿Fuiste allá?

—Sí, señor; mas no nos ocurrió nada de particular. Los franceses se nos presentaron en la tarde del 24 de Abril; pero como éramos pocos, y no llevábamos por objeto el batirnos con ellos, sino traer provisiones a Gerona, luego que cargamos los carros y las mulas, nos vinimos para acá con D. Enrique O'Donnell. Los

cerdos dominan toda la Sagarra; pero los somatenes les hacen perder mucha gente, y para abastecerse pasan la pena negra. El general francés Pino mandó hace poco un batallón a San Martín en busca de víveres. Al llegar, el coronel pidió al alcalde para el día siguiente de madrugada cierto número de raciones de tocino (porque abundan en aquel pueblo los animalitos de la vista baja); y como el batallón estaba cansado, dioles boletas de alojamiento, distribuyendo a los soldados en las casas de los vecinos. El alcalde aparentó deseo de servir al señor coronel, y al anochecer el pregonero salió por las calles gritando:

«Eixa nit a las dotse, cada vehí matarà son porch».

—Y cada vecino mató su francés.

—Así parece, señor, y así me lo contaron en el camino; pero no respondo de que sea verdad, aunque la gente de San Martín es capaz de eso. Luego que hicieron su matanza, escondieron armas, morriones y cuanto pudiera descubrirlos; y cuando se presentó el general Pino trataron de probarle que

allí no había estado nadie.

—Sabes, Andrés —me dijo Nomdedeu— que eso parece cosa de cuento.

—Séalo o no —repuse— con estos y otros cuentos se anima la gente. Los

cerdos

están ya sobre Gerona, y esta mañana les hemos visto en los altos de Costa-Roja. Aquí dentro no somos más que cinco mil seiscientos hombres, que no son bastantes para defender la mitad de los fuertes. De estos el que no se ha caído ya, es porque no se le ha dado licencia. Si Zaragoza, que tenía dentro de murallas cincuenta mil hombres, ha caído al fin en poder del francés, ¿qué va a hacer Gerona con cinco mil seiscientos?

—Ya serán algunos más —dijo Nomdedeu paseándose por la habitación con la inquietud nerviosa y retozona que se apoderaba de él hablando de las cosas de la guerra—. Todos los vecinos de Gerona toman las armas, y hoy mismo se están formando en el claustro de San Félix las listas de las ocho compañías que componen la

Cruzada gerundense

. Yo he querido afiliarme; pero como médico, cuyos servicios no pueden reemplazarse, me han dejado fuera con sentimiento mío. También se está formando hoy el batallón de señoras, de que es coronela doña Lucía Fitz-Gerard, ¿la conoces? En verdad te digo, amigo Andrés, que en medio de la pena que causa el considerar los desastres que nos amenazan, se alegra uno al ver los belicosos preparativos que tanto enaltecen al vecindario de esta ciudad.

Mientras esto decíamos, expresándonos uno y otro con bastante exaltación, Josefina fijaba en nosotros sus ojos sorprendida y aterrada, y atendía a nuestros gestos, dando a conocer que los comprendía tan bien como la misma palabra. Advirtiolo su padre y volviéndose a ella, la tranquilizó con ademanes y sonrisas cariñosas, diciéndome:

—La pobrecita ha comprendido al instante que estamos hablando de la guerra. Esto le causa un terror extraordinario.

La enferma tenía delante de sí en una mesilla de pino un gran pliego de papel con pluma y tintero. La escritura servía a padre e hija de medio de comunicación.

Nomdedeu, tomando la pluma escribió:

—Hija mía, no tengas miedo. Hablábamos de las bandadas de palomas que vio ayer Andresillo en Pedret. Dice que mató todas las que quiso y que te traerá un par esta tarde. No, no temas, hija mía, no volverá a haber más sitios en Gerona. Si se ha concluido la guerra. Pues qué, ¿no lo sabías? Esas noticias ha traído el Sr. Andresillo. Verdad que se me había olvidado decírtelo. Estamos en paz. Veremos si mañana puedes salir a dar un paseo por Mercadal. La semana que entra iremos a Castellà. Dice nostramo Mansió que están los rosales tan cargados de rosas... ¿Pues y los cerezos? Este año habrá tanta cereza, que no sabremos qué hacer de ella. He mandado que pongan dos colmenas más, y parece que dentro de un mes la vaca tendrá su cría. A la gallina pintada se le ha puesto una buena echadura con seis o siete huevos de pata. Dentro de diez días los sacará a todos, y dará gusto ver a esa familia.

Luego que esto escribió, volviose a mí el Sr. D. Pablo, y procurando disimular su aflicción, me dijo:

—De este modo la voy engañando, para arrancar su ánimo a la tristeza. Si ella supiera que mi casa de campo con todas las plantas y los animalitos que allí tenía no existe ya... Los franceses no han dejado piedra sobre piedra. ¡Pobre de mí! Rodeado de desastres, amenazado como todos los gerundenses de los horrores de la guerra, del hambre y de la miseria, tengo que fingir junto a esta niña infeliz un bienestar y una paz que está muy lejos de nosotros, y he de ocultar la amargura de mi corazón destrozado, mintiendo como un histrión. Pero así ha de ser. Tengo la convicción de que si mi hija llegase a conocer la situación en que nos encontramos y tuviese conocimiento del bombardeo y de las escaseces que nos amagan, su muerte sería inmediata; y quiero prolongarle la vida todo el tiempo que me sea posible, porque confío en que si algún día Dios y San Narciso resuelven poner fin a las desgracias de esta ciudad, podré salir de Gerona y llevarla a disfrutar la vida del campo, única medicina que la aliviará.

Josefina al concluir de leer el papel, movió tristemente la cabeza en señal de incredulidad, y luego dijo:

—Pues marchémonos mañana a Castellà.

—Este sí que es apuro —me dijo Nomdedeu, tomando la pluma para contestar a su hija—. ¿Qué le voy a decir?

Pero sin detenerse escribió:

—Hija mía, ten un poco de paciencia. El tiempo que parece bueno, está muy malo, y mañana ha de llover. Yo lo conozco por lo que dicen mis libros. Además tengo que hacer en el hospital durante algunos días.

Entonces la enferma, que sin duda se fatigaba hablando o no tenía gusto en pronunciar palabras que no oía, tomó también la pluma, y con rapidez nerviosa trazó lo siguiente:

—Andrés estaba hablando de batallas.

—No, no, corazón mío —repuso el padre, acentuando su negativa con risas y ademanes festivos.

—¡No, no, señorita Josefina! —exclamé yo a gritos, pues es costumbre instintiva alzar la voz delante de los sordos, aun sabiendo que estos no pueden oír.

—Precisamente —escribió D. Pablo— ahora me estaba diciendo que le van a dar licencia, porque ya no se necesitan soldados. Hija mía, esta tarde vendrán aquí algunos amigos para que bailen la sardana y te distraigan un rato. ¿Por qué no sigues tu lectura?

Y luego puso en manos de su hija un tomo, que era la primera parte del
Quijote
, el cual abrió ella por donde lo tenía marcado, comenzando a leer tranquilamente.

- III -

Nomdedeu, llevándome junto a la ventana, me dijo:

—La idea de la guerra y del bombardeo le causa mucho horror. Es natural que así sea, puesto que de una fuerte y dolorosa impresión de miedo proviene su desorden nervioso y la pasión de ánimo que la tiene en tan lamentable estado. En el segundo sitio, amigo Andrés, puedo decir que perdí a mi querida niña, único consuelo mío en la tierra. Ya sabes que llego aquí el bárbaro Duhesme a mediados de Julio del año pasado, cuando dijo aquellas arrogantes palabras:

El 24 llego, el 25 la ataco, la tomo el 26 y el 27 la arraso. Hombre que tales bravatas decía, igualándose a César, era forzosamente un necio. Llegó en efecto, y atacó, pero no pudo tomar ni arrasar cosa alguna, como no fuese su propia soberbia, que quedó por tierra ante esos muros. Tenía 9.000 hombres, y aquí dentro apenas pasaban de 2.000, con los paisanos que se habían armado a toda prisa. Duhesme puso cerco a la plaza, y abiertas trincheras entre Monjuich y los fuertes del Este y Mercadal, el 13 empezó a bombardearnos sin piedad. El 16 intentaron asaltar el Monjuich, pero sí... para ellos estaba. El regimiento de Ultonia lo defendía... Pero voy a mi objeto. Como te iba diciendo, mi pobre niña perdió el sosiego, y su espanto la tenía en vela de día y de noche, cuyo estado de excitación, junto con la resistencia a tomar alimento, la puso a punto de morir. Figúrate mi pena y la de mi sobrino. Porque he de advertirte que yo tenía un sobrino llamado Anselmo Quixols, hijo de mi hermana doña Mercedes, residente en La-Bisbal. No sé si sabrás que mi hermana y yo teníamos concertado casar a Anselmo con Josefina, enlace que era muy agradable a entrambos muchachos, porque desde algunos meses antes habían gastado algunas manos de papel en escribirse cartas, y díchose mil amorosas palabras en honesto lenguaje. Entonces vivíamos en la calle de la Neu, muy cerca de la plaza. El día 15 habíamos bajado al portal, donde nos creíamos más seguros del bombardeo, y estábamos comiendo en compañía de Anselmo, que por breve rato dejó el servicio para venir a informarse de nuestra situación. ¡Ay, amigo Andrés! ¡Qué día, qué momento! Una bomba penetró por el techo, atravesó el piso alto, y horadando las tablas cayó en el bajo, donde al estallar con horrible estruendo causó espantosos estragos. Anselmo quedó muerto en el acto atravesado el pecho por un casco, mi fámulo fue mortalmente herido, y la señora Sumta también aunque sin gravedad. Yo recibí un golpe, y sólo mi hija quedó aparentemente ilesa; pero ¡qué trastorno en su organismo!, ¡qué desquiciamiento, qué

horrible perturbación en su pobre alma! La horrenda explosión, el súbito peligro, la muerte de
su primo y futuro esposo, a quien recogimos del
suelo en el momento de expirar, el riesgo que co-
rríamos con el incendio de la casa hirieron con
golpe tan rudo su naturaleza endeble y resentida,
que desde entonces mi hija, aquella muchacha
amable, graciosa y discreta dejó de existir, y en su
lugar dejome el cielo esta desvalida y lastimosa
criatura, cuyos padecimientos más me duelen a
mí que a ella propia; esta vida que se me va ani-
quilando entre el dolor y la melancolía, sin que
nada puede reanimarla. En el primer momento
de la catástrofe, Josefina se quedó como si hubiera perdido la razón. A pesar de nuestros esfuerzos por sujetarla, salió corriendo a la calle, y
sus lamentos dolorosos detenían al pasajero y
contristaban al invencible soldado. Seguímosla, y
llamándola sin cesar con las palabras más cariñosas, intentábamos llevarla a sitio seguro donde se
tranquilizase, pero Josefina no nos oía. En su cerebro agitado por hirviente excitación reinaba el
silencio absoluto. Yo creí que no sobreviviría a
aquel trastorno; pero ¡ay, Andresillo!, vive gracias a mis cuidados, a mi vigilante y previsor es-
tudio por salvarla. Ha permanecido en cama todo
el invierno. Ya ves cómo está. ¿Vivirá? ¿Alargará
sus tristes días hasta el verano? ¿Podrá salir de
Gerona dentro de algunos meses, si resistimos el
asedio y se van los franceses? ¿Qué suerte nos
destina Dios en los días que vienen? ¡Pobre niñita
mía! Inocente y débil, sufrirá los horrores del sitio tal vez mejor que nosotros los fuertes. No sé
qué daría porque esta situación terminara
pronto, permitiéndome salir una temporada de
campo con mi pobre enferma Pero figúrate lo que

dirían de mí, si ahora escapase de Gerona. No lo quiero pensar. Me llamarían cobarde y mal patriota. En verdad, muchacho, que no sé cuál de estos dos calificativos me lastima más. ¡Cobarde o mal patriota! No... aquí, Sr. de Nomdedeu, señor médico del hospital, aquí, en Gerona, al pie del cañón, con la venda en una mano y el bisturí en la otra para cortar piernas, sacar balas, vendar llagas y recetar a calenturientos y apestados. Vengan granadas y bombas... Puede que se muera mi hija; puede que la débil luz de esta lamparita se apague, no sólo por falta de aceite, sino por falta de oxígeno; morirá de terror, de consunción física, de hambre; pero ¡qué vamos a hacer! Si Dios lo dispone así...

Diciendo esto, D. Pablo, vuelto hacia los cristales del balcón, se limpiaba las lágrimas con un pañuelo encarnado tan grande como una bandera.

- IV -

Por la noche, después de hacer la guardia en la Torre Gironella, volví a mi alojamiento y me encontré con una novedad. Pichota había parido, sí, señores, y la familia de que orgullosamente me consideraba jefe, estaba aumentada con tres criaturas, a las cuales era preciso mantener. No sé si he hablado a ustedes de Pichota, hermosa gata parda con manchas, a quien los tres muchachos profesaban un amor sin límites. Perdóneseme el descuido por no haberla mencionado antes, y ahora sólo falta decir que al ver los tres retoños que nos había regalado, dije a Siseta:

—Es preciso que dos de estos caballeritos sean arrojados al Oñá, porque no estamos para mantener a tanta gente. Luego que acaben de mamar, será preciso una ración diaria para alimentarlos, y dicen que vamos a andar escasos.

—Déjalos, hombre —me respondió—. Dios dará para todos, y si no que se lo busquen ellos mismos. No faltará qué comer en Gerona. Los cerdos no se meterán con ustedes, y hasta me parece que no se atreverán a asomar las narices por acá.

—¿Quia, qué se han de atrever? —exclamé yo con festiva ironía—. Nos tienen mucho miedo. Sube conmigo a la Torre Gironella, y verás los mosquitos que andan allá por Levante y Mediodía. Franceses en San-Medir, Montagut y Costa-Roja, franceses en San Miguel y en los Ángeles, y por variar, franceses en Montelibi, Pau y el llano de Salt. Ya verás, prenda mía. Aquí somos seis mil quinientos hombres que no bastan para empezar y tenemos unas murallitas... ¡qué obras, válgame Dios! Da miedo verlas. Figúrate que cuando los lagartos corren por entre las piedras, estas se mueven y dan unas contra otras. No se puede hablar recio junto a ellas, porque con el estremecimiento del sonido, se caen de su sitio. En fin, yo no sé lo que va a pasar cuando abran batería los franceses y empiecen a bombardearnos.

La señora Sumta, ama de gobierno de don Pablo Nomdedeu, que solía bajar a darnos conversación en sus ratos de ocio, metió su hocico en nuestro diálogo, diciendo:

—Tiene razón Andrés. Las murallas de los fuertes parecen una almendrada hecha con azúcar sin punto. Mi difunto esposo, que de Dios goce, y que hizo la campaña del Rosellón contra la República de los cerdos, me decía varias veces: «Si no fuera porque está allí San Fernando de

Figueras con sus murallas de diamante, y aquí los gerundenses con sus corazones de acero, todas las plazas del Ampurdán caerían en poder de cualquier atrevido que pasase la frontera». En fin, lo de menos será la piedra, con tal que haya hombres de pecho y un buen español que sepa mandarlos. ¿Y qué me dice usted, Sr. Andresillo, de ese encanijado gobernador que nos han puesto?

—D. Mariano Álvarez de Castro. Este fue el que no quiso entregar a los franceses el Monjuich de Barcelona. Dicen que es hombre de mucho temple.

—Pues no lo parece —repuso la señora Sumta—. Cuando nos mandaron acá este sujeto en febrero y le vi, al punto lo diputé por poca cosa. ¡Qué se puede esperar de quien no levanta tanto así del suelo! El otro día pasó junto a mí, y... créalo usted, no me llega al hombro. El tal D. Mariano Álvarez de Castro me serviría de bastón. ¿Le ha visto usted la cara? Es amarillo como un pergamino viejo, y parece que no tiene sangre en las venas. ¡Qué hombres los del día! Quien conoció a aquel general Ricardos, que no cabía por esa puerta, con un pecho y una espalda... Daba gusto ver su cara redondita y sus carrillos como clavellinas...

—Señora Sumta —dije riendo—, cuando los generales tengan un oficio semejante al de las amas de cría, entonces se podrá renegar de los que sean flacos y encanijados.

—No, Andresillo, no digo eso —repuso la matrona—. Lo que digo es que sin presencia no se puede mandar. Considera tú: cuando una ve a doña Lucía Fitz-Gerard, coronela del batallón de Santa Bárbara; cuando una ve aquellas carnes, aquel andar imponente, dan ganas de correr tras ella a matar franceses. Pero dime, Siseta: ¿no estás tú afiliada en el batallón de Santa Bárbara?

—Yo, señora Sumta, no sirvo para eso —repuso mi futura esposa—. Tengo miedo a los tiros.

—Es que nosotras no hacemos fuego, hija mía, al menos mientras estén vivos los hombres. Llevar municiones, socorrer a los heridos, dar agua a los artilleros, y si se ofrece, ir aquí o allí con una orden del general; esta será nuestra ocupación. Ya les he dicho que cuenten conmigo para todo, para todo, aunque sea para llevar la bandera del batallón. De veras te digo, Andresillo, que es gran lástima no tener mejores murallas y un general menos amarillo y con algunos dedos más de talla.

Yo me reía de las cosas de la señora Sumta, mujer tan amable como entrometida, y lejos de enojarme sus barrabasadas, nos causaban sumo gusto a Siseta y a mí, mayormente al ver que en sus visitas, el ama de gobierno de D. Pablo Nomdedeu no bajaba nunca sin traer algún condumio para los huérfanos. A eso de las nueve se despidió para regresar a su alojamiento, y entonces nos dijo:

—Ya la señorita ha de estar acostada. El señor acaba de entrar, y ahora estará escribiendo su Diario de todos los días, uno al modo de libro de coro, donde va apuntando lo que le pasa. ¡Ay!, el amo confía que la niña se curará, y yo, sin ser médico, digo y aseguro que si alarga hasta que caigan las hojas, será mucho alargar... Ahora estamos empeñados en hacerle creer que la semana que viene iremos a Castellà. Sí, ¡buena temporada de campo nos espera! Bombas y más bombas. La niña no se ha de enterar de nada, y el amo

37

dice que aunque arda la ciudad toda y caigan a pedazos todas las casas, Josefina no lo ha de conocer. Pues digo, si los cerdos aprietan el cerco como se dice, y escasean los víveres... Pero el amo tampoco quiere que la niña comprenda que escasean las vituallas. Si tenemos hambre, capaz es mi señor D. Pablo de cortarse un brazo y aderezar un guisote con él, haciendo creer a la enferma que tenemos aquel día pierna de carnero. Bueno va, bueno va. Adiós, Siseta, adiós, Andrés.

Cuando nos quedamos solos dije a mi futura, mirando a los gatillos:

—Sálvense los tres infantes de España. Si hay hambre en Gerona la carne de gato dicen que no es mala. ¡Ay, Siseta de mi corazón! ¡Cuándo nos veremos fuera de estas murallas! ¡Cuándo se acabará esta maldita guerra! ¡Cuándo estaremos tú y yo con los muchachos, Pichota y sus niños, camino de la Almunia de Doña Godina! ¿Estará de Dios que no nos sentaremos a la sombra de mis olivos mirando a las ramas para ver cómo va cuajando la aceituna?

Hablando de este modo me engolfaba en tristes presagios; pero Siseta, con sus observaciones impregnadas de sentimiento cristiano, daba cierta serenidad celeste a mi espíritu.

- V -

El 13 de Junio, si no estoy trascordado, rompieron los franceses el fuego contra la plaza, después de intimar la rendición por medio de un parlamentario. Yo estaba en la Torre de San Narciso, junto al barranco de Galligans, y oí la contestación de D. Mariano, el cual dijo que recibiría a metrallazos a todo francés que en adelante volviese con embajadas.

Estuvieron arrojando bombas hasta el día 25, y quisieron asaltar las torres de San Luis y San Narciso, que destrozaron completamente, obligándonos a abandonarlas el 19. También se apoderaron del barrio de Pedret, que está sobre la carretera de Francia, y entonces dispuso el gobernador una salida para impedir que levantasen allí baterías. Pero exceptuando la salida y la defensa de aquellas dos torres no hubo hechos de armas de gran importancia hasta principios de Julio, cuando los dos ejércitos principiaron a disputarse rabiosamente la posesión de Monjuich. Los franceses confiaban en que con este castillo tendrían todo. ¿Creerán ustedes que sólo había dentro del recinto 900 hombres, que mandaba D. Guillermo Nash? Los imperiales habían levantado varias baterías, entre ellas una con veinte piezas de gran calibre, y sin cesar arrojaban bombas a los del castillo, que rechazaron los asaltos con obuses cargados con balas de fusil. Por cuatro veces se echaron los cerdos encima, hasta que en la última dijeron «ya no más» y retiraron, dejando sobre aquellas peñas la bicoca de dos mil hombres entre muertos y heridos. No puedo apropiarme ni una parte mínima de la gloria de esta defensa porque la estuve presenciando tranquilamente desde la torre Gironella...

En todo el mes de Julio siguieron los franceses haciendo obras para aproximarse a la plaza, y viendo que no la podían tomar a viva fuerza, ponían su empeño en impedir que nos entraran víveres, de cuyo plan comenzaron a resentirse los ya alarmados estómagos.

En casa de Siseta, sin reinar la abundancia, no se pasaba mal, y con lo que yo les llevaba, unido a los frecuentes regalos del señor D. Pablo Nomdedeu, iban tirando los habitantes todos de la cerrajería. Verdad que yo me quedaba los más de los días mirando al cielo para darles a ellos lo mío; pero el militar con un bocado aquí y otro allí se mantiene, sostenido también por el espíritu, que toma su sustancia no sé de dónde. Yo tenía un placer inmenso, al retirarme a descansar unas cuantas horas o simplemente unos cuantos minutos nada más, en ver cómo trabajaba Siseta en su casa, arreglando por puro instinto y nativo genio doméstico, aquello que no tenía arreglo posible. Los platos rotos eran objeto de una escrupulosa y diaria revisión, y la vajilla más perfecta no habría sido puesta con mejor orden ni con tan brillante aparato. En las alacenas donde no había nada que comer, mil chirimbolos de loza y lata, que fueron en sus buenos tiempos bandejas, escudillas, soperas y jarros, aguardaban los manjares a que los destinó el artífice, y los muebles desvencijados que apenas servían para arder en una hoguera de invierno, adquirieron inusitado lustre con el tormento de los diarios lavatorios y friegas a que la diligente muchacha los sujetaba.

—Mira, prenda mía —le decía yo— se me figura que no vendrá ninguna visita. ¿A qué te rompes las manos contra esa caoba carcomida y ese pino apolillado que no sirve ya para nada? Tampoco viene al caso la deslumbradora blancura de esas cortinas desgarradas, y de esos manteles, sobre los cuales, por desgracia, no chorreará la grasa de ningún pavo asado.

Yo me reía, y hasta aparentaba burlarme de ella; pero entretanto una secreta satisfacción ensanchaba mi pecho al considerar las eminentes cualidades de la que había elegido para compañera de mi existencia. Un día, después de hablar de estas cosas, subí a visitar al Sr. Nomdedeu y encontrele sumamente inquieto al lado de su hija, que seguía leyendo el Quijote.

—Andrés —me dijo dulcificando su fisonomía para disimular con los ojos lo que expresaban las palabras— principian a faltar víveres de un modo alarmante, y los franceses no dejan entrar en la plaza ni una libra de habichuelas. Yo estoy decidido a comprar todo lo que haya, a cualquier precio, para que mi hija no carezca de nada; pero si llegan a faltar los alimentos en absoluto ¿qué haré?, he reunido bastantes aves; pero dentro de un par de semanas se me concluirán. Las pobres están tan flacas que da lástima verlas. Amigo, ya sabes que desde hoy empezamos a comer carne de caballo. ¡Bonito porvenir! Álvarez dice que no se rendirá, y ha puesto un bando amenazando con la muerte al que hable de capitulación. Yo tampoco quiero que nos rindamos... de ninguna manera; pero ¿y mi hija? ¿Cómo es posible que su naturaleza resista los apuros de un bloqueo riguroso? ¿Cómo puede vivir sin alimento sano y nutritivo?

La enferma arrojó el libro sobre la mesa, y al ruido del golpe volviose el padre, en cuya fisonomía vi mudarse con la mayor presteza la expresión dolorosa en afectada alegría.

En aquel momento trajo la señora Sumta la comida de la señorita, y esta, como viese un pan negro y duro, lo apartó de sí con ademán desagradable.

El padre hizo esfuerzos por reírse, y al punto escribió lo siguiente:

—¡Qué tonta eres! Este pan no es peor que el de los demás días, sino mucho mejor. Es negro porque he mandado al panadero que lo amasase con una medicina que le envié y que te hará muchísimo provecho.

Mientras ella leía, él trinchaba un medio pollo, mejor dicho un medio esqueleto de pollo, sobre cuya descarnada osamenta se estiraba un pellejo amarillo.

—No sé cómo la convenceré de que tiene delante un bocado apetitoso —me dijo con dolor profundo, pero cuidando de conservar la sonrisa en los labios—. ¡Dios mío, no me desampares!

La señora Sumta que estaba detrás del sillón de la enferma, dijo a su amo:

—Señor, yo no quería decirlo; pero ello es preciso: de las cinco gallinas que quedaban se han muerto tres, y dos están enfermas.

—¿Es posible? ¡La Santa Virgen nos ayude! —exclamó el doctor, chupando los huesos del pollo para animar a su hija a que imitara tan meritoria abnegación—. ¡Con que se han muerto! Ya lo esperaba. Dicen que todas las aves del pueblo se están muriendo. ¿Ha ido usted a la plaza de las Coles a ver si hay alguna gallina fresca y gorda?

—No hay más que alambres, y algunos lechuzos que dan asco.

—¡Dios me tenga de su mano! ¿Qué vamos a hacer?

Y diciendo esto chupaba y rechupaba un hueso, saboreándolo luego con visajes de satisfacción, para ponderar de este modo a los ojos de la enferma la excelencia de aquella vianda. Pero Josefina, después de probar el seco animal, apartó el plato de sí con repugnancia. D. Pablo, sin detenerse a escribir, porque en su azoramiento y ansiedad faltábale la paciencia para recurrir a tan tardo medio, exclamó a gritos:

—¿Qué, no lo quieres? Pues está exquisito, delicioso. Algo flaco; pero ahora se usan los pollos flacos. Así lo prescribe la higiene, y los buenos cocineros jamás te ponen en el puchero un ave medianamente entrada en carnes.

Pero Josefina no oía, como era de esperar, y cerrando los ojos con desaliento, pareció más dispuesta a dormir que a comer. En tanto D. Pablo levantábase, y paseando por el cuarto, cruzadas las manos y con expresión de terror en los ojos, no se cuidaba de disimular su desesperación.

—Andrés —me dijo— es preciso que me ayudes a buscar algo que dar a mi hija. Gallinas, patos, palomas; ¿se han concluido ya las aves de corral en Gerona?

—Todo se ha concluido —afirmó la señora Sumta con oficiosidad—. Esta mañana, cuando fui a la formación (pues yo pertenezco a la segunda compañía del batallón de Santa Bárbara) todos los militares se quejaban de la escasez de carnes, y la coronela doña Luisa dijo que pronto sería preciso comer ratones.

—¡Vaya usted al demonio con sus batallones y sus coronelas! ¡Comer animales inmundos! No, mi pobre enferma no carecerá de alimento sano. A ver: busquen por ahí... pagaré una gallina a peso de oro.

Luego volviéndose a mí, me dijo:

—Cuentan que se espera un convoy de víveres en Gerona, traído por el general Blake. ¿Has oído tú algo de esto? A mí me lo dijo el mismo intendente D. Carlos Beramendi, aunque también se manifestó que dudaba pudiera llegar felizmente aquí. Parece que están en Olot con dos mil acémilas, y todo se ha combinado para que salga de aquí D. Blas de Fournás con alguna fuerza, con objeto de distraer a los franceses.

¡Oh!, si esto ocurriera pronto y nos llegara harina fresca y alguna carne... Si no, dudo que nos escapemos de una horrorosa epidemia, porque los malos alimentos traen consigo mil dolencias que se agravan y se comunican con la insalubridad de un recinto estrecho y lleno de inmundicias. ¡Dios mío! Yo no quiero nada para mí; me contentaré con tomar en la calle un hueso crudo de los que se arrojan a los perros, y roerlo; pero que no falte a mi inocente y desgraciada enfermita un pedazo de pan de trigo y una hila de carne... Andrés ¡si vieras qué malos ratos paso en el hospital! El gobernador ha mandado que los mejores víveres que quedan se destinen a los soldados y oficiales heridos, lo cual me parece muy bien dispuesto, porque ellos lo merecen todo. Esta mañana estaba repartiéndoles la comida. ¡Si vieras qué perniles, qué alones, qué pechugas había allí! Tuve intenciones de escurrir bonitamente una mano por entre los platos y pescar un muslo de gallina, para metérmelo con disimulo en el bolsillo de la chupa y traérselo a mi hija. Estuve luchando un largo rato entre el afán que me dominaba y mi conciencia, y al fin, elevando el pensamiento y diciendo: «Señor, perdóname lo que voy hacer», me decidí a cometer el hurto. Alargué los dedos temblorosos, toqué el plato, y al sentir el contacto de la carne, la conciencia me dio un fuerte grito y aparté la mano; pero se me representó el estado lastimoso de mi niña y volví a las andadas. Ya tenía entre las garras el muslo, cuando un oficial herido me vio. Al punto sentí que la sangre se me subía a la cara, y solté la presa diciendo: «Señor oficial, no queda duda que esa carne es excelente y que la pueden ustedes comer sin escrúpulo...». Me vine a casa con la conciencia tranquila pero con las manos vacías. Y hablando de otra cosa, amigo Andrés, dicen que al fin se tendrá que rendir Monjuich.

—Así parece, Sr. D. Pablo. El gobernador ha ofrecido premios y grados a los seiscientos hombres de D. Guillermo Nash; pero con todo, parece que no pueden resistir más tiempo. Los que hay dentro del castillo ya no son hombres, pues ninguno ha quedado entero, y si se sostienen una semana, es preciso creer que San Narciso hace hoy un milagro más prodigioso que el de las moscas, ocurrido seiscientos años ha.

—Esta mañana me dijeron que los del castillo no están ya para fiestas; pero que el gobernador Sr. Álvarez les manda resistir y más resistir, como si fueran de hierro los pobres hombres. Diez y nueve baterías han levantado los franceses contra aquella fortaleza... con que figúrate el sin número de confites que habrán llovido sobre la gente de D. Guillermo Nash.

—No necesito figurármelo, Sr. D. Pablo —repuso— que todo eso lo tengo más que visto, pues la torre Gironella donde yo estoy, no tiene ninguna varita de virtudes para impedir que las bombas caigan sobre ella.

La enferma, levantándose de su asiento sin ser sentida, se acercó a nosotros.

—Hija mía —le dijo Nomdedeu con sorpresa y cariño a pesar de la certeza de no ser oído— tu disposición a andar me prueba que estás mucho mejor. Unos cuantos paseos por las afueras de la ciudad te pondrían como nueva. ¡Ay, Andrés! —añadió dirigiéndose a mí—, daría diez años de mi vida por poder dar diez paseos con mi hija por el camino de Salt. Por espacio de muchos meses ha permanecido en una postración lastimosa, y ahora su naturaleza, sintiéndose renacer, busca el movimiento y quiere sacudir la mortal somnolencia.

Josefina recorría la habitación con paso ligero, y sus mejillas se tiñeron de levísimo carmín.

—¡Oh, qué alegría! —exclamó D. Pablo—. En todo un año no has andado tanto como en estos tres minutos. Mira, Andrés, cómo se le colorea el semblante. La sangre circula, los miembros adquieren soltura y brío, la apagada pupila brilla con nuevo ardor, y una respiración cadenciosa y enérgica sale del oprimido pecho.

Diciendo esto mi amigo abrazó y besó a su hija con entusiasmo.

—Aquí tienes, insigne Marijuán —prosiguió con júbilo— el resultado de mi sistema. Todos decían: «El Sr. D. Pablo Nomdedeu, que es tan buen médico, no curará a su hija». Y yo digo: «Sí, majaderos, el Sr. D. Pablo Nomdedeu, que es un mal médico, curará a su hija». Mi hija está mejor, mi hija está buena y con unos cuantos meses de temporada en Castellà...

La enferma, en efecto, manifestaba alguna animación. Al ver las demostraciones de su padre hizo y repitió enérgicos signos que no entendí. La falta de oído habíale quitado el hábito de expresarse por la palabra, adquiriendo con esto insensiblemente la rápida movilidad facial y manual de los sordomudos. Sólo en casos de apuro y cuando no era comprendida, recurría instintivamente a poner en acción la lengua, exprimiendo las ideas con cierta oscuridad y siempre con rapidez y escasa armonía.

—Quiero vestirme —dijo agitando el guardapiés.

—¿Para qué, hija mía?

—¿No vamos esta tarde a Castellà? En el patio dos caballos... los he visto.

Nomdedeu hizo con la cabeza dolorosos signos negativos.

—Esos caballos —me dijo— son el mío y el del vecino D. Marcos, que van al matadero.

Josefina corrió a la ventana que daba al patio, volviendo luego a nuestro lado.

—Quiero salir... calle —exclamó con vehemencia.

—Hija mía —dijo D. Pablo, asociando los signos a las palabras— ya sabes que ha llovido. Están los pisos llenos de fango. No te sentará bien. Toma mi brazo y demos unos cuantos paseos, de la sala a la cocina y de la cocina a la sala.

Josefina mostró inmenso fastidio, y miró a la calle con desconsuelo.

—Aquí tienes un gran compromiso —me dijo el doctor, tirándose de un mechón de cabellos.

Josefina mirando afuera al través de los vidrios, exclamó:

—¡Qué precioso... el cielo!

—Es verdad —repuso el padre—. Pero... más vale que te sientes en tu silloncito. ¿Por qué no tomas alguna cosa? Mira... uno de estos bollitos.

Josefina corrió a su asiento y dejose caer en él, apartando con repugnancia las golosinas que le ofrecía su padre. Luego movió la cabeza a un lado y otro cerrando los ojos, y pronunciando estas palabras que caían sobre el corazón del padre como bombas en plaza sitiada.

—¡Guerra en Gerona!... ¡Otra vez guerra en Gerona!

Nomdedeu, sin atreverse a contradecirla habíase sentado junto a ella, y con la cabeza entre las manos lloraba como un chiquillo.

- VI -

A los dos días de acontecido esto, se rindió Monjuich. ¿Qué podían hacer aquellos cuatrocientos hombres que habían sido novecientos y que caminaban a no ser ninguno? El 12 de Agosto la guarnición del castillo se componía de unos trescientos o cuatrocientos hombres, sin piernas los unos, sin brazos los otros. Monjuich era un montón de muertos, y lo más raro del caso es que Álvarez se empeñaba en que aún podía defenderse. Quería que todos fuesen como él, es decir, un hombre para atacar y una estatua para sufrir; mas no podía ser así, porque de la pasta de D. Mariano Dios había hecho a D. Mariano, y después dijo: «basta, ya no haremos más».

Se rindió el castillo, después de clavar los pocos cañones que quedaron útiles, y por la tarde de aquel día vimos desfilar a la que había sido guarnición, marchando la mayor parte al hospital. Todos quisimos ver a Luciano Aució, el tambor que después de haber perdido una pierna entera y verdadera, siguió mucho tiempo señalando con redobles la salida de las bombas; pero Luciano Aució había muerto sacudiendo el parche mientras tuvo los brazos pegados al cuerpo. Daba lástima ver a aquella gente, y yo le dije a Siseta que había ido con los tres chicos a la plaza de San Pedro: —Como estos medios hombres estaré yo dentro de poco, Siseta, porque ya que acabaron con Monjuich, ahora la van a emprender con la torre Gironella, cuyas murallas no se han caído ya... por punto.

Los franceses no esperaron al día siguiente para combatir la ciudad, que se les venía a la mano, una vez que tenían la gran fortaleza, y desde la misma noche empezaron a levantar baterías por todos lados. Tanta prisa se dieron que en pocos días alcanzamos a ver muchísimas bocas de fuego por arriba, por abajo, por la montaña y por el llano, contra la muralla de San Cristóbal y puerta de Francia. El gobernador, que harto conocía la flaqueza de aquellas murallas de mazapán, dispuso que se ejecutaran obras como las de Zaragoza, cortaduras por todos lados, parapetos, zanjas y espaldones de tierra en los puntos más débiles.

Las mujeres y los ancianos trabajaron en esto, y yo me llevé a la plaza de San Pedro a mis tres chiquillos, que metían mucho ruido sin hacer nada. Por la noche regresaron a su casa, completamente perdidos de suciedad y con los vestidos hechos jirones.

—Aquí te traigo estos tres caballeros —dije a Siseta— para que los repases.

Ella se enojó, viéndoles tan derrotados, y quiso pegarles; pero yo la contuve diciendo:

—Si han ido al trabajo, fue porque así lo ordenó el gobernador D. Mariano Álvarez de Castro. Son los tres muy buenos patriotas, y si no es por ellos, creo que no se hubiera acabado hoy la cortadura que cierra el paso de la calle de la Barca. ¿Ves? Esa arroba de fango que tiene Gasparó en la cabeza, es porque quiso meter también sus manos en harina, y subiendo al parapeto, rodó después hasta el fondo de la zanja, de donde le sacaron con una azada.

Siseta al oír esto, empezó a solfearle en cierta parte, encareciéndole con enérgicas palabras la conveniencia de que no tomase parte en las obras de fortificación.

—¿Ves este verdugón que tiene Manalet en el carrillo y en la sien derecha? —proseguí librando a Gasparó de las justicias de su hermana—. Pues fue porque se acercó demasiado al gobernador cuando este iba con el intendente y toda la plana mayor a examinar las obras. Estas criaturitas, no contentas con verle de cerca, se metían en el corrillo, enredándose entre las piernas de D. Mariano en términos que no le dejaban andar. Un ayudante las espantaba; pero volvían como las moscas de San Narciso, hasta que al fin, cansados del juego, los oficiales empezaron a repartir bofetones, y uno de ellos le cayó en la cara a tu hermano Manalet.

—¡Ay, qué chicos estos! —exclamó Siseta—. Todos desean que se acabe el sitio para poder vivir, y yo quiero que se acabe para que haya escuela.

Entre tanto los tres patriotas volvían a todas partes sus ardientes ojos, en cuya pupila resplandecía el rayo de una vigorosa y exigente vida; miraban a su hermana y me miraban a mí, atendiendo principalmente a los movimientos de mis manos, por ver si me las llevaba a los bolsillos.

—Siseta —dije— ¿no hay nada que comer? Mira que estos tres capitanes generales me quieren tragar con los ojos. Y verdaderamente, cómo han de servir a la patria, si no se les pone algún peso en el cuerpo.

—No hay nada —dijo la muchacha suspirando tristemente—. Se ha concluido lo que tú trajiste la semana pasada, y hace dos días que la señora Sumta no me da la más mínima hora, porque parece que arriba faltan también las provisiones. ¿Nos traes algo esta noche?

Por única respuesta, fijé la vista en el suelo, y durante largo rato guardamos todos profundo silencio, sin atrevernos a mirarnos. Yo no llevaba nada.

—Siseta —dije al fin—. La verdad, hoy no he traído cosa alguna. Sabes que no nos dan más que media ración, y yo había tomado adelantadas dos o tres diciendo que eran para un enfermo. Esta mañana me dio un compañero un pedazo de pan y... ¿para qué negártelo?... tenía tanta hambre que me lo comí.

Felizmente para todos, bajó la señora Sumta trayendo algunos mendrugos de pan y otros restos de comida.

- VII -

Así pasaban muchos días, y a los males ocasionados por el sitio, se unió el rigor de la calorosa estación para hacernos más penosa la vida. Ocupados todos en la defensa, nadie se cuidaba de los inmundos albañales que se formaban en las calles, ni de los escombros, entre cuyas piedras yacían olvidados cadáveres de hombres y animales; ni por lo general, la creciente escasez de víveres preocupaba los ánimos más que en el momento presente. Todos los días se esperaba el anhelado socorro y el socorro no venía. Llegaban, sí, algunos hombres, que de noche y con grandes dificultades se escurrían dentro de la plaza; pero ningún convoy de vituallas apareció en todo el mes de agosto. ¡Qué mes, Santo Dios! Nuestra vida giraba sobre un eje cuyos dos polos eran batirse y no comer. En las murallas era preciso estar constantemente haciendo fuego, porque siendo escasa la guarnición, no había lugar a relevos, además de que el gobernador, como enemigo del descanso, no nos dejaba descabezar un mal sueño. Allí no dormían sino los muertos.

Este continuado trabajo hizo que durante aquel mes aciago estuviese hasta ocho días sin ver a mis queridos niños y a Siseta, los cuales me juzgaron muerto. Cuando al fin los vi, casi les fue difícil reconocerme en el primer instante; tal era mi extenuación y decaimiento a causa de las grandes vigilias, del hambre y el continuo bregar.

—Siseta —le dije abrazándola— todavía estoy vivo aunque no lo parezca. Cuando recuerdo el enorme número de compañeros míos que han caído para no volverse a levantar, me parece que mi pobre cuerpo está también entre los suyos, y que esto que va conmigo es una fantasma que dará miedo a la gente. ¿Cómo va por aquí de alimentos?

—Con el dinero que me quedaba de lo que tú me diste hemos comprado alguna carne de caballo. De arriba nos envían algo, porque la señorita enferma no quiere comer de estos platos que ahora se usan. El Sr. Nomdedeu parará en loco, según yo veo, y ayer estuvo aquí todo el día rellenando de paja dos pieles de gallina, con lo cual hace creer a su hija que ha recibido aves frescas de la plaza. Después le da carne de caballo, y echándole discursos escritos le hace comer unas tajaditas. La señora Sumta salió ayer con su fusil y volvió diciendo que había matado no sé cuántos franceses. Los tres chicos no me han dejado respirar en estos ocho días. ¿Querrás creer que ayer se subieron al tejado de la catedral, donde están los dos cañones que mandó poner el gobernador? Yo no sé por dónde subieron, mas creo que fue por los techos del claustro. Lo que no creerás es que Manalet vino ayer muy orgulloso porque le había rozado una bala el brazo derecho, haciéndole una regular herida, por lo cual traía un papel pegado con saliva encima de la rozadura. Badoret cojea de un pie. Yo quiero detener al pequeño; pero siempre se escapa, marchándose con sus hermanos, y ayer trajo un pedazo de bomba como media taza, llena de granos de arroz que recogió en medio del arroyo... Y tú ¿qué has oído? ¿Es cierto que vienen socorros por la parte de Olot? El señor Nomdedeu no piensa más que en esto, y por las noches cuando siente algún ruido en las calles, se levanta y asomándose por el ventanillo del patio, dice: «Vecinita, esa gente que pasa me parece que ha hablado de socorro».

—Lo que yo te puedo decir, Siseta, es que esta noche a la madrugada sale alguna tropa de aquí por la ermita de los Ángeles, y se dice que va a entretener a los franceses por un lado mientras el convoy entra por otro.

—Dios quiera que salga bien.

Esto decíamos, cuanto se sintió fuerte ruido de voces en la calle. Abrí al punto la puerta, y no tardé en encontrar algunos compañeros, que alojados en las casas inmediatas salieron al oír el estruendo de carreras y voces. La señora Sumta se presentó también a mi vista, fusil al hombro, y con rostro tan placentero cual si viniese de una fiesta.

—Ya tenemos ahí los socorros —dijo la matrona, descansando en tierra el fusil con marcial abandono.

Al punto apareció en la ventana alta el busto del Sr. Nomdedeu, quien sin poder contener su alegría gritaba:

—¡Ya ha llegado el socorro! ¡Albricias, pueblo gerundense! Señora Sumta, suba usted a informarme de todo. ¿Pero ha entrado ya el convoy? Traiga usted inmediatamente todo lo que encuentre a cualquier precio que lo vendan.

Un soldado, amigo y compañero mío, nos dijo:

—Todavía no ha entrado el convoy en la plaza, ni sabemos cuándo ni por dónde entrará.

—Lo cierto es que hacia el lado de Bruñolas se siente un vivo fuego, y es que por allí don Enrique O'Donnell se está batiendo con los franceses.

—También se oye tiroteo por los Ángeles, donde dicen que está Llauder. El convoy entrará por el Mercadal, si no me engaño.

—Señora Sumta —dijo D. Pablo desde la ventana— suba usted a acompañar a mi hija mientras yo voy a enterarme de lo que ocurre; pero deje usted fuera esos arreos militares y póngase el delantal y la escofieta. Entre tanto, encienda el fuego, ponga agua en los pucheros, que si usted va por los víveres yo mondaré luego las seis patatas que compré hoy y haré todo lo demás que sea preciso en la cocina.

Estas conferencias no se prolongaron mucho tiempo, porque tocaron llamada y corrimos a la muralla, donde tuvimos la indecible satisfacción de oír el vivo fuego de los franceses, atacados de improviso a retaguardia por las tropas de

O'Donnell y de Llauder. Para ayudar a los que venían a socorrernos se dispararon todas las piezas, se hizo un vivo fuego de fusilería desde todas las murallas, y por diversos puntos salimos a hostigar a los sitiadores, facilitando así la entrada del convoy. Por último, mientras hacia Bruñolas se empeñaba un recio combate en que los franceses llevaron la peor parte, por Salt penetraron rápidamente dos mil acémilas, custodiadas por cuatro mil hombres a las órdenes del general don Jaime García Conde.

¡Qué inmensa alegría! ¡Qué frenesí produjo en los habitantes de Gerona la llegada del socorro! Todo el pueblo salió a la calle al rayar el día para ver las mulas, y si hubieran sido seres inteligentes aquellos cuadrúpedos, no se les habría recibido con más cariñosas demostraciones, ni con tan generosa salva de aplausos y vítores. Al pasar por la calle de Cort-Real, ya entrado el día, encontré a Siseta, a los tres chicos y a D. Pablo Nomdedeu, y todos nos abrazamos, comunicándonos nuestro gozo más con gestos que con palabras.

—Gerona se ha salvado —decíamos.

—Ahora que aprieten los cerdos el cerco —exclamó D. Pablo—. ¡Dos mil acémilas! Tenemos víveres para un año.

—Bien decía yo —añadió Siseta— que por alguna parte había de venir.

Aquel día y los siguientes reinó en la plaza gran satisfacción, y hasta nos hostilizaron flojamente los franceses, porque detuviéronse algunos días en ocupar las posiciones que habían abandonado a causa de la jugarreta que se les hizo. En cuanto a los auxilios, pasada la impresión del primer instante, todos caímos en la cuenta de que los mismos que nos los habían traído nos los quitarían, porque reforzada la guarnición con los cuatro mil hombres de Conde, estos nos ayudaban a consumir los víveres. ¡Funesto dilema de todas las plazas sitiadas! Pocas bocas para comer dan pocos brazos para pelear. Muchos brazos traen muchas bocas, de modo que si somos pocos nos vence el arte enemigo; si muchos nos vence el hambre. Sobre esta contradicción se funda verdaderamente todo el arte militar de los sitios.

Así lo decía yo a D. Pablo pocos días después de la llegada de las dos mil acémilas, anunciándole que bien pronto nos quedaríamos otra vez en ayunas, a lo cual me contestó:

—Yo he hecho grandes provisiones. Pero si el sitio se prolonga mucho, también se me concluirán. Ahora, según dicen, Álvarez tiene proyectado hacer un gran esfuerzo para quitarnos de encima esa canalla. Ya sabes que a fuerza de cañonazos han abierto brecha en Santa Lucía, en Alemanes y en San Cristóbal. De un día a otro intentarán el asalto. ¿Se podrá resistir, Andrés? Yo iré a la brecha como todos; pero ¿qué podremos hacer nosotros, infelices paisanos, contra las embestidas de tan fiero enemigo?

Desde aquellos días hasta el 15 de Septiembre en que D. Mariano dispuso una salida atrevidísima, no se habló más que de los preparativos para el gran esfuerzo, y los frailes, las mujeres y hasta los chicos hablaban de las hazañas que pensaban realizar, peligros que soportar y dificultades que acometer, con tan febril inquietud y novelería, como si aguardasen una fiesta. Yo le dije a Siseta que era preciso se dispusiera a tomar parte con las de su sexo en la gran función; pero ella, que siempre se negó a calzar el coturno de las acciones heroicas, me contestó con risas y bromas que no servía para el caso, pero que si por fuerza la llevaban a la batalla, haría la prueba de matar algún francés con las tenazas de la herrería.

La salida del 15 no dio otro resultado que envalentonar a los señores cerdos, los cuales, deseosos de poner fin al cerco, tomando la ciudad, se nos echaron encima el día 19, asaltando la muralla por distintos puntos con cuatro fuertes columnas de a dos mil hombres. En Gerona fueron tan grandes aquella mañana el entusiasmo y la ansiedad, que hasta se olvidó aquella gente de que nuevamente nos faltaba un pedazo de pan que llevar a la boca.

Los soldados conservaban su actitud serena e imperturbable; pero en los paisanos se advertía una alucinación, una al modo de embriaguez, que no era natural antes del triunfo. Los frailes, echándose en grupos fuera de sus conventos, iban a pedir que se les señalase el puesto de mayor peligro: los señores graves de la ciudad, entre los cuales los había que databan del segundo tercio del siglo anterior, también discurrían de aquí para allí con sus escopetas de caza, y revelaban en sus animados semblantes la presuntuosa creencia de que ellos lo iban a hacer todo. Menos bulliciosos y más razonables que estos, los individuos de la Cruzada gerundense hacían todo lo posible para imitar en su reposada ecuanimidad a la tropa. Las damas del batallón de Santa Bárbara no se daban punto de reposo, anhelando probar con sus incansables idas y venidas que eran el alma de la defensa; los chicos gritaban mucho, creyendo que de este modo se parecían a los hombres, y los viejos, muy viejos, que fueran eliminados de la defensa por el gobernador, movían la cabeza con incrédula y desdeñosa expresión, dando a entender que nada podría hacerse sin ellos.

Las monjas abrían de par en par las puertas de sus conventos, rompiendo a un tiempo rejas y votos, y disponían para recoger a los heridos sus virginales celdas, jamás holladas por planta de varón, y algunas salían en falanges a la calle, presentándose al gobernador para ofrecerle sus servicios, una vez que el interés nacional había alterado pasajeramente los rigores del santo instituto. Dentro de las iglesias ardían mil velas delante de mil santos; pero no había oficios de ninguna clase, porque los sacerdotes, lo mismo que los sacristanes, estaban en la muralla. Toda la vida, en suma, desde lo religioso hasta lo doméstico, estaba alterada, y la ciudad no era la ciudad de otros días. Ninguna cocina humeaba, ningún molino molía, ningún taller funcionaba, y la interrupción de lo ordinario era completa en toda la línea social, desde lo más alto a lo más bajo.

Lo extraño era que no hubiera confusión en aquel desbordamiento espontáneo del civismo gerundense; pues tan grande como este era la subordinación. Verdad es que D. Mariano sabía establecerla rigurosísima, y no permitía desmanes ni atropellos de ninguna clase, siendo inexorablemente enérgico contra todo aquel que sacara el pie fuera del puesto que se le había marcado.

Las campanas tocaban a somatén, ocupándose en el servicio los chicos del pueblo, por ausencia de los campaneros, y el cañón francés empezó desde muy temprano a ensordecer el aire.

Los tambores recorrían las calles, repicando su belicosa música, y los resplandores de los fuegos parabólicos comenzaron a cruzar el cielo. Todo estaba perfectamente organizado, y cada uno fue derecho a su sitio, no necesitando preguntar a nadie cuál era. Sin que sus habitantes salieran de ella, la ciudad quedó abandonada, quiero decir que ninguno se cuidaba de la casa que ardía, del techo desplomado, de los hogares a cada instante destruidos por el horrible bombardeo. Las madres llevaban consigo a los niños de pecho, dejándoles al abrigo de una tapia, o de un montón de escombros, mientras desempeñaban la comisión que el instituto de Santa Bárbara les encomendara. Menos aquellas en que había algún enfermo, todas las casas estaban desiertas, y muebles y colchones, trapos y calderos en revuelto hacinamiento obstruían las plazas del Aceite y del Vino.

- VIII -

Yo estaba en Santa Lucía, donde había mucha tropa y paisanos. Allí me encontré a D. Pablo Nomdedeu, que me dijo:

—Andrés, mis funciones de médico y mi deber de patriota me obligan a apartarme hoy de mi hija. Mucho he sermoneado a la señora Sumta para que se quedara en casa: pero ese marimacho me amenazó con denunciarme al gobernador como patriota tibio si persistía en apartarla de la senda de gloria por la cual la llevan los acontecimientos. Mírala; ahí está entre aquellos artilleros, y será capaz de servir sola el cañón de a 12 si la dejan. La buena Siseta se ha quedado acompañando a mi querida enfermita. Ya le he dicho que le haré un buen regalo si consigue entretener a la niña, de modo que esta no comprenda nada de lo que pasa. Es cosa difícil; pero como no oye ni los cañonazos... He clavado todas las ventanas para que no se asome, y dejando cerrada a la luz solar la habitación, he encendido el candil, haciéndole creer que hay una fuerte tempestad de truenos y rayos. Como no caiga una bomba allí mismo o en las inmediaciones, es probable que nada comprenda, engañada por el profundo y saludable silencio en que yace su cerebro. ¡Dios mío, aparta de mí las tribulaciones y libra mi hogar del fuego enemigo! ¡Si me has de quitar el único consuelo que tengo en la tierra, dale una muerte tranquila y no conturbes su último instante con la cruel agonía del espanto! ¡Si ha de ir al cielo, que vaya sin conocer el infierno, y que este ángel no vea demonios junto a sí en el momento de su muerte!

La señora Sumta, empujando a un lado y otro con sus membrudos brazos, llegó a nosotros, hablando así a su amo:

—¿Qué hace ahí, señor mío, como un dominguillo? ¿Pero no tiene fusil, ni escopeta, ni pistolas, ni sable? Ya... no lleva más que la herramienta para cortar brazos y piernas al que lo haya menester.

—Médico soy, y no soldado —repuso don Pablo—: mis arreos son las vendas y el ungüento, mis armas el bisturí, y mi única gloria la de dejar cojos a los que debían ser cadáveres. Pero si preciso fuere, venga un fusil, que curaré españoles con una mano y mataré franceses con la otra.

Teníamos por jefe en Santa Lucía a uno de los hombres más bravos de esta guerra, un irlandés llamado D. Rodulfo Marshall, que había venido a España sin que nadie lo trajese y sólo por gusto de defender nuestra santa causa. Aventurero o no, Marshall por lo valiente debía haber sido español. Era rozagante, corpulento, de semblante festivo y mirar encendido, algo semejante al de D. Juan Coupigny que vimos en Bailén. Hablaba mal nuestra lengua; pero aunque alguna de sus palabrotas nos causaban risa, decíalas con la suficiente claridad para ser entendidas, y nada importaba que destrozara el castellano con tal que destrozase también a los franceses, como lo hizo en varias ocasiones.

Había que ver el empuje de aquellas columnas de cerdos, señores. No parecían sino lobos hambrientos, cuyo objeto no era vencernos, sino comernos. Se arrojaban ciegos sobre la brecha, y allí de nosotros para taparla. Dos veces entraron por ella dispuestos a echarnos de la cortina; pero Dios quiso que nosotros les echásemos a ellos. ¿Por qué? ¿De qué modo? Esto es lo que no sabré contestar a ustedes si me lo preguntan. Sólo sé que a nosotros no se nos importaba nada morir, y con esto tal vez está dicho todo. D. Mariano se presentó allí, y no crean ustedes que nos arengó hablándonos de la gloria y de la causa nacional, del rey y de la religión. Nada de eso. Púsose en primera línea, descargando sablazos contra los que intentaban subir, y al mismo tiempo nos decía: «Las tropas que están detrás tienen orden de hacer fuego contra las que están delante, si estas retroceden un solo paso». Su semblante ceñudo nos causaba más terror que todo el ejército enemigo. Como algún jefe le dijera que no se acercase tanto al peligro, respondió: «Ocúpese usted de cumplir su deber, y no se cuide tanto de mí. Yo estaré donde convenga».

Marchose después a otro punto, donde creía hacer falta, y sin él nos aturdimos de nuevo. Aquel hombre traía consigo una luz milagrosa, que nos permitía ver mejor el sitio y medir nuestros movimientos y los de los franceses, para que estos no pudieran echársenos encima. Los soldados enemigos morían como moscas al pie de la brecha; pero de los nuestros caían también por docenas. Recuerdo que un compañero mío muy amado fue herido en el pecho y cayó junto a mí en uno de los momentos de mayor apuro, de más vivo fuego, de verdadera angustia y cuando un ligero esfuerzo de más o de menos por una parte u otra habría decidido si la muralla quedaba por Francia o por España. El desgraciado muchacho quiso levantarse, pero inútilmente. Dos monjas se acercaron, despreciando el fuego, y lo apartaron de allí.

Pero la pérdida más sensible fue la del jefe don Rodulfo Marshall. Tengo la gloria de haberle recogido en mis brazos en el mismo boquete de la brecha, y no se me olvidará lo que dijo poco después, tendido en la calle en el momento de expirar: «Muero contento por causa tan justa y por nación tan brava».

Cuando esto pasó, ya los franceses indicaban haber desistido de entrar en la ciudad por aquella parte. Y hacían bien, porque estábamos cada vez más decididos a no dejarles entrar. Si a tiros no lográbamos contenerlos, los acuchillábamos sin compasión; y como esto no bastara, aún teníamos a la mano las mismas piedras de la muralla para arrojarlas sobre sus cabezas. Esta era un arma que manejaban las mujeres con mucho denuedo, y desde los contornos llovían guijarros de medio quintal sobre los sitiadores. Cuando la función en la muralla de Santa Lucía terminaba, no nos veíamos unos a otros, porque el polvo y el humo formaban densa atmósfera en toda la ciudad y sus alrededores, y el ruido que producían las doscientas piezas de los franceses vomitando fuego por diversos puntos, a ningún ruido de máquinas de la tierra ni de tempestades del cielo era comparable. La muralla estaba llena de muertos que pisábamos inhumanamente al ir de un lado para otro, y entre ellos algunas mujeres heroicas expiraban confundidas con los soldados y patriotas. La señora Sumta estaba ronca de tanto gritar, y D. Pablo Nomdedeu, que había arrojado muchas piedras, tenía los dedos magullados; pero no por esto dejaba de cuidar a los heridos, ayudándole muchas señoras, algunas monjas y dos o tres frailes, que no valían para cargar un arma.

De pronto veo venir un chico que se me acerca haciendo cabriolas, saludándome desde lejos a gritos y esgrimiendo un palo en cuya punta flotaba el último jirón de su barretina. Era Manalet.

—¿Dónde has estado? —le pregunté—. Corre a tu casa, entérate de si tu hermana ha tenido novedad, y dile que yo estoy sano y bueno.

—Yo no voy ahora a casa. Me vuelvo a San Cristóbal.

—¿Y qué tienes tú que hacer allí, en medio del fuego?

—La barretina tiene tres balazos —me dijo con el mayor orgullo, mostrándome el gorro hecho trizas—. Cuando se quedó así la tenía puesta en la cabeza. No creas que estaba en el palo, Andrés. Después la he puesto aquí para que la gente la viera toda llena de agujeros.

—¿Y tus hermanos?

—Badoret ha estado en Alemanes, y ahora me dijo que él solo había matado no sé cuántos miles de franceses, tirándoles piedras. Yo estaba en San Cristóbal: un soldado me dijo que se le habían acabado las balas, y que le llevara huesos de guinda, y le llevé más de veinte, Andrés.

—¿Y Gasparó?

—Gasparó anda siempre con mi hermano Badoret. También estuvo en Alemanes, y aunque Siseta le quiso dejar encerrado en casa, él se escapó por la puerta de atrás. Ahora hemos estado juntos, buscando algo que comer en aquel montón de desperdicios que hay en la calle del Lobo; pero no encontramos nada. ¿Tienes algo, Andrés?

—Algo, ¿qué es eso? ¿Pues acaso queda algo que comer en Gerona? Aquí no se come más que humo de pólvora. ¿Has visto al gobernador?

—Ahora iba por ahí arriba. Parece como que va al Calvario. Nosotros bajábamos con otros chicos, y cuando le vimos, pusímonos en fila, gritando: «Viva Su Majestad el gobernador D. Mariano». ¡Pues querrás creer que no nos dijo tanto así! Ni siquiera nos miró.

—¡Hombre, qué falta de cortesía! ¡No saludar a gente tan respetable!

—Después Badoret se metió en las Capuchinas, porque estaba abierta la puerta. Andrés, ¿sabes que allí hay un soldado muerto que tiene un tronco de col en la mano? Si me das licencia se lo quitaré.

—No se toca a los muertos, Manalet. Veremos si ahora que hemos destrozado a los franceses, nos dan alguna cosa.

Infinidad de mujeres ocupábanse allí en retirar a los heridos, y también repartían a los sanos algunas raciones de pan negro y muy poco vino. Nosotros veíamos a los franceses, retirándose por el llano adelante, y no podíamos reprimir un sentimiento de ardiente orgullo al ver el resultado tan colosal con tan pequeños medios. Parecía realmente un milagro que tan pocos hombres contra tantos y tan aguerridos nos defendiéramos detrás de murallas cuyas piedras se arrancaban con las manos. Nosotros nos caíamos de hambre, ellos no carecían de nada; nosotros apenas podíamos manejar la artillería, ellos disparaban contra la plaza doscientas bocas de fuego. Pero ¡ay!, no tenían ellos un D. Mariano Álvarez que les ordenara morir con mandato ineludible, y cuya sola vista infundiera en el ánimo de la tropa un sentimiento singular que no sé cómo exprese, pues en él había además del valor y la abnegación, lo que puede llamarse miedo a la cobardía, recelo de aparecer cobarde a los ojos de aquel extraordinario carácter. Nosotros decíamos que el yunque y el martillo con que Dios forjó el corazón de D. Mariano no había servido después para hacer pieza alguna.

Manalet se separó de mí, y al poco rato le vi aparecer con otros muchos chicos, todos descalzos, sucios, harapientos y tiznados, entre los cuales venía su hermano Badoret, trayendo a cuestas a Gasparó, cuyos brazos y piernas colgaban sobre los hombros y por la cintura de aquel. Todos venían muy contentos, y especialmente Badoret que repartía algunas guindas a sus compañeros.

—Toma, Andrés —me dijo el chico dándome una guinda—. Ya tienes para todo el día. Toma esta otra y repártela entre tus compañeros, que tendrán un hambre... ¿Sabes cómo las he ganado? Pues te contaré. Iba yo con Gasparó a cuestas por la calle del Lobo, y vi abierta la puerta del convento de Capuchinas, que siempre está cerrada. Gasparó me pedía pan con chillidos y más chillidos, y yo le pegaba de coscorrones para que callara, diciéndole que si no callaba, se lo contaría al señor gobernador. Pero cuando vi abierta la puerta del convento, dije: «aquí ha de haber algo», y me colé dentro. Metime en el patio, entré después en la iglesia, pasé al coro; luego a un corredor largo donde había muchos cuartos chicos, y no vi a nadie. Registré todo, por si caía cualquier cosa; pero no encontré sino algunos cabos de vela y dos o tres madejas de seda, que estuve chupando a ver si daban algún jugo. Ya me volvía a la calle, cuando sentí detrás de mí, pist, pist ... pues... como llamándome. Miré y no vi nada. ¡Qué miedo, Andrés, qué miedo! Allá a lo último del corredor había una lámina grande, muy grande, donde estaba pintado el diablo con un gran rabo verde. Pensé que era el diablo quien me llamaba, y eché a correr. Pero ¡ay de mí!, que no podía encontrar la salida, y todo era dar vueltas y más vueltas en aquel maldito corredor; y a todas estas pist, pist...

Después oí que dijeron:

—Muchacho, ven acá— y tanto miré por el techo y las paredes que alcancé a ver detrás de una reja una mano blanca, y una cara arrugada y petiseca. Ya no tuve miedo, y fui allá. La monjita me dijo: —Ven, no temas, tengo que hablarte—. Yo me acerqué a la reja y le dije: —Señora, perdóneme usía; yo creí que era usted el demonio.

—Sería una pobre monja enferma que no pudo salir con las demás.

—Eso mismo. La señora me dijo: —Muchacho, ¿cómo has entrado aquí? Dios te manda para que me hagas un gran servicio. La comunidad se ha marchado. Estoy enferma y baldada. Quisieron llevarme; pero se hizo tarde y aquí me dejaron. Tengo mucho miedo. ¿Se ha quemado ya toda la ciudad? ¿Han entrado los franceses? Ahora quedándome medio dormida soñé que todas las hermanas habían sido degolladas en el matadero, y que los franceses se las estaban comiendo. Muchacho, ¿te atreverás tú a ir ahora mismo al fuerte de Alemanes y dar esta esquela a mi sobrino don Alonso Carrillo, capitán del regimiento de Ultonia? Si lo haces, te daré este plato de guindas que ves aquí, y este medio pan...—. Aunque no me lo diera, lo habría hecho, encantimás... Cogí la esquela, ella me dijo por dónde había de salir, y corrí a los Alemanes. Gasparó chillaba más; pero yo le dije: —Si no callas te metemos dentro de un cañón como si fueras bala, disparamos, y vas a parar rodando a donde están los franceses, que te pondrán a cocer en una cacerola para comerte—. Llegué a Alemanes. ¡Qué fuego! Lo de aquí no es nada. Las balas de cañón andaban por allí como cuando pasa una bandada de pájaros. ¿Crees que yo les tenía miedo? ¡Quia! Gasparó seguía llorando y chillando; pero yo le enseñaba las luces que despedían las bombas, le enseñaba las chispas de los fogonazos, y le decía: —¡Mira qué bonito! Ahora vamos nosotros a disparar también los cañones—. Un soldado me dio una manotada, echándome para afuera, y caí sobre un montón de muertos; pero me levanté y seguí palante. Entró el gobernador, y cogiendo una gran bandera negra que parece un paño de ánimas, la estuvo moviendo en el aire, y luego les dijo que al que no fuera valiente le mandaría ahorcar. ¿Qué tal? Yo me puse delante y grité: —

Está muy bien hecho—. Unos soldados me mandaron salir, y las mujeres que curaban a los heridos se pusieron a insultarme, diciendo que por qué llevaba allí esta criatura... ¡Qué fuego! Caían como moscas; uno ahora, otro en seguida... Los franceses querían entrar, pero no los dejamos.

—¿Tú también?

—Sí; las mujeres y los paisanos echaban piedras por la muralla abajo sobre los marranos que querían subir; yo solté a Gasparó, poniéndolo encima de una caja donde estaba la pólvora y las balas de los cañones, y también empecé a echar piedras. ¡Qué piedras! Una eché que pesaba lo menos siete quintales, y cogió a un francés, partiéndolo por mitad. Aquello tenía que ver. Los franceses eran muchos, y nada más sino que querían subir. Vieras allí al gobernador, Andresillo. D. Mariano y yo nos echamos pa delante... y nos pusimos a donde estaba más apurada la gente. Yo no sé lo que hice, pero yo hice algo, Andrés. El humo no me dejaba ver, ni el ruido me dejaba oír. ¡Qué tiros! En las mismas orejas, Andrés... Está uno sordo. ¡Yo me puse a gritar llamándoles marranos, ladrones y diciendo que Napoleón era un acá y un allá! Puede que no me oyeran con el ruido; pero yo les puse de vuelta y media. Nada, Andrés, para no cansarte, allí estuve mientras no se retiraron. El gobernador me dijo que estaba satisfecho, no, a mí no me habló nada, se lo dijo a los demás.

—¿Y la carta?

—Busqué al Sr. Carrillo. Yo le conocía; lo encontré al fin cuando todo se acabó. Dile el papel, y me dio un recado para la señora monja. Luego acordándome de Gasparó, fui a recogerle donde le había dejado, pero no lo encontré. Todo se me volvía gritar: «¡Gasparó, Gasparó!» pero el niño no parecía. Por fin me lo veo debajo de una cureña, hecho un ovillo, con los puños dentro de la boca, mirando afuera por entre los palos de la rueda y con cada lagrimón... Echémele a cuestas y corrí a las Capuchinas. Pero aquí viene lo bueno, y fue que como yo venía pensando en batallas, y con la cabeza llena de todo aquello que había visto, se me olvidó el recado que me dio el señor Carrillo para la monjita. Ella me reprendió, diciéndome que yo había roto la carta y que la quería engañar, por lo cual no pensaba darme el plato de guindas ni el pan ofrecidos. Se puso a gruñir y me llamó mal criado y bestia. Gasparó echaba sangre del dedo de un pie y la monjita le lió un trapo; pero las guindas... nones. Por fin, amigo Andrés, todo se arregló porque vino el mismo Sr. Carrillo, con lo cual la señora me dio las guindas y el pan y eché a correr fuera del convento.

—Lleva este chico a tu casa para que le cuide tu hermana —dije reparando que el pobre Gasparó sangraba aún del pie.

—Después —me contestó—. He guardado algunas guindas para Siseta.

—Muchachos —gritó Manalet que se había alejado con sus compañeros y volvía a la carrera— por la calle de Ciudadanos va el gobernador con mucha gente, muchas banderas; delante van las señoras cantando, y los frailes bailando, y el obispo riendo, y las monjas llorando. Vamos allá.

Como se levanta y huye una bandada de pájaros, así corrieron y volaron aquellos muchachos, dejando libre de su infantil algazara la muralla de Santa Lucía. Yo no me moví de allí en todo el día, y las señoras nos repartieron raciones de pan y carne, ambos manjares de detestable sabor y olor; pero como no había otra cosa, fuerza era apechugar con ello, sin mostrar asco, ni repugnancia, ni desgana, para no enojar a D. Mariano.

Al anochecer, y cuando marchaba de Santa Lucía al Condestable, encontré a D. Pablo Nomdedeu en la calle de la Zapatería, donde había varios heridos arrojados por el suelo.

—Andrés —me dijo— todavía no he vuelto a mi casa. ¿Pasará algo? Creo que en la calle de Cort-Real no ha caído ninguna bomba. ¡Cuánto herido, Dios mío! La jornada ha sido gloriosa; pero nos ha costado cara. Ahora mismo estuvo aquí el gobernador visitando a esta pobre gente, y les dijo que la guarnición y los paisanos habían dejado atrás en el día de hoy a los más grandes héroes de la antigüedad.

—¿Ha curado usted muchos heridos?

—Muchísimos, y aún quedan bastantes. Mis compañeros y yo nos multiplicamos; pero no es posible hacer más. Yo quisiera tener cien manos para atender a todos. También yo estoy herido. Una bala me tocó el brazo izquierdo; pero no es cosa de cuidado. Me he liado un trapo y no he tenido tiempo para más... ¿Qué habrá sido de mi pobre hija?

—Pronto lo sabremos, Sr. D. Pablo. La noche llega. Hecha la primera cura de estos heridos, usted podrá ir un rato a su casa, y yo espero que me den licencia por una hora.

Cuando fui a la casa, ya cerca de las diez, aún no había regresado D. Pablo. Dejé abajo el fusil, y subí sin tardanza, anhelando saber de Siseta y de la señorita, y a las dos me las encontré en la sala en actitud no muy tranquilizadora. Estaba Josefina recostada en su silla con muestras de decaimiento y postración; pero con los ojos abiertos, atentamente fijos en la puerta. De rodillas a su lado, Siseta le tomaba las manos y con ademanes y palabras tiernas, a pesar de no ser oídas, procuraba tranquilizarla.

—Gracias a Dios que viene alguien de la casa —me dijo Siseta—. ¡Qué día hemos pasado! ¿Y el Sr. D. Pablo, y la señora Sumta, y mis tres hermanos?

Respondile que a ninguno de los nuestros había pasado desgracia, y ella prosiguió:

—La señorita quería salir a la calle, y he tenido que luchar con ella para detenerla. Todo lo comprende, y aunque no oye los cañonazos, se estremece toda y tiembla cuando resuena alguno, aunque sea muy lejano. Tan pronto lloraba, como caía en mis brazos desmayada llamando sin cesar a su padre. La pobrecita sabe muy bien que hay guerra en Gerona. Yo también he tenido un miedo... Figúrate: aquí solas... A cada instante me parecía que la casa se venía al suelo. Pero lo peor fue que se nos metieron aquí unos hombres. No me quiero acordar, Andrés. A eso de las dos, y cuando pareció que se acababan los tiros, entraron seis o siete patriotas, unos con uniforme, otros sin él y todos con fusiles. Cuando nos vieron, empezaron a reírse de nuestro susto, y luego dieron en registrar la casa, diciendo que querían llevarse todo lo que había de comida, porque la tropa estaba muerta de hambre. La señorita se quedó como difunta cuando los vio, y ellos por broma nos apuntaban con los fusiles para oírnos gritar llamando a todos los santos en nuestra ayuda. Aunque eran unos bárbaros, no nos hicieron daño alguno más que el gran susto y el llevarse cuanto encontraron en la cocina y en la despensa. ¡Ay, Andrés! No han dejado nada de lo que el Sr. D. Pablo había guardado, y esta noche no se encontrará aquí ni una miga de pan que llevar a la boca. ¡Cómo se reían los malditos al meter en un gran saco lo mucho y bueno que encontraron! Yo les rogué que dejasen alguna cosa; pero volvieron a apuntarme con los fusiles, diciendo que la tropa tenía ganas, y que la señora Sumta les había dicho que estas despensas estaban bien provistas.

No había concluido mi amiga su relación, cuando entró el Sr. D. Pablo; mas para no presentarse a su hija con el brazo manchado de sangre, pasó a una habitación interior, con objeto de arreglarse un poco y vendar su herida, en cuyo sitio me reuní con él para contarle lo ocurrido.

—¡Dios y la Virgen Santísima nos amparen! —exclamó con consternación—. ¡Con que me han saqueado la casa! La culpa la tiene esa maldita, y siempre habladora Sumta, que por todas partes ha de ir pregonando si tenemos o no tenemos provisiones. ¿Y mi hija? La pobrecita habrá comprendido que se encuentra en el cráter de un espantoso volcán, y serán inútiles todas nuestras comedias para convencerla de lo contrario. Es preciso buscar algo que comer, Andrés, sí, algo que comer. Mi hija se morirá de terror; pero no quiero que se muera de hambre.

—Nada se encuentra en Gerona —respondí— y menos a estas horas.

—¡Qué calamidad! Pero cómo es posible... —dijo en la mayor confusión, mientras yo le vendaba la herida, y se mudaba de vestido—. ¡Ay!, cómo me duele el brazo; pero es preciso disimular. Andrés, no te marches. Esta noche necesito de tu ayuda... Es preciso que busquemos algún alimento.

Al presentarse delante de su hija, ésta mostró su alegría claramente, abrazándole con cariño; pero al punto sus ojos revelaron vivísimo espanto, echó atrás la cabeza y cruzando las manos exclamó, «sangre».

—¿Qué hablas de sangre, hija mía? —dijo el padre desconcertado—. Que estoy manchado de sangre... Ya... sí, en la chupa hay algunas gotas... pero déjame que te cuente. ¿Sabes que he ido de caza?

La muchacha no entendía.

—Que fui de caza —escribió en el pliego de papel D. Pablo—. Fue un compromiso; no me pude evadir. El magistral y D. Pedro me cogieron, y zas, al campo... He matado tres conejos.

La enferma oprimiéndose la cabeza entre las manos, exclamó:

—¡Guerra en Gerona!

—¿Qué hablas ahí de guerra? Lo que hay es que hemos tenido un fuerte temporal... Me he mudado de ropa, porque me puse como una uva. ¿Has comido hoy bien?

—No ha tomado nada —dijo Siseta—. Ya sabrá su merced por Andrés, que unos bergantes saquearon la casa.

Esto pasaba, cuando sentimos gran estruendo en lo bajo de la casa, no estampido de bombas y granadas, sino clamor chillón y estridente, de mil desacordes ruidos compuesto, tales como patadas, bufidos, cacharrazos y sones bélicos de varia índole; pero que al pronto revelaban proceder de una muchedumbre infantil que se había metido por las puertas adentro. Nomdedeu lleno de confusión, miraba a todos lados, inquiriendo con los ojos qué podía ser aquello; pero pronto él y los demás salimos de dudas, viendo entrar una turba de chiquillos, que desvergonzadamente y sin respeto a nadie, se colaron en la sala, dando golpes, empujándose, chillando, cacareando y berreando en los más desacordes tonos. Dos de ellos llevaban sendos cacharros colgados al cinto, y sobre cuyo abollado fondo redoblaban con palillos de sillas viejas; varios tocaban la trompeta con la nariz, y todos al compás de la inaguantable música bailaban con ágiles brincos y cabriolas. Parecía una chusma infernal que salía de las escuelas de Plutón.

No necesito decir que al frente del ejército venían Manalet y Badoret, este último llevando a cuestas a Gasparó, tal como le vi en la muralla. Ninguno dejaba de llevar palo, caldero viejo o vara con pingajos colgados de la punta, con cuyos objetos se simulaban fusiles, tambores y banderas. Un fondo de silla de paja atado a una cuerda y arrastrado por el suelo, servía de trofeo a uno, y otro adornaba su cabeza con un cesto medio deshecho, no faltando las casacas de militares hechas jirones y los morriones de antigua forma con descoloridas plumas adornados.

D. Pablo, ciego de cólera y fuera de sí, apostrofó a los muchachos tan violentamente, que casi casi estuvieron a punto de aplacar un poco su entusiasmo bélico.

—Granujas, largo de aquí al instante —les dijo—. ¿Qué desvergüenza es esta? ¡Meterse en mi casa de este modo!

Siseta, indignada de tal audacia, cogió por un brazo a Manalet, que acertara a pasar junto a ella, y comenzó a vapulearle de un modo lastimoso. Yo también tomé parte en la persecución del enjambre, y empezó el reparto de pescozones a diestra y siniestra. Pero de pronto observamos que la enferma contemplaba a los desvergonzados muchachos con complaciente atención y sonreía con tanta espontaneidad y desahogo como si su alma sintiera indecible gozo ante aquel espectáculo. Hícelo notar al Sr. D. Pablo, y al punto este se puso de parte de los alborotadores, conteniendo a Siseta que iba sobre ellos con implacable furor.

—Dejarlos —dijo Nomdedeu—. Mi hija demuestra que está muy complacida viendo a esta canalla. Mira cómo se ríe, Andrés; observa cómo les aplaude. Bien, muchachos; corred y chillad alrededor del cuarto.

Y diciendo esto D. Pablo, poniéndose en medio de la sala, empezó a llevar el compás. En mal hora se les ordenó seguir. ¡Santo Dios! ¡Qué algazara, qué estrépito! Parecía que la sala se iba a hundir. Baste decir que se extralimitaron de tal modo, y de tal modo se dejaron llevar a los últimos delirios de la travesura, que al fin fue preciso poner freno a tanto juego y vocerío, porque hasta llegó el caso de que los transeúntes se detuvieran en la calle, sorprendidos y escandalizados por tan desusado rumor.

—¿Dónde has estado todo el día? —exclamó Siseta echando mano a Barodet, y deteniéndole—. ¡Y la criatura tiene sangre en el pie! Ven acá, condenado; me las pagarás todas juntas. Espera a que bajemos a casa, y verás. Y tú, Manalet de mil demonios, ¿qué has hecho de la camisa?

—En la calle de la Ballestería estaban curando unos heridos y no tenían trapos. Me quité la camisa y la di.

—¿Para qué habéis traído a casa tanto muchacho mal criado?

—Son nuestros amigos, hermana —repuso Badoret—. Hemos estado en el Capitol y allí nos han dado un poco de vino. Hermana, aquí en el seno te traigo cinco guindas.

—Marrano, ¿piensas que las voy a comer de tus manos asquerosas? Ven acá, Gasparó. Este pobrecito no habrá comido nada. ¿Qué te han hecho en el pie, que tienes sangre?

—Hermana, una bala de cañón pasó por donde estábamos, y si Gasparó no se hace para un lado, le lleva medio cuerpo; no le cogió más que la uña chica. ¡Si vieras qué valiente ha estado! Se metió debajo del cañón y allí se estuvo mirando a los franceses que querían subir a la muralla. Y les amenazaba con el puño cerrado. ¡Bonito genio tiene mi niño! Pues no creas... Ningún francés se metió con él.

—Te voy a desollar vivo —le dijo Siseta—. Espera, espera a que bajemos. A ver si se marcha pronto de aquí toda esa canalla.

—No, que se aguarden un poco —indicó don Pablo—. Son unos jovenzuelos muy salados. Mira qué contenta está Josefina. Lo que quiero, Badoret, es que no metáis mucho ruido. Bailen ustedes, y marchen de largo a largo por toda la casa; pero sin gritar para que no se escandalice la vecindad. Y dime, Manalet, ¿traen ustedes algo de comer?

—Yo traigo cinco guindas —dijo prontamente Badoret, sacándolas del seno.

—Dadme con disimulo y sin que lo vea mi
hija todo lo que traigáis, que yo os daré ochavos
para que compréis pólvora.

—Pauet tiene cuatro guindas —dijo Manalet.

—Pues vengan acá.

—Y yo tengo también un pedazo de pan, que
me sobró del de la monja.

—Pepet —dijo otro de mis chicos— trae acá
ese medio pepino que le cogiste al soldado
muerto.

—Yo doy este pedazo de bacalao —dijo otro
entregando la ofrenda en manos de D. Pablo.

—Y yo esta cabeza de gallina cruda —añadió
un tercero.

En un momento se reunieron diversos manjares tales como troncos de col, que llevaban impreso el sello de las limpias manos de sus generosos dueños; garbanzos crudos que habían sido
sacados por los agujeros de las sacas por sutilísi-
mos dedos; algunos pedazos de cecina, andrajos
de buñuelos, zanahorias, dos o tres almendras en
confite, que ya habían recibido muchas mordidas, y otras viandas, tan liberalmente entregadas
como alegremente recibidas. Procurando que no
se enterase su hija, llamó D. Pablo a la señora
Sumta, que acababa de llegar en aquel instante, y
llevándola tras el sillón de la enferma, le dijo:

—A ver si con todo esto compone usted una
cena para la enferma. Es preciso hacerle creer
que nadamos en la abundancia.

—¿Qué hemos de hacer con esto, señor, si no
lo querrán ni las gallinas? En casa no falta qué
comer.

—¡Maldita sargentona; todo se lo han llevado, todo lo han saqueado unos malditos militares que se entraron aquí! Si usted no fuera tan entrometida, tan bocona, y tan amiga de meterse donde no la llaman y de hablar lo que nadie la pregunta, no nos veríamos en esta... Y no digo más. Avíe usted una cena con esto; que mañana Dios dirá. ¿Se ha olvidado usted de cocinar? ¡Lástima que no se le reventara el fusil entre las manos, a ver si se curaba de sus locuras! A la cocina. ¡Uf! Pronto, a la cocina. Está usted apestando a pólvora.

Los muchachos, que como todos los de su edad, eran de los que si se les da el pie se toman la mano, luego que se vieron autorizados por el dueño de la casa para hacer de las suyas, dieron rienda suelta a la bulliciosa iniciativa, y no fue gresca la que armaron. Rodeando la mesa que la enferma tenía ante su sillón, no se dieron por satisfechos con mirar los distintos objetos que en ella había, sino que en todos pusieron las manos, tocando, tentando y moviendo cuanto vieron. Josefina, lejos de manifestar disgusto por tanta impertinencia, se reía de ver su inquietud. Por señas indicó a su padre que debía dar de cenar a los importunos visitantes, a lo que contestó con palabras y cierta festiva ironía D. Pablo:

—Sí, ahora. Sumta les está preparando un opíparo banquete.

Padre e hija dialogaron un rato como Dios les dio a entender, y al fin la enferma, con voz clara y entera, habló así:

—No, no me pueden convencer de que no hay guerra en Gerona. Usted no ha ido de caza, sino a curar los heridos, y estos chicos que vienen imitando a los soldados hacen ahora lo mismo que han visto.

—¡Qué habladora está! —dijo Nomdedeu—. Buen síntoma. En un año no le he oído tantas palabras juntas. Está visto que las travesuras y lindezas de estos muchachos han reanimado su espíritu. Andrés y tú, Siseta; riámonos todos, mostrando hallarnos muy satisfechos.

Según la orden del amo, prorrumpimos en sonoras risas, siendo al punto excesivamente secundados al punto por el coro infantil. D. Pablo sentose luego junto a ella, y tomando la pluma se preparó a comunicarle algo grave y largo y difícil de exprimir por señas, pues sólo en este caso se valía Nomdedeu del lenguaje escrito. Púseme tras de su asiento, y pude leer, mientras escribía, lo que sigue:

—Hija mía, tienes razón. Hay guerra en Gerona. Yo no te lo quería decir por no asustarte; pero pues lo has adivinado, basta de engaños y comedias. Ni yo he estado de caza, ni he pensado en ello. Voy a contarte lo ocurrido para que no estimes ni en más ni en menos los sucesos de este gran día. Cierto es que los franceses han vuelto a poner cerco a Gerona. Hace tiempo que se presentó amenazándonos un ejército de doscientos mil hombres, mandados por el mismo emperador Napoleón en persona.

Josefina al leer esto que era de lo más gordo, mironos a todos, interrogándonos con los ojos acerca de la exactitud de tal noticia, y no necesitamos que D. Pablo nos lo advirtiera para hacer demostraciones afirmativas que hubieran convencido a la misma duda. El padre continuó así:

—Has de saber que ahora tenemos aquí un gobernador que llaman D. Mariano Álvarez de

Castro, el cual en cuanto vio venir a los franceses dispuso las cosas de manera que no quedara uno solo para contarlo. Concertó de modo que un ejército español de quinientos mil hombres, que estaba ahí por Aragón sin saber qué hacerse, viniese en nuestra ayuda por el lado de Montelibi, precisamente cuando los franceses nos atacaban esta mañana por el otro lado. Al amanecer rompieron el fuego; desde la muralla de Alemanes se veía a Napoleón I montado en un caballo y con un grandísimo morrión todo lleno de plumas en la cabeza. Embisten los franceses... ¡Ay!, hija mía: habías tú de ver aquello. Nuestros soldados los barrían materialmente, y como a la hora de empezar el combate apareció el ejército de quinientos mil hombres como llovido, los pobres cerdos no supieron a qué santo encomendarse. En fin, hija mía, les hemos dado una paliza tal, que a estas horas van todos camino de Francia con su Emperador a la cabeza, con lo cual se acaba la guerra y pronto tendremos aquí a nuestro rey Femando.

Josefina volvió a asesorarse de nosotros antes de dar crédito a tales maravillas.

—Yo no te lo había querido decir —continuó Nomdedeu— por no asustarte; pero el júbilo de la ciudad es tan grande, que ni aun tú que estás tan retraída podrías dejar de conocerlo. Lo mismo que estos chicos, andan los mayores por el pueblo, entregados a las manifestaciones de un delirante regocijo. Figúrate que en los pasados días, los franceses que andaban por ahí, no permitían llegar comestibles al pueblo y hoy todo es abundancia, y además de lo que puede venir, tenemos todo lo que al enemigo se ha cogido, que es, si no me engaño, tantos miles de bueyes, no sé cuántos millones de sacos de harina, y los miles de los miles en gallinas, huevos, etc... Ya podemos marchar a Castellà cuando quieras...

—Mañana mismo —dijo Josefina con afán.

—Sí, mañana mismo —escribió D. Pablo—. Estamos como queremos, y jamás ha tenido Gerona temporada más alegre, más animada. La gente está loca de contento, y todo se vuelve cantos y bailes y felicitaciones y regocijos. Como los víveres han entrado esta tarde con abundancia fenomenal, hija mía, yo te he traído de todo cuanto hay en la plaza; y aunque tu estómago sigue débil, yo creo que debes tomar de todo, con tal que sea en dosis muy pequeñas. Sobre esto consulté a D. Pedro, mi compañero en el hospital, y me dijo que convenía alimentarte con una gran diversidad de manjares, tomando de cada uno ración muy mínima y cuidando según lo ordena Hipócrates, de que alternen en un mismo plato la cecina y las guindas, los buñuelos con *la leguminosa cicer pisum*, que llamamos garbanzo, y las almendras confitadas con esa planta salutífera que se conoce en la ciencia por Beta vulgaris latifolia, y que comúnmente llamamos acelga, manjar de gran virtud medicinal si se le mezcla con dulce, con nueces y hasta con un poquito de bacalao. Con que disponte a cenar, que mañana si el día está bueno, se podrá ir a Castellà, aunque a decir verdad, hija mía, ahora caigo en que tal vez sea difícil, porque todos los carros y caballerías del pueblo los ha tomado la Junta con objeto de organizar la gran procesión y cabalgata con que ha de celebrarse este triunfo sin igual. Pero será cosa de dos o tres días. Es preciso que te animes para salir a ver las iluminaciones de esta noche, aunque hablando en puridad no te conviene tomar el sereno; y para que participes de la común alegría, aquí tenemos a Andrés y a Siseta, que se prestarán a bailar delante de ti con los chicos un poco de sardana y otro poco de tira-bou, comenzando esta noche, para que también en esta casa se manifieste la inmensa satisfacción y patriótico alborozo de que está poseída la ciudad. Como tú no oyes, suprimiremos el fluviol y la tanora que sólo sirven para meter inútil ruido. Con que puedes dar la señal para que comience la fiesta. Yo voy un instante a preparar en el comedor la riquísima y abundante cena con que obsequiaremos a estos jóvenes, así como a los preciosos y bien educados niños.

Y luego volviéndose a Siseta y a mí, nos dijo:

—No hay más remedio. Es preciso bailar un poquito, aunque supongo, Andrés, que ese cuerpo, venido hace poco de Santa Lucía, no estará para sardanas. Pero, amigos, bailando hacéis una obra de caridad. ¡Quién lo había de decir! ¡Hay tantas maneras de practicar el santo Evangelio!

- X -

El lector no lo creerá; el lector encontrará inverosímil que bailásemos Siseta y yo en aquella lúgubre noche, precisamente en los instantes en que incendiados varios edificios de la ciudad, esta ofrecía en su estrecho recinto frecuentes escenas de desolación y angustia. Formando con ocho chiquillos un gran ruedo, bailamos, sí, obedeciendo a la apremiante sugestión de aquel padre cariñoso que nos pedía con lágrimas en los ojos nuestra cooperación en la difícil comedia con que engañaba al delicado espíritu de su hija; pero bailamos en silencio, sin música, y nuestras figuras movibles y saltonas tenían no sé qué mortuorio aspecto. Nuestras sombras proyectadas en la pared remedaban una danza de espectros, y los únicos rumores que a aquel baile acompañaban eran, además de nuestros pasos, el roce de los vestidos de Siseta, el retemblar del piso, y un ligero canto entre dientes de Badoret que al mismo tiempo hacía además de tocar el fluviol y la tanora.

Por mi parte sostenía interiormente una ruda lucha conmigo mismo para contraer y esforzar mi espíritu en la horrible comedia que estaba representando, e iguales angustias experimentaba Siseta, según después me dijo.

Al fin la turbación moral, unida al cansancio, me hicieron exclamar: «ya no puedo más», arrojándome casi sin aliento en un sillón. Lo mismo hizo Siseta.

Pero Josefina que nos contemplaba con indecible satisfacción y agrado, pidionos que bailásemos más, y con elocuentes miradas dirigidas a su padre, nos decía que éramos unos holgazanes sin cortesía. Vierais allí al buen D. Pablo suplicándonos que bailáramos por la salvación eterna; y ¿qué habíamos de hacer? Bailamos como insensatos segunda y tercera tanda. Al fin nos sirvió de pretexto para descansar el hecho de servirse a la desgraciada joven la hipocrática cena de que antes he hecho mención, la cual fue acompañada de elocuentes discursos mímicos y literarios del doctor Nomdedeu, quien ponderaba a su idolatrada enferma las excelencias del repugnante pisto, servido en nueve o diez platos con raciones microscópicas. Todo aquello era una farsa lúgubre que oprimía el corazón, y don Pablo que la presidía, el infeliz D. Pablo, escuálido, ojeroso, amarillo, trémulo, parecía haber salido de la sepultura y esperar el canto del gallo para volverse a ella. Siseta lloraba a escondidas, y algunos de los chicos, rendidos al poderoso sueño y a la gran fatiga, habían estirado los miembros y cerrado los ojos en diversos puntos, y donde cada cual encontró mejor comodidad y fácil postura.

—Sr. D. Pablo —dije al médico— no nos mande usted bailar más, porque nosotros mismos creeremos que estamos locos.

—Hijos míos —me contestó— tengo el corazón partido de dolor. Necesito estar en batalla constantemente para contener las lágrimas que se me caen de los ojos. ¡Pobre Gerona! ¿Existirás mañana? ¿Estarán mañana en pie tus nobles casas y con vida tus valientes hijos? ¡Yo tengo espíritu para todo; para lamentar y llorar la muerte de mi ciudad natal, y atender al cuidado de mi pobre hija! ¿Qué cuesta representar esta farsa? Nada; la pobrecita se deja engañar fácilmente, y como su enfermedad no es otra cosa que una fuerte pasión de ánimo, en el ánimo se han de aplicar los cauterios, las cataplasmas, los tónicos y los emolientes que le he recetado esta noche. Puede que le hayamos salvado la vida. ¿Sabéis lo que significan en naturaleza tan delicada, tan sutilmente sensible, una triste o agradable impresión? Pues significa tanto como la vida o la muerte. Sí, hijos míos: si yo no cuidara de ocultar a mi hija las angustias que atravesamos, se pondría su alma en tales términos que el menor accidente la mataría, como un soplo de viento apaga la luz. Es preciso resguardar esta pobre lámpara del aire que la mata, y darla el que la vivifica. Así va tirando, tirando, y quién sabe si la podré

84

salvar. Sed, pues, caritativos, y procurad diver-
tirla. Ved cómo se ríe; reparad qué precioso color
han tomado sus mejillas. La creencia de que Gerona está llena de felicidades y la esperanza de ser
llevada pronto a Castellà, la fortifican y dan
nueva vida. Esta noche marchamos bien; pero
mañana ¿qué haré, qué la diré mañana? Si crece
la escasez de víveres, como es probable, si se de-
claran el hambre y la epidemia, y caen bombas en
parajes cercanos o aquí mismo, ¿qué comedia re-
presentaremos? Dios me favorezca y me inspire,
pues para su infinita misericordia nada hay imposible.

—Estoy muerto de cansancio —dije yo,
viendo que Josefina pedía más baile— y además
es tarde y tengo que marcharme a mi puesto.

Siseta ya no podía tenerse en pie, y la señora
Sumta, que yacía en el suelo con la inmovilidad
de un talego, roncaba sonoramente, remedando
en la cavidad de sus fosas nasales el lejano zumbido del cañón. Badoret, cansado ya de tocar en
silencio el fluviol y la tanora, dormía como los demás chicos. D. Pablo, bastante generoso para no
exigirnos imposibles, se apresuró a complacer a
la enferma, poseída de cierto febril insomnio, y se
puso a danzar en medio de la sala haciendo corro
con cuatro chicos de los más despabilados.
Cuando yo salí, quedaba el pobre señor haciendo
piruetas y cabriolas con ningún arte y mucha tor-
peza; pero su incapacidad para el baile, provo-
cando la hilaridad de su hija, más le inducía a seguir bailando. Daba saltos, alzaba los brazos des-
compasadamente, se descoyuntaba de pies y manos, tropezaba a cada instante, inclinándose adelante o atrás, hacía mil paseos estrambóticos y
mil figuras grotescas que en otra ocasión me

habrían hecho reír, y un sudor angustioso afluía de su rostro macilento, desfigurado por las muecas y visajes que le obligaban a hacer el fatigoso movimiento y los agudos dolores de su herida. Nunca vi espectáculo que tanto me entristeciera.

- XI -

Esto que he referido a ustedes se repitió algunos días. Después vinieron circunstancias distintas y todo cambió. Los franceses escarmentados con la vigorosa y nunca vista defensa del 19 de Setiembre, mediante la cual estrelláronse contra todos los puntos de la muralla que quisieron franquear, no se atrevían al asalto. Tenían miedo, dicho sea sin petulancia; conocían la imposibilidad de abrir las puertas de Gerona por la fuerza de las armas, y se detuvieron en su línea de bloqueo, con intención de matarnos de hambre. El 26 de Setiembre llegó al campo enemigo el mariscal Augereau, el cual dicen se había distinguido en las guerras de la república y en el Rosellón; trajo consigo más tropas, las cuales poniéndonos por todos lados cerco muy estrecho, nos encerraron en términos que no podía entrar ni una mosca. Excusado es decir a ustedes que los pocos víveres que había se fueron acabando hasta que no quedó nada, sin que el gobernador diera a esto importancia aparente, pues cada hora se sostenía más en su tema de que Gerona no se rendiría mientras él viviese, y aunque media población sucumbiera a las penas del hambre y a las calenturas que se iban desarrollando al compás de no comer.

Ya no era posible pensar en socorros, como no vinieran por los aires. Ya no teníamos el triste recurso de buscar la muerte en las murallas, porque ellos no se cuidaban de asaltarlas, y era forzoso cruzarse de brazos y dejarse morir, mirando la efigie impasible de don Mariano Álvarez, cuyos ojos vivos no paraban nunca observando aquí y allí nuestras caras, por ver si alguna tenía trazas de desaliento o cobardía. Estábamos moralmente aprisionados entre las garras de acero de su carácter, y no nos era dado exhalar una queja ni un suspiro, ni hacer movimiento que le disgustara, ni dar a entender que amábamos la libertad, la vida, la salud. En suma, le teníamos más miedo que a todos los ejércitos franceses juntos.

Morir en la brecha es no sólo glorioso, sino hasta cierto punto placentero. La batalla emborracha como el vino, y deliciosos humos y vapores se suben a la cabeza, borrando de nuestra mente la idea del peligro, y en nuestro corazón el dulce cariño a la vida; pero morir de hambre en las calles es horrible, desesperante, y en la tétrica agonía ningún sentimiento consolador ni risueña idea alborozan el alma irritada y furiosa contra el mísero cuerpo que se le escapa. En la batalla, la vista del compañero anima; en el hambre el semejante estorba. Pasa lo mismo que en el naufragio; se aborrece al prójimo, porque la salvación, sea tabla, sea pedazo de pan, debe repartirse entre muchos.

Llegó el mes de Octubre y se acabó todo, señores: se acabó la harina, la carne, las legumbres. No quedaba sino algún trigo averiado, que no se podía moler. ¿Por qué no se podía moler? Porque nos comimos las caballerías que movían los molinos. Se pusieron hombres; pero los hombres extenuados de hambre, se caían al suelo. Era preciso comer el trigo como lo comen las bestias, crudo y entero. Algunos lo machacaban entre dos piedras, y hacían tortas, que cocían en el rescoldo de los incendios. Aún quedaban algunos asnos; pero se acabó el forraje, y entonces los animalitos se juntaban de dos en dos y se mantenían comiéndose mutuamente sus crines. Fue preciso matarlos antes que enflaquecieran más; al fin la carne de asno, que es la más desabrida de las carnes, se acabó también. Muchos vecinos habían sembrado hortalizas en los patios de las casas, en tiestos y aun en las calles; pero las hortalizas no nacieron. Todo moría, humanidad y naturaleza, todo era esterilidad dentro de Gerona, y empezó una guerra espantosa entre los diversos órdenes de la vida, destruyéndose de mayor a menor. Era una guerra a muerte en la animalidad hambrienta, y si al lado del hombre hubiera existido un ser superior, nos hubiéramos visto cazados y engullidos.

Yo padecía las más crueles penas, no sólo por mí, sino por la infeliz Siseta y sus tres hermanos, que carecían absolutamente de todo. Los chicos eran al principio los mejor librados, porque ellos salían a la calle, y merodeando o husmeando aquí y allá, siempre sacaban alguna cosa; pero Siseta, la pobre Siseta, no tenía más amparo que yo, y yo me volvía loco para buscarle el sustento. Había, sí, algunos víveres en la plaza, y se encontraban pececillos del Oñá, que más que peces parecían insectos, y pájaros escuálidos, que eran cazados desde los tejados: también había alguna carne de mulo y de perro; pero para adquirir estos artículos se necesitaba dinero, mucho dinero, y nosotros no lo teníamos. La ración de trigo seco había llegado a sernos tan repugnante como un veneno.

D. Pablo Nomdedeu gastaba todos sus ahorros para poner a su hija una mala comida, y fue de los que dieron por una gallina diez y seis o veinte pesos, cuando algún payés, afrontando mil peligros y venciendo obstáculos mil, lograba entrar en la plaza. En los días de la gran escasez, la señora Sumta no bajaba nada a casa de Siseta, y los chicos se secaban los ojos mirando a la escalera por ver si descendía por ella algún maná. Llegó también el día en que Badoret, Manalet y Gasparó se cansaron de sus correrías por las calles, porque de todas partes eran expulsados los muchachos vagabundos, por la mala opinión que había respecto a la limpieza de sus manos. Flacos y casi desnudos, mis tres hermanos o mis tres hijos, pues como a tales traté siempre, inspiraban profunda compasión, y formando lastimero grupo junto a Siseta, permanecían largas horas en silencio, sin juegos ni risas, tan graves como ancianos decrépitos; inertes y quebrantados, sin más apariencia de vida que el resplandor de sus grandes ojos negros, llenos de ansioso afán. Siseta les miraba lo menos posible, deseando así conservar la calma que se había impuesto como un deber, y hasta se atrevía a mostrar conatos de severidad, creyendo equivocadamente que en tal trance la fuerza moral servía de alguna cosa.

Yo estuve tres días sin verlos, porque mis obligaciones me impedían ir a la casa. Cuando fui, encontreles en la situación que he descrito.

Desde luego admiré la entereza de los pobres niños, bastante inteligentes para no importunarnos pidiéndonos lo que sabían no podíamos darles. Únicamente Gasparó, comiéndose sus puños y bebiéndose sus lágrimas, faltaba a la circunspección sostenida por sus hermanos. Llegó un momento en que Siseta, no pudiendo contener su dolor, empezó a llorar amargamente registrando después los últimos rincones de la casa por ver si parecía de milagro alguna vianda. Yo salí, volví a entrar, salí de nuevo y regresé, después de dar mil vueltas, con la terrible evidencia de que no podía encontrar nada. Siseta y yo convenimos en que era preciso rezar, con la esperanza de que a fuerza de ruegos, nos enviase Dios por sus misteriosos caminos, algo de lo que tanto necesitábamos. Pero rezamos y Dios no nos mandó nada.

- XII -

Repentinamente se me ocurrió una idea salvadora.

—Siseta —dije a mi amiga—. Hace días que no veo a Pichota; pero supongo que andará por ahí con sus tres gatitos.

—¡Oh! —me respondió con dolor—. ¿No sabes que el Sr. D. Pablo ha acabado con toda la familia? ¡Pobre Pichota! Él dice que es una carne excelente; pero yo creo que me moriría de hambre antes de comerla.

—¿Ha muerto Pichota? No sabía nada: ¿y también los tres angelitos?...

—No te lo quería decir. En estos últimos días que has faltado de casa, D. Pablo bajaba con frecuencia. Un día se me puso delante de rodillas rogándome que le diera algo para su hija, pues ya no tenía víveres, ni dinero para comprarlos. Cuando esto me decía, uno de los gatitos me saltó al hombro, y D. Pablo, echándole mano con mucha presteza, se lo guardó en el bolsillo. Al día siguiente bajó de nuevo y me ofreció los muebles de su sala si le daba otro de los hijos de Pichota, y sin aguardar mi contestación, entró en la cocina, después en el cuarto oscuro, púsose en acecho y lo mismo que un gato caza al ratón, así cazó él al gato. Cuando salió tuve que curarle los arañazos que traía en la cara. El tercero pereció de la misma manera, y después de esto Pichota ha desaparecido de la casa, tal vez por haber entendido que no está segura.

Yo meditaba sobre la deserción del pobre animal cuando se nos presentó de repente Nomdedeu. Su aspecto era por demás macilento y cadavérico, habiendo perdido a fuerza de padeceres físicos y morales hasta aquella bondadosa expresión y el dulce acento que le distinguían. Su vestido estaba desordenado y roto, y traía la escopeta de caza y un largo cuchillo de monte.

—Siseta —dijo bruscamente, y olvidándose de saludarme, a pesar de que hacía algunos días que no nos veíamos—. Ya sé dónde está esa pícara de Pichota.

—¿En dónde, Sr. D. Pablo?

—En el desván que hay en el fondo del patio y que servía de pajar y granero cuando yo tenía caballo.

—Tal vez no será ella —dijo mi amiga en su generoso anhelo de salvar al pobre animal.

—Sí, es ella, te digo que es ella. A mí no se me despinta Pichota. La muy tunanta saltó esta mañana por la ventana de la despensa y me robó un pernil que allí tenía. ¡Qué atrevimiento! Comerse la carne de su propio hijo. Es preciso acabar con ese animal. Siseta, ya te he dado gran parte de mis muebles en cambio de los gazapos. No me queda otra cosa de valor que mis libros de medicina. ¿Los quieres a trueque de Pichota?

—Sr. D. Pablo, ni los muebles, ni los libros tomaré; coja usted a Pichota, y ya que nos vemos reducidos a tal extremidad, dé una parte a mis hermanos.

—Está bien —respondió Nomdedeu—. Andrés, ¿te atreves a cazar ese terrible animal?

—No creo que sean precisos tantos pertrechos militares —respondí.

—Pues yo sí lo creo. Vamos allá.

Barodet y su hermano quisieron seguirnos, pero Siseta los contuvo, diciéndoles que no fueran curiosos ni entrometidos; y solos el médico y yo subimos al desván, entrando despacio y con precauciones por temor a ser acometidos del rabioso carnicero, a quien el hambre y el instinto de conservación debían haber dado una ferocidad extraordinaria. D. Pablo, porque la presa no se escapara, cerró por dentro la puerta y quedamos casi en completa oscuridad, pues la débil luz que por un estrecho ventanillo entraba, no aclaró el lóbrego recinto sino cuando nuestros ojos fueron perdiendo poco a poco el deslumbramiento de la luz exterior. Multitud de objetos, como muebles destrozados y viejos obstruían buena parte de la estancia y sobre nuestras cabezas flotaban densos cortinajes de tela de araña, guarnecidos por el polvo de un siglo. Cuando empezamos a ver los contornos y las oscuras tintas del recinto, buscamos con los ojos al prófugo; pero nada vimos, ni se oyó ruido alguno que indicase su presencia. Manifesté mis dudas a D. Pablo; pero él me dijo:

—Sí, aquí está. La vi entrar hace un momento.

Movimos algunas cajas vacías, arrojamos a un lado algunos pedazos de silla y un pequeño tonel, y entonces sentimos el roce de un cuerpo que se deslizaba en el fondo de la pieza atropellando los hacinados objetos. Era Pichota. Vimos en el fondo oscuro sus dos pupilas de un verde aurífero, vigilando con feroz inquietud los movimientos de sus perseguidores.

—¿La ves? —dijo el doctor—. Toma mi escopeta y suéltale un tiro.

—No —repuse riendo—. Es muy fácil errar la puntería. De nada sirve en este caso el fusil. Póngase usted a ese lado y deme el cuchillo.

Las dos pupilas permanecían inmóviles en su primera posición, y aquella lumbre verdosa y dorada que no se parece a la irradiación de ninguna otra mirada, ni de piedra alguna, produjo en mí fuerte impresión de terror. Después distinguí el bulto del animal, y sus manchas parduscas y negras sobre amarillo se multiplicaban a mis ojos, ensanchando su cuerpo hasta darle las proporciones de un tigre. Yo tenía miedo, ¿a qué negarlo con pueril soberbia?, y por un momento sentime arrepentido de haber emprendido obra tan difícil. D. Pablo que tenía más miedo que yo, daba diente con diente.

Celebramos consejo de guerra, del cual salió que debíamos tomar la ofensiva; pero cuando cobrábamos algún valor sentimos un sordo ronquido, un ruido entre arrullo y estertor que anunciaba las disposiciones hostiles de Pichota. En su lenguaje, la gata nos decía: «Asesinos de mis hijos, venid acá, que os espero».

Pichota, que primero estaba en postura de esfinge, se agachó sentando la angulosa cabeza sobre las patas delanteras, y entonces su mirada cambió, despidiendo una luz azul que proyectaba de dos rayas verticales. Parecía fruncir el torvo ceño. Luego irguió la cabeza, pasose las patas por la cara, limpiando los largos bigotes; y dio algunas vueltas sobre sí misma, para bajar a un sitio más cercano, donde se puso en actitud de salto. La fuerza muscular que estos animales tienen en las articulaciones de sus patas traseras es inmensa, y desde su puesto podía saltar hasta nosotros. Yo observé que las miradas del animal se dirigían más rectamente a D. Pablo que a mí.

—Andrés —me dijo— si tú tienes miedo, yo me voy encima de ella. Es una vergüenza que un animal tan pequeño acobarde de este modo a dos hombres. Sí; señora Pichota, nos la comeremos a usted.

Parece que el animal oyó y entendió estas amenazadoras palabras, porque aún no había acabado de pronunciarlas mi amigo, cuando con ligereza suma lanzose sobre él, haciéndole presa en el cuello y en los hombros. La lucha fue breve y la gata había puesto ya en ejecución el conjunto de su potencia ofensiva, de modo que el resto del combate no podía menos de sernos favorable. Acudí en defensa de mi amigo, y el animal cayó al suelo, llevándose en las uñas algunas pequeñas partículas de la persona del buen doctor, haciéndome a mí algunos desperfectos en la mano derecha. Corrió luego en distintas direcciones, pero al lanzarse sobre mí, tuve la buena suerte de recibirla con la punta del cuchillo de monte, lo cual puso fin al desigual combate.

—Este animal es más temible de lo que creí —me dijo D. Pablo, apoderándose del cuerpo palpitante.

—Ahora, Sr. Nomdedeu —dije yo— partiremos como hermanos la presa.

El doctor hizo una mueca que indicaba su profundo disgusto, y limpiándose la sangre del cuello, me dijo con tono agresivo que por primera vez entonces oí de sus labios:

—¿Qué es eso de partir? Siseta contrató conmigo a Pichota a cambio de mis libros. ¿Tú sabes que mi hija no ha comido nada ayer?

—Todos somos hijos de Dios —repuse— y también Siseta y los de abajo han de comer, Sr. D. Pablo.

Nomdedeu se rascó la cabeza, haciendo con boca y narices contracciones bastante feas; y tomando el animal por el cuello me dijo:

—Andrés, no me incomodes. Siseta y los bergantes de sus hermanos pueden alimentarse con cualquier piltrafa que busquen en la calle; pero mi enferma necesita ciertos cuidados. Después de hoy viene mañana, y tras mañana pasado. Si ahora te doy media Pichota, ¿qué le daré a mi hija dentro de un par de días? Andrés, tengamos la fiesta en paz. Busca por ahí algo que echar a tus chiquillos, que ellos con roer un hueso quedarán satisfechos; pero haz el favor de no tocarme a Pichota.

De esta manera el corazón de aquel hombre bondadoso y sencillo se llenaba de egoísmo obedeciendo a la ley de las grandes calamidades públicas, en las cuales, como en los naufragios, el amigo no tiene amigo, ni se sabe lo que significan las palabras prójimo y semejante. Oyendo a D. Pablo, despertose en mí igual sentimiento egoísta de la vida, y vi en él un aborrecido partícipe de la tabla de salvación.

—Sr. Nomdedeu —exclamé con súbita cólera— he dicho que Pichota se partirá, y no hay más sino que se partirá.

El médico al oír este resuelto propósito, mirome con profunda aversión por algunos segundos. Sus labios temblaban sin articular palabra alguna: púsose pálido, y luego con un gesto repentino, me empujó hacia atrás fuertemente. Yo sentí que mi sangre abrasada corría hacia el cerebro, un repentino escalofrío que circuló por mi cuerpo me crispaba los nervios. Cerrando los puños, alargué las manos casi hasta tocar con ellas la cara de Nomdedeu, y grité:

—¿Con que no se parte Pichota? Pues mejor. Mejor, porque es toda para mí. ¿Qué tengo yo que ver con la señorita Josefina, ni con sus males ridículos? Dele usted telarañas.

Nomdedeu rechinó los dientes, y sin contestarme se fue derecho hacia el animal que yacía en tierra desangrándose. Hice yo igual movimiento; nuestras manos se chocaron, forcejeamos un breve instante, descargué sobre él mis puños, y Nomdedeu rodó por el suelo largo trecho, dejándome en completa posesión de la presa.

—¡Ladrón! —exclamó—. ¿Así me robas lo que es mío? Aguarda y verás.

Recogiendo la víctima, me dispuse a salir. Pero Nomdedeu corrió, mejor dicho, saltó como un gato hacia donde estaba la escopeta, y tomándola, me apuntó al pecho diciendo con trémula y ronca voz:

—Andrés, canalla: suéltala o te asesino.

Miré en derredor mío buscando el cuchillo de monte; pero ya D. Pablo lo tenía en el cinto. Corrí a la puerta del desván y no pude abrirla; entrome de súbito un terror que no pude vencer, y salté maquinalmente, sin saber lo que hacía, hacia los cajones vacíos, los muebles viejos y el montón de cachivaches donde se nos había aparecido Pichota. Mis pies se hundían entre tablas desvencijadas cuyos clavos me lastimaban, y mi cabeza tropezó en las vigas del techo haciendo caer el polvo, la polilla y las repugnantes inmundicias depositadas por dos siglos.

—Bárbaro —grité desde arriba— ya me las pagarás todas juntas.

Pero Nomdedeu seguía tras mí, buscando la puntería y con pie firme hollaba las rotas tablas; yo corrí de un extremo a otro seguido por él, y dimos varias vueltas, subiendo, bajando, hundiéndonos y levantándonos en los desfiladeros, laberintos y sinuosidades de aquella caverna.

Por fin, habiendo salido el tiro, Nomdedeu extendió su hocico como ávido cazador, por ver si me había alcanzado. Felizmente la bala no me tocó.

—No me ha tocado —dije con furiosa alegría, disponiéndome a caer sobre mi enemigo.

Pero él desenvainó al instante su cuchillo, y con acento más frenéticamente alegre que el mío, gritó en medio del desván:

—¡Ven, ven!... ¡Ladrón, que quieres matar de hambre a mi hija!... Suelta a Pichota, suéltala, miserable.

Y sin esperar a que yo le acometiera, corrió hacia mí. Entrome mayor pánico que cuando me perseguía con la escopeta, y de nuevo nos lanzamos a los precipicios en miniatura, tropezando y saltando, yo delante, él detrás, yo gritando, él rugiendo, hasta que rendido de fatigas caí entre destrozadas tablas que me impedían todo movimiento. Me encontré débil y me reconocí cobarde, sintiéndome incapaz de luchar con aquella furia, metamorfosis del hombre más manso, más generoso y humanitario que yo había conocido.

—Sr. D. Pablo —dije— tome usted a Pichota. No puedo más. Se ha vuelto usted tigre.

Sin contestarme nada, y mostrando la horrible agitación y crisis de su alma en un sordo mugido, recogió el animal que yo había arrojado lejos de mí, y abriendo la puerta, se marchó.

Yo, después de pasada la irascibilidad de aquel cuarto de hora, apenas me podía tener, salí, bajé a casa de Siseta, y cuando esta me vio magullado, arañado y cubierto de polvo, tuvo miedo. En pocas palabras contele lo ocurrido, y los tres muchachos me oyeron con espanto.

—No hay nada por hoy —les dije con angustia—. Voy a la calle a ver si encuentro una persona caritativa.

Siseta se abrazó a sus hermanos, derramando lágrimas de desesperación, y yo corrí desolado fuera de la casa. En la calle marchaba como un ebrio, sin dirección, ni aplomo, ni camino, y con la mente en ebullición, cargada, atestada y henchida de criminales ideas.

- XIII -

A mi paso encontraba las familias desvalidas, formando horrorosos grupos de desolación en medio de la vía pública, con los pies en el lodo y guarecida la cabeza del sol y la lluvia bajo miserables toldos de sucias esteras. Se arrancaban de las manos unos a otros la seca raíz de legumbre, el fétido pez del Oñá, las habas carcomidas y los huesos de animales no criados para la matanza. Diestros carniceros, improvisados por la necesidad, perseguían por todos los rincones de Gerona a los pobres perros, que bastante inteligentes para comprender su próxima suerte, buscaban refugio en lo más recóndito, y aún se atrevían a traspasar la muralla, corriendo a escape hacia el campo francés, donde eran acogidas con aplauso y algazara tales pruebas de nuestra penuria. Por todas partes, en sótanos y tejados, los gatos se defendían con sus ásperas uñas del ataque de la humanidad, empeñada en vivir.

Los soldados recibían su ración de trigo seco; pero los habitantes de la ciudad tenían que buscarse el sustento como Dios les daba a entender. La caza y la pesca eran la ocupación más importante. En cuanto a los trabajos militares, no había nada, porque nuestra situación consistía en recibir bombas y granadas, sin poder apenas devolverles los saludos. En varias partes pedí que me dieran algo para unos pobres huérfanos, pero la gente me miraba con indignación, y alguno me echó en cara mi robustez. Yo estaba en los puros huesos.

En la calle de Ciudadanos y en la plaza del Vino vi muchos enfermos que habían sido sacados de los sótanos para que se murieran menos pronto. Su mal era de los que llamaban los médicos fiebre nerviosa castrense, complicada con otras muchas dolencias, hijas de la insalubridad y del hambre; y en los de tropa todas estas molestias caían sobre la fiebre traumática.

Sin quererlo yo, me apartaba a cada instante de mi objeto, que era buscar alimento para mis niños, y aquí me llamaban para que ayudasen a arrastrar un enfermo, allí me rogaban que ayudara a poner tierra encima de los cadáveres. Mi deseo era arrojarme como los demás en medio del arroyo esperando la muerte; pero el ejemplo de algunos que resistían con sin igual tesón el cansancio, me obligaba a seguir en pie. En la calle de la Zapatería Vieja sacamos fuera de los sótanos a varios clérigos, ancianos y niños, mereciendo en premio de nuestro servicio algunos pedazos de pan negro y de cecina. Los otros devoraban su parte; pero yo guardé la mía, adquiriendo con su posesión la fuerza moral que había perdido.

La calle o callejón de la Forsa, que conduce desde la Zapatería Vieja a la catedral, era una horrible sentina, una acequia angosta y lóbrega, donde algunos seres humanos yacían como en sepultura esperando quien los socorriese o quien los matase. Entramos en ella, conducidos por D. Carlos Beramendi, hombre de gran mérito que se multiplicaba para disminuir en lo posible las desgracias de la ciudad, y recogimos los cuerpos vivos y medio vivos, muertos y medio muertos, sacándolos a las gradas de la catedral, donde les bañasen aires menos corrompidos. La catedral ya no podía contener más enfermos y la plaza se fue convirtiendo en hospital al descubierto. Allí vi aparecer en lo alto de la gradería a D. Mariano Álvarez, que daba algunas disposiciones para el socorro de los heridos. Su semblante era en toda Gerona el único que no tenía huellas de abatimiento ni tristeza, y conservábase tal como en el primer día del sitio. Gran número de gente le rodeaba, y entre ellos vi con sorpresa a D. Pablo Nomdedeu con otros médicos, individuos de la junta de salubridad y varias personas influyentes. La multitud vitoreó a Álvarez, quien no dijo nada, absteniéndose de manifestar disgusto ni alegría por la ovación, y descendió tranquilamente. La gradería ofrecía el más lamentable aspecto y con la algazara de los vivas y aclamaciones dirigidas al gobernador era difícil oír las quejas y lamentos. Desde lejos se observaba claramente que muchos de los que componían la comitiva del héroe estaban afligidos ante tan doloroso espectáculo. Sin duda hablaban a D. Mariano de la escasez de víveres, porque se oyó una voz de protesta que dijo: «Señor, cuando no haya otra cosa, comeremos madera».

En esto llegó junto a mí D. Pablo Nomdedeu, que se había separado un poco de la comitiva.

¡Comer madera! —exclamó—. Eso se dice, pero no se hace. Andrés, me alegro de verte por aquí. ¿Cómo estás, y Siseta y los chicos?

Aunque empezaba a extinguirse en mi alma el resentimiento, amenacé con el puño a Nomdedeu.

—¡Ah, todavía me guardas rencor por lo de esta mañana! —dijo—. Andresillo, en estos casos no es uno dueño de sí mismo. Yo me espantaba entonces y me he espantado después de encontrarme tan bárbaro y salvaje. Se trata de vivir, Andrés, y el pícaro instinto de conservación hace que el hombre se convierta en fierecita. Que yo sea capaz de matar a un semejante, es cosa que no se comprende; ¿no es verdad? ¡Ay, amigo mío! La idea de que mi hija me pide de comer y no puedo darle nada, ahoga en mí el patriotismo, el pensamiento, la humanidad, trocándome en una bestia. Andrés, no somos más que miseria. Indigno linaje humano, ¿qué eres? Un estómago y nada más. Se avergüenza uno de ser hombre, cuando llegan estos casos en que todas las relaciones sociales desaparecen y reina la Naturaleza pura. Pero estoy viendo que el número de heridos es inmenso. Hoy hemos estado haciendo el recuento de medicinas, y no hay ni para la décima parte en un solo día. ¿A dónde vamos a parar? ¿Es posible que esto se prolongue? No, no puede ser. Mira qué horroroso aspecto presenta la gradería cubierta de cuerpos humanos.

En efecto, los cien escalones que conducen a la catedral ofrecían en pavoroso anfiteatro un cuadro completo de los males de la heroica ciudad.

Álvarez con su comitiva seguía bajando, y la multitud apartábase para abrirle paso.

—Señor —le dijo Nomdedeu, volviéndome la espalda—. Olvidé decir a vuecencia que los medicamentos que tenemos no bastan ni para la décima parte.

D. Mariano miró fríamente y sin marcada expresión al médico. ¡Qué bien vi entonces al célebre gobernador, y cuán presentes se quedaron desde entonces en mi mente sus facciones, su mirar y sus palabras! La cara pálida y curtida, los ojos vivos, el pelo cano, la figura delgada y enjuta, la contextura de acero, la fisonomía imperturbable y estatuaria, la tranquilidad y la serenidad juntas en su semblante; todo lo examiné, y todo lo retuve en la memoria.

—Si no hay bastantes medicinas —dijo— empléense las que hay y después se hará lo que convenga.

Esta muletilla de lo que convenga era muy suya, y con ella solía terminar sus discursos y amonestaciones, siendo en él muy natural decir: «Si no se puede resistir el asalto, y los franceses entran en la ciudad, moriremos todos y despuésse hará lo que convenga».

—Pero señor —añadió D. Pablo— los enfermos no admiten espera. Si no se les cura... se podrá tirar un día, dos...

Álvarez paseó serenamente la vista por el anfiteatro, y después volviéndose a Nomdedeu, le dijo:

—Ninguno de ellos se queja. Pronto recibiremos auxilios. La plaza no se rendirá, Señor Nomdedeu, por falta de medicinas. ¿No discurre usted algún medio para aliviar la suerte de los enfermos y heridos?

—¡Oh; sí, señor! —dijo el médico alentado por algunos de la comitiva que murmuraron frases más en consonancia con los pensamientos del médico que con los del gobernador—. Me ocurre que Gerona ha hecho ya bastante por la religión, la patria y el rey. Ha llegado ya al límite de la constancia, señor, y exigir más de esta pobre gente es consumar su completa ruina.

Álvarez agitó ligeramente el bastón de mando en la mano derecha, y sin inmutarse dijo a Nomdedeu:

—Ya... sólo usted es aquí cobarde. Bien: cuando ya no haya víveres, nos comeremos a usted y a los de su ralea, y después resolveré lo que más convenga.

Cuando acabó de hablar, callaron todos de tal modo, que se oía el zumbido de las moscas. Nomdedeu volvió atrás la cabeza buscándome con la vista, para disimular su turbación; y harto confuso hubo de abandonar la comitiva. Hasta mucho después de que esta pasara, no recobró el uso de la palabra mi buen doctor, y estaba pálido y tembloroso, señal inequívoca de su miedo.

—Andrés —me dijo en voz baja tomándome del brazo, y llevándome en dirección de la plaza de San Félix— ese hombre va a acabar con nosotros. Yo soy patriota, sí señor, muy patriota; pero todo tiene su límite natural, y eso de que lleguemos a comernos unos a otros me parece una temeridad salvaje.

—La entereza de D. Mariano —le respondí— nos llevará a tragarnos mutuamente; pero por lo que a mí toca, y mientras sepa que ese hombre está vivo, antes me comeré a mordidas mi propia carne, que hablar de capitulación delante de él.

—Grande y sublime es su constancia —me dijo— yo la admiro y me congratulo de que tengamos al frente de la plaza hombre cuya memoria ha de vivir por los siglos de los siglos. ¡Oh, si yo fuera solo en el mundo, Andrés! Si yo no tuviera más que mi indigna persona, si no tuviera otro cuidado que la visita al hospital y el recorrido de los enfermos que están en la calle, yo mismo le diría a D. Mariano: «Señor, no nos rindamos mientras haya uno que pueda vivir almorzándose a los demás»; pero mi hija no tiene la culpa de que una nación quiera conquistar a otra... Sin embargo, humillemos la frente ante la voluntad de Dios, de la cual es ejecutor en estos días ese inflexible D. Mariano Álvarez, más valiente que Leónidas, más patriota que Horacio Cocles, más enérgico que Scévola, más digno que Catón. Es este un hombre que en nada estima la vida propia ni la ajena, y como no sea el honor todo lo demás le importa poco. En las jornadas de Setiembre, cuando Vives, el capitán de Ultonia, se disponía para una pequeña excursión al campo enemigo, preguntó a don Mariano que a dónde se acogería en caso de tener que retirarse. El gobernador le contestó: «Al cementerio». ¿Qué te parece? ¡Al cementerio! Es decir, que aquí no hay más remedio que vencer o morir, y como vencer a los franceses es imposible porque son ciento y la madre, saca la consecuencia. ¡Esto entusiasma,

Andresillo! Se le llena a uno la boca diciendo: ¡Viva Gerona y Fernando VII!, le parece a uno que ya está viendo las historias que se van a escribir ensalzándonos hasta las nubes; pero yo quisiera poder decir ¡Viva España y viva Josefina!, o que al menos entre las ruinas humeantes de esta ciudad y entre el montón que han de formar nuestros cuerpos despedazados, se alzara rebosando salud mi querida hija única que nunca ha hecho mal a España ni a Francia, ni a Europa, ni a las potencias del Norte ni del Sur.

El doctor detúvose a examinar varios enfermos, y corrí a casa de Siseta para llevarles lo poco que había recogido.

- XIV -

Así juntamente conmigo entró Barodet, que había salido a hacer una excursión por la plaza de las Coles, y volvía tan alegre y saltón, que le juzgué portador de víveres para ocho días.

—¿Qué hay, Badoret? —le preguntamos Siseta y yo.

Nos contestó abriendo los puños para mostrar algunas piezas de cobre, y cerrábalos después, bailando con frenesí en medio de la sala.

—¿De dónde traes eso? ¿Lo has cogido en alguna parte? —le preguntó su hermana con enojo, sospechando sin duda que el chico había hecho incursiones lamentables en la propiedad ajena.

—Me los han dado por el ratón... Andrés, un ratón tan grande como un burro. En cuanto llegué con él a la plaza, un viejo soltó tres reales por él.

—¿Para comérselo? —exclamó Siseta con horror.

—Sí —repuso Badoret dándole los cuartos—. Tú no lo quisiste, pues a venderlo.

—Mira, Andrés —me dijo Siseta— luego que tú te fuiste, estos condenados bajaron al patio, y por la puertecilla que está junto al pozo, se metieron en la casa del canónigo D. Juan Ferragut, que está abandonada como sabes. A poco volvieron con una rata tan grande como de aquí a mañana... ¡Qué patas! ¡Qué rabo!

—La carne de este precioso e inteligentísimo animal —dije yo dando a Siseta lo que llevaba— no es mala, según dicen los muchos que en Gerona la están consumiendo. Por ahora, muchachos, remediémonos con esto que os traigo, y Dios dará más adelante otra cosa.

Comimos, si así puede llamarse una refacción tan exageradamente sobria, que más parecía hecha para dar entretenimiento a los dientes, que sustancia al cuerpo. Yo me dormí sobre el suelo poco después, y cuando desperté, Siseta con gran aflicción me dijo:

—Gasparó está malo. Ha cesado de llorar, y está como desmayado con el cuerpo ardiente y temblando de escalofríos. ¿Tardará en volver el Sr. Nomdedeu?

Examiné al chico, y su aspecto me hizo temblar, porque no dudé un momento que estuviese atacado de la fiebre a que sucumbía diariamente parte de la población; pero procuré tranquilizar a su hermana, asegurando que los síntomas del mal que tenía delante, no eran parecidos a los que a todas horas se observaban en los sitios más públicos de la ciudad. Pero Siseta, en su buen sentido, no daba crédito a mis consuelos, comprendiendo la gravedad de su hermanito. Con la mayor naturalidad del mundo, y olvidando en su preocupación las circunstancias de la ciudad, me mandó que le llevase algunas medicinas, y tuve que emplear mil rodeos y circunlocuciones para decirle que no las había. La infeliz muchacha estaba inconsolable.

Una hora después entró D. Pablo Nomdedeu, al cual llamamos para que asistiese al enfermo, y se prestó a ello de buen grado.

—¡Pobre Gasparó! —dijo al verle—. Ya he dicho varias veces que con los alimentos que diariamente se consumen aquí, estos chicos no han de llegar a viejos.

—Pero mi hermano no se morirá, señor don Pablo —afirmó Siseta llorando—. Usted que es tan buen médico, le curará.

—Hija mía —repuso fríamente el doctor— tiende la vista por esas calles, y observa de qué valen los buenos médicos. Lo que respiramos en Gerona no es aire, es una sutil e invisible materia cargada de muertes. ¡Ay! Vivimos por especial don de Dios, los que vivimos. Tenemos un gobernador de bronce que manda resistir a estos hombres que se caen muertos por momentos. D. Mariano Álvarez no ve en el cuerpo humano sino una cosa con que rellenar los cementerios, y que no pudiendo servir para batirse no sirve para nada. Él no atiende más que al inmortal espíritu, y fijando su atención en la vida perpetua que con los miserables ojos de la carne no podemos ver, desprecia todo lo demás. Sí, la magnitud de ese hombre me tiene asombrado por lo mismo que es superior a mí. El gobernador resistirá el hambre, las privaciones, las enfermedades, mientras tenga una gota de sangre que mantenga en pie la urna de su grande espíritu, pues su alma es el alma menos atada al cuerpo que he conocido; y si no pudiese resistir, será capaz de comerse a sí mismo... Pero veamos qué se hace con ese pobre Gasparó, hija mía; yo creo que debes ir a enterrarle a la plaza del Vino, donde se ha hecho una gran fosa, porque si dejamos aquí su pobre cuerpo, puede corromperse la atmósfera de esta casa más de lo que está.

—¿De modo que usted le da por muerto? —preguntó Siseta con desesperación.

—Siseta, nuestra misión en el estado a que han llegado las cosas, sin alimentos ni medicinas que recomendar, se reduce a evitar los horribles efectos de la descomposición atmosférica. Si pudiéramos tener a mano buenas tazas de caldo, un poco de vino blanco y algunos emolientes y herméticos, creo que sería fácil tornar la salud a la robusta naturaleza de ese niño; pero es imposible: no hay nada. ¡Felices los que se mueren! Si no consigo salvar a mi hija, me pondré en la muralla, cuando haya otro asalto, para morir gloriosamente... Pobre Gasparó: ¡con cuánto placer te cuidaría si viera en ti esperanzas de vida! Siseta, sentiría mucho que mi hija conociera la proximidad de un moribundo. En caso de que Gasparó llore o chille, le mandarás callar. Adiós, adiós, hijos míos; cuidado con mis instrucciones.

Y subió. Tenía todas la apariencia de un loco. Siseta destrozó un mueble, calentó agua con él y diose a aplicar al enfermo en diversas formas una terapéutica de su invención, compuesta de agua tibia en bebida, en cataplasmas, en friegas, en rociadas, en parches. Como advirtiera cierta quietud en el enfermo, creyola repentina mejoría, por efecto de sus extraordinarios específicos, y dijo con tanta inocencia como alegría:

—Andrés, me parece que está mejor. Se ha dormido. Mi madre decía que el agua del Oñá era la mejor medicina del mundo, y con agua se curaba ella todos sus males. ¿Ves cómo está más tranquilo? Cuando despierte querrá ir a jugar con sus hermanos. ¿Pero dónde están esos malditos? ¡Badoret, Manalet!...

Siseta los llamó gritando varias veces, y los muchachos no parecían. Estaban en la casa del canónigo.

Yo subí a ver a D. Pablo y a su hija, y encontré a esta tan abatida y desfigurada, que cuando cerraba los ojos quedándose sin movimiento con la cabeza hundida entre los almohadones, parecía realmente muerta. Ya era casi de noche y Nomdedeu, sentado junto al velador, escribía su diario.

—Andrés —me dijo el doctor— te agradezco que vengas a hacerme compañía. ¿No me guardas rencor por lo de esta mañana? Eres un buen muchacho, y sabes hacerte cargo de las circunstancias. En estos casos, no hay amigo para amigo, ni hermano para hermano. Ahora mismo, si metieras tu mano en el plato donde va a comer mi hija, creo que te mataría.

—¿Y la señorita Josefina —le pregunté— cree todavía que hay fiestas en Gerona, y que mañana irá a Castellà?

—¡Ay!, no. La ilusión duró hasta el día siguiente nada más. Su estado moral es espantoso. Ya no puede ocultársele nada, y es inútil representar comedias como la de la otra noche. Lo sabe todo, y no ignora los últimos pormenores, gracias a una indiscreción de esa endiablada señora Sumta, a quien de buena gana arrastraría por los cabellos. Figúrate, Andrés, que una de estas noches, cuando yo estaba curando enfermos por esas calles, la tal señora Sumta, que a más de ser curiosa como mujer, es entrometida y novelera como un chico de diez años, deseando dar a su entendimiento el pasto de una belicosa lectura en armonía con sus aficiones militares, sacó de la alacena de mi despacho este diario que estoy escribiendo, y se puso a leerlo aquí mismo delante de mi hija. Esta sintió al instante deseos de leer también, y la muy necia de la señora Sumta se lo permitió, añadiendo de su propia cosecha comentarios encomiásticos de los empeños y heroicidades del sitio. Cuando volví, mi hija había llegado a las últimas páginas, y en su calenturienta atención y curiosidad se le iba el alma a pedazos. La lectura la embelesaba y la mataba al mismo tiempo, y el terror y la admiración compartíanse el dominio de su alma. ¡Ay, cuánto trabajo me costó arrancarle de las manos el malhadado diario! La pobrecita no durmió en toda la noche, y puesto su cerebro en erección, allí era de ver cómo imaginaba batallas en la calle, cómo sentía el ruido de las bombas, cómo aseguraba estarse quemando con el resplandor de los incendios, cómo miraba los ríos de sangre que enrojecían el Ter y el Oñá, sin que me fuera posible tranquilizarla. La infeliz corría de una parte a otra de la habitación como una loca; y llamaba a gritos a D. Mariano Álvarez, ensalzando la bravura y grande ánimo de nuestro gobernador. Otras veces, dominada por el miedo, me pedía que la escondiese en lo más profundo de los pozos para no oír el zumbido de los cañonazos ni ver el resplandor de las llamas. Tan pronto su delicado organismo nervioso, que es su naturaleza toda, se crispaba dándole actividad febril, como cuando dominados

110

por el entusiasmo nos centuplicamos; tan pronto abatiéndose llorosa, su cuerpo caía flojo y blando como una madeja. Precisamente la falta del sentido acústico, que parece debía ser un descanso para su espíritu, es un verdadero tormento, porque oye rumores que sin tener existencia real retumban en su cerebro; y los espectros del sonido aterran su imaginación más que los de la vista. ¡Pobrecita hija mía! Creí verla morir en una de aquellas crisis. Era su vida como un hilo muy delgado que por intervalos se pone tirante, tirante, amenazando romperse. Yo tenía el alma en suspenso, y comprendiendo que contra tal estado de nada valen la ciencia ni los cuidados, me crucé de brazos y bajé la frente esperando el fallo de Dios. De este modo ha pasado algunos días, Andrés, y últimamente todos los síntomas de desorden nervioso han desaparecido, para no quedar más que el del miedo, un miedo en el último grado de lo deprimente, que la tiene aplanada, moribunda. ¿Ves esa cara, ves esa expresión soñolienta y abatida, esa diafanidad propia de los primeros instantes de la muerte? ¿Por ventura eso tiene apariencia de vida? No parece sino que este simulacro de existencia permanece ante mis ojos por disposición milagrosa del cielo para consolarme durante la ausencia real de mi verdadera hija.

Después de un largo y triste silencio, continuó así:

—Andrés, mañana saldrá el sol; mañana habrá lo que en nuestro lenguaje llamamos día; mañana tendremos otro hoy, es decir, nuevos apuros. Veremos qué miga de pan me reserva Dios para el día que ha de venir. Como quiera que sea, mi hija tendrá mañana su plato en esta mesa. Así ha de ser, cueste lo que cueste.

Y dicho esto, siguió redactando su diario.

Cuando volví al lado de Siseta, la encontré más tranquila, engañada por el aparente alivio del pobre niño. Su principal inquietud consistía entonces en la ausencia de Badoret y Manalet, que a pesar de lo avanzado de la noche, no volvían a casa. Pero de acuerdo les supusimos ocupados en explorar la habitación vecina, y no se habló más sobre el particular. Retireme yo a mi guardia, pesaroso de dejarla sola, y durante toda la noche estuve mortificado por cavilaciones y presentimientos que no me dejaron dormir.

- XV -

Al día siguiente no ocurrió novedad particular. Gasparó seguía lo mismo. Badoret y su hermano aparecieron tras larga ausencia, llenos de rasguños, contusiones, magulladuras y mordidas; pero muy contentos con los cuartos que recientemente les había proporcionado su industria. A pesar de este refuerzo pecuniario, aquel día fue el abastecimiento de la casa más penoso y difícil que otro alguno, y Siseta, desmejorándose por grados, perdía robustez y salud de hora en hora. Como entonces ocurrieron acontecimientos terribles en nuestra casa, no puedo pasarlos en silencio. Después de un breve y violento sueño, despertome al rayar el día el golpear de un pie, que no por ser de amigo carecía de dureza, y cuando abrí los ojos, encaré con el tambor del regimiento, Felipe Muro, que me dijo:

—Ha caído una bomba en la casa del canónigo Ferragut, calle de Cort-Real, y el tejado ha ido a buscar refugio dentro de los cimientos. Yo lo he visto, Andrés. Tu amigo el médico, D. Pablo

Nomdedeu, salió a la calle gritando y bufando en cuanto vio arder las barbas del vecino. Felizmente la casa no ardió, y hasta hoy no tiene más avería que haber sido aplastada como un buñuelo. ¿No vas allá?

De buena gana habría corrido al lugar de la catástrofe; pero la ordenanza me ataba a la muralla de Alemanes durante algunas horas, y esperé con la más cruel ansiedad. Cuando me encontré libre y pude trasladarme a la calle de Cort-Real, vi con alegría que mi casa estaba intacta, aunque amenazada de algún deterioro por la repentina falta de apoyo de la contigua, cuya fachada yacía casi totalmente en el suelo, viéndose desde la calle el interior de las habitaciones con parte de los muebles en la misma situación en que los dejó el dueño al abandonar su domicilio. Mentalmente di gracias a Dios por haber librado de la desgracia la casa de los míos, y corrí al lado de Siseta, a quien encontré en el taller y en el mismo sitio donde la había dejado la noche anterior, junto al lecho de su hermano. La consternación de la pobre muchacha era tal, que no acerté a tranquilizarla con inútiles consuelos.

—Siseta —le dije— es preciso resignarse a lo que quiere Dios. ¿Y tu hermano?

No me contestó ni había para qué, porque su hermano se moría. Ella misma hallábase en tan lastimosa situación física y moral, que sólo por un enérgico propósito de su fuerte espíritu, se mantenía vigilante y atenta a la agonía del pobre Gasparó. Sin el dolor, Siseta habría caído al suelo, abatida por el insomnio y la inanición; pero ella despreciaba su propia existencia, y para atenderla era preciso que desapareciese la de los demás.

—¿El Sr. Nomdedeu no ha asistido a tu hermano? —le pregunté.

—No —repuso—. El Sr. D. Pablo dice que aquí nada falta sino echarle tierra encima.

—¿Y es posible que no te haya proporcionado algunas medicinas? Si él quisiera, podría hacerlo.

—Dice que no hay medicinas.

—Dime: ¿Gasparó ha tomado algún alimento?

—Nada. Con los cuartos que trajeron ayer los chicos, se compró un pedacito muy chico de cecina; y lo puse en las parrillas, y esta mañana vino D. Pablo, se me arrodilló delante llorando a moco y baba, y como a pesar de esto me resistiera a dárselo, amenazome con matarme y se lo llevó.

—¿Tú tampoco has tomado nada?... ¡Oh! Es preciso que yo le siente la mano a ese ladronzuelo de D. Pablo. ¿Tenemos nosotros obligación de mantenerle a su hija? ¿Y tus hermanos?

—No sé dónde están —repuso Siseta con profundo terror—. Desde anoche no han vuelto a casa.

—Pero, Siseta —exclamé con angustia— no irían a la casa del canónigo. ¿Sabes que se ha venido al suelo?

—No sé si irían allá... Esta mañana sentí un gran ruido. Creí que era esta casa la que se venía al suelo; y abrazando a mi hermano cerré los ojos y me encomendé a Dios. Pero luego que cesó el ruido, miré al techo y lo vi en el mismo sitio. La gente gritaba en la calle, y era difícil respirar a causa del polvo. No, Dios mío, no es posible que mis hermanos estuvieran hasta hoy dentro de esa casa. Yo creo que habrán ido al mercado a vender lo que hayan cogido.

Cada palabra pronunciada era un esfuerzo angustioso de la decaída naturaleza de Siseta. Cubría su frente helado sudor, y sentada en el suelo apoyaba sus brazos en la estera para sostenerse. Pálida como la misma muerte, y con los ojos apagados y hundidos, daba pena de ver cómo se agostaba aquella planta, sin poder echarle un poco de agua.

De repente bajó metiendo mucho ruido el Sr. Nomdedeu, que al verme, me dijo:

—¡Oh, Andresillo! ¡Cuánto me alegro de que estés aquí! Supongo que traerás algo. Tú eres generoso y no te olvidas de los buenos amigos.

—Nada traigo, señor doctor; y si trajera, no sería para usted. Cada cual se las componga como pueda.

—¡Qué bromas gastas! Supongo que traerás siquiera un poco de trigo. Y tú, Siseta, ¿tienes algo para mí? ¿Tus hermanos no han traído nada? ¡Oh, amigos de mi alma! ¿No hay nada para este pobre infeliz que ve morir a su hija? Andrés, Siseta —añadió juntando las manos y poniéndose de rodillas delante de nosotros— haced la caridad, por amor de Dios, que todo lo que tuviereis de menos en la tierra lo tendréis de más en el cielo. Ya sabéis que aquí dan uno por ciento y allá dan ciento por uno. Andrés, Siseta, queridísimos amigos míos, vosotros que nadáis en la abundancia, socorred a este mendigo. Nada me queda ya: he vendido todos mis libros, y con las plantas de mi magnífico herbario, que he reunido durante veinte años, he hecho un cocimiento para dárselo a ella. Sólo me restan las plantas malignas o venenosas, y la incomparable colección de polipodiums, que os puedo vender... ¿De veras que no tenéis nada? No puede ser. Ustedes

115

esconden lo que tienen; ustedes me engañan, y esto no lo puedo consentir; no, no lo consentiré.

De esta manera, Nomdedeu pasaba de la aflicción más amarga a una cólera hostil y atrabiliaria, que a Siseta y a mí nos infundió bastante recelo.

—Sr. Nomdedeu —dije resuelto a alejar de nosotros huésped tan importuno— no tenemos nada. Ya ve usted. El pobre Gasparó se muere, y no podemos darle un buche de agua con vino. Déjenos usted en paz o tendremos un disgusto.

—Eso se verá. Yo no me voy de aquí sin algo. Ustedes esconden lo que van comprando con los cuartos que traen los chicos. Mi hija no puede seguir así muchas horas, Andrés. Que se rinda Gerona, sí, señor, que se rinda, y que se vaya al infierno con cien mil pares de demonios el Sr. D. Mariano Álvarez, que ha dicho esta mañana: «Cuando la ciudad principie a desfallecer, se hará lo que convenga». No sé a qué espera. Aún no cree que la ciudad está bastante desfallecida. ¡Oh! Lo que debiera hacer el gobernador es castigar a los pillos que acaparan las vituallas, privando a sus semejantes de lo más preciso, y ustedes son estos, sí, señor. Ustedes tienen esas arcas llenas de comestibles, y lo menos hay ahí diez onzas de cecina y un par de docenas de garbanzos. Esto es un robo, un robo manifiesto. Siseta, Andrés, amigos míos: ya he vendido todas las estampas y cuadros de mi casa. ¿Queréis el perrito que bordó en cañamazo mi difunta esposa cuando estaba en la escuela? ¿Lo queréis? Pues os lo daré, aunque es una prenda que he estimado como un tesoro, y de la cual hice propósito de no deshacerme nunca. Os doy el perrito si me dais lo que está guardado en el arca.

Abrimos el arca, mostrándole su horrenda vaciedad; pero ni aun así se dio por vencido. Estaba frenético, con apariencias de trastorno semejante a la embriaguez o al delirio de los calenturientos, y al hablar su lengua sin fuerza chasqueaba las palabras, entonándolas a medias, como un badajo roto que no acierta a herir de lleno la campana. Temblaba todo él, y el llanto y la risa, la pena, la ira, la resignación o la amenaza se expresaban sucesivamente en las rápidas modificaciones de su fisonomía agitada y movible como la de un cómico.

Cuando me levanté para obligarle a salir, amenazome con los puños, y en un tono que no es definible, pues lo mismo podía ser dolorido llanto que honda rabia, nos dijo:

—Miserables, ladrones de lo ajeno. Haré lo que dice el gobernador. Sí, Andrés, Siseta. Mi hija no se morirá; mi pobre hija no se morirá, porque cuando no haya otra cosa nos comeremos a ustedes y después se resolverá lo que más convenga.

Cuando se retiró, Siseta me dijo:

—Andrés, yo no sé si viviré mucho más que Gasparó. Haz el favor de buscar a mis hermanos. Si Dios ha determinado que en este día se acabe todo, se acabará. Somos buenos cristianos y moriremos en Dios.

- XVI -

Dejando para más tarde la exploración al mercado, marché a la abandonada vivienda de D. Juan Ferragut, canónigo de la catedral, que desde los primeros días del sitio huyó de Gerona buscando lugar más seguro. Aunque este veterano de las milicias docentes de Cristo no figura en mi relación, debo indicar que era el primer anticuario de toda la alta Cataluña; hombre eruditísimo e incansable en esto de reunir monedas, escarbar ruinas, descifrar epígrafes y husmear todos los rastros de pisadas romanas en nuestro suelo. Su colección numismática era célebre en todo el país, y además poseía inapreciable tesoro en vasos, lámparas, arneses y libros raros; pero el grande amor que tenía a estos objetos no fue parte a detenerle en su huida, abandonando la historia romana y carlovingia por poner en seguro la más que ninguna inestimable antigualla de la propia vida. Luego una bomba arregló el museo a su manera.

Entrábase en la desierta casa por una pequeña puerta que comunicaba ambos patios, y que los vecinos solían tener abierta para venir a tomar agua en el del nuestro. Cuando penetré en el patio, hallé que una gran parte de este se había trocado en recinto cubierto, formado por la acumulación de vigas y tabiques atascados en un ángulo antes de llegar al piso. Aquel improvisado techo no necesitaba sino ligero impulso, una voz fuerte, una trepidación insensible para caer al suelo. Adelantando cuidadosamente llegué a la caja de la escalera, abierta a la luz y al aire por el hundimiento de las salas de la fachada y de una parte del techo por donde penetró la bomba. Cubrían el suelo muebles confundidos con trozos de pared, vidrios y mil desiguales fragmentos de preciosidades artísticas, materia caótica de la historia, que ningún sabio podía ya reunir ni ordenar. La escalera había perdido uno de sus tramos, y para subir era preciso trepar, saltando abruptas alturas. Desde abajo veíase el interior de una alcoba que debía ser la del señor canónigo, la cual pieza con un testero de menos, y conservando parte de sus muebles, se asemejaba a los aposentos de juguete para los niños, cuando se les quita la tapa o pared lateral, cuya ausencia permite ver el lindo interior. Si algunos cuadros, cofres y roperos manteníanse arriba en los mismos puestos que desde luengos años ocupaban, en cambio la cama del canónigo yacía en lo hondo de la escalera en una postura que podemos llamar boca abajo. Los gruesos pilares de aquel mueble, que no era otra cosa que un mediano monte de roble, aparecían por diversos puntos tronchados, esparciendo sus agudas astillas, y las colgaduras en desorden dejaban ver entre sus pliegues los brazos de marfil de un Santo Cristo, y las secas ramas de unas disciplinas. De entre los despojos de la piedra, y en la oscuridad de los rincones y honduras que formaban, vi surgir el brillo de dos discos luminosos, como dos puntos, como dos ojos que me miraban. A pesar de que sentí súbito temor, bajeme a recoger aquellas luces. Eran los espejuelos del buen Ferragut.

En la imposibilidad de subir, di voces al pie de la escalera, por ver si desde aquellas solitarias cavidades me respondía alguno de los muchachos a quienes buscaba. Grité con toda la fuerza de mis pulmones: ¡Badoret, Manalet!, pero nadie me respondía. Recorrí todo lo bajo, explorando lo más escondido y lo más peligroso de los escombros, y sólo encontré la barretina de uno de los chicos; pero esto no era suficiente razón para suponer que ellos existiesen bajo las ruinas. Por último, regresando al hueco oí un agudo silbido, que resonaba en lo más alto del tejado. Aguardé un rato, y en breve oyéronse de nuevo los mismos agudos sones, y apareció una figura, que desde arriba con evidente peligro se inclinaba para mirar hacia el fondo. Era Badoret.

El muchacho, poniéndose ambas manos en la boca, gritó: ¡Manalet, alerta!

Y luego forzando la voz, añadió: —¡Allá van! ¡Allá va Napoleón, con toda la guardia imperial, y la tropa menuda!

Dicho esto desapareció, y yo me quedé absorto esperando ver a Napoleón con toda la guardia imperial. En efecto; por la rota escalera descendía a escape tendido un numeroso ejército cuyos precipitados pasos metían bastante ruido. Saltaban de peldaño en peldaño por entre los pedazos de vigas, y con ligereza suma franqueaban los claros de la escalera, gruñendo, chillando, escarbando, describiendo piruetas, curvas, círculos, y empujándose, confundiéndose y precipitándose unos sobre otros.

Delante iba el mayor de todos que era grandísimo, como ser de privilegiada magnitud y belleza entre los de su clase, y seguíanle otros de menos talla y muchos pequeños, entre los cuales había jovenzuelos, juguetones y muchos graciosos niños. No eran docenas, sino cientos, miles, ¡qué sé yo!, un verdadero ejército, una nación entera, masa imponente que en otras circunstancias me habría hecho retroceder con espanto. Las oscilaciones de sus largos rabos negros eran tales, que parecían culebras corriendo en medio de ellos, y sus brillantes ojos de azabache expresaban el azoramiento y la ansiedad de retirada tan vergonzosa. Venían hostigados, y la inmunda caterva pasó junto a mí y en derredor mío con rapidez inapreciable escurriéndose por entre los escombros hacia el patio. Seguíalos yo con la vista, y por una oscura puertecilla que vi en la pared, sumergiéronse todos en un segundo, como chorro que cae al abismo.

Yo no había visto aquella puerta abierta en un ángulo y que ocultaban dos toneles puestos en el patio. Acerqueme a ella y desde la boca grité:

—Manalet, ¿estás ahí?

Al principio no sentí rumor alguno, sino un lejano y vago son de hojarasca que me parecía producido por las pisadas de la guardia imperial sobre montones de yerba seca. Pero al poco rato creí sentir como voces y lamentos que al principio parecieron aprensión mía o eco de mis propios gritos; pero oyendo que se repetían más acentuados cada vez, resolví aventurarme en lo interior del aposento oscurísimo que ante mí se abría.

Nada pude ver en los primeros momentos; mas a poco de estar allí distinguí las formas robustas de las tinajas y toneles, cajones rotos, arreos de caballerías y de carros, y mil objetos de indefinible configuración, que iban saliendo poco a poco de la oscuridad a medida que mis ojos se acostumbraban a ella.

El sitio era poco agradable, y no sé por qué las barrigas de aquellas tinajas me ofrecían un aspecto temeroso, causa para mí de invencible horror. Yo reconocí en aquellas formas extravagantes las de ciertos monstruos que venían a amedrentarme en mis sueños de enfermo, y no les faltaba más que cuatro patas resbaladizas, húmedas, cartilaginosas, para arrojarse sobre mí. A los pocos pasos produje el mismo ruido de hojarasca que antes había sentido, y observé que pisaba grandes capas de yerba seca, depositada allí sin duda para bestias que no habían de comerla.

De pronto, señores, sentí que las hojas sonaban pisadas por mil patitas, y los cabellos se me erizaron de espanto. ¿Por qué, si allí no había leones, ni tigres, ni culebras, ni ningún animal verdaderamente fuerte y temible? Lo cierto es que tuve miedo, un miedo inmenso que heló la sangre en mis venas, dejándome atónito y paralizado. Quise huir y hundime en la yerba seca. Revolví los ojos en torno mío, y aumentó mi terror al ver que se disponía para acometerme por distintos lados con la rabia de mil bestias feroces todo el ejército imperial.

En un instante me sentí mordido y rasguñado en los tobillos, en las piernas, en los muslos, en las manos, en los hombros, en el pecho. ¡Infame canalla! Sus ojuelos negros y relucientes como pequeñas cuentas, me miraban gozándose en la perplejidad de la víctima, y sus hocicos puntiagudos se lanzaban con voracidad sobre mí. Grité, pateé, manoteé; pero la flojedad del suelo en que me sostenía imposibilitaba mi defensa, y con esfuerzos extraordinarios pugnaba por echarme fuera de aquel mar de hoja seca en el cual, si era difícil el correr, más difícil era el nadar. La turba insolente, aguijoneada por el hambre, se atrevía a atacarme. ¿Qué puede uno solo de aquellos miserables animales contra el hombre? Nada; pero ¿qué puede el hombre contra millares de ellos, cuando la necesidad les obliga a asociarse para combatir al rey de la creación? Hallándome sin defensa, exclamé con angustia: ¡Badoret, Manalet, venid en mi auxilio! ¡Socorro!

Por último, conseguí poner el pie en tierra firme, y sacudiendo manotadas a diestra y siniestra, logré aminorar el vigor del ataque. Corrí de un lado para otro, y me siguieron; subime a un gran tonel, y veloces como el rayo subieron ellos también. Su estrategia era admirable; adivinaban mis movimientos antes de que los realizase, y como saltara de un punto a otro, me tomaban la delantera para recibirme en la nueva posición. Animábanse en el combate por un himno de gruñidos que a mí me daba escalofrío, y parecía que rechinaban en acordada música militar sus dientes, demostrando gran rabia y despecho todos aquellos que no podían hacerme presa.

¡Terrible animal! ¡Qué admirablemente le ha dotado la Providencia para que se busque la vida a despecho del hombre, para que se defienda contra las agresiones de fuerza superior, para que venza obstáculos naturales, para que haga suyas las más laboriosas conquistas humanas; para que mantenga su inmensa prole en lo profundo de la tierra y al aire libre, en los despoblados lo mismo que en las ciudades! La Providencia le ha hecho carnívoro para que encuentre alimento en todas partes; le ha hecho un roedor para que devore a pedazos lo que no puede llevarse entero; le ha dado ligereza para que huya; blandura para que no se sientan sus alevosos pasos; finísimo oído para que conozca los peligros; vista penetrante para que atisbe las máquinas preparadas en su daño, y agudo instinto para que con hábiles maniobras burle vigilancias exquisitas y persecuciones injustas. Además posee infinitos recursos y como bestia cosmopolita, que igualmente se adapta a la civilización y al salvajismo, posee vastos conocimientos de diversos ramos, de modo que es ingeniero, y sabe abrirse paso por entre paredes y tabiques para explorar nuevos mundos; es arquitecto habilísimo, y se labra grandiosas residencias en los sitios más inaccesibles, en los huecos de las vigas y en los vanos de los tapiales; es gran navegante, y sabe recorrer a nado largas distancias de agua, cuando su espíritu aventurero le obliga a atravesar lagunas y ríos; se aposenta en las cuadernas de los buques, dispuesto a comerse el cargamento si le dejan, y a echarse al agua en la bahía para tomar tierra si le persiguen; es insigne mecánico, y posee el arte de trasportar objetos frágiles y delicados, secretos de que el hombre no es ni puede ser dueño; es geógrafo tan consumado, que no hay tierra que no explore, ni región donde no haya puesto su ligera planta, ni fruto que no haya probado, ni artículo comercial en que no haya impreso el sello de sus diez y seis dientes; es geólogo insigne y audaz minero, pues si advierte que no disfruta de grandes simpatías a flor de tierra, se mete allí donde jamás respiró pulmón nacido, y construye bóvedas admirables por donde entra y sale orgullosamente, comunicando casas y edificios, y huertas y fincas, con lo cual abre ricas vías al comercio y destruye rutinarias vallas; y por último, es gran guerrero, porque además de que posee mil habilidades para defenderse de sus enemigos naturales, cuando se encuentra acosado por el hambre en días muy calamitosos, reúne y organiza poderosos ejércitos, ataca al hombre, y al fin, si no halla medio de salir del paso, estos ejércitos se arman unos contra otros, embistiéndose con tanto coraje como táctica, hasta que al fin el vencedor vive a costa del vencido.

Poseyendo un gran sentido civilizador, se acomoda al carácter de las comarcas y regiones que escoge para desarrollar su genio activo, y come siempre de lo que hay. Eso sí, no respeta ni sabe respetar nada: en el tocador de la dama elegante se come los perfumes; y en casa del boticario las medicinas. En la iglesia hace mil condimentos con las reliquias de los santos, y en los teatros se apropia los coturnos de Agamenón y la loriga de D. Pedro el Cruel. Artista a veces, si el destino le lleva a los museos, se almuerza a Murillo y cena con algo de Rafael, y cuando acierta a penetrar en casa de los anticuarios o de los eruditos, se convierte en uno de estos por la influencia de la localidad, es decir, que se traga los libros.

Todas estas eminentes cualidades las desplegó contra mí la inmensa falange. Aquellos padres que por dar de comer a sus hijos; aquellos amantes esposos que por librar de la muerte a sus mujeres, no vacilaban en mirar frente a frente a un ser superior, tenían toda la perversidad que dan las supremas exigencias de la vida. Pero era realmente una vergüenza para mí el rendir mi superioridad de fuerza y de inteligencia ante aquella chusma de los bodegones, que procedentes de distintos puntos de la ciudad, por caminos sólo sabidos de ella sola, se había reunido en tal sitio. Así es, que reponiéndome al cabo de algún tiempo de mi primitivo susto, arrebaté un palo que al alcance de la mano vi, y haciendo pie firme sobre el tonel, comencé a descargar golpes a todos lados, increpando a mis enemigos con todos los vocablos insultantes, groseros y desvergonzados de la lengua española.

Si no obtuve desde luego por este medio ventajas positivas, conseguí al menos amedrentar a los pequeños, que eran los más insolentes, y sólo los grandes continuaron empeñados en roerme. Pero los grandes me ofrecían un blanco más seguro, y he aquí que después de un rato de combate peligroso, incesante, en que multiplicaba los movimientos de mis brazos y piernas con rapidez más propia de un bailarín que de un

125

guerrero, comencé a adquirir alguna ventaja. La ventaja en las batallas, una vez que se manifiesta, va creciendo en proporción geométrica, determinada por los temores y recelos del que flaquea, por el orgullo y reanimación del que gana terreno, y esto me pasó a mí, que al fin, señores míos, a fuerza de trabajo y de angustia pude adquirir el convencimiento de que no sería devorado.

Cuando me vi libre de la guardia imperial (pues no renuncio a darle este nombre) me hallaba tan cansado que di con mi cuerpo en tierra.

—Si me atacan otra vez —dije para mí— acabarán conmigo.

- XVII -

Pero en la desbandada del numeroso ejército, no abandonaron el campo todos los combatientes, no: allí enfrente de mí, arrastrando por el suelo su panza formidable estaba uno, el más grande, el más fuerte ¿por qué no decirlo?, el más hermoso de todos, fijando en mí el chispeante rayo de sus negras pupilas, con la oreja atenta, el hocico husmeante, las garras preparadas, el pelo erizado, y extendida la resbaladiza cola escamosa y pardusca.

—¡Ah, eres tú, Napoleón! —exclamé en voz alta como si el terrible animal entendiese mis palabras—. Ya te reconozco. Eres el mayor y el más fuerte de todos, eres el que iba delante cuando bajabais por la escalera. Infame, tu corpulencia y tus años te dan sobre los de tu ralea la superioridad que demuestras; pero eres un egoísta que por tu propio provecho reúnes a tus hermanos para que te ayuden en tus carnicerías. Miserable, ellos están flacos y tú estás gordo. Lo que ellos husmean tú te lo comes, y a falta de otro manjar, devorarás a los pequeñuelos que te siguen, orgullosos de tener un general tan bravo. Miserable, ¿por qué me miras? ¿Crees que te temo? ¿Crees que temo a una vil alimaña como tú? El hombre, que a todos los animales domina, que de todos se vale, que se alimenta con los más nobles ¿temblará ante un indigno roedor como tú?

Corrí hacia él, pero desapareció agachándose para esconderse entre unos maderos. Despejé aquel sitio; pero él se escurrió ligeramente y le perdí de vista. Esta exploración me llevó muy adelante en la larga bodega, y en la crujía inmediata vi que se desparramaban a un lado y otro, corriendo por encima de las tinajas y por las mil sinuosidades de la pared, mis enemigos de un momento antes. Todos me miraban pasar y corrían de un lado para otro. No me quedaba duda de que eran algunos miles. A cada instante me parecía mayor su número.

En un rincón de la última crujía había un pequeño tonel en pie tapado con una baldosa, con aspecto muy parecido al de una colmena. Cierto vago rumor que de allí salía, me hizo fijar la atención, y entonces vi que por la posición del tonel, la boca estaba de frente. Pero lo que me causó sorpresa no fue esto, sino que por dicha boca apareció un dedo y después dos. En el mismo momento una voz al mismo tiempo infantil y cavernosa, como voz de niño que sale por el agujero de un tonel, llegó a mis oídos diciendo:

—Andrés, ya te veo. Aquí estoy. Soy yo, Manalet. ¿Se ha ido esa canalla? Me he encerrado aquí para que no me comieran, y he tapado mi casa con una baldosa. ¿Tienes algo de comer?

—No; ya puedes salir. No tengas miedo —le respondí.

—Están ahí todavía. Siento sus patadas. Son cientos de miles. Ayer no había tantos; pero Napoleón ha ido esta mañana y ha vuelto con no sé cuántos miles más. Toma este eslabón y esta yesca, Andrés. Prende fuego en un manojo de yerba, teniendo cuidado de que no se encienda todo y verás cómo echan a correr.

Diome por el agujero el pedernal, eslabón y pajuela, y al punto hice fuego. Cuando el resplandor de la llama iluminó las oscuras bóvedas y muros, todos los caballeros corrieron despavoridos, y bien pronto no quedó uno. Ignoro el lugar de su repentina retirada.

—Se han ido —dije—. Ya puedes salir.

Entonces vi que se levantaba la baldosa que tapaba el tonel y aparecieron los cuatro picos negros de un bonete de clérigo. Debajo de este tocado se sonreía con expresión de triunfo la cara de Manalet.

—Si tú no vienes —dijo— ¿qué hubiera sido de mí?

—¡Bonito sombrero! —exclamé riendo.

—Perdí la barretina, y como tenía frío en la cabeza...

—¿Y Badoret?

—Está en el tejado. Oye lo que nos pasó. Ayer cazamos algunos; pero no pudimos coger a Napoleón; que así le llamamos por ser el más grande y el más malo de todos. Cuando anocheció, anduvimos dando vueltas por la casa y nos encontramos una cama; ¡qué cama, Andresillo! Era la del canónigo. Como valía más que la nuestra, nos acostamos en ella; pero no pudimos dormir, porque al poco rato sentimos un rum de dientes y uñas... Eran esos pillos que se estaban cenando la biblioteca. Nos levantamos, Andrés, y les apedreamos con los libros y con los muchos cacharros y figuritas de barro que el canónigo tiene allí. ¿Pues creerás que no pudimos coger ninguno vivo? Perseguidos por nosotros, se fueron en bandada al tejado, luego bajaron al patio, volvieron, y nosotros siempre tras ellos sin poderlos pescar. Pero me dijo Badoret: «Yo me voy al tejado, y les hostigaré para que bajen. Ponte tú a la entrada de la bodega, detrás de la puerta, y conforme vayan entrando, les vas descargando palos, y alguno ha de caer». Así lo hicimos. Yo bajé aquí, y desde arriba Badoret me decía: «Alerta, Manalet. ¡Allá van!». ¿Querrás creer que estando yo en esa puerta entraron todos en batallón con tanta fuerza que me caí al suelo? Cuando me levanté encendí la luz y todos se marcharon; pero luego volvieron y entre todos casi me comen. ¡Ay, Andrés, qué miedo! Uno me roía por aquí, otro por allá, y yo empecé a llorar, porque ya creía no volver a ver más a Siseta, a Gasparó, a ti ni al Sr. Nomdedeu. Pero, amigo, oye lo que hice para escapar: le recé a San Narciso y a la Virgen unos ocho padrenuestros lo menos, y cátate aquí que no había de decir

más líbranos del mal amén, cuando, chico, suenan unos truenos, unos cañonazos, unos estampidos tan terribles que aquello parecía el fin del mundo. ¿Qué crees que era? Pues nada más sino que un gigante empezó a dar patadas en la casa, encimita de aquí, y desde esta misma bodega sentí caer las paredes. Allí habías de ver cómo corrían estos bichos, llenos de miedo por los golpes que dio el gigante mandado por la

Virgen y San Narciso para salvarme. Me parece que le estoy oyendo.

—Pues qué, ¿habló también?

—Sí, hombre. Pues no había de hablar. Después de dar muchas patadas dijo con un vozarrón muy fuerte: «¡Canallas, dejad a Manalet!». Pues verás. Después de esto quise salir, pero no encontré la puerta. Me volví loco dando vueltas para arriba y para abajo, y otra vez recé a San Narciso y a la Virgen para que me sacaran. Nada, no me querían sacar. Luego volvió Napoleón, y con él muchos, muchísimos más, porque has de saber que por el agujero que está debajo de aquella pipa se pasan de esta casa al almacén de la calle de la Argentería, y también van al río, y a las casas de la plaza de las Coles. Como ahora no encuentran qué comer en ninguna parte, andan de aquí para allí y entran y salen. Pues, hijito, la volvieron a emprender conmigo, y la segunda vez no me valió rezar hasta diez y ocho o diez y nueve padrenuestros. Lo que hice fue encender luz, y entonces me dejaron en paz; pero tenía tanto miedo que me metí en el tonel donde me encontraste y lo tapé con la baldosa para estar más seguro. Yo decía: «¿Pero tendré que estar aquí un par de años, San Narcisito de mi alma?». Y me acordaba de Siseta y de Gasparó. ¡Ay, Andrés, si no vienes tú, allí me quedo!

—Pues vámonos fuera —le dije tomándole por la mano— y busquemos a Badoret para salir de esta casa. Veo que los dos sois unos cobardes, que os habéis dejado acoquinar por esos animalitos. ¿Habéis llevado algo al mercado?

—¡Qué habíamos de llevar! Espérate y verás. Hemos de coger vivos un par de docenas, y si tú nos ayudas... Andresillo, Napoleón vale lo menos nueve reales. Si le cogiéramos...

Salimos fuera y Manalet se sorprendió de ver los destrozos causados en la casa por la explosión del proyectil.

—Mira los desperfectos hechos por el gigante que vino a salvarte, Manalet. Ahora tratemos de subir en busca de tu hermano.

—En el otro patio hay una escalera chica por donde se puede subir —dijo—. ¡Cómo está la casa! Bien decía yo que el gigante, por querer meter mucho ruido, la destrozó toda.

Subimos, y en ninguna de las habitaciones del piso principal vimos al buen Badoret. Le llamábamos, pero ninguna voz nos respondía. Por último, le hallamos dormido sobre una cama colocada en uno de los últimos aposentos del desván. Despertámosle y nos llevó a la biblioteca donde, según dijo, tenía un repuesto de víveres que había encontrado en la casa.

—Sí, señor D. Andrés —dijo sacando gravemente una llave del bolsillo de sus andrajosos calzones—. Aquí tengo una buena cosa.

Y abrió la gaveta de una gran cómoda antigua chapeada de marfil y madreperla. Lo primero que vi fue un gran número de antiguas monedas de cobre y plata, todas romanas, a juzgar por lo que había oído contar de las colecciones del canónigo Ferragut. Badoret apartó a un lado varios objetos, y descubrió un niño Jesús de esa pasta de alfeñique que tan bien han hecho siempre las monjas.

—Este es un regalito que hicieron las monjas al señor canónigo —dije tomándolo—. Se lo llevaremos a Siseta. En casos de hambre, es lícito comerse lo ajeno. Muchachos, cuidado con coger una sola de esas monedas.

Al niño Jesús le faltaba una pierna devorada por Badoret, y no pude evitar que Manalet se comiese la otra.

—¿Tienes algo más? —pregunté.

—Sí —dijo Badoret—. Si el Sr. Andrés quiere unas lonjitas de manuscrito de ochocientos años y una copa de tinta superior, se lo puedo servir.

Por el suelo yacían arrojados en desorden y medio roídos por los ratones, los preciosos manuscritos y los incunables, reunidos en tantos años por el celo y la paciencia del ilustre clérigo; y con un plano a pluma de la vía romana ampurdanesa, Badoret se había hecho un sombrero de tres picos.

—Aquí tengo un pincho que voy a llevar esta tarde a la muralla para ver qué dicen de él los franceses —dijo el mismo señalando una partesana del renacimiento, cuyo rico damasquino causaría admiración al menos inteligente—. Por ese agujero que está en el rincón, salieron varios generales que venían de la otra casa, y para cortarles la retirada lo tapé con la cabeza de aquella estatua de mármol que está debajo del sillón.

En efecto, una cabeza de ángel tapaba un agujero que se abría por el desconche de la mampostería en el zócalo de la pieza. Estaba ajustado y atacado con papeles y trozos de vitela, entre cuyos pliegues se advertía el hermoso colorido y el oro de las letras pintadas por los benedictinos de la Edad Media.

—Habéis destrozado todas las maravillas que aquí tenía el Sr. Ferragut —dije con enfado—. En cambio de tanta pérdida, nada habéis podido llevar hoy al mercado.

—Ya llevaremos, amigo Andrés —me contestó Badoret—. ¿Cómo está mi hermana? ¿Cómo está mi señor hermano D. Gasparó? No salgo de aquí sin llevarles una buena pieza. La cabeza del niño Jesús será para el chiquito, el cuerpo para Siseta, un brazo para la señorita Josefina, y otro para el Sr. Nomdedeu. Veremos si se coge a Napoleón. Anoche vino aquí y quiso llevarse un pedazo de vela de cera. Si no estoy pronto a coger el violín en que tocaba el señor canónigo y a estampárselo encima, carga con ella.

En el suelo yacía hecho astillas el Estradivarius del buen Ferragut; pero Manalet le recogió con intento, según dijo, de hacer un barco con él.

—Andrés —dijo Badoret—. Napoleón es malo y traidor. No se deja coger, y sabe más que todos nosotros. Cuando viene con su gente, él se pone delante y les echa cada arenga... Cuando encuentran algo, él se lo come y da hocicadas a los demás. Aunque le tires encima palos, cacharros, estatuas, cuadros, monedas, libros, violines, bonetes, mapas y cuanto hay aquí no consigues matarle ni herirle. Te diré por qué. Tú crees que Napoleón es una rata. Aviado estás. No es sino el demonio, el demonio mismo. O si no, escucha. Anoche después que bajó Manalet, me tendí en la cama del canónigo, que es más blanda que la mía, y desde que cerré los ojos sentí que me roían un dedo. Sacudí la mano y aquello pasó. Pero luego empezaron a roerme otro dedo. ¡Ay, chico, qué miedo! Volviéndome del otro lado, me puse panza arriba. Entonces el condenado animal se me subió encima del pecho. Chico, cada pata pesaba tanto como la torre de San Félix; ya me iba aplastando, aplastando, y no podía respirar. Ya tenía el pecho como el canto de un papel...

Aunque me daba muchísimo miedo, tenía muchísima gana de verlo, y dije: «¿abro los ojos o no los abro?». A veces decía: «los abro», y a veces decía: «pues no los abro». Por fin, amigo, dije: «pues quiero verlo», y lo vi. ¡Jesús me valga! Lo tenía encima, echado sobre los cuartos traseros, y con las patas delanteras tiesas. Me miraba y los ojos no eran sino como dos lunas muy grandes. En la punta de cada pelo negro tenía una chispa de fuego, y los bigotes eran tan grandes, tan grandísimos como de aquí... como de aquí, ¿hasta dónde diré?, hasta el campanario de las monjas Descalzas. El picarón estaba muy satisfecho mirándome, y se relamía con una lenguaza de fuego encamado tan grande como toda la calle de Cort-Real, desde la plaza del Aceite hasta Ballesterías. Yo quería saltar pero no podía. ¡Pobrecito de mí! Quise echarme a llorar llamando a Siseta, pero tampoco pude. Así estuve hasta que me ocurrió decir: «Huye, perro maldito, al infierno». Amigo, el animal saltó bufando. Corrí tras él de un aposento a otro y grité: «Por la señal de la Santa Cruz». Del dormitorio corrió a la biblioteca, de la biblioteca al dormitorio, hasta que al fin... ¿qué pensarás que hizo? ¡Bendita sea mi boca! Pues reventó, quiero decir, saltó contra las paredes y el techo, y paredes y techo todo se vino abajo. La escalera que está pegada el dormitorio se cayó, haciendo un ruido, ¡qué ruido! Las paredes iban retumbando así, bum, bum... la cama, los muebles, todo se hizo pedazos, todo se cayó al fondo, y luego, chico, el patio subió arriba: yo vi el brocal del pozo volando por los aires, y el tejado se fue al patio y media casa se hizo polvo. Yo me acurruqué detrás de ese armario, y allí, con las manos en cruz, recé hasta que se me secó la lengua. Un sudor se me iba y otro se me venía. En fin, Andresillo, hasta que no llegó el día, no salí del rincón, ni se me quitó el miedo. Luego subí al desván, estuve rondando por las bohardillas que no se habían hecho pedazos, y allí me encontré otra vez con el señor Napoleón, seguido de su guardia imperial. Les hostigué: se retiraron por la escalera abajo, llamé a Manalet, no me respondió, me metí en el cuarto del ama del canónigo, registrando todo y en el arca encontré el niño Jesús de alfeñique y después, sin saber cómo ni cuándo quedeme dormido en la cama donde me encontraste.

—Pues ahora a casa —le dije—. Que vuestra hermana está con cuidado por ausencia tan larga.

—Despacio, amigo Andrés —me contestó el mayor—. Mira lo que tengo aquí preparado. ¿Ves este gran artesón? Pues se le pone boca abajo, levantado por un lado con una cañita, se ata a la punta alta de la cañita un hilito, se ponen debajo unos pedazos de esos ratoncillos muertos que hay en la escalera, los cuales quemaremos antes para que huelan; plantamos en el patio toda esta artimaña, y nos escondemos en la escalera, con el hilito en la mano para poder tirar sin que nos vean. Hacemos humo en el sótano quemando la yerba. Salen todos, con el gran Napoleón a la cabeza, y este los lleva al artesón, que es España; empiezan a roer diciendo: «qué buena conquista hemos hecho»; entonces tiramos del hilo, y España se les cae encima cogiéndoles vivos.

- XVIII -

Diciendo esto, cargaron con el artesón y bajáronlo al patio, y en un instante el traidor aparato quedó muy bien instalado, con el cebo dentro y el hilo en su sitio. España estaba dispuesta: no faltaba más que la invasión francesa.

Badoret entró impertérrito en la bodega y volvió al poco rato diciendo: —Están en guerra unos con otros. Vengan acá, que esto merece verse—. Entramos, y en efecto, vi la colosal batalla. Yo sabía que aquel enérgico y emprendedor animal se vuelve en su desesperación contra su propia casta cuando no encuentra en ninguna parte medios de subsistencia; pero jamás había visto los choques de aquellos feroces ejércitos, que se embestían con la saña salvaje de las primitivas guerras entre los hombres. Se arrojaban unos sobre otros, enredándose en horroroso vórtice, y se clavaban sin piedad las terribles armas de sus agudos dientes. Esta lucha no era en modo alguno una revuelta explosión de odios y hambres individuales, sino que tenía conjuntos poderosos, y las masas parduscas indicaban empujes colectivos dirigidos por el instinto militar que algunas castas zoológicas poseen en alto grado.

—Los que están bajo el tonel —dijo Badoret— son los del lado de allá del Oñá que han venido nadando. Con ellos están todos los de la parroquia de San Félix, y los de este lado son los de la plaza de las Coles, los más gordos, los más bravos, y tienen por jefe a Napoleón.

—Pues esos que han venido nadando —dije yo— no son otros que los ingleses, y los de la parroquia de San Félix son la gente del Norte. Me parece que va ganando Francia, es decir, la plaza de las Coles.

Sus gruñidos formaban un rumor espeluznante. Las desigualdades del terreno permitían a los ejércitos desarrollar en gran escala poderosa

136

estrategia. Subían unos a apoderarse de un cajón vacío, y embestidos hábilmente por la espalda, eran arrollados y expulsados de su posición. Las masas pequeñas se reunían formando enorme cuña que al punto desbarataba la extensa línea de los contrarios; estos, desorientados y en desorden, reuníanse de nuevo concertando sus falanges, y sobre los cadáveres exangües, las mil patitas marchaban con vertiginosa carrera. Los más pequeños caían rodando impulsados por los grandes, y las panzas blanquecinas vueltas hacia arriba, variaban el informe aspecto de los valientes escuadrones. Las luchas individuales sucedían a los empujes colectivos, y la heroica sangre teñía los feraces campos. ¿A quién pertenece la victoria? Ahora lo veremos. Los de la plaza de las Coles dominaron el tonel, y plantándose allá con provocativa presunción, miraron jadeantes aún de cansancio, cómo huían hacía el fondo de la bodega las huestes destrozadas de la parroquia de San Félix y del otro lado del Oñá.

—Badoret, Manalet —exclamé yo—. Francia es vencedora. ¿Veis? Ya domina la hermosa Italia; observad cómo corre hacia el Norte esa nube de tudescos y sajones. Pero esto no ha concluido. Vedle allí. Ved cómo se relame, cómo enrosca el largo rabo reluciente cual una cuerda de seda. Con los ojuelos negros en que resplandece el genio de la guerra, observa desde aquella altura las diversas comarcas que tiene a sus pies, y los movimientos de sus desorganizados enemigos. Está midiendo el terreno, y su previsión admirable adivina los sitios que escogerán los otros para esperarle. Atended bien, Badoret y Manalet: reparad que después que ha descansado un rato, gozándose allá arriba con sus rápidos triunfos, se

137

prepara a bajar de su trono. Inmensas falanges llenas de entusiasmo le rodean, y allá en el Norte el espacio resuena con el chirrido de mil dientes que chocan, y las colas azotan con impaciencia el suelo. Nuevas batallas se preparan, Badoret, Manalet. Esto no quedará así, y si no me engaño, el pérfido aspira a dominar todos los subterráneos, desde el Galligans hasta el puente de piedra y ambas orillas del hermoso Oñá. ¿Oís? Las belicosas uñas se afilan en el suelo, y en las cuentecitas de vidrio que tienen por ojos brilla el ardor de los combates. La hora terrible se acerca, y el ogro, hambriento de carne y nunca saciado, devorará a los hijos del Norte. ¡Ay! ¡Las pobres madres han concebido y dado a luz nada más que para esto! Ya van; ya se acercan. Ved cómo todos los de la otra crujía se reúnen, acudiendo de distintas partes. El ogro desciende pausadamente de su trono, y una aureola de majestad le rodea. A su vista los débiles se hacen fuertes y los tímidos se arrojan a los primeros puestos. Ya se encuentran y está trabada de nuevo la feroz pelea.

Avanzamos para ver mejor, y vimos cómo se devoraban llevando siempre la mejor parte los de abajo, es decir, Francia. Si los otros eran más fuertes, estos parecían más ligeros. Los del lado allá del Oñá, los de San Félix y el Matadero, se sostenían enérgicamente, pero al fin no les era posible resistir el empuje de sus contrarios, que parecían poseídos de sublime enajenación, y sus hociquitos negros y bigotudos lo arrasaban todo delante de sí. Si lo que les impulsaba a la lucha era pura y simplemente el anhelo de satisfacer su apetito, una vez trabada aquella, despierto y exaltado el genio militar, los escuálidos soldados no se acordaban de llenar sus panzas con los despojos del vencido, y un ideal de gloria les impelía a avanzar sobre los rotos escuadrones, sobre las tinajas teñidas de sangre, sobre el tonel jamás conquistado, dominándolo todo con su planta atrevida.

Creerán los oyentes que miento, que desfiguro los hechos, que pinto lo que me conviene; juzgarán que mi cabeza trastornada por las penalidades y debilitada por la inanición, forjó ella misma para su propio entretenimiento estas batallas de roedores, estas ambiciones de la última escala animal, para representar en pequeño las de la primera. Pero yo juro y perjuro que nada he dicho que no sea cierto, así como también lo es que Badoret, al ver cómo se destrozaban, encendió una buena porción de yerba, apartándola del resto, para que no se declarase incendio, y al instante el mucho y denso humo nos obligó a salir afuera apresuradamente.

—Ahora no quedará uno dentro —dijo Badoret—. Andrés y tú, hermano, coged un palo, y cuando salgan, de cada garrotazo caerá un regimiento. Yo tiraré del hilo de la trampa. Si algún otro que el gran emperador se acerca a comerse el cebo, espantadle con un golpe. En la trampa no ha de caer sino Su Majestad.

Pronto la puerta de la oscura cueva empezó a vomitar gente y más gente, es decir, guerreros de aquella formidable pelea que habíamos visto. Corrieron por el patio en distintas direcciones, subieron la escalera, tornaron a bajar, y no pocos de ellos se acercaron al artesón en quien veían los chicos nada menos que la representación genuina de nuestra querida y desgraciada madre España. Badoret de improviso impúsonos silencio diciendo:

—Ahí viene; apártense todos, y abran paso a su grandeza.

En efecto, el más grande, el más hermoso, el más gordo de aquellos caballeros, apareció en la puerta del subterráneo. Desde allí revolvió con orgullo a todos lados los negros ojos, y moviéndose despaciosamente, arrastraba con elegantes ondulaciones el largo rabo. Contrajo el hocico, mostrando sus dientes de marfil, y rasguñó el suelo con majestuoso gesto. Anduvo largo trecho entre la turbamulta de los suyos, que con desdén miraba, y al llegar a la mitad del patio, vio aquel inusitado aparato que teníamos dispuesto. Acercose, y estuvo mirándolo por diversas partes, sorprendido sin duda de su extraña forma, y solicitado de los olorosos reclamos del cebo hábilmente puesto dentro. Muy por lo bajo, dije yo a Manalet:

—Este emperador tiene demasiado talento para meterse aquí.

—Quién sabe, Andresillo —me contestó el chico—. Como está tan enfatuado con las batallas que acaba de ganar, y se le habrá puesto en la cabeza que para él no hay ratoneras, ni trampas, ni lazos, puede que se ciegue y se meta dentro.

Napoleón se acercó con paso resuelto. Aunque dotado de inmensa previsión y de penetrante vista, el humo de gloria que llenaba su cerebro había enturbiado sus poderosas facultades, y encontrándolo todo fácil, sin ver más que a sí mismo y a su feliz estrella, precipitose decididamente dentro de España. El hilo funcionó, y cayendo con estrépito la artesa, Su Majestad quedó en la trampa.

—¡Ah, pícaro, tunante, ladrón! —exclamó Badoret saltando de gozo—. Ahora las vas a pagar todas juntas.

—Irá vivo al mercado —añadió el otro— y nos darán por su cuerpecito nueve reales. Ni un cuarto menos, hermano Badoret.

- XIX -

Atado por el rabo el vencedor de Europa, los chicos querían llevarlo al mercado; pero yo lo tomé para mí, diciéndoles:

—Si trabajáis un poco más no os faltarán otros respetables sujetos que llevar al mercado. Dejad este para mí, que lo necesito, y coged a Saint-Cyr, a Duhesme, a Verdier y a Augereau.

Haciendo, pues, nuevas y valiosas presas se marcharon.

Yo atravesaba la puertecilla, mejor dicho, el agujero que comunicaba al patio de la casa de Ferragut con la mía, cuando mi cabeza tropezó con otra cabeza. Nos topamos el señor Nomdedeu y yo, él queriendo entrar y yo queriendo salir.

—Detente un rato más, Andrés —me dijo con agitación— y ayúdame. Pero qué hermoso animal tienes ahí. ¿Cuánto pides por él?

—No lo vendo —repuse con orgullo.

—Es que yo lo quiero —me dijo con firmeza, deteniéndome por un brazo—. ¿Sabes que se ha muerto Gasparó? Mi hija se muere también, es decir, quiere morirse; pero yo no lo permito, no lo permitiré, no señor; estoy decidido a no permitirlo.

—Nada de eso me importa, Sr. Nomdedeu —repuse—. ¿Cómo está Siseta?

—¿Siseta? Se morirá también. He aquí una muerte que importa poco. Siseta no tiene padre que se quede sin hija. ¿Me das lo que llevas ahí?

—Usted bromea. Adiós, Sr. Nomdedeu. Por aquella puerta se baja a donde hay mucho de esto.

—¡Oh! ¡qué repugnante sitio! —exclamó el doctor—. ¿Pero qué llevas ahí? Un niño Jesús de alfeñique. Dámelo, Andrés, dámelo. ¡Azúcar! Dios mío. ¡Azúcar! ¡Qué rayo de luz divina!

—No puedo darlo tampoco. Es para Siseta.

El doctor se puso lívido, más lívido de lo que estaba, y mirome con una expresión rencorosa que me llenó de espanto. Le temblaban los labios, y a cada instante llevábase las convulsas manos a su amarillo cráneo desnudo. Me infundía lástima; me infundía además su vista poderoso egoísmo, y le detestaba, sí, le detestaba, sobre todo desde que tuvo la audacia de mirar con ávidos ojos el niño Jesús sin piernas que yo llevaba.

—Andrés —me dijo— yo quiero ese pedazo de azúcar. ¿Me lo darás?

Examine rápidamente a Nomdedeu. Ni él tenía armas, ni yo tampoco.

—Si no me lo das, Andrés —prosiguió— yo estoy dispuesto a que se pierda mi alma por quitártelo.

Diciendo esto, el doctor, sin darme tiempo a tomar actitud defensiva, arrojose sobre mí, y me hizo caer al suelo. Clavome las manos en los hombros, y digo que me clavó, porque parecía que manos de hierro, horadando mi carne, se hundían en la tierra. Luché, sin embargo, en aquella difícil posición, y conseguí incorporarme. La fuerza de Nomdedeu era vigorosa pero de poca consistencia, y se consumía toda en el primer movimiento. La mía, muscular e interna, carecía de rápidos impulsos; pero duraba más. ¡Oh, qué situación, qué momento! Quisiera olvidarlo, quisiera que se borrara por siempre de mi memoria; quisiera que aquel día no hubiese existido en la esfera de lo real. Pero todo fue cierto y lo mismo que lo voy contando. Yo pesé sobre D. Pablo, como él había pesado sobre mí, y pugné por clavarlo en el suelo. Yo no era hombre, no, era una bestia rabiosa, que carecía de discernimiento para conocer su estúpida animalidad. Todo lo noble y hermoso que enaltece al hombre había desaparecido, y el brutal instinto sustituía a las generosas potencias eclipsadas. Sí, señores, yo era tan despreciable, tan bajo como aquellos inmundos animales que poco antes había visto despedazando a sus propios hermanos para comérselos. Tenía bajo mis manos, ¿qué manos?, bajo mis garras a un anciano infeliz, y sin piedad le oprimía contra el duro suelo. Un fiero secreto impulso que arrancaba del fondo de mis entrañas, me hacía recrearme con mi propia brutalidad, y aquella fue la primera, la única vez en que sintiéndome animal puro, me goce de ello con salvaje exaltación. Pero no fui yo mismo, no, no, lo repetiré mil veces; fue otro quien de tal manera y con tanta saña clavó sus manos en el cuello enjuto del buen médico, y le sofocó hasta que los brazos de éste se extendieron en cruz, exhaló un hondo quejido, y cerrando los ojos, quedose sin movimiento, sin fuerzas y sin respiración.

Me levanté jadeante y trémulo, con el juicio trastornado, incapaz de reunir dos ideas, y sin lástima miré al desgraciado que yacía inerte en el suelo. El niño de alfeñique cayóseme de las manos, y Napoleón, que durante la lucha se había visto libre, cargó con él, huyendo a todo escape, con el hilo aún atado en la cola.

Esperé un momento. Nomdedeu no respiraba. La brutalidad principió a disiparse en mí, y así como en las negras nubes se abre un resquicio, dando paso a un rayo de sol, así en los negrores de mi espíritu se abrió una hendidura, por donde la conciencia escondida escurrió un destello de su divina luz. Sentí el corazón oprimido; mil voces extrañas sonaban en mi oído, y un peso, ¡qué peso!, una enorme carga, un plomo abrumador gravitó sobre mí. Quedeme paralizado, dudaba si era hombre, reflexioné rápidamente sobre el sentimiento que me llevara a tan horrible extremo, y al fin atemorizado por mi sombra, huí despavorido de aquel sitio.

Pasé al otro patio, y entrando en casa de Siseta, la vi exánime sobre el suelo. A un lado estaba el cadáver del pobre niño, y más al fondo advertí la presencia de una tercera persona. Era Josefina, que hallándose sola por largo tiempo en su casa, había bajado arrastrándose. Examiné a Siseta, que lloraba en silencio, y a su vista experimenté un temor inmenso, una angustia de que no puedo dar idea, y la conciencia que hace poco me enviara un solo rayo, me inundó todo de improviso con espantosas claridades. Un gran impulso de llanto se determinaba en mi interior; pero no podía llorar. Retorciéndome los brazos, golpeándome la cabeza, mugiendo de desesperación, exclamé sin poder contener el grito de mi alma irritada:

—Siseta, soy un criminal. He matado al Sr. Nomdedeu, ¡le he matado! Soy una bestia feroz. Él quería quitarme un pedazo de azúcar que guardaba para ti.

144

Siseta no me contestó. Estaba estupefacta y muda, y la extenuación, lo mismo que el profundo dolor, la tenían en situación parecida a la estupidez. Josefina acercándose a mí y tirándome de la ropa, me preguntó:

—Andrés, ¿has visto a mi padre?

—¿Al Sr. Nomdedeu? —contesté temblando como si el ángel de la justicia me interrogara—. No, no lo he visto... Sí... allí está... allí... pasando al otro patio.

Y luego, anhelando arrojar lejos de mí las terribles imágenes que me acosaban, volvime a Siseta y le dije:

—Siseta de mi corazón, ¿ha muerto Gasparó? ¡Pobre niño! ¿Y tú cómo estás? ¿Te hace falta algo? ¡Ay! Huyamos, vámonos de esta casa, salgamos de Gerona, vámonos a la Almunia a descansar a la sombra de nuestros olivos. No quiero estar más aquí.

Un extraordinario y vivísimo ruido exterior no me dejó lugar a más reflexiones ni a más palabras. Sonaban cajas, corría la gente, la trompeta y el tambor llamaban a todos los hombres al combate. Siseta alargó lentamente el brazo y con su índice me señaló la calle.

—Ya, ya lo entiendo —dije—. D. Mariano quiere que todos estos espectros hagan una salida, o resistan el asalto de los franceses. Vamos a morir. Anhelo la muerte, Siseta. Adiós. Aquí están los chicos. ¿Los ves?

Eran Badoret y Manalet que entraron diciendo:

—Hermana Siseta, trece reales, traemos trece reales. ¿Has arreglado a Napoleón? ¿Dónde está Napoleón?

Saliendo con mi fusil al hombro a donde el tambor me llamaba, corrí por las calles. Estaba ciego y no veía nada ni a nadie. Mi cuerpo desfallecido apenas podía sostenerse; pero lo cierto es que andaba, andaba sin cesar. Hablando febrilmente conmigo me decía; ¿pero estoy loco?... ¿pero estoy vivo acaso? ¡Terrible situación de cuerpo y de espíritu! Fui a la muralla de Alemanes, hice fuego, me batí con desesperación contra los franceses que venían al asalto, gritaba con los demás y me movía como los demás. Era la rueda de una máquina, y me dejaba llevar engranado a mis compañeros. No era yo quien hacía todo aquello: era una fuerza superior, colectiva, un todo formidable que no paraba jamás. Lo mismo era para mí morir que vivir. Este es el heroísmo. Es a veces un impulso deliberado y activo; a veces un ciego empuje, un abandono a la general corriente, una fuerza pasiva, el mareo de las cabezas, el mecánico arranque de la musculatura, el frenético y desbocado andar del corazón que no sabe a dónde va, el hervor de la sangre, que dilatándose anhela encontrar heridas por donde salirse.

Este heroísmo lo tuve, sin que trate ahora de alabarme por ello. Lo mismo que yo hicieron otros muchos también medio muertos de hambre, y su exaltación no se admiraba porque no había tiempo para admirar. Yo opino que nadie se bate mejor que los moribundos.

Allí estaba D. Mariano Álvarez, que nos repitió su cantilena: «Sepan los que ocupan los primeros puestos, que los que están detrás tienen orden de hacer fuego sobre todo el que retroceda». Pero no necesitábamos de este aguijón que el inflexible gobernador nos clavaba en la espalda para llevarnos siempre hacia adelante, y como muy acostumbrados a ver la muerte en todas formas, no podíamos temer a la amiga inseparable de todos los momentos y lugares.

La misma fatiga sostenía nuestros cuerpos hablábamos poco y nos batíamos sin gritos ni bravatas, como es costumbre hacerlo en las ocasiones ordinarias. Jamás ha existido heroísmo más decoroso, y a fuerza de ver el ejemplo, imitábamos el aspecto estatuario de D. Mariano Álvarez, en cuya naturaleza poderosa y sobrehumana se estrellaban sin conmoverla las impresiones de la lucha, como las rabiosas olas en la peña inmóvil.

Por mi parte puedo asegurar que lleno el espíritu de angustia, alarmada hasta lo sumo la conciencia, aborrecido de mí mismo, me echaba con insensato gozo en brazos de aquella tempestad, que en cierto modo reproducía exteriormente el estado de mi propio ser. La asimilación entre ambos era natural, y si en pequenos intervalos yo acertaba a dirigir mi observación dentro de mí mismo, me reconocía como una existencia flamígera y estruendosa, parte esencial de aquella atmósfera inundada de truenos y rayos, tan aterradora como sublime. Dentro de ella experimentábanse grandes acrecentamientos de vida, o la súbita extinción de la misma. Yo puedo decirlo: yo puedo dar cuenta de ambas sensaciones, y describir cómo acrecía el movimiento, o por el contrario, cómo se iban extinguiendo los ruidos del cañón, cual ecos que se apagaban repetidos de concavidad en concavidad. Yo puedo dar cuenta de cómo todo, absolutamente todo, ciudad, campo enemigo, cielo y tierra, daba vueltas en derredor de nuestra vista, y cómo el propio cuerpo se encontraba de improviso apartado del bullidor y vertiginoso conjunto que allí formaban las almas coléricas, el humo, el fuego y los ojos atentos de D. Mariano Álvarez, que relampagueando entre tantos horrores lo engrandecían todo con su luz. Digo esto porque yo fui de los que quedaron apartados del conjunto activo. Me sentí arrojado hacia atrás por una fuerza poderosa y al caer, bañándome la sangre, exclamé en voz alta:

—¡Gracias a Dios que me he muerto!

Un patriota que por no tener arma se contentaba con arrojar piedras, arrancó el fusil de mis manos inertes, y ocupando mi puesto gritó con alegría:

—Acabáramos. ¡Gracias a Dios que tengo fusil!

- XX -

Fui primero hollado y pisoteado, y sobre mi cuerpo algunos patriotas se empinaban para ver mejor hacia fuera; pero pronto me apartaron de allí y sentí el contacto de suavísimas manos. Pareciome que unos pájaros del cielo bajaban a posarse sobre mi cuerpo dolorido, trayéndole milagroso alivio. Aquellas manos eran las de unas monjas.

Diéronme de beber y me curaron, diciéndose unas a otras:

—El pobrecillo no vivirá.

Ignoro dónde estaba, y no me es posible apreciar el tiempo que transcurría. Sólo en una ocasión recuerdo haber abierto los ojos adquiriendo la certidumbre de que me rodeaba oscurísima noche. En el cielo había algunas tristes estrellas que fulguraban con blanca luz. Sentía entonces agudísimos dolores; pero todo se extinguió prontamente, y cayendo en profundo sopor, vivía con largas interrupciones de sensibilidad. Otra vez abrí los ojos y vi que se estaban batiendo. Las monjas acudieron de nuevo a mí, y su asistencia me produjo muy vivo consuelo. Yo no hablaba: no podía hablar; pero un accidente harto original me obligó poco después a empeñarme en usar la palabra. Entre la mucha gente que por allí en distintas direcciones discurría, vi un muchacho en quien hube de reconocer a Badoret.

Badoret llevaba a cuestas el cuerpo de un niño de pocos años, cuyas piernas y brazos colgaban hacia adelante. Así cargaba comúnmente a su hermano cuando vivía, y así lo llevaba muerto. Hice un esfuerzo y llamé al muchacho. Este, que se inclinaba a examinar a los que allí en diversos puntos yacían, acercose a mí y me dijo:

—Andrés, ¿tú también has muerto?

—¿Por qué llevas a cuestas el cuerpecito de tu hermano?

—¡Ay! Andrés, me mandaron que lo echara al hoyo que hay en la plaza del Vino; pero no quiero enterrarlo, y lo llevo conmigo. El pobre ya no llora ni chilla.

—¿Y tu hermana?

—Hermana Siseta no se mueve, ni habla, ni llora tampoco. La llamamos y no nos responde.

Iba a preguntarle por Josefina; pero me faltó valor, se me extinguió la facultad de hablar, y nublándose mis ojos, vi desaparecer a Badoret, saltando con su lúgubre carga sobre los hombros.

La fiebre traumática se apoderó de mí con gran intensidad, reproduciéndome los hechos que habían precedido a la situación en que me encontraba. Siseta aparecía a mi lado con su hermano en los brazos, y yo le decía: —Prenda mía, ya no podemos ir a sentarnos a la sombra de los olivos que tengo en la Almunia, porque mi conciencia va detrás de mí acosándome sin cesar, y tengo que huir y correr hasta que encuentre un sitio lejano a donde ella no pueda seguirme. No volveré a entrar jamás en tu casa, porque allí junto está, tendido en cruz sobre el suelo, D. Pablo Nomdedeu, a quien maté porque me quería quitar mi azúcar. Yo me voy a donde no me vea gente nacida. Dame tu mano. Adiós.

Al decir esto, estaba besando la mano de una señora monja.

Otras veces creía sentir el contacto de un brazo junto al mío, y exclamaba: ¡Ah!, es usted, Sr. D. Pablo Nomdedeu. Los dos hemos muerto y nos juntamos en lo que llamábamos allá la otra vida; sólo que usted camina hacia el cielo, y yo voy derecho al infierno. Aquí donde estamos, entre estas oscuras nubes, ya no hay odios ni resentimientos. Me pesa de haberle matado a usted, y válgame el arrepentimiento. ¿Cómo había de consentir en darle a usted el azúcar? No, Sr. D. Pablo, no lo consentiré jamás. ¿Aún insiste usted en quitármela, cuando despojados de la vestidura corporal, volamos los dos por esta región donde no hay ruido, ni luz, ni nada? ¿Aún aquí, equivocándonos de caminos, nos encontramos para reñir? Pero no, siga usted adelante y no se detenga a quitarme lo mío. Dios me perdonará mi crimen; yo fui atacado por usted, yo me defendía, y una bestia feroz que se metió dentro de mí, le mató a usted. Fue sin duda aquel infame Napoleón. ¡Oh! ¿Por qué quise apropiarme el aparente cuerpo de tan fiero demonio? Sí, ya te estoy viendo delante de mí... Allá voy, no me llames más. Vagando por estos espacios donde no hay ruido, ni luz, ni nada, yo creí que no te presentarías delante de mí; pero aquí estás. Cierra esos ojillos negros como cuentas de azabache, no claves en mí tus dientes más blancos que el marfil, ni enrosques esa culebra que llevas por cola. Ya sé que te pertenezco desde que cayó el artesón sobre ti, y tus tramas infernales me pusieron en el caso de matar a aquel santo varón, buen amigo, excelente padre y honrado patriota. Iré contigo al infierno, que será mi expiación. No vuelvas el horrendo hocico hacia atrás, que ya te sigo. Los arcángeles celestiales me azuzaron como a un perro cuando me acerqué a las puertas del Paraíso, y ahora camino hacia abajo. Adiós, Nomdedeu, ya te veo allá arriba. Brillas como una estrella; pero tu resplandor no ilumina esta oscuridad en que me veo. El calor de las llamas que despides por la boca, infame Napoleón, me está abrasando, me ahogo en una atmósfera de fuego, y una sed espantosa seca mi boca. ¿No hay quién me dé un poco de agua?

Un vaso tocó mis labios. Las monjas me daban agua.

Luego tornaba a los mismos delirios, siempre éstos diversos a cada instante, ora terribles, ora gratos, hasta que un día me reconocí en el uso completo de mis sentidos y con el entendimiento claro y sin nubes. Vi el cielo encima, en derredor mucha gente que hablaba, y a mi lado un fraile. No se oían cañonazos, y el silencio, con serlo, parecía un ruido indefinible.

—Hijo mío —me dijo el fraile— ¿estás mejor? ¿Te sientes bien? Esa herida del pecho no es mortal. Si hubiera recursos en Gerona y se te alimentara bien, curarías como otros muchos.

—¿Qué ocurre, padre? ¿Qué día es hoy? ¿A cuántos estamos?

—Hoy es el 9 de Diciembre, y ocurre una inmensa desgracia.

—¿Qué?

—Está enfermo D. Mariano Álvarez, y la ciudad se va a rendir.

—¡Enfermo! —exclamé con sorpresa—. Yo creí que D. Mariano no podía estar enfermo ni morir. Moriremos nosotros; pero él...

—Él también morirá. Hoy le ha entrado el delirio y ha traspasado el mando al teniente del Rey D. Juan Bolívar. Desde que Álvarez está en cama, nadie considera posible la defensa. Sólo hay mil hombres disponibles, y aun estos están también enfermos. A estas horas hay junta de jefes para ver si se rinde o no la plaza en este día. Me temo que se saldrán con la suya los pícaros que quieren la rendición. Es una vergüenza que esto pase. Hay aquí mucha gente que no piensa más que en comer.

—Padre —dije yo— si hay algo por ahí, démelo, aunque sea un pedazo de madera. No puedo resistir más.

El fraile me dio no sé qué cosa; pero yo la devoré sin averiguar lo que era. Después le hablé así:

—¿Su paternidad está aquí auxiliando a los moribundos? Yo, aunque Dios en su infinita misericordia me conserve por ahora la vida, quiero confesar un gran pecado que tengo. Si no me quito de encima este gran peso, no podré vivir. Por ahí creerán que D. Pablo Nomdedeu ha muerto de hambre o de miedo. No, yo debo declarar que le he matado porque me quiso quitar un pedazo de azúcar.

—Hijo mío —repuso el fraile— o estás aún delirando, o confundiste con otro al Sr. Nomdedeu, pues tengo la seguridad de haber visto a este hoy mismo, si no bueno y sano, al menos con vida. No descansa en lo de curar a diestro y siniestro.

—¡Cómo! ¿Es posible? —exclamé con estupefacción—. ¿Vive el Sr. D. Pablo Nomdedeu, ese espejo de los médicos? Padre, tan buena nueva me devuelve por entero la vida. Yo le dejé por muerto en medio del patio. No puedo creer sino que ha resucitado para que su hija no quedase huérfana. Padre, ¿conoce usted a Siseta, la hija del Sr. Cristòful Mongat? ¿Sabe por ventura si vive?

—Hijo, nada puedo decirte de esa muchacha. Sólo sé que la casa donde vivían el Sr. Mongat y el Sr. Nomdedeu, ha sido destruida por una bomba ayer mismo. Tengo idea de que todos sus habitantes se salvaron, excepto alguno que se ha extraviado, y no se le puede encontrar.

—¡Oh! ¡Si pudiera levantarme y correr allá! —dije—. Pero parece que me han clavado en esta maldita cama. ¿En dónde estoy?

—Esta es la cama en que murió Periquillo del Roch, asistente del Sr. D. Francisco Satué, que es, como sabes, edecán del gobernador. Cuando murió Periquillo, te pusimos aquí, y ayer dijo Satué que te tomaría por asistente.

—¿Con que Su Paternidad no me da noticias de la pobre Siseta? El corazón me dice que no ha muerto, y que no soy por lo tanto viudo.

—¿Eres casado?

—Con el corazón. Siseta será mi mujer si vive... ¿Y dice Su Paternidad que no ha muerto el Sr. Nomdedeu?

—Así parece, pues se le ve por la ciudad. Verdad es que más bien tiene aspecto de un muerto que anda, que de persona viva.

—¿Será cierto lo que oigo? ¿Y el Sr. D. Pablo se mueve?

—Anda, aunque cojo.

—¿Y abre los ojos?

—Sí; sus ojos parduzcos buscan las piernas rotas en la oscuridad de los escombros.

—¿Y habla?

—Con su voz clueca, que tan buenas cosas sabe decir.

—¿Pero es el mismo, o un remedo de don Pablo, una sombra que viene del otro mundo a figurar que pone vendas?

—El mismo, aunque de puro desfigurado, apenas se le conoce.

—¡Oh, qué inmensa alegría siento! ¿De modo que ha resucitado?

—No dudes que vive; pero también te aseguro que no doy dos ochavos por lo que le quede de razón.

En todo aquel día no me pude mover, aunque notaba de hora en hora bastante mejoría. La curiosidad y el afán me devoraban, anhelando saber la suerte de los míos, y aunque la certidumbre de no ser matador de Nomdedeu había dado gran tranquilidad a mi espíritu, el no saber el paradero de Siseta me entristecía en sumo grado. Sin moverme de allí supe que la plaza estaba a punto de rendirse, y que había ido a tratar con el general francés el español D. Blas de Fournás. Esto tenía muy irritados a los fantasmas que con el nombre de hombres discurrían aún arma al brazo por las murallas destruidas, y fue preciso a Fournás, cuando salió de la plaza, ocultar el verdadero motivo de su viaje.

Álvarez, según oí, se agravaba por instantes y recibió los sacramentos el mismo día 9; pero aun en tal situación insistía en no rendirse, repitiendo esto con palabras enérgicas, lo mismo dormido que despierto. Muchos patriotas se resistían a creer que fuera cierto lo de la rendición, y la posibilidad de entregarse al extranjero causaba más horror que la muerte y el hambre; verdad es que muchos tenían aún la loca esperanza de que llegasen socorros.

Por la tarde empezó a susurrarse que al día siguiente entrarían los cerdos, y los patriotas acudieron a casa del gobernador, la cual, casi por completo arruinada, apenas conservaba en pie los aposentos donde el heroico paciente residía, y allí entre las ruinas, metiéndose por los claros de las paredes destruidas, alborotaron largo rato pidiendo a su excelencia que saliese de nuevo a gobernar la plaza. Dicen que Álvarez en su delirio oyó los populares gritos, e incorporándose dispuso que resistiéramos a todo trance. Enfermos o heridos los que aún vivíamos, con diez mil cadáveres esparcidos por las calles, alimentándonos de animales inmundos y sustancias que repugna nombrar, nuestro más propio jefe debía de ser y era un delirante, un insensato, cuyo grande espíritu perturbado aún se sostenía varonil y sublime en las esferas de la fiebre.

Al día siguiente pude dar algunos pasos sin alejarme mucho. De buena gana habría hecho una excursión por la ciudad visitando la casa de Siseta; pero las señoras monjas que tan

155

cariñosamente me cuidaban impidiéronmelo. El capitán D. Francisco Satué llegose a mí y me hizo saber que había resuelto tomarme por asistente en reemplazo de Periquillo Delroch, y yo, agradecido a su bondad, me tomé la libertad de decirle:

—Mi capitán: ¿sabe usía por dónde anda Siseta? Supongo que usía conoce a Siseta, la hija del Sr. Cristòful Mongat.

Satué no se dignó contestarme, y volvió la espalda, dejándome solo con mis horrorosas dudas. Yo preguntaba a todos; pero nadie me hablaba sino de la capitulación. ¡Capitular! Parecía imposible tal cosa cuando todavía existía pegado a las esquinas el bando de D. Mariano: «Será pasada inmediatamente por las armas cualquier persona a quien se oiga la palabra capitulación u otra equivalente».

Según oí decir, los franceses habían dado una hora de tiempo para arreglar la capitulación; pero nuestra Junta pedía un armisticio de cuatro días, prometiendo cumplirla si al cabo de dicho plazo no venía el socorro que desde Noviembre estábamos esperando. El mariscal Augereau no quiso acceder a esto, y por último, después de muchas idas y venidas de un campo a otro, firmáronse las condiciones de nuestra rendición a las siete de la noche del 10.

En este convenio, como en todos los que hicieron los franceses en aquella guerra, se pactó lo que luego no había de ser cumplido: respetar a los habitantes, respetar la religión católica y las vidas y haciendas, etc... Todo esto se escribe y se firma sobre un tambor dentro de una tienda de campaña; pero luego las órdenes expedidas desde París por la gran rata obligan a poner en olvido lo acordado.

156

—¡Bonito final! —me dijo el padre Rull, que me había asistido durante el penoso mal—. ¡Y que hayamos venido a esto después de haber resistido siete meses! ¿Y todo por qué, amigo Andrés? Porque no se reparten dos pavos por barba al día, y porque alguno se ha visto obligado a mantenerse chupando el jugo de un pedazo de estera. Dioscórides dice que el esparto contiene sustancias alimenticias. ¡Oh! Si Álvarez no hubiera caído enfermo, si aquel hombre de bronce pudiera aún levantarse de su lecho y venir aquí y alzar el bastón en la mano derecha... Ya sabes, Andrés, que la guarnición debe salir mañana de la plaza con los honores de la guerra, marchando a Francia prisionera. Creo que os pondrán a tirar del carro de Napoleón cuando salga a paseo... Los cerdos se nos meterán aquí mañana a las ocho y media, y parece han acordado no alojarse en las casas sino en los cuarteles. ¿Lo crees tú? Ya verás cómo no lo cumplen. Me parece que los veo echando a los vecinos a la calle para acomodarse sus señorías en las pocas casas que han dejado en pie. Y ahora te pregunto yo: ¿qué harán de nosotros, los pobres frailes? Amigo, con Gerona se acabó España, y con la salud de Álvarez se acabaron los españoles bravos y dignos. Muchachos, ¡viva D. Mariano Álvarez de Castro, terror de la Francia!

Durante la noche, los vecinos y los soldados, sabedores ya de las principales cláusulas de la capitulación, inutilizaron las armas o las arrojaron al río, y al amanecer los que podían andar, que eran los menos, salieron por la puerta del Areny para depositar en el glacis unas cuantas armas si tal nombre merecían algunos centenares de herramientas viejas y fusiles despedazados. Los enfermos nos quedamos dentro de la plaza, y tuvimos el disgusto de ver entrar a los señores cerdos. Como no nos habían conquistado, sino simplemente sometido por la fuerza del hambre, nosotros los mirábamos de arriba abajo, pues éramos los verdaderos vencedores, y ellos al modo de impíos carceleros. Si no existiese el goloso cuerpo, y sólo el alma viviera, ¿pasarían estas cosas?

En honor de la verdad, debo decir que los franceses entraron sin orgullo, contemplándonos con cierto respeto, y cuando pasaban junto a los grupos donde había más enfermos, nos ofrecían pan y vino. Muchos se resistieron a comerlo; pero al fin la fuerza instintiva era tal que aceptamos lo que a las pocas horas de su entrada nos ofrecieron. Durante todo el día estuvieron entrando carros cargados de víveres que estacionados en las plazas de San Pedro y del Vino, servían de depósito, a donde todo el mundo iba a recoger su parte. ¡Comer!, ¡qué novedad tan grande! Sentíamos el regreso del cuerpo que volvía después de la larga ausencia, a ser apoyo del alma. Se admiraba uno de tener claros ojos para ver, piernas para andar y manos con que afianzarse en las paredes para ir de un punto a otro. Los rostros adquirían de nuevo poco a poco la expresión habitual de la fisonomía humana, y se iba extinguiendo el espanto que aun después de la rendición causábamos a los franceses.

Dadme albricias, porque al fin, señores míos, me reconocí con bríos para andar veinte pasos seguidos, aunque apoyándome con la derecha mano en un palo, y con la izquierda en las paredes de las casas. No creáis que el andar por las calles de Gerona en aquellos días era cosa fácil, pues ninguna vía pública estaba libre de hoyos profundísimos, de montones de tierra y piedras, además de los miles de cadáveres insepultos que cubrían el suelo. En muchas partes los escombros de las casas destruidas obstruían la angosta calle, y era preciso trepar a gatas por las ruinas, exponiéndose a caer luego en las charcas que formaban las fétidas aguas remansadas. El viaje al través de aquellos montes, lagos y ríos era tan fatigoso para mí, que a cada poco trecho me sentaba sobre una piedra para tomar aliento. Mas cuando no era ya posible pensar en batirse, y cuando estaba aplacado el terrible ardor de la guerra, me producía indecible espanto la vista de tantos muertos; y al examinar los horrorosos cuadros que se desarrollaban ante mi vista, cerraba a veces los ojos temiendo reconocer en una mano helada la mano de Siseta, en la punta de un vestido, la punta del vestido de Siseta, en una piedrecita encarnada las cuentas de coral que adornaban las lindas orejas de Siseta.

- XXI -

Al llegar a la calle de Cort-Real, vi allí casi en total ruina la casa donde se albergaban los míos. Unos vecinos me dijeron que el señor Nomdedeu y su hija estaban aposentados en la calle de la Neu; pero que no se sabía dónde habían ido a parar Siseta y sus hermanos. Contristado con tal noticia, fui en busca del doctor, y la primer persona que salió a mi encuentro fue la señora Sumta, encargándome que no hiciera ruido porque el señor dormía.

—Aquí encontrarás todos los papeles cambiados, Andresillo —me dijo— porque la señorita

Josefina se ha puesto buena, y el amo está tan malo, que se morirá pronto si Dios no lo remedia.

En esto oímos la voz del doctor, que en aposento cercano sonaba, diciendo:

—Déjele usted entrar, señora Sumta, que estoy despierto. Andrés, amigo querido, ven acá.

Entré, pues, y D. Pablo arrojándose de su lecho me abrazó con cariño, hablándome así:

—¡Qué placer me das, Andrés! ¡Yo creí que habías muerto! ¡Ven acá, valiente joven, y abrázame otra vez! ¿Cómo va esa salud? ¿Y ese estómago? No conviene cargarlo después de tanta privación. ¿Hay apetito?... Te recomiendo mucho la sobriedad. ¿Tienes heridas? Las curaremos... Manda lo que gustes, hijo.

Yo, muy confundido, le expresé mi gratitud por tanta benevolencia, añadiendo que le consideraba como el más generoso y cristiano de los mortales por pagar con abrazos y cariños los golpes que de mí recibiera.

—Señor —añadí— yo creí haber muerto al mejor de los hombres, y no podía vivir con el gran peso de mi conciencia. Veo que usted perdona las ofensas y abre sus brazos a los que han intentado matarle.

—Todo está perdonado, y si culpa hubo en ti tratándome como me trataste, mayor fue la mía, que en mi furor, no reparaba en quitarte la vida por un pedazo de azúcar. Aquellas, amigo Andrés, no deben considerarse como acciones libres que constituyen verdadera responsabilidad, y la horrible situación en que ambos nos hallábamos nos disculpa a los ojos de Dios. En tan triste momento, la ley suprema de la propia conservación imperaba sobre todas las leyes, nuestro carácter, el resultado de las facultades ingénitas o cultivadas por el trato y de los hábitos adquiridos, no existía realmente, y el torpe bruto en que estamos metidos, rompía salvajemente todos los frenos que se oponían a la satisfacción de sus necesidades. Por mi parte, puedo decirte que no me daba cuenta de lo que hacía. El espectáculo de mi pobre hija me trastornaba el poco sentido que aún me hacía reconocerme como hombre, y delante de mí no había amigos ni semejantes. Estas relaciones se acaban, se extinguen cuando el brutal instinto recobra sus dominios, y si veía un pedazo de pan en boca de otro hombre, parecíame esto un privilegio irritante, que mi egoísmo no podía tolerar. ¡Ay, qué horroroso padecimiento! ¡Qué vergonzoso estado de moral y qué degradación del ser más noble que pisa la tierra! Válgame tan sólo la circunstancia de que nada quería para mí, sino todo para ella. Tengo la seguridad de que a no ser por mi idolatrada hija, yo me hubiera recostado en un rincón de la casa, dejándome morir sin hacer esfuerzo alguno por conservar la vida.

—Y la señorita Josefina ha resistido las privaciones tal vez mejor que nosotros.

—Mucho mejor —añadió Nomdedeu—. Ya me ves a mí que parezco un cadáver. Pues ella, completamente transfigurada, parece haberse apropiado toda la salud que a mí me falta. Esto me tenía contentísimo, Andrés. Pero verás ahora lo que ha pasado. Cuando me dejaste en el patio de la casa del canónigo, tardé mucho tiempo en recobrar el uso de los sentidos a consecuencia del gran golpe y de la mucha extenuación. Por fin, no sé qué manos caritativas me sacaron a la calle, donde recobré completo acuerdo. Mi sensación principal era una gran sorpresa de hallarme con vida. Arrastréme hasta entrar en casa, y en las

161

habitaciones de Siseta encontré a mi hija. La infeliz casi no me conocía. Iba a perecer de inanición. ¡Dios mío! Quisiera morir, si la muerte borrara de mi memoria el recuerdo de aquellas horas. Yo decía: —Señor, antes de ver tal espectáculo, valiera más que quedara exánime sobre las baldosas de la casa del canónigo—. ¡Ay, amigo Marijuán, no me preguntes nada sobre esto! Sólo te diré que habiendo salido en busca de alimentos, al regresar, mi hija ya no estaba allí.

—¿Y Siseta? —pregunté con la mayor inquietud.

—Siseta tampoco —repuso Nomdedeu inmutándose en sumo grado—. Pero ¿a qué me preguntas por Siseta? Yo no sé nada de ella. Déjame seguir. Ninguno de los vecinos supo darme razón del paradero de mi hija, y corrí como un loco por la ciudad buscándola. Felizmente ni ella ni yo estábamos allí, cuando la casa fue destruida. Pero yo te pregunto: ¿a dónde creerás que había ido mi idolatrada Josefina? Pues nada menos que a la torre Gironella, donde contemplaba el horrible fuego con que se defendió aquel fuerte en sus postrimerías. Te asombrarás de que mi hija fuera a tal sitio. Pues oye. Encontrándose sola en la casa, la horrible necesidad obligola a salir a la calle, y discurrió largo tiempo por Gerona, implorando la caridad pública, pero sin ser atendida por nadie. Mientras mayor era su desamparo, mayores eran sus esfuerzos por apegarse a la vida, y aquella naturaleza miserable halló en sí misma suficiente energía para sobreponerse a la situación. Parece esto imposible, pero es cierto. Ahora caigo en que a las criaturas de ánimo apocado nada les conviene tanto como encontrarse lanzadas de improviso a un gran peligro sin sostén ni ayuda de mano extraña. Pues bien, Josefina, sola en medio de tantos horrores, huyó por la pendiente que conduce a los fuertes, creyendo más seguros aquellos sitios. La vista de los cadáveres que obstruyen el camino prodújole gran espanto, y mayor aún al ver de cerca la terrible acción que allí se trabara. Cuando quiso retroceder la pobrecita, le fue imposible, y encontrose envuelta en el fuego, en el momento de la retirada. ¡Oh, qué incomprensibles son los arcanos de la Naturaleza! Si yo hubiera sabido por qué lugares andaba mi enferma, y todo el protomedicato hubiérame pedido mi dictamen sobre su suerte, habría dicho: «Josefina morirá en el acto de verse próxima a un combate». Pues no fue así, Andrés. Según me ha contado ella misma, al ver aquello, sintiose con inusitada energía, y sus miembros desentumecidos como por milagro, adquirieron una agilidad que jamás habían tenido.

Sin hallarse libre de miedo, inundaba su alma una generosa y expansiva inquietud, y abundantes lágrimas corrían de sus ojos... A esto añade que luego volvió dos veces a la ciudad, donde unas señoras apiadadas de ella la dieron algún alimento; que después, sin saber cómo, viose arrastrada en el tropel de las que iban a llevar pólvora a las murallas; añade que durmió dos noches en campo raso; que la señora Sumta tomándola por su cuenta, la tuvo más de tres horas en Alemanes, hasta que se retiró de allí la guarnición, y comprenderás si han sido fuertes los cauterios aplicados por el azar al espíritu de esa pobre niña. Ahora, Andrés, me resta decirte que si ella ha adquirido súbitamente bríos y agilidad, yo he perdido radicalmente mi salud, a consecuencia de los intensos padeceres físicos y morales de esta temporada, y aquí donde me ves, no doy dos cuartos por lo que pueda vivir de aquí al domingo que viene. La alegría que me causa el ver cómo se ha regenerado el organismo de aquella que es todo mi amor y mi consuelo, ahoga el sentimiento que podría causarme la propia muerte. Lo que hoy me produce profunda tristeza es el convencimiento adquirido hace poco de que soy un detestable médico. Sí, Andrés, yo creí saber bastante, y ahora resulta que todo lo ignoro, todo, todo. Figúrate que después de adoptar en el tratamiento de Josefina el sistema de precauciones, de cuidados que me recomendaban en diverso estilo centenares de libros, salimos con la patochada de que el mejor sistema es el opuesto al que yo seguí. ¡Y para esto, Dios mío, ha estudiado uno treinta años! ¡Oh!, medicina, medicina, ¡cuán desdeñosa y esquiva eres! ¡Cómo te ocultas al que más te busca, y qué bien guardas tus encantos! Cuando parece más fácil tocarte, más rápidamente desapareces, como sombra que de las ansiosas manos se escapa. ¡Quién me lo había de decir! Yo intentaba curarla con delicadezas y cuidados y dengues, resguardándola hasta del aire por temor a que el aire mismo la hiciera daño, y Dios la ha fortalecido con las crudezas, las molestias, los golpes, los sustos, con el fuego y el frío, con los peligros y las muertes. Yo evitaba en ella las grandes impresiones que me parecía debieran quebrar su naturaleza, como los martillazos rompen el vidrio, y los fortísimos sacudimientos de la sensibilidad la han repuesto en su primer ser y estado. Curose como había enfermado, y este misterio y esta novedad pasmosa confunden mi inteligencia. Hasta ahora no sabía

164

que la enfermedad curase la enfermedad, y me muero con mil ideas sobre este oscuro punto... porque yo me muero, Andrés: en eso sí que no se equivocará mi escaso saber.

Diciendo esto, se tendió de largo a largo en la cama, y a cada rato exhalaba hondísimos suspiros. Yo le hablé así:

—Sr. D. Pablo, usted, aunque ha padecido bastante, tiene el consuelo de ver a su hija no sólo con vida, sino con la salud que antes no tenía; pero yo, ni siquiera puedo asegurar que vive mi adorada Siseta y sus dos hermanos.

El doctor, al oírme, moviose inquietamente en su lecho con síntomas de alteración nerviosa, e incorporándose de improviso, me mostró su cara, muy contrariada y desfigurada de un modo notable.

—No me preguntes por Siseta y sus hermanos —exclamó con torpe lengua y haciendo ademán de apartar un objeto que inspira desagrado—. Yo no sé nada de ellos. Andrés, más vale que te marches y me dejes en paz.

La señora Sumta, que entró a la sazón, puso el dedo en la sien, mirando a su amo con expresión de lástima. Con el gesto y la mirada quería decirme:

—No hagas caso, que el amo ha perdido el juicio.

Perdiéralo o no, lo cierto es que me llenaban de inexplicables confusiones sus palabras. Interroguele de nuevo; pero él, cerrando los ojos y extendiendo brazos y piernas, cual exánime cuerpo, aparentaba no oírme, o realmente aletargado, no me oía.

Josefina entró en seguida y mostró mucha alegría al verme. Por mi parte quedeme

165

sorprendido al notar la animación de sus ojos, su color menos pálido que de ordinario, y al observar la agilidad, la gracia y desenvoltura que había adquirido en sus movimientos desde que no nos veíamos. Después de contestar con amables sonrisas a mis cumplidos, que adivinaba por el movimiento de los labios, me preguntó por Siseta.

—¡Ay! —respondí, expresando con signos mi suprema aflicción—. Siseta... se ha ido, señorita; no sé dónde está.

—Busquémosla —dijo Josefina con resolución.

—¡Ay!, gracias, señorita Josefina... Yo no me puedo tener; pero si usted me acompaña, sacaré fuerzas de flaqueza para recorrer la ciudad.

En la casa tenían ya comida abundante, que se repartía entre los diferentes vecinos allegadizos que allí se albergaban, y a mí me dieron una buena porción. Cuando salí enlazando mi brazo con el de Josefina, me sentía tan restablecido, que no necesité buscar apoyo en las paredes, ni arrojarme al suelo cada diez minutos para tomar aliento.

- XXII -

¿Dónde buscaremos a Siseta? ¿Dónde?... Siseta, gritábamos por todos lados, en las ruinas, en la puerta de las casas enteras, en las plazas, en las murallas, en las cortaduras, en los montones de escombros; pero ninguna voz conocida nos respondía. En diversos puntos de la ciudad, los franceses se ocupaban en tapar con tierra los hoyos donde habían sido arrojados los cadáveres, y miles de cuerpos desaparecían de la vista de los vivos para siempre... ¡Oh! —exclamaba yo con la mayor angustia—, ¡si estará ahí Siseta!

Hubiera querido escarbar con mis manos todas las fosas, por cerciorarme de que no yacía en ellas la persona perdida. Visitamos luego los hospitales, y en ninguno de ellos aparecieron tampoco Siseta ni sus hermanos: preguntamos de puerta en puerta a todos los conocidos, a los vecinos todos, y nadie nos dio razón ni noticia alguna. Pasando a Mercadal, lo recorrimos todo, y al volver, miré al fondo del río, por ver si entre sus turbias aguas se distinguía el cuerpo de Siseta. Pregunté por ella a los españoles y a los franceses que no me entendieron; pero ambas naciones carecían de noticias acerca de mi amiga; subí a los tejados, bajé a los sótanos, la busqué en plena luz y en la profunda oscuridad; pero el rayo de sus ojos, para mí superior a todas las claridades, no brillaba en ninguna parte.

Por último, cuando llegábamos cerca del puente de San Francisco de Asís, creí distinguir una lastimosa figura de muchacho, en la cual, aunque con mucha dificultad, podía reconocer a la persona del buen Manalet. No era posible determinar la forma de su vestido, que era un andrajo, por cuyas rasgaduras los brazos y las piernas en completa desnudez asomaban. Su rostro cadavérico, sus manos negras, su cuello manchado de sangre, sus pies heridos, su mirar temeroso me causaron profunda pena. Le llamé, con el alma dividida entre una animosa esperanza y un inmenso dolor, y él corrió a abrazarme con los ojos llenos de lágrimas. Pasado el primer momento de su alegría, la presencia de Josefina al lado mío produjo en el ánimo del pobre chico vivísima inquietud; mirábala con ojos azorados, e

167

hizo algún movimiento para huir de nosotros. Deteniéndole, tuve valor para preguntarle por su hermana.

—Hermana Siseta —me dijo— no está, no la busquen ustedes. Se ha ido con Gasparó. Los dos...

Al decir "los dos", señalaba la tierra.

Yo, poseído de profundo dolor, no me reconocía satisfecho con sus vagas noticias y quería saber más; seguí tras él, pero mi corto andar no me permitió alcanzarle y hube de resignarme al terrible padecimiento de la duda; porque, en efecto, las afirmaciones de Manalet no resolvían mi perplejidad, y las palabras, el razonamiento, la inquietud del infeliz chico indicaban que algún misterio para mí ignorado, existía en la desaparición de Siseta.

—Señorita Josefina —dije a mi acompañante, expresando como me fue posible el desaliento y la desesperación— no conseguiremos nada. Volvámonos a la calle de la Neu.

Ambos muy tristes y desanimados nos detuvimos en el puente, mirando a los transeúntes, que discurrían sin cesar de un lado a otro y como yo buscaban personas queridas que el desorden de los últimos días había hecho desaparecer. Las fosas sobre las cuales se echaba tanta tierra iban poco a poco destruyendo los rastros que habrían podido guiar en sus exploraciones a padres, esposas e hijos, y la necesidad de enterrar pronto hacía que muchas familias se quedasen en completa ignorancia respecto a la suerte de los suyos.

Estábamos sentados junto al puente. Josefina me miraba en silencio, compadecida de mi dolorosa perplejidad, y yo interrogaba al cielo, cansado ya de interrogar a la tierra y a los hombres. De repente, la hija del doctor diome un ligero golpe en la cabeza y agitando los brazos en dirección del río, señaló una casa de las que se levantan con los cimientos dentro del Oñá a espaldas de la plaza de las Coles y de la calle de la Argentería. Al principio no distinguí nada; pero ella con el rostro alterado, la mirada chispeante y el índice extendido hacia un punto fijo, dirigió mi atención al tejado de una de aquellas casas, de cuyo alero, un muchacho se descolgaba trabajosamente por una cuerda. Era Badoret. Al instante grité fuertemente: ¡Badoret! ¡Badoret!, y el chico que oyó mi voz, saludome con la mano en el momento de poner pie firme en un balcón, desde el cual parecía querer avanzar al puente saltando de una casa a otra. Los irregulares aleros, balconajes, miradores y cuerpos salientes de aquella orilla del río, permitían este viaje sin gran peligro. Por fin, Badoret llegó a donde estábamos, y pude notar que su aspecto era más lastimoso que el de su hermano.

—Andrés —me dijo— ¿han entrado los franceses?

—Sí —le respondí—. ¿En dónde estás metido que no lo sabes? ¿Has resucitado acaso?

—¿De modo que ya hay algo que comer?

—Sí, todo lo que quieras... ¿Y Siseta?

—Siseta está durmiendo desde ayer. ¿Quieres verla? La llamamos y no quiere despertar.

—¿Pero dónde os habéis metido? ¿Dónde está Siseta?

—¿Hay ya qué comer? No hemos vuelto a ver a Napoleón, Andrés. ¿Cuánto darán ahora por él?

—Anda al diablo con Napoleón. Llévame a donde está tu hermana.

—En el tejado.

—¡En el tejado!

—Sí: la llevamos allá entre todos, porque el Sr. Nomdedeu la quería matar.

—¡Matarla! ¡Estás loco!

—Sí; para comérsela.

No pude reprimir la risa, a pesar de que mi ánimo no estaba para burlas.

—El Sr. Nomdedeu —prosiguió— se volvió loco y quiso comernos a todos.

—Estáis tontos sin duda —repliqué—. Llévame donde está Siseta.

—Si no vas por donde yo he venido... De la casa del canónigo donde estamos, se pasa por el tejado a la del droguero de la calle de la Argentería, pero de esta no se puede salir a la calle porque está cerrada... Por la bodega, se pasa a una casa del otro extremo que está quemada y por las tejas se baja a los balcones del río. Si puedes hacer que te abran la puerta de la casa del droguero que está en la calle de la Argentería junto a la plaza de las Coles, entrarás mejor que yo he salido.

—Vamos allá —dije con resolución—. Si ese señor droguero no nos quiere abrir la puerta, la derribaremos a puñetazos.

Por fortuna, no me pusieron obstáculos a que entrara por la casa indicada, lo cual verifiqué dejando a Josefina en la inmediata de la calle de la Neu. Subí al tejado, y saltando con grandes esfuerzos y peligros de techo en techo, llegamos Badoret y yo a las bohardillas de la casa del canónigo. Allí en un lóbrego aposento del desván, donde antaño tuvo su vivienda el ama de gobierno del Sr. Ferragut, yacía la pobre Siseta sin movimiento ni sentido sobre un miserable colchón. La llamé con fuertes voces, incorporela en el lecho, y la infeliz abrió los ojos, pero sin aparentar reconocerme. Mi gozo al ver que vivía fue inmenso; pero aún dudaba que pudiese tornar a la vida, y no pensé más que en prodigarle toda clase de socorros. Recorrí la casa aturdidamente sin darme cuenta de lo que buscaba, y vi en distintas habitaciones hasta una docena de chicos de ocho a doce años, en quienes reconocí a los amigos que acompañaban a Badoret y Manalet en todas sus correrías; pero el estado de aquellos infelices niños era atrozmente lastimoso y desconsolador. Algunos de ellos yacían muertos sobre el suelo, otros se arrastraban por la biblioteca sin poderse tener, uno estaba comiéndose un libro, y otro saboreaba el esparto de una estera.

—¿Qué ha pasado aquí? —pregunté a Badoret.

—Ay ¡Andrés!, no podíamos salir por ninguna parte. Estábamos encerrados hace dos días. A nuestra casa no se podía pasar, porque siete paredes llenaron el patio hasta arriba. No teníamos qué comer, ni dónde buscarlo... Esta mañana buscamos Manalet y yo una salida. Él se descolgó por la calle de Argentería, y yo por donde me viste... pero a mí se me está ya pegando la lengua al cielo de la boca, no puedo moverme, y me caigo muerto también.

Diciéndolo, Badoret, cerró los ojos y se extendió de largo a largo en el suelo. Algunos de sus camaradas lloraban, llamando a sus madres, y por todos lados el espectáculo de aquella desolación infantil contristaba mi alma. Resuelto a obrar con prontitud, pasé por el tejado a las casas inmediatas, llamé, pedí socorro, logré que me oyeran y que acudiesen en mi auxilio algunos vecinos, y bien pronto, reuní en los desiertos lugares donde se hallaba mi infeliz amiga gran número de víveres y no pocas personas caritativas.

La primera en quien probamos nuestros recursos fue Siseta, que tardó mucho en recobrar su acuerdo, inspirándome serias inquietudes; pero al fin me reconoció, y vencida su repugnancia a tomar los alimentos que le ofrecíamos, convenciéndose al fin de que no le dábamos animales inmundos ni horribles manjares, entró en un período de fortalecimiento que indicaba una enérgica disposición de la naturaleza a recobrar su primitivo equilibrio y asiento. Badoret cobró sus fuerzas con más rapidez y a la media hora ya hablaba como una tarabilla arengando a sus amigos. Para algunos de estos llegó tarde el remedio, y no nos dieron más trabajo que entregar sus cuerpos a las pobres madres que venían a recogerlos, después de haberlos buscado inútilmente por toda la ciudad.

—Hermana Siseta ha despertado al fin —me dijo Badoret, tragándose medio pan—. Yo pensé que íbamos a quedarnos aquí para que se regalaran con nuestro pellejo Napoleón, Sancir, Agujerón y los demás que andan por ahí. No estamos todos vivos, Andrés, porque Pauet no resuella, y Sisó, que estaba tan rabioso contra los cerdos, se ha quedado tieso en la biblioteca con medio libro en el cuerpo y otro medio en la mano. Así quisiera yo ver al condenado de D. Pablo Nomdedeu que quiso hacer con nosotros un guisote. Ya estamos libres de caer al fondo de la cazuela con sal y agua, y eso de que la señorita Josefina se le almuerce a uno, no tiene gracia... Los marranos están ya dentro de Gerona. Vaya... y decían que D. Mariano no les dejaría entrar. Si es lo que yo digo... mucha facha, mucho boquear, y después nada.

—No desatines, y cuéntame por qué trajisteis aquí a tu hermana.

—Pregúntaselo a D. Pablo y a la señora Sumta. Nosotros le llevamos a hermana Siseta siete reales que habíamos ganado. Hermana Siseta estaba llorando con Gasparó en brazos. Un caballero entró en la casa y con malos modos mandó que enterrásemos al niño. Entonces hermana Siseta le dio muchos besos y yo le cargué para llevarle a la fosa; pero me daba lástima y estuve con él a cuestas todo el día, hasta que al fin... Manalet, echaba la tierra y yo la apretaba con las manos para que quedase bien. Pero luego quisimos volverle a ver, y sacamos la tierra... ¡Ay! Andresillo: después la tornamos a echar, y ya no le vimos más... Al volver a casa, D. Pablo entró suspirando y dando gemidos, y dijo que traía todos los huesos rotos. Después pidió algo de comer a la señora Sumta, y la señora Sumta se puso también a echar suspiros y gemidos. La señorita Josefina, tendida en el suelo, se chupaba los dedos, D. Pablo empezó a gritar llamando al santo acá y al santo allá, y luego a todos nos daba con la punta del pie, diciendo: «Levantaos y salid a buscar algo para mi hija». Después del entierro habíamos comprado con los siete reales un pan negro y duro, y se lo dimos a mi hermana. Si vieras qué ojos le echó D. Pablo. Siseta es más tonta... ¿creerás que no quiso el pan y mandó que se lo diéramos a la señorita Josefina? Pero yo dije: «sí, para ella está», y dando la mitad a Manalet empezamos a comérnoslo. La señora Sumta saltando encima de mí, me quitó mi parte; pero Manalet se comió toda la suya de un tragón, atacándosela con los dedos para que le pasara por el gañote. Entonces, amigo Andrés, el Sr. Nomdedeu fue arriba y bajando al poco rato con un gran cuchillo, nos dijo: «Diablillos desvergonzados, puesto que no servís más que de estorbo, os comeremos». Yo me reí y Manalet se puso a temblar y a llorar, pero yo le decía: «no seas burro: primero nos le comeríamos nosotros a él, si tuviera algo más que huesos. La señora Sumta sí que está gordita». Cuando la vieja oyó esto, me amenazó con el puño, y D. Pablo volvió a decir: «Sí; nos les comeremos, ¿por qué no?...». Después la señorita Josefina se abrazó a su padre, y este se puso a llorar soltando lagrimones como balas, y luego la arrullaba en sus brazos como si ella fuera un chiquillo. ¡Pobre D. Pablo! De veras me daba lástima... Arrullando a su hija le cantaba como a los niños y después decía: «Señora Sumta, traiga usted una taza de caldo». Al oír esto, no podía menos de reírme, y dije: «Pues ya que va a la cocina la señora Sumta, tráigame a mí un par de perdices porque estoy desganado, y no quiero más». Los dos se pusieron furiosos, pero el médico parecía loco, y todo se le volvía gritar: «Señora Sumta; traiga usted caldo para mi hija, tráigalo usted pronto o la mato a usted...». ¡Si le hubieras visto, Andrés! Echaba chispas por los ojos, y con los pelos amarillos tiesos sobre el casco, parecía nada menos que un demonio... En esto pasaron mis amigos por la calle, llamáronme, yo salí con ellos, y al poco rato, cuando iba por la calle de Ciudadanos, veo venir a Manalet corriendo y llorando, que decía: «Hermano Badoret, ven pronto que D. Pablo nos quiere matar a todos». Chico, eché a correr con todos mis amigos hacia casa. ¿Has visto un gato rabioso cómo tira la zarpa, enseña los dientes, bufa y salta? Pues así estaba D. Pablo. Dejando a su hija en el suelo, venía hacia nosotros, nos amenazaba con el cuchillo, golpeaba con el pie a mi hermana, luego parecía querer matarse a él mismo, y a todo esto gritaba así: «¡Quiero acabar con el género humano!...». Esto lo dijo muchas, muchísimas veces. Mis amigos estaban muertos de miedo, y yo cogí unas tenazas para tirárselas a la cabeza. Pero no me dio tiempo, porque sin soltar su cuchillo salió a la calle gritando siempre que iba a acabar con todo el género humano, y entonces Manalet dijo: «Vámonos de aquí y llevémonos a Siseta». Dicho y hecho: éramos doce: entre los más grandes cargamos a mi hermana, que estaba como un cuerpo muerto sin mover ni brazo ni pierna, y la llevamos a la casa del Canónigo; Manalet, lleno de miedo iba delante chillando: «A prisa, a prisa, que viene otra vez con el cuchillo...». ¡Ay! Amigo Andrés, cuando nos vimos en esta casa, respiramos. Luego porque la pobrecita no estuviera sobre las baldosas del patio la subimos a este aposento con grandísimo trabajo, poniéndola en la cama donde la ves. La llamamos, y no nos respondía. Entonces nos ocurrió que debíamos buscarle algo que comer; pero no hallamos salida más que por los tejados, y antes nos asparían que pasar otra vez a nuestra casa. Aquí de los apuros, chico, llegó la noche y nos moríamos de hambre. Pauet y Sisó anduvieron por los techos comiéndose las yerbas y el musgo que nacen entre las tejas. Yo bajé a la bodega... ni rastro de Napoleón. Se han ido todos al otro lado del Oñá, corriéndose hacia el campo enemigo... Pues como te iba diciendo, vino después de la noche el día, y después del día otra noche, y luego

175

amaneció el día de hoy y nosotros sin comer. Se me olvidaba contarte que oímos caer la bomba en nuestra casa, y yo dije: «Ahí me las den todas. Si ha cogido a Nomdedeu bien empleado le está por bruto...». Amigo, desde el tejado nos asomábamos a los patios de todas las casas de por aquí; llamábamos a la gente para que nos socorriera; pero no nos hacían caso. Verdad es que muchos de los que veíamos abajo estaban muertos. Mis amigos se acobardaron ¡pobrecitos!, como unos gallinas, y Sisó dijo que se iba a comer una de sus manos. Yo los llevé a la biblioteca, dándoles permiso para que sacaran el vientre de mal año con los libros, y algunos así fueron tirando. ¡Qué día, qué noche, Andrés! Mi hermana no nos respondía cuando la llamábamos, y Manalet me dijo: «Hermano, yo me voy a tirar del tejado a la calle para traer algo de comida a Siseta...». Estuvimos mirando las rejas y los balcones para ver si se podía saltar, y por fin Manalet se fue escurriendo, no sé cómo, sentando los pies en los clavos y las manos en las rejas, y bajó a la calle por junto a la plaza. Yo bajé también por donde me viste, y con esto te digo todo, porque ya no hay nada más que contar.

—Bien, Badoret, veo que acertaste en trasladar aquí a tu hermana, pues aunque no me parezca cierto, como dijiste, que D. Pablo quisiera merendarse a tu familia, ese es un hombre a quien la desgracia de su hija exalta y enfurece, y capaz es de cometer cualquier atrocidad. Ahora, gracias a Dios, estamos libres de tales horrores, porque el sitio ha concluido y hay en Gerona víveres abundantes.

Al caer de la tarde, Siseta, sus dos hermanos y los camaradas de estos que habían escapado a la muerte, no ofrecían cuidado. Al día siguiente trasladé a mis amiguitos a una casa de la calle de la Barca, donde nos dieron asilo.

Cama de campaña del General Augereau
Museo provincial de Gerona

- XXIII -

No no tardé en reponerme, y transcurridos pocos días me presenté a mi amo don Francisco Satué, quien me dio una malísima noticia.

—Disponte para el viaje —me dijo, dándome uniforme, tahalí y espada, para que en todo ello comenzase a ejercitar mis altas funciones.

—¿Pues a dónde vamos, mi capitán?

—A Francia, bruto —me respondió con su habitual rudeza—. ¿No sabes que somos prisioneros de guerra? ¿Crees que nos dejan aquí para muestra?

—Señor, yo creí que nadie se metería ya con nosotros.

—Estamos en Gerona como enfermos; pero quieren que vayamos a convalecer a Perpiñán. Nos detienen tan sólo porque el gobernador no se halla en situación de poder ser llevado en un carro de municiones.

—¡Ojalá no lo estuviera en cien meses!

—Bárbaro ¿qué dices? —exclamó amenazándome.

—No, mi capitán, no es que yo desee otra cosa que la salud de nuestro queridísimo gobernador D. Mariano Álvarez de Castro; pero eso de llevarle a uno a Perpiñán es casi tan malo como lo que hemos pasado. Pero pues así lo mandan los que pueden más que nosotros, sea, y por mí no ha de quedar. No a Perpiñán, sino al fin del mundo, iré con mis jefes, mayormente si llevamos entre nosotros al gran gobernador.

Yo hablaba así, echándomela de bravo; pero en realidad sentía profunda pena al caer en la cuenta de que era un prisionero de guerra, de cuya libertad y residencia los franceses disponían a su antojo. ¡Desgraciado el que en la guerra pone su afición en lugares y personas, que no han de poder seguir tras él en los frecuentes e inesperados viajes a que impulsan la victoria o la desdicha!

Cuando fui al lado de Siseta, casi derramando lágrimas me expresé así:

—Prenda mía, ¿ves cuán desgraciado soy?... Ahora me llevan a Francia como prisionero de guerra, con todos los demás militares que estamos aquí, desde D. Mariano hasta el último ranchero. Si te pudiera llevar conmigo, Siseta... Pero mi capitán, el Sr. D. Francisco Satué, es el primer perseguidor de muchachas que hay en toda Cataluña, y le tengo miedo. Ahora me ocurre, Siseta, que mientras yo tomo el camino de esa condenada Francia, a quien vería de buena gana comida de lobos, tú con tus dos hermanos debes marcharte a la Almunia de doña Godina, donde está mi madre, y esperarme allí cuidándome las haciendas, hasta que me suelten o Dios disponga de la vida de este pecador.

Siseta me contestó dándome esperanza, y asegurando que convenía aguardar con serenidad el cumplimiento de nuestro destino, sin desconfiar de la bienhechora Providencia. Convinimos al fin en que no era una gran desventura que yo fuese a Francia, y por su parte halló muy prudente refugiarse en la Almunia, mientras yo volvía. La verdadera dificultad era la absoluta carencia de medios para vivir dentro de Gerona, lo mismo que para ausentarse. Éramos pobres hasta el último grado, y después de pasar tantos y tan penosos trabajos, Siseta y sus hermanos estaban destinados a sostenerse de la caridad pública. Pero Dios no abandona a las criaturas desvalidas, y he aquí cómo vino en nuestra ayuda por inesperados caminos. ¿De qué manera? ¿Cuándo? Esto, los mismos acontecimientos que voy contando os lo dirán.

Pero déjenme acudir a casa del Sr. D. Pablo Nomdedeu, de cuya salud me han dado muy malas noticias al volver de casa del talabartero, donde llevé el tahalí de mi amo para que le echase una pieza. Déjenme ir allá, que a pesar de las cuestiones desagradables que tuvimos, no deja de ser el señor don Pablo un entrañable amigo mío, a quien quiero de todas veras. Lo malo es que no puedo ir tan pronto como deseara, porque en la calle de Cort-Real la mucha gente que allí se junta en animados corrillos, me detiene el paso. ¿Qué ocurre? ¿Tenemos un cuarto sitio? No es nada; parece que los franceses, cansados de haber cumplido hasta ayer de mala gana las principales cláusulas de la capitulación, han acordado solemnemente romperlas. Así me lo dijo el padre Rull, a quien vi muy sofocado entre el gentío, refiriendo con declamatoria pomposidad los pormenores del suceso.

—Esto es una desvergüenza —decía— y un emperador que tales cosas hace es un pillo... nada, un pillo; ¿qué me importa que oigan los franceses? No bajaré la voz, no, señores. Lo dicho, dicho. En la capitulación se acordó que los regulares serían respetados, y ahora salimos con que nos llevan a Francia. ¿Pues qué, las órdenes son cosas de juego? ¿Somos chicos de escuela, para que hoy se nos diga una cosa y mañana otra?

—También yo voy a Francia, padre Rull —le dije— y consolémonos uno con otro, que frailes y soldados hacen buena miga, y la carga se lleva mejor en dos hombros que en uno.

—Nada, hijos míos, iremos adonde nos lleven y soportaremos sus crueldades con paciencia, como nos lo manda Nuestro Señor Jesucristo. Si así lo habéis querido vosotros, ¿qué se ha de hacer? Ved aquí las consecuencias de capitular cuando todavía podía haberse tirado una temporadita más, comiendo lo que había. A Francia, pues, y fíese usted de palabras de cerdos. Nosotros confiábamos ingenuamente en el cumplimiento de lo pactado, cuando vierais aquí que esta mañana se presenta en la santa casa un oficialejo, el cual con voces torpes y destempladas, dijo que nos preparásemos para salir mañana mismo para Francia, porque S. M. el emperador lo había dispuesto así desde París. Por lo visto, nos temen tanto como a los soldados. Y díganme ustedes ahora: ¿qué va a ser de Gerona sin frailes?

Cada uno contestaba al padre Rull, según sus ideas, cuál con enojo, cuál festivamente; pero al fin todos los que le oímos, convinimos en que lo del viaje era una grandísima picardía de S. M. el emperador de los franceses. Cuando me retiré de allí, quedaba el buen fraile sermoneando a sus amigos sobre la preeminencia que siempre alcanzaron las órdenes religiosas en los tratados de las naciones.

Llegué a casa del Sr. Nomdedeu, y desde mi entrada conocí que la salud del buen médico no debía de ser buena, por las señales de consternación que noté en el semblante de Josefina lo mismo que en el de la señora Sumta. Esta me dijo:

—Andresillo, no hables al amo de Siseta ni de los chicos, porque siempre que se le nombran, le da uno al modo de desmayo.

Josefina me preguntó por los míos, y al instante le comuniqué con la alegría de mis ojos el infeliz encuentro de mi novia y sus hermanos.

—Todos se salvan, menos mi buen padre —dijo tristemente la muchacha.

Al instante entré a ver al enfermo, quien me recibió con su habitual bondad. Junto a su lecho estaba un hombre en quien reconocí a uno de los escribanos de Gerona.

Indudablemente D. Pablo iba a hacer testamento. Su aspecto y figura no podían ser más tristes, al punto se echaba de ver que aquella lámpara tenía ya muy poco aceite. La postrimera luz brillaba, sí, como próxima a extinguirse, con viva claridad, y la irregular llama, tan pronto grande como chica, espantaba con sus oscilaciones deslumbradoras. Unas veces el espíritu del buen doctor se empequeñecía con extraordinario aplanamiento; otras se agrandaba, tomando proporciones superiores a las de la vida común: y con este variar angustioso, síntoma de todo fuego que se apaga luchando entre la combustión y la muerte, la lengua del médico pasaba de un mutismo invencible a una locuacidad mareante.

Cuando entré, respondió a mis cariñosas preguntas con monosílabos, que salían difícilmente de su sofocado pecho; pero al poco rato se fue despabilando en términos, que a ninguno de los presentes nos dejaba meter baza, y él se lo decía todo sin mostrarse cansado.

—¿Con que aseguras tú que no moriré? Ilusión, amigo mío, ilusión de tu buen deseo. Dios me ha leído ya la sentencia y en esto no hay ni puede haber duda alguna. Yo cumplí mi misión, ahora estoy demás.

—Señor, anímese usted —exclamé fingiendo entusiasmarme—. Pues qué, ¿ahora que Gerona está libre de hambres y muertes, se ha de ir el hombre mejor de toda la ciudad? Levántese de esa cama y vamos por ahí a ver las murallas rotas, los fuertes deshechos, las casas arruinadas, testigos de tanto heroísmo. Fuera pereza. Eso no es más que pereza, señor don Pablo.

—Pereza es, sí; pero la pereza última y definitiva, aquella del viajero que habiendo andado toda la jornada, se arroja sin aliento en el camino, convencido de que no puede más. Pereza es, sí, la mejor de todas, porque lleva al más dulce, al más placentero de los sueños, la muerte. ¡Ay, qué postrado me siento! Pues qué, ¿era posible que después de tan colosales esfuerzos en lo físico y en lo moral, siguiese yo viviendo? No una vida como la mía, sino cien robustas y vigorosas habríanse consumido en esta lucha con la naturaleza, que yo sostuve durante tanto tiempo; porque decirte, Andrés, el sin número de dificultades que vencí, sería el cuento de nunca acabar. Baste referirte que en pocos días, busque, fomenté y desarrollé en mí cualidades que no tenía; en pocos días, trasformado hasta lo sumo, encontreme con sentimientos y pasiones que antes no tenía, y todo fue como si una serie de hombres diversos se desarrollaran dentro de mí propio. Yo estoy asombrado de lo que hice, y ahora comprendo qué inmenso tesoro de recursos tiene el hombre en sí, si sabe explotarlo. Al fin, Andrés, mi pobre hija alargó sus días hasta el fin del cerco, y cuando los sanos y robustos sucumbieron, ella, enferma y endeble se ha salvado. He aquí premiada dignamente mi amorosa solicitud y mis colosales esfuerzos. Esta tierna niña, que es todo mi amor, está hoy delante de mí alegrando mi vista y mi alma con el color de sus mejillas. Basta este espectáculo a consolarme de todas mis penas, y si me entristece la muerte es porque mi hija y yo nos separamos ahora. Dios lo permite así, porque ya ella no necesita de mis constantes cuidados, y la savia vital que milagrosamente ha adquirido le dará bríos para subsistir por sí sola, sin el apoyo de estas manos fatigadas, que reclama la tierra, ansiosa de carne.

—Sr. D. Pablo —le dije dominando mi melancolía— deseche usted esos tristes pensamientos, que son la primera y única causa de su mal; mande a la señora Sumta que traiga y aderece un par de chuletas, que ya las hay buenas en Gerona, sin ser de gato ni de ratón, y cómaselas en paz y gracia de Dios, con lo cual, o mucho me engaño, o no habrá muerte que le entre en largos años.

—Esto no va con chuletas, amigo Andrés. Mi cuerpo rechaza todo alimento, y no quiere más que morirse. Está echando a voces el alma, increpándola para que se vaya fuera de una vez.

—Más consumidos y extenuados estaban otros, y sin embargo han vivido, y por ahí andan hechos unos robles. Y si no, ahí tenemos el ejemplo de Siseta, a quien dimos todos por muerta, y viva y sana está, gracias a Dios.

—¿Vive Siseta? —preguntó Nomdedeu con profundo interés y cierta exaltación que no pudo disimular.

—Sí, señor; tan viva está como sus dos hermanos.

—¿Estás seguro de ello?

—Segurísimo.

—¿Y no tiene heridas en su cuerpo gentil, ni golpes en su cabeza, ni rasguños en su piel, ni le falta brazo, pierna, dedo u otra parte alguna de su estimable persona?

—No, señor, nada le falta —repuse jovialmente— o al menos no tengo yo noticia de ello.

—¿Y los muchachos, aquellos juguetones y traviesos muchachos, están vivos y sanos?

—También, señor doctor, y todos muy deseosos de venir a ofrecer a usted sus respetos con la cortesía que les es propia, saltando y chillando.

—¡Oh, loado sea Dios! —exclamó con cierto arrobamiento contemplativo el infortunado doctor.

Dicho esto, permaneció un rato meditando u orando, que ambas funciones podían deducirse de su recogida y silenciosa actitud, y luego reposadamente me habló así:

—Me has proporcionado indecible consuelo al darme noticias tan lisonjeras de la familia del Sr. Mongat, porque me atormentaba la sospecha, el recelo, más que sospecha y recelo, la terrible certidumbre de que yo había ocasionado un gran mal a esos muchachos y a su bondadosa hermanita, cuando después del lamentable accidente del pedazo de azúcar, entré en casa de Siseta. Mi hija iba a morir de inanición. Yo pedía a la señora Sumta que nos diera algo de comer, y la señora Sumta no nos daba nada. Yo pedí a Dios que me enviase algo del cielo, y Dios tampoco quería enviarme nada. Siseta estaba allí; sus hermanos entraron haciendo ruido, y la insolente vitalidad que revelaban sus ágiles cuerpos despertó en mi alma un sentimiento que no te podré pintar, aunque por espacio de cien años te hable y agote todos los recursos de todas las lenguas conocidas. No: aquel sentimiento es una anomalía horrorosa en el ser humano, y sólo es posible que exista durante cortísimos intervalos en días que muy rara vez contará el tiempo en su infinita marcha. Yo miraba a los chicos, yo miraba a su hermana, y sentía un insaciable y sofocante anhelo de hacerlos desaparecer de entre los seres vivientes. ¿Por qué, amigo mío? Esto sí que no sabré decírtelo, porque yo mismo no lo entiendo. No creas que conturbaba mi cerebro el repugnante instinto de la antropofagia: no, no es nada de eso. Era un sentimiento del linaje de la envidia, Andrés; pero mucho, muchísimo más fuerte; era el egoísmo llevado al extremo de preferir la conservación propia a la existencia de todo el resto de la humana familia; era una aspiración brutal a aislarme en el centro del planeta devastado, arrojando a todos los demás al abismo, para quedarme solo con mi hija; era un vivísimo deseo de cortar todas las manos que quisieran asirse a la tabla en que los dos flotábamos sobre las embravecidas olas. Pintar todo lo que yo odié en aquel momento a los dos hermanos y a la pobre muchacha, sería más difícil que pintarte los horrores del infierno, abrazando lo grande y lo pequeño, el conjunto y los pormenores de la mansión donde el hombre impenitente expía sus culpas. Cada inhalación de su aliento al respirar, me parecía un robo; cada átomo de aire que entraba en sus pulmones, un tesoro arrancado al conjunto de elementos vitales que yo quería reunir en torno mío y de mi hija. Los malditos se repartían un pedazo

185

de pan, un pedacito de pan, Andrés, amasado con todo el trigo y con toda el agua de la creación, para mi regalo. En aquella crisis del egoísmo, yo no comprendía que el Universo con sus mil mundos, su fauna y su flora, sus inagotables recursos y prodigios existiese para nadie más que para Josefina y para mí.

Detúvose el doctor fatigado, y yo, queriendo apartar de su mente ideas que le hacían más daño que el mal físico, le dije:

—Mande usted a paseo, Sr. D. Pablo, esas vanas imaginaciones que le están secando el cerebro. Siseta y sus hermanos están buenos, amigo, y yo le aseguro a usted que no se los ha comido. ¿A qué pensar más en eso?

—Calla, Andrés, y déjame seguir —dijo reposadamente—. No son vanas imaginaciones lo que cuento, pues lo que yo sentía real existencia tuvo dentro de mí. Me faltaba decirte que reconocí la horrible metamorfosis de mi espíritu, pues no puedo darle otro nombre, y me decía: «No, yo no soy yo. Dios mío, ¿por qué has consentido que yo sea otro?». Efectivamente, yo no era yo. ¡Qué horrorosas lobregueces rodeaban los ojos de mi espíritu así como los de mi cuerpo!... Aquellos condenados muchachos estaban comiendo, Andrés; llevaban a la boca unos pedazos de pan, y delante de mí, tenían la audacia de ofrecer una parte a su hermana. ¡Cómo quieres tú que esto viera impasiblemente quien dentro tenía difundidos por su sangre y haciendo cabriolas en las sutiles cuerdas de sus nervios los millares de demonios que yo llevaba conmigo! ¡Al ver cómo mordían con sus insolentes dientecillos; al verles tragar con tanta desvergüenza, duplicose en mí el furor contra ellos y les increpé, diciéndoles no estar dispuesto a consentir que nadie viviese delante de mí! Andrés amigo, Andrés de mi corazón; yo tomé un cuchillo y lo esgrimía, como quien intenta matar moscas a estocadas; corría hacia ellos, corría hacia Siseta y la señora Sumta; pero en mi salvaje insensatez no me faltaba un pensamiento humano que me detuviese en los arranques brutales de aquel desbordado apetito de matar. Los chicos, que de improviso salieron, regresaron con otros de su edad, y sus chillidos y provocativas risas me enardecieron más. Desde entonces mis ojos nublados no vieron más que sangrientos objetos; entrome un delirio salvaje, durante el cual sentía detestable complacencia en herir acaso en el vacío, descargando golpes a todos lados contra cuerpos que me rodeaban y azuzaban sin cesar. Creo que después de dar vueltas por la casa, salí a la calle, y mi brazo vengativo iba destruyendo en imaginarios cuerpos a toda la familia humana. Hablaba mil inconexos desatinos; contemplaba con gozo a los que creía mis víctimas; buscaba la soledad, insultando a cuantos se me ofrecían al paso; pero la soledad no llegaba nunca, pues de cada víctima surgían nuevos cuerpos vivos que me disputaban el aire respirable, la luz y cuantos tesoros de vida hermosean y enriquecen el vasto mundo... No sé qué habría sido de mí si unos frailes no me hubieran sujetado en la calle de Ciudadanos, llevándome a cuestas largo trecho. ¡Ay, amigo mío! En mi cerebro, que era una masa de bullidoras burbujas, cual si hirviera puesto al fuego, retumbaron estas palabras: «Es lástima que el Sr. Nomdedeu se haya vuelto loco». Y al recoger esta idea, mi alma pareció disponerse a recobrar su perdido asiento. Luego los frailes dijeron: «Démosle un poco de estas lonjas de cuero

de sillón que hemos cocido, a ver si se repone...».
Les pregunté por mi hija, y respondiéronme que
no tenían noticia de las hijas de nadie. Encontreme con un poco de fuerza regular, no exaltada
y anómala como la que me había impulsado a
tantos disparates, y quise marchar a mi casa... Caí
al suelo... perdí el cuchillo... una monja me ofreció su brazo y llegué a mi casa. Ni Siseta, ni sus
hermanos, ni Josefina, ni la señora Sumta estaban ya allí. Las monjas me dieron un poco de corcho frito que no pude comer, y les pregunté por
mi hija. Todo lo que había pasado se me presentó
como los recuerdos de un sueño, pero aunque adquirí el convencimiento de no haber extinguido
todo el linaje de los nacidos, no estaba seguro de
la invulnerabilidad de mis ciegos golpes. «Yo he
matado algo», me dije para mí; y esta idea me
causaba hondísima pena. Me reconocía como yo
mismo exclamando: «Pablo Nomdedeu, ¿fuiste
tú quien tal hizo?».

—Basta ya, amigo mío —dije interrumpién-
dole, al advertir que los recuerdos de sus locuras
empeoraban al buen doctor—. Más adelante nos
contará usted tan curiosas novedades. Ahora
procure descabezar un sueño, entre tanto que la
señora Sumta adereza las chuletas consabidas.

—Calla, Andrés, y no quieras gobernar en mí
—repuso—. Yo dormiré cuando lo tenga por conveniente. Déjame concluir, que ya no falta mucho. Los enfermeros del hospital fueron los que
me proporcionaron algún alimento que se podía
comer, con lo cual me encontré relativamente
bien, y pude salir en busca de mi hija. Ya sabes
cómo la encontré al fin, y lo que le aconteció. Por
mi parte, hijo, yo mismo, después de la horrorosa
crisis que había pasado, me espantaba de verme

asistiendo enfermos que sin duda lo estaban menos que yo, y heridos que no tenían llagas tan terribles en su cuerpo como la que yo tenía en mi alma. ¡Ay, Andrés! Nomdedeu estaba herido de muerte. Las penas sufridas con tanta paciencia desde mayo me han labrado este profundo mal que ahora siento y que me llevará dentro de poco al seno de Dios. Me admiro de haber resistido tanto, y digo que tuve fuerza de cien hombres. No, uno solo es incapaz de tanto. D. Mariano Álvarez tenía para resistir el estímulo de la gloria y del agradecimiento patrio; yo no he tenido ante mí sino espectáculos lastimosos y un porvenir oscuro. El esfuerzo ha sido grande; la tensión inmensa; por eso la cuerda se ha roto, y me voy, me voy, hija mía, Andrés, señora Sumta y demás presentes. Bastante he hecho. El que crea haber hecho más, que levante el dedo.

Josefina y la señora Sumta lloraban, y yo cuando el enfermo calló, procuraba consolarle con tiernas palabras. Poco más tarde fueron a verle Siseta y sus hermanos, con cuya visita pareció muy complacido el enfermo, y a todos prodigó cariños y congratulaciones, obsequiándoles con una excelente comida. Después se durmió, y al caer de la noche, hora en que por encargo suyo, volvió el escribano, acompañado de tres personas de la intimidad de D. Pablo; este nos llamó a todos diciendo que iba a dictar su testamento, el cual hizo en regla, nombrando por heredera de casi todos sus bienes a su hija Josefina, con una cláusula, sobre la cual debo llamar a ustedes la atención, para que conozcan la generosidad de aquel ejemplar sujeto. Además de que el doctor dejaba a Siseta y a sus hermanos los veinticuatro alcornoques que tenía en la parte de Olot, dispuso que en caso de morir sin sucesión la señorita Josefina, pasase el total de los bienes a Siseta y a sus hermanos, recomendando a aquella y a esta que viviesen juntos para perpetuar la amistad y buenos servicios de que la infeliz enferma había sido objeto por parte de los míos durante el sitio. La fortuna del doctor era harto exigua, pues la finca de Castellà, devastada por los franceses, valía bien poco, y lo demás consistía en diversos grupos de alcornoques diseminados por la comarca ampurdanesa y en sitios a los cuales los herederos no se aventurarían a emprender viaje por saber el corcho de que eran dueños. También a mí y a la señora Sumta nos dejó varias mandas, aunque la mía más era honorífica que de provecho, por consistir en el Diario de las peripecias del sitio, redactado de puño y letra por el mismo doctor. El ama de gobierno pescó todos los muebles y ropas que de la casa pudieron salvarse.

Luego que el testamento fue hecho, administraron al enfermo el Santo Viático, y cumplida esta ceremonia, quedose Nomdedeu muy postrado, hablando poco y con dificultad, mirándonos a ratos con estúpido asombro y cerrando después los ojos para entregarse a un inquieto sueño. Exceptuando Manalet, que se durmió en el suelo, todos velamos, dispuestos a asistirle con la mayor solicitud y esmero; pero el infeliz D. Pablo no necesitó largo tiempo de nuestra asistencia. Cerca de la madrugada, abrió los ojos, llamó a su hija, y abrazándola tiernamente le habló así:

—¿Te quedas tú, hija mía? ¿Te quedas aquí cuando yo me voy? ¿De modo que no te veré más? Entonces toda la eternidad será infierno para mí... Josefina, ven, sígueme, ponte el manto que nos vamos. Mi hija no se apartará de mí ni un solo momento... Después de pasar juntos las grandes penas, ¿hemos de separarnos cuando todo ha concluido? No, Josefina. Vámonos juntos o nos quedaremos aquí en Castellà. Paseemos por nuestra huerta viendo cómo van saliendo los pepinos, y no nos cuidemos de lo que pasa en Gerona. Mira qué tomates, hija, y observa cómo van tomando color esos pimientos... ¿Ves? Por ahí viene la señora Pintada pavoneándose con sus diez y ocho pollos: entre ellos hay seis patitos, que son los más guapos, los más salados y los más monos de todos. Llegan al estanque, y sin que la madre pueda impedirlo con cacareadas amonestaciones... ¡zas!, al agua todos. Mira cómo se asusta la señora Pintada y los llama. Pero ellos... sí, que si quieres... Hija mía, los perales no pueden con más peras: algunas están maduras. ¿Pues y los melocotones? Me parece que la cabra ha mordido en las matas de estas remolachas... ¡pero quia! ¡si es Dioscórides, el burro de nostramo Mansió! Míralo, allí está haciendo de las suyas. ¡Eh, fuera! Le llamo Dioscórides por lo grave y sesudo. El gran sabio de la antigüedad me perdone... ¿Has visto las palomas, Josefina? Veamos si anoche se han comido también las ratas algunos huevos de los que aquellas están sacando... ¡Eh, nostramo Mansió, que Dioscórides se come la huerta! Amárrelo usted... El pobre hortelano no me oye... ¡Qué ha de oír si está limpiándole las babas a su nieta! Ven acá, Pauleta, toma la mano de Josefina, y vamos a ordeñar la vaca. ¡Qué hermoso está el ternerillo! No acercarse mucho, que el otro día dio una cornada a nostramo... A ver, Josefina, trae el cántaro. Mansió dice que yo no sé hacer esta maniobra, y yo le desafío a él y a todos los nostramos de la comarca

a que hagan mejor que yo esta operación del ordeñar. No temas, Esmeralda, no te hago daño,
pisch, pisch... Esta atmósfera del establo te sienta
muy bien, hija, y a mí me agrada en extremo... Ya
viene tranquila, dulce, grave, amorosa y callada
la incomparable noche, en cuyo seno tan bien reposa mi alma. ¿Oyes las ranas, que empiezan a
saludarse diciéndose?: ¿Cómo estáis? Bien, ¿y
vos? ¿Oyes los grillos disputando esta noche sobre el mismo tema de anoche? ¿Oyes el misterioso disílabo del cuco, que parece la imagen musical más perfecta de la serenidad del espíritu? Ya
vienen los labradores del trabajo. ¡Con qué gusto
alargan los bueyes su hocico adivinando la proximidad del establo! Oye los cantos de esos gaña-
nes y de esos chicos, que vuelven hambrientos a
la cabaña. Ahí los tienes. Mira cómo rodean a la
abuela, que ya ha puesto el puchero a la lumbre.
El humo de los techos formando esbeltas columnas sobre el cielo azul, discurre luego y vaporosa-
mente se extiende a impulsos del suave viento
que viene de la montaña a jugar en las copas de
estos verdes olmos, de estas oscuras encinas, de
estos lánguidos sauces, de estos flacos chopos,
cuyas charoladas hojas brillan con las últimas luces de la tarde... La oscuridad avanza poco a
poco, y el cielo profundo ofrece sobre nuestras
cabezas un tranquilo mar al revés, por cuyo diá-
fano cristal en vano tratamos de lanzar la vista
para distinguir el fondo. ¡Oh!, quedémonos aquí,
hija mía, y no nos separemos ni salgamos más de
este lugar delicioso. Todo está tranquilo: los cencerros de las ovejas suenan con grave música a lo
lejos; el cuco, el grillo y la rana no han acabado
aún de poner en claro la cuestión que les tiene tan
declamadores. El viento cesa también, cierra los

ojos, extiende los brazos y se duerme. Ya no humean los techos; Esmeralda se echa sobre la fresca yerba, y su hijo, abrigándose junto a ella, hociquea buscando en el seno materno lo que nosotros hemos dejado. Nostramo Mansió duerme también, y Dioscórides, escondiendo el ojo brillante bajo la negra ceja, sumerge el cerebro en profundo sopor. Las palomas han dejado de arrullarse, los conejos se esconden en sus guaridas, meten los pájaros bajo el ala la inteligente cabeza, y la señora Pintada se retira pausadamente al corral con sus diez y ocho hijos, incluso los patos, que van dejando en el suelo la huella de sus palmas mojadas. El mundo reposa, hija; reposemos nosotros también. El cielo está oscuro. Todo está oscuro, y no se ve nada. Mi espíritu y el tuyo anhelaban ha tiempo esta profunda tranquilidad por nadie ni por nada turbada. Reposemos; no hay sol ni luna en el cielo, y sólo el lucero nos envía una luz que viene recta hasta nosotros como un hilo de plata. Míralo, Josefina, y descansa tu frente en mi hombro. Yo reposaré mi cabeza sobre la tuya, y así nos dormiremos apoyados el uno en el otro. Todo ha callado y no se ve más que el lucero... ¿lo ves?

Después de esto, nada más dijo en este mundo el Sr. Nomdedeu.

Algún tiempo después de expirar, nos costó gran trabajo desasir de los brazos helados del doctor a su desconsolada hija, cuyo estado era tan lastimoso que daba ocasión a augurar una segunda catástrofe.

- XXIV -

Adiós, señores; me voy a Francia, me llevan. Los sucesos que he referido habíanme hecho olvidar que era prisionero de guerra, como los demás defensores de la plaza, y era forzoso partir. Solamente en razón de mi enfermedad me fue permitido, como a otros muchos, el permanecer allí desde el 10 hasta el 21, de modo que con el mal acababa la dulce libertad.

Adiós, señores; me voy, adiós, pues tanta prisa me daba aquella canalla, que no digo para despedirme de mis caros oyentes, pero ni aun para abrazar a Siseta y sus hermanos me alcanzaba el breve tiempo de que disponía. Notificada la marcha, nos señalaron hora, nos recogieron y haciéndonos formar en fila, camina que caminarás a Francia. Los castigos impuestos por contravenir el programa de circunspección que nos habían recomendado, eran: la pena de muerte para el conato de fuga, cincuenta palos por hablar mal de José Botellas, cantar el

dígasme tú Girona, o nombrar a D. Mariano Álvarez. —Adiós, Siseta, adiós, Badoret y Manalet, cara esposa y hermanitos míos. Cuidado con lo que os he advertido. El prisionero os escribirá desde Francia, si antes no logra burlar la vigilancia de sus crueles carceleros. Adiós. No os mováis de aquí, mientras yo no os lo mande, ni penséis por ahora en tomar posesión de vuestros alcornoques, que eso y mucho más se hará más adelante. Acompañad a la desgraciada hija del gran D. Pablo, y alegrad sus tristes horas. Adiós, dad otro abrazo a Andrés Marijuán, a quien llevan preso a Francia por haber defendido la patria. Tengo confianza en Dios, y el corazón me dice que no he de dejar los huesos en la tierra de los cerdos. Ánimo: no lloréis, que el que ha escapado de las balas, también escapará de las prisiones; y sobre todo no es de personas valerosas el lagrimear tanto por un viaje de pocos días. Salud es lo que importa, que libertad... ella sola se viene por sus pasos contados, sin que nadie lo pueda impedir. Adiós, adiós.

Así les hablaba yo al despedirme, y por cierto que carecía completamente del ánimo y entereza que a los demás recomendaba, faltándome poco para dar al traste con mi seriedad; pero convenía en aquella ocasión echármela de hombre de bronce. Mi gravedad era ficticia y no hay heroísmo más difícil que aquel que yo intentaba al despedirme de Siseta y sus hermanos. La verdad es que tenía el corazón oprimido como si mano gigantesca me lo estrujara para sacarle todo su jugo.

Siseta se quedó en la calle de la Neu, agobiada por su profunda aflicción. Badoret y Manalet me acompañaron hasta más allá de Pedret, y no fueron más adelante porque se lo prohibí, temiendo que con la oscuridad de la noche se extraviaran al regresar. Salimos, pues, en la noche del 21. Delante iba rodeado de gendarmes a caballo el coche en que llevaban a D. Mariano Álvarez: seguían los oficiales, entre los cuales estaba mi amo, y dos o tres asistentes completábamos el primer grupo de la comitiva. Más atrás marchaba toda la clase de tropa, soldados convalecientes de heridas o de epidemia en su mayor parte. La procesión no podía ser más lúgubre, y el coche del gobernador rodaba despaciosamente. No se oía más que lengua francesa, que hablaban en voz

195

alta y alegre nuestros carceleros. Los españoles íbamos mudos y tristes.

Hicimos alto en Sarrià, donde se nos agregaron los frailes que habían salido antes que nosotros con el mismo destino, y con sus paternidades a la cabeza nada faltó para que la comitiva pareciese un jubileo. Daba lástima verlos, porque si entre ellos había jóvenes robustos y recios que resistían el rigor de la penosa jornada, no faltaban ancianos encorvados y débiles que apenas podían dar un paso. La gendarmería los arreaba sin piedad, y lo más que se les concedió fue que alguno de nosotros les ofreciera apoyo llevándolos del brazo. El padre Rull sofocaba su impetuosa cólera, y marchando delante de todos con resuelto paso, revolvía sin duda en su mente proyectos de venganza. Los legos, que cargaban repletas alforjas, repartían graciosamente en cada descanso raciones de pan, queso, frutas secas y algún vino, de lo cual algo se rodaba siempre hacia la parte seglar de la caravana, aunque no mucho. Algunos gendarmes franceses, más humanos que sus jefes, también nos ofrecían no poca parte de sus víveres.

De este modo llegamos a Figueras a las tres de la tarde del 22, y sin permitirle descanso alguno, fue el gobernador enviado al castillo de San Fernando. Frailes y soldados quedaron en el pueblo, y solamente subimos con aquel los del servicio del propio general o de sus ayudantes. Marchamos todos tras el coche, y al llegar dentro de la fortaleza, la debilidad de D. Mariano era tal, que tuvimos que sacarle en brazos para trasportarle de la misma manera al pabellón que le habían destinado, el cual era un desnudo y destartalado cuartucho sin muebles. Entró el héroe con resignación en aquella pieza, y echose sin pronunciar queja alguna sobre las tablas, que a manera de cama le destinaron. Los que tal veíamos, estábamos indignados, no comprendiendo tan baja e innoble crueldad en militares hechos ya de antiguo a tratar enemigos vencidos y rivales poderosos, pero callábamos por no irritar más a los verdugos, que parecían disputarse cuál trataba peor a la víctima. Luego que se instaló, trajeron al enfermo una repugnante comida, igual al rancho de los soldados de la guarnición; pero Álvarez, calenturiento, extenuado, moribundo, no quiso ni aun probarla. De nada nos valió pedir para él alimentos de enfermo, pues nos contestaron bruscamente que allí no había nada mejor, y que si durante el cerco habíamos sido tan sobrios, comiésemos entonces lo que había.

Con la resignación y entereza propias de su grande alma, resistió Álvarez estas miserias y bajas venganzas de sus carceleros; y sólo le vimos inmutado cuando el gobernador del castillo, que era un soldadote de mediana graduación, brusco, fatuo y muy soplado, empezó a dirigirle impertinentes preguntas. La insolencia de aquella canalla nos tenía ciegos de ira, pues no sólo el gobernador de la plaza, sino oficialejos de la última escala, se atrevían a hacer preguntas tontas e importunas a nuestro héroe, que ni siquiera les hacía el honor de mirarles.

Las preguntas eran no sólo contrarias a la cortesía, sino al espíritu militar, pues en todas ellas se le pedía cuenta a nuestro jefe del gran crimen de haber defendido hasta la desesperación la ciudad que el gobierno de su patria le había confiado. No parecían militares los que con insultos y burlas groseras mortificaban al hombre de

197

más temple que en todo tiempo se pusiera delante de sus armas. Álvarez, siempre caballero aun en presencia de gente de tal ralea, les respondió sencillamente:

—Si ustedes son hombres de honor, hubieran hecho lo mismo en mi lugar—. Tan sublime concepto no lo comprendían la mayor parte, y solamente algunos oficiales distinguidos, penetrándose del indigno papel que estaban haciendo, se apresuraron después de la respuesta del general, a poner fin al denigrante interrogatorio.

Mi amo enviome al instante al pueblo en busca de carne para aderezar la comida del enfermo, y gracias a mi prontitud y diligencia, pronto pudimos servirle una comida mediana. Delante de los franceses, que nos negaban todo auxilio, Satué puso el puchero, soplaba el fuego otro oficial español, y convertidos todos en cocineros, nos disputábamos chicos y grandes el honor de asistir al enfermo. Pasó bien la noche; pero serían las dos de la madrugada, cuando con estrépito llamaron a la puerta del pabellón, diciéndonos que nos dispusiéramos a seguir el viaje a Francia. Álvarez, que dormía profundamente, despertó al ruido, y enterado de la continuación de la jornada, dijo sencillamente: —Vamos allá—. Quiso incorporarse sobre las tablas en que con nuestros capotes le habíamos arreglado un mal lecho, y no pudo... ¡Tan agotadas estaban sus fuerzas!... Pero en brazos le llevamos nosotros al coche, y con un frío espantoso, azotados por la lluvia de hielo y pisando la nieve que cubría el camino, emprendimos el de la Junquera. Una precaución ridícula habían añadido los franceses a las que antes tomaran para custodiarnos. Esto hace reír, señores. Además de la fuerte escolta de caballos, sacaron también de Figueras dos piezas de artillería, que iban detrás de nosotros, amenazándonos constantemente. Es que su recelo de que nos escapásemos era vivísimo, y con ninguna de las cautelas ordinarias creían segura la persona de D. Mariano Álvarez, inválido y casi moribundo. Éramos muy pocos en aquella segunda jornada, porque los frailes y la tropa quedáronse en Figueras hasta el amanecer. Ignoro si para tener a raya las fogosidades del padre Rull, se pertrecharon también con un par de baterías de campaña y algunos regimientos de línea.

En la Junquera nos detuvimos muy poco tiempo; siguiendo luego por Francia adelante, llegamos a Perpiñán a las siete de la noche del mismo día 23, y después de detenemos en casa del gobernador, nos llevaron al Castillet, fortaleza de ladrillo, de airosa vista, obra del rey D. Sancho, la cual habrán visto cuantos hayan estado en aquella ciudad. Sin más ceremonias, destinaron para habitación de Álvarez un tenebroso aposento a manera de calabozo, con más humedades que muebles, y tan inmundo y sucio, que el mismo D. Mariano, a pesar de su temple resignado y fuerte, no pudo contenerse y exclamó con indignación:

¿Es este sitio propio para vivienda de un general? ¿Y son ustedes los que se precian de guerreros?

El alcaide, que era un bárbaro, alzó los hombros, pronunciando algunas palabrotas francesas, que me pareció querían decir poco más o menos: «es preciso tener paciencia». Luego, dirigiéndose a los de la comitiva, aquel caritativo personaje nos dijo que estaba dispuesto a darnos de comer lo que quisiéramos, pagándolo previamente en buena moneda española. La moneda española ha sido siempre muy bien recibida en todo país donde ha habido manos. Dándole las gracias, pedímosle lo que nos pareció más necesario, y aguardamos la cena, aposentados todos en la inmunda pocilga. Nuestro primer cuidado fue improvisar con los capotes una cama para el gobernador, cuya fatiga y debilidad iban siempre en aumento. El cancerbero volvió al poco rato con unos manjares tan mal guisados, que no se podían comer, lo cual no fue parte a impedir que nos los cobrase a peso de oro; pero se los pagamos con gusto, suplicándole, unos en mal francés y otros en castellano, que nos hiciera el favor de no honrarnos más con su interesante presencia.

Pero él o no entendió o quiso mostrarnos todo el peso de su impertinencia, y a cada cuarto de hora venía a visitarnos, poniéndonos ante los ojos, que en vano querían dormir, la luz de una deslumbradora linterna. Esto mortificaba a todos; pero principalmente al enfermo, que por su estado necesitaba reposo y sueño, y así se lo dijimos al alcaide, añadiéndole que como no pensábamos fugarnos, podía eximirnos de sus repetidos reconocimientos. Él nos respondía con amenazas soeces; quedábamos luego a oscuras, nos vencía el dulce sueño; pero no habíamos trasportado los umbrales de esta rica y apacible residencia del espíritu, cuando la luz de la linterna volvía a encandilar nuestros ojos, y el alcaide nos tocaba el cuerpo con su pata para cerciorarse por la vista y el tacto de que estábamos allí.

Satué, furioso y fuera de sí, me dijo en uno de los pequeños intervalos en que estábamos solos: «Si ese bestia vuelve con la linterna, se la estrello en la cabeza». Pero D. Mariano, calmó su arrebato, condenando una imprudencia que podía ser a todos funestísima. La noche fue por tanto, y merced a las visitas del alcaide, penosa y horrible. Por la mañana nos hizo el honor de visitarnos el comandante de la plaza, el cual habló largamente con Álvarez, tratándole con cierta benevolencia cortés que nos agradó; mas luego hizo recaer la conversación sobre un suceso de que no teníamos noticia y allí dio rienda suelta a las groserías y los insultos. Parece que algunos oficiales de los trasladados a Francia inmediatamente después de la rendición de Gerona, se habían fugado, en lo cual obraron cuerdamente, si padecieron el martirio de la linterna del señor alcaide. Al hablar de esto, el comandante les prodigó delante de nosotros vocablos harto denigrantes, añadiendo: «Pero por fortuna, hemos pescado a once de los prófugos, y han sido arcabuceados hace dos días. Buscamos a los demás».

Álvarez se sonrió y dijo: «¿Con que volaron, eh? »…. y en su rostro por un instante dibujose ligera expresión festiva. A pesar de que el comandante de Perpiñán no era hombre de mieles, prometió a Álvarez dejarle descansar todo aquel día, poniendo freno a las importunidades de la candileja, y nos dispusimos para dormir; pero ¡ay!, estábamos destinados a nuevos tormentos, entre los cuales el mayor era presenciar cómo padecía en silencio sin hallar alivio en sus males ni piedad en los hombres, el más fuerte y digno de los españoles de aquel tiempo; estábamos entre gente que hacía punto de honra el mudar las coronas del heroísmo en coronas de martirio sobre la frente del que no se abatió, ni se dobló, ni se rompió jamás mientras tuvo un hálito de vida que sostuviera su grande espíritu.

Serían, pues, las diez de la mañana, cuando el alcaide nos hizo ver su cara redonda, encendida y brutal, de rubios pelos adornada, y aunque por la claridad del día venía sin linterna, demostronos desde sus primeras palabras que no venía a nada bueno. Díjonos aquel simpático pedazo de la humanidad que nos dispusiéramos a salir todos, y como le indicáramos que el enfermo a causa de la horrorosa fiebre no podía moverse, repuso que vendría quien le hiciese mover. D. Mariano nos dio el ejemplo de la resignación, incorporándose en su lecho, y pidiendo su sombrero. Le levantamos en brazos; trató de andar por su propio pie, mas no siéndole posible, le condujimos fuera del aposento, y bajamos todos en triste procesión, mudos y abrumados de pena. Fuera del castillo vimos dos filas de gendarmería indicándonos el camino hacia la muralla, y la curiosa multitud nos contemplaba con lástima. Aquel espectáculo no podía ser más triste, y con el alma oprimida y llena de angustia dije para mí: «Nos van a fusilar».

- XXV -

Ah, qué trance tan amargo, y qué horrenda hora! Eso de que a sangre fría le quiten a uno la preciosa existencia, lejos de la patria, ausente de las personas queridas, sin ojos que le lloren, en soledad espantosa y entre gente que no ve en ello más que la víctima inmolada a los intereses militares, es de lo más abrumador que puede ofrecerse a la contemplación del espíritu humano. Yo miraba aquel cielo, y no era como el cielo de España; yo miraba a aquella gente, oía su lengua extraña modulando en conjunto voces incomprensibles, y no era aquella gente tampoco como la gente de España. Sobre todo, Siseta no estaba allí, y el vacío formado por su ausencia no lo habrían frenado cien vidas otorgadas en cambio de la que me iban a quitar. Me ocurrió protestar contra aquella barbarie, gritando y defendiéndome contra miles de hombres; pero la realidad de mi impotencia me aplastaba con formidable pesadumbre. Dejé de ver lo que tenía ante los ojos, y muy intensa congoja me hizo llorar como una mujer. Mostraban entereza mis compañeros; pero ellos no habían dejado en Gerona ninguna Siseta.

Al llegar a la muralla vimos formados en fila a los frailes y soldados que nos habían seguido. Algunos legos y ancianos lloraban; pero el padre Rull despedía llamas por sus negros y varoniles ojos. En tan supremo trance, el fraile patriota, rabiando de enojo contra sus verdugos, había olvidado la principal página del Evangelio. Nos pusieron también a nosotros en fila, y la persona de Álvarez fue confundida entre los demás sin consideración a su jerarquía. Estuvimos parados largo rato, ignorando qué harían de nosotros, en terrible agonía, hasta que apareció un oficialejo barrigudo, que con un papelito en la mano nos iba nombrando uno por uno. Tanto aparato, la cruel exhibición ante el populacho, el despliegue de tan colosales fuerzas contra unos pobres enfermos muertos de hambre, de cansancio y de sueño, no tenía más objeto que pasar lista. ¡Ay! Cuando adquirí la certidumbre de que no nos fusilaban, los franceses me parecieron la gente más amable, más caritativa y más humana del mundo.

Volvimos al castillo, donde hallamos una gran novedad. El aposento donde pasamos la noche, se había considerado como un gran lujo de comodidades para estos pícaros insurgentes y bandidos, que tan heroicamente defendieron la plaza de Gerona, y nos destinaron a una lóbrega mazmorra sin aire, empedrada de agudísimos guijarros, entre cuyos huecos se remansaban fétidas aguas. Doble puerta con cerrojos fuertísimos la cerraba, y un mezquino agujero abierto en el ancho muro dejaba entrar sólo al medio día un rayo de luz, insuficiente para que nos reconociésemos las caras. Protestamos; el mismo Álvarez reprendió ásperamente al alcaide; pero este ni aun siquiera tuvo la dignación de contestarnos otra cosa más que la oferta de servirnos una buena comida, si se la pagábamos bien. El ilustre enfermo se empeoraba de hora en hora, y desde aquel día comprendimos que se nos iba a morir en los brazos, si no se instalaba en lugar más higiénico. Haciendo un esfuerzo el mismo Álvarez, escribió una carta al general Augereau, notificándole los malos tratamientos de que era objeto; pero no tuvo contestación. Y seguía lo de la linterna por la noche, en cuya obra caritativa se esmeraba el maldito francés regordete y rubio, amén de robarnos con la perversa cena que nos ponía. Si el gobernador necesitaba alguna medicina, no había fuerzas humanas que la hiciesen traer, por temor de que se envenenara, y registrándonos escrupulosamente, fuimos despojados de todo instrumento cortante para evitar que tratásemos de poner fin a aquella deliciosa vida con que éramos regalados.

En aquella inmunda pocilga estuvimos hasta que concluyó Diciembre y el funestísimo año 9, enfermos todos, y más que enfermo, moribundo el gran Álvarez, que al resistir tan grandes padecimientos mostró tener el cuerpo tan enérgico y vigoroso como el alma. Durante las largas y tristes horas departía con nosotros sobre la guerra, contábanos su gloriosa historia militar y nos infundía esperanza y bríos, augurando con elevado discernimiento el glorioso fin de la lucha con los franceses y el triunfo de la causa nacional. Su extraordinario espíritu, superior a cuanto le rodeaba, sabía abarcar los acontecimientos con segura perspicacia, y oyéndole, oíamos la voz poderosa de la patria que llegaba al calabozo excavado en extranjero suelo.

Al fin nuestro doloroso encierro en aquella mazmorra donde nos consumíamos viendo extinguirse la noble vida del defensor de Gerona, tuvo fin una noche en que el alcaide entró a decirnos que nos vistiéramos a toda prisa porque nos iban a internar en Francia. Esta noticia, a pesar de alejarnos de España nos produjo inmensa alegría porque ponía fin al encierro, y no aguardamos a que la repitiese el panzudo hombre de la linterna, demostrándole de diversos modos el gran gusto que sentíamos por perderle de vista lo mismo que a su aparato. Nos sacaron de Perpiñán con numerosa escolta, y iban los frailes con nosotros. El jefe de la gendarmería dio orden de fusilar a todo señor fraile que tratase de huir, y nos pusimos en marcha.

Pero en este viaje la Providencia nos deparó un hombre generoso y caritativo que a escondidas de los franceses, sus compatriotas, prodigó al ilustre enfermo solícitos cuidados. Era el mismo cochero que le conducía, el cual, condolido de sus males e ignorando que fuese un héroe, mostró sus cristianos sentimientos de diversos modos. Agradecidos a su bondad quisimos recompensarle; pero no consintió en admitir nada, y como los gendarmes le mandaran que avivase el paso de las caballerías para marchar más a prisa, él, sabiendo cuánto daño hacía al paciente la celeridad de la carrera, fingió enfermedades en el escuálido ganado y desperfectos en el viejo coche para justificar el tardo paso con que andaba. Todos los de a pie, que éramos los más, le agradecimos en el alma la pereza de su vehículo.

Después de descansar un poco en Salces, hicimos noche en Sitjans, y nunca a tal punto llegáramos, porque haciendo bajar de su coche al general, le aposentaron con los demás de su séquito en una caballeriza llena de estiércol, y donde no había cama ni sillas, ni nada que se pareciese a un mueble, siquiera fuese el más mezquino y pobre. Agotada la paciencia ante tanta infamia, y viendo cuán poco adecuado era aquel inmundo sitio para quien por su categoría y además por su lastimoso estado tenía derecho a todas las consideraciones, no pudimos contener la explosión de nuestro enojo, y con durísimas palabras increpamos al jefe de la gendarmería. Este, después de amenazarnos, pareció aplacarse, comprendiendo sin duda la justicia de nuestra reclamación, y al fin después de vacilar, vino a decir en suma que el alojamiento no era cuenta suya. Por fin el cochero, con orden o por simple tolerancia del jefe de la fuerza, introdujo en la cuadra una cama en que descansó algunas horas el desgraciado enfermo, cuya prodigiosa resistencia parecía tocar ya al último límite.

A la mañana siguiente cuando nos íbamos a poner de nuevo en marcha, aparecieron unos guardias a caballo que traían una orden para el jefe que nos conducía. Abriendo el pliego en nuestra presencia, nos dio a conocer su contenido, el cual no era otra cosa sino que monsieur Álvarez debía volver a España. Esto nos alegró sobre manera, por la esperanza de ver pronto la patria querida, y hasta sospechamos, si, apiadados de nuestra desgracia, se dispondrían aquellos caballeros a dejarnos en libertad luego que traspasásemos la frontera. Los frailes, la gente de tropa que no pertenecía a la comitiva del enfermo, creyéronse también destinados a pisar pronto el suelo español, y mostráronse muy alegres; pero los gendarmes al punto les sacaron de su risueño error, mandándoles seguir adelante, por Francia adentro. Nos despedimos de ellos tiernamente recogiendo encargos, recados, cartas y amorosas memorias de familia, y volvimos la cara al Pirineo. D. Mariano al saber que se variaba de rumbo, dijo: «Como no me vuelvan al Castillet de Perpiñán, llévenme a donde quieran».

Excuso enumerar los miserables aposentamientos, los crueles tratos que se sucedieron desde Sitjans a la frontera española, ni sé cómo por tanto tiempo y a tan repetidos golpes resistió la naturaleza del hombre contra quien se desplegaba tan gran lujo de maldad. Por último, señores, concluiré refiriendo a ustedes la última escena de aquel terrible via crucis, la cual ocurrió en la misma frontera, y un poco más allá de Pertús. Es el caso que cuando con el mayor gozo habíamos pisado la tierra de España, se presentaron unos guardias a caballo con nuevas órdenes para los gendarmes. El jefe mostrose muy contrariado, y habiéndose trabado ligera reyerta entre este y uno de los portadores del oficio, oímos esta frase, que aunque dicha en francés, fácilmente podía ser comprendida: «Monsieur Álvarez debe volver, pero los edecanes y asistentes no».

Al punto comprendimos que se nos quería separar de nuestro idolatrado general, dejándonos a todos en Francia, mientras a él se le llevaba otra vez solo, enteramente solo, al castillo de Figueras. Esto causó una verdadera desolación en la pequeña comitiva. Satué, cerrando los puños y vociferando como un insensato, dijo que antes se dejaría hacer pedazos que abandonar a su general; otros, creyendo mal camino para convencer a nuestros conductores el de la amenaza y la cólera, suplicamos al jefe de los gendarmes que nos dejase seguir. El mismo enfermo indicó que si se le separaba de sus fieles compañeros de desgracia, la residencia en España le sería tan insoportable al menos, como la prisión en el Castillet. Suplicamos todos en diverso estilo que nos dejasen asistir y consolar a nuestro querido gobernador, pero esto fue inútil. Como complemento de los mil martirios que con refinado ingenio habían aplicado al héroe, quisieron someter su grande alma a la última prueba. Ni su enfermedad penosísima, ni sus años, ni la presunción de su muerte que se creía próxima y segura, les movieron a lástima; tanta era la rabia contra aquel que había detenido durante siete meses frente a una ciudad indefensa a más de cuarenta mil hombres, mandados por los primeros generales de la época; que no había sentido ni asomo de abatimiento ante una expugnación horrorosa en que jugaron once mil novecientas bombas, siete mil ochocientas granadas, ochenta mil balas, y asaltos de cuyo empuje se puede juzgar considerando que los franceses perdieron en todos ellos veinte mil hombres.

Cansados de inútiles ruegos, pedimos al fin que se permitiera ir acompañando y sirviendo al general a uno de nosotros, para que al menos no careciese aquel de la asistencia que su estado exigía; pero ni esto se nos concedió. La agria disputa inspiró al mismo Álvarez las palabras siguientes: «Todas estas son estratagemas de que se valen los franceses para mortificar a aquel a quien no han podido hacer bajar la espalda».

Bruscamente nos quisieron apartar del coche en que iba; pero atropellando a los que nos lo impedían, nos abalanzamos sobre él, y unos por un costado otros por el opuesto, le besamos las manos regándolas con nuestras lágrimas. Satué se metió violentamente dentro del coche, y los gendarmes lo sacaron a viva fuerza, amenazándole con fusilarle allí mismo, si no se reportaba en las manifestaciones de su dolor. El general, despidiéndonos con ánimo sereno, nos dijo que renunciásemos a una inútil resistencia, conformándonos con nuestra suerte; añadió que él confiaba en el próximo triunfo de la causa nacional, y que aun sintiéndose próximo a morir, su alma se regocijaba con aquella idea. Recomendonos la prudencia, la conformidad, la resignación, y él mismo dio a sus conductores la orden de partir para poner pronto fin a una escena que desgarraba su corazón lo mismo que el nuestro. El cupé partió a escape y nos quedamos en Francia, sujetados por los gendarmes, que nos ponían sus fusiles en el pecho para impedir las demostraciones de nuestra ira. Seguimos con los ojos llenos de lágrimas de desesperación el coche que se perdía poco a poco entre la bruma, y cuando dejamos de verle, Satué bramando de ira, exclamó: «Se lo llevaron esos perros; se lo llevan para matarle sin que nadie lo vea».

- XXVI -

No puedo pintar a ustedes nuestra profunda consternación al vernos esclavos de Francia, y considerando la situación del desgraciado Álvarez, solo, en poder de sus verdugos. Nuestra propia suerte de prisioneros nos causaba menos pesar que la de aquel heroico veterano, condenado por su valor sublime a ser juguete de una cruel soldadesca, a quien lo entregaron para que se divirtiese martirizándole.

Encerráronnos en Pertús en una inmunda cuadra, donde con centinelas de vista nos tuvieron hasta el día siguiente, en cuya alborada, cuando nos llevaban fuera del pueblo, verificamos un acto honroso, con el cual quiero poner fin a mi narración. Allí, sobre unas peñas desde las cuales se divisaban a lo lejos los cerros y vertientes de España, nos dimos las manos y juramos todos morir antes que resignarnos a soportar la odiosa esclavitud que la canalla quería imponernos. Desde aquel instante principiamos a concertar un hábil plan para fugarnos, cual tantos otros, que llevados a Francia, habían sabido volver por peligrosos caminos y medios a la patria invadida.

Amigos míos: por no cansar a ustedes con prolijidades que sólo a mí se refieren y a mis particulares cuitas, omito los pormenores de nuestra residencia en Francia, y de los medios que empleamos para regresar a España. Éramos seis, y sólo tres volvimos. Los demás, cogidos in fraganti, fueron fusilados, dos en Maurellas y uno en

Boulou. ¿Alguno de los que me oyen no se ha visto en igual caso? ¡Cuántos de los que estamos aquí desataron sus manos de las cuerdas que los franceses han llevado a Francia después de la toma de Zaragoza o de Madrid! Con la relación de los padecimientos que sufrí en la frontera, de las diabluras y estratagemas que puse en juego para escaparme, y de las mil cosas que me sucedieron desde que pasé la frontera por Puigcerdà hasta unirme en el centro de España a esta división de Lacy en que ahora estoy, emplearía otras dos noches largas, pues todo el sitio de Gerona y las extravagancias de D. Pablo Nomdedeu no exigen más tiempo y espacio que los peligros, trapisondas, trabajos y terribles trances en que me he visto. Concluyo, pues, no sin dirigir una ojeada hacia atrás, como parecen exigírmelo mis caros oyentes, deseosos de saber qué fue de Siseta, así como de sus hermanitos Badoret y Manalet.

No estaría mi ánimo tranquilo si en tan largo plazo hubiese vivido sin saber de personas tan caras para mí. Antes de abandonar a Cataluña con intención de unirme al ejército del Centro, hallé medios para hacer llegar a Gerona noticias mías, y Dios me deparó el consuelo de que también vinieran a mí verdaderas y frescas. Los tres hermanos siguen allí sanos y buenos en compañía de la señorita Josefina, que en ellos ve toda su familia, y el único consuelo de sus tristes días. La hija del doctor no ha recobrado por completo la salud, ni desgraciadamente la recobrará, según me dicen. Ha tenido inclinación a entrar en un convento; mas Siseta procura arrancarla sus melancolías y la induce a que aspire al matrimonio, en la seguridad de encontrar buen esposo. No demuestra, sin embargo, Josefina disposición a seguir este consejo, y gusta de embeber su vida en contemplaciones de la Naturaleza y de la religión, que son sin duda el alimento más apropiado a su pobre espíritu huérfano y solitario.

Siseta y sus hermanos aguardan a que yo me retire del ejército para marchar a la Almunia, donde tengo mis tierras, consistentes en dos docenas de cepas y un número no menor de frondosos olivos, y por mi parte pido a Dios que nos libre al fin de franceses, para poder soltar el grave peso de las armas y tornar a mi pueblo, donde no pienso hacer al tiempo de mi llegada otra cosa de provecho más que casarme.

Con lo que Siseta ha heredado, y lo que yo poseo, tenemos lo suficiente para pasar con humilde bienestar y felicidad inalterable la vida, pues no me mortifica el escozor de la ambición, ni aspiro a altos empleos, a honores vanos ni a la riqueza, madre de inquietudes y zozobras. Hoy peleo por la patria, no por amor a los engrandecimientos de la milicia, y de todos los presentes soy quizás el único que no sueña con ser general.

Otros anhelan gobernar el mundo; sojuzgar pueblos y vivir entre el bullicio de los ejércitos; pero yo contento en la soledad silenciosa, no quiero más ejércitos que los hijos que espero ha de darme Siseta.

SÍ acabó su relación Andresillo Marijuán. La he reproducido con toda fidelidad en su parte esencial, valiéndome como poderoso auxiliar del manuscrito de D. Pablo Nomdedeu, que aquel mi buen amigo me regaló más tarde cuando asistí a su boda. Repito lo que dije al comenzar el libro, y es que las modificaciones introducidas en esta relación afectan sólo a la superficie de la misma, y la forma de expresión es enteramente mía. Tal vez haya perdido mucho la leyenda de Andrés al perder la sencillez de su tosco estilo; pero yo tenía empeño en uniformar todas las partes de esta historia de mi vida, de modo que en su vasta longitud se hallase el trazo de una sola pluma.

Cuando Marijuán calló, algunos de los presentes dieron interpretaciones diversas al encierro de D. Mariano Álvarez en el castillo de Figueras, y como ya desde antes de entrar en Andalucía habíamos sabido la misteriosa muerte del insigne capitán, la figura más grande sin duda de las que ilustraron aquella guerra, cada cual explicó el suceso de distinto modo.

—Dícese que le envenenaron —afirmó uno— en cuanto llegó al castillo.

—Yo creo que Álvarez fue ahorcado —opinó otro— pues el rostro cárdeno e hinchado, según aseguran los que vieron el cadáver de Su Excelencia, indica que murió por estrangulación.

—Pues a mí me han dicho —añadió un tercero— que lo arrojaron a la cisterna del castillo.

—Hay quien afirma que le mataron a palos.

—Pues no murió sino de hambre, y parece que desde su llegada fue encerrado en un calabozo, donde lo tuvieron tres días sin alimento alguno.

—Y cuando le vieron bien muerto, y se aseguraron de que no volvería hacer otra como la de Gerona, expusiéronle en unas parihuelas a la vista del pueblo de Figueras, que subió en masa a contemplar el cuerpo del grande hombre.

Discutimos largo rato sin poder poner en claro la clase de muerte que había arrebatado del mundo a aquel inmortal ejemplo de militares y patriotas; pero como su fin era evidente, convinimos por último en que el esclarecimiento del medio empleado para exterminar tan terrible enemigo del poder imperial, afectaba más al honor francés que al ejército español, huérfano de tan insigne jefe; y si verdaderamente fue asesinado, como se ha venido creyendo desde entonces acá, la responsabilidad de los que toleraron sin castigarla tan atroz barbarie bastaría a exceptuar entonces a Francia de la aplicación de las leyes de la guerra en lo que antes tienen de humano. Que murió violentamente parece indudable, y mil indicios corroboran una opinión que los historiadores franceses no han podido con ingeniosos esfuerzos destruir. No es creíble que órdenes de París impulsaran este horrible asesinato; pero un poder que si no disponía, toleraba tan salvajes atentados, merecía indisputablemente las amarguras y horrendas caídas que experimentó luego. La soberbia enfatuada y sin freno perpetra grandes crímenes ciegamente, creyendo realizar actos marcados por ilusorio destino. Los malvados en grande escala que han tenido la suerte o la desgracia de que todo un continente se envilezca arrojándose a sus pies, llegan a creer que están por encima de las leyes morales, reguladoras según su criterio, tan sólo de las menudencias de la vida. Por esta causa se atreven tranquilamente y sin que su empedernido corazón palpite con zozobra, a violar las leyes morales, ateniéndose para ello a las mil fútiles y movedizas reglas que ellos mismos dictaron llamándolas razones de estado, intereses de esta o de la otra nación; y a veces si se les deja, sobre el vano eje de su capricho o de sus pasiones hacen mover y voltear a pueblos inocentes, a millares de individuos que no quieren sino el bien. Verdad es que parte de la responsabilidad corresponde al mundo, por permitir que media docena de hombres o uno solo jueguen con él a la pelota.

Desarrollados en proporciones colosales los vicios y los crímenes, se desfiguran en tales términos que no se les conoce; el historiador se emboba engañado por la grandeza óptica de lo que en realidad es pequeño, y aplaude y admira un delito tan sólo porque es perpetrado en la extensión de todo un hemisferio. La excesiva magnitud estorba a la observación lo mismo que el achicamiento que hace perder el objeto en las nieblas de lo invisible. Digo esto, porque a mi juicio, Napoleón I y su efímero imperio, salvo el inmenso genio militar, se diferencian de los bandoleros y asesinos que han pululado por el mundo cuando faltaba policía, tan sólo en la magnitud. Invadir las naciones, saquearlas, apropiárselas, quebrantar los tratados, engañar al mundo entero, a reyes y a pueblos, no tener más ley que el capricho y sostenerse en constante rebelión contra la humanidad entera, es elevar al máximum de desarrollo el mismo sistema de nuestros famosos caballistas. Ciertas voces no tienen en ningún lenguaje la extensión que debieran, y si despojar a un viajante de su pañuelo se llama robo, para expresar la tala de una comarca, la expropiación forzosa de un pueblo entero, los idiomas tienen pérfidas voces y frases con que se llenan la boca los diplomáticos y los conquistadores, pues nadie se avergüenza de nombrar los grandiosos planes continentales, la absorción de unos pueblos por otros... etc. Para evitar esto debiera existir (no reírse) una policía de las naciones, corporación en verdad algo difícil de montar; pero entre tanto tenemos a la Providencia, que al fin y al cabo sabe poner a la sombra a los merodeadores en grande

215

escala, devolviendo a sus dueños los objetos perdidos, y restableciendo el imperio moral, que nunca está por tierra largo tiempo.

Perdónenme mis queridos amigos esta digresión. No pensaba hacerla; pero al hablar de la muerte del incomparable D. Mariano Álvarez de Castro, el hombre, entre todos los españoles de este siglo, que a más alto extremo supo llevar la aplicación del sentimiento patrio, no he podido menos de extender la vista para observar todo lo que había en derredor, encima y debajo de aquel cadáver amoratado que el pueblo de Figueras contemplaba en el patio del castillo una mañana del mes de enero de 1810. Aquel asesinato, si realmente lo fue, como se cree, debía traer grandes catástrofes a quien lo perpetró o consintió, y no importa que los criminales, cada vez más orgullosos, se nos presentaran con aparente impunidad, porque ya vemos que el mucho subir trae la consecuencia de caer de más alto, de lo cual suele resultar el estrellarse.

- XXVII -

Oímos el relato de Andrés Marijuán, aposentados en una casa del Puerto de Santa María, donde moraban, además de nosotros, que pertenecíamos al ejército de Areizaga, muchos canarios de Alburquerque, que habían llegado el día antes, terminando su gloriosa retirada. A este general debió el poder supremo no haber caído en poder de los franceses, pues con su hábil movimiento sobre Jerez, mientras contenía en Écija las avanzadas de Víctor y Mortier, dio tiempo a preparar la defensa de la isla de León, y entretuvo al enemigo en las inmediaciones de Sevilla. Esto pasaba a principios de Febrero, y en los mismos días se nos dio orden de pasar a la Isla, porque en el continente, o sea del puente de Suazo para acá ¡triste es decirlo!, no había ni un palmo de terreno defendible. Toda España afluyó a aquel pedazo de país, y se juntaban allí ejército, nobleza, clero, pueblo, fuerza e inteligencia, toda la vida nacional en suma. De la misma manera, en momentos de repentino peligro para el hombre de ánimo esforzado, toda la sangre afluye al corazón, de donde sale después con nuevo brío.

Por mi parte deseaba ardientemente entrar en la Isla. Aquel pantano de sal y arena invadido por movedizos charcos y surcado por regueros de agua salada, tenían para mí el encanto del hogar nativo, y más aún las peñas donde se asienta Cádiz en la extremidad del istmo, o sea en la mano de aquel brazo que se adelanta para depositarla en medio de las olas. Yo veía desde lejos a Cádiz, y una viva emoción agitaba mi pecho. ¿Quién no se enorgullece de tener por cuna la cuna de la moderna civilización española? Ambos nacimos en los mismos días, pues al fenecer el siglo se agitó el seno de la ciudad de Hércules con la gestión de una cultura que hasta mucho después no se encarnó en las entrañas de la madre España. Mis primeros años agitados y turbulentos, fuéronlo tanto como los del siglo, que en aquella misma peña vio condensada la nacionalidad española, ansiando regenerarse entre el doble cerco de las olas tempestuosas y del fuego enemigo. Pero en Febrero de 1810 aún no había nada de esto, y Cádiz sólo era para mí el mejor de los asilos que la tierra puede ofrecer al hombre; la ciudad de mi infancia, llena de tiernísimos recuerdos, y tan soberbiamente bella que ninguna otra podía comparársele. Cádiz ha sido siempre la Andalucía de las ondas, graciosa y festiva dentro de un círculo de tempestades. Entonces asumía toda la poesía del mar, todas las glorias de la marina, todas las grandezas del comercio. Pero en aquellos meses empezaba su mayor poesía, grandeza y gloria, porque iba a contener dentro de sus blancos muros el conjunto de la nacionalidad con todos sus elementos de vida en plena efervescencia, los cuales expulsados del gran territorio, se refugiaban allí dejando la patria vacía.

A las puertas de Cádiz comienzan los acontecimientos de mi vida que más vivamente anhelo contar. Estadme atentos, y dejadme que ponga orden en tantos y tan variados sucesos, así particulares como históricos. La historia al llegar a esta isla y a esta peña es tan fecunda, que ni ella misma se da cuenta de la multitud de hijos que deposita en tan estrecho nido. Trataré de que no se me olvide nada, ni en lo mío ni en lo ajeno. Para no perder la costumbre, comienzo por una aventura propia, en que nada tiene que ver la atisbadora historia, pues hasta hoy no he tenido empeño en comunicarlo a nadie, ni aunque la comunicara, se inmortalizaría en láminas de bronce, y fue lo siguiente:

Un amigo mío portugués de los que habían venido de Extremadura con Alburquerque, rondaba cierta casa en la extremidad de la calle Larga donde algunos días antes viera entrar desconocida beldad, que él ponía por las nubes, siempre que tocábamos este punto. Sus paseos diurnos y nocturnos, en que mostraba un celo, una abnegación superiores a todo encomio, no dieron más resultado que ver al través de las apretadas verdes celosías, dos figuras, dos bultos de indeterminada forma, pero que al punto revelaban ser alegres mujeres por el sordo cuchicheo y las risas con que parecían festejar la cachaza de mi paseante amigo. Cuanto menos las veía, más acabadamente hermosas se le figuraban, y con la dificultad de hablarlas, crecía su deseo de poner fin gloriosamente a una aventura, que hasta entonces había tenido pocos lances. Una tarde quiso le acompañase yo en su centinela al pie de la reja, y tuve la suerte de que mi presencia modificara la monótona esquivez de las bellas damas, las cuales hasta entonces ni a billetes ni a señas, ni a miradas lánguidas habían contestado más que con las risas consabidas y los ceceos burlones. Figueroa había deslizado una esquela, y tuvo la indecible satisfacción de recibir respuesta en un billete que cayó, cual bendición del cielo, delante de nosotros. En él decía la hermosa desconocida que estaba dispuesta a abrir la celosía para expresarle de palabra su gratitud por los amorosos rendimientos, y añadía que hallándose en un gran compromiso por causa de un suceso doméstico que no podía revelar, solicitaba para salir de él la ayuda del galán juntamente con la de su amigo.

Esto nos llamó grandemente la atención, y de vuelta al alojamiento para esperar la hora de las siete en que se nos había citado, hicimos mil comentarios sobre el suceso. Mientras mayor era el misterio, mayor también el anhelo de descifrarlo, y curiosos ambos por saber si íbamos a tener una sabrosa aventura o a ser objetos de una broma, acudimos por la noche al pie de la reja. En cuanto llegamos, abriose esta y una voz de mujer, cuyo acento aunque dulce no me pareció revelar persona de elevada clase, dijo a Figueroa con bastante agitación estas palabras:

—Señor militar, si es usted caballero, como creo, espero que no se negará a conceder a una desgraciada dama la generosa ayuda que solicita. Mi esposo el señor duque de los Umbrosos Montes duerme a estas horas; pero no puedo dejarle pisar a usted el recinto de este arcásar , que mi celoso dueño ha convertido en sepulcro de mi hermosura, en cárcel de mi libertad y en muerte de mi vida. El más leve rumor despertaría al fiel y sanguinario Rodulfo, paje de mi señor y carcelero mío. Pues verasté: mi honra depende de que al punto una persona de confianza atraviese las saladas ondas y parta a Cádiz a llevar un recado urgentísimo, sin lo cual mi situación es tal que no esperaré a que venga la rosada aurora, para arrancalme la vida con un veneno de cien mortíferas plantas compuesto que tengo aquí en aquesta botellita.

Figueroa estaba perplejo y embobado, aunque algo dispuesto a tomar aquello en serio, y yo contenía la risa al considerar cómo se reían de nosotros las dos desconocidas; pero mi amigo aseguró estar resuelto a prestar a ambas cuantos servicios fáciles o difíciles quisieran pedirle, y entonces la misma que antes hablara, añadió:

—¡Oh!, gracias, invito militar; así lo esperaba yo de su galantería y caballerosidad nunca desmentida en mil y mil lances, cual lo prueban las voces de la fama que han traído a mis orejas sus hasañas. Bueno, pues verasté. Mi criada, que es esta guapa y gallarda donsella, que a mi lado ve usted, y se llama Soraida, irá a Cádiz en un frágil esquife que Perico el botero tiene preparado en el muelle; pero como es grande su cortedad,

220

deseo vaya acompañada de ese vuestro leal amigo, que está ahí oyéndonos como un marmolejo.

Al punto dije que estaba dispuesto a acompañar a la doncella, y mi amigo, algo corrido con los discursos de su adorada beldad, no sabía qué contestar. La desconocida habló así con creciente afectación:

—¡Oh! Gracias, insine amigo del valiente Otelo. Ya lo esperaba yo de su malanimidad. Pues oigasté, señor militar. Mientras este fiel amigo va a Cádiz a acompañar a mi donsella en la difícil comisión que mi amenasado

honor le encomienda, nosotros nos quedaremos aquí pelando la pava en este balcón; con lo cual, ¿usté se entera?, tendré ocasión de mostrarle el amoroso fuego que inflama mi pecho.

No había acabado de hablar, cuando abriéndose la puerta de la casa, apareció una mujer cubierta de la cabeza a los pies con espeso manto negro, la cual llegándose a mí y tomándome el brazo, me obligó a que rápidamente la siguiese, diciéndome:

—Señor oficial, vamos, que es tarde.

No tuve tiempo para oír lo que desde la ventana decía la desconocida al amartelado Figueroa, porque la dama, criada o lo que fuera, no me permitía detenerme y me impulsaba hacia adelante, repitiendo siempre:

—Señor oficial, siga usted. ¡Qué pesado es usted!... No mire usted atrás ni se detenga, que estoy de prisa.

Quise ver su rostro; pero se lo ocultaba cuidadosamente. Se conocía que trataba de contener la risa y disimular la voz. Era una mujer arrogante y que me revelaba con sólo el roce de su mano en mi brazo la alta calidad a que pertenecía. Desde su aparición había yo sospechado, que no era criada, y después de oírla y sentir el contacto de su vestido, ningún hombre se habría equivocado respecto a su clase. Yo estaba algo aturdido por lo inusitado de la aventura, y una dulce confusión embargaba mi alma. Venían a mi mente indicios, recuerdos, y aquella mujer llevaba en los pliegues de su vestido una atmósfera que no era nueva para mí. Pero al principio ni aun pude formular claramente mis sospechas. La desconocida me llevaba rápidamente y andábamos a prisa por las calles del Puerto, hablando de esta manera:

—Señora, ¿insiste usted en ir a Cádiz por mar a estas horas?

—¿Por qué no? ¿Se marea usted? ¿Tiene usted miedo a embarcarse?

—Por bueno que esté el mar, el viaje no será cómodo para una dama.

—Es usted un necio. ¿Cree usted que yo soy cobarde? Si no tiene usted ánimo iré sola.

—Eso no lo consentiré, y aunque se tratara de ir a América en el frágil esquife de que hablaba la señora duquesa de los Umbrosos Montes...

La desconocida no pudo contener la risa, y el dulce acento de su voz resonó en mi cerebro, despertando mil ideas que rápidamente cambiaron en luz las oscuridades de mi pensamiento, y en certidumbre las nebulosas dudas.

—Adelante —exclamó al ver que me detenía—. Ya estamos en el muelle. El botero está allí. La marea sube y nos favorecerá; el mar parece tranquilo.

Callé y seguimos hasta el malecón. Era preciso bajar por una serie de piedras puestas en la forma más parecida a una escalera, y el descenso no carecía de peligro. Tomé en brazos a mi compañera, y la bajé cuidadosamente al bote. Entonces ni pudo, ni quiso sin duda ocultarme su rostro, y la conocí. La fuerte emoción no me permitió hablar.

—¡Oh, señora condesa! —exclamé besándole tiernamente las manos—. ¡Qué felicidad tan grande encontrar a usía!...

—Gabriel —me contestó— ha sido realmente una felicidad que me hayas encontrado, porque vas a prestarme un gran servicio.

—Estoy destinado a ser criado de vuecencia en donde quiera que me halle.

—Criado no: ya esos tiempos pasaron. ¿Dónde has estado?

—En Zaragoza.

—¿Ves qué fácilmente se van ganando charreteras, y con ellas posición y nombre en el mundo? Entramos en unos tiempos en que los desgraciados y los pobres se encaramarán a los puestos que debe ocupar la grandeza. Gabriel, estoy asombrada de verte caballero. Bien, muy bien. Así te quería. No me habías dicho nada. ¿Por qué no me has buscado?... Ya no nos quieres.

—Señora, ¿cómo he de olvidar los beneficios que de vuecencia recibí? Estoy confundido al ver que nuevamente, y cuando menos lo esperaba, se digna usía servirse de mí.

—No bajes tanto, Gabriel; han cambiado las cosas. Tú no eres el mismo; no te conozco. Me ves, me hablas, ¿y no me preguntas por Inés?

—Señora —exclamé anonadado— no me atreví a tanto. Veo que vuecencia ha cambiado más que yo.

—Tal vez.

—¿Inés vive?

—Sí, está en Cádiz. ¿Deseas verla? Pues no te apures; yo te prometo que la verás, la verás.

Diciendo esto, Amaranta se expresaba en un tono que me hacía comprender su anhelo de mortificar a alguien, al permitirme ver a su hija. Su benevolencia me tenía tan confundido, que ni aun acertaba a darle las gracias.

—¡En qué momento tan crítico para mí te me has aparecido, Gabriel! Un suceso que sabrás más tarde me obliga a ir a Cádiz esta noche, sola, sin que ninguno de mi familia lo sepa. Dios no me podía ofrecer compañero ni custodio más a propósito.

—Pero señora, ¿usía no considera que las puertas de Cádiz están cerradas a estas horas?

—Lo están para mí todas menos una. Por eso me aventuro en esta travesía que podría ser peligrosa. El jefe de guardia en la puerta de mar es amigo mío y me espera. Yo tenía el bote preparado. Estaba dispuesta a ir sola, y cuando te presentaste en la calle acompañando al oficial que nos rondaba, vi el cielo abierto. Gabriel, te juro que estoy contentísima de verte en la honrosa condición en que ahora te hallas. Así te deseaba yo. Pero chiquillo, ¿eres tú mismo?... ¡Pues no lleva sus charreteras como un hombre!... El muy zarramplín con ese uniforme, que le sienta bien, tiene aire de persona decente... Vaya usted a hacer creer a la gente que has jugado en la Caleta... chico, bien, bien, así me gusta... qué bien te vendría ahora aquella farsa de tus abolengos... No me canso de mirarte, pelafustán... ¡qué tiempos estos! He aquí un gato que quiso zapatos y que se ha salido con ello... Te juro que eres otro. Inés no te va a conocer... ¡Qué a tiempo has venido! Estás muy bien, hijito... Desde que fuiste mi paje conocí tu corazón de oro... ¡Ay!, no te faltaba más que el forro, y veo que lo vas teniendo... Gabriel: creo que te alegras de verme, ¿no es verdad? Yo también. Cuántas veces he dicho: si ahora apareciese ese muchacho... Mañana te contaré todo. Chiquillo, soy la mujer más desgraciada de la tierra.

El bote avanzaba con la proa a Cádiz. El botero fijo en la popa llevaba el timón, y dos muchachos habían izado la vela latina, con la cual, merced al viento fresco de la noche, la embarcación se deslizaba cortando gallardamente las mansas olas de la bahía. La claridad de la luna nos alumbraba el camino: pasábamos velozmente junto a la negra masa de los barcos de guerra ingleses y españoles, que parecían correr al costado en dirección opuesta a la que seguíamos. Aunque el mar estaba tranquilo, agitábase bastante el bote, y sostuve con mi brazo a la condesa para impedir que se hiciera daño con las frecuentes cabezadas del barco. Los tres marinos no pronunciaron una sola palabra en todo el trayecto.

—¡Cuánto tardamos! —dijo Amaranta con impaciencia.

—El bote va como un rayo. Antes de diez minutos estaremos allá —dije al ver las luces de la ciudad reflejadas en el agua—. ¿Tiene vuecencia miedo?

—No, no tengo miedo —repuso tristemente— y te juro que aunque las olas fueran tan fuertes, que lanzaran el bote a la altura de los topes de ese navío, no vacilaría en hacer este viaje. Lo habría hecho sola, si no te hubieras aparecido como enviado del cielo para acompañarme. Cuando te vi, mi primera idea fue llamarte; pero luego mi criada y yo discurrimos la invención que oíste, para desorientar al hidalgo portugués. No quiero que nadie me conozca.

—La señora duquesa de los Umbrosos Montes estará a estas horas trastornando el seso de mi buen amigo.

—Sí, y lo hará bien. Si mi ánimo estuviera tranquilo, me reiría recordando la gravedad con que dijo las relaciones que le enseñé esta tarde. Hace poco, como se empeñara en galantearme un viajero inglés, Dolores quiso pasar por ama y yo por criada; pero él conoció al punto el engaño. No nos dejaba ni a sol ni a sombra, y no puedes figurarte las felices ocurrencias de mi doncella a propósito del caballero británico, de su aspecto tristón, de sus ardientes arrebatos y de su cojera. Era a ratos amable y fino, a ratos sombrío y sarcástico y se llamaba lord Byron.

—No es extraño que vuecencia enloqueciera a ese señor inglés. Pero ya llegamos, señora condesa, y el bote va a atracar en el muelle. Sale la guardia a darnos el quién vive.

—No importa; tengo pase. Di que llamen a D. Antonio Maella, jefe de la guardia.

Presentose el oficial, y nos dio entrada sin dificultad, abriéndonos luego la puerta, por donde pasamos a la plaza de San Juan de Dios. Mientras nos acompañaba hasta dicho punto, habló brevemente con Amaranta.

—Ya la esperaba a usted —dijo—. Las dos señoras marquesas tienen preparado su viaje para mañana, en la fragata inglesa Eleusis. Piensan establecerse en Lisboa.

—Su objeto es alejarse de mí —repuso Amaranta—. Felizmente he tenido aviso oportuno, y me parece que llego a tiempo.

—Tan callado tenían el viaje, que yo mismo no lo he sabido hasta esta tarde por el capitán de la fragata. ¿Piensa usted partir también con ellas?

—Partiré si no puedo detenerlas.

Al decir esto, la condesa, sin perder tiempo en contestar a los cumplidos y finezas del oficial, tomó mi brazo, y obligándome a tomar paso algo vivo, me dijo:

—Gabriel, no nos detengamos. ¡Cuán inquieta estoy!... Ya te lo contaré todo después. Figúrate que después de que me hacen vivir como en destierro, separada de lo que más amo en el mundo... ¿qué te parece? Dios mío, ¿qué he hecho yo para merecer tal castigo?... Pues sí... Después que me obligan a vivir allá... Te diré... hasta se han empeñado en hacerme pasar por afrancesada... Y todo ¿por qué?, dirás tú... Pues nada más sino porque... andemos más a prisa... porque me opongo a que la hagan desventurada para siempre... Mi tía no tiene sensibilidad, y nuestra parienta la de Rumblar tiene un rollo de pergaminos en el sitio donde los demás llevamos el corazón. Además, con los vidrios verdes de sus espejuelos no ve más que dinero... Gabriel, etiqueta y soberbia en un lado, soberbia y avaricia en otro... No puedes figurarte cuán apenadas y tristes están las tres pobres muchachas... Y ahora quieren llevárselas a Lisboa... ¿qué dices tú a eso?... Todo por alejar a Inés de mí... ¡Con cuánto secreto han preparado el viaje!... ¡Con qué habilidad me confinaron en el Puerto, haciendo llegar a los individuos de la Junta falsas noticias acerca de mí! Por fortuna soy amiga del embajador inglés, Wellesley... que no... Pues sí, mi tía y yo nos disputamos ardientemente el dirigir a la pobre

227

Inés hacia su mejor destino... ella va por una senda, yo por otra... lo que yo quiero es más razonable; y si no, dime tu parecer... Pero ya hablaremos mañana. ¿Te quedarás en la Isla o vendrás a Cádiz? Espero que nos veremos, Gabrielillo. ¿Te acuerdas cuando eras mi paje en el Escorial y yo te contaba aquellas historias?

—Esos y otros recuerdos de aquel tiempo, señora —le respondí— son los más dulces de mi vida.

—¿Te acuerdas cuando te presentaste en Córdoba? —prosiguió riendo—. Entonces estabas algo tonto. ¿Te acuerdas de cuando en Madrid fuiste a casa con el padre Salmón?... ¿Te acuerdas de cuando te encontré en el Pardo vestido de duque de Arión?... Después me he acordado mucho de ti, y he dicho: «¡Dónde estará aquel desgraciado!...». No puedo creer sino que Dios te ha cogido por la mano para ponerte delante de mí... Ya llegamos.

Nos detuvimos junto a una casa de la calle de la Verónica.

—Llama a la puerta —me dijo la condesa—. Esta es la casa de una amiga mía de toda confianza.

—¿Vive aquí la señora marquesa? —pregunté tirando de la campanilla de la reja—. Esta casa no me es desconocida.

—Aquí vive doña Flora de Cisniega: ¿la conoces? Entremos. Se ven luces en la sala. Aún están en la tertulia; es temprano. Ahí estarán Quintana, Gallego, Argüelles, Gallardo y otros muchos patriotas.

Subimos y en un gabinete interior nos recibió el ama de la casa, en quien al punto reconocí una amistad antigua.

—¿Está aquí? —le preguntó con ansiedad la condesa.

—Sí; aunque se embarcan mañana de secreto, han venido esta noche sin duda para que yo no sospeche su determinación. Pero a mí no se me engaña... ¿va usted a la sala? Está muy animada la tertulia. ¡Ay!, amiga mía, esta noche he ganado al monte una buena suma.

—No, no voy a la sala. Haga usted salir a Inés con cualquier pretexto.

—Está en coloquio tirado con el amable inglesito. Pero saldrá. Mandaré a Juana que la llame.

Después de dar la orden a su doncella, doña Flora me observó atentamente, queriendo reconocerme.

—Sí, soy Gabriel, señora doña Flora, soy Gabriel, el paje del Sr. D. Alonso Gutiérrez de Cisniega.

Doña Flora, no necesitando más, abalanzose a mí con todo el ímpetu de su sensible corazón.

—Gabrielillo, ¿es posible que seas tú? —exclamó chillonamente estrechándome entre sus brazos—. Estás hecho un hombre, un caballero... ¡Qué alto estás! Cuánto me alegro de verte... ya te he echado de menos... pero ¡qué buen mozo eres!... ¿Qué tal me encuentras?... Otro abrazo... ¡Ay!... ¿Por qué me dejaste?... ¡pobrecito niño!

Mientras era objeto de tan ardientes demostraciones de regocijo, sentí el rumor propio de un rápido movimiento de faldas hacia el corredor que conducía a la pieza donde estábamos.

Junio de 1874.

FIN DE GERONA

CÁDIZ

En una mañana del mes de Febrero de 1810 tuve que salir de la Isla, donde estaba de guarnición, para ir a Cádiz, obedeciendo a un aviso tan discreto como breve que cierta dama tuvo la bondad de enviarme. El día era hermoso, claro y alegre cual de Andalucía, y recorrí con otros compañeros, que hacia el mismo punto si no con igual objeto caminaban, el largo istmo que sirve para que el continente no tenga la desdicha de estar separado de Cádiz; examinamos al paso las obras admirables de Torregorda, la Cortadura y Puntales, charlamos con los frailes y personas graves que trabajaban en las fortificaciones; disputamos sobre si se percibían claramente o no las posiciones de los franceses al otro lado de la bahía; echamos unas cañas en el figón de Poenco, junto a la Puerta de Tierra, y finalmente, nos separamos en la plaza de San Juan de Dios, para marchar cada cual a su destino. Repito que era en Febrero, y aunque no puedo precisar el día, sí afirmo que corrían los principios de dicho mes, pues aún estaba calentita la famosa respuesta: «La ciudad de Cádiz, fiel a los principios que ha jurado, no reconoce otro rey que al señor D. Fernando VII. 6 de Febrero de 1810».

Cuando llegué a la calle de la Verónica, y a la casa de doña Flora, esta me dijo:

—¡Cuán impaciente está la señora condesa, caballerito, y cómo se conoce que se ha distraído usted mirando a las majas que van a alborotar a casa del señor Poenco en Puerta de Tierra!

—Señora —le respondí— juro a usted que fuera de Pepa Hígados, la Churriana, y María de las Nieves, la de Sevilla, no había moza alguna en casa de Poenco. También pongo a Dios por testigo de que no nos detuvimos más que una hora y esto porque no nos llamaran descorteses y malos caballeros.

—Me gusta la frescura con que lo dice —exclamó con enfado doña Flora—. Caballerito, la condesa y yo estamos muy incomodadas con usted, sí señor. Desde el mes pasado en que mi amiga acertó a recoger en el Puerto esta oveja descarriada, no ha venido usted a visitarnos más que dos o tres veces, prefiriendo en sus horas de vagar y esparcimiento la compañía de soldados y mozas alegres, al trato de personas graves y delicadas que tan necesario es a un jovenzuelo sin experiencia. ¡Qué sería de ti —añadió reblandecida de improviso y en tono de confianza—, tierna criatura lanzada en tan temprana edad a los torbellinos del mundo, si nosotras, compadecidas de tu orfandad, no te agasajáramos y cuidáramos, fortaleciéndote a la vez el cuerpecito con sanos y gustosos platos, el alma con sabios consejos! Desgraciado niño... Vaya se acabaron los regaños, picarillo. Estás perdonado; desde hoy se acabó el mirar a esas desvergonzadas muchachuelas que van a casa de Poenco y comprenderás todo lo que vale un trato honesto y circunspecto con personas de peso y suposición. Vamos, dime lo que quieres almorzar. ¿Te quedarás aquí hasta mañana? ¿Tienes alguna herida, contusión o rasguño, para curártelo en seguida? Si quieres dormir, ya sabes que junto a mi cuarto hay una alcobita muy linda.

Diciendo esto, doña Flora desarrollaba ante mis ojos en toda su magnificencia y extensión el panorama de gestos, guiños, saladas muecas, graciosos mohínes, arqueos de ceja, repulgos de labios y demás signos del lenguaje mudo que en su arrebolado y con cien menjurjes albardado rostro servía para dar mayor fuerza a la palabra. Luego que le di mis excusas, dichas mitad en serio mitad en broma, comenzó a dictar órdenes severas para la obra de mi almuerzo, atronando la casa, y a este punto salió conteniendo la risa la señora condesa que había oído la anterior retahíla.

—Tiene razón —me dijo después que nos saludamos—; el Sr. D. Gabriel es un chiquilicuatro sin fundamento, y mi amiga haría muy bien en ponerle una calza al pie. ¿Qué es eso de mirar a las chicas bonitas? ¿Hase visto mayor desvergüenza? Un barbilindo que debiera estar en la escuela o cosido a las faldas de alguna persona sentada y de libras que fuera un almacén de buenos consejos... ¿cómo se entiende? Doña Flora, siéntele usted la mano, dirija su corazón por el camino de los sentimientos circunspectos y solemnes, e infúndale el respeto que todo caballero debe tener a los venerandos monumentos de la antigüedad.

Mientras esto decía, doña Flora había traído luengas piezas de damasco amarillo y rojo y ayudada de su doncella empezó a cortar unas como dalmáticas o jubones a la antigua, que luego ribeteaban con galón de plata. Como era tan presumida y extravagante en su vestir, creí que doña Flora preparaba para su propio cuerpo aquellas vestimentas; pero luego conocí, viendo su gran número, que eran prendas de comparsa de teatro, cabalgata o cosa de este jaez.

—¡Qué holgazana está usted, señora condesa! —dijo doña Flora—, y ¿cómo teniendo tan buena mano para la aguja no me ayuda a hilvanar estos uniformes para la Cruzada del Obispado de Cádiz, que va a ser el terror de la Francia y del Rey José?

—Yo no trabajo en mojigangas, amiguita —repuso mi antigua ama— y de picarme las manos con la aguja, prefiero ocuparme, como me ocupo, en la ropa de esos pobrecitos soldados que han venido con Alburquerque de Extremadura, tan destrozados y astrosos que da lástima verlos. Estos y otros como estos, amiga doña Flora, echarán a los franceses, si es que les echan, que no los monigotes de la Cruzada, con su D. Pedro del Congosto a la cabeza, el más loco entre todos los locos de esta tierra, con perdón sea dicho de la que es su tiernísima Filis.

—Niñita mía, no diga usted tales cosas delante de este joven sin experiencia —indicó con mal disimulada satisfacción doña Flora—; pues podría creer que el ilustre jefe de la Cruzada, para quien doy estos puntos y comas, ha tenido conmigo más relaciones que la de una afición purísima y jamás manchadas con nada de aquello que D. Quijote llamaba incitativo melindre. Conociome el Sr. D. Pedro en Vejer en casa de mi primo D. Alonso y desde entonces se prendó de mí de tal modo, que no ha vuelto a encontrar en toda la Andalucía mujer que le interesara. Ha sido desde entonces acá su devoción para mí cada vez más fina, espiritada y sublime, en tales términos que jamás me lo ha manifestado sino en palabras respetuosísimas, temiendo ofenderme; y en los años que nos conocemos ni una sola vez me ha tocado las puntas de los dedos. Mucho ha picoteado por ahí la gente suponiéndonos inclinados a contraer matrimonio; pero sobre que yo he aborrecido siempre todo lo que sea obra de varón, el señor D. Pedro se pone encendido como la grana cuando tal le dicen, porque ve en esas habladurías una ofensa directa a su pudor y al mío.

—No es tampoco D. Pedro —dijo Amaranta riendo— con sus sesenta años a la espalda, hombre a propósito para una mujer fresca y lozana como usted, amiga mía. Y ya que de esto se trata, aunque le parezcan irrespetuosas y tal vez impúdicas mis palabras, usted debiera apresurarse a tomar estado para no dejar que se extinga tan buena casta como es la de los Gutiérrez de Cisniega; y de hacerlo, debe buscar varón a propósito, no por cierto un jamelgo empedernido y seco como D. Pedro, sino un cachorro tiernecito que alegre la casa, un joven, pongo por caso, como este Gabriel, que nos está oyendo, el cual se daría por muy bien servido, si lograra llevar a sus hombros carga tan dulce como usted.

Yo, que almorzaba durante este gracioso diálogo, no pude menos de manifestarme conforme en todo y por todo con las indicaciones de Amaranta; y doña Flora sirviéndome con singular finura y amabilidad, habló así:

—Jesús, amiga, qué malas cosas enseña usted a este pobrecito niño, que tiene la suerte de no saber todavía más que la táctica de cuatro en fondo. ¿A qué viene el levantarle los cascos con...? Gabriel, no hagas caso. Cuidado con que te desmandes, y mal instruido por esta pícara condesa, vayas ahora a deshacerte en requiebros, y desbaratarte en suspiros y fundirte en lágrimas... Los niños a la escuela. ¡Qué cosas tiene esta Amaranta! Criatura, ¿acaso el muchacho es de bronce?... Su suerte consiste en que da con personas de tan buena pasta como yo, que sé comprender los desvaríos propios de la juventud, y estoy prevenida contra los vehementes arrebatos lo mismo que contra los lazos del enemigo. Calma y sosiego, Gabriel, y esperar con paciencia la suerte que Dios destina a las criaturas. Esperar sí, pero sin fogosidades, sin exaltaciones, sin locuras juveniles, pues nada sienta tan bien a un joven delicado y caballeroso, como la circunspección. Y si no aprende de ese Sr. D. Pedro del Congosto, aprende de él; mírate en el espejo de su respetuosidad, de su severidad, de su aplomo, de su impasible y jamás turbado platonismo; observa cómo enfrena sus pasiones; como enfría el ardor de los pensamientos con la estudiada urbanidad de las palabras; cómo reconcentra en la idea su afición y pone freno a las manos y mordaza a la lengua y cadenas al corazón que quiere saltársele del pecho.

Amaranta y yo hacíamos esfuerzos por contener la risa. De pronto oyose ruido de pasos, y la doncella entró a anunciar la visita de un caballero.

—Es el inglés —dijo Amaranta—. Corra usted a recibirle.

—Al instante voy, amiga mía. Veré si puedo averiguar algo de lo que usted desea.

Nos quedamos solos la condesa y yo por largo rato, pudiendo sin testigos hablar tranquilamente lo que verá el lector a continuación si tiene paciencia.

- II -

-Gabriel —me dijo—, te he llamado para decirte que ayer, en una embarcación pequeña, venida de Cartagena, ha llegado a Cádiz el sin par D. Diego, conde de Rumblar, hijo de nuestra parienta, la monumental y grandiosa señora doña María.

—Ya sospechaba —respondí— que ese perdido recalaría por aquí. ¿No trae en su compañía a un majo de las Vistillas o a algún cortesano de los de la tertulia del Sr. Mano de Mortero?

—No sé si viene solo o trae corte. Lo que sé es que su mamá ha recibido mucho gusto con la inesperada aparición del niño, y que mi tía, ya sea por mortificarme, ya porque realmente haya encontrado variación en el joven, ha dicho ayer delante de toda la familia: «Si el señor conde se porta bien y es hombre formal, obtendrá nuestros parabienes y se hará acreedor a la más dulce recompensa que pueden ofrecerle dos familias deseosas de formar una sola».

—Señora condesa, yo a ser usted me reiría de don Diego y de las mortificaciones de cuantas marquesas impertinentes peinan canas y guardan pergaminos en el mundo.

—¡Ah, Gabriel; eso puede decirse; pero si tú comprendieras bien lo que me pasa! —exclamó con pena—. ¿Creerás que se han empeñado en que mi hija no me tenga amor ni cariño alguno? Para conseguirlo han principiado por apartarla perpetuamente de mí. Desde hace algunos días han resuelto terminantemente que no venga a las tertulias de esta casa, y tampoco me reciben a mí en la suya. De este modo, mi hija concluirá por no amarme. La infeliz no tiene culpa de esto, ignora que soy su madre, me ve poco, las oye a ellas con más frecuencia que a mí... ¡Sabe Dios lo que le dirán para que me aborrezca! Di si no es esto peor que cuantos castigos pueden padecerse en el mundo; di si no tengo razón para estar muerta de celos, sí, y los peores, los más dolorosos y desesperantes que pueden desgarrar el corazón de una mujer. Al ver que personas egoístas quieren arrebatarme lo que es mío, y privarme del único consuelo de mi vida, me siento tan rabiosa, que sería capaz de acciones indignas de mi categoría y de mi nombre.

—No me parece la situación de usted —le dije— ni tan triste ni tan desesperada como la ha pintado. Usted puede reclamar a su hija, llevándosela para siempre consigo.

—Eso es difícil, muy difícil. ¿No ves que aparentemente y según la ley carezco de derechos para reclamarla y traerla a mi lado? Me han jurado una guerra a muerte. Han hecho los imposibles por desterrarme, no vacilando hasta en denunciarme como afrancesada. Hace poco, como sabes, proyectaron marcharse a Portugal sin darme noticia de ello, y si lo impedí presentándome aquella noche en tu compañía, me fue preciso amenazar con un gran escándalo para obligarlas a que se detuvieran. La de Rumblar me cobró un aborrecimiento profundo, desde que supo mi oposición a que Inés se desposase con el tunantuelo de su hijo. Mi tía con su idea del decoro de la casa y de la honra de la familia me mortifica más que la otra con su enojo, que tiene por móvil una desmedida avaricia. Si me encontrara en Madrid, donde mis muchas relaciones me ofrecen abundantes recursos para todo, tal vez vencería estos y otros mayores obstáculos; pero nos hallamos en Cádiz, en una plaza que casi está rigurosamente sitiada, donde tengo pocos amigos, mientras que mi tía y la de Rumblar, por su exagerado españolismo cuentan con el favor de todas las personas de poder. Suponte que me obliguen a embarcarme, que me destierren, que durante mi forzada ausencia engañen a la pobre muchacha y la casen contra su voluntad; figúrate que esto suceda, y...

—¡Oh!, señora —exclamé con vehemencia— eso no sucederá mientras usted y yo vivamos para impedirlo. Hablemos a Inés, revelémosle lo que ya debiera saber...

—Díselo tú, si te atreves...

—¿Pues no me he de atrever?...

—Debo advertirte otra cosa que ignoras, Gabriel; una cosa que tal vez te cause tristeza; pero que debes saber... ¿Tú crees conservar sobre ella el ascendiente que tuviste hace algún tiempo y que conservaste aun después de haber mudado tan bruscamente de fortuna?

—Señora —repuse—, no puedo concebir que haya perdido ese ascendiente. Perdóneseme la vanidad.

—¡Desgraciado muchacho! —me dijo en tono de dulce compasión—. La vida consiste en mil mudanzas dolorosas, y el que confía en la perpetuidad de los sentimientos que le halagan, es como el iluso que viendo las nubes en el horizonte, las cree montañas, hasta que un rayo de luz las desfigura o un soplo de viento las desbarata. Hace dos años, mi hija y tú erais dos niños desvalidos y abandonados. El apartamiento en que vivíais y la común desgracia, aumentando la natural inclinación, hicieron que os amarais. Después todo cambió. ¿Para qué repetir lo que sabes tan bien? Inés en su nueva posición no quiso olvidar al fiel compañero de su infortunio. ¡Hermoso sentimiento que nadie más que yo supo apreciar en su valor! Aprovechándome de él, casi llegué hasta tolerarle y autorizarle, impulsada por el despecho y por mortificar a mi orgullosa parienta; pero yo sabía que aquella corazonada infantil concluiría con el tiempo y la distancia, como en efecto ha concluido.

Oí con estupor las palabras de la condesa, que iban esparciendo densas oscuridades delante de mis ojos. Pero la razón me indicaba que no debía dar entero crédito a las palabras de mujer tan experta en ingeniosos engaños, y esperé aparentando conformarme con su opinión y mi desaire.

—¿Te acuerdas de la noche en que nos presentamos aquí viniendo del Puerto de Santa María? En esta misma sala nos recibió doña Flora. Llamamos a Inés, te vio, le hablaste. La pobrecita estaba tan turbada que no acertó a contestar derechamente a lo que le dijiste. Indudablemente te conserva un noble y fraternal afecto; pero nada más. ¿No lo comprendiste? ¿No se ofreció a tus ojos o a tus oídos algún dato para conocer que ya Inés no te ama?

—Señora —respondí con perplejidad—, aquel instante fue tan breve y usted me suplicó con tanta precipitación que saliese de la casa, que nada observé que me disgustara.

—Pues sí, puedes creerlo. Yo sé que Inés no te ama ya —afirmó con una entereza tal que se me hizo aborrecible en un momento mi hermosa interlocutora.

—¿Lo sabe usted?

—Yo lo sé.

—Tal vez se equivoque.

—No: Inés no te ama.

—¿Por qué? —pregunté bruscamente y con desabrimiento.

—Porque ama a otro —me respondió con calma.

—¡A otro! —exclamé tan asombrado que por largo rato no me di cuenta de lo que sentía—. ¡A otro! No puede ser, señora condesa. ¿Y quién es ese otro? Sepámoslo.

Diciendo esto, en mi interior se retorcían dolorosamente unas como culebras, que me estrujaban el corazón mordiéndolo y apretándolo con estrechos nudos. Yo quería aparentar serenidad; pero mis palabras balbucientes y cierta invencible sofocación de mi aliento descubrían la flaqueza de mi espíritu caído desde la cumbre de su mayor orgullo.

—¿Quieres saberlo? Pues te lo diré. Es un inglés.

—¿Ese? —pregunté con sobresalto señalando hacia la sala donde resonaba lejanamente el eco de las voces de doña Flora y de su visitante.

—¡Ese mismo!

—¡Señora, no puede ser!, usted se equivoca —exclamé sin poder contener la fogosa cólera que desarrollándose en mí como súbito incendio, no admitía razón que la refrenara, ni urbanidad que la reprimiera—. Usted se burla de mí; usted me humilla y me pisotea como siempre lo ha hecho.

—Qué furioso te has puesto —me dijo sonriendo—. Cálmate y no seas loco.

—Perdóneme usted si la he ofendido con mi brusca respuesta —dije reponiéndome—; pero yo no puedo creer eso que he oído. Todo cuanto hay en mí que hable y palpite con señales de vida, protesta contra tal idea. Si ella misma me lo dice, lo creeré; de otro modo no. Soy un ciego estúpido tal vez, señora mía, pero yo detesto la luz que pueda hacerme ver la soledad espantosa que usted quiere ponerme delante. Pero no me ha dicho usted quién es ese inglés ni en qué se funda para pensar...

—Ese inglés vino aquí hace seis meses, acompañando a otro que se llama lord Byron, el cual partió para Levante al poco tiempo. Este que aquí está, se llama lord Gray. ¿Quieres saber más? ¿Quieres saber en qué me fundo para pensar que Inés le ama? Hay mil indicios que ni engañan ni pueden engañar a una mujer experimentada como yo. ¿Y eso te asombra? Eres un mozo sin experiencia, y crees que el mundo se ha hecho para tu regalo y satisfacción. Es todo lo contrario, niño. ¿En qué te fundabas para esperar que Inés estuviera queriéndote toda la vida, luchando con la ausencia, que en esta edad es lo mismo que el olvido? ¡Pues no pedías poco en verdad! ¿Sabes que eres modestito? Que pasaran años y más años, y ella siempre queriéndote... Vamos, pide por esa boca. Es preciso que te acostumbres a creer que hay además de ti, otros hombres en el mundo, y que las muchachas tienen ojos para ver y oídos para escuchar.

Con estas palabras que encerraban profunda verdad, la condesa me estaba matando. Parecíame que mi alma era una hermosa tela, y que ella con sus finas tijeras me la estaba cortando en pedacitos para arrojarla al viento.

—Pues sí. Ha pasado mucho tiempo —continuó—. Ese inglés se apareció en Cádiz; nos visitó. Visita hoy con mucha frecuencia la otra casa, y en ella es amado... Esto te parece increíble, absurdo. Pues es la cosa más sencilla del mundo. También creerás que el inglés es un hombre antipático, desabrido, brusco, colorado, tieso y borracho como algunos que viste y trataste en la plaza de San Juan de Dios cuando eras niño. No: lord Gray es un hombre finísimo, de hermosa presencia y vasta instrucción. Pertenece a una de las mejores familias de Inglaterra, y es más rico que un perulero... Ya... ¡tú creíste que estas y otras eminentes cualidades nadie las poseía más que el Sr. D. Gabriel de Tres-al-cuarto! Lucido estás... Pues oye otra cosa. Lord Gray cautiva a las muchachas con su amena conversación. Figúrate, que con ser tan joven, ha tenido ya tiempo para viajar por toda el Asia y parte de América. Sus conocimientos son inmensos; las noticias que da de los muchos y diversos pueblos que ha visto, curiosísimas. Es hombre además de extraordinario valor; hase visto en mil peligros luchando con la naturaleza y con los hombres, y cuando los relata con tanta elocuencia como modestia, procurando rebajar su propio mérito y disimular su arrojo, los que le oyen no pueden contener el llanto. Tiene un gran libro lleno de dibujos, representando paisajes, ruinas, trajes, tipos, edificios que ha pintado en esas lejanas tierras; y en varias hojas ha escrito en verso y prosa mil hermosos pensamientos, observaciones y descripciones llenas de grandiosa y elocuente poesía. ¿Comprendes que pueda y sepa hacerse amar? Llega a la tertulia, las muchachas le rodean; él les cuenta sus viajes con tanta verdad y animación, que vemos las grandes montañas, los inmensos ríos, los enormes árboles de Asia, los bosques llenos de peligros; vemos al intrépido europeo defendiéndose del león que le asalta, del tigre que le acecha; nos describe luego las tempestades del mar de la China, con aquellos vientos que arrastran como pluma la embarcación, y le vemos salvándose de la muerte por un esfuerzo de su naturaleza ágil y poderosa; nos describe los desiertos de Egipto, con sus noches claras como el día, con las pirámides, los templos derribados, el Nilo y los pobres árabes que arrastran miserable vida en aquellas soledades; nos pinta luego los lugares santos de Jerusalén y Belén, el sepulcro del Señor, hablándonos de los millares de peregrinos que le visitan, de los buenos frailes que dan hospitalidad al europeo; nos dice cómo son los olivares a cuya sombra oraba el Señor cuando fue Judas con los soldados a prenderle, y nos refiere punto por punto cómo es el monte Calvario y el sitio donde levantaron la santa Cruz. Después nos habla de la incomparable Venecia, ciudad fabricada dentro del mar, de tal modo, que las calles son de agua y los coches unas lanchitas que llaman góndolas; y allí se pasean de noche los amantes, solos en aquella serena laguna, sin ruido y sin testigos. También ha visitado la América, donde hay unos salvajes muy mansos que agasajan a los viajeros, y donde los ríos, grandísimos como todo lo de aquel país, se precipitan desde lo alto de una roca formando lo que llaman cataratas, es decir, un salto de agua como si medio mar se arrojase sobre el otro medio, formando mundos de espuma y un ruido que se oye a muchísimas leguas de distancia. Todo lo relata, todo lo pinta con tan vivos colores, que parece que lo estamos viendo. Cuenta sus acciones heroicas sin fanfarronería, y jamás ha mortificado el orgullo de los hombres que le oyen con tanta atención, si no con tanta complacencia como las mujeres. Ahora bien, Gabriel, desgraciado joven, ¿por lo que digo comprendes que ese

244

inglés tiene atractivos suficientes para cautivar a una muchacha de tanta sensibilidad como imaginación, que instintivamente vuelve los ojos hacia todo lo que se distingue del vulgo enfatuado? Además, lord Gray es riquísimo, y aunque las riquezas no bastan a suplir en los hombres la falta de ciertas cualidades, cuando estas se poseen, las riquezas las avaloran y realzan más. Lord Gray viste elegantemente; gasta con profusión en su persona y en obsequiar dignamente a sus amigos, y su esplendidez no es el derroche del joven calavera y voluntarioso, sino la gala y generosidad del rico de alta cuna, que emplea sabiamente su dinero en alegrar la existencia de cuantos le rodean. Es galante sin afectación, y más bien serio que jovial. ¡Ay, pobrecito! ¿Lo comprendes ahora? ¿Llegarás a entender que hay en el mundo alguien que puede ponerse en parangón con el Sr. D. Gabriel Tres-aa-cuarto? Reflexiona bien, hijo; reflexiona bien quién eres tú. Un buen muchacho y nada más. Excelente corazón, despejo natural, y aquí paz y después gloria. En punto a posición oficialito del ejército... bien ganado, eso sí... pero ¿qué vale eso? Figura... no mala; conversación, tolerable; nacimiento humildísimo, aunque bien pudieras figurarlo como de los más alcurniados y coruscantes. Valor, no lo negaré; al contrario, creo que lo tienes en alto grado, pero sin brillo ni lucimiento. Literatura, escasa... cortesía, buena... Pero, hijo, a pesar de tus méritos, que son muchos, dada tu pobreza y humildad, ¿insistirás en hacerte indestronable, como se lo creyó el buen D. Carlos IV que heredó la corona de su padre? No, Gabriel; ten calma y resígnate.

El efecto que me causó la relación de mi antigua ama fue terrible. Figúrense ustedes cómo me habría quedado yo, si Amaranta hubiera cogido el pico de Mulhacén, es decir, el monte más alto de España... y me lo hubiese echado encima.

Pues lo mismo, señores, lo mismo me quedé.

- III -

¿Qué podía yo decir? Nada. ¿Qué debía hacer? Callarme y sufrir. Pero el hombre aplastado por cualquiera de las diversas montañas que le caen encima en el mundo, aun cuando conozca que hay justicia y lógica en su situación, rara vez se conforma, y elevando las manecitas pugna por quitarse de encima la colosal peña. No sé si fue un sentimiento de noble dignidad, o por el contrario un vano y pueril orgullo, lo que me impulsó a contestar con entereza, afectando no sólo conformidad sino indiferencia ante el golpe recibido.

—Señora condesa —dije—, comprendo mi inferioridad. Hace tiempo que pensaba en esto, y nada me asombra. Realmente, señora, era un atrevimiento que un pobretón como yo, que jamás he estado en la India ni he visto otras cataratas que las del Tajo en Aranjuez, tenga pretensiones nada menos que de ser amado por una mujer de posición. Los que no somos nobles ni ricos, ¿qué hemos de hacer más que ofrecer nuestro corazón a las fregatrices y damas del estropajo, no siempre con la seguridad de que se dignen aceptarlo? Por eso nos llenamos de resignación, señora, y cuando recibimos golpes como el que usted se ha servido darme, nos encogemos de hombros y decimos: «paciencia». Luego seguimos viviendo, y comemos y dormimos tan tranquilos... Es una tontería morirse por quien tan pronto nos olvida.

—Estás hecho un basilisco de rabia —me dijo la condesa en tono de burla—, y quieres aparecer tranquilo. Si despides fuego... toma mi abanico y refréscate con él.

Antes que yo lo tomara, la condesa me dio aire con su abanico precipitadamente. Sin ninguna gana me reía yo, y ella después de un rato de silencio, me habló así:

—Me falta decirte otra cosa que tal vez te disguste; pero es forzoso tener paciencia. Es que estoy contenta de que mi hija corresponda al amor del inglés.

—Lo creo señora —respondí apretando con convulsa fuerza los dientes, ni más ni menos que si entre ellos tuviera toda la Gran Bretaña.

—Sí —prosiguió—, todo suceso que me dé esperanzas de ver a mi hija fuera de la tutela y dirección de la marquesa y la condesa, es para mí lisonjero.

—Pero ese inglés será protestante.

—Sí —repuso—, mas no quiero pensar en eso. Puede que se haga católico. De todos modos, ese es punto grave y delicado. Pero no reparo en nada. Vea yo a mi hija libre, hállese en situación tal que yo pueda verla, hablarla como y cuando se me antoje, y lo demás... ¡Cómo rabiaría doña María si llegara a comprender...! Mucho sigilo, Gabriel; cuento con tu discreción. Si lord Gray fuera católico, no creo que mi tía se opusiera a que se casase Inés con él. ¡Ay!, luego nos marcharíamos los tres a Inglaterra, lejos, lejos de aquí, a un país donde yo no viera pariente de ninguna clase. ¡Qué felicidad tan grande! ¡Ay! Quisiera ser Papa para permitir que una mujer católica se casara con un hombre hereje.

—Creo que usted verá satisfechos sus deseos.

—¡Oh!, desconfío mucho. El inglés aparte de su gran mérito es bastante raro. A nadie ha confiado el secreto de sus amores, y sólo tenemos noticias de él por indicios primero y después por pruebas irrecusables obtenidas mediante largo y minucioso espionaje.

—Inés lo habrá revelado a usted.

—No, después de esto, ni una sola vez he conseguido verla. ¡Qué desesperación! Las tres muchachas no salen de casa, sino custodiadas por la autoridad de doña María. Aquí doña Flora y yo hemos trabajado lo que no es decible para que lord Gray se franquease con nosotras, y nos lo revelara; pero es tan prudente y callado, que guarda su secreto como un avaro su tesoro. Lo sabemos por las criadas, por la murmuración de algunas, muy pocas personas de las que van a la casa. No hay duda de que es cierto, hijo mío. Ten resignación y no nos des un disgusto. Cuidado con el suicidio.

—¿Yo? —dije afectando indiferencia.

—Toma, toma aire, que te incendias por todos lados —me dijo agitando delante de mí su abanico—. Don Rodrigo en la horca no tiene más orgullo que este general en agraz.

Cuando esto decía, sentí la voz de doña Flora y los pasos de un hombre. Doña Flora dijo:

—Pase usted milord, que aquí está la condesa.

—Mírale... verás —me dijo Amaranta con crueldad— y juzgarás por ti mismo si la niña ha tenido mal gusto.

248

Entró doña Flora seguida del inglés. Este tenía la más hermosa figura de hombre que he visto en mi vida. Era de alta estatura, con el color blanquísimo pero tostado que abunda en los marinos y viajeros del Norte. El cabello rubio, desordenadamente peinado y suelto según el gusto de la época, le caía en bucles sobre el cuello. Su edad no parecía exceder de treinta o treinta y tres años. Era grave y triste pero sin la pesadez acartonada y tardanza de modales que suelen ser comunes en la gente inglesa. Su rostro estaba bronceado, mejor dicho, dorado por el sol, desde la mitad de la frente hasta el cuello, conservando en la huella del sombrero y en la garganta una blancura como la de la más pura y delicada cera. Esmeradamente limpia de pelo la cara, su barba era como la de una mujer, y sus facciones realzadas por la luz del Mediodía dábanle el aspecto de una hermosa estatua de cincelado oro. Yo he visto en alguna parte un busto del Dios Brahma, que muchos años después me hizo recordar a lord Gray.

Vestía con elegancia y cierta negligencia no estudiada, traje azul de paño muy fino, medio oculto por una prenda que llamaban sortú, y llevaba sombrero redondo, de los primeros que empezaban a usarse. Brillaban sobre su persona algunas joyas de valor, pues los hombres entonces se ensortijaban más que ahora, y lucía además los sellos de dos relojes. Su figura en general era simpática. Yo le miré y observé ávidamente, buscándole imperfecciones por todos lados; pero ¡ay!, no le encontré ninguna. Mas me disgustó oírle hablar con rara corrección el castellano, cuando yo esperaba que se expresase en términos ridículos y con yerros de los que desfiguran y afean el lenguaje; pero consolome la esperanza de que soltase algunas tonterías. Sin embargo no dijo ninguna.

Entabló conversación con Amaranta, procurando esquivar el tema que impertinentemente había tocado doña Flora al entrar.

—Querida amiga —dijo la vieja—, lord Gray nos va a contar algo de sus amores en Cádiz, que es mejor tratado que el de los viajes por Asia y África.

Amaranta me presentó gravemente a él, diciéndole que yo era un gran militar, una especie de Julio César por la estrategia y un segundo Cid por el valor; que había hecho mi carrera de un modo gloriosísimo, y que había estado en el sitio de Zaragoza, asombrando con mis hechos heroicos a españoles y franceses. El extranjero pareció oír con suma complacencia mi elogio, y me dijo después de hacerme varias preguntas sobre la guerra, que tendría grandísimo contento en ser mi amigo. Sus refinadas cortesanías me tenían frita la sangre por la violencia y fingimiento con que me veía precisado a responder a ellas. La maligna Amaranta reíase a hurtadillas de mi embarazo, y más atizaba con sus artificiosas palabras la inclinación y repentino afecto del inglés hacia mi persona.

—Hoy —dijo lord Gray— hay en Cádiz gran cuestión entre españoles e ingleses.

—No sabía nada —exclamó Amaranta—. ¿En esto ha venido a parar la alianza?

—No será nada, señora. Nosotros somos algo rudos, y los españoles un poco vanagloriosos y excesivamente confiados en sus propias fuerzas, casi siempre con razón.

—Los franceses están sobre Cádiz —dijo doña Flora—, y ahora salimos con que no hay aquí bastante gente para defender la plaza.

—Así parece. Pero Wellesley —añadió el inglés— ha pedido permiso a la Junta para que desembarque la marinería de nuestros buques y defienda algunos castillos.

—Que desembarquen; si vienen, que vengan —exclamó Amaranta—. ¿No crees lo mismo, Gabriel?

—Esa es la cuestión que no se puede resolver —dijo lord Gray—, porque las autoridades españolas se oponen a que nuestra gente les ayude. Toda persona que conozca la guerra ha de convenir conmigo en que los ingleses deben desembarcar. Seguro estoy de que este señor militar que me oye es de la misma opinión.

—Oh, no señor; precisamente soy de la opinión contraria —repuse con la mayor viveza, anhelando que la disconformidad de pareceres alejase de mí la intolerable y odiosísima amistad que quería manifestarme el inglés—. Creo que las autoridades españolas hacen bien en no consentir que desembarquen los ingleses. En Cádiz hay guarnición suficiente para defender la plaza.

—¿Lo cree usted? —me preguntó.

—Lo creo —respondí procurando quitar a mis palabras la dureza y sequedad que quería infundirles el corazón—. Nosotros agradecemos el auxilio que nos están dando nuestros aliados, más por odio al común enemigo que por amor a nosotros; esa es la verdad. Juntos pelean ambos ejércitos; pero si en las acciones campales es necesaria esta alianza, porque carecemos de tropas regulares que oponer a las de Napoleón, en la defensa de plazas fuertes harto se ha probado que no necesitamos ayuda. Además, las plazas fuertes que como esta son al mismo tiempo magníficas plazas comerciales, no deben entregarse nunca a un aliado por leal que sea; y como los paisanos de usted son tan comerciantes, quizás gustarían demasiado de esta ciudad, que no es más que un buque anclado a vista de tierra. Gibraltar casi nos está oyendo y lo puede decir.

Al decir esto, observaba atentamente al inglés, suponiéndole próximo a dar rienda suelta al furor, provocado por mi irreverente censura; pero con gran sorpresa mía, lejos de ver encendida en sus ojos la ira, noté en su sonrisa no sólo benevolencia, sino conformidad con mis opiniones.

—Caballero —dijo tomándome la mano—, ¿me permitirá usted que le importune repitiéndole que deseo mucho su amistad?

Yo estaba absorto, señores.

—Pero milord —preguntó doña Flora—; ¿en qué consiste que aborrece usted tanto a sus paisanos?

—Señora —dijo lord Gray—, desgraciadamente he nacido con un carácter que si en algunos puntos concuerda con el de la generalidad de mis compatriotas, en otros es tan diferente como lo es un griego de un noruego. Aborrezco el comercio, aborrezco a Londres, mostrador nauseabundo de las drogas de todo el mundo; y cuando oigo decir que todas las altas instituciones de la vieja Inglaterra, el régimen colonial y nuestra gran marina tienen por objeto el sostenimiento del comercio y la protección de la sórdida avaricia de los negociantes que bañan sus cabezas redondas como quesos con el agua negra del Támesis, siento un crispamiento de nervios insoportable y me avergüenzo de ser inglés. El carácter inglés es egoísta, seco, duro como el bronce, formado en el ejército del cálculo y refractario a la poesía. La imaginación es en aquellas cabezas una cavidad lóbrega y fría donde jamás entra un rayo de luz ni resuena un eco melodioso. No comprenden nada que no sea una cuenta, y al que les hable de otra cosa que del precio del cáñamo, le llaman mala cabeza, holgazán y enemigo de la prosperidad de su país. Se precian mucho de su libertad, pero no les importa que haya millones de esclavos en las colonias. Quieren que el pabellón inglés ondee en todos los mares, cuidándose mucho de que sea respetado; pero siempre que hablan de la dignidad nacional, debe entenderse que la quincalla inglesa es la mejor del mundo. Cuando sale una expedición diciendo que va a vengar un agravio inferido al orgulloso leopardo, es que se quiere castigar a un pueblo asiático o africano que no compra bastante trapo de algodón.

—¡Jesús, María y José! —exclamó horrorizada doña Flora—. No puedo oír a un hombre de tanto talento como milord hablando así de sus compatriotas.

—Siempre he dicho lo mismo, señora —prosiguió lord Gray—, y no ceso de repetirlo a mis paisanos. Y no digo nada cuando quieren echársela de guerreros y dan al viento el estandarte con el gato montés que ellos llaman leopardo. Aquí en España me ha llenado de asombro el ver que mis paisanos han ganado batallas. Cuando los comerciantes y mercachifles de Londres sepan por las Gacetas que los ingleses han dado batallas y las han ganado, bufarán de orgullo creyéndose dueños de la tierra como lo son del mar, y empezarán a tomar la medida del planeta para hacerle un gorro de algodón que lo cubra todo. Así son mis paisanos, señoras. Desde que este caballero evocó el recuerdo de Gibraltar, traidoramente ocupado para convertirle en almacén de contrabando, vinieron a mi mente estas ideas, y concluyo modificando mi primera opinión respecto al desembarco de los ingleses en Cádiz. Señor oficial, opino como usted: que se queden en los barcos.

—Celebro que al fin concuerden sus ideas con las mías, milord —dije creyendo haber encontrado la mejor coyuntura para chocar con aquel hombre que me era, sin poderlo remediar, tan aborrecible—. Es cierto que los ingleses son comerciantes, egoístas, interesados, prosaicos; pero ¿es natural que esto lo diga exagerándolo hasta lo sumo un hombre que ha nacido de mujer inglesa y en tierra inglesa? He oído hablar de hombres que en momentos de extravío o despecho han hecho traición a su patria; pero esos mismos que por interés la vendieron, jamás la denigraron en presencia de personas extrañas. De buenos hijos es ocultar los defectos de sus padres.

—No es lo mismo —dijo el inglés—. Yo conceptúo más compatriota mío a cualquier español, italiano, griego o francés que muestre aficiones iguales a las mías, sepa interpretar mis sentimientos y corresponder a ellos, que a un inglés áspero, seco y con un alma sorda a todo rumor que no sea el son del oro contra la plata, y de la plata contra el cobre. ¿Qué me importa que ese hombre hable mi lengua, si por más que charlemos él y yo no podemos comprendernos? ¿Qué me importa que hayamos nacido en un mismo suelo, quizás en una misma calle, si entre los dos hay distancias más enormes que las que separan un polo de otro?

—La patria, señor inglés, es la madre común, que lo mismo cría y agasaja al hijo deforme y feo que al hermoso y robusto. Olvidarla es de ingratos; pero menospreciarla en público indica sentimientos quizás peores que la ingratitud.

—Esos sentimientos, peores que la ingratitud, los tengo yo, según usted —dijo el inglés.

—Antes que pregonar delante de extranjeros los defectos de mis compatriotas, me arrancaría la lengua —afirmé con energía, esperando por momentos la explosión de la cólera de lord Gray.

Pero este, tan sereno cual si se oyese nombrar en los términos más lisonjeros, me dirigió con gravedad las siguientes palabras:

—Caballero, el carácter de usted y la viveza y espontaneidad de sus contradicciones y réplicas, me seducen de tal manera, que me siento inclinado hacia usted, no ya por la simpatía, sino por un afecto profundo.

Amaranta y doña Flora no estaban menos asombradas que yo.

—No acostumbro tolerar que nadie se burle de mí, milord —dije, creyendo efectivamente que era objeto de burlas.

—Caballero —repuso fríamente el inglés—, no tardaré en probar a usted que una extraordinaria conformidad entre su carácter y el mío ha engendrado en mí vivísimo deseo de entablar con usted sincera amistad. Óigame usted un momento. Uno de los principales martirios de mi vida, el mayor quizás, es la vana aquiescencia con que se doblegan ante mí todas las personas que trato. No sé si consistirá en mi posición o en mis grandes riquezas; pero es lo cierto que en donde quiera que me presento, no hallo sino personas que me enfadan con sus degradantes cumplidos. Apenas me permito expresar una opinión cualquiera, todos los que me oyen aseguran ser de igual modo de pensar. Precisamente mi carácter ama la controversia y las disputas. Cuando vine a España, hícelo con la ilusión de encontrar aquí gran número de gente pendenciera, ruda y primitiva, hombres de corazón borrascoso y apasionado, no embadurnados con el vano charol de la cortesanía. Mi sorpresa fue grande al encontrarme atendido y agasajado, cual lo pudiera estar en Londres, sin hallar obstáculos a la satisfacción de mi voluntad, en medio de una vida monótona, regular, acompasada, no expuesto a sensaciones terribles, ni a choques violentos con hombres ni con cosas, mimado, obsequiado, adulado... ¡Oh, amigo mío! Nada aborrezco tanto como la adulación. El que me adula es mi irreconciliable enemigo. Yo gozo extraordinariamente al ver frente a mí los caracteres altivos, que no se doblegan sonriendo cobardemente ante una palabra mía; gusto de ver bullir la sangre impetuosa del que no quiere ser domado ni aun por el pensamiento de otro hombre; me cautivan los que hacen alarde de una independencia intransigente y enérgica, por lo cual asisto con júbilo a la guerra de España. Pienso ahora internarme en el país, y unirme a los guerrilleros. Esos generales que no saben leer ni escribir, y que eran ayer arrieros, taberneros y mozos de labranza, exaltan mi admiración hasta lo sumo. He estado en academias militares y aborrezco a los pedantes que han prostituido y afeminado el arte salvaje de la guerra, reduciéndolo a reglas necias, y decorándose a sí mismos con plumas y colorines para disimular su nulidad. ¿Ha militado usted a las órdenes de algún guerrillero? ¿Conoce usted al Empecinado, a Mina, a Tabuenca, a Porlier? ¿Cómo son? ¿Cómo visten? Se me figura ver en ellos a los héroes de Atenas y del Lacio. Amigo mío, si no recuerdo mal, la señora condesa dijo hace un momento que usted debía sus rápidos adelantamientos en la carrera de las armas a su propio mérito, pues sin el favor de nadie ha adquirido un honroso puesto en la milicia. ¡Oh, caballero!, usted me interesa vivamente, usted será mi amigo, quiéralo o no. Adoro a los hombres que no han recibido nada de la suerte ni de la cuna, y que luchan contra este oleaje. Seremos muy amigos. ¿Está usted de guarnición en la Isla? Pues venga a vivir a mi casa siempre que pase a Cádiz. ¿En dónde reside usted para ir a visitarle todos los días...?

Sin atreverme a rechazar tan vehementes pruebas de benevolencia, me excusé como pude.

—Hoy, caballero —añadió— es preciso que venga usted a comer conmigo. No admito excusas. Señora condesa, usted me presentó a este caballero. Si me desaíra, cuente usted como que ha recibido la ofensa.

—Creo —dijo la condesa— que ambos se congratularán bien pronto de haber entablado amistad.

—Milord, estoy a la orden de usted —dije levantándome cuando él se disponía a partir.

Y después de despedirnos de las dos damas, salí con el inglés. Parecía que me llevaba el demonio.

- IV -

Lotd Gray vivía cerca de las Barquillas de Lope. Su casa, demasiado grande para un hombre solo, estaba en gran parte vacía. Servíanle varios criados, españoles todos a excepción del ayuda de cámara que era inglés.

Dábase trato de príncipe en la comida, y durante toda ella no tenían un momento de sosiego los vasos, llenos con la mejor sangre de las cepas de Montilla, Jerez y Sanlúcar.

Durante la comida no hablamos más que de la guerra, y después, cuando los generosos vinos de Andalucía hicieron su efecto en la insigne cabeza del mister, se empeñó en darme algunas lecciones de esgrima. Era gran tirador según observé a los primeros golpes; y como yo no poseía en tal alto grado los secretos del arte y él no tenía entonces en su cerebro todo aquel buen asiento y equilibrio que indican una organización educada en la sobriedad, jugaba con gran pesadez de brazo, haciéndome más daño del que correspondía a un simple entretenimiento.

—Suplico a milord que no se entusiasme demasiado —dije conteniendo sus bríos—. Me ha desarmado ya repetidas veces para gozarse como un niño en darme estocadas a fondo que no puedo parar. ¡Ese botón está mal y puedo ser atravesado fácilmente!

—Así es como se aprende —repuso—. O no he de poder nada, o será usted un consumado tirador.

Después que nos batimos a satisfacción, y cuando se despejaron un tanto las densas nubes que oscurecían y turbaban su entendimiento, me marché a la Isla, a donde me acompañó deseoso,

258

según dijo, de visitar nuestro campamento. En los días sucesivos casi ninguno dejó de visitarme. Su afectuosidad me contrariaba, y cuanto más le aborrecía, más desarmaba él mi cólera a fuerza de atenciones. Mis respuestas bruscas, mi mal humor, y la terquedad con que le rebatía, lejos de enemistarle conmigo, apretaban más los lazos de aquella simpatía que desde el primer día me manifestó; y al fin no puedo negar que me sentía inclinado hacia hombre tan raro, verificándose el fenómeno de considerar en él como dos personas distintas y un solo lord Gray verdadero, dos personas, sí, una aborrecida y otra amada; pero de tal manera confundidas, que me era imposible deslindar dónde empezaba el amigo y dónde acababa el rival.

Érale sumamente agradable estar en mi compañía y en la de los demás oficiales mis camaradas. Durante las operaciones nos seguía armado de fusil, sable y pistolas, y en los ratos de vagar iba con nosotros a los ventorrillos de Cortadura o Matagorda, donde nos obsequiaba de un modo espléndido con todo lo que podían dar de sí aquellos establecimientos. Más de una vez se hizo acompañar al venir desde Cádiz por dos o tres calesas cargadas con las más ricas provisiones que por entonces traían los buques ingleses y los costeros del Condado y Algeciras; y en cierta ocasión en que no podíamos salir de las trincheras del puente Suazo, transportó allá con rapidez parecida a la de los tiempos que después han venido, al Sr. Poenco con toda su tienda y bártulos y séquito mujeril y guitarril, para improvisar una fiesta.

A los quince días de estos rumbos y generosidades no había en la Isla quien no conociese a lord Gray; y como entonces estábamos en buenas relaciones con la Gran Bretaña, y se cantaba aquello de *La trompeta de la Gloria* dice al mundo Velintón... (lo mismo que está escrito) nuestro mister era popularísimo en toda la extensión que inunda con sus canales el caño de Sancti-Petri.

Su mayor confianza era conmigo; pero debo indicar aquí una circunstancia, que a todos llamará la atención, y es que aunque repetidas veces procuré sondear su ánimo en el asunto que más me interesaba, jamás pude conseguirlo. Hablábamos de amores, nombraba yo la casa y la familia de Inés, y él, volviéndose taciturno, mudaba la conversación. Sin embargo, yo sabía que visitaba todas las noches a doña María; pero su reserva en este punto era una reserva sepulcral. Sólo una vez dejó traslucir algo y voy a decir cómo.

Durante muchos días estuve sin poder ir a Cádiz, a causa de las ocupaciones del servicio, y esta esclavitud me daba tanto fastidio como pesadumbre. Recibía algunas esquelas de la condesa suplicándome que pasase a verla, y yo me desesperaba no pudiendo acudir. Al fin logré una licencia a principios de Marzo y corrí a Cádiz. Lord Gray y yo atravesamos la Cortadura precisamente el día del furioso temporal que por muchos años dejó memoria en los gaditanos de aquel tiempo. Las olas de fuera, agitadas por el Levante, saltaban por encima del estrecho istmo para abrazarse con las olas de la bahía. Los bancos de arena eran arrastrados y deshechos, desfigurando la angosta playa; el horroroso viento se llevaba todo en sus alas veloces, y su ruido nos permitía formar idea de las mil trompetas del Juicio, tocadas por los ángeles de la justicia.

Veinte buques mercantes y algunos navíos de guerra españoles e ingleses estrelláronse aquel día contra la costa de Poniente; y en el placer de Rota, la Puntilla y las rocas donde se cimenta el castillo de Santa Catalina aparecieron luego muchos cadáveres y los despojos de los cascos rotos y de las jarcias y árboles deshechos.

Lord Gray, contemplando por el camino tan gran desolación, el furor del viento, los horrores del revuelto cielo, ora negro, ora iluminado por la siniestra amarillez de los relámpagos, la agitación de las olas verdosas y turbias, en cuyas cúspides, relucientes como filos de cuchillos, se alcanzaban a ver restos de alguna nave que se hundía luego en los cóncavos senos para reaparecer después; contemplando lord Gray, repito, aquel desorden, no menos admirable que la armonía de lo creado, aspiraba con delicia el aire húmedo de la tempestad y me decía:

—¡Cuán grato es a mi alma este espectáculo! Mi vida se centuplica ante esta fiesta sublime de la Naturaleza, y se regocija de haber salido de la nada, tomando la execrable forma que hoy tiene. Para esto te han criado ¡oh mar! Escupe las naves comerciantes que te profanan, y prohíbe la entrada en tus dominios al sórdido mercachifle, ávido de oro, saqueador de los pueblos inocentes que no se han corrompido todavía y adoran a Dios en el ara de los bosques. Este ruido de invisibles montañas que ruedan por los espacios, chocándose y redondeándose como los guijos que arrastra un río; estas lenguazas de fuego que lamen el cielo y llegan a tocar el mar con sus afiladas puntas; este cielo que se revuelca desesperado; este mar que anhela ser cielo, abandonando su lecho eterno para volar; este hálito que nos arrastra, esta confusión armoniosa, esta música, amigo, y ritmo sublime que lo llena todo, encontrando eco en nuestra alma, me extasían, me cautivan, y con fuerza irresistible me arrastran a confundirme con lo que veo... Esta alteración se repite en mi alma; esta rabia y desesperado anhelo de salir de su centro, propiedad es también de mi alma; este rumor, donde caben todos los rumores de cielo y tierra, ha tiempo que también ensordece mi alma; este delirio es mi delirio, y este afán con que vuelan nubes y olas hacia un punto a que no llegan nunca, es mi propio afán.

Yo pensé que estaba loco, y cuando le vi bajar del calesín, acercarse a la playa e internarse por ella hasta que el agua le cubrió las botas, corrí tras él lleno de zozobra, temiendo que en su enajenación se arrojase, como había dicho, en medio de las olas.

—Milord —le dije— volvámonos al coche, pues no hay para qué convertirse ahora en ola ni nube, como usted desea, y sigamos hacia Cádiz, que para agua bastante tenemos con la que llueve, y para viento, harto nos azota por el camino.

Pero él no me hacía caso, y empezó a gritar en su lengua. El calesero, que era muy pillo, hizo gestos significativos para indicar que lord Gray había abusado del Montilla; pero a mí me constaba que no lo había probado aquel día.

—Quiero nadar —dijo lacónicamente lord Gray, haciendo ademán de desnudarse.

Y al punto forcejeamos con él el calesero y yo, pues aunque sabíamos que era gran nadador, en aquel sitio y hora no habría vivido diez minutos dentro del agua. Al fin le convencimos de su locura, haciéndole volver a la calesa.

—Contenta se pondría, milord, la señora de sus pensamientos si le viera a usted con inclinaciones a matarse desde que suena un trueno.

Lord Gray rompió a reír jovialmente, y cambiando de aspecto y tono, dijo:

—Calesero, apresura el paso, que deseo llegar pronto a Cádiz.

—El lamparín no quiere andar.

—¿Qué lamparín?

—El caballo. Le han salido callos en la jerraúra.

¡Ay sé!

Este caballo es muy respetoso.

—¿Por qué?

—Muy respetoso con los amigos. Cuando se ve con Pelaítas, se hacen cortesías y se preguntan cómo ha ido de viaje.

—¿Quién es Pelaítas?

—El violín del Sr. Poenco. ¡Ay sé!

Si usted le dice a mi caballo: «vas a descansar en casa de Poenco, mientras tu amo come una aceituna y bebe un par de copas», correrá tanto, que tendremos que darle palos para que pare, no sea que con la fuerza del golpe abra un boquete en la muralla de Puerta Tierra.

Gray prometió al calesero refrescarle en casa de Poenco, y al oír esto ¡parecía mentira!, el lamparín avivó el paso.

—Pronto llegaremos —dijo el inglés—. No sé por qué el hombre no ha inventado algo para correr tanto como el viento.

—En Cádiz le aguarda a usted una muchacha bonita. No una, muchas tal vez.

—Una sola. Las demás no valen nada, señor de Araceli... Su alma es grande como el mar. Nadie lo sabe más que yo, porque en apariencia es

263

una florecita humilde que vive casi a escondidas dentro del jardín. Yo la descubrí y encontré en ella lo que hombre alguno no supo encontrar. Para mí solo, pues, relampaguean los rayos de sus ojos y braman las tempestades de su pecho... Está rodeada de misterios encantadores, y las imposibilidades que la cercan y guardan como cárceles inaccesibles más estimulan mi amor... Separados nos oscurecemos; pero juntos llenamos todo lo creado con las deslumbradoras claridades de nuestro pensamiento.

Si mi conciencia no dominara casi siempre en mí los arrebatos de la pasión, habría cogido a lord Gray y le habría arrojado al mar... Hícele luego mil preguntas, di vueltas y giros sobre el mismo tema para provocar su locuacidad; nombré a innumerables personas, pero no me fue posible sacarle una palabra más. Después de dejarme entrever un rayo de su felicidad, calló y su boca cerrose como una tumba.

—¿Es usted feliz? —le dije al fin.

—En este momento sí —respondió.

Sentí de nuevo impulsos de arrojarle al mar.

—Lord Gray —exclamé súbitamente— ¿vamos a nadar?

—¡Oh! ¿Qué es eso? ¿Usted también?

—¡Sí, arrojémonos al agua! Me pasa a mí algo de lo que a usted pasaba antes. Se me ha antojado nadar.

—Está loco —contestó riendo y abrazándome—. No, no permito yo que tan buen amigo perezca por una temeridad. La vida es hermosa, y quien pensase lo contrario, es un imbécil. Ya llegamos a Cádiz. Tío Hígados, eche aceite a la lamparilla, que ya estamos cerca de la taberna de Poenco.

Al anochecer llegamos a Cádiz. Lord Gray me llevó a su casa, donde nos mudamos de ropa, y cenamos después. Debíamos ir a la tertulia de doña Flora, y mientras llegaba la hora, mi amigo, que quise que no, hubo de darme nuevas lecciones de esgrima. Con estos juegos iba, sin pensarlo, adiestrándome en un arte en el cual poco antes carecía de habilidad consumada, y aquella tarde tuve la suerte de probar la sabiduría de mi maestro dándole una estocada a fondo con tan buen empuje y limpieza, que a no tener botón el estoque, hubiéralo atravesado de parte a parte.

—¡Oh, amigo Araceli! —exclamó lord Gray con asombro—. Usted adelanta mucho. Tendremos aquí un espadachín temible. Luego, tira usted con mucha rabia...

En efecto; yo tiraba con rabia, con verdadero afán de acribillarle.

- V -

Por la noche fuimos a casa de doña Flora; pero lord Gray, a poco de llegar, despidiose diciendo que volvería. La sala estaba bien iluminada, pero aún no muy llena de gente, por ser temprano. En un gabinete inmediato aguardaban las mesas de juego el dinero de los apasionados tertuliantes, y más adentro tres o cuatro desaforadas bandejas llenas de dulces nos prometían agradable refrigerio para cuando todo acabase. Había pocas damas, por ser costumbre en los saraos de doña Flora que descollasen los hombres, no acompañados por lo general más que de una media docena de beldades venerables del siglo anterior, que, cual castillos gloriosos, pero ya inútiles, no pretendían ser conquistables ni conquistadas. Amaranta representaba sola la juventud unida a la hermosura.

Saludaba yo a la condesa, cuando se me acercó doña Flora, y pellizcándome bonitamente con todo disimulo el brazo por punto cercano al codo, me dijo:

—Se está usted portando, caballerito. Casi un mes sin parecer por aquí. Ya sé que se divirtió usted en el puente de Suazo con las buenas piezas que llevó allí el Sr. Poenco hace ocho días... ¡Bonita conducta! Yo empeñada en apartarle a usted del camino de la perdición, y usted cada vez más inclinado a seguir por él... Ya se sabe que la juventud ha de tener sus trapicheos; pero los muchachos decentes y bien nacidos desfogan sus pasiones con compostura, antes buscando el trato honesto de personas graves y juiciosas que el de la gentezuela maja y tabernaria.

La condesa afectó estar conforme con la reprimenda y la repitió, dándola más fuerza con sus irónicos donaires. Después, ablandándose doña Flora y llevándome adentro, me dio a probar de unos dulces finísimos que no se repartían sino entre los amigos de confianza. Cuando volvimos a la sala, Amaranta me dijo:

—Desde que doña María y la marquesa decidieron que no viniera Inés, parece que falta algo en esta tertulia.

—Aquí no hacen falta niñas, y menos la condesa de Rumblar, que con sus remilgos impedía toda diversión. Nadie se había de acercar a la niña, ni hablar con la niña, ni bailar con la niña, ni dar un dulce a la niña. Dejémonos de niñas: hombres, hombres quiero en mi tertulia; literatos que lean versos, currutacos que sepan de corrido las modas de París, diaristas que nos cuenten todo lo escrito en tres meses por las

Gacetas

de Amberes, Londres, Augsburgo y Rotterdam; generales que nos hablen de las batallas que se van a ganar; gente alegre que hable mal de la regencia y critique la cosa pública, ensayando discursos para cuando se abran esas saladísimas Cortes que van a venir.

—Yo no creo que haya tales Cortes —dijo Amaranta— porque las Cortes no son más que una cosa de figurón, que hace el rey para cumplir un antiguo uso. Como ahora estamos sin rey...

—¿Pues no ha de haber? Nada; vengan esas Cortes. Cortes nos han prometido, y Cortes nos han de dar. Pues poco bonito será este espectáculo. Como que es un conjunto de predicadores, y no baja de ocho a diez sermones los que se oyen por día, todos sobre la cosa pública, amiga mía, y criticando, criticando, que es lo que a mí me gusta.

—Habrá Cortes —dije yo— porque en la Isla están pintando y arreglando el teatro para salón de sesiones.

—¿Pero es en un teatro? Yo pensé que en una iglesia —dijo doña Flora.

—El estamento de próceres y clérigos se reunirá en una iglesia —indicó Amaranta— y el de procuradores en un teatro.

—No, no hay más que un estamento, señoras. Al principio se pensó en tres; pero ahora se ha visto que uno solo es más sencillo.

—Será el de la nobleza.

—No, hija, serán todos clérigos. Esto parece lo más propio.

—No hay más estamento que el de procuradores, en que entrarán todas las clases de la sociedad.

—¿Y dices que están pintando el teatro?

—Sí, señora. Le han puesto unas cenefas amarillas y encarnadas que hacen una vista así como de escenario de titiriteros en feria... En fin, monísimo.

—Para esta festividad quiere sin duda el Sr. D. Pedro los cincuenta uniformes amarillos y encarnados que le estamos haciendo, todos galoneados de plata y cortados en forma que llaman de española antigua.

—Me temo mucho —dijo Amaranta riendo— que D. Pedro y otros tan extravagantes y locos como él, pongan en ridículo a Cortes y procuradores, pues hay personas que convierten en mojiganga todo aquello en que ponen la mano.

—Ya principia a venir gente. Aquí está Quintana. También vienen Beña y D. Pablo de Xérica.

Quintana saludó a mis dos amigas. Yo le había visto y oído hablar en Madrid en las tertulias de las librerías, pero sin tener hasta entonces el placer de tratar a poeta tan insigne. Su fama entonces era grande, y entre los patriotas exaltados gozaba de mucha popularidad, conquistada por sus artículos políticos y proclamas patrióticas. Era de fisonomía dura y basta, moreno, con vivos ojos y gruesos labios, signo claro esto, así como su frente lobulosa, de la viril energía de su espíritu. Reía poco, y en sus ademanes y tono, lo mismo que en sus escritos, dominaba la severidad. Tal vez esta severidad, más que propia, fuera atribuida y supuesta por los que conocían sus obras, pues en aquella época ya habían salido a luz las principales odas, las tragedias y algunas de las Vidas; Píndaro, Tirteo y Plutarco a la vez, estaba orgulloso de su papel, y este orgullo se le conocía en el trato.

Quintana era entusiasta de la causa española y liberal ardiente con vislumbres de filósofo francés o ginebrino. Más beneficios recibió de su valiente pluma la causa liberal que de la espada de otros, y si la defensa de ciertas ideas, que él enaltecía con todas las galas del estilo y todos los recursos de un talento superior y valiente cual ninguno; si la defensa de ciertas ideas, repito, no hubiera corrido después por cuenta de otras manos y de gárrulas plumas, diferente sería hoy la suerte de España.

Más simpático en el trato que Quintana, por carecer de aquella grandílocua y solemne severidad, era D. Francisco Martínez de la Rosa, recién llegado entonces de Londres, y que no era célebre todavía más que por su comedia *Lo que puede un empleo*, obra muy elogiada en aquellos inocentes tiempos. Las gracias, la finura, la encantadora cortesía, la amabilidad, el talento social sin afectación, amaneramiento ni empalago, nadie lo tenía entonces, ni lo tuvo después, como Martínez de la Rosa. Pero hablo aquí de una persona a quien todos han conocido, y a quien vida tan larga no imprimió gran mudanza en genio y figura. Lo mismo que le vieron ustedes hacia 1857, salvo el detrimento de los años, era Martínez de la Rosa cuando joven. Si en sus ideas había alguna diferencia, no así en su carácter, que fue en la forma festivamente afable hasta la vejez, y en el fondo grave, entero y formal desde la juventud.

No sé por qué me he ocupado aquí de este eminente hombre, pues la verdad es que no concurrió aquella noche a la tertulia de doña Flora, que estoy con mucho gusto describiendo.

Fueron, sí, como he dicho, Xérica y Beña, poetas menores de que me acuerdo poco, sin duda porque su fama problemática y la mediocridad de su mérito hicieron que no fijase mucho en ellos la atención. De quien me acuerdo es de Arriaza, y no porque me fuera muy simpático, pues la índole adamada y aduladora de sus versos serios y la mordacidad de sus sátiras me hacían poca gracia, sino porque siempre le vi en todas partes, en tertulias, cafés, librerías y reuniones de diversas clases. Este llegó más tarde a la tertulia.

Después de los que he mencionado, vimos aparecer a un hombre como de unos cincuenta años, flaco, alto, desgarbado y tieso. Tenía como D. Quijote los bigotes negros, largos y caídos, los brazos y piernas como palitroques, el cuerpo enjutísimo, el color moreno, el pelo entrecano, aguileña la nariz, los ojos ya dulces, ya fieros, según a quien miraba, y los ademanes un tanto embarazados y torpes. Pero lo más singular de aquel singularísimo hombre era su vestido, a la manera de los de Carnaval, consistente en pantalones a la turquesca, atacados a la rodilla, jubón amarillo y capa corta encarnada o herreruelo, calzas negras, sombrero de plumas como el de los alguaciles de la plaza de toros y en el cinto un tremendo chafarote, que iba golpeando en el suelo, y hacía con el ruido de las pisadas un compás triple, cual si el personaje anduviese con tres pies.

Parecerá a algunos que es invención mía esto del figurón que pongo a los ojos de mis lectores; pero abran la historia, y hallarán más al vivo que yo lo hago pintadas las hazañas de un personaje, a quien llamo D. Pedro, para no ridiculizar como él lo hizo, un título ilustre, que después han llevado personas muy cuerdas. Sí; vestido estaba como he pintado, y no fue él solo quien dio por aquel tiempo en la manía de vestir y calzar a la antigua; que otro marqués, jerezano por cierto, y el célebre Jiménez Guazo y un escocés llamado lord Downie, hicieron lo mismo; pero yo por no aburrir a mis lectores presentándoles uno tras otro a estos tipos tan característicos como extraños, he hecho con las personas lo que hacen los partidos, es decir, una fusión, y me he permitido recoger las extravagancias de los tres y engalanar con tales atributos a uno solo de ellos, al más gracioso sin disputa, al más célebre de todos.

Al punto que entró D. Pedro, oyéronse estrepitosas risas en la sala; pero doña Flora salió al punto a la defensa de su amigo, diciendo:

—No hay que criticarle, pues hace muy bien en vestirse a la antigua; y si todos los españoles, como él dice, hicieran lo mismo, con la costumbre de vestir a la antigua vendría el pensar a la antigua, y con el pensar el obrar, que es lo que hace falta.

D. Pedro hizo profundas reverencias y se sentó junto a las damas, antes satisfecho que corrido por el recibimiento que le hicieron.

—No me importan burlas de gente afrancesada —dijo mirando de soslayo a los que le contemplábamos— ni de filosofillos irreligiosos, ni de ateos, ni de francmasones, ni de democratistas, enemigos encubiertos de la religión y del rey. Cada uno viste como quiere, y si yo prefiero este traje a los franceses que venimos usando hace tiempo, y ciño esta espada que fue la que llevó Francisco Pizarro al Perú, es porque quiero ser español por los cuatro costados y ataviar mi persona según la usanza española en todo el mundo, antes de que vinieran los franchutes con sus corbatas, chupetines, pelucas, polvos, casacas de cola de abadejo y demás porquerías que quitan al hombre su natural fiereza. Ya pueden los que me escuchan reírse cuanto quieran del traje, si bien no lo harán de la persona porque saben que no lo tolero.

—Está muy bien —dijo Amaranta—. Está muy bien ese traje, y sólo las personas de mal gusto pueden criticarlo. Señores, ¿cómo quieren ustedes ser buenos españoles sin vestir a la antigua?

—Pero señor marqués (D. Pedro era marqués, aunque me callo su título) —dijo Quintana con benevolencia— ¿por qué un hombre formal y honrado como usted, se ha de vestir de esta manera, para divertir a los chicos de la calle? ¿Ha de tener el patriotismo por funda un jubón, y no ha de poder guarecerse en una chupa?

—Las modas francesas han corrompido las costumbres —repuso D. Pedro atusándose los bigotes— y con las modas, es decir, con las pelucas y los colores, han venido la falsedad del trato, la deshonestidad, la irreligión, el descaro de la juventud, la falta de respeto a los mayores, el mucho jurar y votar, el descoco e impudor, el atrevimiento, el robo, la mentira, y con estos males los no menos graves de la filosofía, el ateísmo, el democratismo, y eso de la soberanía de la nación que ahora han sacado para colmo de la fiesta.

—Pues bien —repuso Quintana— si todos esos males han venido con las pelucas y los polvos, ¿usted cree que los va a echar de aquí vistiéndose de amarillo? Los males se quedarán en casa, y el señor marqués hará reír a las gentes.

—Sr. D. Manolo, si todos fueran como usted que se empeña en combatir a los franceses, imitándolos en usos y costumbres, lucidos estábamos.

—Si las costumbres se han modificado, ellas sabrán por qué lo han hecho. Se lucha y se puede luchar contra un ejército por grande que sea; pero contra las costumbres hijas del tiempo, no es posible alzar las manos, y me dejo cortar las dos que tengo, si hay cuatro personas que le imiten a usted.

—¿Cuatro? —exclamó con orgullo D. Pedro—. Cuatrocientas están ya filiadas en la
Cruzada del obispado de Cádiz
, y aunque todavía no hay uniformes para todos, ya cuento con cincuenta o sesenta, gracias al celo de respetables damas, alguna de las cuales me oye. Y no nos vestimos así, señores míos, para andar charlando en los cafés y metiendo bulla por las calles, ni imprimiendo papeles que aumenten la desvergüenza e irrespetuosidad del pueblo hacia lo más sagrado, ni para convocar Cortes ni cortijos, ni para echar sermones a lo dómine Lucas, sino para salir por esos campos hendiendo cabezas de filósofos y acuchillando enemigos de la Iglesia y del rey. Ríanse del traje en buena hora, que en cuanto sean despachados los mosquitos que zumban más allá del caño de Sancti-Petri, volveremos acá y haremos que los redactores del Semanario Patriótico se vistan de papel impreso, que es la moda francesa que más les cuadra.

Dicho esto, D. Pedro celebró mucho con risas su propio chiste, y luego tomó Beña la palabra para sostener la conveniencia de vestir a la antigua. ¿Verdad que era graciosa la manía? Para que no se dude de mi veracidad, quiero trasladar aquí un párrafo del Conciso que conservo en la memoria:

«Otro de los medios indirectos —decía— pero muy poderoso, para renovar el entusiasmo, sería volver a usar el antiguo traje español. No es decible lo que esto podría influir en la felicidad de la nación. ¡Oh, padres de la patria, diputados del augusto congreso! A vosotros dirijo mi humilde voz: vosotros podéis renovar los días de nuestra antigua prosperidad; vestíos con el traje de nuestros padres, y la nación entera seguirá vuestro ejemplo».

Esto lo escribía poco después aquel mismo Sr. Beña, poeta de circunstancias, a quien yo vi en casa de doña Flora. ¡Y recomendaba a los padres de la patria que imitasen en su atavío al gran D. Pedro, pasmo de los chicos y alboroto de paseantes! ¡Qué bonitos habrían estado Argüelles, Muñoz Torrero, García Herreros, Ruiz Padrón, Inguanzo, Mejía, Gallego, Quintana, Toreno y demás insignes varones, vestidos de arlequines!

Y aquel Beña era liberal y pasaba por cuerdo; verdad es que los liberales como los absolutistas, han tenido aquí desde el principio de su aparición en el mundo ocurrencias graciosísimas. Quintana preguntó a D. Pedro si la Cruzada del obispado de Cádiz pensaba presentarse a las futuras Cortes en aquel talante el día de la apertura.

—Yo no quiero nada con Cortes —repuso—. ¿Pero usted es de los bolos que creen habrá tal novedad? La regencia está decidida a echar la tropa a la calle para hacer polvo a los vocingleros

274

que ahora no pueden pasarse sin Cortes. ¡Angelitos! Déseles la novedad de este juguete para que se diviertan.

—La regencia —repuso el poeta— hará lo que la manden. Callará y aguantará. Aunque carezco de la perspicacia que distingue al señor D. Pedro, me parece que la nación es algo más que el señor obispo de Orense.

—Verdaderamente, Sr. D. Manuel —dijo Amaranta— eso de la soberanía de la nación que han inventado ahora... anoche estaban explicándolo en casa de la Morlá, y por cierto que nadie lo entendía; eso de la soberanía de la nación si se llega a establecer va a traernos aquí otra revolución como la francesa, con su guillotina y sus atrocidades. ¿No lo cree usted?

—No, señora; no creo ni puedo creer tal cosa.

—Que pongan lo que quieran con tal que sea nuevo —dijo doña Flora—; ¿no es verdad, Sr. de Xérica?

—Justo, y afuera religión, afuera rey, afuera todo —vociferó D. Pedro.

—Denme trescientos años de soberanía, de la nación —dijo Quintana— y veremos si se cometen tantos excesos, arbitrariedades y desafueros como en trescientos años que no la ha habido. ¿Habrá revolución que contenga tantas iniquidades e injusticias como el solo período de la privanza de D. Manuel Godoy?

—Nada, nada, señores —dijo D. Pedro con ironía—. Si ahora vamos a estar muy bien; si vamos a ver aquí el siglo de oro; si no va a haber injusticias, ni crímenes, ni borracheras, ni miserias, ni cosa mala alguna, pues para que nada nos falte, en vez de padres de la Iglesia; tenemos periodistas; en vez de santos, filósofos; en vez de teólogos, ateos.

—Justamente; el Sr. de Congosto tiene razón —replicó Quintana—. La maldad no ha existido en el mundo hasta que no la hemos traído nosotros con nuestros endiablados libros... Pero todo se va a remediar con vestirnos de mojiganga.

—Pero en último resultado —preguntó la condesa— ¿hay Cortes o no?

—Sí, señora, las habrá.

—Los españoles no sirven para eso.

—Eso no lo hemos probado.

—¡Ay, qué ilusión tiene usted, Sr. D. Manuel! Verá usted qué escenas tan graciosas habrá en las sesiones... y digo graciosas por no decir terribles y escandalosas.

—El terror y el escándalo no nos son desconocidos, señora, ni los traerán por primera vez las Cortes a esta tierra de la paz y de la religiosidad. La conspiración del Escorial, los tumultos de Aranjuez, las vergonzosas escenas de Bayona, la abdicación de los reyes padres, las torpezas de Godoy, las repugnantes inmoralidades de la última Corte, los tratados con Bonaparte, los convenios indignos que han permitido la invasión, todo esto, señora amiga mía, que es el colmo del horror y del escándalo, ¿lo han traído por ventura las Cortes?

—Pero el rey gobierna, y las Cortes, según el uso antiguo, votan y callan.

—Nosotros hemos caído en la cuenta de que el rey existe para la nación y no la nación para el rey.

—Eso es —dijo D. Pedro— el rey para la nación, y la nación para los filósofos.

—Si las Cortes no salen adelante —añadió Quintana— lo deberán a la perfidia y mala fe de sus enemigos; pues estas majaderías de vestir a la antigua y convertir en sainete las más respetables cosas, es vicio muy común en los españoles de uno y otro partido. Ya hay quien dice que los diputados deben vestirse como los alguaciles en día de pregón de Bula, y no falta quien sostiene que todo cuanto se hable, proponga y discuta en la Asamblea, debe decirse en verso.

—Pues de ese modo sería precioso —afirmó doña Flora.

—En efecto —dijo Amaranta— y como se reúnen en un teatro la ilusión sería perfecta. Prometo asistir a la inauguración.

—Yo no faltaré. Sr. de Quintana, usted me proporcionará un palco o un par de lunetas. ¿Y se paga, se paga?

—No, amiga mía —dijo Amaranta burlándose—. La nación enseña y pone al público gratis sus locuras.

—Usted —le dijo Quintana sonriendo— será de nuestro partido.

—¡Ay, no, amigo mío! —repuso la dama—. Prefiero afiliarme a la Cruzada del obispado. Me espantan los revolucionarios, desde que he leído lo que pasó en Francia. ¡Ay, Sr. Quintana! ¡Qué lástima que usted se haya hecho estadista y político! ¿Por qué no hace usted versos?

—No están los tiempos para versos. Sin embargo, ya usted ve cómo los hacen mis amigos; Arriaza, Beña, Xérica, Sánchez Barbero no dejan descansar a las prensas de Cádiz.

Beña y Xérica se habían apartado del grupo.

—¡Ay, amigo mío!, que no oiga yo aquello de ¡Oh! Velintón, nombre amable

277

grande alumno del dios Marte.

—Es horrible la poesía de estos tiempos, porque los cisnes callan, entristecidos por el luto de la patria, y de su silencio se aprovechan los grajos para chillar. ¿Y dónde me deja usted aquello de

Resuene el tambor;
veloces marchemos...?

—Arriaza —indicó Quintana— ha hecho últimamente una sátira preciosa. Esta noche la leerá aquí.

—Nombren al ruin... —dijo Amaranta, viendo aparecer en el salón al poeta de los chistes.

—Arriaza, Arriaza —exclamaron diferentes voces salidas de distintos lados de la estancia—. A ver, léanos usted la oda *A Pepillo*.

—Atención, señores.

—Es de lo más gracioso que se ha escrito en lengua castellana.

—Si el gran Botella la leyera, de puro avergonzado se volvería a Francia.

Arriaza, hombre de cierta fatuidad, se gallardeaba con la ovación hecha a los productos de su numen. Como su fuerte eran los versos de circunstancias y su popularidad por esta clase de trabajos extraordinaria, no se hizo de rogar, y sacando un largo papel, y poniéndose en medio de la sala, leyó con muchísima gracia aquellos versos célebres que ustedes conocerán y cuyo principio es de este modo:

«Al ínclito Sr. Pepe, Rey (en deseo) de las Españas y (en visión) de sus Indias.

278

Salud, gran rey de la rebelde gente,
salud, salud, Pepillo, diligente
protector del cultivo de las uvas
y catador experto de las cubas».

A cada instante era el poeta interrumpido por los aplausos, las felicitaciones, las alabanzas, y vierais allí cómo por arte mágico habíanse confundido todas las opiniones en el unánime sentimiento de desprecio y burla hacia nuestro rey pegadizo. Por instantes hasta el gran D. Pedro y D. Manuel José Quintana parecieron conformes.

La composición de Pepillo corrió manuscrita por todo Cádiz. Después la refundió su autor, y fue publicada en 1812.

Dividiose después la tertulia. Los políticos se agruparon a un lado, y el atractivo de las mesas de juego llevó a la sala contigua a una buena porción de los concurrentes. Amaranta y la condesa permanecieron allí, y D. Pedro, como hombre galante no las dejaba de la mano.

- VI -

- Gabriel —me dijo Amaranta— es preciso que te decidas a trocar tu uniforme a la francesa por este español que lleva nuestro amigo. Además, la orden de la Cruzada tiene la ventaja de que cada cual se encaja encima el grado que más le cuadra, como por ejemplo D. Pedro, que se ha puesto la faja de capitán general.

En efecto, D. Pedro no se había andado con chiquitas para subirse por sus propios pasos al último escalón de la milicia.

—Es el caso —dijo sin modestia el héroe— que necesita uno condecorarse a sí propio, puesto

279

que nadie se toma el trabajo de hacerlo. En cuanto a la entrada de este caballerito en la orden, venga en buen hora; pero sepa que los nuestros hacen vida ascética durmiendo en una tarima y teniendo por almohada una buena piedra. De este modo se fortalece el hombre para las fatigas de la guerra.

—Me parece muy bien —afirmó Amaranta— y si a esto añaden una comida sobria, como por ejemplo, dos raciones de obleas al día, serán los mejores soldados de la tierra. Ánimo, pues, Gabriel, y hazte caballero del obispado de Cádiz.

—De buena gana lo haría, señores, si me encontrara con fuerzas para cumplir las leyes de un instituto tan riguroso. Para esa Cruzada del obispado se necesitan hombres virtuosísimos y llenos de fe.

—Ha hablado perfectamente —repuso con solemne acento D. Pedro.

—Disculpas, hijo —añadió Amaranta con malicia—. La verdadera causa de la resistencia de este mozuelo a ingresar en la orden gloriosa es no sólo la holgazanería, sino también que las distracciones de un amor tan violento como bien correspondido, le tienen embebecido y trastornado. No se permiten enamorados en la orden, ¿verdad, Sr. D. Pedro?

—Según y conforme —respondió el grave personaje tomándose la barba con dos dedos y mirando al techo—. Según y conforme. Si los catecúmenos están dominados por un amor respetuoso y circunspecto hacia persona de peso y formalidad, lejos de ser rechazados, con más gusto son admitidos.

—Pues el amor de este no tiene nada de respetuoso —dijo Amaranta, mirando con picaresca

280

atención a doña Flora—. Mi amiga, que me está oyendo, es testigo de la impetuosidad y desconsideración de este violento joven.

D. Pedro fijó sus ojos en doña Flora.

—Por Dios, querida condesa —dijo esta— usted con sus imprudencias es la que ha echado a perder a este muchacho, enseñándole cosas que aún no está en edad de saber. Por mi parte la conciencia no me acusa palabra ni acción que haya dado motivo a que un joven apasionado se extralimitase alguna vez. La juventud, Sr. D. Pedro, tiene arrebatos; pero son disculpables, porque la juventud...

—En una palabra, amiga mía —dijo Amaranta dirigiéndose a doña Flora—. Ante una persona tan de confianza como el Sr. D. Pedro, puede usted dejar a un lado el disimulo, confesando que las ternuras y patéticas declaraciones de este joven no le causan desagrado.

—Jesús, amiga mía —exclamó mudando de color la dueña de la casa—, ¿qué está usted diciendo?

—La verdad. ¿A qué andar con tapujos? ¿No es verdad, señor de Congosto, que hago bien en poner las cosas en su verdadero lugar? Si nuestra amiga siente una amorosa inclinación hacia alguien, ¿por qué ocultarlo? ¿Es acaso algún pecado? ¿Es acaso un crimen que dos personas se amen? Yo tengo derecho a permitirme estas libertades por la amistad que les tengo a los dos, y porque ha tiempo que les vengo aconsejando se decidan a dejar a un lado los misterios, secreticos y trampantojos que a nada conducen, sí señor, y que por lo general suelen redundar en desdoro de la persona. En cuanto a mi amiga, harto la he exhortado, condenando su insistente celibato, y se me figura que al fin mis prédicas no serán inútiles. No lo niegue usted. Su voluntad está vacilante, y en aquello de si caigo o no caigo; de modo que si una persona tan respetable como el Sr. D. Pedro uniera sus amonestaciones a las mías...

D. Pedro estaba verde, amarillo, jaspeado. Yo, sin decir nada, procuraba al mismo tiempo que contenía la risa, corroborar con mis actitudes y miradas lo que la condesa decía. Doña Flora, confundida entre la turbación y la ira, miraba a Amaranta y al esperpento, y como viera a este con el color mudado y los ojos chispeantes de enojo, turbose más y dijo:

—Qué bromas tiene la condesa, Sr. D. Pedro ¿quiere usted tomar un dulcecito?

—Señora —repuso con iracunda voz el estafermo—, los hombres como yo se endulzan con acíbar la lengua, y el corazón con desengaños.

Doña Flora quiso reír, pero no pudo.

—Con desengaños, sí señora —añadió D. Pedro—, y con agravios recibidos de quien menos debían esperarse. Cada uno es dueño de dirigir sus impulsos amorosos al punto que más le conviene. Yo en edad temprana los dirigí a una ingrata persona, que al fin... mas no quiero afear su conducta, ni pregonar su deslealtad, y guardareme para mí solo las penas como me guardé las alegrías. Y no se diga para disculpar esta ingratitud, que yo falté una sola vez en veinticinco años al respeto, a la circunspección, a la severidad que la cultura y dignidad de entrambos me imponía, pues ni palabra incitativa pronunciaron mis labios, ni gesto indecoroso hicieron mis manos, ni idea impúdica turbó la pureza de mi pensamiento, ni nombré la palabra matrimonio, a la cual se asocian imágenes contrarias al pudor, ni miré de mal modo, ni fijé los ojos en las partes que la moda francesa tenía mal cubiertas, ni hice nada, en fin, que pudiera ofender, rebajar o menoscabar el santo objeto de mi culto. Pero ¡ay!, en estos tiempos corrompidos no hay flor que no se aje, ni pureza que no se manche, ni resplandor que no se oscurezca con alguna nubecilla. Está dicho todo, y con esto, señoras, pido a ustedes licencia para retirarme.

Levantábase para partir, cuando doña Flora le detuvo diciendo:

—¿Qué es eso, Sr. D. Pedro? ¿Qué arrebato le ha dado? ¿Hace usted caso de las bromas de Amaranta? Es una calumnia, sí señor, una calumnia.

—¿Pero qué es esto? —dijo Amaranta fingiendo la mayor estupefacción—. ¿Mis palabras han podido causar el disgusto del Sr. D. Pedro? Jesús, ahora caigo en que he cometido una gran imprudencia. Dios mío, ¡qué daño he causado! Sr. D. Pedro, yo no sabía nada, yo ignoraba... Desunir por una palabra indiscreta dos voluntades... Este mozalbete tiene la culpa. Ahora recuerdo que mi amiga le está recomendando siempre que le imite a usted en las formas respetuosas para manifestar su amor.

—Y le reprendo sus atrevimientos —dijo doña Flora...

—Y le tira de las orejas cuando se extralimita de palabra u obra, y le pellizca en el brazo cuando salen juntos a paseo.

—Señoras, perdónenme ustedes —dijo don Pedro— pero me retiro.

—¿Tan pronto?

—Amaranta con sus majaderías le ha amoscado a usted.

—Tengo que ir a casa de la señora condesa de Rumblar.

—Eso es un desaire, Sr. D. Pedro. Dejar mi casa por la de otra.

—La condesa es una persona respetabilísima que tiene alta idea del decoro.

—Pero no hace vestidos para los Cruzados.

—La de Rumblar tiene el buen gusto de no admitir en su casa a los politiquillos y diaristas que infestan a Cádiz.

—Ya.

—Allí no se juega tampoco. Allí no van Quintana el fatuo, ni Martínez de la Rosa el pedante, ni Gallego el clerizonte ateo, ni Gallardo el demonio filosófico, ni Arriaza el relamido, ni Capmany el loco, ni Argüelles el jacobino, sino multitud de personas deferentes con la religión y con el rey.

Y dicho esto, el estafermo hizo una reverencia que medio le descoyuntó, marchándose después con paso reposado y ademán orgulloso.

—Amiga mía —dijo doña Flora—, ¡qué imprudente es usted! ¿No es verdad, Gabriel, que ha sido muy imprudente?

—¡Ya lo creo; contarlo todo en sus propias barbas!

—Yo temblaba por ti, niñito, temiendo que te ensartara con el chafarote.

—La condesa nos ha comprometido —afirmé con afectado enojo.

—Es un diablillo.

—Amiga mía —dijo Amaranta—, lo hice con la mayor inocencia. Después de lo que he descubierto, me pongo de parte del desairado don Pedro. La verdad, señora doña Flora; es una gran picardía lo que ha hecho usted. Trocarle, después

284

de veinticinco años, por este mozuelo sin respe-tabilidad...

—Calle usted, calle usted, picaruela —repuso la dueña—. Por mi parte ni a uno ni a otro. Si usted no hubiera incitado a este joven con sus provocaciones...

—De aquí en adelante —dije yo— seré respe-tuoso, comedido y circunspecto, como don Pedro.

Doña Flora me ofreció un dulce, pero viose obligada a poner punto en la cuestión, porque otras damas, que como ella pertenecían a la clase de plazas desmanteladas y con artillería antigua, intervinieron inoportunamente en nuestro diálogo.

He referido la anterior burlesca escena, que parece insignificante y sólo digna de momentánea atención, porque con ser pura broma, influyó mucho en acontecimientos que luego contaré, proporcionándome sinsabores y contrariedades. De este modo los más frívolos sucesos, que no parecen tener fuerza bastante para alterar con su débil paso la serenidad de la vida, la conmueven hondamente de súbito y cuando menos se espera.

- VII -

Poco después entró en la sala el memorable D. Diego, conde de Rumblar y de Peña Horadada, y con gran sorpresa mía, ni saludó a la condesa, ni esta tuvo a bien dirigirle mirada alguna. Reconociéndome al punto, llegose a mí, y con la mayor afabilidad me saludó y felicitó por mi rápido adelantamiento en la carrera de las armas, de que ya tenía noticias. No nos habíamos visto desde mi aventura famosa en el palacio del Pardo. Yo le encontré bastante desfigurado, sin duda por recientes enfermedades y molestias.

—Aquí serás mi amigo, lo mismo que en Madrid —me dijo entrando juntos en la sala de juego—. Si estás en la Isla, te visitaré. Quiero que vengas a las tertulias de mi casa. Dime, cuando vienes a Cádiz, ¿paras aquí en casa de la condesa?

—Suelo venir aquí.

—¿Sabes que mi parienta aprecia la lealtad de los que fueron sus pajes?... Ya sabrás que de esta me caso.

—La condesa me lo ha dicho.

—La condesa ya no priva. Hay divorcio absoluto entre ella y los demás de la familia... ¡oh!, ahora me acuerdo de cuando te encontramos en el Pardo... Cuando le preguntaron a Amaranta que qué hacías allí, no supo contestar. Lo que hacías, tú lo podrás decir... ¿Juegas, o no?

—Jugaremos.

—Aquí al menos se respira, chico. Vengo huyendo de las tertulias de mi casa, que más que tertulias son un cónclave de clérigos, frailucos y enemigos de la libertad. Allí no se va más que a hablar mal de los periodistas y de los que quieren Constitución. No se juega, Gabriel, ni se baila, ni se refresca, ni se hablan más que sosadas y boberías... De todos modos, es preciso que vengas a mi casa. Mis hermanas me han dicho que quieren conocerte; sí, me lo han dicho. Las pobres están muy aburridas. Si no fuese porque lord Gray distrae un poco a las tres muchachas... Vendrás a casa. Pero cuidado con echártela de liberal y de jacobino. No abras la boca sino para decir mil pestes de las futuras Cortes, de la libertad de la imprenta, de la revolución francesa, y ten cuidado de hacer una reverencia cuando se nombre al rey, y de decir algo en latín al modo de conjuro siempre que citen a Bonaparte, a Robespierre o a otro monstruo cualquiera. Si así no lo haces, mi mamá te echará al punto a la calle, y mis hermanas no podrán rogarte que vuelvas.

—Muy bien; tendré cuidado de cumplir el programa. ¿En dónde nos veremos?

—Yo iré a la Isla o nos veremos aquí, aunque la verdad... Tal vez no vuelva. Mi mamá me tiene prohibido poner los pies en esta casa. Vete a la mía, y pregunta por tu amigo don Diego, el que ganó la batalla de Bailén. Yo le he hecho creer a mi mamá que entre tú y yo ganamos aquella célebre batalla.

—¿Y Santorcaz?

—En Madrid sigue de comisario de policía. Nadie le puede ver; pero él se ríe de todos y cumple con su obligación. Con que juguemos. Yo voy al caballo.

El juego, antes frío y mal sostenido por personas sin entusiasmo, se animó con la presencia de Amaranta, que fue a poner su dinero en la balanza de la suerte. Para que todo marchase a pedir de boca, llegó en aquel crítico punto lord Gray, de quien dije había desaparecido al comienzo de la tertulia. Como de costumbre, el espléndido inglés reclamó para sí las preeminencias de banquero, y tallando él con serenidad, apuntando nosotros con zozobra y emoción, le desvalijamos a toda prisa. Sobre todo Amaranta y yo tuvimos una suerte loca. Doña Flora, por el contrario, veía mermados con rapidez sus exiguos capitales y D. Diego se mantuvo en tabla con vaivenes de desgracia y fortuna.

Indiferente a su ruina el inglés, más sacaba cuanto más perdía, y todo lo que de sus bolsillos se trasegó al montón, venía después del montón a visitar los míos, que se asombraban de una abundancia jamás por ellos conocida. La función no concluyó sino cuando lord Gray no dio más de sí, acabándose la tertulia. Los políticos, sin embargo, continuaban disputando en la sala vecina, aun después de retirada la última moneda de la mesa de juego.

Cuando salimos para continuar el monte en casa de lord Gray, D. Diego me dijo:

—Mi mamá cree a estas horas que duermo como un talego. En casa nos retiramos a las diez. Mi mamá, después de cenar, nos echa la bendición, rezamos varias oraciones y nos manda a la cama. Yo me retiro a la alcoba, fingiendo tener mucho sueño, apago la luz y cuando todo está en silencio, escápome bonitamente a la calle. Muy de madrugada vuelvo, abro mis puertas con llaves a propósito, y me meto en el lecho. Sólo mis hermanitas están en el secreto y favorecen la evasión.

Lord Gray nos obsequió en su casa con una espléndida cena; sacamos luego el libro de las cuarenta hojas y con sus textos pasamos febrilmente entretenidos la noche. D. Diego en tabla, el inglés perdiendo las entrañas, y yo ganando hasta que cansados los tres y siempre invariable y terca la fortuna, dimos por terminada la partida. ¡Oh!, en los gloriosos años de 1810, 1811 y 1812 se jugaba mucho, pero mucho.

Desde aquella noche no pude volver a Cádiz hasta la tarde del 28 de Mayo, formando parte de las fuerzas que se enviaron para hacer los honores a la Regencia, que al día siguiente debía instalarse en el palacio de la Aduana. Esta ceremonia de la instalación fue muy divertida y animada tanto el día 29 como el 30, por ser en este los de nuestro señor rey D. Fernando VII. Cuando estábamos en la Aduana, haciendo guardia de honor a la Regencia, reunida dentro en sesión solemne, oímos decir que en aquel mismo día se presentarían en Cádiz al pie de cien coraceros a la antigua que querían ofrecer sus respetos al poder central. Al punto que tal oí, acordeme del insigne D. Pedro, y no dudé que él fuese autor de la diversión que se nos preparaba.

Las doce serían, cuando una gran turba de chicos desembocando por las calles de Pedro Conde y de la Manzana, anunció que algo muy extraordinario y divertido se aproximaba; y con efecto, tras el infantil escuadrón, que de mil diversos modos y con variedad de chillidos manifestaba su regocijo, vierais allí aparecer una falange de cien a caballo vestidos todos con el mismo traje amarillo y rojo que yo había visto en las secas carnes del gran D. Pedro. Este venía delante con faja de capitán general sobre el arlequinado traje, y tan estirado, satisfecho y orgulloso, que no se cambiara por Godofredo de Bouillón entrando triunfante en Jerusalén.

Ni él ni los demás llevaban corazas, pero sí cruces en el pecho; y en cuanto a armas, cuál llevaba sable, cuál espadín de etiqueta. Como diversión de Carnestolendas, aquello podía tolerarse; pero como

Cruzada del obispado de Cádiz

para acabar con los franceses, era de lo más grotesco que en los anales de la historia se puede en ningún tiempo encontrar.

La multitud les victoreaba, por la sencilla razón de que se divertía; ellos, con los aplausos, se creían no menos dignos de admiración que las

289

huestes de César o Aníbal; y por fortuna nuestra, desde el Puerto de Santa María, donde estaban los franceses, no podía verse ni con telescopio semejante fiesta, que si la vieran, de buena gana habrían hecho más ruido las risas que los cañones.

Llegaron a la Aduana, pidió permiso el que los mandaba para entrar a saludar a la Regencia, se lo negamos, creyendo que los de la Junta no habrían perdido el juicio; insistió D. Pedro, golpeando el suelo con el sable y profiriendo amenazas y bravatas; entramos a notificar a los señores qué clase de estantiguas querían colarse en el palacio del gobierno, y este al fin consintió en ser felicitado por los caballeros a la antigua, temiendo despopularizarse si no lo hacía. ¡Debilidad propia de autoridades españolas!

Entró, pues, Congosto, seguido de cinco de los suyos, escogidos entre los más granados, atravesó el salón de corte, y al encarar con los de la Regencia hizo una profunda cortesía, irguiose después, paseó su orgullosa vista de un confín a otro de la sala, metió la mano en el bolsillo de los gregüescos y con gran sorpresa de todos los que le veíamos, sacó unos anteojos de gruesa armadura, que se caló sobre la martilluda nariz. Tal facha y vestido con anteojos era de lo más ridículo que puede imaginarse. Los de la Regencia fluctuaban entre el enojo y la risa, y los extraños que presenciaban aquello, no disimulaban su contento por disfrutar de escena tan chusca.

Luego que se ensartó los espejuelos y los acomodó bien, enganchados en las orejas y apoyados en la nariz, metió la otra mano en el otro bolsillo y saco un papel, ¡pero qué papel! Lo menos tenía una vara. Todos creímos que sería un discurso; pero no, señores, eran unos versos.

Entonces, para hablar al Rey o al público o a las autoridades, privaban los malos versos sobre la mala prosa. Desdobló, pues, el luengo papel, tosió limpiando el gaznate, se atusó los largos bigotes, y con voz cavernosa y retumbante dio principio a la lectura de una sarta de endecasílabos cojos, mancos y lisiados, tan rematadamente malos como obra que eran del mismo personaje que los leía. Siento no poder dar a mis amigos una muestra de aquella literatura, porque ni se imprimieron ni puedo recordarlos; pero si no la forma, tengo presente el sentido, que se reducía a encomiar la necesidad de que todo el mundo se vistiera a la antigua, único modo de resucitar el ya muerto y enterrado heroísmo de los antiguos tiempos.

Durante la lectura había sacado D. Pedro la espada, y todas las frases fuertes las acompañaba de tajos, mandobles y cuchilladas en el aire, volteando el arma por encima de su cabeza, lo cual remató el grotesco papel que estaba haciendo. Luego que acabara de leer los malhadados versos, guardó el cartapacio, descolgó de la nariz los anteojos, y envainando la espada, hizo otra profunda reverencia y salió del salón seguido de los suyos.

¡Señores, que es verdad lo que digo! Me ofenden esas muestras de incredulidad de los que me escuchan. Ábrase la historia, no las que andan en manos de todos, sino otras algo íntimas, y que testigos presenciales dictaron. Pues qué, ¿se ha olvidado ya la condición sainetesca y un tanto arlequinada de nuestros partidos políticos en el período de su incubación? Verdad purísima, santa verdad es lo que he referido, aunque parece

291

inverosímil, y aún me callo otras cositas por no ofender el decoro nacional.

Después, la graciosa procesión recorrió las calles de Cádiz con grande alegría de todo el pueblo, que se regocijaba con tal motivo extraordinariamente, sin decidirse por eso a vestir a la antigua... ¡Tan grande era su buen sentido! Los balcones y miradores se poblaban de damas, y en la calle la multitud seguía a los cruzados. Sobre todo los chicos tuvieron un día felicísimo. No faltó más para que aquello se pareciese a la entrada de D. Quijote en Barcelona, sino que los muchachos aplicaran a ciertas partes del caballo que montaba don Pedro las célebres aliagas, y aun creo que algo de esto aconteció al fin del triunfal paseo y cuando se volvían a la Isla.

Después del acontecimiento referido, ciertos sucesos tristísimos determinan un paréntesis no corto en esta parte de la historia de mi vida que voy refiriendo. El 1º de Junio sentíame enfermo y caí con la fiebre amarilla, cual otros tantos que en aquella temporada fueron víctimas del terrible tifus, con menos suerte que un servidor de ustedes, el cual escapó de las garras de la muerte, después de verse en estado tal que vislumbraba los horizontes del otro mundo.

Mi mal (ya me había atacado en la niñez con distinto carácter) no fue muy largo. Yo estaba en la Isla. Asistiéronme mis amigos cariñosamente; visitábame lord Gray todos los días, y Amaranta y doña Flora hicieron largas guardias y vigilias en la cabecera de mi lecho. Cuando me vieron fuera de peligro las dos lloraban de alegría.

Durante la convalecencia, D. Diego fue a visitarme, y me dijo:

—Mañana mismo vendrás a mi casa. Mis hermanas y mi novia me preguntan por ti todos los días. ¡Qué susto se han llevado!

—Iré mañana —le respondí.

Pero yo estaba muy lejos de esperar la orden militar e inapelable que por algún tiempo me desterrara de mi ciudad querida. Es el caso que D. Mariano Renovales, aquel soldado atrevido que tan heroicas hazañas realizó en Zaragoza, fue destinado a mandar una expedición que debía salir de Cádiz para desembarcar en el Norte. Renovales era un hombre muy bravo; pero con esta bravura salvaje de nuestros grandes hombres de guerra: valor desnudo de conocimientos militares y de todos los demás talentos que enaltecen al buen general. Había publicado el guerrillero una proclama extravagantísima, en cuya cabeza se veía un grabado representando a Pepe Botellas cayéndose de borracho y con un jarro de vino en la mano, y el estilo del tal documento correspondía a lo innoble y ridículo de la estampa. Sin embargo, por esto mismo le elogiaron mucho y le dieron un mando. ¡Achaques de España! Estos majaderos suelen hacer fortuna.

Pues señor, como decía, diose a Renovales un pequeño cuerpo de ejército, y en este cuerpo de ejército me incluyeron a mí, obligándome, casi enfermo todavía, a seguir al loco guerrillero en su más loca expedición. Obedecí y embarqueme con él, despidiéndome de mis amigos. ¡Oh, qué aventura tan penosa, tan desairada, tan funesta, tan estéril! Fiad empresas delicadas a hombres ignorantes y populacheros que no tienen más cualidad que un valor ciego y frenético. No quiero contar los repetidos desastres de la expedición. Sufrimos tempestades, aguantamos todo género de desdichas, y para colmo de desgracia, lejos de hacer cosa alguna de provecho, parte de las tropas desembarcadas en Asturias cayeron en poder de los franceses. Gracias dimos a Dios los pocos que después de tres meses y medio de angustiosas penas, pudimos regresar a Cádiz, avergonzados por el infausto éxito de la aventura. Yo comparé a mis compañeros de entonces con los individuos de la Cruzada en la falta de sentido común.

Regresamos a Cádiz. Algunos fueron a recibirnos con júbilo creyendo que volvíamos cubiertos de gloria, y en breves palabras contamos lo ocurrido. La gente entusiasta y patriotera no quería creer que el valiente Renovales fuese un majadero. Por desgracia, de esta clase de héroes hemos tenido muchos.

Luego que descansamos un poco, después de poner el pie en tierra, fuimos a presentarnos a las autoridades de la Isla. Era el 24 de Setiembre.

- VIII -

Una gran novedad, una hermosa fiesta había aquel día en la Isla. Banderolas y gallardetes adornaban casas particulares y edificios públicos, y endomingada la gente, de gala los marinos y la tropa, de gala la Naturaleza a causa de la hermosura de la mañana y esplendente claridad del sol, todo respiraba alegría. Por el camino de Cádiz a la Isla no cesaba el paso de diversa gente, en coche y a pie; y en la plaza de San Juan de Dios los caleseros gritaban, llamando viajeros: —¡A las Cortes, a las Cortes!

Parecía aquello preliminar de función de toros. Las clases todas de la sociedad concurrían a la fiesta, y los antiguos baúles de la casa del rico y del pobre habíanse quedado casi vacíos. Vestía el poderoso comerciante su mejor paño, la dama elegante su mejor seda, y los muchachos artesanos, lo mismo que los hombres del pueblo, ataviados con sus pintorescos trajes salpicaban de vivos colores la masa de la multitud. Movíanse en el aire los abanicos, reflejando en mil rápidos matices la luz del sol, y los millones de lentejuelas irradiaban sus esplendores sobre el negro terciopelo. En los rostros había tanta alegría, que la muchedumbre toda era una sonrisa, y no hacía falta que unos a otros se preguntasen a dónde iban, porque un zumbido perenne decía sin cesar: —¡A las Cortes, a las Cortes!

Las calesas partían a cada instante. Los pobres iban a pie, con sus meriendas a la espalda y la guitarra pendiente del hombro. Los chicos de las plazuelas, de la Caleta y la Viña, no querían que la ceremonia estuviese privada del honor de su asistencia, y arreglándose sus andrajos, emprendían con sus palitos al hombro el camino de la Isla, dándose aire de un ejército en marcha, y entre sus chillidos y bufidos y algazara se distinguía claramente el grito general: —¡A las Cortes, a las Cortes!

Tronaban los cañones de los navíos fondeados en la bahía; y entre el blanco humo las mil banderas semejaban fantásticas bandadas de pájaros de colores arremolinándose en torno a los mástiles. Los militares y marinos en tierra ostentaban plumachos en sus sombreros, cintas y veneras en sus pechos, orgullo y júbilo en los semblantes. Abrazábanse paisanos y militares congratulándose de aquel día, que todos creían el primero de nuestro bienestar. Los hombres graves, los escritores y periodistas, rebosaban satisfacción, dando y admitiendo plácemes por la aparición de aquella gran aurora, de aquella luz nueva, de aquella felicidad desconocida que todos nombraban con el grito placentero de: —¡Las Cortes, las Cortes!

En la taberna del Sr. Poenco no se pensaba más que en libaciones en honor del gran suceso. Los majos, contrabandistas, matones, chulos, picadores, carniceros y chalanes, habían diferido sus querellas para que la majestad de tan gran día no se turbara con ataques a la paz, a la concordia y buena armonía entre los ciudadanos. Los mendigos abandonaron sus puestos corriendo hacia la Cortadura que se inundó de mancos, cojos y lisiados, ganosos de recoger abundante cosecha de limosnas entre la mucha gente, y enseñando sus llagas, no pedían en nombre de Dios y la caridad, sino de aquella otra deidad nueva y santa y sublime, diciendo: —¡Por las Cortes, por las Cortes!

Nobleza, pueblo, comercio, milicia, hombres, mujeres, talento, riqueza, juventud, hermosura, todo, con contadas excepciones, concurrió al gran acto, los más por entusiasmo verdadero, algunos por curiosidad, otros porque habían oído hablar de las Cortes y querían saber lo que eran. La general alegría me recordó la entrada de Fernando VII en Madrid en Abril de 1808, después de los sucesos de Aranjuez.

Cuando llegué a la Isla, las calles estaban intransitables por la mucha gente. En una de ellas la multitud se agolpaba para ver una procesión. En los miradores apenas cabían los ramilletes de señoras; clamaban a voz en grito las campanas y gritaba el pueblo, y se estrujaban hombres y mujeres contra las paredes, y los chiquillos trepaban por las rejas, y los soldados formados en dos filas pugnaban por dejar el paso franco a la comitiva. Todo el mundo quería ver, y no era posible que vieran todos.

Aquella procesión no era una procesión de santas imágenes, ni de reyes ni de príncipes, cosa en verdad muy vista en España para que así llamara la atención: era el sencillo desfile de un centenar de hombres vestidos de negro, jóvenes unos, otros viejos, algunos sacerdotes, seglares los más. Precedíales el clero con el infante de Borbón de pontifical y los individuos de la Regencia, y les seguía gran concurso de generales, cortesanos antaño de la corona y hoy del pueblo, altos empleados, consejeros de Castilla, próceres y gentileshombres, muchos de los cuales ignoraban qué era aquello.

La procesión venía de la iglesia mayor donde se había dicho solemne misa y cantado un Te Deum. El pueblo no cesaba de gritar ¡Viva la nación!, como pudiera gritar ¡viva el rey!, y un coro que se había colocado en cierto entarimado detrás de una esquina entonó el himno, muy laudable sin duda, pero muy malo como poesía y música; que decía:

Del tiempo borrascoso
que España está sufriendo
va el horizonte viendo
alguna claridad.
La aurora son las Cortes
que con sabios vocales
remediarán los males
dándonos libertad.

El músico había sido tan inhábil al componer el discurso musical, y tan poco conocía el arte de las cadencias, que los cantantes se veían obligados a repetir cuatro veces que con sabios, que con sabios, etc. Pero esto no quita su mérito a la inocente y espontánea alegría popular.

Cuando pasó la comitiva encontré a Andrés Marijuán, el cual me dijo:

—Me han magullado un brazo dentro de la iglesia. ¡Qué gentío! Pero me propuse ver todo y lo vi. Lindísimo ha estado.

—¿Pero ya empezaron los discursos?

—Hombre no. Dijo una misa muy larga el cardenal narigudo, y luego los regentes tomaron juramento a los procuradores, diciéndoles: —¿Juráis conservar la religión católica? ¿Juráis conservar la integridad de la nación española? ¿Juráis conservar en el trono a nuestro amado rey D. Fernando? ¿Juráis desempeñar fielmente este cargo?, a lo cual ellos iban contestando que sí, que sí y que sí. Después echaron un golpe de órgano y canto llano y se acabó. Gabriel, a ver si podemos entrar en el salón de sesiones.

Yo no creí prudente intentarlo; pero fui hacia allá, codeando a diestro y siniestro, cuando al llegar junto al teatro, ante cuyas puertas se agolpaban masas de gente y no pocos coches, sentí que vivamente me llamaban, diciendo: —Gabriel, Araceli, Gabriel, señor D. Gabriel, Sr. de Araceli.

Miré a todos lados, y entre el gentío vi dos abanicos que me hacían señas y dos caras que me sonreían. Eran las de Amaranta y doña Flora. Al punto me uní a ellas, y después que me saludaron y felicitaron cariñosamente por mi feliz llegada, Amaranta dijo:

—Ven con nosotras, tenemos papeletas para entrar en la galería reservada.

Subimos todos, y por la escalera pregunté a la condesa si algún acontecimiento había modificado la situación de nuestros asuntos, durante mi ausencia, a lo que me contestó:

—Todo sigue lo mismo. La única novedad es que mi tía padece ahora un reumatismo que la tiene baldada. Doña María la domina completamente y es quien manda en la casa y quien dispone todo... No he podido ni una vez sola ver a Inés, ni ellas salen a la calle, ni es posible escribirle. Yo esperaba con ansia tu llegada, porque D. Diego prometió llevarte allá. Cuando vayas espero grandes resultados de tu celosa tercería. A lord Gray no hay quien le saque una palabra; pero los indicios de lo que te dije aumentan. Por la criada sabemos que doña María está con una oreja alta y otra baja, y que el mismo D. Diego, con ser tan estúpido, lo ha descubierto y rabia de celos. Mañana mismo es preciso que vayas allá, aunque yo dudo mucho que la de Rumblar quiera recibirte.

No hablamos más del asunto porque el Congreso Nacional ocupó toda nuestra atención. Estábamos en el palco de un teatro; a nuestro lado en localidades iguales veíamos a multitud de señoras y caballeros, a los embajadores y otros personajes. Abajo en lo que llamamos patio, los diputados ocupaban sus asientos en dos alas de bancos: en el escenario había un trono, ocupado por un obispo y cuatro señores más y delante los secretarios del despacho. Poco habían unos y otros calentado los asientos, cuando los de la Regencia se levantaron y se fueron como diciendo: «Ahí queda eso».

—Esta pobre gente —me dijo Amaranta— no sabe lo que trae entre manos. Mírales cómo están desconcertados y aturdidos sin saber qué hacer.

—Se ha marchado el venerable obispo de Orense —dijo doña Flora—. Por ahí se susurra que no le hacen maldita gracia las dichosas Cortes.

—Por lo que oigo, están eligiendo quien las presida —dije—. Hay aquí un traer y llevar de papeletas que es señal de votación.

—Buenas cosas vamos a ver hoy aquí —añadió Amaranta con el regocijo que da la esperanza de una diversión.

—Yo lo que quiero es que prediquen pronto —añadió doña Flora—. Prontito, señores. Veo que hay muchos clérigos, lo cual es prueba de que no faltarán picos de oro.

—Pero estos clérigos filósofos son torpes de lengua —afirmó Amaranta—. Aquí hablarán más los seglares, y será tal el barullo, que veremos escenas tan graciosas como las de un concejo de pueblo con fuero. Amiga, preparémonos a reír.

—Ya parece que tienen presidente. Oigamos lo que lee aquel caballerito que está en el escenario y que parece un mal actor que no sabe el papel.

—Está conmovido por la majestad del acto —repuso Amaranta—. Me parece que estos señores darían algo ahora porque les mandasen a sus casas. Verdaderamente las fachas no son malas.

—Desde aquí veo al vizconde de Matarrosa —indicó doña Flora—. Es aquel mozalbete rubio. Le he visto en casa de Morlá, y es chico despejado... Como que sabe inglés.

—Ese angelito debiera estar mamando, y le van a dispensar la edad para que sea diputado —

repuso la condesa.-. Como que no tiene más años que tú, Gabriel. Vaya unos legisladores que nos hemos echado. Aquí tenemos Solones de veinte abriles.

—Querida condesa —dijo la otra— desde aquí veo todas las narices y toda la boca de D. Juan Nicasio Gallego. Está abajo entre los diputados.

—Sí, allí está. De un bocado se tragará Cortes y Regencia. Es el hombre de mejores ocurrencias que he visto en mi vida, y de seguro ha venido aquí a reírse de sus compañeros de procuraduría. ¿No es aquel que está a su lado D. Antonio Capmany? ¡Miren qué facha! No se puede estar quieto un instante y baila como una ardilla.

—Ese que se sienta en este momento es Mejía.

—También veo la cara seráfica de Agustinito Argüelles. Dicen que este predica muy bien. ¿Ve usted a Borrull? Cuentan que este no quiere Cortes. Pero empiece de una vez la función ¡qué pesados son!

—Aquí como no se paga la entrada, no hay derecho a impacientarse.

—Ya está dispuesta la presidencia. ¿Tocarán un pito para empezar?

—Yo tengo una curiosidad por oír lo que digan...

—Y yo.

—Será un disputar graciosísimo —dijo Amaranta— porque cada cual pedirá esto y lo otro y lo de más allá.

—Conque salga uno diciendo: «Yo quiero tal cosa», y otro responda: «Pues no me da la gana», se animará esta desabrida reunión.

—¡Cuándo las habrán visto más gordas! Será gracioso oír a los clérigos gritar: «Fuera los filósofos», y a los seglares: «Fuera los curas». Veo con sorpresa que el presidente no tiene látigo.

—Es que guardarán las formas, amiga mía.

—¿En dónde han aprendido ellos a guardar formas?

—Silencio, que va a hablar un diputado.

—¿Qué dirá? Nadie lo entiende.

—Se vuelve a sentar.

—En el escenario hay uno que lee.

—Se levantarán algunos de sus asientos.

—Ya. Acaban de decir que quedan enterados.

—Nosotros también. Tanto ruido para nada.

—Silencio, señores, que vamos a oír un discurso.

—¡Un discurso! Oigamos. ¡Qué ruido en los palcos!

Si no calla el público, el presidente mandará bajar el telón.

—¿Es aquel clérigo que está allí enfrente quien va a hablar?

—Se ha levantado, se arregla el solideo, echa atrás la capa. ¿Le conoce usted?

—Yo no.

—Ni yo. Oigamos qué dice.

—Dice que sería prudente adoptar una serie de proposiciones que tiene escritas en un papelito.

—Bueno: léanos usted ese papelito, señor cura.

—Parece que hablará primero.

—¿Pero quién es?

—Parece un santo varón.

En los palcos inmediatos corría de boca en boca un nombre que llegó hasta el nuestro. El orador era D. Diego Muñoz Torrero.

Señores oyentes o lectores, estas orejas mías oyeron el primer discurso que se pronunció en asambleas españolas en el siglo XIX. Aún retumba en mi entendimiento aquel preludio, aquella voz inicial de nuestras glorias parlamentarias, emitida por un clérigo sencillo y apacible, de ánimo sereno, talento claro, continente humilde y simpático. Si al principio los murmullos de arriba y abajo no permitían oír claramente su voz, poco a poco fueron acallándose los ruidos y siguió claro y solemne el discurso. Las palabras se destacaban sobre un silencio religioso, fijándose de tal modo en la mente que parecían esculpirse. La atención era profunda, y jamás voz alguna fue oída con más respeto.

—¿Sabe usted, amiga mía —dijo en un momento de descanso doña Flora— que este cleriguito no lo hace mal?

—Muy bien. Si todos hablaran así, esto no sería malo. Aún no me he enterado bien de lo que propone.

—Pues a mí me parece todo lo que ha dicho muy puesto en razón. Ya sigue. Atendamos.

El discurso no fue largo, pero sí sentencioso, elocuente y erudito. En un cuarto de hora Muñoz Torrero había lanzado a la faz de la nación el programa del nuevo gobierno, y la esencia de las nuevas ideas. Cuando la última palabra expiró en sus labios, y se sentó recibiendo las felicitaciones y los aplausos de las tribunas, el siglo décimo octavo había concluido.

El reloj de la historia señaló con campanada, no por todos oída, su última hora, y

realizose en España uno de los principales doble-
ces del tiempo.

- IX -

Atención, que van a leer el papelito.

D. Manuel Luxán leyó.

—¿Se ha enterado usted, amiga doña Flora?

—¿Acaso soy sorda? Ha dicho que en las
Cortes reside la Soberanía de la Nación.

—Y que reconocen, proclaman y juran por
rey a Fernando VII...

—Que quedan separadas las tres potesta-
des... no sé qué terminachos ha dicho.

—Que la Regencia que representa al Rey o
sea poder ejecutivo preste juramento.

—Que todos deben mirar por el bien del Estado. Eso es lo mejor, y con decirlo, sobraba lo
demás.

—Ahora se levanta gran tumulto entre ellos,
amiga mía.

—Van a disputar sobre eso. Pues no levan-
tará mal cisco el clericuito. ¿Cómo se llama?...

—D. Diego Muñoz Torrero.

—Parece que vuelve a hablar.

En efecto, Muñoz Torrero pronunció un segundo discurso en apoyo de sus proposiciones.

—Ahora me ha gustado más, mucho más,
señora condesa —dijo la de Cisniega—. A este
hombre le haría yo obispo. ¿No es justo y razonable lo que ha dicho?

—Sí, que las Cortes mandan y el rey obedece.

—De modo, que según la Soberanía de la
Nación, el gobierno del reino está dentro de este
teatro.

—Ahora le toca a Argüelles, amiga mía. Lo que me gusta es que todos dicen que están de acuerdo. ¿Para cuándo dejan el disputar?

—Al principio todo es mieles. Repare usted que estamos en el primer acto.

—Ahora habla Argüelles.

—¡Oh, qué bien! ¿Ha conocido usted muchos predicadores que se expresen con esa elegancia, esa soltura, esa majestad, ese elevado tono, el cual nos sorprende y embelesa de tal modo que no podemos apartar la atención del orador, encantándose igualmente con su presencia y voz, la vista y el oído?

—¡Cosa incomparable es esta! —expresó con entusiasmo doña Flora—. Diga usted lo que quiera, han hecho muy bien en traer a España esta novedad. Así todas las picardías que cometan en el gobierno se harán públicas, y el número de los tunantes tendrá que ser menor.

—Sospecho que esto va a ser más brillante que útil —repuso la condesa—. Oradores creo que no faltarán. Hoy todos han hablado bien; ¿pero acaso es tan fácil la obra como la palabra?

Y de este modo iban comentando los discursos que sucedieron al de Muñoz Torrero, los cuales alargaban tanto la sesión, que bien pronto se hizo de noche y el teatro fue encendido. No por la tardanza se cansaron las dos damas, quienes, como el resto de la concurrencia, permanecieron en sus asientos hasta entrada la noche, gozando de un espectáculo que hoy a pocos cautiva por ser muy común, pero que entonces se presentaba a la imaginación con los mayores atractivos. Los discursos de aquel día memorable dejaron indeleble impresión en el ánimo de cuantos los escucharon. ¿Quién podría olvidarlos? Aún hoy, después que he visto pasar por la tribuna tantos y tan admirables hombres, me parece que los de aquel día fueron los más elocuentes, los más sublimes, los más severos, los más superiores entre todos los que han fatigado con sus palabras la atención de la madre España. ¡Qué claridad la de aquel día! ¡Qué oscuridades después, dentro y fuera de aquel mismo recinto, unas veces teatro, otras iglesia, otras sala, pues la soberanía de la nación tardó mucho en tener casa propia! Hermoso fue tu primer día, ¡oh, siglo! Procura que sea lo mismo el último.

Ya avanzada la noche, corrió un rumor por las tribunas. Los regentes iban a jurar, obligados a ello por las Cortes. Era aquello el primer golpe de orgullo de la recién nacida soberanía, anhelosa de que se le hincaran delante los que se conceptuaban reflejo del mismo Rey. En los palcos unos decían: «Los regentes no juran»: y otros: «Vaya si jurarán».

—Yo creo que unos jurarán y otros no —dijo Amaranta—. Ellos han intentado tener de su parte el pueblo y la tropa; pero no han encontrado simpatías en ninguna parte. Los que tengan un poco de valor, mandarán a las Cortes a paseo. Los débiles se arrastrarán en ese escenario, donde me parece que resuena todavía la voz del gracioso Querol y de la Carambilla, y besarán el escabel donde se sienta ese vejete verde, que es, si no me engaño, don Ramón Lázaro de Dou.

—¡Que juren! Con eso no habrá conflictos. Parece que hay tumulto abajo.

—Y también arriba, en el paraíso. El pueblo cree que está viendo representar el sainete de Castillo *La casa de vecindad*, y quiere tomar parte en la función. ¿No es verdad, Araceli?

—Sí señora. Ese nuevo actor que se mete donde no le llaman, dará disgustos a las Cortes.

—El pueblo quiere que juren —dijo Flora.

—Y querrá también que se les ponga una soga al cuello y se les cuelgue de las bambalinas.

—Y fuera también hay marejadita.

—Me parece que esos que han entrado en el escenario son los regentes.

—Los mismos. ¿No ve usted a Castaños, al viejo Saavedra?

—Detrás vienen Escaño y Lardizábal.

—¡Cómo! —exclamó la condesa con asombro—. ¿También jura Lardizábal? Ese es el más orgulloso enemigo de las Cortes, y andaba por ahí diciendo a todo el mundo que él se guardaría las Cortes en el bolsillo.

—Pues parece que jura.

—Ya no hay vergüenza en España... Pero no veo al obispo de Orense.

—El obispo de Orense no jura —murmuraron las tribunas en rumoroso coro.

Y en efecto, el obispo de Orense no juró. Hiciéronlo humildemente los otros cuatro, con mala gana sin duda. La opinión pública en general estaba muy pronunciada contra ellos. Levantose la sesión, y salimos todos, oyendo a nuestro paso las opiniones del público sobre el suceso que había puesto fin al solemne día. Casi todos decían:

—¡Ese testarudo vejete no ha querido jurar! Pero el juramento con sangre entra.

—Que lo cuelguen. No acatar el decreto que se llamará de 24 de Setiembre, es dar a entender que las Cortes son cosa de broma.

—Yo me quitaba de cuentos, y al que no bajara la cabeza, le mandaría prender, y después...

—Si esos señores no quieren más que gobierno absoluto...

En cambio otros, los menos por cierto, se expresaban así:

—¡Magnífico ejemplo de dignidad ha dado el obispo a sus compañeros! Humillar el poder real ante cuatro charlatanes...

—Veremos quién puede más —decían unos.

—Veremos quién más puede —respondían los otros.

Los dos bandos que habían nacido años antes y crecían lentamente, aunque todavía débiles, torpes y sin brío, iban sacudiendo los andadores, soltaban el pecho y la papilla y se llevaban las manos a la boca, sintiendo que les nacían los dientes.

- X -

Despedime de Amaranta y su amiga, prometiendo visitarlas al día siguiente, como en efecto lo hice. En un café de Cádiz juntóseme D. Diego, quien al punto renovó sus promesas de llevarme a la casa materna, en lo cual le di tanta prisa, que fijamos para el próximo día la visita. También hice una a lord Gray, al cual hallé sin variación alguna, y como le dijese que yo pensaba ir a casa de doña María, se sorprendió, asegurándome después que él iba todas las noches.

Cuando llegó el anochecer del día indicado, fuimos Rumblar y yo, previa repetición de las advertencias que el caso requería.

—Ten mucho cuidado —me dijo— de fingirte mojigato, si no quieres que te echen a la calle. Mis hermanas, a quien dije que estabas aquí, desean que vayas; pero no te la eches de galante con ellas. Mucho cuidado con aludir a mis salidas de noche, porque lo hago a escondidas de mi señora mamá. A los señores que veas allí, trátales cual si fueran lumbreras de la patria y prodigios de talento y virtudes. En fin, confío en tu buen sentido.

Llegamos a la casa, que estaba en la calle de la Amargura y era de hermosa apariencia. Vivía en el piso alto la de Leiva y en el principal la de Rumblar, quien por el reciente reumatismo de su ilustre parienta, ejercía el cargo de jefe y director supremo de la familia con toda la extensión propia de su carácter. Al entrar y subir detúvonos un lejano y solemne rumor de rezos, y D. Diego dijo:

—Aguardemos aquí; que están rezando el rosario con Ostolaza, Tenreyro y D. Paco. A este ya le conoces. Los otros son diputados, que vienen aquí todas las noches.

Mientras aguardábamos observé la casa, que era alegre y bonita como todas las de Cádiz. Espaciosas vidrieras cerraban el corredor por el patio, y en las paredes no se veía un palmo de superficie desocupado de cuadros al óleo, representando asuntos diversos, y confundidos los religiosos con los profanos. Al fin, concluido el rezo, tuve el honor de entrar en la sala, donde estaba doña María con sus dos niñas, D. Paco y tres caballeros más que yo no conocía. Recibiome la de Rumblar con cierta cortesanía ceremoniosa y un tanto finchada, pero afablemente y mostrándome benevolencia de alto a bajo, es decir, entre generosa y compasiva. Las niñas, observando el ritual a que estaban acostumbradas, me hicieron una reverencia, sin desplegar los labios; D. Paco, tan pedante en Cádiz como en Bailén, hízome grandilocuentes cumplidos y los demás personajes miráronme con recelosa prevención, sin mostrarme urbanidad más que con algunas rígidas inclinaciones de cabeza.

—Has llegado tarde al rosario —dijo doña María a D. Diego después que me indicó un asiento.

—¿Pero no dije a usted —respondió el joven— que lo rezaba esta tarde en el Carmen Calzado? De allí vengo ahora, junto con Gabriel, que volvía de confesarse con el padre Pedro Advíncula.

—¡Qué excelente sujeto es el padre Pedro Advíncula! —me dijo en tono sumamente ponderativo doña María.

—No existe otro en toda la redondez de Cádiz —respondí— con especialidad para lo tocante al confesonario. ¿Pues y en el púlpito? ¿Y quién le echará la zancadilla a cantar una epístola?

—Es verdad.

—A mí me cautiva oírle cantar la epístola —repitió D. Diego.

—Yo celebro mucho —me dijo doña María— los grandes adelantamientos que ha hecho usted en su carrera.

Me incliné ante la matrona con el mayor respeto.

—Toda persona de rectitud y caballerosidad, atenta al buen servicio de la religión y del rey —continuó— no puede menos de encontrar premio a su trabajo. Yo sentí mucho que mi hijo no siguiese en el ejército algún tiempo más...

—Harto trabajamos Gabriel y yo junto al puente de Herrumblar —dijo D. Diego—. Verdaderamente, señora madre, si no es por nosotros... Ello fue que hicimos un movimiento con nuestro escuadrón en tales términos que... ¿te acuerdas, Gabriel? Francamente, si no es por nosotros...

—Calla, vanidoso —dijo doña María—. Más ha hecho el señor que tú y no se alaba de ello. La propia alabanza es cosa ruin e indigna de personas bien nacidas. ¿Estará mucho en Cádiz el Sr. D. Gabriel?

—Hasta que concluya el sitio, señora. Después pienso dejar las armas y seguir en mi ardiente vocación, que me impele a la carrera de la Iglesia.

—Alabo mucho su resolución, y esclarecidos santos tiene el cielo, que primero fueron valientes soldados, como San Ignacio de Loyola, San Sebastián, San Fernando, San Luis y otros.

—¿Ha estudiado usted teología? —me preguntó un señor de los presentes.

—Mi maleta de campaña no contiene más que libros de teología, y desde que tengo un rato de vagar, entre batalla y batalla, me harto de leer una materia que es para mí más grata que las mejores novelas. Las tristes horas de la guardia me dan espacio y tiempo para mis meditaciones.

—Asunción, Presentación —dijo doña María con entusiasmo—, aquí tenéis un ejemplo que debe sorprenderos y admiraros.

Asunción y Presentación, al oír que yo era una especie de santo, me contemplaron con admiradas. Yo las miré también. Estaban tan bonitas, más bonitas que en Bailén; pero oprimidas bajo la exagerada pesadumbre de la autoridad materna, sus hermosos ojos estaban llenos de tristeza. Sin que su madre lo advirtiera, dijéronse algunas palabras por lo bajo.

—¿Y qué nuevas nos trae usted de la Isla? —me preguntó doña María.

—Señora, ayer se inauguró esa jaula de locos. Ya sabrá usted que el señor obispo de Orense

311

se ha negado, con pretexto de enfermedad, a jurar ante las Cortes.

—Y ha hecho perfectamente. En verdad no se concibe que haya gente tan loca... Antes del rosario nos explicaba el Sr. Ostolaza lo que entienden ellos por la soberanía de la nación, y nos hemos horripilado. ¿Verdad, niñas?

—¡Dios nos tenga en su mano! —exclamé yo—. Y ahora se susurra que nos van a dar lo que llaman libertad de la imprenta, que consiste en permitir a cada uno escribir todas las maldades que quiera.

—Y luego hablan de vencer al francés.

—Los excesos de nuestros políticos —dijo Ostolaza— excederán con mucho a los de la revolución francesa. Acuérdese usted de lo que le digo.

Observé entonces a aquel hombre, el mismo que tanto figuró después en la camarilla del rey, durante la segunda época constitucional, y puedo decir que era grueso, de cara redonda, coloradota y reluciente, mirar provocativo, hablar chillón y ademanes desembarazados y casi siempre descompuestos. Junto a él estaba el llamado Teneyro, diputado también, cura de Algeciras, hombre con pretensiones y fama de gracioso, aunque más que a la agudeza de los conceptos, debía esta al ceceo con que hablaba; de cuerpo mezquino, de ideas estrafalarias, tan pronto demagogo furibundo, como absolutista rabioso; sin instrucción, sin principios ni más conocimientos que los del toque del órgano, cuyo arte medianamente poseía. El tercero, D. Pablo Valiente, no era ridículo, ni en el trato ordinario se distinguía por cosa alguna chocante, en maneras o en lenguaje.

Contestando a Ostolaza, dije yo con el acento más grave que me era posible:

—¡El cielo se apiade de nuestra infortunada nación, y nos traiga pronto a nuestro amado monarca D. Fernando el VII!

El nombre del soberano lo acompañé de una reverencia tan exagerada que casi hube de besarme las rodillas.

—Pues se dice por ahí —indicó Teneyro— que van a procesar al obispo de Orense.

—No se atreverán a ello —repuso Valiente, sacando su caja de tabaco y ofreciendo del oloroso polvo a los circunstantes.

—¿A qué no se atreverá, señores... señores, a qué no se atreverá esta desalmada grey de filósofos y ateístas? —exclamé yo mirando al techo.

—Señor oficial —me dijo doña María—, es indudable que ustedes los militares tienen la culpa de que los

cortesanos... así los llamo yo... estén tan ensoberbecidos. Dicen que la Regencia tanteó a la tropa para dar un golpe, pero la tropa no quiso ponerse de su parte.

—La tropa —dijo Ostolaza— ha cometido la falta de inclinarse al populacho.

—Lo que no se ha hecho, señores —dije yo con profético tono— se hará.

Y repetí varias veces, mirando a todos lados, el enérgico «se hará».

—Si todos fueran como tú, Gabriel —me dijo don Diego— pronto acabarían las picardías que estamos viendo.

—¿Durarán las Cortes hasta el mes que viene, señor de Valiente? —preguntó la de Rumblar.

—Durarán algo más, señora. A no ser que los franceses envalentonados con nuestras discordias, entren en Cádiz, y hagan con todos los que aquí estamos un picadillo. Yo he dicho que la soberanía de la nación por un lado y la libertad de la imprenta por otro, son dos obuses cargados de horrorosos proyectiles que nos harán más daño que los que ha inventado Villantroys.

—Caballero —dije yo afeminadamente—, esa comparacioncita es exacta y procuraré retenerla en la memoria.

—Deploro tantos errores —dijo la dueña de la casa—. Pero aquí, Sr. D. Gabriel, no tomamos a pecho la política, y los que en casa se reúnen no hacen más que departir discretamente sobre el mal gobierno y los filosofastros. Yo no me ocupo más que del matrimonio de mi querido hijo, que se efectuará en breve, y de completar la educación religiosa de mi hija —señaló a Asunción— que debe entrar muy pronto en un convento de Recoletas, siguiendo su decidida e inquebrantable inclinación. Ocupaciones son estas que llenan alegremente mi cansada vida, y a las que me consagro con el mayor celo.

Asunción había bajado los ojos, y Presentación me miraba, queriendo leer en mi cara el efecto que me producían las palabras de su mamá.

—¿Enviasteis recado a Inés? —preguntó doña María—. Diego, tu futura esposa estará sin duda enojada contigo, por tu mal comportamiento y desaplicación. Necesario es que varíes de conducta. Ahora, cuando baje, puedes manifestarle con palabras tiernas tu propósito de no ofenderla más, como lo has hecho saliendo a la calle por las tardes en la hora que tengo dispuesto hables con ella y le recites alguna fábula bonita o poesía instructiva. Yo, señor D. Gabriel —y se dirigió a mí de nuevo—, no gusto de tiranizar a la juventud. Conozco que es preciso ser tolerante con los muchachos, sobre todo cuando llegan a cierta edad, y sé muy bien que los tiempos presentes exigen algo más de holgura que los pasados en los lazos que atan a los jóvenes con sus familias.

»Con estos principios, permito a mi nuera que baje a la tertulia y platique con personas finas y juiciosas sobre asuntos profanos, porque una muchacha destinada al siglo y a dar lustre a una gran casa como la suya, no debe ser criada con aquel encogimiento y estrechez que tan bien sienta en la que sólo ha de vivir en su casa, bien reducida a un decoroso celibato, bien instruyéndose para servir a Dios en el mejor y más perfecto de los estados. Mis dos niñas viven aquí gozosas sin apetecer bailes, ni paseos, ni teatros. No soy yo enemiga tampoco de que se diviertan, ni crea usted que estoy siempre con el rosario en la mano, haciéndolas rezar y aburriéndolas con un excesivo manoseo de las cosas santas, no. También aquí se habla de cosas mundanas, siempre con el debido comedimiento. A veces tengo que imponer silencio, mandando que cesen las controversias sobre teología, porque lord Gray, que viene aquí muy a menudo, gusta de tratar con desenvoltura asuntos muy delicados.

—Como que anoche —dijo D. Paco inoportunísimamente— dio en afirmar que no comprendía el misterio de la Encarnación, para que la señorita Asunción se lo explicara.

—Estoy hablando yo, Sr. D. Paco —dijo con firmeza y enojo la condesa—. Nada importa ahora lo que lord Gray hiciera o dejase de hacer anoche... Pues como decía, aquí viene lord Gray, un sujeto respetabilísimo y tan formal y circunspecto, que no hay otro que se le iguale. Ellas se entretienen oyéndole contar sus aventuras. ¿Conoce usted a lord Gray?

—Sí, señora. Es un hombre muy digno y temeroso de Dios. ¿Pero no saben ustedes que parece inclinado a convertirse al catolicismo?

—¡Jesús y qué me dice usted! —exclamó con asombro y júbilo doña María—. Aquí se ha tratado algunas veces este punto, y las niñas y yo le hemos exhortado a que tome tan saludable determinación.

—Como suelo pasarme las horas muertas en el Carmen Calzado —dije yo— he visto entrar varias veces a lord Gray en busca del padre Florencio, que es el mejor catequizador de ingleses que hay en todo Cádiz.

—Lord Gray no ha de faltar esta noche —dijo doña María—. Y usted, Sr. D. Gabriel, ¿no nos acompañará algunos ratitos?

—Señora —respondí— de buen grado lo haría; pero mis ocupaciones militares y la necesidad que tengo de despachar de una vez todo el capítulo de presciencia, que es el más difícil de todos, me retendrán en la Isla.

—¿Y qué opina usted de la presciencia? —me preguntó Ostolaza cuando yo estaba muy lejos de esperar semejante embestida.

—¿Qué opino yo de la presciencia? —dije tratando de no turbarme para contestar alguna ingeniosa vulgaridad que me sacase del compromiso.

—Opinará lo mismo que San Agustín, secundum Augustinus—indicó oficiosamente D. Paco, que anhelaba mostrar su erudición.

—Ya están las niñas con cada ojo... —dijo doña María observando que sus hijas atendían a la planteada discusión con demasiado interés—. Niñas, dejad a los hombres que debatan estas cosas tan intrincadas. Ellos se sabrán lo que se dicen. No abrir tales ojazos, y miren los cuadros y las pinturas del techo, o hablen conmigo, preguntándome si se me alivia el dolor del hombro.

—Lo mismo que San Agustín —indicó don Diego—. Opinará como San Agustín y como yo.

—Según y conforme —dije recapacitando—. ¿Ustedes piensan como San Agustín?

Ostolaza, Teneyro y D. Paco se desconcertaron.

—Nosotros...

—Supongo que conocerán los nuevos tratados...

A este punto llegaba la controversia, cuando entró lord Gray a sacarme del apuro. No pudiera llegar en mejor ocasión. Recibiéronle doña María y sus tertulios con la mayor cordialidad y agasajo, y él saludó a todos con afectado encogimiento. Tal vez extrañará alguno de los que me oyen o me leen, que con tan buena amistad fuera recibido un extranjero protestante en casa donde imperaban ciertas ideas con absoluto dominio; pero a esto les contestaré que en aquel tiempo eran los ingleses objeto de cariñosas atenciones, a causa del auxilio que la nación británica nos daba en la guerra; y como era opinión o si no opinión, deseo de muchos, que los ingleses, y mayormente los hermanos Wellesley, no veían con buenos ojos la novedad de la proyectada Constitución, de aquí que los partidarios del régimen absoluto trajeran y llevaran con palio a nuestros aliados. Lord Gray además con su ingeniosísima labia, su simpático carácter, y también poniendo en práctica estudiadas artimañas y mojigaterías, como yo, había conseguido hacerse respetar y querer vivamente de doña María. Además solía ridiculizar con gran desenfado las ceremonias protestantes.

Mientras lord Gray respondía a ciertas enfadosas preguntas que le hizo Ostolaza, doña María llamó a sus hijas y dijo a Asunción, no tan por lo bajo que yo dejase de oírlo:

—Mira, Asunción, habla con lord Gray un ratito; coge con disimulo el tema de la religión y sondéale, a ver si es cierto que está dispuesto a abjurar sus errores, por abrazarse a nuestra santa doctrina.

En aquel instante sentí ruido de pasos y entró Inés. ¡Dios mío, qué guapa estaba, pero qué guapa! No recuerdo si en el libro anterior hablé a ustedes de la soltura, de la elegancia, de la armoniosa proporcionalidad que el completo desarrollo había dado a su bella figura. Además de esto, encontrábale mayor animación en el rostro, y una grata expresión de conformidad y satisfacción, no menos simpática que su antigua tristeza, resto de la miserable y ruin vida de la infancia. Observándola, consideré cuánto había ganado en encantos y atractivos aquella criatura, añadiendo a sus bellezas naturales, a su discreción e ingénito saber, la dulce cortesanía y las gracias que infunde el trato frecuente con personas distinguidas y superiores. En su cara advertí el extraño realce que da la conciencia del propio mérito, lo cual no es lo mismo que vanidad.

No parecía haber perdido la hermosa modestia que la hacía tan simpática; pero sí aquella especie de encogimiento, aquel desmedido amor a la oscuridad, que emanaban del malestar hallado en su repentino cambio de fortuna. Había adquirido lo que le faltaba cuando la vi en Córdoba y en el Pardo, el perfecto conocimiento de su posición y las mil menudencias personales, accidentes casi imperceptibles de la voz, del gesto, de la mirada con que el individuo da a entender claramente que se halla donde debe hallarse. Estaba más alta, un poco más gruesa, con el color menos pálido, la boca más risueña, los ojos no menos seductores y arrebatadores que los de su madre, célebres en toda la redondez de España, la voz más segura, sonora y grave, y el conjunto de su persona respirando firmeza, vida, soltura y nobleza. ¡Oh imagen tan perfecta vista como soñada! ¿Fue suerte o desgracia haberte conocido?

- XI -

Inñes, no indiferente a mi presencia, según comprendí, pero tampoco sorprendida, debía saber que yo estaba allí.

—¡Ah! —exclamé con despecho para mis adentros—. La muy pícara aunque la llamaron, no bajó hasta que vino el maldito inglés.

Doña María me presentó ceremoniosamente a ella diciendo:

—A este caballero le conocimos en nuestra casa de Bailén cuando la célebre batalla. Es amigo del que va a ser tu marido; allí pelearon juntos con tan buena suerte, que, según afirma Diego, si no es por ellos...

—Gabriel es un gran militar —dijo don Diego—. ¿Pero no le conoces tú? Es amigo de tu prima la condesa.

Doña María frunció el ceño.

—En efecto —dije yo— tuve el honor de conocer en Madrid a la señora condesa. Ambos teníamos un mismo confesor. Yo solicité de la señora condesa que me consiguiese una beca en el arzobispado de Toledo; pero después me vi obligado a servir al rey, y salí de la corte.

—Este joven —añadió doña María— nos acompañará algunas noches, robando tal cual rato a sus estudios religiosos y a las meditaciones místicas que le traen tan absorbido. Hoy el servicio de las armas le obliga a sofocar su ardiente vocación; pero cantará misa después de la guerra. ¡Noble ejemplo que debieran imitar la mayor parte de los militares! Yo me complazco, hija mía, en que se reúnan aquí personas formales y de excelentes y sólidos principios. Caballero —añadió encarando conmigo—, esta damisela es mi futura nuera, prometida esposa de este mi amado hijo don Diego.

Inés me hizo una profunda reverencia. Se sonrió al mismo tiempo, comprendiendo el astuto ardid de mi fingida religiosidad.

¿En tanto dónde estaba lord Gray? Extendí la vista y le vi tras el respaldo del monumental sillón de doña María, muy enfrascado en estrecha plática con Asunción, que sin duda le estaba convenciendo de la superioridad del catolicismo con respecto al protestantismo. A cada paso apartaba él los ojos de su interlocutora para mirar a Inés.

—Bien decía el tunante —observé para mí— que se valía de las discretas amigas. La otra con su santidad es quien les lleva y trae los recaditos.

Inés me dijo con dulce ironía:

—Celebro mucho que esté usted tan decidido a seguir la carrera eclesiástica. Hace usted bien, porque hoy no hacen falta militares, sino buenos clérigos. El mundo está tan pervertido, que no lo curarán las espadas sino las oraciones.

—Esta afición la tengo desde muy niño —repuse— y nadie puede apartarla de mí porque sobrevive a todas mis alternativas y desgracias.

Inés miraba a cada instante el grupo formado por el inglés y Asunción. También doña María volvió allá los ojos, y dijo:

—Hija, basta ya. No marees al buen lord Gray. Ven a mi lado.

La muchacha acudió al lado de su madre, y al mismo tiempo Inés, por indicación muda de la condesa, pasó al lado del inglés. Yo estaba asombrado de aquel ir y venir y del incomprensible diálogo de expresivas miradas que las muchachas tenían constantemente, trabado entre sí. Me propuse observar atentamente, para descubrir los misterios que allí pudieran existir; pero doña María distrajo mi atención, diciéndome:

—Sr. D. Gabriel, usted, como persona casi divorciada del siglo, aunque en su continente y rostro no se advierte nada que lo indique, comprenderá que en estas recatadas tertulias de mi casa no se puede tener con las muchachas la licenciosa tolerancia que madres inadvertidas y ciegas tienen con sus hijas en otras familias. Por eso verá usted que apenas permito a mis niñas hablar un poco con Ostolaza, con lord Gray o con usted, si bien ha habido noches en que les he consentido conversaciones de quince minutos en distintas horas. Comprendo que mi sistema, aunque no es riguroso, será criticado por los que dan rienda suelta a los impulsos naturales de la juventud. Pero no me importa. Usted me hace justicia sin duda y alaba la prudencia de mi proceder.

—Seguramente, señora —respondí con afectación y pedantería— ¿qué cosa más sabia, ni más prudente puede haber que prohibir en absoluto a las niñas toda conversación, diálogo, mirada o seña con hombre que no sea su confesor? ¡Oh, señora condesa, parece que ha adivinado usted mi pensamiento! Como usted, yo he observado la corrupción de las costumbres, hija de la desenvoltura francesa; como usted, he observado el descuido de las madres, la ceguera de los padres, la malicia de las tías, la complicidad de las primas y la debilidad de las abuelas; y he dicho: «orden, rigor, cautela, reclusión, tiranía, o si no dentro de poco la sociedad se precipitará en los abismos del pecado». Nada, nada, señora condesa, yo lo aconsejo a todas las madres de familia que conozco, y les digo: «mucho cuidado con las niñas mientras sean solteras. Después de casadas, allá se entiendan ellas, y si quieren tener dos docenas de cortejos, háganlo».

—En todo estamos de acuerdo —dijo doña María— menos en esto último, pues ni de solteras ni de casadas, les tolero la inmoralidad. ¡Ay, yo tengo ideas muy raras, Sr. D. Gabriel! Me asombro de ver por ahí madres muy cristianas, que celando hasta lo sumo las hijas solteras, ven con indiferencia los pecadillos de las casadas. Yo no soy así; por eso no quiero que se casen mis niñas; no, jamás, jamás. Casadas estarían libres de mi autoridad, y aunque no las creo capaces de nada malo, la idea de que pueden cometer una falta, siéndome imposible castigarla, me horripila.

—El gran sistema es el mío, señora; este sistema que no ceso de recomendar a todas las madres que conozco. Orden, rigor, silencio, encierro perpetuo y esclavitud constante. Mis lecturas y meditaciones me han inspirado estas ideas.

—Son también las mías. Mi hija Asunción entrará pronto en un convento, y Presentación está destinada a ser soltera, porque así lo he resuelto yo.

—Cosa justísima y naturalísima que usted haya resuelto eso.

—Siendo el destino de la una el claustro y de la otra el celibato, ¿a qué viene el consentirles conversaciones con los jóvenes?

—Es claro... a qué viene... No aprenderían más que cosas malas, pecados... ¡y qué pecados!

—Pero como es preciso transigir un poquito con las costumbres, que exigen cierta licencia, suele írseme la mano en esto del rigor. Ya ve usted, a casa suelen venir algunas personas muy distinguidas, honestas y prudentes, sí, pero de mundo. Necesito contemporizar con ellas, por no aparecer gazmoña, intolerante y extremada. Felizmente baja todas las noches a mi tertulia, Inés, a quien como muy próxima a ser mujer casada, puede permitirse que sostenga coloquios tirados con tal cual persona decente y bien nacida. Si no fuera por ella, lord Gray se aburriría grandemente en casa. ¿No cree usted, que a una muchacha que va a ser mayorazga y que ocupará posición muy encumbrada en la corte, se le debe dar cierta libertad?

—Todas las libertades, señora, todas. ¡Una mayorazga! Pues digo; si me la hacen camarista de reina, o dama de honor de emperatrices, ¿qué ha de hacer sin la desenvoltura, el desenfado, la astucia que el buen servicio y concierto de los palacios exige?

—Cierto; a cada cual se le debe educar según su destino. En posiciones elevadísimas no puede sostenerse todo el rigor de los principios, según dice la gente, aunque ciertas leyes sí deben regir en todas partes. Sin embargo, como así viene de atrás, debemos respetar la obra de nuestros mayores, quienes harto supieron lo que se hacían.

—Justamente.

—Pero me parece que se prolonga demasiado la conversación de Inés con lord Gray, y voy a hacer que hablen en corrillo donde les oigamos todos. Sr. D. Gabriel, ni un momento debe abandonarse el ejercicio de la prolija autoridad materna. ¡La autoridad! ¿Qué sería del mundo sin la autoridad?

—En efecto, ¿qué sería? ¡El caos, el abismo!

Doña María, que reglamentaba los diálogos de sus tertulias como mueve y ordena un general experto los movimientos de una batalla campal, dispuso que Inés continuase hablando con lord Gray, y que Presentación pegase la hebra con Ostolaza. En tanto Asunción charlaba en voz bastante alta con su hermano, diciéndole cosas cuyo sentido no pude entender. Ostolaza, Teneyro y D. Paco estaban muy metidos en lenguas disertando sobre los grandes males de la educación a la moderna, y forzosamente me enredaron en su coloquio, teniendo ocasión de lucir mi intolerancia, y un poco de cierta erudioncilla trasnochada que yo tenía para el caso. Poco después volví al lado de doña María a punto que don Diego, apartándose de su hermana, hacía lo mismo, y le oí decir:

—Señora madre, a ser usted, yo no permitiría a Inés tantas intimidades con lord Gray.

Francamente, señora, esto no me gusta, y menos cuando veo que la que va a ser mi mujer, se está los minutos de Dios oyéndole y contestándole sin pestañear.

—Diego —manifestó doña María con severo acento—. Me enfada la bajeza de tus conceptos, que indican la ruindad de tus juicios. Si Inés fuera tu hermana, podrías tener esos escrúpulos; pero siendo tu futura esposa, cuanto has dicho es ridículo. Una gran señora, ¿ha de ser encogida y corta de genio como una novicia de convento?

D. Diego, oído esto, se acercó de muy mal talante a sus hermanas.

—Sr. de Araceli —me dijo doña María— la juventud es así. Comprendo los celillos de mi hijo. Verdaderamente Inés se alarga demasiado con lord Gray. Aunque le supongo a usted poco aficionado a perder el tiempo conversando con muchachas frívolas, hágame el favor de departir un rato con mi futura nuera.

Doña María miró a Inés con enojo, y dirigiéndose luego a lord Gray, le llamó con afectuosa súplica.

Inés quedó sola y acudí hacia ella. Por primera vez durante la tertulia hallaba ocasión de poderle hablar lejos de los demás, y la aproveché con presteza. Ella, anticipándose al afán con que yo iba a hablarle, me dijo:

—¿Mi prima te ha mandado aquí? ¿Me traes algún recado de ella?

—No —respondí—. No me ha mandado tu prima. No he venido por traerte recado alguno. He venido porque he querido, y por el deseo de verte y de saber por mí mismo que me has olvidado.

—Por Dios —me contestó disimulando su emoción—. Repara dónde estás. La condesa no cesa de observarme. Aquí es preciso fingir a todas horas, y disimular los pensamientos. ¿Por qué no has venido antes? Pero di: ¿mi prima no te ha dado ningún recado?

—¿Qué me importa tu prima? —exclamé con enfado—. Tú no sospechabas que viniera a sorprenderte.

—¿Pero estás loco?, doña María no me quita los ojos.

—Vaya al diantre doña María. Respóndeme, Inés, a lo que te pregunto, o gritaré y escandalizaré para que nos oigan hasta los sordos.

—Pero si no me has preguntado nada.

—Sí te he preguntado. Pero tú haces que no oyes, y no quieres responderme.

—No nos entendemos —repuso llena de confusiones, y mortificada por la observación tenaz de doña María. ¿Vendrás todas las noches? Aquí es preciso mucha cautela. Para respirar necesito pedir la venia a la señora. Ten prudencia, Gabriel; también D. Diego nos mira. Haz de modo que doña María y los murciélagos crean que estamos a hablando de religión, o de los cuadros de la pared o de esa gran grieta que hay en el techo. Aquí es preciso hacerlo todo así. No te expreses con vehemencia. Ponte risueño y mira a las paredes diciendo: «¡Qué bonitas láminas! Allí están Dafne y Apolo».

—Pero ¿es preciso ser cómico para entrar aquí?

—Sí; es preciso estar siempre sobre las tablas, Gabriel; fingiendo y enredando. Esto es muy triste.

—Pues lord Gray no disimula.

—¿Eres amigo de lord Gray?

—Sí, y me lo ha contado todo.

—Te lo ha dicho... —exclamó confusa—. ¡Qué hombre tan indiscreto! Y yo le había encargado la mayor prudencia... Por Dios, Gabriel, no pronuncies una palabra, ni un gesto que puedan dar a conocer lo que te ha contado lord Gray. ¡Qué indiscreción! Hazme el favor de olvidar lo que te ha dicho. ¿Él te ha traído aquí?

—No; he venido con D. Diego. He querido saber por ti misma que ya no me amas.

—¿Qué estás diciendo?

—Lo que oyes. Ya lo sabía; pero a mí me hacía falta oírlo de tus propios labios.

—Pues no lo oirás.

—Ya lo he oído.

—Por Dios, disimula. Ahora, Gabriel, alza la vista y di: «¡Qué terrible grieta se ha abierto en el techo!». ¿Con que no te quiero yo? ¿Sabes que no lo había advertido? Y en tanto tiempo ¿qué has hecho tú? ¿Has estado en el sitio de Zaragoza? Aquello sería un paraíso; no estaba allí doña María.

—No he vivido más que para ti; y si alguna vez he hecho un esfuerzo para subir un peldaño en la escala del mundo, hícelo sólo con el deseo de llegar, si no a valer tanto como tú, al menos a ponerme en condición tal, que no se rieran de mí cuando te miraba.

—Mentiroso, tú también has aprendido a disimular. Ni una sola vez te has acordado de mí en tanto tiempo... Pero no te acerques tanto. Cuidado, no me tomes la mano. Parece que tienes fuego dentro de los guantes. Doña María nos observa.

—Yo no sé disimular como tú. Te he querido con toda mi alma, Inesilla, y con veinte almas más, porque una sola no basta para quererte como te quiero... Dime con la mano puesta sobre el corazón si lo mereces tú; dímelo.

—Pues no lo he de merecer —me contestó sonriendo—. Merezco eso y mucho más, porque me lo tengo ganado y pagado con interés y anticipación. ¿Pero no ve usted, Sr. D. Gabriel —añadió alzando la voz— qué hendidura tan grande es esa que hay en el techo?

—Inés, si es verdad lo que me dices, dímelo otra vez, y alza la voz. Quiero que lo oigan doña María, D. Diego y los murciélagos.

—Calla; por haber estado tanto tiempo sin verme, merecerías... a ver, ¿que merecerías?

—Bastante castigado estoy por los celos, por unos terribles celos que me han estado mordiendo el corazón, y me lo muerden todavía.

—¡Celos! ¿De quién?

—¿Me lo preguntas tú? De lord Gray.

—Tú has perdido el juicio —dijo con precipitación y atropellándose en sus labios frases rápidas y confusas—. ¡Él lo dice!... Tal vez... Ese hombre me causará grandes pesadumbres.

—¿Tú le amas?

—Por Dios, habla bajo, disimula.

—Yo no puedo disimular. Yo no estoy, como tú, educado en esta escuela de los fingimientos. Yo no puedo decir más que la verdad.

—¿Has dicho que yo amo a lord Gray? Jamás he pensado en tal cosa.

—¡Oh! ¿Qué haré para creerlo? Bajo la autoridad de doña María has aprendido de tal modo a disfrazar los pensamientos, que hasta se ocultan a mis ojos, tan acostumbrados, no sólo a leerlos, sino a adivinarlos. Ha desaparecido aquella claridad que te rodeaba, y que te hacía doblemente hermosa ante mí. Ya no hablas aquella palabra divina que ningún mortal, y menos yo, podía poner en duda. Ahora, Inés, me asegurarás una cosa, me la jurarás, y... ¿qué quieres tú?, no lo creeré. ¡Maldita sea mil veces doña María que te ha enseñado a disimular!

—Si te alteras de ese modo, no podremos hablar —repuso con agitación en voz baja; y luego, en voz alta, añadió—: Sr. D. Gabriel, estas estampas de Dafne y Apolo, de Júpiter y Europa son indecorosas, y hemos encargado a Sevilla una colección de santos para sustituirlas. Pero ¿qué has dicho de lord Gray? —prosiguió quedamente—. ¿Que le amo yo? ¡Oh, ese hombre me traerá alguna desgracia! No repara en nada. ¡Qué loca he sido! ¡Me encuentro comprometida! Gabriel, te suplico que olvides lo que te haya dicho lord Gray. Olvídalo, y a nadie, ni a tu confesor, hables de eso. Tú reconocerás que está lleno de seducciones y que no es extraño que su fantasía acalore y agite el alma de una... Pero no hables de eso. Calla, por favor.

—¿De veras no le amas?

—No.

—¿Ama a alguna otra de esta casa?

—No sé... calla... no, a nadie de esta casa —respondió turbada—. Pero ¿no merezco que me creas?

—No, casi no.

—¿Me has conocido mentirosa?

—No sé qué tiene esta casa y todos los que la viven. Me parece que en esta morada del disimulo y la mentira, ninguna cosa es como aparece. Mienten los que aquí moran; mienten los que aquí viven, y hasta yo he necesitado mentir para que me admitieran. Esta atmósfera está formada de falsedad y engaño. Los corazones, oprimidos por una autoridad insoportable, necesitan desfigurarse para que se les permita vivir. Esta casa, esta familia, a quien preside desde su sillón doña María, como el genio de la tristeza, no es para mí. Me ahogo, y deseo huir de este sitio. Veo aquí mil misterios, y sobre todos mis sentimientos domina uno, que es el más antipático y desagradable de todos: la desconfianza. El corazón se me oprime cuando considero que tú, Inesilla, tú me dices una cosa, me la juras y yo no la puedo creer.

—Ten calma. Doña María no nos quita los ojos. D. Diego tampoco. Yo me muero de pena... Pero, por Dios, Sr. D. Gabriel —añadió en voz alta—. Un hombre que va a tomar el hábito cuando acabe la guerra, no debe entusiasmarse tanto al hablar de una batalla.

Doña María, desde su trono, me interpeló pomposísimamente de esta manera:

—Pero, Sr. D. Gabriel, que oigamos todos esas maravillas que está usted contando con tanta vehemencia, con tanto ardor.

—Me contaba —dijo Inés con una naturalidad que me asombró— que en cierta ocasión, estando él en una casa del arrabal de Zaragoza, los franceses abrieron una mina, pusieron no sé cuántos barriles de pólvora, ¿no fue así?, y luego pegaron fuego.

—¿Y luego, Sr. D. Gabriel?

—Y luego volamos todos hasta el quinto cielo —repuse—. Siento que usted no hubiera estado allí... pues... para que lo hubiera visto.

—Gracias.

Los vencejos me tomaron por su cuenta para que les explicase cómo fue aquello de mis vuelos y cabriolas por el aire, y en tanto llegose Inés junto al sillón de doña María, llamado por esta; y yo con disimulo (también aprendía) presté atención a lo que dijeron.

—Ha sido demasiado larga tu conversación con el militarcito —le dijo con desabrimiento la señora—. ¡Veinte minutos! ¡Has estado en coloquio con él veinte minutos!

—Señora madre —repuso Inés— si se empeñó en contarme sus hazañas... Yo buscaba ocasión de poner punto; pero él, dale que dale. Me refirió siete sitios, cinco batallas y no sé cuántas escaramuzas.

—¡Cómo finge, cómo miente, cómo engaña! —exclamé para mí ciego de rabia—. ¡La ahogaría!

Lord Gray se juntó después con Inés y hablaron largamente. Mi rabia, motivada por una duda cruel, era tanta, que apenas podía disimularla, hablando pestes de las Cortes ante doña María, Ostolaza y Valiente.

Avanzaba la hora y doña María indicó con majestuosa gravedad el fin de la tertulia. Despedime de Inés, que a hurtadillas me dijo:

—Cuidado con lo que te he encargado.

Y luego tardó en despedirse de lord Gray más de diez minutos. Por mi parte anhelaba salir para no volver más a aquella casa, y saludando a la condesa, echeme fuera, juntándose conmigo en la escalera lord Gray, que salió un poco después.

—Amigo —le dije cuando estábamos en la calle— en todas partes es usted el favorecido de las damas.

No se dignó contestarme. Iba con la cabeza inclinada, fruncido el ceño y mudo como una estatua. Repetidas veces me esforcé por hacerle hablar; pero sus labios no articularon una sílaba, y sólo en la calle Ancha, al despedirse de mí, me dijo sombríamente:

—El amigo que sorprende un secreto mío y usa de él sin mi licencia, no es mi amigo. ¿Usted me conoce?

—Un poco.

—Pues suelo reñir con los amigos.

—Antes de reñir nosotros, ¿quiere usted acabar de perfeccionarme en la esgrima?

—Con mucho gusto. Adiós.

—Adiós.

- XII -

Pasaron días, muchos días. Yo tan pronto deseaba volver a casa de Rumblar, como hacía intención de no poner más los pies en aquella casa, porque me repugnaban los artificios que hacían de las tertulias una completa representación de teatro. Durante algún tiempo no vi a lord Gray ni en la Isla ni en Cádiz, y cuando pregunté por él en su casa, el criado me negó la entrada, diciéndome que su amo no quería recibir a nadie.

Ocurrió esto el día de la bomba. ¿Saben ustedes lo que quiero decir? Pues me refiero a un día memorable porque en él cayó sobre Cádiz y junto a la torre de Tavira la primera bomba que arrojaron contra la plaza los franceses. Ha de saberse que aquel proyectil, como los que le siguieron en el mismo mes tuvo la singular gracia de no reventar; así es que lo que venía a producir dolor; llanto y muertes, produjo risas y burlas. Los muchachos sacaron de la bomba el plomo que contenía y se lo repartían llevándolo a todos lados de la ciudad. Entonces usaban las mujeres un peinado en forma de saca-corchos, cuyas ensortijadas guedejas se sostenían con plomo, y de esta moda y de las bombas francesas que proveían a las muchachas de un artículo de tocador, nació el famosísimo cantar:

Con las bombas que tiran
los fanfarrones,
hacen las gaditanas
tirabuzones.

Pues como decía, el día de la bomba, después de tocar inútilmente a la puerta del noble inglés, llevome el destino segunda vez a casa de la señora doña María, disponiéndose las cosas de modo que cuando me encaminaba a casa de dona Flora, tropezase con el señor D. Diego, el cual me habló así:

—¿Vienes de casa de lord Gray? Dicen que está con la morriña. Nadie le ve por ninguna parte. Por fin, he conseguido de mi madre que no le reciba más en casa.

—¿Por qué?

—Porque es muy aficionado a las muchachas, y no me gusta verle hablar con mi novia. Mamá no quería; pero me planté, chico. «O lord Gray o yo» —dije— y no hubo más remedio.

—Según eso, le han puesto en la puerta de la calle.

—Con cortesía y disimulo. Mi mamá ha dicho que hallándose un poco enferma, suspende por ahora las tertulias.

—¿Y no salen?

—A misa van las cuatro los domingos muy temprano. Pero puedes ir a casa cuando gustes. Mamá te aprecia y siempre está preguntando por ti. Ahora precisamente, te ruego vengas conmigo para servirme de testigo.

—¿De testigo?

—Sí. Mi mamá quiere castigarme porque le han dicho que me vieron ayer en un café. Es verdad que estaba, pero yo lo he negado, y para dar más fuerza a mis argumentos he dicho: «Pregúntele usted al Sr. D. Gabriel, y como no diga que estuvimos juntos viendo sacar agua de la noria...».

—Pues vamos allá.

Entramos, pues, y en la reja del patio, el criado nos dijo que la señora doña María había salido.

—¡Viva la libertad! —exclamó D. Diego haciendo un par de cabriolas—. Gabriel, estamos solos. Hermanillas, alegrémonos y regocijémonos.

La chillona algazara que desde los aposentos vino a mis oídos, indicome que las hembras estaban libres también de la ominosa esclavitud. Cuando entramos en la estancia de D. Diego, al punto se nos presentó D. Paco, aturdido, sofocado, balbuciente, con unas disciplinas en la mano, el vestido menos puesto en orden que de ordinario, y ostentando algunas desgreñaduras en lo alto de su peluquín.

—Señorito D. Diego —exclamó con furia semejante a la de esos perrillos que ladran mucho sin que jamás el transeúnte se detenga a mirarlos—, la señora mandó que no saliese usted de casa. Se lo diré cuando venga.

El condesito tomó un palo que frontero a la cama y en lugar medio oculto tenía, y esgrimiéndolo de un modo alarmante por las costillas del ayo, gritó:

—Canalla, pedantón... Si dices una palabra... no te dejaré un hueso en su lugar.

—Esto no puede tolerarse —dijo D. Paco, no ya enfurecido sino lloroso—. ¡Dios eterno, y tú, Virgen Santísima del Carmen, tened compasión de mí! Este niño y sus hermanas van a quitarme los pocos días que me restan de vida. Si les permito hacer su gusto, la señora me riñe, y más quisiera ver al sol apagado que a la señora colérica. Si quiero sujetarlos, palos, rasguños, arañazos, tijeretazos y otros mil martirios espantosos... Pues sí, señor D. Dieguito: se lo diré a la señora, yo no puedo aguantar más... ¡Pues no digo nada de lo de las saliditas por las noches! Yo no puedo acallar la voz de mi conciencia que me dice: ¡Malvado!, ¡servidor desleal!, ¡traidor!... No; se lo diré a la señora, se lo diré al ama, y entre tanto, orden, silencio, obediencia, todo el mundo a su sitio.

D. Diego, ciego de enojo, enarboló el palo, y a compás con los movimientos de su brazo que apuntaban impíamente a las costillas del pobre ayo, iba diciendo:

—Orden, silencio, obediencia.

Tuve que imponerme para que no acabara con el desdichado perceptor, que aun vapuleado de aquel modo, tenía la prudencia de no gritar, porque no se enterase la vecindad del escándalo, y con voz sofocada decía llorando:

—¡Que me mata este caribe! ¡Favor, señor D. Gabriel, favor!

Huyó D. Paco por el pasillo adelante buscando refugio, y siguiendo tras él, dimos los tres en una gran pieza, desde la cual se pasaba a otra con espaciosas rejas a la calle, donde vimos el espectáculo de la más horrenda anarquía que pueden ofrecer en el interior de una honesta casa las demasías de la libertad. Asunción, Presentación, Inés, las tres estaban allí, libres, sueltas, en posesión completa de sus gracias, donaires, iniciativa y travesura. Pero antes de deciros lo que hacían aquellos pajaritos aprisionados a quienes se permitía por un momento dar vueltas holgadamente por la jaula, voy a indicaros cómo era esta.

Varias cestas de labores y algunos bastidores de bordados indicaban que allí tenía la señora condesa el taller de educación y trabajo de sus niñas. Una pequeña pero anchísima silla, de fondo hundido por el peso constante de corpulenta humanidad, denotaba el lugar de la presidencia. También había una mesilla con libros, al parecer devotos, y en las paredes no cabían ya más estampas y láminas bordadas, entre las cuales el mayor número era una variada serie de perritos con el rabo tieso y los ojos de cuentas negras.

Un pequeño altar ostentaba mil figuras de bulto y realce, alternando con estampas que sin duda habían pertenecido a libros, y en la delantera algunos pares de candelabros de plata antigua, sostenían velas de picada y filigranada cera, adornadas con papelitos, festones y otros primores de tijera. Pomposos ramos de flores de trapo, que a cien mil leguas declaraban haber sido hechos por manos de monjas, completaban el ajuar del altarejo, juntamente con algunos pequeñísimos objetos de plomo, representando sagrados adminículos, tales como cálices y custodias, lámparas y misales. Estos juguetes los hacían entonces los veloneros para los niños buenos y que no lloraban.

Vi asimismo objetos de un orden enteramente distinto, es decir, trajes hermosísimos de mujer, arrojados en desorden por el suelo, y también escofietas, moños, lazos, abanicos, quirotecas, zapatillas de raso y luengos encajes de aquellos finísimos y hereditarios, que eran, como los diamantes, orgullo y riqueza de las familias. Los bordados, las cestas de costura, rellenas de fastidiosas telas blancas de indiana y cotonía, pertenecían a Presentación; los libros, el altar con todo lo que en él había de místico e infantil, eran de Asunción; y los lujosos trajes y adornos eran de Inés, que los había bajado para que los viesen sus primas.

Estaban las tres vestidas según lo que entonces el vulgo, no menos galicista que ahora, llamaba un savillé. Con semejante traje, que era, por exigirlo la moda, la menos cantidad posible de traje, y lo absolutamente necesario para que las lindas personas no anduvieran desnudas, ni la madre más tolerante y descuidada habría permitido que se presentasen delante de un hombre, aunque fuese pariente cercano. Estaban las tres, como digo, graciosísimas y sin comparación más guapas que en las tertulias. La libertad permitiéndoles una alegre y bulliciosa agitación, había impreso en sus mejillas frescos y risueños colores, y las lenguas charlatanas de las dos hermanitas llenaban con dulce y picotera música el ámbito de la estancia. La voz de Inés apenas se oía.

Os diré lo que hacían y esto es reservado, reservadísimo, pues si doña María supiese que ojos humanos habían visto a sus niñas en tales arreos, y que orejas de varón habían oído cantar seguidillas a una de ellas, reventara de pesadumbre, o se sepultaría para siempre, antes avergonzada que muerta en el sarcófago de sus mayores. Pero seamos indiscretos y contemos lo que vimos, ocultos en la estancia inmediata y sin ser vistos por ellas. Inés, en quien primeramente se fijaron mis ojos desde la puerta, estaba en la reja, como en acecho, mirando ora a la calle, ora adentro, sin duda para dar la voz de alarma en cuanto el pomposo perfil y los pomposos y temidos espejuelos de doña María volviesen la esquina de la calle Ancha. Le oí decir claramente:

—No seáis locas... que va a venir.

Presentación, la más pequeña de las dos hermanas, estaba en medio de la pieza. ¿Creerán ustedes que rezando, cosiendo u ocupada en algún otro grave menester? Nada de eso, pues no estaba sino bailando, sí, señores, bailando. ¡Y qué zorongo, qué zapateado tan hechicero! Quedeme absorto al ver cómo aquella criatura había aprendido a mover caderas, piernas y brazos con tanta sal y arte tan divino cual las más graciosas majas de Triana. Agitada por la danza, chasqueando los dedos para imitar el ruido de las castañuelas, su vocecita sonora y dulce decía con lánguida y soñolienta música:

Toma, niña, esta naranja
que he cogido de mi huerto,
no la partas con cuchillo
que está mi corazón dentro.

Asunción, que era la mayor, de una hermosura menos picante y graciosa que su hermana, pero más acabada, más interesante, más seria, digámoslo así, en una palabra, mucho más

338

hermosa, se había puesto algunas de las joyas y preseas de Inés. Cogió una gran rosa de papel de las que adornaban el altar, y púsosela orgullosamente en el moño; tomó después tres varas de aquellos encajes finísimos de Brujas, de tan sutil urdimbre que parecen hechos por moscas o arañas, pálidos ya y amarilleados por el tiempo, y agitándolos en las manos, los echó hacia arriba, dejándolos caer sobre su cabeza y hombros, con tanta, con tantísima gracia, señores, cual si toda su vida hubiese estado midiendo en las tardes de primavera las baldosas de la calle Ancha, plaza de San Antonio y alameda del Carmen.

Yo estaba asombrado contemplando tales transformaciones y me sorprendía su extraordinaria belleza de la muchacha, cuando la vi realzada con los atractivos que el arte presta tan hábilmente a la hermosura. ¡Y qué bien sabía ella aplicarlos a su persona! ¡Qué singular talento el suyo para poner cada objeto en el sitio donde debía estar, y donde las leyes más rigurosas de la estética querían y mandaban que estuviese!

Después de rodear su cabeza con las blondas, colgose de las orejitas los más hermosos pendientes que creo han salido de manos de artífice platero. Luego estuvo mirándose un rato en el vidrio que cubría cierta estampa del Purgatorio, llena toda de ánimas, diablos, llamas, culebrones, sapos, cocodrilos, ruedas, sartenes, peroles, etc..., y contempló allí su imagen confusa, por no haber en la estancia espejo, ni vidrio azogado que hiciese sus veces. Después volvió la cabeza para verse la caída de faldas por detrás, tomó un abanico, dio el meneo a las varillas, que chillaron desarrollando un vasto paisaje poblado de amorcitos, y echándose aire con él, comenzó a pasear por la habitación, riéndose de sí misma y de la risa que a las otras dos causaba.

Viendo tal profanación, escándalo y desacato, penetró el insigne D. Paco en la pieza, y exclamó:

—¿Qué alboroto es este? Asuncioncita, Presentacioncita, todo se lo contaré a mamá cuando venga, todo, todito.

Presentación cesó de cantar, y tomando al preceptor por un brazo, le dijo:

—Sr. D. Paquito mío, si no le dices nada a mamá, te doy un beso.

Y en el acto se lo dio en sus secas y arrugadas mejillas.

—A mí no se me seduce con besitos, niñas —repuso el viejo vacilando entre el rigor y la tolerancia—. Cada una a su puesto, a leer, a coser. Asuncioncita de todos los demonios, ¿qué descaro es ese?

—Calle usted, so bruto —dijo Asunción con muchísima sal.

—Si es un animal —añadió Presentación dándole un sopapo con su suave manecita.

—Más respeto a mis canas, niñas —exclamó afligido el anciano—. Si no fuera porque las he visto nacer, porque las he criado a mis pechos, porque las he cantado el ro-ro...

Presentación haciendo gestos de delicada urbanidad, remedando a una persona que durante el paseo encuentra en la calle a un conocido, parose ante D. Paco, hizo una graciosa reverencia y le dijo:

—¡Oh! Sr. D. Protocolo, ¿usted por aquí? ¿Cómo está la señora doña Circunspecta? ¿Va usted al baile del barón de Simiringande? ¿Qué dice hoy la Gaceta de Pliquisburgo?...

340

—Eh... eh... —exclamó D. Paco, queriendo contener la risa que le embobaba—. Miren la mocosa cómo habla, haciéndose la señora mayor. Buena pieza tenemos en casa. ¡Qué escándalo, qué profanidad! ¿De dónde habrá sacado esta niña tales picardías?

Y luego insistiendo ella en llevar adelante el chistoso papel que estaba desempeñando, llegose a Inés, que también se moría de risa, y le dijo:

—¡Ola, madama! ¿Cómo la porta bu...? ¿Ha visto bu a la condesa? ¡Qué magnífico ha estado el concierto y la ópera de Mitrídates! ¡Oh!, madama... andiamo a tocare il forte piano... Aquí viene il maestro siñor D. Paquitini... tan, taralá, tan tin, tan.

Y se puso a bailar un minueto.

—Vaya —exclamó D. Paco, echándosela de benévolo, pero afectando mucha seriedad— les perdono lo que ha pasado si se acaba este jaleo, y va cada una a su puesto. La señora viene.

Inés continuaba en la reja atisbando afuera, y también a ratos decía:

—¡Que va a llegar!

Presentación volvió a cantar, y luego dijo:

—Paquito de mi alma, si bailas conmigo te doy otro beso.

Y sin esperar respuesta del anciano, le tomó por los brazos, haciéndole dar rápidas vueltas.

—Que me atonta, que me mata esta condenada —exclamaba el maestro, describiendo curvas sin poderse defender, ni soltar.

—¡Ay, Paquito de mi alma y de mi vida, cuánto te quiero! —decía Presentación.

El preceptor, abandonado de los ágiles brazos de su pareja, cayó al suelo, pidiendo al cielo justicia; la muchacha le enredó una flor entre las blancas guedejas de su peluca de ala de pichón, y dijo así:

—Toma, amor mío, esta flor en memoria de lo que te quiero.

Quiso levantarse, y empujado por Asunción, cayó al suelo. Quiso tirar de él Presentación y quedose con un pedazo de solapa en la mano. Levantose al fin, y persiguiéndole las dos con risas y festejo, trató una de ellas de darle un latigazo con una varita de sacudir telas; mas lo hizo con tan mala suerte que dando un cachiporrazo al altar, toda la máquina de santos, velas y juguetes se vino al suelo con estrépito. Mientras acudía a remediar el desperfecto, D. Paco estaba en tierra de rodillas, con los brazos en cruz y la mirada fija en el techo y con voz compungida y entrecortada, mientras gruesos lagrimones lustraban sus mejillas, decía:

—¡Señor Omnipotente y Misericordioso: que estas agonías sean en descargo de mis pecados! Mucho padeciste en la cruz; ¿pero y esto, Señor, esto no es cruz, estos no son clavos?, ¿estas no son espinas?, ¿estos no son bofetones y hiel y vinagre? Castigo es este del gran pecado que cometí ocultando a mi señora las travesuras de estas niñas, y las mil picardías que han aprendido sin que nadie se las enseñase; pero por la lanzada que te dieron, Señor, juro que seré leal y fiel con mi querida ama, y que no he de ocultarle ni tanto así de lo que pasa.

D. Diego y yo, que habíamos permanecido observando aquel espectáculo sin ser vistos, quisimos entrar; pero vimos que Inés se apartó vivamente de la reja, y en el mismo instante pasó por la calle una figura, una sombra, en quien reconocimos a lord Gray. Apenas habíamos tenido tiempo de reconocerle, cuando un objeto, entrando por la reja, vino a caer en medio de la sala. Al punto se abalanzó hacia el pequeño bulto D. Paco, y observándolo y recogiéndolo, dijo:

—¿Una cartita, eh? La ha arrojado un hombre.

Inés, que se acercó de nuevo a la reja, exclamó con terror:

—¡Doña María, doña María viene ya!

- XIII -

Se quedaron muertas, petrificadas; pero con presteza extraordinaria las tres empezaron a ordenar los objetos, para que cada cosa estuviese en su sitio. Arreglaron el altar atropelladamente; despojose la una de los atavíos que se había puesto; compuso la otra su vestido en desorden; pero por más prisa que se daban, tales eran la confusión y desconcierto producidos allí por la anarquía, que no había medio de volverlo todo a su primitivo estado. D. Diego me dijo, al ver que las muchachas iban a ser sorprendidas antes de poder borrar las huellas de su rebelión:

—Amigo, huyamos.

—¿A dónde?

—A la Patagonia, a las Antípodas. ¿Tú no adivinas lo que va a pasar aquí?

—Quedémonos, amigo, y tal vez hagamos una buena obra defendiendo a estas infelices, si el preceptor las delata.

—¿Viste que pasó un hombre y arrojó dentro un billete?

—Era lord Gray. Veamos en qué para esto.

—Pero mi madre viene; y si te ve aquí en acecho...

Ni esta consideración me hizo apartar de la estancia que nos servía de observatorio; pero afortunadamente doña María no entró por allí, y pasando primero a su alcoba, penetró por esta a la funesta habitación donde ocurriera el sainete que iba a terminar en tragedia. Nosotros nos pusimos en disposición de poder oírlo todo sin ser vistos, aunque también sin ver nada. Sepulcral silencio reinó por breve tiempo en la pieza, y al fin interrumpiole la condesa, diciendo con la mayor severidad:

—¿Qué desorden es este? Inés, Asunción, Presentación... ese altar destrozado, esos vestidos por el suelo... Niñas, ¿por qué estáis tan sofocadas, por qué tenéis tan encendido el rostro?... Tembláis... Vamos a ver; Sr. D. Paco, ¿qué ha pasado aquí?... ¿Pero qué veo? Señor D. Paco, señor preceptor, ¿por qué tiene usted destrozada la ropa?... ¡Pues y ese gran cardenal en el carrillo...? ¿Ha estado usted quitando telarañas con la peluca?

—Se... se... señora doña María de mi alma —dijo el ayo con voz trémula y cierto hipo producido por su gran zozobra y la lucha que diversos sentimientos sostenían sin duda entonces en su pobre alma— yo no puedo callar más... Mi conciencia no me lo permite. Yo... hace cuarenta años que co... co... como el pan de esta casa... y no puedo...

No pudiendo seguir, prorrumpió en llanto copiosísimo.

—Pero ¿a qué vienen esos lloros?... ¿Qué han hecho las niñas?

—Señora —dijo al fin D. Paco entre sollozos, hipidos y babeos—; me han pegado, me han arrastrado, me han... Asuncioncita se puso a imitar a la gente de los paseos. Presentacioncita bailó el zorongo, el bran de Inglaterra y la zarabanda... Luego pasó por la calle un caballerito, miró adentro y les arrojó este billete.

Hubo un momento de silencio, de esos silencios angustiosos como el que precede al cañonazo, después que se ha visto la mecha próxima al cebo. Durante aquel intervalo de mudo terror, que desde la escena donde tal drama pasaba se comunicó a nosotros, haciéndonos temblar como quien aguarda un terremoto, se sintieron los tenues chasquidos de un papel que se desdobla, y luego una exclamación de sorpresa, asombro o no sé si de fiereza inaudita, que salió del tempestuoso seno de doña María.

—Esta letra es de lord Gray... —exclamó—. ¡Qué desvergonzado atrevimiento! ¿A quién de vosotras se dirige la carta? Dice: «Idolatrado amor mío: si tus promesas no son vanas...». ¡Pero una persona como yo no puede leer tales indecencias!... ¿A quién de vosotras dirige lord Gray esta esquela?

Continuó el silencio, uno de esos silencios que parecen anunciar el desplome del mundo.

—Presentación, ¿es a ti? Asunción, ¿es a ti? Inés, ¿es a ti? Responded al momento. ¡Señor misericordioso! ¡Si alguna de mis hijas, si alguien nacido de mis entrañas ha dado motivo para que un hombre le dirija estas palabras, prefiero que muera ahora mismo, y yo detrás, antes que tolerar tal deshonra!

La imprecación retumbó en la sala como una voz de los pasados siglos que clamaba en defensa de cien generaciones ultrajadas. Oyéronse luego llantos comprimidos y el resoplido de D. Paco, que así desfogaba los ardores de su corazón, inflamado ya por nobles impulsos de generosidad.

—Señora —dijo moqueando y babeando— perdone usía a las niñas. Eso no habrá sido nada. Tal vez un tuno que pasó por la calle. Ellas se han estado muy calladitas.

—Se me figura —dijo doña María sin perder la dignidad en su cólera— que no tendré que hacer grandes averiguaciones para saber quién ha motivado esta amorosa epístola. Tú, Inés, tú has sido. Hace tiempo que sospechaba esto...

Nuevo silencio.

—Responde —prosiguió doña María—. Yo tengo derecho a saber en qué emplea su tiempo la que va a casarse con mi hijo.

Entonces oí la voz de Inés, que claramente y no muy turbada respondía:

—Sí, señora doña María. Lord Gray escribió para mí. Perdóneme usted.

—¡De modo que tú!...

—Yo no tengo culpa... Lord Gray...

—Te ha trastornado el juicio —dijo doña María—. ¡Bonita y ejemplar conducta de una niña de tu condición, que representa una de las más principales casas de España! ¡Inés, vuelve en ti, por Dios, repara quién eres! ¿Es posible que una joven destinada?... Yo he observado que es tu natural de suyo profano a las mundanidades. Ya supieron lo que se hacían destinándote a ser casada y a ocupar alto puesto en la corte, que si por arte del demonio hubiérante consagrado al claustro o a un decoroso celibato... ¡pobre criatura!, tiemblo de pensarlo.

La ansiedad y zozobra que yo experimentaba no me permitieron reflexionar sobre las peregrinas ideas de doña María.

—No has sido tú educada por mí —prosiguió esta— que de haberlo sido... otra sería tu conducta...

—Señora madre —dijo Asunción llorando—. Inés no volverá a faltar más.

—Calla tú, necia. Después os ajustaré a vosotras dos las cuentas, pues dijo D. Paco que habíais bailado y cantado.

—No, señora, no ha habido nada de baile ni de canto: fue broma mía —exclamó muy sofocado el pobre preceptor, cuyo espíritu se afligía con los crueles alardes de justicia de su señora.

—¿Y para qué has bajado estas ropas? —preguntó la condesa a Inés.

—Para que ellas las vieran. Las subiré, señora, y no las volveré a bajar más —repuso Inés con humildad.

—¡Qué fundamento de niña! ¿No conoces que si a ti te cuadran estos trapos y adornos, a ellas ni aun debe permitírseles el mirarlos? Tu conducta no puede ser más contraria al decoro.

—Señora doña María —dijo D. Paco— permítame usía que la diga que la señora doña Inesita en lo íntimo de su corazón deplora el disgusto que la ha dado. ¿No es verdad, señora doña Inesita? Vaya, señora doña María, perdón al canto, y todo se acabó.

—No se meta usted en lo que no le importa, Sr. D. Paco —dijo la condesa—. Y tú, Inés, ten entendido que serás perdonada, si las cosas no siguen adelante. Y no digo más sobre el particular. Ya saben ustedes que soy benévola hasta la exageración, tolerante hasta la debilidad. Ciérrense esas rejas al punto, y vamos a trabajar y a rezar... Inés, te lo repito, respira tranquilamente. Con tal que no vuelva a repetirse...

347

Oyéronse voces de las muchachas, que si no de alegría y completa bonanza, indicaban que el temporal iba pasando.

D. Diego me dijo:

—Vámonos, no sea que mi madre quiera salir por aquí y nos sorprenda.

Nos apartamos de allí.

—¿Qué te parece lo que hemos oído?

—Una infamia, una alevosía, un crimen sin ejemplo —exclamé no pudiendo contener la cólera que me dominaba.

—¿Qué te parece la Inesita?... Buena pieza en verdad...

—Ese inglés de los demonios, ese monstruo que nos ha enviado aquí la Gran Bretaña es el ser más odioso, más abominable que existe en la tierra. Por mi parte, digo que le aborrezco, que le abomino; que sin piedad le mataría, que me bebería su sangre... Adiós, me voy.

—¿Te vas?

—Sí: no quiero estar más en esta casa.

—Pero hombre, tú estás tonto. Si te he traído aquí para que me ampares. Tú no sabes que ahora mi señora mamá, después que ponga fin a la justiciada de allá, ha de venir a emprenderla conmigo por la escapatoria de ayer tarde. ¿Olvidas, hombre ligero y frívolo, que has de atestiguar que me viste ayer ocupado en dar vueltas a la noria?

—No quiero farsas, ni falsos testimonios, ni tengo para qué ver a doña María... Adiós.

—Hombre cruel, detente. Mi madre sale.

En efecto, en el corredor atrapome la señora condesa, la cual después de mostrarse sorprendida y no muy agradablemente con mi presencia, me saludó, obligándome a pasar a la sala.

348

—¿Estabas aquí? —preguntó a su hijo.

—Sí, señora: Gabriel y yo estábamos en mi cuarto leyendo unos libros de aritmética, y él me enseñaba a encontrar la quinta parte por un medio nuevo; y como ayer cuando estuvimos viendo dar vueltas a la noria, yo aposté a que no podía ser tal cosa, vino hoy a demostrármelo.

—¿Conque estuvieron ustedes ayer tarde en la noria?

—Sí, señora; dando vueltas a la noria... quiero decir, viendo.

—Es un entretenimiento inofensivo...

—Sí, señora... e instructivo.

—Propio de jóvenes de cabeza sentada —dijo doña María—. Sin embargo, he oído que a la noria va mucha gente de mal vivir.

—No señora, de ninguna manera. Canónigos, militares de coronel para arriba, señoras mayores, frailes...

—Mi hijo es algo distraído, y por eso temo... Pronto será libre y dueño de sus acciones, porque en los asuntos de un hombre casado, sobre todo si está en cierta posición, no deben entrometerse las madres.

—Exactamente. ¿Y cuándo se casa D. Diego?

—Ya no hay día seguro —respondió doña María, con firmeza.

—Y en verdad, Sr. D. Diego —dije yo volviéndome hacia mi amigo— que se lleva usted la más hermosa muchacha que hay en todo Cádiz.

—Lo que es eso... —dijo la condesa con afectación— mi hijo puede estar satisfecho de la suerte que le ha cabido en su elección, mejor dicho, en nuestra elección, pues nosotras lo hemos arreglado todo. Para que nada falte a esa muchacha, tiene hasta aquellas sutiles cualidades de ingenio y amabilidad que la harán uno de los más bellos adornos de la corte, cuando la haya. Y no se diga que a una joven mayorazga, destinada a casarse con otro mayorazgo, se la debe sujetar y comprimir para que ni hable, ni trate con personas de mundo. Eso no; eso sería ridículo, y nada hay más contrario a la alteza y sonoridad de ciertas familias que verlas representadas en la corte por una damisela encogida, vergonzosa, que se asusta de la gente y no sabe decir más que buenas tardes y buenas noches.

—Pues maldita la gracia que me hace —dijo D. Diego con desabrimiento— ver a mi novia muy amartelada con lord Gray en este salón.

Doña María se puso encendida.

—Este joven —dije yo— no eleva su entendimiento hasta los altos principios de la educación castiza. ¿Pues acaso su mujer va a ser monja? A las que van a ser monjas o solteras, bueno que se las enseñe a no levantar los ojos del suelo; pero a las que van a casarse y a ser grandes señoras... Pero hombre, ¿está usted loco? Mi amigo es un necio, un caviloso, señora. ¿Apostamos a que por estas y otras imaginaciones ridículas va a dar en la flor de decir que no se casa?

—¡Cómo! —exclamó la dama—. Mi hijo no será capaz de tal simpleza.

—Sí, señora, sí seré capaz —dijo D. Diego sin poder contener el ímpetu de sus celos.

—¡Diego, hijo mío!

—Sí, señora, lo que dice Gabriel es verdad, no quiero casarme, al menos hasta ver...

—No puede darse necedad mayor —dije—. Porque lord Gray haya conseguido con su buena apostura, sus finos modales, su talento...

—Mi hijo no me dará tan gran pesadumbre.

La condesa, por hallarse en presencia de un extraño, no soltó la ira que a borbotones quería escapársele del pecho, al ver en su hijo la obstinada genialidad, que amenazaba echar por tierra todos sus proyectos; mas conociendo yo que aquel volcán necesitaba cumplido desahogo por el cráter de la boca y quizás por el de las manos, juzgué prudente retirarme.

—¿Se marcha usted? —me dijo—. Ya, una persona discreta no puede soportar las bachillerías y antojos de este inconsiderado niño.

—Señora —repuse— D. Diego es un niño obediente y hará lo que su madre le mande. Beso a usted los pies.

Quiso D. Diego salir conmigo; pero la condesa le detuvo, diciendo con enojo:

—Caballerito, tenemos que hablar.

Yo anhelaba respirar fuera de aquella casa.

- XIV -

Al encontrarme en la calle miré a las rejas y las vi cerradas. Atormentado por el recuerdo de lo que había visto y oído, revolviendo en mi cabeza pensamientos de venganza, proyectos de barbarie, y no sé qué ideas impías y locas, dije para mí:

—Ya no me queda duda. Mataré a ese maldito inglés.

En las mil alternativas y vicisitudes de mi vida, bajé, subí, caí y levanteme; creí tocar con mis manos fatigadas el fondo de aquel mar de la borrascosa desventura, donde transcurrió mi niñez, y fuerzas ignoradas me sacaron de nuevo a la superficie; luché y padecí, deseé la muerte y amé la vida; grandes vaivenes y sacudidas experimenté; pero cuando subía, y bajaba, y luchaba, y vivía, y moría, jamás dejé de percibir aquella luz, encendida ante la desgracia, lejana estrella a quien consideraba como expresión de lo divino y sobrenatural que hay en la existencia. Pero ya la luz se había apagado, y volviendo los ojos en derredor, yo no veía sino espantosas oscuridades. Lo que yo creía perfecto ya no lo era; lo que yo juzgué mío, tampoco era mío, y pensando en esto no cesaba de exclamar:

—Mataré a ese condenado lord Gray. Ahora comprendo la satisfacción de matar a un hombre.

Turbado por los celos, mi corazón, que hasta entonces había como florecido, despidiendo un sentimiento apacible y contemplativo cual el de la religión, ardía ahora con apasionado centelleo, y lo que había amado, por extraordinaria contradicción más digno de ser amado le parecía. Sentía ansia de destrucción, y mi amor propio, mi orgullo herido clamaban al cielo, haciendo a toda la creación solidaria de mi agravio. Yo creía que el universo entero estaba ofendido, y que cielo y tierra respiraban anhelo de venganza. Crucé varias calles, repitiendo:

—Mataré a ese inglés, le mataré.

Al volver una esquina creí distinguirle y apresuré el paso. Sí, era él. Dios me lo ponía delante; le vi de espaldas y corrí; mas cuando estaba junto a él y antes que me viera, pensé que no era prudente precipitar un hecho que debía tener justificación completa. Procurando serenarme, dije para mí:

—Tengo la seguridad de sorprenderle dentro de la casa. Entretanto, esperemos.

Le toqué en el hombro, y él, al volverse, me miró impasible, sin mostrar ni alegría ni desagrado.

—Lord Gray —le dije— ha tiempo que estoy esperando la última lección de esgrima.

—Hoy no tengo humor para lecciones.

—La necesitaré pronto.

—¿Va usted a batirse? ¡Qué felicidad! ¡Hoy tengo yo un humor!... Deseo atravesar a cualquiera.

—Yo también, lord Gray.

—Amigo mío, proporcióneme usted un hombre con quien romperme el alma.

—¿Tiene usted spleen?

—Horroroso.

—Y yo. Los españoles también solemos padecer esa enfermedad.

—Es muy raro. En buena ocasión me ha salido usted hoy al encuentro.

—¿Por qué?

—Porque tenía una mala tentación. Estaba en lo más negro de la negrura del spleen, y pasó por mí la idea de pegarme un tiro o de arrojarme de cabeza al mar.

—Todo por un amor desgraciado. Cuénteme usted eso y le daré buenos consejos.

—No me hacen falta. Yo me entiendo solo.

—Yo conozco a la mujer que le trae a usted a tan lastimoso estado.

—Usted no conoce nada. Dejemos esa cuestión y no hablemos más de ella.

Aquella vez, como otras muchas, lord Gray esquivaba tratar el asunto.

—¿Con que quiere usted que le dé una lección? —me dijo después.

—Sí; pero tal, que con ella aprenda de una vez todo lo que encierra el noble arte de la esgrima; porque, milord, tengo que matar a uno.

—Es cosa fácil. Le matará usted.

—¿Vamos a casa de milord?

—No; vamos al ventorrillo de Poenco. Beberemos un poco. ¿Y cuándo va usted a matar a ese hombre?

—Cuando tenga la certeza de su alevosía. Hasta hoy tengo indicios que casi son datos evidentes; de los cuales resultan sospechas que casi son la misma certidumbre. Pero necesito más, porque mi alma, crédula hasta lo sumo, forja sutilezas y escrúpulos. La pícara quiere prolongar su felicidad.

Él calló y yo también. Silenciosamente llegamos a Puerta de Tierra.

Había en casa del señor Poenco gran remesa de majas y gente del bronce, y las coplas picantes, con el guitarreo y las palmadas, formaban estrepitosa música dentro y fuera de la casa.

—Entremos —me dijo lord Gray—. Esta graciosa canalla y sus costumbres me cautivan. Poenco, llévanos al cuarto de dentro.

—Aquí viene lo güeno —exclamó Poenco—. Desapartarse todo el mundo. Abran calle; calle, señores... espejen, que pasa su majestad miloro.

—Muchachos, ¡viva miloro y las cortes de la Isla! —gritó el tío Lombrijón levantándose de su asiento y saludándonos, sombrero en mano, con aquel garbo majestuoso que es tan propio de gente andaluza—. Y en celebración del santo del día, que es la santísima libertad de la imprenta, señó Poenco, suelte usted la espita y que corra un mar de manzanilla. Todo lo que beba miloro y la compaña lo pago yo, que aquí está un caballero pa otro caballero.

El tío Lombrijón era un viejo robusto y poderoso, de voz bronca y gestos gallardos y caballerescos. Era traficante en vinos y gozaba opinión de hombre rico, así como de gran galanteador y mujeriego, a pesar de la madurez de sus años.

Lord Gray le dio las gracias, pero sin imitarle ni en el tono ni en los movimientos, diferenciándose en esto de la mayor parte de los ingleses que visitan las Andalucías, los cuales tienen empeño en hablar y vestir como la gente del país.

—Oigasté, tío Lombrijón —dijo otro a quien llamaban Vejarruco, y que era joven y curtidor en el Puerto—. A mí no me falta ningún hombre nacío.

—¿Por qué lo dices, camaraíya, y en qué te he faltado? —dijo Lombrijón.

—Bien lo sabes, camaraíya —repuso Vejarruco—. En que asina que vi venir a miloro y la compañía, dije al señor Poenco: «Lo que beba miloro y la compañía, corre de mi cuenta; que aquí hay un caballero pa otro caballero».

—¡Zorongo! —exclamó Lombrijón—. Pero di, Vejarruco, ¿eso es conmigo?

—¡Cachirulo!, contigo es.

—Estira más esa estampa, que no te veo bien.

—Alarga el jocico pa que te tome el molde de él.

—¡Carambita! ¿Usté no sabe que cuando me pica un mosquito le desmondongo al momento?

—¡Sonsoniche! ¿Usté no sabe que cuando le pego un pezco a un hombre tiene que pedir prestaos dientes y muelas para comer?

—Basta ya, que se me van regolviendo los sentidos garrofales —dijo Lombrijón—. Señores, empiecen a cantar el requieternam por ese probesito Vejarruco.

—Alentaíto está el viejo.

—Pues allá va la lezna.

Lombrijón se llevó la mano al cinturón en ademán de sacar la navaja, y todos los presentes, principalmente las mujeres, empezaron a gritar.

—Señores, no temblar —indicó Vejarruco.

—No se batirán —me dijo lord Gray—. Todos los días hacen lo mismo y después no hay nada.

—No he traído el escarbador de dientes —dijo Lombrijón, encontrándose sin armas.

—Pues ni yo tampoco —añadió Vejarruco.

—Camaraíya, por eso no ha de quedar. Usté está amarillo. Señores, cuando eché mano al cinturón me relucieron las uñas, y pensó que era jierro.

—¡Zorongo! Camará, usté ha escondido la lezna para que no haya compromiso.

—Tú te la habrás metío en el garguero.

—Yo no la traigo, por humaniá —repuso Vejarruco— porque como tengo esta mano tan pesá, se necesita mucha prudencia pa no matar caa momento.

—Vaya, déjenlo para después —dijo Poenco— y a beber.

—Lo que hace por mí, no tengo prisa... Si Vejarruco se quiere confesar antes que le endiñe...

—Lo que es por mí... cuando Lombrijón quiera el pasaporte para la secula culorum, se lo daré.

—Pelillos a la mar —dijo Poenco—; y pos que los dos han de morir, mueran amigos.

—No hay por qué ofenderse, comparito. ¿Usté se ha ofendío? —preguntó Lombrijón a su antagonista.

—¡Cachirulo! Yo no, ¿y usté?

—Tampoco.

—Pues vengan esos cinco mandamientos.

—Allá van, y vivan las Cortes y viva miloro.

—Para cortar la cuestión —dijo lord Gray— yo pagaré a todo el mundo. Poenco, sírvenos.

Las majas que allí había obsequiaron a lord Gray con sonrisas y dichos graciosos; pero el inglés no tenía humor de bromas.

—¿Ha venido María de las Nieves? —preguntó a una.

—Pesaíto está con María de las Nieves. ¿Nosotras somos aljofifas?

—Si miloro va esta noche a mi casa —dijo en voz baja otra, que era, si no me engaño, Pepa Higadillos— verá lo bueno. Mi marío ha ido a comprar burros, y me divierto pa matar la soleá.

—A donde irá miloro esta noche es a mi casa —indicó otra que era ya matrona—. A mi casa va toda la sal del mundo, y si miloro quiere poner un par de pesetas a un caballo, no tengo comeniente... Mi casa es muy principal...

Lord Gray se apartó con hastío de aquella gente, y entramos en un cuarto, donde el tabernero recibía tan sólo a cierta clase de personas, y la mesa junto a la cual nos sentamos viose al punto cubierta del rico tributo de aquellas viñas costaneras, que no tuvieron ni tienen igual en el mundo.

- XV -

Hoy voy a beber mucho —me dijo el inglés— . Si Dios no hubiese hecho a Jerez, ¡cuán imperfecta sería su obra! ¿En qué día lo hizo? Yo creo que debió de ser en el sétimo, antes del descanso, pues ¿cómo había de descansar tranquilo si antes no rematara su obra?

—Así debió de ser.

—No; me parece que fue en el célebre día, cuando dijo: «Hágase la luz»; porque esto es luz, amigo mío, y quien dice la luz, dice el entendimiento.

—Señó miloro —dijo Poenco acercándose a mi amigo para hablarle con oficioso sigilo—; María de las Nieves está ya loquita por vucencia. Se hizo todo, y ya tiene su pañolón, sus zarcillos y su basquiña. Si no hay nada que resista a ese jociquito rubio; y como vucencia siga aquí, nos vamos a quedar sin donceyas. —Poenco —dijo lord Gray— déjame en paz con tus doncellas, y lárgate de aquí, si no quieres que te rompa una botella en la cara.

—Pues najencia, me voy. No se enfade mi niño. Yo soy hombre discreto. Pero sabe vucencia que ofrecí dos duros a la tía Higadillos que llevó el pañolón... cétera; cétera.

Lord Gray sacó dos duros y los tiró al suelo sin mirar al tabernero, quien tomándolos, tuvo a bien dejarnos solos.

—Amigo —me dijo el inglés— ya no me queda nada por ver en las negras profundidades del vicio. Todo lo que se ve allá abajo es repugnante. Lo único que vale algo es este vivífico licor, que no engaña jamás, como proceda de buenas cepas. Su generoso fuego, encendiendo llamas de inteligencia en nuestra mente, nos sutiliza, elevándonos sobre la vulgar superficie en que vivimos.

Lord Gray bebía con arte y elegancia, idealizando el vicio como Anacreonte. Yo bebía también, inducido por él, y por primera vez en la vida, sentía aquel afán de adormecimiento, de olvido, de modificación en las ideas, que impulsa en sus incontinencias a los buenos bebedores ingleses.

Resonó un cañonazo en el fondo de la bahía.

—Los franceses arrecian el bombardeo — dije asomándome al ventanillo.

—Y al son de esta música los clérigos y los abogados de las Cortes se ocupan en demoler a España para levantar otra nueva. Están borrachos.

—Me parece que los borrachos son otros, milord.

—Quieren que haya igualdad. Muy bien. Lombrijón y Vejarruco serán ministros.

—Si viene la igualdad y se acaba la religión, ¿quién le impedirá a usted casarse con una española? —dije regresando junto a la mesa.

—Yo quiero que me lo impidan.

—¿Para qué?

—Para arrancarla de las garras que la sujetan; para romper las barreras que la religión y la nacionalidad ponen entre ella y yo; para reírme en las barbas de doce obispos y de cien nobles finchados, y derribar a puntapiés ocho conventos, y hacer burla de la gloriosa historia de diez y siete siglos, y restablecer el estado primitivo.

Decía esto en plena efervescencia, y no pude menos de reírme de él.

—Hermoso país es España —continuó—. Esa canalla de las Cortes lo va a echar a perder.

Huí de Inglaterra para que mis paisanos no me rompieran los oídos con sus chillidos en el Parlamento, con sus pregones del precio del algodón y de la harina, y aquí encontré las mayores delicias, porque no hay fábricas, ni fabricantes panzudos, sino graciosos majos; ni polizontes estirados, sino chusquísimos ladrones y contrabandistas; porque no había boxeadores, sino toreros; porque no hay generales de academia, sino guerrilleros; porque no hay fondas, sino conventos llenos de poesía; y en vez de lores secos y amojamados por la etiqueta, estos nobles que van a las tabernas a emborracharse con las majas; y en vez de filósofos pedantes, frailes pacíficos que no hacen nada; y en vez de amarga cerveza, vino que es fuego y luz, y sobrenatural espíritu... ¡Oh, amigo! Yo debí nacer en España. Si yo hubiese nacido bajo este sol, habría sido guerrillero hoy y mendigo mañana, y fraile al amanecer y torero por la tarde, y majo y sacristán de conventos de monjas, abate y petimetre contrabandista y salteador de caminos... España es el país de la naturaleza desnuda, de las pasiones exageradas, de los sentimientos enérgicos, del bien y el mal sueltos y libres, de los privilegios que traen las luchas, de la guerra continua, del nunca descansar... Amo todas esas fortalezas que ha ido levantando la historia, para tener yo el placer de escalarlas; amo los caracteres tenaces y testarudos para contrariarlos; amo los peligros para acometerlos; amo lo imposible para reírme de la lógica, facilitándolo; amo todo lo que es inaccesible y abrupto en el orden moral, para vencerlo; amo las tempestades todas para lanzarme en ellas, impelido por la curiosidad de ver si salgo sano y salvo de sus mortíferos remolinos; gusto de que me digan «de aquí no pasarás», para contestar «pasaré».

Yo sentía inusitado ardor en mi cabeza, y la sangre se me inflamaba dentro de las venas. Oyendo a lord Gray, sentime inclinado a abatir su estupendo orgullo, y con altanería le dije:

—Pues no, no pasará usted.

—¡Pues pasaré! —me contestó.

—Yo amo lo recto, lo justo, lo verdadero, y detesto los locos absurdos y las intenciones soberbias. Allí donde veo un orgulloso, le humillo; allí donde veo un ladrón, le mato; allí donde veo un intruso, le arrojo fuera.

—Amigo —me dijo el inglés— me parece que a usted se le van los humos de la manzanilla a la cabeza. Yo le digo como Lombrijón a Vejarruco: «Camaraíta, ¿eso que ha dicho es conmigo?».

—Con usted.

—¿No somos amigos?

—No: no somos ni podemos ser amigos —exclamé con la exaltación de la embriaguez—. ¡Lord Gray, le odio a usted!

—Otro traguito —dijo el inglés con socarronería—. Hoy está usted bravo. Antes de beber, habló de matar a un hombre.

—Sí, sí... Y ese hombre es usted.

—¿Por qué he de morir, amigo?

—Porque quiero, lord Gray; ahora mismo. Elija usted sitio y armas.

—¿Armas? Un vaso de Pero Jiménez.

Me levanté fuera de mí, y así una silla con resolución hostil; pero lord Gray permaneció tan impasible, tan indiferente a mi cólera, y al mismo tiempo tan sereno y risueño, que sentime sin bríos para descargarle el golpe.

—Despacio. Nos batiremos luego —dijo rompiendo a reír con expansiva jovialidad—. Ahora voy a declarar la causa de ese repentino enfado y anhelo de matarme. ¡Pobrecito de mí!

—¿Cuál es?

—Cuestión de faldas. Una supuesta rivalidad, Sr. D. Gabriel.

—Dígalo usted todo de una vez —exclamé sintiendo que se redoblaba mi coraje.

—Usted está celoso y ofendido, porque supone que le he quitado su dama.

No le contesté.

—Pues no hay nada de eso, amigo mío —añadió—. Respire usted tranquilo las auras del amor. Me parece haberle oído decir a Poenco que usted anda a caza de esa Mariquilla, que no de las Nieves, sino de los Fuegos debería llamarse. A usted le han dicho que yo... pues, diré como Poenco... «cétera, cétera». Amigo mío, cierto es que me gustaba esa muchacha; pero basta que un camaraíya haya puesto los ojos en ella para que yo no intente seguir adelante. Esto se llama generosidad; no es el primer caso que se encuentra en mi vida. En celebración de paz, acabemos esta botella.

Al frenesí que antes había yo sentido sucedió un entorpecimiento y oscuridad tal de mis facultades intelectuales, que no supe qué responder a lord Gray, ni realmente le respondí nada.

—Pero, amigo mío —prosiguió él, menos afectado que yo por la bebida— hemos sabido que a Mariquilla de las Nieves la corteja... ¡cortejar!, hermosa palabra que no tiene igual en ningún idioma... pues decía que la corteja un guapo de Jerez que se me figura es más afortunado que nosotros. Sin duda a ese es a quien usted quiere matar.

—¡A ese, a ese! —dije sintiendo que se me despejaban un tanto los aposentos altos.

—Cuente usted conmigo. Currito Báez, que así se llama el jerezano, es un necio presumido y matasiete, que con todo el mundo arma camorra. Deseo tener cuestión con él. Le provocaremos.

—¡Le provocaremos, sí, señor; le provocaremos!

—Le mataremos delante de toda la gente del bronce, para que vean cómo sucumbe un tonto a manos de un caballero... Pero no sabía que estuviera usted enamorado. ¿Desde cuándo?

—Desde hace mucho, mucho tiempo —respondí viendo cómo daba vueltas la habitación delante de mis ojos. Éramos niños; ella y yo estábamos abandonados y solos en el mundo. La desgracia nos impelió a compadecernos, y compadeciéndonos, sin saber cómo, nos amamos. Padecimos juntos grandes desventuras, y fiando en Dios y en nuestro amor vencimos inmensos peligros. Llegué a considerarla como indisolublemente unida a mí por superior destino, y mi corazón fortalecido por una fe sin límites, no padeció en mucho tiempo los martirios de celos, desconfianzas, temores ni amorosos sobresaltos.

—Hombre: eso es extraordinario. ¡Y todo por María de las Nieves!...

—Pero todo se acabó, amigo mío. El mundo se me ha caído encima. ¿No lo ve usted, no lo ve usted caer a pedazos sobre mi cabeza? ¿No ve usted estas montañas que me machacan los sesos? Mi cerebro hecho trizas salta en piltrafas mil y salpicando se esparce por las paredes... aquí... allí... más allá. ¿No lo ve usted?

—Ya lo veo... —repuso lord Gray, rematando una botella.

—El mundo se me cayó encima. Se apagó el sol... ¿No lo ve usted, hombre; no advierte las horribles tinieblas que nos rodean? Todo se oscureció, cielo y tierra, y el sol y la luna cayeron, como ascuas de un cigarro... Ella y yo nos separamos: leguas y más leguas, días y días y más días se pusieron entre nosotros; yo alargaba los brazos ansiando tocarla con mis manos; pero mis manos no tocaban sino el vacío. Ella subió y yo me quedé donde estaba. Yo miraba y no veía nada... estaba escondida: ¿dónde?, dirá usted... dentro de mi cerebro. Yo me metía las manos en la cabeza y escarbaba allí dentro; pero no la podía coger. Era una burbuja, una partícula, un átomo bullicioso y movible que me atormentaba en sueños y despierto. Quise olvidarla y no pude. De noche cruzaba los brazos y decía: «aquí la tengo; nadie me la quitará...». Cuando me dijeron que me había olvidado, no lo quería creer. Salí a la calle y todo el mundo se reía de mí. ¡Espantosa noche! Escupí al cielo y lo dejé negro... Me metí la mano en el pecho, saqué el corazón, lo estrujé como una naranja y se lo arrojé a los perros.

—¡Qué inmenso e ideal amor! —exclamó lord Gray—. Y todo eso por Mariquilla de las Nieves... Beba usted esa copa.

—Supe que amaba a otro —añadí sintiendo que mi cerebro despedía una lumbre vagorosa y desparramada, llama de alcohol que trazaba mil figuras en el espacio con sus lenguas azules—. Amaba a otro. Una noche se me apareció. Iba de brazo con su nuevo amante. Pasaron por delante de mí y no me miraron. Yo me levanté y tomando la espada, herí en el vacío, y en el vacío surgió un manantial de sangre. La vi que se llegaba hacia mí pidiéndome perdón. La manga de su vestido tocó mi rostro, y me quemó. ¿Ve usted la quemadura, la ve usted?

—Sí, la veo, la veo. ¡Y todo por María de las Nieves!... Hombre es gracioso. A ver a qué sabe este Montilla.

—Yo quiero matar a ese hombre, o que él me mate a mí.

—No, a él, a él. ¡Pobre Currito Báez!

—Le mataré, le mataré, sí —exclamaba yo con furor, poniendo mi puño cerrado en el pecho de lord Gray—. ¿No siente usted cómo baila el mundo bajo nuestros pies? El mar entra por esa ventana. Ahoguémonos juntos y todo se concluirá.

—¿Ahogarme? No —dijo el inglés—. Yo también amo.

A pesar de mi lastimoso estado intelectual presté atención vivísima a sus palabras.

—Yo también amo —prosiguió—. Mi amor es secreto, misterioso y oculto, como las perlas, que además de estar dentro de una concha están en el fondo del mar. No tengo celos de nadie, porque su corazón es todo mío. No tengo celos más que de la publicidad; odio de muerte a todo el que descubra y propale mi secreto. Antes me arrancaré la lengua que pronunciar su nombre delante de otra persona. Su nombre, su casa, su familia, todo es misterioso. Yo me deslizo en la oscuridad, en oscuridad profunda que no proyecte sobre alguna, y abro mis brazos para recibirla, y los oscuros cuerpos se confunden en el negro espacio. Bullen átomos de luz, como estos que ahora nos rodean, y en las puntas de nuestros cabellos palpita con galvánica fuerza, embriagadora sensibilidad. ¿No percibe usted estas ondas que vienen del cielo, no siente usted cómo se abre la tierra y despide cien mil vidas nuevas, creadas en esta corola donde estamos, y en cuyos bordes nos movemos a impulso de la suave y embalsamada brisa?

—¡Sí, lo veo, lo veo! —respondí llevando el vaso a mis labios.

—Amigo mío, Dios hizo perfectamente al amasar este barro del mundo. Habría sido lástima que no lo hiciera. La materia vivificada por el amor es sin duda lo mejor que existe después del espíritu. Yo adoro el universo lleno de luz, pintado con lindos colores, sombreado por amorosas opacidades que cubren el discreto amor; yo adoro la naturaleza que todo lo hizo hermoso, y detesto a los hombres corruptores del elemento donde habitan, como ensucian los sapos la laguna. Mi alma se arroja fuera de este lodazal y busca los aires puros; huye de las infectas madrigueras de la civilización, abiertas en fango pestilente y se baña en los rayos de oro que cruzan los espacios. Olvidaba decir a usted que para hacer más encantadora mi aventura, la historia, es decir, diez y siete siglos de guerras, de tratados de privilegios, de tiranía, de fanatismo religioso, se oponen a que sea mía. Necesito demoler las torres del orgullo, abatir los alcázares del fanatismo, burlarme de la fatuidad de cien familias que cifran su orgullo en descender de un rey asesino, D. Enrique II, y de una reina liviana, doña Urraca de Castilla; apalear cien frailes, azotar cien dueñas, profanar la casa llena de pintarreados blasones, y hasta el mismo templo lleno de sepulcros, si la refugian en él.

—¿La va usted a robar, milord? —pregunté en un instante de rápida lucidez.

—Sí; la robaré y me la llevaré a Malta, donde tengo un palacio. He pedido un barco a Inglaterra.

Sentí súbito estremecimiento, como si mi conturbada naturaleza hiciera un esfuerzo colosal para recobrar su perdido aliento.

—Lord Gray —dije— somos amigos. Soy discreto. Yo le ayudaré a usted en esa empresa, que no será fácil por desgracia.

—No lo será... veremos —repuso exaltado después de beber con ardiente anhelo—. Yo le ayudaré a usted a matar a Currito Báez.

—Sí, le mataré; así tuviera mil vidas. Pero permítame usted que le pague su auxilio, ofreciéndole el mío para robar a esa mujer, y burlarnos de diez y siete siglos de guerras, de tratados, de privilegios, de fanatismo, de religión, de tiranía.

—Bien, amigo Gabriel; venga esa mano. ¡Viva lo imposible! El placer de acometerlo es el único placer real.

—Yo quisiera estar en los secretos de usted, milord.

—Lo estará usted.

—Yo mataré a mi hombre.

—Y pronto. Venga esa mano.

—Ahí va.

—Ahora bajemos —dijo lord Gray en el apogeo de su delirio.

—¿A dónde?

—Al mundo.

—El mundo se ha hecho pedazos, no existe —dije yo.

—Lo compondremos. Una vez se me rompió en mil pedazos un vaso etrusco que compré en Nápoles. Yo recogí los trozos uno a uno y los pegué perfectamente... ¡Oh, amada mía! ¿Dónde estás que no te veo? Este perfume de flores, esta música me anuncian que no estás lejos. Sr. de Araceli, ¿no la oye usted?

—Sí, una música encantadora —respondí, y era verdad que creí oírla.

—Ella viene envuelta en la nube que la rodea. ¿No advierte usted la deslumbradora claridad que entra en la pieza?

—Sí, la veo.

—Mi amada viene, Sr. de Araceli; ya entra; aquí está.

Miré a la puerta y la vi; era ella misma, rodeada de una luz dorada y pálida como la manzanilla y el Jerez que habíamos bebido. Quise levantarme; pero mi cuerpo se hizo de plomo, mi cabeza pesó más que una montaña y cayó entre mis brazos sobre la mesa, perdiendo de súbito toda noción de existencia.

- XVI -

Al recobrarla lenta y oscura, la voz del señor Poenco fue el accidente que me dio a conocer que había mundo. Lord Gray había desaparecido. Reconocime y me encontré estúpido; pero la vergüenza, motivada por el recuerdo de mi envilecimiento, vino más tarde. ¡Y qué vergüenza aquella, señores! Mucho tiempo tardé en perdonarme.

Pero echemos un velo, como dicen los historiadores, sobre el infausto suceso de mi embriaguez, y sigamos el cuento.

Desde tal día, el servicio en la Cortadura y en Matagorda me entretuvo algún tiempo, y no me fueron posibles aquellas visitas, ya tristísimas, ya alegres, que hacía a Cádiz; pero al fin, como el asedio no era penoso, disfruté de algún vagar, y un día púseme en camino de la calle Ancha, con intento de resolver allí qué dirección tomar.

En tiempos normales era la calle Ancha el sitio donde se reunía la caterva de mentirosos, desocupados, noveleros y toda la gente curiosa, alegre y holgazana. Allí iban también de paseo a la hora de medio día en invierno y por las tardes en verano las damas a la moda y los petimetres, abates y enamorados, ocurriendo con estos mil lances y escenas de que nos ha dejado retrato muy vivo D. Juan del Castillo en sus sainetes urbanos, no menos graciosos y verdaderos que los populares y consagrados a la majeza.

Pero en 1811, y después que las Cortes se trasladaron a Cádiz, la calle Ancha, además de un paseo público, era, si se me permite el símil, el corazón de España. Allí se conocían, antes que en ninguna parte, los sucesos de la guerra, las batallas ganadas o perdidas, los proyectos legislativos, los decretos del gobierno legítimo y las disposiciones del intruso, la política toda, desde la más grande a la más menuda, y lo que después se ha llamado chismes políticos, marejada política, mar de fondo y cabildeos. Conocíanse asimismo los cambios de empleados y el movimiento de aquella administración que, con su enorme balumba de consejos, secretarías, contadurías, real sello, juntas superiores, superintendencias, real giro, real estampilla, renovación de vales, medios, arbitrios, etc., se refugió en Cádiz después de la invasión de las Andalucías. Cádiz reventaba de oficinas y estaba atestada de legajos.

Además, la calle Ancha obtenía la primacía en la edición y propaganda de los diferentes impresos y manuscritos con que entonces se apacentaba la opinión pública; y lo mismo las rencillas de los literatos que las discordias de los políticos, lo mismo los epigramas que las diatribas, que los vejámenes, que las caricaturas, allí salieron por primera vez a la copiosa luz de la publicidad. En la calle Ancha se recitaban, pasando de boca en boca, los malignos versos de Arriaza, y las biliosas diatribas de Capmany contra Quintana.

Allí aparecieron, arrebatados de una mano a otra mano, los primeros números de aquellos periodiquitos tan inocentes, mariposillas nacidas al tibio calor de la libertad de la imprenta, en su crepúsculo matutino; aquellos periodiquitos que se llamaron *El Revisor Político, El Telégrafo Americano, El Conciso, La Gaceta de la Regencia, El Robespierre Español, El Amigo de las Leyes, El Censor General, El Diario de la Tarde, La Abeja Española, El Duende de los Cafés* y *El Procurador general de la Nación y del Rey*; algunos, absolutistas y enemigos de las reformas; los más, liberales y defensores de las nuevas leyes.

Allí se trabaron las primeras disputas de las cuales hicieron luego escandalosa síntesis los autores respectivamente de los dos célebres libros Diccionario manual y Diccionario crítico-burlesco, ambos signo claro de la gran reyerta y cachetina que en el resto de siglo se había de armar entre los dos fanatismos que ha tiempo vienen luchando y lucharán por largo espacio todavía.

En la calle Ancha, en suma, se congregaba todo el patriotismo con todo el fanatismo de los tiempos; allí, la inocencia de aquella edad; allí, su bullicioso deseo de novedades; allí, la voluble petulancia española con el heroico espíritu, la franqueza, el donaire, la fanfarronada, y también la virtud modesta y callada. Tenía la calle Ancha mucho de lo que llamamos Salón de conferencias, de lo que hoy es Bolsa, Bolsín, Ateneo, Círculo, Tertulia, y era también un club.

Cualquiera que entonces entrase en ella por las calles de la Verónica o Novena y la atravesase en dirección a la plaza de San Antonio, habríase creído transportado a la capital de un pueblo en pleno goce del más acabado bienestar y aun de la paz más completa, si no mostrara otra cosa la multitud de uniformes militares, tan varios como alegres, que abundantemente se veían. Gastaban las damas gaditanas ostentoso lujo, no sólo por hacer alarde de tranquilidad ante las amenazas de los franceses, sino porque era Cádiz entonces ciudad de gran riqueza, guardadora de los tesoros de ambas Indias. Casi todos los petimetres y la juventud florida en masa, lo mismo de la aristocracia que del alto comercio, se habían instalado en los diferentes cuerpos de voluntarios que en Febrero de 1810 se formaron; y como en tales cuerpos ha dominado siempre, por lo común, la vanidad de lucir uniformes y arreos de gran golpe de vista, aquello fue una bendición de Dios para el lucimiento de sastres y costureras, y los milicianos de Cádiz estaban que ni pintados.

Debo advertir que se portaron bien y con verdadero espíritu militar en todo lo muy difícil y arriesgado que durante el sitio se les confió; pero

371

su principal triunfo estaba en la calle Ancha entre muchachas solteras, casadas y viuditas.

Llamábanse unos los guacamayos, por haber elegido el color grana para su uniforme, y estos formaban cuatro batallones de línea. Menos vistoso y deslumbrador era el vestido de los dos batallones de ligeros, a quienes llamaron cananeos, por usar cananas en vez de cartucheras. Otros, por haber aplicado profusamente a sus personas el color verde, fueron designados con el nombre de lechuguinos, si bien hay quien atribuye este apodo a la circunstancia de pertenecer los tales lechuguinos a los barrios de Puerta de Tierra y extramuros, donde se crían lechugas. Con los mozos de cuerda y trabajadores formose un regimiento de artillería, y como eligieran para decorarse el morado, el rojo y el verde, en episcopal combinación, fueron llamados los obispos, y no hubo quien les quitara el nombre durante todo el transcurso de la guerra. Otros, que militaron en la infantería, y eran modestísimos en estatura y traje, fueron designados con el mote de perejiles, y a las personas graves que habían formado una milicia urbana y exornádose con un levitón negro y cuello encarnado, se les tituló los pavos. Todos llevaban nombre contrahecho, y hasta el cuerpo que se formó con los desertores polacos, no pudo llamarse nunca de los polacos, sino de las polacras.

Todo este inmenso, variado y pintoresco personal de guacamayos, cananeos, obispos, perejiles y pavos discurría por la calle Ancha y plaza de San Antonio, llamada entonces Golfo de las damas, en las horas que dejaba libres el servicio, menos penoso y arriesgado allí que en Zaragoza. Formaban los variados uniformes, a los cuales se añadían los nuestros y los de los ingleses, la más animada y alegre mescolanza que puede ofrecerse a la vista; y como las señoras no llevaban sus guardapiés y faldellinas de luto, sino por el contrario, de los más brillantes rasos blancos, amarillos o rosa, con mantillas quier blancas, quier negras, y cintas emblemáticas, y cucardas patrióticas a falta de flores, júzguese de cuán bonita sería aquella calle Ancha, la cual, como calle, y aun desierta y abandonada por el alegre gentío, es, con sólo el adorno de sus lindas casas, de sus balcones siempre pintados y de sus mil vidrios, lo más bonito que existe en ciudades del Mediodía.

Desde que llegué hube de encontrar muchos amigos, y comenzó el preguntar y el responder, de esta manera:

—¿Qué dice hoy *El Diario Mercantil*?

—Llama ladrones a todos los amigos de las reformas, y dice que llegará día en que el obispo de Orense ponga un grillete al pie a los pícaros que le encausaron por no querer jurar.

—Pues para ser enemigo de la libertad de la imprenta, *El Diario Mercantil* no se muerde la lengua.

—¡Pero qué bien le contesta hoy *El Conciso*! Le dice que los matacandelas de toda luz de la razón, no quisieran que alumbrase al mundo más luz que la de las hogueras inquisitoriales.

—Peor les trata *El Robespierre Español*, que dice: «El antiguo edificio romanesco-gótico-moruno de las preocupaciones caerá, y quedaranse a la luna de Valencia tanto vampiro, cárabo y lechuzo como... Lámparas mata y el aceite chupa».

—Pero veamos qué dice *El Concisín*.

Y sacaron un diminuto papel, húmedo aún como recién salido de la prensa, el cual era una especie de suplemento, hijuela y lugarteniente de *El Conciso* grande, y en su lenguaje figuraba un niño que venía a contarle a su papá lo que ocurría por las Cortes.

— *El Concisín* dice: «Después del Sr. Argüelles, que habló con tanta elocuencia como de costumbre, antojósele a Ostolaza dar al viento el repiqueteo de su voz clueca y becerril, y entre las risas de las tribunas y el alborozo del paraíso, defendió a los uñilargos y pancirrellenos que viven del arca-boba de la Iglesia».

—Hombre, los trata con demasiada benevolencia.

—Ellos nos llaman a nosotros herejotes y calabazones.

—Si no se puede sufrir a esa canalla. Hay que poner una horca en el Golfo de las Damas para colgar serviles, empezando por los de capilla y acabando por los de faldón.

—Deje usted que nos sacudamos a Soult, y los cananeos dejaremos a España como una balsa de aceite. ¿Y qué se sabe del lord?

—Va sobre Badajoz.

—Massena viene en retirada desde Portugal.

—Los franceses han abandonado a Campomayor.

—Pronto se unirá Castaños a Wellington.

—Señora doña Flora de Cisniega, tenga usted felices días.

—Felices, señores guacamayos. Lord Gray, felices, y usted, Sr. de Araceli, téngalos muy buenos, aunque no sea sino por lo caro que se vende.

Al mismo tiempo que doña Flora, se presentó ante mí lord Gray. Hablome la dama con cierto sonsonete represivo que me hizo mucha gracia. Recibía al mismo tiempo plácemes y finezas de todos los del corrillo, y cortesía va, cortesía viene, la rodeamos llevándola calle adelante como en procesión, con cola de cortesanos.

—Señores —dijo doña Flora— la libertad de la imprenta es cosa que ha de darnos muchas jaquecas. ¿No han visto ustedes cómo se atreve El Revisor Político a ocuparse de mis tertulias, y de si van o no van a ellas filósofos y jacobinos? ¿Pues acaso entra en mi casa persona que no sea digna del mayor respeto? No se han atrevido esos pícaros diaristas a nombrarme, pero harto se conoce a quién va dirigido el dardo.

—Señora —dijo un guacamayo— la libertad de la imprenta, según dijo Argüelles en las Cortes, allí donde tiene el veneno tiene también la triaca. Pues ellos andan con alusioncitas, devolvámoselas, y no pequeñas como nueces, sino gordas como calabazas, y no rellenas de plomo frío cual las bombas de Villantroys, sino de fuego y metralla cual las nuestras.

—¿Qué quiere decir eso, amiguito?

—Que a nuestra disposición tenemos *El Robespierre Español, El Duende de los Cafés* y al pícaro *Concisín* que se encargarán de poner cual no digan dueñas a los apaga-candelas.

—La alusión, señora doña Flora —dijo un obispo— ha salido sin duda de la tertulia de Paquita Larrea, la esposa del Sr. Böhl de Faber.

—¿Qué más que escribir una sátira de la tal tertulia con mucha sal y pimienta, retratando a todos los que van a ella, y mandarla al *Robespierre* para que la estampe? —añadió un pavo.

—No quiero que se diga que la sátira se ha fraguado en mi casa —dijo doña Flora—. En paz con todo el mudo es mi mote, y si a mis tertulias

375

van tantas personas honradas y discretas es por pasar el tiempo cultamente, y no para enredos e intriguillas.

—Es preciso defender la libertad hasta en las tertulias —dijo un obispo, o un lechuguino, que esto no lo recuerdo bien.

—En las trincheras es mejor —repuso doña Flora—. No quiero reñir con Paquita Larrea, que si ella recibe a los Valientes, Ostolazas, Teneyros, a los Morros y Borrulles, yo tengo el gusto de que vayan a mi casa los Argüelles, Torenos y Quintanas, y no porque los haya escogido en el haz de los que llaman liberales, sino porque casualmente concordaron en ideas.

—No nos prive usted del placer de hacer una letrilla al menos en honor de los tertulios de la Larrea —dijo un perejil.

—No, señor perejil —repuso ella— reprima usted sus bríos liberales, que ya voy viendo que la dichosa libertad de la imprenta es un azote de Dios, y un castigo de nuestros pecados, como dice el Sr. D. Pedro del Congosto.

Debo indicar, que doña Francisca Larrea, esposa del entendido y digno alemán Böhl de Faber, era mujer de mucho entendimiento, escritora, lo mismo que su marido a quien eran muy familiares los primores de la lengua castellana. De este matrimonio, nació Eliseo Böhl, a quien debemos las mejores y más bellas pinturas de las costumbres de Andalucía, novelista sin igual y de fama tan grande como merecida dentro y fuera de España. Luego que la nube de guacamayos, cananeos y demás tropa voluntaria descargó el nublado de sus adulaciones y cortesías, doña Flora, aprovechando un claro de la conversación, me dijo:

—¡Muy bien, Sr. D. Gabriel! Días y más días sin pasar por casa. Después de aquella tremenda y borrascosa escena con D. Pedro, pocas veces has ido por allá. Y no quedó poco comprometido mi honor...

—Señora, francamente, temo que el señor D. Pedro me ensarte con su gran espadón, porque de que está celoso como un turco no me queda duda alguna. Su señoría el gran cruzado, va a tomar una venganza terrible por el grandísimo agravio que le he hecho.

Conté a lord Gray en breves palabras lo ocurrido.

—No temas nada —dijo doña Flora—. Ahora te agradeceré que vayas a casa a llevar a la señora condesa un recadito que me importa mucho.

—Con mil amores. ¿Pero está allí D. Pedro?

—¡Qué ha de estar!

—Respiro.

—Pues bien. Vas a casa al momento, y dices a Amaranta, que si quiere ver a Inés y aun hablarla, vaya a las Cortes. Ella tiene cédula para la tribuna.

—¿Qué dice usted? —exclamé con asombro—. ¿Que Inés está en las Cortes?

—Sí, se han plantado en San Felipe las tres niñas beatas. ¿Qué te parece? Hace un rato volvía yo de la secretaría de Consolidación y Contaduría general, en la plazuela de San Agustín, y me las encontré con D. Paco. Díjome el buen preceptor, que las pobrecitas hacía dos semanas que estaban suplicando a la señora doña María que las dejase salir a dar un paseíllo por la muralla; y por último parece que los muchos ruegos y continuas lamentaciones ablandaron la roca de las terquedades de la condesa, que permitió a sus tres cautivas esparcirse un poco en el día de hoy, durante hora y media. Bajo la tutela de D. Paco, en quien tiene confianza sin límites la señora, dejolas esta salir, después de vestirlas a lo monjil en tales modos, que parece van pidiendo para la Archicofradía de los Clavos y Sagradas Espinas de Hermanas Siervitas con voto de pobreza. Dioles orden expresa de pasearse desde la Aduana hasta el baluarte de la Candelaria, yendo y viniendo tres veces, sin que por causa alguna infringiesen esta premática paseantil, ni traspasasen la línea indicada, ni menos se internasen en las calles de Cádiz, por donde después que están aquí las Cortes, discurren, como dice el Sr. Teneyro, todos los pecados y vicios en endemoniada procesión... Pero, ¿qué hacen mis niñas? Verás. En cuanto llegaron a la calle del Baluarte amotináronse, empeñándose en que D. Paco las había de llevar a las Cortes, porque tenían gran curiosidad, sed devoradora de ver tan bonito espectáculo; gruñó el pobre preceptor, chillaron ellas, se aferró él al programa que le trazara su ama, rebeláronse las chicas, negándose a ir a la muralla, y luego le acribillaron a pellizcos y alfilerazos. Presentación propuso a las otras dos arrojar a D. Paco al mar, y después le quitaron el sombrero para guardarlo en rehenes y privarle de tan útil prenda, si no las llevaba al Congreso Nacional. Una de ellas tenía una papeleta de tribuna, que sin duda algún galán travieso le dio con el fin que puede suponerse. Antes los galanes, cuando no podían comunicarse con sus amadas, las citaban en las iglesias, donde la religiosa oscuridad protegía el trasiego de las cartitas, el apretón de manos u otro desahogo de peor especie, mientras los padres embobados contemplaban las llamaradas del cuadro de Ánimas del

378

Purgatorio. Hoy cuando no puede haber reja ni correo, los amantes se suelen citar en la tribuna de las Cortes. Es esta una invención donosísima, ¿no es verdad, lord Gray? Sin duda está muy en boga en los parlamentos de Inglaterra, y ahora nos la introducen en España para mejoramiento de las costumbres.

Lord Gray, que había puesto atención a lo que doña Flora nos contaba, repuso con malicia:

—Señora mía, deme usted licencia para retirarme, porque tengo una ocupación, un quehacer imprescindible no lejos de aquí.

—Sí, vaya usted, vaya usted. Ahora deben estar en la discusión de los señoríos jurisdiccionales. Mucho ruido, mucho barullo en las tribunas. Usted entrará en la de los diplomáticos, que está mano a mano con la de señoras. Corra usted, adiós.

Dejome lord Gray en las garras de doña Flora, la cual continuó así:

—El pobre D. Paco se defendió hasta que no pudo más. ¡Pobre señor! No tuvo más remedio que bajar la cabeza ante el número y llevarlas a las Cortes. Cuando le encontré y me contó el lance, iba el pobre tan cari-entristecido, cual si lo llevaran a ajusticiar, y me dijo: «Ay de mí, si doña María llega a saber esto... ¡Malditas sean las Cortes y el perro que las inventó!».

—¿Estarán todavía allá?

—Sí; corre a avisárselo a la condesa. La pobrecita hace tiempo que está arando la tierra por ver a Inés dentro o fuera de su cárcel, y no puede conseguirlo, pues a ella no la admiten allá, y se pasan meses y meses sin que se les permita dar un paseo con el ayo. Conque ve a decírselo y tú mismo la acompañarás a San Felipe. No tardes, hijo, y en seguida a casa derechito que tengo que hablarte. ¿Comerás hoy con nosotros?

Me despedí con gran precipitación de doña Flora, dejándola en poder de los guacamayos, y me alejé de allí; pero en vez de correr hacia la calle de la Verónica, mi curiosidad, mi pasión y un afán invencible me impulsaron hacia la plaza de San Felipe, olvidando a Amaranta y a doña Flora, fija el alma y la vida toda en las tres muchachas, en D. Paco, en lord Gray, en las Cortes, en los diputados y en la discusión sobre señoríos jurisdiccionales.

- XVII -

Llegué, y en la pequeña plazoleta que hay a la entrada de la iglesia, entonces convertida en Congreso, había, como de costumbre, gran gentío. Extendí con avidez la vista por la multitud de caras que allí se confundían, y no vi ninguna de las que buscaba. Pensando que estarían todos arriba, traspasé la puertecilla que conducía a la escalera de las tribunas, pero en el vestíbulo, o más bien pasadizo, la gente que bajaba, tropezando con la que quería subir, formaba remolinos y marejada. Pugnaba yo por entrar cuando vi cerca de mí a Presentación, que estrujada por espaldas y hombros muy robustos, mostraba gran aflicción y pesadumbre de haberse metido en tal fregado. Las otras dos y D. Paco no estaban allí.

Al punto acudí a sacarla de apreturas, y al reconocerme se alegró mucho y me dio las gracias.

—¿Dónde están las otras dos y D. Paco? —le pregunté.

—¡Ay!, no sé... —exclamó con zozobra—. Entre el gentío, Inés y Asunción se separaron de mí. Después las vimos con lord Gray en el fondo de este pasadizo. D. Paco fue tras ellas y a ninguno veo.

—Pues avancemos —dije resguardándola con mis brazos—. Ya parecerán.

Despejose algo el local con la salida de una fuerte masa de gente, cansada ya de oír discursos, y entonces vi venir a D. Paco, como que bajaba de la escalera de las tribunas reservadas.

—No están —decía el pobre viejo con la mayor ansiedad—. Asuncioncita e Inesita han desaparecido. Deben de haber salido otra vez a la calle. Lord Gray se juntó a ellas. ¡Dios mío! ¿Qué nueva tribulación es esta? Señor de Araceli, ¿las ha visto usted?

—Subamos, que arriba han de estar.

—Que no están. ¡En buena nos han metido!... El santo Ángel de la Guarda me acompañe. Estas niñas me harán condenar, señor de Araceli... ¿Se habrán metido abajo en el salón de sesiones?

—Yo no he traído papeleta para las tribunas reservadas; pero subamos a la pública y desde allí veremos si están.

—Yo me muero de pena —exclamó el buen profesor con lastimosos aspavientos—. ¿Dónde estarán esas dos niñas? El gentío las separó de nosotros por casualidad... ¿qué digo casualidad? El demonio ha andado aquí.

—Yo subiré con esta madamita a la tribuna pública, y veremos si están o no están aquí.

—Yo saldré a la calle... Yo buscaré por todo el edificio; yo volveré patas arriba Cortes y procuradores, y han de parecer, aunque se hayan metido dentro de la campanilla del presidente o en la urna donde se vota. ¡Qué aprieto, qué compromiso, qué situación!

Y el pobre viejo se echó a llorar como un chiquillo.

—Subamos, Sr. de Araceli —dijo resueltamente Presentación— que tengo mucho deseo de ver eso.

La muchacha, en su anhelo de ver las Cortes, no se cuidaba de la pérdida de sus compañeras.

—Suban ustedes a la tribuna pública —dijo D. Paco— y aguárdenme allí, que voy a preguntar a los porteros.

Presentación se aferró a mi brazo, y lejos de hacer peso en él, parecía que me impulsaba y aligeraba, según era su impaciencia y afán de subir pronto. Cuando llegamos arriba y entramos, no sin trabajo, en la tribuna, la pobre muchacha mostraba en sus asombrados ojos y en el encendido color de sus mejillas, la viva emoción que espectáculo tan nuevo para ella le produjera. Al abarcar con la vista la iglesia-salón, observé la tribuna de señoras, la de diplomáticos, y no vi a las dos muchachas ni a lord Gray. Asombrado de esto, pensé retirarme para buscar fuera; pero Presentación, arrobada y suspensa con la gravedad del Congreso y el hablar de los diputados, me dijo deteniéndome:

—D. Paco las buscará. Yo he venido aquí para ver esto, Sr. de Araceli. Acompáñeme usted un momento. Mi hermana e Inés pueden parecer cuando quieran. ¿Quién les mandó separarse?

—¿Pero no vio usted hacia qué parte fueron con lord Gray?

—No sé —repuso sin poder apartar su atención de lo que estaba viendo—. ¿Sabe usted, Sr.

de Araceli, que esto es muy bonito? Me gusta tanto como los toros.

Traté de acomodarla en un asiento, y para esto me fue forzoso molestar a algunas personas de las que se habían instalado allí desde el principio de la sesión y asistían con devotísimo recogimiento a los debates. Gruñeron unos, murmuraron otros; pero al fin Presentación obtuvo un puesto y yo otro a su lado; pero mi inquietud y ansiedad eran tales, que me levantaba con frecuencia para alargar el cuerpo fuera de las barandillas con objeto de examinar todo el ámbito del salón y las pobladas tribunas. Fáltame decir que el gentío que nos acompañaba en la pública, era compuesto, en parte, de gente de baja esfera; y en parte, de personas graves del comercio menudo, de tenderos, periodistas y también muchos vagos de la calle Ancha y algunas mozas de diferente estofa.

La iglesia, convertida en salón, no era grande. Ocupaban los diputados el pavimento, la presidencia el presbiterio y los altares estaban cubiertos con cortinones de damasco, que los escondían, lo mismo que a las imágenes, de la vista del público, como objetos que no habían de tener aplicación por el momento. El arquitecto Prast, reformador del edificio, discurrió también sin duda que a los santos no les haría mucha gracia aquello. Algunos han creído que los diputados subían al púlpito para hablar; pero no es cierto. Los diputados hablaban, como hoy, desde sus asientos; y los púlpitos no servían para nada más que para apolillarse. Tenía la iglesia sus tribunas laterales, que fueron destinadas a los diplomáticos, a las señoras y al público distinguido; y en los pies del edificio abriéronse dos nuevas con barandal de madera, que se dedicaron al pueblo en general, y que éste invadió desde las primeras sesiones, alborotando más de lo que parecía conveniente al decoro de su recién lograda soberanía.

Presentación no tenía ojos más que para observar la presidencia, los diputados, y muy principalmente al que hablaba; las tribunas, los ujieres, el dosel, el retrato del rey; ni tenía alma más que para atender a aquellos indefinibles bullicios, propios de todo cuerpo deliberante, y que son como el aliento de la pasión que allí por tan diferentes órganos habla, del noble entusiasmo, del vil egoísmo; el sordo mugir de las mil ideas, siempre desacordes, que hierven dentro de ese cerebro calenturiento que se llama salón de sesiones. Yo observé la estupefacción de la muchacha, y le dije:

—¿Le gusta a usted este espectáculo?

—Muchísimo. Nos habían dicho que era muy feo, pero es bonito. ¿Quién es aquel señor que está en medio del redondel?

—Es el presidente. Es el que dirige esto.

—Ya, ya... Y cuando quiera mandar una cosa, sacará el pañuelo y lo agitará en el aire.

—No, señora doña Presentacioncita. Así pasa en los toros; pero aquí el presidente se vale de una campanilla.

—Y el diputado que va a hablar, ¿por dónde sale? ¿Por detrás de aquella cortina o por esa puertecilla?

—El diputado no sale por ninguna parte, que aquí no hay toril ni telones. El diputado está en su asiento, y cuando quiere hablar se levanta. Vea usted: todos esos que ahí están son diputados.

384

La muchacha, a cada nueva conquista hecha por su inteligencia en el conocimiento de las cosas parlamentarias, más sorpresa mostraba, y no distraía su atención del Congreso sino para hacerme preguntas tan originales a veces, y a veces tan inocentes, que me era muy difícil contestarle. Carecía en absoluto de toda idea exacta respecto de lo que estaba presenciando; y aquel espectáculo la conmovía hondamente, sin que las ideas políticas tuviesen ni aun parte mínima en tal emoción, hija sólo de la fuerte impresionabilidad de una criatura educada en estrechos encierros y con ligaduras y cadenas, mas con poderosas alas para volar, si alguna vez rompía su esclavitud.

Era tierna, sensible, voluble, traviesa, y por efecto de la educación, disimuladora y comedianta como pocas; pero en ocasiones tan ingenua, que no había pliegue de su corazón que ocultase, ni escondrijo de su alma que no descubriese. Por esto, que era sin duda efecto de un anhelo irresistible de libertad, aparecía a veces descomedida y desenvuelta con exceso.

Poseía en alto grado el don de la fantasía; la falta de instrucción profana unida a aquella cualidad, la hacía incurrir en desatinos encantadores. No sólo en aquella ocasión, sino en otras varias, observé que al separarse de doña María y al sentirse libre del peso de aquella gran losa de la autoridad materna, desbordábanse en ella con desenfrenada impetuosidad, fantasía, sentimiento, ideas y deseos. Presenciando la sesión, no cabía en sí misma; tan inquieta estaba, y tan sublevados sus nervios y tan impresionados sus sentidos.

—Señor de Araceli —me dijo después que por un instante meditó— ¿y esto para qué es?

—¿El Congreso?

—Sí, eso es; quiero decir que para qué sirve el Congreso.

—Sirve para gobernar a los pueblos, juntamente con el rey.

—Comprendido, comprendido —repuso vivamente agitando su abaniquillo—. Quiere decir que todos estos caballeros vienen aquí a predicar, y así como los curas de las iglesias predican diciendo que seamos buenos, los procuradores de la nación predican otras cosas; viene la gente, los oye y nada más. Sólo que, según dicen los que van de noche a casa, los diputados predican que seamos malos, y esto es lo que no entiendo.

—Esos discursos —le contesté risueño— no son sermones, son debates.

—Efectivamente; me ha parecido que no son sermones, sino que uno dice una cosa, otro otra, y parece como que disputan.

—Justamente. Disputan; cada uno dice lo que cree más conveniente, y después...

—El disputar me gusta mucho. ¿Sabe usted que me estaría aquí las horas muertas oyendo esto? Pero me agradaría que hablaran fuerte y se insultaran, tirándose los bancos a la cabeza.

—Alguna vez...

—Pues yo quiero venir ese día. ¿Se anunciará por carteles en las esquinas?

—Nada de eso. La política no es una función de teatro.

—¿Y qué es la política?

—Esto.

—Ahora me parece que lo entiendo menos. Pero ¿quién es ese hombre alto, moreno y de aspecto temeroso, que está hablando ahora? Le aseguro a usted que ese modo de charlar me gusta.

—Es el Sr. García Herreros, diputado por Soria.

La atención del Congreso estaba fija en el orador, uno de los más severos y elocuentes de aquella primera fecunda hornada. Profundo silencio reinaba en el salón lo mismo que en las tribunas. Callamos Presentación y yo, y atendimos también, ambos absortos y suspensos, porque la palabra de García Herreros, enérgica y sonora, era de las que imperiosamente se hacen oír y acallan todos los rumores de una Asamblea.

Combatiendo las servidumbres, exclamaba: —«¿Qué diría de su representante aquel pueblo numantino, que por no sufrir la servidumbre quiso ser pábulo de la hoguera? Los padres y tiernas madres que arrojaban a ellas a sus hijos, me juzgarían digno del honor de representarles, si no lo sacrificase todo al ídolo de la libertad? Aún conservo en mi pecho el calor de aquellas llamas, y él me inflama para asegurar que el pueblo numantino no reconocerá ya más señorío que el de la nación. Quiere ser libre y sabe el camino de serlo».

- XVIII -

Ruidosos aplausos de abajo, y aplausos, patadas y gritos de arriba, ahogaron las últimas palabras del orador. Presentación me miró, y sus mejillas estaban inundadas de lágrimas.

—¡Oh, Sr. de Araceli! —me dijo—. Ese hombre me ha hecho llorar. ¡Qué hermoso es lo que ha dicho!

—Señora doña Presentacioncita, ¿no repara usted que ni su hermana, ni Inés, ni lord Gray parecen por ningún lado?

—Ya parecerán. D. Paco ha ido a buscarlas y dará con ellas... Ahora está hablando otro, y dice que aquel no tiene razón. ¿Cómo entendemos esto?

Otro orador usó de la palabra, pero por poco tiempo.

—Parece que ahora tratan de otro asunto —dijo la muchacha, observando siempre—. Y allí se ha levantado uno que saca un papel y lo lee.

—Se me figura que ese es D. Joaquín Lorenzo Villanueva, el diputado por Valencia.

—Es clérigo. Parece que lee un papel impreso.

—Es sin duda un periódico de los que ponen como chupa de dómine a las Cortes. Aquí acostumbran leer las picardías que los papeles públicos dicen de los diputados, y las contestaciones que estos se sirven dirigirles.

En efecto: Villanueva, furioso porque *El Conciso* se reía de sus proyectos de ley, lo denunciaba al Congreso Nacional, y luego nos regalaba la contestación. Era esta una de las anomalías y rarezas de aquella nuestra primera Asamblea, bastante inocente para detenerse en disputar con los periódicos, dictando luego severas penas que contradecían la libertad de la imprenta.

—Parece que va a haber tumulto —me dijo Presentación—. ¡Cielos divinos! Se levanta a hablar otro predicador... Pero si es Ostolaza... ¿no le ve usted?, el mismo Ostolaza. ¿No ve usted su cara redonda y encarnada?... Si su voz parece una matraca... y ¡qué gestos, qué miradas!...

388

Ostolaza empezó a hablar, y con su discurso las risas y burlas, arriba y abajo, sin que el presidente pudiera acallarlas, ni el orador hacerse oír con claridad. Volviose a las tribunas y con el gesto desenfadado las despreció, y crecieron tumultos y voces, sobre todo en nuestro balcón, donde varios individuos de sombrero gacho y marsellés no podían convencerse de que estaban en lugar muy distinto de la plaza de toros.

—Dice que nos desprecia —exclamó Presentación en voz muy baja—. Se ha puesto rojo como un tomate. Amenaza a las tribunas porque nos reímos de su facha. Sí, Sr. Ostolaza, nos reímos de usted... Miren el mamarracho, espantajo. ¿Por qué no le retiran las licencias? Si es un predicador de aldea... Insulta a los demás. ¿Usted qué sabe, so bruto? ¿Porque en casa le oímos con la boca abierta cuando nos sermonea, cree que le van a tolerar aquí?...

Un individuo de las tribunas gritó:

—¡Afuera el apaga candelas!

Y el barullo y vocerío tomaron proporciones tales que los porteros nos amenazaron con echarnos a todos a la calle.

—Sr. de Araceli —me dijo Presentación, encendida y agitada por el entusiasmo— tendría un grandísimo placer... ¿en qué creerá usted? Me regocijaría muchísimo... ¿de qué pensará usted? De que ahora se levantara de su asiento el señor presidente y le diera dos palos a Ostolaza.

—Aquí no es costumbre que el presidente apalee a los diputados.

—¿No? —exclamó con extrañeza—. Pues debiera hacerlo. Me estaría riendo hasta mañana: dos palos, sí señor, o mejor cuatro. Los merece. Aborrezco a ese hombre con todo mi corazón. Él es quien aconseja a mamá que no nos deje salir, ni hablar, ni reír, ni pestañear. Asunción dice que es un zopenco. ¿No cree usted lo mismo?

—¡Que le den morcilla! —gritó una voz becerril en el fondo de la galería.

—Comparito —dijo otra voz dirigiéndose al orador— ¿todo ese enfao es verdá o conversasión?

—Señores —exclamó volviéndose a todos lados, un diarista almibarado, peli-crecido y amarillento— estos escándalos no son propios de un pueblo culto. Aquí se viene a oír y no a gritar.

—Camaraíta —preguntole con sorna un viejo chusco que allí cerca había— eso que osté ha dicho ¿es jabla o rebuzno?

—Sóplenme ese ojo —gritó otro.

—Señores, que el presidente nos va a echar a la calle y perderemos lo mejor de la sesión.

—Señora doña Presentacioncita —dije yo a la muchacha— bueno será que nos marchemos. La tribuna se alborota y no es prudente seguir aquí. Además los extraviados no parecen y debemos buscarlos fuera.

—Esperemos aún... En suma, Sr. D. Gabriel —me dijo con encantadora inocencia— ¿todos esos hombres para qué están aquí, para qué hablan, para qué gritan?

Le contesté lo que me parecía y no me entendió.

—Ostolaza sigue hablando. Sus brazos parecen aspas de molino... Todos se ríen de él. Veo que las Cortes, como los teatros, tienen su gracioso.

—Así es en efecto.

—Y el gracioso es Ostolaza... Pues me parece que junto a él está el Sr. Teneyro... ¡Qué par! Si querrá también hablar... Dígame usted otra cosa, ¿quién es ese señor Preopinante de quien todos hablan tan mal?

—El Preopinante es el que ha hablado antes.

—Dígame usted. Y cuando tengamos rey, ¿Su Majestad vendrá también a predicar aquí?

—No lo creo.

—¿Y en qué consiste eso que dicen de que con Cortes hay libertad?

—Es una cosa difícil de explicar en pocas palabras.

—Pues yo lo entiendo de este modo... Pongo por caso... las Cortes dirán: ordeno y mando, que todos los españoles salgan a paseo por las tardes, y vayan una vez al mes al teatro, y se asomen al balcón después de haber hecho sus obligaciones... Prohíbo que las familias recen más de un rosario completo al día... Prohíbo que se case a nadie contra su voluntad y que se descase a quien quiere hacerlo... Todo el mundo puede estar alegre siempre que no ofenda al decoro...

—Las Cortes harán eso y mucho más.

—¡Oh, Sr. Araceli, yo estoy muy alegre!

—¿Por qué?

—No sé por qué. Siento deseos de reír a carcajadas. Siempre que salgo de casa, y voy a alguna parte donde puedo estar con alguna libertad, me parece que el alma quiere salírseme del cuerpo y volar bailando y saltando por el mundo; me embriaga la atmósfera y la luz me embelesa. Todo cuanto veo me parece hermoso, cuanto oigo elocuente (menos lo de Ostolaza), todos los hombres justos y buenos, todas las mujeres guapas, y me parece que las casas, la calle, el cielo, las Cortes con su presidente y su preopinante me saludan sonriendo. ¡Oh, qué bien estoy aquí! Inés y

Asunción no parecen, D. Paco tampoco. Cuanto más tarde vengan mejor. Otra cosa..., ¿por qué no ha seguido usted yendo a casa por las noches? Nosotras nos hemos reído de usted.

—¿De mí? —pregunté con turbación.

—Sí, porque se la echaba usted de devoto para agradar a mamá. ¡Qué bien hacía usted su papel! Lo mismo, lo mismito hacemos nosotras.

Me asombré de la frescura con que la infeliz niña decía claramente que engañaba a su mamá.

—Vaya usted a casa. A nosotras no nos dejaban hablar con usted, pero nos entretuvimos mirándole.

—¡Mirándome!

—Sí, sí; a todo el que va a casa le examinamos y le medimos las facciones línea por línea. Después, cuando nos quedamos solas, decimos cómo tiene el pelo, los ojos, la boca, los dientes, las orejas, y disputamos sobre cuál de las tres se acuerda mejor.

—Bonita ocupación.

—Las tres estamos siempre juntas. La señora marquesa de Leiva está muy enferma, y como mamá dice que quiere tener a Inés bajo su vigilancia, ha mandado que viva en casa. Las tres dormimos en una misma alcoba y charlamos bajito por las noches. ¡Ah! ¿Sabe usted lo que me ha dicho Inés? Que usted está enamorado.

—¡Qué bromazo! Tal cosa no es verdad.

—Sí, nos lo dijo, y aunque no me lo dijera... Eso se conoce.

—¿Lo conoce usted?

—Al instante. En cuanto veo a una persona.

—¿Dónde ha aprendido usted eso? ¿Lee usted novelas?

—Jamás. No las leo; pero las invento.

—Eso es peor.

—Todas las noches saco de mi cabeza una distinta.

—Las novelas inventadas son peores que las leídas, señora doña Presentacioncita.

—Vuelva usted a casa por las noches.

—Volveré. Lord Gray las entretiene a ustedes bastante.

—Lord Gray no va tampoco —dijo con pena.

—¿Y si supiera doña María que usted ha venido aquí?

—Creo que nos mataría. Pero no lo sabrá. Inventaremos algo muy gordo. Diremos que venimos del Carmen, donde fray Pedro Advíncula nos entretuvo contándonos vidas de santos. Otras veces le hemos dicho esto, y luego fray Pedro Advíncula no nos ha desmentido. Es un santo varón y yo le quiero mucho. Tiene las manos blancas y finas, los ojos dulces, la voz suave, el habla graciosa; sabe tocar el ole en un organito muy mono, y cuando no está mamá delante, habla de cosas mundanas con tanta gracia como decencia.

—¿Y fray Pedro Advíncula, va a casa de usted?

—Sí... es amigo de lord Gray. Es el que hace la preparación espiritual de Inés para el matrimonio, y de Asunción para el monjío... Se me figura (y esto es reservado) que él llevó la papeleta de la tribuna.

—Y a usted ¿no la prepara para algo?

—A mí —contestó la muchacha con profundo desconsuelo— a mí, para nada.

Yo estaba absorto, pasmado y lelo, contemplando la seductora ignorancia, la infantil malicia, la franqueza sin freno de aquella alma, a

393

quien la falta de toda educación mundana presentaba en la desnudez de su inocencia. Como era linda de rostro, y había tal viveza en su hablar espontáneo y armonioso, me encantaba verla y oírla, y como vulgarmente se dice con respecto a los niños, me la hubiera comido. No hallo otra frase mejor para expresar la admiración que aquel raudal de gracia y travesura, de sentimiento y de dulce ingenuidad me producía. Nombré antes a los niños, y aquí repito, aunque Presentacioncita había dejado de serlo, a mí me hacía el efecto de uno de esos chiquillos sentenciosos, que con sus verdades como puños nos causan asombro y risa. Verdad es que la de Rumblar, aun haciéndome reír, me causaba al mismo tiempo tristeza.

- XIX -

De pronto miré a la tribuna de señoras, que estaba al lado de la Epístola, en lo que podemos llamar el proscenio de la iglesia, y creí distinguir a las dos muchachas.

—¡Allí están, allí están!... —dije a mi acompañante.

—Sí, y en la tribuna inmediata, que es la de los diplomáticos, está lord Gray. ¿No le ve usted?... Está con la cabeza entre las manos, pensativo y meditabundo.

—No habla con ellas, ni puede hablar, porque una tabla les separa. Acaban de entrar en este momento.

Llegó a la sazón D. Paco, rojo como un pimiento, y abriéndose paso por entre la apiñada muchedumbre de galerios (así llamaban a los devotos de aquella religión, y así les nombraron después en son de remoquete en el tiempo de las persecuciones), acercósenos y nos dijo:

—¡Gracias a Dios que han parecido!... Lord Gray las llevó engañadas al campanario de la iglesia... después adentro... después a la calle... ¿Hase visto infamia semejante?... ¡Estoy bramando de furor!... ¿Qué habrán hecho, señor de Araceli, qué habrán hecho?... La señora doña Inesita estaba más pálida que una muerta, y la señora doña Asuncioncita más roja que una amapola... Vámonos, niña, vámonos de aquí.

—Sí, vámonos —repetí yo.

—Yo no me muevo de aquí, Paquito. Esto me gusta mucho. Ya han acabado de leer periódicos y papeles y vuelven los discursos... ¿Quién habla?

—Es el Sr. de Argüelles. ¡Buen pájaro está! ¡Pues bonitas cosas está oyendo la niña! —dijo D. Paco en voz más alta que la que a la respetabilidad del sitio correspondía—. Tratar de abolir las jurisdicciones, los señoríos, los fueros, el tormento y el derecho de poner la horca a la entrada del pueblo, y de nombrar jueces; quieren quitar las prestaciones y demás sabias prácticas en que consiste la grandeza de estos reinos.

—Pues que lo supriman todo —dijo Presentación con enfado—. De aquí no me muevo hasta que lo supriman todo.

—La niña no sabe lo que habla —exclamó D. Paco, suscitando los murmullos de los circunstantes con lo destemplado de su voz—. Ahora la señora doña María no podrá nombrar el alcalde de Peña-Horadada, ni cobrará tanto de fanega en el molino de Herrumblar, ni las doce gallinas de Baeza, ni podrá prohibir la pesca en el arroyo, ni los asnos de casa podrán meterse en las heredades del vecino a comerse lo que se les antoje.

—Señó abate —gritó una voz, mientras una mano pesaba con formidable empuje sobre los hombros del preceptor—; siéntese y calle.

—Caballero —dijo otro— ¿se podría saber quién es usted?

—Soy D. Francisco Xavier de Jindama —repuso con timidez y urbanidad el viejo.

—Lo digo porque en cuanto le vi a usted y le oí, diome olor a lechucería.

—Quiere decir que es usted de la hermandad de los bobos —añadió una moza que frontera a D. Paco estaba-.. Con su voz de matraca no nos deja oír los escursos.

—Haya paz, señores —exclamó un tercero— y silencio. Aquí no se viene a lamentarse de que los asnos no puedan entrar en la heredad ajena.

—El asno será él.

—¡Orden y conveniencia! —gritó el portero—. Si no, en nombre de Su Majestad les echo a todos a la calle.

—Aquí no hay ninguna Majestad —dijo D. Paco.

—La Majestad son las Cortes, señor esparaván —afirmó con enfado un galerio.

—Es de los que vienen a aplaudir cuando rebuzna Ostolaza —dijo otro señalando a don Paco.

Viendo que la cuestión se agriaba, empeñeme en romper por medio del gentío, y esto causó nueva confusión y reconvenciones. Al mismo tiempo entre los diputados sonó rumor de disgusto por lo que pasaba en la tribuna, habló el presidente imponiendo silencio a los galerios, y acallados estos un tanto, el diputado Teneyro tomó la palabra. Como si la primera pronunciada por el buen cura de Algeciras fuera señal convenida, desatose una tempestad de risas y demostraciones, y cuanto más el orador alzaba la voz, más la ahogaban entre su murmullo los de arriba.

Repetir el sinnúmero de dichos, agudezas y apodos que salieron como avalancha de la tribuna pública, fuera imposible. Jamás actor aborrecido o antipático recibió tan atroz silba en corrales de Madrid. Lo extraño es que siempre pasaba lo mismo. Ya se sabía: hablar Teneyro y alborotarse el pueblo soberano, eran una misma cosa. ¡Y qué ceceo el suyo, qué ademanes tan graciosos, qué ira olímpica para apostrofar a las tribunas, qué lastimoso gesto, qué cruzar de brazos, qué arrugada cara, qué singular donaire para decir disparates, ya abogando por la Inquisición, ya por una soberanía popular a la moda, representada por una especie de concilio de párrocos y guerrilleros! Vamos, francamente, era cosa de morir de risa.

El presidente sabía que sesión en la cual Teneyro hablase, era sesión perdida, por no ser posible contener a las tribunas; trabábanse disputas inevitables entre ciertos procuradores y el público, y el escándalo obligaba a despejar los altos de la iglesia.

Esto ocurrió en aquel día, cuando el Cicerón de Algeciras, volviéndose hacia arriba con ademanes descompuestos y lengua balbuciente, gritó:

—Ya sabemos que esa es gente pagada.

Al oír esto, los denuestos, los improperios que lanzó el pueblo llenaron el ámbito de la iglesia en términos que aquello parecía una jaula de locos. Agitábanse los diputados, echándose unos a otros la culpa del alboroto; nos apostrofaban también desde abajo llamándonos canalla soez, y los porteros dieron principio a la expulsión. Aquí de los apuros. Presentación y yo queríamos salir sin poder lograrlo, por tener delante una muralla de carne humana que resistía la orden del presidente. Algunos se echaron fuera; mas no por eso se acalló el tumulto, y lo peor fue que aparecieron de súbito dos o tres personas que tomaron el partido del orador silbado contra el silbante pueblo.

—¡Que ustedes son unos servilones, mata candelas!

—¡Que ustedes son unos afrancesados!

—Que ustedes son... —imagínese el lector lo peor que haya oído en plazas, presenciado en tabernas y aprendido en garitos.

Y no paró aquí el desastre, sino que don Paco, viendo que alguien tomaba a pechos la defensa del pobre Teneyro, arriesgose, como leal amigo y contertulio, a ponerse de su parte.

—Envidia, no es más que envidia y rabia por las verdades como puños que dice —exclamó.

En mal hora lo dijera. Vimos desaparecer su enjuta figura entre una masa uniforme de brazos y manos. Presentación gritó con angustia:

—¡Que matan al pobre D. Paco!

Salió el infeliz, o lo sacaron, es decir, allá se fue todo junto, víctima y verdugos, por la puerta afuera. Con esto se despejó un tanto la tribuna y pudimos salir de los últimos tras la oleada de gente que mal de su grado abandonaba la sesión. Quisimos auxiliar al maestro, pero no nos era posible por hallarse distante; y aunque el infeliz no recibió golpe de arma alguna, las herramientas de puños y codos le hacían mucho daño. Al fin, acosado por todos, huyó, corriendo velozmente por la escalera abajo, dando no pocos tumbos y costaladas.

Nuestra gran contrariedad consistía en que nos separaba de él una masa enorme de gente que nunca acababa de salir; así es que, cuando llegamos abajo, en vano mirábamos a todos lados. D. Paco no estaba. Hacíamos preguntas a todos, pero nadie nos daba razón satisfactoria. Quién decía; «le han llevado adentro»; quién «le han llevado afuera».

—¡Qué situación, qué compromiso! —decía la muchacha—. ¿Pero dónde está el pobre don Paco? Ahora tendré que ir a casa sola o con usted.

En la calle había también apiñado gentío, entre el cual vi a uno de esos individuos que se aparecen como llovidos en toda escena de agitación popular, dispuestos a echar el peso, no de su autoridad, sino de sus garrotes, en la balanza de las contiendas políticas. ¡Desgraciado Teneyro, desgraciado Ostolaza! ¡Qué ovación les esperaba!

La hermandad de la porra no es tan antigua como el mundo, no; pero entradilla en años es.

—Busquemos, busquemos a ese infeliz —me decía mi linda pareja—. De modo que tengo que ir sola a casa... ¿Y qué voy a decir?... Y mi hermana e Inés ¿dónde están?... ¡Oh, señor de Araceli, más vale que se abra la tierra y me trague!

Al fin nos dio razón del desgraciado preceptor un soldado, diciéndonos:

—Se lo llevaron entre cuatro.

—¿Pero a dónde, no se sabe a dónde?

El soldado, encogiéndose de hombros, fijó su vista en la puerta de San Felipe, por donde salían bastantes diputados. Felizmente y gracias a la intervención de D. Juan María Villavicencio, los que se disponían a obsequiar a Teneyro y Ostolaza no pasaron a vías de hecho; mas con la agudeza de sus silbidos y el mugir de sus insultos fueron dando música a ambos personajes por largo trecho de la calle.

Fue aquel lance uno de los muchos que afearon la primera época constitucional; pero no llegó a ser tan escandaloso como el ocurrido poco después con motivo del famoso incidente Lardizábal, y que puso en gran peligro la vida de D. José Pablo Valiente, diputado absolutista, el cual hubiera sido despedazado por el pueblo si Villavicencio no le librara heroicamente de las garras de aquel, embarcándole al instante.

—¡Virgen Santísima! —repetía Presentación—. ¡Y esas niñas no parecen!... Vámonos al punto de aquí. Allí sale el Sr. Ostolaza... Me va a conocer.

Marchamos por la calle de San José para tomar la del Jardinillo: pero no nos fue posible esquivar las miradas y la persecución del Sr. Ostolaza, que llamándonos desde lejos nos obligó a detenernos.

—Señora mía —dijo el taimado clérigo— eso está muy bien... En la calle con un mozalbete... Por fuerza ha muerto la señora condesa.

—Por Dios y la Virgen —exclamó la muchacha llorando—. Sr. de Ostolaza... no diga usted nada a mamá... Yo le explicaré a usted... Salimos a paseo y como nos perdiéramos, pues... No diga usted nada a mamá. ¡Ay! Sr. de Ostolaza; usted es un buen sujeto y tendrá lástima de mí.

—En efecto; siento lástima de la señorita.

—Quiero decir... Lléveme usted a casa... Amigo —añadió esforzándose en aparecer jovial— oí su discurso y me pareció muy bonito. ¡Qué bien habla usted, qué bien!... Da gusto...

—Basta de lisonjas —dijo el clérigo; y luego mirándome añadió—: y usted, señor militar-

400

teólogo, ¿de qué arterías se ha valido para sacar de su casa a esta señorita?

—Yo no he sacado de su casa a esta señorita —repuse—; la acompaño porque la he encontrado sola.

—A causa del gentío nos perdimos D. Paco y yo... quiero decir: se perdieron ellas.

—Comprendido, comprendido.

—¿Sabe usted, señor oficial-teólogo —me dijo con aviesa mirada— que antes de poner esto en conocimiento de doña María voy a dar parte a la justicia?

—¿Sabe usted —respondí— señor clerigón entrometido, que si no se me quita de delante ahora mismo, le enseñaré a ser comedido y a no meterse en camisa de once varas?

—Comprendido, comprendido —repuso poniéndose como de almagre su abominable rostro, y echándome de lleno su insolente mirada—. Sigan los pimpollitos su camino. Adiós...

Marchose a toda prisa y cuando le perdimos de vista, Presentación me dijo dando un suspiro.

—Nos llamó pimpollitos y cree que somos novios, y que nos hemos escapado... Ahora ¿qué diré a mamá cuando me vea entrar con usted? Necesito inventar algo muy ingenioso y bien urdido.

—Lo mejor es decir la verdad clara y desnuda. Esto ofenderá menos a la señora que las invenciones con que usted pretenda engañarla.

—¡La verdad!... ¿está usted loco? Yo no digo la verdad aunque me maten... Corramos... ¿Habrán llegado ya las otras dos? ¡Jesús divino! Si ellas dicen una mentira distinta de la mía...

—Por eso lo mejor es decir la verdad.

—Eso ni pensarlo. Mamá nos mataría... A ver qué le parece a usted mi proyecto. Yo entraré llorando, llorando mucho.

—Malo...

—Pues me desmayaré, diciendo que usted es un traidor que quiso robarme.

—Peor. Diga usted que se perdieron, que encontraron a lord Gray...

—No nombraré al inglés; eso jamás.

—¿Por qué?

—Porque ahora, nombrar en casa a lord Gray y nombrar al demonio es lo mismo.

—Yo sé la causa, lord Gray es amado por una de ustedes.

—¡Oh, qué cosas dice usted! —exclamó muy turbada—. Nosotras...

—Usted.

—No; ni mi hermana tampoco.

—Sé que la señora Inesita está loca por él.

—¡Oh! Sí... ¡loca... loca!... Dios mío ya llegamos... Estoy medio muerta.

Al entrar en la calle y acercarnos a la casa, alcé la vista y detrás del vidrio de uno de los miradores, distinguí un bulto siniestro, después dos ojos terribles separados por el curvo filo de una nariz aguileña, después un rayo de indignación que partía de aquellos ojos. Presentación vio también la fatídica imagen y estuvo a punto de desmayarse en mis brazos.

—Mi mamá nos ha visto —dijo—. Sr. de Araceli. Escápese usted, sálvese usted, pues todavía es tiempo.

—Subamos, y diciendo la verdad nos salvaremos los dos.

- XX -

En el corredor Presentación cayó de rodillas ante su madre que al encuentro nos salía, y exclamó con ahogada voz:

—Señora madre ¡perdón!, yo no he hecho nada.

—¡Qué horas son estas de venir a casa!... ¿Y D. Paco, y las otras dos niñas?...

—Señora madre... —continuó con aturdimiento la muchacha— íbamos por la muralla... cayó una bomba, que partió en dos pedazos a D. Paco... no, no fue tanto... pero corrimos, nos separamos, nos perdimos, yo me desmayé...

—¿Cómo es eso? —dijo la madre con furor— . Si el Sr. de Ostolaza que acaba de llegar, dice que te vio en la tribuna de las Cortes...

—Eso es... me desmayé... me llevaron a las Cortes... Después mataron a D. Paco...

—Esto debe de ser obra de alguna infame maquinación —exclamó la condesa llevándonos a la sala—. ¡Señores... ya no hay nada seguro... no pueden las personas decentes salir a la calle!

En la sala estaban Ostolaza, D. Pedro del Congosto y un joven como de treinta y cuatro años y de buena presencia, a quien yo no conocía. Mirome el primero con penetrante encono, el segundo con altanero desdén y el tercero con curiosidad.

—Señora —dije a la condesa— usted se ha exaltado sin razón, interpretando mal un hecho que en sí no tiene malicia alguna.

Y le conté lo ocurrido, disfrazando de un modo discreto los accidentes que pudieran ser desfavorables a las pobres niñas.

—Caballero —me contestó con acrimonia— dispénseme usted, pero no puedo darle crédito. Yo me entenderé después con estas inconsideradas y locas niñas; y en tanto no puedo menos de creer que usted y lord Gray han urdido un abominable complot para turbar la paz de mi casa. Señores, ¿no hablo con razón? Estamos en una sociedad donde se hallan indefensos y desamparados el honor de las familias y el decoro de las personas mayores. ¡No se puede vivir! Me quejaré al gobierno, a la Regencia... ¡pero a qué, si todo esto proviene de las altas regiones, donde no se alberga más que alevosía, desvergüenza, escándalo y despreocupación!

Los tres personajes, que cual tres estatuas exornaban con simétrica colocación el testero de la sala, movieron sus venerables cabezas con ademán afirmativo, y alguno de ellos golpeó con la maciza mano el brazo del sillón.

—Señor de Araceli, siento decir a usted que ya reconozco la lamentable equivocación en que incurrí respecto al carácter de usted.

—Señora, usted puede juzgarme como guste, pero en el suceso de hoy, no ha habido malicia por mi parte.

—Yo me vuelvo loca —repuso la señora—. Por todas partes asechanzas, celadas, inicuos planes. No hay defensa posible; son inútiles las precauciones; de nada sirve el aislamiento; de nada sirve el apartarse de ese corruptor bullicio. En nuestro secreto asilo viene a buscarnos la traidora maldad que todo lo invade y hasta en lo más recóndito penetra.

Los tres personajes dieron nuevas señales de su unánime asentimiento.

—Basta de farsas —dijo Ostolaza—. La señora doña María no necesita que usted se disculpe ante ella, porque le conoce. ¿Cómo va de teología?

—Con la poca que sé —repuse— cualquier sacristán podía pronunciar en las Cortes discursos dignos de ser oídos.

—El señor es de los que van todos los días a alborotar a la tribuna. Es un oficio con el cual viven muchos.

—¡Qué aberración! ¿Y desde tal sitio y desde tales tribunas se piensa gobernar el reino?

—No quiero hacer aquí apologías de mi conducta —repuse con calma— ni las injurias de ese hombre me harán olvidar el hábito que viste y el respeto que debo a la casa en que estoy. Aquí está una persona que, si puede haber formado de mí juicio desfavorable en ciertas cuestiones, conoce muy bien mis antecedentes y mi reputación como hombre honrado. El Sr. D. Pedro del Congosto me oye, y yo apelo a su lealtad, para que doña María sepa si ha admitido en su casa a una persona indigna.

Oyendo esto D. Pedro, que indolentemente se apoyaba en el respaldo del sillón, irguiose, atusó los largos bigotes y gravemente habló de esta manera:

—Señora, señorita y caballeros: puesto que este joven apela a mi lealtad, probada en cien ocasiones, declaro que no una, sino muchísimas veces he oído elogiar su buen comportamiento, su caballerosidad, su valor como militar, con otras distinguidas prendas de paisano que le han creado abundante número de amigos en el ejército y fuera de él.

405

—¡Pues qué duda tiene! —exclamó Presentación, descuidándose en manifestar sus sentimientos.

—Calla tú, necia —dijo la madre—. Tu cuenta se ajustará después.

—Nunca —continuó el estafermo— ha llegado a mis oídos noticia alguna de este joven que no le sea favorable. Bien quisto de todos, ha hecho su carrera por el mérito, no por la intriga; por el valor, no por la astucia; y como esto es verdad, y yo lo sé, y me consta, y lo afirmo y lo sostengo, y soy hombre que sabe sostener lo que dice, estoy dispuesto a defenderle contra todo agravio que en este terreno se le haga. Señora, señorita y caballeros: como hombre que ama a ese don del cielo, esa inmaculada virgen de la verdad, que es norte de los buenos, he dicho todo lo que puede favorecer a este joven; ahora voy a decir lo que le desfavorece...

Mientras D. Pedro tosía y sacaba el infinito pañuelo encarnado y azul para limpiarse boca y narices, reinó solemne silencio en la sala y todos me miraban con afanosa curiosidad.

—Es, pues, el caso —continuó el cruzado— que este joven, si bajo un aspecto es la misma virtud, bajo otro es un monstruo, señores, un monstruo; el mayor enemigo del sosiego doméstico, el corruptor de las familias, el terror de la pudorosa amistad...

Nueva pausa y asombro de todos. Presentación me miraba con la mitad de su alma en cada ojo.

—Sí; ¿qué otro nombre merece quien posee un arte infernal para romper lazos de muy antiguo trabados entre dos personas, y que resistieran durante veinticinco años a las asechanzas del mundo y a la persecución de los más diestros cortejos?... Permítanme los presentes que no nombre personas. Básteles saber que este joven, poniendo en juego sus malas artes amorosas, embaucó y engañó y arrastró tras sí a quien había sido la misma firmeza, el pudor mismo y la mismísima lealtad, dejando burlada la ideal adoración de un hombre que había sido el dechado de la constancia y delicadeza.

»El desairado llora en silencio su desaire, y el victorioso mozalbete goza sin reparo de las incomparables delicias que puede ofrecer aquel tesoro de hermosura. Pero ¡guay!, que no es bueno confiar en las delicias de un día; ¡guay!, que en la hora menos pensada encontrarán uno y otro criminales amantes delante de sí la aterradora imagen del hombre ofendido, que está dispuesto a vengar su afrenta... Conque díganme si el que tal ha hecho, si el que en la difícil conquista de esa humana fortaleza, jamás antes rendida, ha probado su travesura, ¿qué no hará dirigiéndola contra inexpertas jovenzuelas? Abrirle las puertas de una casa es abrirlas a la liviandad, a la seducción, a la imprudencia. Esto es todo lo que sé acerca del Sr. de Araceli, sin quitar ni poner cosa alguna.

Presentación estaba absorta y doña María aterrada.

—Señora, señorita y caballeros —repuse yo, no disimulando la risa—. Al Sr. D. Pedro del Congosto han informado mal respecto al suceso que últimamente ha contado. Ese portento de hermosura habrá caído en las redes de otra persona, que no en las mías.

—Yo sé lo que me digo —exclamó D. Pedro con atronadora voz— y basta. Denme licencia para retirarme, que avanza la hora y esta tarde he de embarcarme con la expedición que va al Condado de Niebla a operar contra los franceses. La ociosidad me enfada y deseo hacer algo en bien de la patria oprimida. No tenemos gobierno, no tenemos generales; las Cortes entregarán maniatado el reino al pícaro francés... Sr. de Araceli, ¿va usted al Condado?

—No señor; guarneceré a Matagorda en todo el mes que viene... Pero yo también me retiro, porque la señora doña María no ve con buenos ojos que entre en su casa.

—La verdad, Sr. de Araceli, si hubiese sabido... Aprecio sus buenas prendas de militar y de caballero; pero... Presentación, retírate. ¿No te da vergüenza oír estas cosas?... Pues, como decía, deseo aclarar el punto oscurísimo del encuentro de usted en la calle con mi hija. Aún creo que hay tribunales en España, ¿no es verdad, Sr. D. Tadeo Calomarde?

Esto lo dijo dirigiéndose al joven que antes he mencionado.

—Señora —repuso este desplegando para sonreír toda su boca, que era grandísima—; a fe de jurisconsulto diré a usted que aún puede arreglarse. Hablemos con franqueza. Estoy acostumbrado a presenciar lances muy chuscos en mi carrera y nada me asusta. ¿Ha habido noviazgo?

—¡Jesús!, qué abominación —exclamó con indecible trastorno doña María—. ¡Noviazgo!... Presentación, retírate al instante.

La muchacha no obedeció.

—Pues si ha habido noviazgo, y los dos se quieren, y han dado un paseíto juntos, y el señor es un buen militar, a qué andar con farándulas y mojigatería, lo mejor es casarlos y en paz.

Doña María, de roja que estaba volviose pálida y cerró los ojos, y respiró con fuerza, y el torbellino de su dignidad se le subió a la cabeza, y se mareó, y estuvo a punto de caer desmayada.

—No esperaba yo tales irreverencias del Sr. D. Tadeo Calomarde —dijo con voz entrecortada por la ira—. El Sr. D. Tadeo Calomarde no sabe quién soy; el Sr. D. Tadeo Calomarde recuerda los planes casamenteros que servían para hacer fortuna en los tiempos de Godoy. Mi dignidad no me permite seguir este asunto. Ruego al Sr. D. Tadeo Calomarde y al Sr. D. Gabriel de Araceli que se sirvan abandonar mi casa.

Calomarde y yo nos levantamos. Presentación me miró, y con toda su alma en los ojos, me dijo en mudo lenguaje:

—Lléveme usted consigo.

Cuando nos retirábamos, entraron en la sala Inés y Asunción, conducidas por un fraile.

—Fray Pedro Advíncula, ¿qué es esto? —dijo doña María—. ¿Me explicará usted al fin el singular suceso de la desaparición de las niñas?

—Señora... nada más natural —repuso jovialmente el fraile, que era joven por más señas—. Una bomba... ¡Pobre D. Paco!, no se ha sabido más de él... ¡Iban por la muralla!... Las dos niñas corrieron, corrieron... pobrecitas... Las recogimos en casa... se les dio agua y vino... ¡qué susto!, pobrecillas... a la señora doña Presentacioncita no se la pudo encontrar...

—La pícara se fue a las Cortes con... ¡Justicia, cielos divinos, justicia!

No oí más porque salí de la casa. Desde aquel momento fui amigo de Calomarde. ¿Hablaré de él algún día? Creo que sí.

Pasaron días y San Lorenzo de Puntales me vio ocupado en su defensa durante un mes, en compañía de los valientes canarios de Alburquerque. Allí ni un instante de reposo, allí ni siquiera noticias de Cádiz, allí ni la compañía de lord Gray, ni cartas de Amaranta, ni mimos de doña Flora, ni amenazas de D. Pedro del Congosto.

Dentro de Cádiz, el sitio era una broma y los gaditanos se reían de las bombas. La alegre ciudad, cuyo aspecto es el de una perpetua sonrisa, miraba desde sus murallas el vuelo de aquellos mosquitos, y aunque picaran, los recibía con coplas donosas, como los bilbaínos de la presente época. Cuando el bombardeo hizo verdaderos estragos, los llantos y lágrimas perdiéronse en el bullicioso rumor de aquel hervidero de chistes. Pero eran contadas las desgracias. Una bomba mató a un inglés, y estuvo a punto de ser víctima de otra en los mismos brazos de su nodriza D. Dionisio Alcalá Galiano, hijo de D. Antonio. Fuera de estos casos y otros que no recuerdo, los efectos de la artillería enemiga eran risibles. Un proyectil penetró en cierta iglesia, arrancando las narices a un ángel de madera que sostenía la lámpara; otro destrozó el lecho de un fraile de San Juan de Dios que afortunadamente se hallaba fuera en el instante crítico.

Cuando, después de ausencia tan larga, fui a visitar a Amaranta, la encontré desesperada, porque el aislamiento de Inés en la casa de la calle de la Amargura, había tomado el carácter de una esclavitud horrorosa. Cerrada la puerta a los extraños con rigor inquisitorial, era locura aspirar ya a burlar vigilancias, y engañar suspicacias y menos

410

a romper la fatal clausura. La desgraciada condesa me expresó con estas palabras sus pensamientos:

—Gabriel, no puedo vivir más tiempo en esta triste soledad. La ausencia de lo que más amo en el mundo, y más que su ausencia, la consideración de su desgracia, me causan un dolor inmenso. Estoy decidida a intentar, por cualquier medio, una entrevista con mi hija, en la cual, revelándole lo que ignora, espero conseguir que ella misma rompa espontáneamente los hierros de su esclavitud y se decida a vivir, a huir conmigo. No me queda ya más recurso que el de la violencia. Yo esperé que tú me sirvieras en este negocio; pero con la necedad de tus celos no has hecho nada. ¿No sabes cuál es mi proyecto ahora? Confiarme a lord Gray, revelarle todo, suplicándole que me facilite lo que tanto deseo. Ese inglés tiene una audacia sin límites, en nada repara y será capaz de traerme aquí la casa entera con doña María dentro, cual una cotorra en su jaula. ¿No le crees tú capaz de eso?

—De eso y de mucho más.

—Pero lord Gray no parece. Nadie sabe su paradero. Fue a la expedición del Condado, y aunque se cree que regresó a Cádiz, no se le ve por ninguna parte. Búscamele por Dios, Gabriel, tráemele aquí o dile de mi parte que me interesa hablar con él de un asunto que es de vida o muerte para mí.

Efectivamente, nadie sabía el paradero del noble inglés, aunque se suponía que estuviese en Cádiz. Había tomado parte en la expedición que fue al condado de Niebla con objeto de hostilizar a los franceses por su ala derecha, y que, si menos

411

célebre, no fue menos lastimosa que la de Chiclana, con su célebre batallón del

Cerro de la cabeza del Puerco. Acaeció en la jornada del Condado un suceso digno de pasar a la historia, y fue que en ella descalabraron del modo más lamentable a nuestro heroico y por tantos títulos famoso D. Pedro del Congosto, quien en lo más recio de un combate que cerca de San Juan del Puerto trabaron con los nuestros los franceses, metiose denodadamente, llevando en pos a sus cruzados de rojo y amarillo, con lo cual dicen hubo gran risa en el campo francés. Trajéronlo todo molido y quebrantado a Cádiz, donde decía que por haber perdido una herradura su caballo no se ganó la batalla, pues cuando el maldito jaco tropezó, ya empezaban a huir cual bandadas de conejos los batallones franceses; y fija esta idea en su acalorada mente, no cesaba de repetir: «¡Si no me hubiese faltado la herradura!».

Lord Gray también fue al Condado, y se contaban de él maravillas; pero a su regreso desapareció su persona de todos los sitios públicos, y aun hubo quien le creyese muerto. Fui a su casa y el criado me dijo:

—Milord está vivo y sano, aunque no del juicio. Estuvo encerrado quince días sin querer ver a nadie. Después me mandó que reuniese a todos los mendigos de Cádiz, y cuando lo hice, juntolos en el comedor, y allí les obsequió con un banquete como para reyes. Dioles a beber los mejores vinos; los pobres, se reían unos y lloraban otros; pero todos se emborracharon. Luego fue preciso echarles a puntapiés de la casa, y trabajamos tres días para limpiarla, porque dejaron por fanegas las pulgas y otra cosa peor.

—Pero ¿dónde está en este momento milord?

—Debe andar ahora allá por el Carmen.

Dirigime hacia el Carmen Calzado, cuyo gran pórtico frontero a la Alameda, llama la atención del forastero. No es una obra maestra de los buenos tiempos de nuestra arquitectura aquella fachada, pero los mil accidentes con que lujosamente la adornó la imaginación del artista, le dan cierta belleza que el mar allí cercano parece que fantasea a su antojo. No sé por qué se me ha parecido siempre dicho frontispicio a las popas de los grandes navíos antiguos; hasta parece que se mece gallardamente impulsado por el viento y las olas. Los santos que lo adornan semejan farolones gigantescos; las hornacinas troneras, los barandajes, los nichos, las mórbidas roscas de las columnas salomónicas, todo se me antoja como perteneciente al dominio de la antigua arquitectura naval.

Caía la tarde. Entraban mansamente los buenos frailes, como ovejas que vuelven al aprisco; los pobres árboles de la Alameda apenas sombreaban el espacio que media entre el edificio y la muralla, y el sol iluminaba el frontis, dorándolo completamente. En línea recta se extendía la pequeña pared del convento; y en su extremo una puertecilla estrecha, que servía de ingreso al claustro, estaba completamente obstruida por un regular gentío que hormigueaba allí en formas oscuras y movedizas, acompañadas de un rumor sordo o gruñido chillón, como de plebe menuda que se impacienta. Eran los pobres que esperaban la sopa boba.

En Cádiz no han abundado tanto como en otros lugares los mendigos haraposos y medio

413

desnudos, esos escuadrones de gente llagada, sarnosa e inválida que aún hoy nos sale al encuentro en ciudades de Aragón y Castilla. Pueblo comercial de gran riqueza y cultura, Cádiz carecía de esa lastimosa hez; pero en aquellos tiempos de guerra muchos pedigüeños que pululaban en los caminos de Andalucía, refugiáronse en la improvisada corte. Para que nada faltase y fuese Cádiz en tales días compendio de la nacionalidad española, puso allí sus reales hasta la hermandad de pan y piojos, que tanto ha figurado en nuestra historia social, y tanto, tantísimo ha dado que hablar a propios y extranjeros.

Acerqueme a los infelices y los vi de todas clases; unos mutilados, otros entecos, demacrados y andrajosos los más, y todos chillones, desenfadados, resueltos, como si la mendicidad, más que la desgracia, fuese en ellos un oficio y gozasen a falta de rentas, del fuero inalienable y sagrado de pedir al resto del humano linaje. Salió el lego con el calderón de bazofia, y allí era de ver cómo se empujaban y revolvían unos contra otros, disputándose la vez, y con qué bríos y con qué altivo lenguaje alargaban el cazuelillo. Repartía el cogulla a diestro y siniestro golpes de cuchara, y ellos se aporreaban para quitarse la ración, y entre manotadas y coces iban logrando la parte correspondiente, para retirarse después a un rincón, donde pacíficamente se lo comían.

Yo les miraba con lástima, cuando divisé en el hueco de una puerta una figura que me hizo quedar perplejo y aturdido. No creyendo a mis ojos la miré y remiré, sin convencerme de que era realidad lo que ante mí tenía. El mendigo que así llamaba mi atención (pues mendigo era) vestía con los andrajos más desgarrados, más rotos, más desordenados y extravagantes que puede darse. Aquel vestido no era vestido, sino una informe hilacha que se deshacía al compás de los movimientos del individuo. La capa no era capa sino un mosaico de diversas y descoloridas telas; pero tan mal hilvanadas que el aire se entraba por las mil puertas, ventanas y rejas, obra de la tosca aguja. Su sombrero no era sombrero, sino un mueble indefinido, una cosa entre plato y fuelle, entre forro y cojín vacío; y por este estilo las demás prendas de su cuerpo anunciaban el último grado de la miseria y abandono, cual si todas hubiesen sido recogidas entre aquello que la misma mendicidad arroja de sí, materias que se devuelven a la masa general de lo inorgánico, para que de nuevo tomen forma en las revoluciones del universo.

También me causó sorpresa ver el garbo con que el hi de mala mujer se terciaba la capita y echaba sobre la ceja el sombrerete y guiñaba el ojo a los compañeros, y decía donaires al buen lego. Pero ¡ay!, lo que más que traje y sombrero me asombró, dejándome lelo delante de tan esclarecido concurso, fue la cara del mendigo, sí señores, su cara; porque sepan ustedes que era la del mismísimo lord Gray.

- XXII -

Creí soñar, le miré mejor, y hasta que no me llamó saludándome, no me atreví a hablarle, temiendo padecer una equivocación.

—No sé, milord —le dije— si debo reírme o enfadarme de ver a un hombre como usted, con ese traje, y llenando su escudilla en la puerta de un convento.

—El mundo es así —me respondió—. Un día arriba y otro abajo. El hombre debe recorrer toda la escala. Muchas veces paseando por estos sitios, me detenía a contemplar con envidia la pobre gente que me rodea. Su tranquilidad de espíritu, su carencia absoluta de cuidados, de necesidades, de relaciones, de compromisos; despertaron en mí el deseo de cambiar de estado, probando por algún tiempo la inefable satisfacción que proporciona este eclipse de la personalidad, este verdadero sueño social.

—Es verdad, milord, que tan descomunal extravagancia no la he visto jamás en ningún inglés, ni en hombre nacido.

—Parece esto una aberración —me dijo—. La aberración está en usted y en los que de ese modo piensan. Amigo, aunque parezca contradictorio, es cierto que para ponerse encima de todo lo creado, lo mejor es bajar aquí donde yo estoy... Lo explicaré mejor. Yo tenía la cabeza loca del ruido de los martillos de Londres, y venía maldiciendo la ingrata tierra en que el hombre para poder vivir necesita hacer clavos, bisagras y cacerolas. ¡Bendita tierra esta, donde el sol alimenta y donde lleva la atmósfera en su inmensa masa ignoradas sustancias!... Mi cuerpo se rebela hace tiempo contra los repugnantes bodrios de nuestros cocineros, inmundos envenenadores del humano linaje. Yo sentía ha tiempo profundo rencor hacia los sastres, que serían capaces de ponerle casaquín, chupa y corbata al Apolo de Fidias si se lo permitieran. Yo experimentaba profunda aversión hacia las casas y ciudades, que, según vamos viendo en nuestra graciosa época, sólo sirven para que se luzcan y diviertan los artilleros destruyéndolas. Yo detestaba

416

cordialmente la sociedad de los hombres de hoy compuesta de multitud de casacas que hacen cortesías, y dentro de las cuales suele haber la persona de un hombre. Me horrorizaba al oír hablar de naciones, de políticas, de diferencias religiosas, de guerras, de congresos; invenciones todas de la necedad humana que al mismo tiempo que ha establecido leyes, estados, privilegios, dogmas, ha inventado cañones y fusiles para destruirlo todo. Yo detestaba los libros que se han creado para muestra de que no hay en todo el mundo dos hombres que piensen de la misma manera, y que nacieron en manos de un artesano, como en manos de un fraile la pólvora, otra especie de libro que habla más alto, pero que tampoco dice nada que no sea confusión.

Lord Gray se expresaba con exaltado acento. Tomé su mano y advertí que quemaba.

—Vi luego este país bendito, y mi pensamiento agitado descansó contemplando esta suprema estabilidad, este profundo reposo, este sueño benéfico de la sociedad española. Mis ojos se deleitaron contemplando en la inmensidad de la tierra las siluetas de los grandes conventos, a cuyo amparo protector un pueblo, a quien todo se lo dan hecho, puede esparcir su gran fantasía por los espacios de lo soñado y buscar lo ideal en la única región donde existe; sin cuidarse de desempeñar papeles más o menos difíciles en la sociedad, sin cuidarse de su persona, ni de los molestos accidentes del escenario humano, que se llaman posición, representación, nombre, fortuna, gloria... Quise saciar mi ardiente anhelo de conocer este beatífico estado, y aquí me tiene usted en él. Amigo mío, durante dos días he vivido tan lejos de la sociedad, cual si me hubiera transportado a otro planeta; he podido apreciar la rara hermosura de un día de sol, la pureza del ambiente, la profunda melancolía de la noche, mar donde el pensamiento navega a su antojo sin llegar jamás a ninguna orilla; he experimentado la indecible satisfacción de que centenares de hombres con casaca, entorchados y sombreros de distintas formas, pero todos más feos que los que en Egipto ponen al buey Apis, pasen junto a mí sin saludarme; he conocido el purísimo deleite de ver pasar los minutos, las horas, los días, cual cortejo de dulces sombras que llevan en sus suaves manos la vida, a la manera de aquellas deidades hermosísimas que pintaron los antiguos, transportando en sus brazos las almas de los justos al cielo; he saboreado las delicias de no ir a ninguna parte deliberadamente, de sentir mis hombros libres de toda obligación, de no sentir en mi pensamiento ese hierro candente cuya quemadura significamos en el lenguaje con la palabra después, y que encierra un mundo de deberes, de ocupaciones, de molestias sin fin.

Después de una breve pausa, prosiguió así:

—Esta gente que me rodea tiene las mismas pasiones que las de allá arriba; pero no disimula nada. Es una ventaja. Prendas diversas les caracterizan, pero aquí todo es abrupto y primitivo como las rocas, donde no ha golpeado aún el martillo del hombre para labrar un camino. Los hay más crueles que Glocester, más mentirosos que Walpole, más orgullosos que Cromwell, más poetas que Shakespeare, y casi todos son ladrones. Yo me deleito con la salvaje manifestación de sus pasiones y me finjo ignorante de sus truhanerías. Aquel viejo que allí se ve haciendo cruces encima de la escudilla, me ha robado todos los doblones de oro que yo llevaba en mi bolsillo. Juntos pasábamos largas horas por las noches en la muralla. Él me contaba vidas de santos españoles; yo fingía dormitar, embelesado por los místicos encantos de su relato, y entonces metía bonitamente sus manos en mi bolsillo para sacarme el dinero. Yo lo observaba y callaba, gozándome en su avariciosa concupiscencia, como se goza viendo un abismo, una tempestad, un incendio o cualquier aparente desorden de la naturaleza. Aquellos gitanos que están allí rezando el rosario, me han entretenido dulcemente contándome sus ingeniosas maneras de robar. Amigo mío; aquí también hay una especie de alta sociedad, y se pasa el rato alegremente en conciertos, fiestas y representaciones. Los romances moriscos que recita aquella vieja que parece exacto traslado de la tía Fingida, y en efecto lo es, han producido en mí mayor sensación que las fanfarronadas de todos los cómicos modernos. Hay allí una muchacha ciega, a quien llaman la Tiñosa, la cual canta el jaleo y el ole con tanto primor, que oyéndola he sentido emociones dulcísimas y me he trasportado a las últimas, a las más remotas regiones de lo ideal. Aquellos niños cojos y mancos, en cuyos grandes ojos negros parece centellear el genio del gran pueblo que guerreó durante siete siglos con los moros y descubrió, conquistó y dominó regiones y continentes hasta que ya no había más mundo para saciar su ambición, aquellos niños, digo, son la más graciosa pareja de pilletes que he visto en mi vida, y cuanta sal, ingenio y travesura ha derramado la Naturaleza en granujas de Madrid, léperos de Méjico, lazzaronis de Nápoles, lipendes de Andalucía, pilluelos de París, pic-pockets de Londres, es nada en comparación de su gran ciencia. Si les educaran, es decir, si les corrompieran torciendo el natural curso de sus instintos, yo quisiera ver dónde se quedaban Pitt, Talleyrand, Bonaparte, y todos los grandes políticos de la época.

—Amigo —le dije sin poder reprimir mi enfado— me da compasión verle a usted entre esta desgraciada gente, y más aún oírle encomiar su triste estado.

—No parece sino que nosotros somos mejores que ellos. ¡Ah! Desde que hay en España filósofos y políticos charlatanes y escritores con pujos de estadista, se ha empezado a declarar ominosa guerra a estos mis buenos amigos, lo mismo que a los salteadores de caminos, que no son otra cosa que una protesta viva contra los privilegios de los cosecheros; a los buenos frailes que son la piedra fundamental de esta armonía envidiable, de este sistema benéfico, en que todos viven modestamente sin molestarse unos a otros.

Esto decía cuando una vieja que acababa de llenar la escudilla, llegose a nosotros y después de pedirme una limosna, que le di, puso la descarnada mano sobre el hombro del par de Inglaterra y cariñosamente le dijo:

—Niñito querido, ¡qué buenas nuevas te traigo esta tarde! Alégrate, picarón, y escupe otra moneda amarilla, otro pedazo de sol como el que ayer me diste en premio de mis desinteresados servicios.

—¿Qué me cuentas, tía Alacrana, espejo de las busconas?

—A mí no se me han de decir esos feos vocablos. ¿Pues qué? ¿Acaso en mi vida he hecho algo que tenga olor de alcahuetería? Aquí donde me ven, yo, doña Eufrasia de Hinestrosa y

Membrilleja soy muy principal y mi difunto fue empleado en la renta del noveno y el excusado. Pero vamos a lo que importa.

—¿Fuiste allá, brujita mía?

—Por sétima vez. ¡Y qué buena que es mi doña María! Hemos brindado juntas muchos paternoster, a modo de copas de vino, en esta iglesia del Carmen y en obsequio de nuestros respectivos difuntos. Señora más enseñorada no la hay en todo Cádiz. En generosidad no, pero en principalidad se monta por encima de cuanta gente conozco, que es medio mundo. Me da algunos ochavos y lo que sobra de la olla que es (dicho sea sin incurrir en el feo vicio de la murmuración) bien poco sustanciosa. Me ha comprado algunas crucecitas de los padres mendicantes, y huesecillos benditos para hacer rosarios. Hoy le llevé mi comercio y la noble señora hizo que le contara mi historia; y como esta es de las más patéticas y conmovedoras, lloró un tantico. Después, como ella saliera de la sala para ir a sus quehaceres, quedeme sola con las tres niñas, y allí de las mías. En cuarenta años de piadoso ejercicio en este ajetreo de ablandar muchachas, avivar inclinaciones, y hacer el recado, ¿qué no habré aprendido, niñito mío, qué trazas no tendré, qué maquinaciones no inventaré, y qué sutilezas no me serán tan familiares como los dedos de la mano? Así es que si me hallo con bríos para pegársela al mismo Satanás, de quien estos pícaros dicen que soy sobrina carnal, ¿cómo no he de poder pegársela a doña María, que aunque principalota, se deja embobar por un credo bien rezado y por una parla sobre la gente antigua, siempre que cuide uno de adornar el rostro con dos lagrimones, de cruzar las manos y mirar al techo, diciendo: «¡Señor,

421

líbranos de las maldades y vicios de estos modernos tiempos!»?

—Tu charlatanería me enfada, Alacrana. ¿Qué recado me traes?

—¿Qué recado? Tres días de santa conferencia he empleado, mi niño. ¿Qué ha de hacer la pobrecita? Creo que está dispuesta a echarse fuera y huir contigo a donde quieras llevarla. Para entrar en la casa y en el sagrado tabernáculo de su alcoba, ya tienes las llavecitas que has forjado, gracias al molde de cera que te traje. ¡Oh, dichoso, mil veces dichoso niño! Ya sabes que la doña María duerme en aquella alcobaza de la derecha y las tres niñas en un cuarto interior. La sala y dos piezas más separan un dormitorio de otro: no hay peligro ninguno.

—¿Pero no te ha dado recado escrito o de palabra?

—Me lo ha dado, sí señor; a fe que es la niña poco cortés para no contestarte. En esta hoja de libro que aquí traigo, marca, apunta y especifica el día, hora y punto en que caerá en los brazos de este haraposo la más...

—Calla y dame.

—Paciencia. Hoy me ha dicho doña María que tiene un dormir tan profundo como el de los muertos. Eso prueba una conciencia tranquila. ¡Dios la bendiga!... Ahora, para darte el documento, deja caer sobre mí el rocío de esas monedas de oro que me fueron prometidas.

Lord Gray dio algunas monedas a la vieja, recogiendo luego un papel que guardó en el seno. Después se levantó, dispuesto a partir conmigo.

—Vámonos —le dije— o estrangulo a esa maldita bruja.

—Es una respetable señora esta doña Eufrasia —me contestó con ironía—. Admirable tipo que hace revivir a mi lado la incomparable tragicomedia de Rodrigo Cota y Fernando de Rojas.

Y luego, volviéndose hacia la miserable turba, con voz entre grave y burlona, le dijo:

—Adiós España; adiós soldados de Flandes, conquistadores de Europa y América, cenizas animadas de una gente que tenía el fuego por alma y se ha quemado en su propio calor; adiós, poetas, héroes y autores del Romancero; adiós, pícaros redomados que ilustrasteis, Almadrabas de Tarifa, Triana de Sevilla, Potro de Córdoba, Vistillas de Madrid, Azoguejo de Segovia, Mantería de Valladolid, Perchel de Málaga, Zocodover de Toledo, Coso de Zaragoza, Zacatín de Granada y los demás que no recuerdo del mapa de la picaresca. Adiós, holgazanes que en un siglo habéis cansado a la historia. Adiós, mendigos, aventureros, devotos, que vestís con harapos el cuerpo y con púrpura y oro la fantasía. Vosotros habéis dado al mundo más poesía y más ideas que Inglaterra clavos, calderos, medias de lana y gorros de algodón. Adiós, gente grave y orgullosa, traviesa y jovial, fecunda en artificios y trazas, tan pronto sublime como vil, llena de imaginación, de dignidad, y con más chispa en la mollera que lumbre tiene en su masa el sol. De vuestra pasta se han hecho santos, guerreros, poetas y mil hombres eminentes. ¿Es esta una masa podrida que no sirve ya para nada? ¿Debéis desaparecer para siempre, dejando el puesto a otra cosa mejor, o sois capaces de echar fuera la levadura picaresca, oh nobles descendientes de Guzmán de Alfarache?... Adiós, Sr. Monipodio, Celestina, Garduña, Justina, Estebanillo, Lázaro, adiós.

423

Indudablemente lord Gray estaba loco. Yo no pude menos de reír oyéndole, en lo cual me imitaron los pilletes a quienes se dirigía, y pensé que las ideas expresadas por él eran frecuentes entre los extranjeros que venían a España. Si eran exactas o no, mis lectores lo sabrán.

—Amigo —me dijo el lord— uno de los placeres más halagüeños de mi vida es pasar largas horas entre las ruinas.

Marchábamos despacio por la muralla adelante hacia las Barquillas de Lope, cuando encontramos a dos padres del Carmen que volvían apresuradamente a su casa.

—Adiós, Sr. Advíncula —dijo lord Gray.

—¡San Simeón bendito! —exclamó perplejo uno de los frailes—. ¡Es milord! ¡Quién le había de conocer en semejante traje!

Uno y otro carmelita rieron a carcajada tendida.

—Voy a soltar el manto real.

—Creíamos que milord se había marchado a Inglaterra.

—Y me alegré, sí señor me alegré —dijo el más joven— porque no quiero compromisos, y milord me está comprometiendo. Acabáronse las condescendencias peligrosas.

—Bueno —dijo Gray con desdén.

El más anciano preguntó:

—¿Entró al fin milord en el seno de la iglesia católica?

—¿Para qué?

—Ese traje —dijo fray Pedro Advíncula con sorna— indica que milord se prepara a ello con dolorosas penitencias... Veo que ahora usted se las arregla usted por sí mismo, y que no necesita amigos.

—Sr. Advíncula, ya no los necesito. ¿Sabe usted que mañana me marcho?

—¿Sí? ¿Para dónde?

—Para Malta. Nada tengo que hacer en Cádiz. Vayan al diablo los gaditanos.

—Me alegro. La señora se defiende bien. Su casa es una fortaleza a prueba de galanes. ¿Sabe usted que lo ha hecho por consejo mío?

—¡Picarón!...

—¿De veras que ya no hay nada?

—Nada.

—Es una determinación acertada. Hágase usted católico y le prometo arreglarlo todo.

—Ya es tarde.

Advíncula rió de muy buena gana, y apretando las manos al lord, ambos frailes se despidieron de él con cariñosas demostraciones.

- XXIII -

Dos horas después, lord Gray estaba en el salón de su casa, vestido como de costumbre, después de haber borrado con abundantes abluciones la huella de sus barrabasadas picarescas.

Vestido al fin con la elegancia y el lujo que le eran comunes, mandó que pusiesen la cena, y en tanto que venían dos personas a quienes dirigió verbal invitación por conducto de sus criados, paseábase muy agitado en la larga estancia. A ratos me dirigía algunas palabras, preguntas incongruentes y sin sentido; a ratos se sentaba junto a mí como intentando hablarme, pero sin decir nada.

Como el oro improvisa maravillas en la casa del rico, la mesa (sólo había en ella cuatro cubiertos) ofrecía esplendidez portentosa. Centenares de luces brillaban en dorados candelabros, reflejándose en mil chispas de varios colores sobre los vasos tallados y los vistosos jarros llenos de flores y frutas. El mismo desorden que allí había, como en todo lo perteneciente a lord Gray, hacía más deslumbradora la extraña perspectiva del preparado festín.

Al fin, mostrando impaciencia, dijo el inglés:

—Ya no pueden tardar.

—¿Los amigos?

—Son amigas. Dos muchachas.

—¿Las que dan quehacer a la señora Alacrana?

—Araceli —dijo con inquietud— ¿usted oyó el coloquio que conmigo tuvo aquella mujer?... Es una indiscreción. Los buenos amigos cierran los oídos al susurro de lo que no les importa.

—Yo estaba tan cerca, y la señora Alacrana se cuidaba tan poco de la presencia de un extraño, que no pude cerrar los oídos. Milord, lo oí todo.

—Pues muy mal, muy mal —exclamó con acritud—. Todo aquel que se jacte de conocer lo que yo quiero ocultar hasta de Dios, es mi enemigo. ¿No he dicho lo mismo otra vez?

—Entonces reñiremos, lord Gray.

—Reñiremos.

—¿Por tan poca cosa? —dije afectando buen humor, pues no me convenía chocar con él en ocasión tan inoportuna—. Yo soy el más discreto y prudente de los hombres. Usted mismo me ha puesto al corriente de sus aventuras. Vamos, amigo mío, seamos francos. ¿No me dijo usted mismo que pensaba llevársela a Malta?

Lord Gray sonrió.

—Yo no he dicho eso —exclamó vacilando.

—Usted... usted mismo. Y yo prometí ayudarle en la empresa, a cambio de su auxilio para matar a mi aborrecido rival Currito Báez.

—Es verdad —dijo riendo—. Bien, amigo mío. Mataremos a Currito y robaremos a la muchacha. En caso de que necesite ayuda ¿puedo contar con usted?

—Sin duda. Sólo me falta saber para cuándo se dispone el gran golpe.

—¿Qué golpe?

—El del rapto.

Lord Gray meditó largo rato. Sin duda vacilaba en fiarse de mí.

—Para el rapto no necesito de nadie —dijo al fin—. Necesitaré sí para huir de Cádiz, lo cual no es cosa fácil.

—Yo sacaré a usted del apuro. Sepamos cuándo...

—¿Cuándo?

—Para ayudar a usted necesito pedir licencia con anticipación.

—Es verdad. Pues bien. Antes me arrancaré la lengua que revelarle a usted todavía el lugar y la persona...

—Ni yo quiero saberlo: lo que me importa es la hora...

—Es cierto... Bien; repito que ni lugar ni persona los sabrá usted. Diré únicamente...

Sacó un papel que reconocí como el mismo que le entregara la Alacrana, y añadió:

—Este papel fija día y hora. Será mañana por la noche.

—Basta. Es todo lo que necesito saber. Mañana por la noche.

—Lo demás no lo diré ni a mi sombra. Temo traiciones y emboscadas y desconfío hasta de mis mejores amigos.

—Ni yo quiero ser indiscreto preguntando... No me importa. Me basta saber que mañana a la noche tengo que venir a Cádiz para ponerme a disposición de un amigo a quien estimo mucho.

Yo pensé que lord Gray escondería de mis ojos el papel que tan extraños avisos traía para él, pero con gran sorpresa mía, me lo mostró. Era una hoja de un libro, en cuyo margen había algunas rayas con lápiz.

—¿Esta es la carta? A fe que no puedo entender lo que dice, ni es fácil conocer el carácter de la escritura.

—Yo lo entiendo bien... Estas rayas se refieren a determinadas letras de los renglones impresos y con un poco de paciencia se descifra. Pero me parece que sabe usted bastante. Silencio, pues, y no se nombre más este asunto. Me mortifica, me pone nervioso y colérico el ver que hay alguien que posee una parte de mi secreto. Ahora no pensemos más que en Currito Báez. Amigo, siento deseo irresistible, anhelo profundo de matar a un hombre.

—Yo también.

—¿Cuándo le despachamos?

—Mañana por la noche se lo diré a usted.

—¿Quiere usted que le ejercite un poco en la esgrima?

—Nada más oportuno. Vengan los floretes. Espero adquirir de aquí a mañana tanta destreza como mi maestro.

Empezamos a tirar.

—¡Oh, qué fuerte está usted, amigo! —dijo al recibir una estocada medianilla.

—No estoy mal, no.

—¡Pobre Currito Báez!

—Sí. ¡Pobre Currito Báez! Mañana veremos.

Sonó en la escalera gran estrépito, suspendimos al punto el juego, permaneciendo con los floretes en la mano en actitud observadora, y he aquí que entran metiendo ruido y cual brazos de mar que todo lo arrollan e inundan delante de sí, dos mozas de lo mejor que puede criar Andalucía. ¿Las conocéis? Eran María Encarnación llamada la Churriana y Pepilla la Poenca, a quien nombraban así por ser sobrina del Sr. Poenco.

—¡Endinote! —exclamó una corriendo ligerísima hacia mi amigo—. ¿Cómo tanto tiempo sin verte? ¿No sabías que esta probe se estaba muriendo?

—Miloro está encalabrinao por aquí dentro, y ya no quiere nada con la gente de la Viña.

—Amable canalla —dijo el inglés—, sentaos. Sentaos y cenemos.

Los cuatro tomamos asiento y no pasó después nada digno de contarse, por lo cual me abstengo de quitar espacio y atención a asuntos de mayor importancia.

- XXIV -

Don Diego de Rumblar fue a despertarme a mi alojamiento en la tarde del siguiente día. No habiendo podido dormir en la noche, había pasado en calenturientos sueños parte del día, y me hallaba al despertar afectado de gran postración. Mi alma llena de tristeza se abatía, incapaz del menor vuelo, y encontrándose inferior a sí misma, hasta parecía perder aquella antigua pena que le producían sus propias faltas, y se adormecía en torpe indiferencia. Tolerante con los errores, con los extravíos, con el mismo vicio, iba degradándose de hora en hora. D. Diego me dijo:

—Te participo que el sábado de esta semana tendrán lugar en casa dos acontecimientos. Yo me caso y mi hermana entrará de novicia en las Capuchinas de Cádiz.

—Lo celebro.

—Ya he perdido aquellos escrúpulos, hijos de una delicadeza excesiva y ridícula. Mi mamá me dice que soy un asno si al punto no me decido.

—Tiene razón.

—Además, chico, has de saber que mi mamá me ha sitiado por hambre.

—¡Por hambre!

—Sí, hombre. Asegura que nuestra fortuna está por los suelos a causa de la guerra, y luego añade: «Como no te cases, hijo, ¡no sé cómo podremos vivir!». A todas estas ni un real para mis gastos. Eminente joven, gloria de la patria, si le prestaras cuatro duros al señor conde de Rumblar, Europa entera te lo agradecería.

Le di los cuatro duros.

—Gracias, gracias, benemérito soldado. Te los pagaré cuando me case. Dime, ¿no te parece que hago bien en desechar vanos escrúpulos?

—¿Eso qué duda tiene?

—Lord Gray no ha vuelto por casa; nadie sabe dónde está, y es probable, que haya marchado a Inglaterra.

—Creo que en efecto se ha marchado a su país.

—Te advierto que mi novia no me puede ver ni pintado; pero eso no hace al caso. Mi madre me ha bloqueado por mar y tierra, y yo me rindo, chico, me rindo a discreción. Con mi señora mamá no hay burlas, amiguito. Si vieras qué coscorrones me da... He tenido que hacer llaves nuevas para poder salir de noche. Pues ¿y mis hermanitas y mi novia? Hace lo menos dos meses que no saben de qué color es la calle. Ni siquiera salen a misa; en paseos no hay que pensar. Han sido clavados por dentro los cristales de los balcones, y no se les permite que tengan a la mano papel, tinta ni plumas. Las tres infelices están que da lástima verlas de marchitas y acongojadas, y de seguro preferirían la peor vida del mundo a la que ahora llevan, aguantando con gusto palos de marido o rigores de abadesa, con tal de abandonar las sombrías mazmorras de mi casa. No ven a otros hombres que a mí y a D. Paco. ¿Te parece que estarán divertidas?

—¿Usted sale por las noches de su casa?

—Sí; ¿no sabes que ahora voy todas las noches a una reunión de hombres solos donde se trata de política? ¡Encantadora, deliciosa es la política! Pues te diré: nos juntamos en una casa de la calle de la Santísima Trinidad y allí estamos horas y más horas hablando de la democracia y del servilismo, diciendo perrerías de los frailes escribiendo a trozos el graciosísimo papel satírico que se llama el Duende de los Cafés. Nos ocupamos de la vida y milagros de todo quisque, y criticamos sin piedad. Pero lo más salado es aquella parte en la cual con mucho donaire nos burlamos de los clérigos, de la Inquisición, del Papa, de la santa Iglesia y del Concilio de Trento. Átame esa mosca...

—Por fuerza anda en ese lío el gran Gallardo.

431

—Si mi madre supiera esto, me colgaría del techo de la sala, ya que no tenemos almenas en que hacer conmigo un escarmiento. Vamos ahora a la tertulia. También nos reunimos de día. Hoy van a leer un folleto que ha escrito uno en contestación al

Diccionario manual para inteligencia de ciertos escritores que por equivocación han nacido en España

. ¿Conoces ese librito? Es una sarta de necedades. Ostolaza lo ha llevado a casa, y por las noches él, el Sr. Teneyro y mamá lo leen y celebran mucho sus sandios chistes y groserías. Verás el que va a salir en contestación.

—Por pasar el rato iremos allá —dije disponiéndome a salir.

—Esta noche —añadió— iremos a casa de Poenco. Te convido a echar unas copas...

—Magnífica idea. Cuando la señora doña María duerma sale usted, se mete la llave en el bolsillo, y a casa de Poenco... Pasaremos una buena noche. Sé que estarán allí María Encarnación y Pepilla y la Poenca.

—Me chupo los dedos, amigo Araceli, con la noticia. Allá voy de cabeza. Mi señora madre duerme como una piedra, y no advierte mis escapatorias.

—Pero lo advertirán las hermanitas.

—Ellas lo saben, y me impulsan a salir para que les cuente lo que ocurre por ahí durante la noche. También voy al teatro. Las pobrecitas llevan una vida... Como duermen juntas las tres en una misma alcoba, se entretienen de noche contándose historias en voz baja.

Llegamos a la calle de la Santísima Trinidad y en un cuarto bajo, oscuro y humildísimo, había hasta dos docenas de personas de diferentes edades, aunque abundaban más que los viejos los jóvenes, todos alegres y bulliciosos, como grey estudiantil, vestidos de voluntarios los unos y con sotana un par de ellos, si no estoy trascordado. Describir la confusión y bulla que allí reinaba fuera imposible; pintar la variedad de sus fachas, la movilidad de sus gestos y la comezón de hablar y reír que les poseía, fuera prolijo. Unos se sentaban en desvencijadas sillas, otros de pie sobre las mesas haciendo de estas tribuna, se adiestraban en el ejercicio parlamentario; algunos disputaban furiosamente en los rincones, y no faltaba quien en las rodillas o sobre el breve espacio de mesa que dejaban libre los pies de los oradores, emborronaba cuartillas. Era aquello un nido, una hechura de políticos, de periodistas, de tribunos, de agitadores, de ministros, y daba gusto ver con cuánto donaire rompían el cascarón los traviesos polluelos.

Aquello era club incipiente, redacción de periódico, academia parlamentaria, todo esto, y algo más. ¡Qué hervidero! ¡Cuántas pasiones, cuántas crisis, cuántas revoluciones, cuánta historia, en fin, bullían dentro da aquel pastel que acababa de ponerse al fuego! Los huevecillos que deposita la mariposa para dar vida al gusano no se abren, no echan fuera la diminuta criatura, ni esta se desarrolla con más presteza al calor de la primavera que aquellos inocentes embriones de gente política. Su precocidad asombraba, y oyéndoles hablar, se les creía capaces de dar guerra al universo entero.

Al punto D. Diego y yo fuimos tratados como antiguos amigos.

—Ahora va a venir ese insigne bibliotecario de las Cortes —dijo uno— y nos acabará de leer su obra.

—Ya veo cómo tiemblan los frailes panzudos y los rollizos canónigos. Yo he dicho que debe grabarse letra por letra con oro y plata en las esquinas de las calles.

—¡Aquí está, aquí está el insigne Gallardo!

Era altísimo, flaco, desgarbado, amarillento, siendo de notar en su rostro la viveza de los ojos así como la regular longitud de las abanicadas orejas. ¡Singular hombre! Cincuenta años después le habéis visto en las calles de Madrid desfigurado por el medio siglo; pero siempre distinguiéndose muy bien por la prolongación longitudinal de su persona; le habréis visto siempre flaco, siempre amarillo, pero antes atrabiliario que jovial, marchando aprisa con los bolsillos de un como redingot gris llenos de libros viejos, con su sombrero de hule hecho a las injurias de aguas y soles; y si por acaso dirigisteis vuestros pasos a la Alberquilla, dehesa próxima a Toledo, le veríais allí sepultado en una biblioteca, donde le devoraba, como a D. Quijote la caballería, la estupenda locura de los apuntes; le veríais encerrado semanas enteras, sin tomar otro alimento que el modestísimo de una diaria ración de sopas de leche. Algo había en aquella cabeza, para ofrecer el fenómeno de que sabiendo cuanto había que saber en materia de libros, y siendo el almacén de apuntes y datos y noticias más colosal que ha existido en el mundo, jamás hiciese cosa de provecho.

Pero ustedes no conocieron a Gallardo como yo le conocí, en la plenitud de su frenesí clerofóbico; ustedes no le oyeron leer como yo las célebres páginas del *Diccionario burlesco*, el libro más atroz y más insolente que contra la religión y los religiosos se había escrito en España. Estaba poseído de un estro impío, y fue la primera musa de esa gárrula poesía progresista que durante muchos años atontó a la juventud, persuadiéndola de que la libertad consiste en matar curas.

—¡A leer, a leer! —gritaron seis o siete voces.

—¿Has acabado el párrafo del cristianismo?

—Calma y no me vuelvan loco —dijo Gallardo sacando unos papelotes—. No se puede ir tan aprisa.

—Si estás a la mitad, insigne bibliotecario, habrás llegado al parrafillo de la Inquisición que caerá en la I.

—No, porque pongo la Inquisición en la *y griega*.

Grandes y estrepitosas y retumbantes risas.

—Atended un poco. A ver qué os parece esto de la Constitución —dijo sentándose, mientras se formaba corrillo en torno suyo—. Ya sabéis que el asno hilvanador del *Diccionario manual* decía que la Constitución será una taracea de párrafos de Condillac cosidos con hilo gordo... Pero mirad antes cómo defino el Cristianismo. Digo así: «Amor ardiente a las rentas, honores y mandos de la Iglesia de Cristo. Los que poseen este amor saben unir todos los extremos y atar todos los cabos, y son tan diestros que a fuerza de amor a la esposa de Jesucristo, han logrado tener a su disposición dos tesorerías, que son las del arca-boba de la corte de España y la de los tesoreros de las gracias de la corte de Roma». Ya veis que he parafraseado lo que dijo el Manual en el párrafo del Patriotismo.

—Bartolillo —preguntó uno—, ¿y no le has contestado nada a aquello de que el alma es un huesecillo o ternilla que hay en el celebro, o según otros en el diafragma, colocado así como el palitroquillo que se pone dentro de los violines?

—Paciencia. Allá va lo que pongo a la voz Fanatismo... «Enfermedad físico-moral, cruel y desesperada, porque los que la padecen aborrecen más la medicina que la enfermedad. Es una como rabia canina que abrasa las entrañas, especialmente a los que arrastran holapandas. Los síntomas son bascas, convulsión, delirio, frenesí; en su último período degenera en licantropía y misantropía, en cuyo estado el enfermo se siente con arranques de hacer una gran hoguera para quemar a medio linaje humano».

—Eso está bien dicho; pero algo frío, Bartolo.

—Duro, más duro en ellos. Veamos cómo te desenvuelves en la voz Fraile.

—Frailes... Atención —continuó el lector—. Una especie de animales viles y despreciables que viven en la sociedad a costa de los sudores del vecino en una especie de café-fonda, donde se entregan a todo género de placeres y deleites, sin más que hacer que rascarse la barriga.

Aquí no pudieron contener los mozalbetes su entusiasmo, y fue tal la algazara y el jaleo de pies y manos, que los transeúntes se detenían en la calle sorprendidos por el estentóreo ruido.

—Vaya, señores, que no leo más —dijo Gallardo guardando sus papeles con orgullo—. Esto va a perder la novedad cuando se publique.

—Bartolo, echa el Obispo.

—Bartolo, léenos el Papa.

—Eso se quedará para mañana.

—Ya andan por ahí los Zampatortas con la cabeza inclinada como higo maduro desde que saben va a salir tu

Diccionario.

—Bartolo, ¿escribes hoy algo contra Lardizábal?

Lardizábal, individuo de la Regencia que había dejado de funcionar el año anterior, publicó en aquellos días un tremendo folleto contra las Cortes.

—¿Yo? Jamás le he echado paja ni cebada al señor Lardizábal.

—Hombre, defendamos la soberanía de la nación.

—Si no tiene más enemigos que Lardizábal... Sopla, y vivo te lo doy...

—Mañana saldrá bueno nuestro Duende.

—Cuando sea diputado —dijo uno que por lo enteco parecía sietemesino— pediré que todos los frailes que hay en España sean destinados a dar vueltas a las norias para sacar agua.

—De ese modo se regará muy bien la Mancha.

—Señores, no olvidarse de que mañana habla Ostolaza y quizás D. José Pablo Valiente.

—Hay que ir a la tribuna.

—Yo esperaré en la calle para ver la función de salida.

—Eh... Antonio, échanos un discurso.

—Un discurso como el de anoche, y sobre el mismo tema de la democracia.

—Pero no digas, como el *Diccionario manual*, que la democracia «es una especie de guarda-ropa en donde se amontonan confusamente medias, polainas, botas, zapatos, calzones y chupas, con fraques, levitas y chaquetas, casacas, sortúes y capotes ridículos, sombreros redondos y tricornios, manteos y unos monstruos de la naturaleza que se llaman abates».

—De ese modo ha querido pintar a las Cortes.

—La democracia —dijo otro mozalbete con voz elocuente, aunque ceceosa— es aquella forma de

gobierno en que el pueblo, en uso de su soberanía, se rige por sí mismo, siendo todos los ciudadanos tan iguales ante la ley que ellos se imponen, como lo somos los desterrados hijos de Eva a los ojos de Dios.

—Hombre, repíteme eso que es muy bonito, y quiero aprenderlo de memoria para decírselo a mi papá esta noche al tiempo de cenar. A mi papá, que es muy liberal, le gustan estas cosas.

Yo me aburría entre aquella gente, sin poder sacar sustancia de tan inaguantable confusión de voces diversas, ni de aquel laberinto de opiniones, de insensateces, de puerilidades, manifestadas en coro inarmónico, cuyo susurro hubiera enloquecido la cabeza más fuerte. Dije a D. Diego, que me marchaba, y él se empeñó en que le acompañase hasta el fin.

—Yo oigo atentamente todo lo que hablan —me dijo— para aprendérmelo de memoria y soltarlo después en los cafés y en los ventorrillos. De este modo voy adquiriendo fama de gran político, y cuando me acerco a la mesa del café, todos me dicen: «a ver, D. Diego, qué piensa usted de la sesión de hoy».

Nos detuvimos un poco más; pero al fin pude sacarle con grandes esfuerzos de allí, y nos marchamos a tomar el fresco a la muralla.

—¿Qué diría doña María —le pregunté— si ahora me presentase yo en la casa?

—Hombre, se me figura que mi señora madre no te juzga del todo mal. Ostolaza dice de ti mil herejías; pero mamá se opone a que hablen mal de nadie delante de ella... Sin embargo, tienes en casa fama de ser un terrible conquistador de hermosuras. Más vale que no vayas allá. ¡Ah, pícaro!, ya sé que te gusta mi hermanita Presentación. Todos los días me pregunta por ti... Por mi parte si la quieres... yo sé que eres un hombre honrado.

—En efecto, me agrada.

—Como que te la llevaste a las Cortes una tarde... Sí, cuando salieron y cayó la bomba, y les dio auxilio el padre Pedro de Advíncula... El pobre D. Paco estuvo enfermo cinco días... volvió a casa lleno de bizmas, porque el estallido de la bomba, ¡asómbrate, chico!, le molió como si le hubieran dado una paliza.

—¡Desgraciado preceptor!... No olvide usted, amiguito, que esta noche hemos de ir a casa de Poenco.

—Sí; a olvidarme iba. Las carnes me tiemblan ya del gusto. ¿Dices que va Pepilla la Poenca?

—Y toda la flor de la majeza.

—Me parece que no ha de llegar el momento en que mi señora mamá cierre los ojos.

—Aguardo en Puerta de Tierra.

—Puerta del Cielo debía llamarse. ¿Irá también la Churriana?

—También.

—Pues aunque supiera que mi mamá estaba en vela toda la noche... adiós... me voy a cenar y a rezar el rosario. Dentro de hora y media estaré allá... Tunante, diré a Presentación que te he visto. ¡Qué contenta se va a poner!

Cuando nos separamos visité de nuevo a lord Gray, y como le encontrara dispuesto a salir a la calle, le dije:

—Milord, la señora condesa (Amaranta) me encargó ayer que rogase a usted pasase a verla.

—Ahora mismo marcharé allá... ¿Está usted libre esta noche?

—Libre, y a la orden de usted.

—Será algo tarde cuando yo necesite de su auxilio. ¿Dónde nos encontraremos?

—No es preciso fijar sitio —repuse—. Yo tengo la seguridad de que nos encontraremos. Una súplica tengo que hacer a usted. Mi espada no es buena. ¿Quiere usted prestarme esa magnífica hoja toledana que está en la panoplia?

—Con mil amores: ahí va.

Diómela, y cambié su arma por la mía.

—¡Pobre Currito Báez! —dijo riendo—. Han fijado ustedes el duelo para esta noche. Pero, amigo mío, yo no puedo estar en todas partes. Esta noche no podré asistir a la muerte de ese hombre.

—¿Pues no ha de poder? Hay tiempo para todo.

—Fijemos horas.

—No es preciso. Ya nos encontraremos. Adiós.

—Pues adiós.

Era de noche y corrí al ventorrillo. Don Diego tardó mucho; pasó una hora, pasaron dos y yo no cabía en mí de ansiedad y afán. Por fin le vi aparecer y calmose mi febril impaciencia con su llegada.

—Poenco —gritó dando manotadas sobre la mesa— trae manzanilla. ¿Hay algo de pescado para hacer sed?... Querido Gabriel, hombre benévolo y caritativo, pongo en tu conocimiento que ahora al pasar por la calle del Burro me dieron ganas de entrar en casa de Pepe Caifás, y allí perdí los cuatro duros que me diste esta tarde. ¿Llevarías tu longanimidad hasta el extremo de darme otros cuatro? Ya sabes que me caso pronto.

Le di lo que me pedía.

—Señor Poenco, ¿dónde está Pepilla?

—Ha ido a confesar y está haciendo penitencia.

—¡A confesar! ¿Tu hija se confiesa? No la dejes acercarse a ningún fraile. Ya sabes que los frailes son unos animales viles y despreciables que viven en la ociosidad y holganza en una especie de café-fondas donde se entregan a todo género de placeres...

—Todo lo que gastemos lo pago yo, tío Poenco —dije—. Venga Jerez.

—Gracias, gracias, valiente soldado. Siempre has sido generoso. De modo que podré emborracharme... Poenquillo, ¿me sabrás decir dónde se puede ver esta noche a María Encarnación?

—Señorito D. Diego —dijo el pícaro— no me comprometeré yo a decirle dónde está, manque me diera esos cuatro soles de plata mejicana, porque María Encarnación salió de aquí con Currito Báez, y tomando hacia la calle del Torno de Santa María... cétera, cétera.

Entraron varios majos ya de nosotros conocidos, y D. Diego les convidó a beber, lo cual lejos de molestarles les causó muchísimo agrado.

—¿Vienes de las Cortes, Vejarruco? —preguntó D. Diego a uno de ellos.

—Sí... y qué borrasca han armado allí con el papé de Lardizábal.

—Toos, toos son unos pillos —exclamó Lombrijón—. ¡Qué gomitaeras tenía aquel diputao alto, berrendo, querencioso, y qué cosas les dijo cuando le dio aquel súpito, engrimpolándose too!...

—¿Qué entiendes tú de eso, Lombrijón?... Si lo que dijo fue que el puebro...

—En las orejas tengo el voquible, Vejarruco. Fue lo de la mococrasia...

—Apostad a cuál es más bruto —dijo don Diego con pedantería—. La democracia, y no la mococrasia

es aquella forma de gobierno en que el puebro, en uso de su soberanía se rige por sí mismo, siendo todos los ciudadanos iguales ante la ley...

—Justo y cabal. ¡Qué bien parla este angelito! Si en mi poder estuviera, mañana sería diputado.

—Algún día me votaréis, amigos Vejarruco y Lombrijón —dijo mi amigo sintiendo ya en su cabeza con los vapores del generoso licor el humo de la vana ambición.

—¡Viva el puebro soberano! —gritó Vejarruco.

—¡Vivan las Cortes! —gruñó Lombrijón batiendo palmas con el ritmo de la malagueña—. Lo que igo es que un ruedo de muchachas bailando, con un par de guitarras y otros tantos mozos güenos y un tonel de lo de Trebujena que dé güelta a la reonda, me gustan más que las Cortes, donde no hay otra música que la del cencerro que toca el presiente y el romrom de los escursos.

—Que vengan las muchachas, que vengan las guitarras —gritó el de Rumblar, dueño ya tan sólo de la mitad de su corto entendimiento.

—Poenco, si las traes te hacemos...

—Te hacemos diputao...

—¿Qué es eso? ¡Menistro! ¡Viva la libertad de la imprenta y el menistro señó Poenco!

Mientras de este modo se enardecía el espíritu y se exaltaban los sentidos de aquellos bárbaros, iba pasando mucho tiempo, más tiempo del que yo quería que pasase sin poner en ejecución mi pensamiento. Habían sonado las nueve, las diez, casi las once.

Más fuerte que si tuviera algo dentro, la cabeza de mi amigo D. Diego resistía a frecuentes trasiegos del ardiente líquido; pero cuando vinieron las mozas y comenzó la música, el noble vástago perdió los estribos y dio con su alma y su cuerpo en el torbellino de la más grosera orgía que ventorrillo andaluz puede ofrecer al sibaritismo. Bailó, cantó, pronunció discursos políticos sobre una mesa, imitó el pavo y el cerdo, y por último, ya muy tarde, cuando el afán me devoraba y la impaciencia me tenía nervioso y aturdido, dio con su noble cuerpo en tierra, cayendo inerte, como un pellejo de vino. Las mozas formaban elegantes parejas con Vejarruco y Lombrijón; los guitarristas se divertían por su cuenta en otro extremo de la taberna, roncaba como una bestia enferma el gran Poenco y la ocasión era propicia para mí. Tomé las dos llaves que el durmiente D. Diego llevaba en su bolsillo, y corrí como un insensato fuera de la taberna.

La repugnante zambra habíase alargado bastante, porque eran ya casi las doce.

- XXV -

Yo no corría, volaba, y en poco tiempo llegué a la calle de la Amargura, mortificado por el recelo de acudir tarde. Un hombre que se lanza desesperado al crimen no experimenta en el instante de perpetrar su primer robo, su primer asesinato, emoción tan viva como la que yo experimenté cuando introduje la llave, cuando le di vueltas poco a poco para evitar todo ruido, cuando empujando la puerta ya abierta, esta cedió ante mí sin rechinar, merced a las precauciones que con este fin había tomado D. Diego. Entré, y por un rato halleme desorientado en la profunda oscuridad del zaguán; pero a tientas y cuidadosamente pude llegar al patio, donde la claridad del cielo que por la cubierta de vidrios entraba, me permitió marchar con pie más seguro. Abriendo la segunda puerta que daba paso a la escalera, subí muy despacio asido al barandal.

El corazón me latía con loca presteza, pareciéndome tan desmesuradamente ensanchado, que experimenté la sensación de llevar dentro del pecho un objeto mayor que la casa en que estaba. Me tenté la espada, por ver si estaba en mi cintura, y probé si salía con holgura de la vaina. En las sombras que me rodeaban, creía ver a cada instante la imagen de lord Gray y otra imagen, corriendo ambas fuera de la casa profanada. Verdaderamente, señores, discurriendo con serenidad, no podía darme cuenta del objeto de mi arriesgada expedición allí dentro. ¿Iba a satisfacer en la persona de lord Gray mi anhelo de venganza, iba a gozarme en mi propio desaire o a impedir la violenta determinación de los locos amantes? Yo no lo sabía. En mi pecho bullían ardientes furores, y se quemaba mi frente circundada por anillo de candente hierro. Los celos me llevaban en sus alas negras llenas de agudas uñas que desgarran el pecho, y dejándome arrastrar, no podía prever cuál sería el término de mi viaje.

Al llegar al corredor de cristales que daba vuelta a todo el patio, percibí con claridad los objetos, por la mucha luz de la luna que allí penetraba. Entonces medité, y formulando vagamente un plan, dije:

—Aquí buscaré un sitio donde ocultarme. Lord Gray no puede haber llegado todavía. Le espero, y cuando venga le saldré al paso.

Puse atento el oído, y creí sentir un rumor vago. Parecíame ruido de faldas y pasos muy tenues. Aguardando un rato, al cabo distinguí una forma de mujer que salía al corredor por la puerta menos próxima al sitio donde yo me encontraba. Había allí un alto, pesado y negro ropero que proyectaba sombra muy oscura sobre sus costados, y junto a él me guarecí. Atisbé la figura que se acercaba, y al punto la reconocí. Era Inés. Acercábase más, y al fin pasó por delante de mí. Yo me aplasté contra la pared: hubiera querido ser de papel para ocupar el menor espacio posible.

A la escasa luz pude advertir en ella una gran confusión. Inés iba hacia la escalera, volvía, tornaba a adelantar, retrocediendo después. Sus ademanes indicaban zozobra vivísima, más que zozobra, desesperación. Exhalaba hondos suspiros, miraba al cielo como implorando misericordia, reflexionaba después con la barba apoyada en la mano, y al fin volvía a sus anteriores inquietudes.

—Es que le espera —dije para mí—. Lord Gray no ha venido.

Inés entró de repente en las habitaciones y salió al poco rato con un largo mantón negro sobre la cabeza. Andaba con gran cautela, y sus delicados pies parecía que apenas esfloraban los ladrillos del piso. Volvió a pasar junto a mí, dirigiéndose a la escalera, pero retrocedió otra vez.

—Está loca —pensé— se dispone a salir sola. Sin duda él le espera en la calle.

La muchacha descendió dos o tres peldaños, y tornó a subir. Entonces observé claramente su rostro; estaba muy inmutada. Balbucía o ceceaba, y su soliloquio, en que se le escapaban voces articuladas, era de los que indican una gran agitación del alma. Algunas voces tenues y confusas que salían de sus labios, llegaron a mi oído y percibí con toda claridad estas dos palabras: «Tengo miedo».

Al pasar cerca de mí, no sé si sintió mi respiración o el roce de mi cuerpo contra la pared, porque me era imposible permanecer en absoluta quietud. Estremeciose toda, miró al rincón, y de seguro me vio, es decir, vio un bulto, un fantasma, un ladrón, cualquiera de esos vestigios o imaginarios duendes de la noche, que asustan a los niños y a las muchachas tímidas. En el paroxismo de su miedo, tuvo, sin embargo, bastante presencia de ánimo para no gritar; quiso correr, mas le faltaron las fuerzas. Maquinalmente salí de mi escondite, dando algunos pasos hacia ella, la vi temblorosa con los ojos desencajados y las manos abiertas, acerqueme más, y le dije en voz muy baja:

—Soy yo; ¿no me conoces?

—Gabriel —dijo como quien despierta de un mal sueño—. ¿Cómo has entrado aquí? ¿Qué buscas?

—No me esperabas sin duda.

Su acento de profunda sorpresa no indicaba pesadumbre ni contrariedad. Después añadió:

—No parece sino que te ha enviado Dios en socorro mío. Acompáñame: tengo que salir a la calle.

—¡A la calle! —exclamé más desconcertado aún.

—Sí —dijo recobrando la zozobra que al principio había advertido en ella—; quiero traerla aunque sea arrastrada por los cabellos... ¡Ay! Gabriel, estoy tan angustiada que no sé cómo contarte lo que me pasa. Pero vamos, acompáñame. No me atrevía a salir sola a estas horas.

Diciendo esto tomaba mi brazo, y con impulso convulsivo me empujaba hacia la escalera.

—Esta casa está deshonrada... ¡Qué vergüenza! Si mañana despierta doña María y no la encuentra aquí... Vamos, vamos. Yo espero que me obedecerá.

—¿Quién?

—Asunción. Voy a buscarla.

—¿En dónde está?

—Se ha marchado... Ha huido... Vino lord Gray... En la calle te contaré...

Hablábamos tan bajo que nos decíamos las palabras en el oído. En un instante y andando con toda la prisa que permitía la oscuridad de la casa, bajamos, abrimos las puertas y nos encontramos en la calle.

—¡Ay! —exclamó al ver cerrar por fuera la puerta—. En mi atolondramiento se me olvidaba, al querer salir, que no tenía llaves para abrir la puerta.

—Pero ¿a dónde vas tú, a dónde vamos?

—Corramos —dijo aferrándose a mi brazo.

—¿A dónde?

—A la casa de lord Gray.

Aquel nombre encendió de nuevo mi sangre, y pregunté con desabrimiento:

—¿Y a qué?

—A buscar a Asunción. Tal vez lleguemos a tiempo para impedir su fuga de Cádiz... Está loca esa muchacha, loca, loca, loca... Gabriel, ¿con qué objeto entrabas esta noche en la casa? ¿Ibas a buscarme?... ¿Ibas de parte de mi prima?

—Pero lord Gray... Explícame eso.

—Lord Gray entró esta noche. Asunción le esperaba... levantose callandito de su cama y se vistió. Yo desperté también... Asunción se llega a mi cama cuando iba a partir, y besándome, en voz muy bajita me dijo: «Inés de mi corazón, adiós, me voy de esta casa». Yo salté de mi cama, quise detenerla, pero la pícara lo tenía todo muy bien dispuesto y salió con gran ligereza. Quise gritar, pero tuve miedo... La idea de que despertase doña María en aquel instante me hacía temblar... Se fueron muy despacito, y cuando me quedé sola... ¡Ay! La insensatez de esa muchacha, a quien todos tienen por santa, me enardecía la sangre. Lord Gray la ha engañado; lord Gray la abandonará... Vamos, vamos pronto.

—¡Me parece que estoy soñando! De modo que Asunción... ¿Pero qué vamos a hacer, qué vamos a decir a Asunción y a lord Gray?

—¿Y eso dice un hombre, un caballero, un militar que lleva una espada? Cuando les vi salir sentí un impulso de cólera... quise correr tras ellos... luego me ocurrió llamar a los de la casa... pero después, pensando que lo mejor sería impedir la fuga de Asunción, discurrí si podría traerla de nuevo a casa, con lo cual la condesa no se enterará de nada... Yo pedí auxilio al cielo y dije: «Dios mío, ¿qué puede hacer una mujer, una pobre y desvalida mujer, contra la perfidia, la astucia y la fuerza de ese maldito inglés? Dios poderoso, ayúdame en esta empresa». Cuando yo decía esto te me presentaste tú.

—¿Y cuál es tu intención?

—Yo dudaba si salir o no. Era una locura salir... ¿Qué hubiera podido lograr sola? Nada. Ahora es distinto. Me presentaré en casa de ese bandido; procuraré convencer a esa desgraciada de la miserable suerte que le espera. ¡Oh!, nunca la creí capaz de acto tan abominable... Haré lo posible por traérmela conmigo. Un hombre me acompaña, no temo a lord Gray, y veremos si persiste en sus viles proyectos delante de mí.

—No persistirá. Lo que está pasando es un plan admirable de la Providencia.

—La pobre Asunción es una tonta. Su fondo es bueno, pero con la santidad, con el encierro y con lord Gray se le ha convertido la imaginación en un hervidero. Nos queremos mucho. Varias veces he conseguido de ella con mis cariñosas amonestaciones más que su madre con el rigor y toda la Iglesia católica con sus santidades... Volverá, volverá con nosotros... ¡Qué peligroso paso!... ¡Ella y yo fuera de casa!... Corramos, corramos. La casa de ese hombre está en el fin del mundo.

—Lord Gray abandonará su presa. Ya pronto llegamos. Lord Gray tendrá el castigo que merece.

—¡Así te oyera Dios! ¡Pobre Asunción! ¡Pobre amiga! ¡Tan buena y tan loca! Se me parte el corazón al considerarla deshonrada y perdida para siempre. La arrancaremos de manos de su seductor... No, no huirá de Cádiz... Aún faltan muchas horas para el día... Vamos, corramos pronto.

- XXVI -

Por fin llegamos a casa de lord Gray. Toqué fuertemente a la puerta y un criado soñoliento y malhumorado bajó a abrirnos.

—El señor no está —nos dijo.

Creyendo que nos engañaba, empujé puerta y portero para abrir paso, y entramos diciendo:

—Sí está. Me consta que está.

Como la casa de lord Gray era centro de aventuras, y allí entraban con frecuencia hombres y mujeres a distintas horas del día y de la noche, el criado no puso obstáculo a que invadiéramos imperiosamente la casa, y guiándonos a la sala, encendió luces, sin cesar de repetir:

—El señor no está, el señor no ha venido esta noche.

Inés, desfallecida, dejose caer en un sillón. Yo recorrí la casa toda, y en efecto, lord Gray no estaba. Después de mis pesquisas Inés y yo nos miramos con angustiosa perplejidad, confundidos ante la inutilidad del arriesgado paso que habíamos dado.

—No están, Inés. Lord Gray ha tomado sus precauciones y es inútil pensar en impedir la fuga.

—¡Inútil! —exclamó con dolor—. No sé qué pensar. Llévame otra vez a mi casa. ¡Dios mío santísimo, si me sienten llegar contigo!... ¡Si doña María se levanta y ve que Asunción y yo no estamos allí!... ¡Esto ha sido una locura! ¡Desgraciada Asunción! ¡Tan buena y tan loca!

Inés lloraba con vivo dolor la pérdida de su amiga.

—Para mí es como si hubiera muerto —añadió—. ¡Que Dios la perdone!

—Engañado por su aparente santidad, jamás creí que tuviera tan ciega pasión por un hombre.

—Su hipocresía es superior a todo lo que puede concebirse. Ha aprendido a disimular con tal arte sus sentimientos, que todos se engañan respecto a ella.

—Para decírtelo todo de una vez, Inés, yo creí que la que amaba a lord Gray eras tú. Todos, incluso Amaranta, creían lo mismo.

—Ya lo sé. Yo misma tengo la culpa de esto, porque deseando evitar a mi amiga las crueles reprensiones y castigos de su madre, callaba y sufría siempre, y las sospechas caían sobre mí. Conmigo tenían cierta tolerancia, y como sólo se trataba de cartitas y tonterías, dejé correr el engaño, pasando por casquivana... Algunas veces me apropiaba deliberadamente las faltas de Asunción, por el beneficio que me traían... ¿no entiendes? Mi mayor gusto era ver rabiar a D. Diego, diciendo que no se casaría nunca conmigo.

—Él espera que pronto le darás tu mano.

Por primera vez en aquella noche la vi reír.

—Yo sabía —añadió después— que todas las sospechas caían sobre mí, y callaba. Jamás hubiera delatado a la pobre Asunción. Esperaba arrancarle de la cabeza esa locura, y en una ocasión creí conseguirlo. Lord Gray ponía en juego mil ingeniosas estratagemas... ¿Tú sabes todo lo que pasó el día que fuimos a las Cortes?... ¡Hombre más original!... Yo esperaba que siguieras yendo a casa por la noche... te hubiera informado de todo... Pasaron días y meses, y entretanto, sola y abandonada de todos, necesitaba valerme de mis propios esfuerzos para ir prolongando, prolongando mi situación, con la esperanza de verme libre algún día... Pero marchemos al punto de aquí. ¡Dios mío, qué tarde!

—Inés, te he recobrado, te he reconquistado después de creerte perdida para siempre —afirmé olvidando la situación en que nos encontrábamos—. Has resucitado para mí. ¡Querida mía, imitemos la conducta de Asunción y lord Gray, y vámonos por esos mundos!

Me miró con severidad.

—¿Deseas volver a aquella horrible prisión, más cerrada y más sombría que la casa de los Requejos? —le dije con exaltación, estrujando sus manecitas entre las mías.

—Más vale esperar —me contestó—. Llévame a mi casa.

—¡Otra vez allá! —exclamé deteniéndola en su marcha con la barrera de mis brazos, que hubieran querido ser muralla indestructible para separarla del resto del mundo—. ¡Otra vez allá! Ya no te volveré a ver más. Se cerrarán las puertas de ese purgatorio presidido por doña María, y adiós para siempre. Querida mía, vamos a casa de la condesa; allí te convenceremos. Sabrás lo que importa más que nada en el mundo.

Inés demostraba gran impaciencia.

—¡Pero un momento más, un momento! Pasan meses sin verte. Sabe Dios hasta cuándo no nos veremos. ¿No sabes lo que me pasa? El gobierno ha dispuesto que salga una expedición para desembarcar en Cartagena y socorrer a las partidas de Castilla. Me han designado para formar parte de ella. Pobre soldado, tengo que obedecer. ¿Cuándo nos volveremos a ver? Nunca. No te separes de mí esta noche. Salgamos de aquí, y te llevaré al lado de la condesa, tu prima.

—¡No, a casa, a casa!

—La puerta de aquella mansión me parece que es la losa de tu sepulcro. Cuando se cierre, dejándote dentro, todo se acabó.

—No, yo no quiero salir como Asunción, acechando el sueño de su madre para escapar. Yo no quiero salir así de mi encierro, sino en pleno día, con las puertas abiertas y a la vista de todos. Vámonos. ¡Qué locura he hecho esta noche, Dios mío! Asunción, ¿dónde estás? ¿Has muerto ya para mí y para los demás?... No puedo estar aquí ni un instante más. Me parece que siento la voz de doña María llamándome, y los cabellos se me erizan de espanto.

Inés se dirigió a la salida. En el mismo instante oímos ruido de un coche en la calle. Aguardamos, sintiendo que alguien subía, y por fin abriose la puerta de la sala, y apareció lord Gray. Estaba sombrío, fosco, agitado, nervioso.

Nos miró con asombro, quiso reír, pero su colérico semblante no echaba de sí más que rayos. Temblaba de ira, iba de un lado para otro de la sala, como un tigre en su jaula, nos miraba, nos decía algo inconexo, risible, estúpido, y luego hablaba consigo mismo en monosílabos incomprensibles, mezclando la lengua inglesa con la española.

—Sr. de Araceli, buenas noches... Y usted, niña, ¿qué hace aquí? ¡Ah!, ya... Mi casa sirve de refugio a los amantes... Son ustedes más afortunados que yo... ¡Condenación eterna para las niñas mojigatas!... Un hombre como yo... No debí acceder... ¡Por San Jorge y San Patricio!...

453

—Lord Gray —dije— hemos venido a esta casa con móvil muy distinto del que usted supone.

—¿En dónde está Asunción? —exclamó Inés con vehemencia—. No, no saldrán ustedes de Cádiz. Voy a alborotar toda la ciudad.

—¿Asunción? —repuso el inglés pateando con cólera y elevando el puño—. He sido un necio... pero mañana veremos... El demonio me lleve si cedo... ¿Qué decía usted? Asunción... es una niña honradita y formalita... ¡Maldito bigotism!... Mucho lloro, mucho hipo, mucho suspirito... ¡Mala peste!... ¿Qué decía usted?... Perdone usted... Estoy nervioso... despido fuego y electricidad... Pues como decía, Asunción...

—¡Sí!, ¿dónde está? Es usted un malvado.

—La pobrecita niña está ya de vuelta en casa rezando el Confiteor con las manecitas cruzadas delante del altarejo... ¡Malditas sean las niñas piadosas!... Parece que su voluntad ha de ser de roca, y es cera de iglesia. Están buenas para sacristanes... Pues sí. En su casa está ya de vuelta. El seráfico arcangelillo se asustó al verse solo conmigo en lugar extraño... ¡No les gusta más que la sacristía!... Lloró, rabió, quiso matarse, escandalizó la casa de aquella ilustre doña Mónica a donde la llevé... Jamás me ha pasado otra como esta... ¡Pobre gatita, cómo mayaba! ¡Qué lastimeros ayes! ¡Qué gritos para clamar por su honor!... Nada; es preciso ser fraile o sacristán... En fin, ya está otra vez en su casa, a donde acabo de llevarla sigilosamente, lo mismo que la saqué... Señora doña Inesita, veo que es usted mujer resuelta... Usted se ha echado a la calle con este insigne mancebo... No hay que hacer aspavientos de honor y demás bambolla... La señora condesa me lo

454

ha contado todo esta tarde desde la cruz a la fecha... Ella quería que yo me comprometiese a librarla a usted de su cautiverio, y convine en ello... Pero ustedes lo han sabido arreglar. Así se hace... Esta noche las contrariedades y las desdichas son para mí... Pero mañana... tomaré precauciones... O hizo Lucifer a las mojigatas para reírse de los enamorados, o las hizo Dios para castigarlos... Recapacitemos; ¡las hizo Dios, Dios, Dios!...

—Salgamos al instante de aquí —dijo Inés—. Este hombre está loco. Si es cierto que la infeliz ha vuelto a casa, pronto lo sabremos.

Impulsado por una determinación súbita, dije al inglés:

—Milord, ¿me presta usted su coche?

—Está a la puerta.

—Pues vamos.

Bajamos. Cogí a Inés en mis brazos, y subiéndola en la alta carroza (una de las singularidades del Cádiz de entonces, introducida por lord Gray) dije al cochero:

—A casa de la señora de Cisniega, en la calle de la Verónica.

- XXVII -

¿ Adónde me llevas? —exclamó Inés con espanto cuando me senté junto a ella dentro del coche que empezó a rodar pesadamente.

—Ya lo has oído. No me preguntes por qué. Allá lo sabrás. He tomado esta resolución y no hay fuerza humana que me aparte de ella. No es una calaverada; es un deber.

—¡Qué dices! Yo salí para salvar a mi amiga de la deshonra, y la deshonrada soy yo.

—Inés, oye lo que te digo. ¿Estás decidida a casarte con D. Diego?

—Déjate de simplezas.

—Pues entonces calla y resígnate a ir a donde yo te lleve. Una serie de acontecimientos providenciales te ha puesto en mi poder y creería cometer un crimen si te llevara de nuevo a aquel aborrecido encierro, donde al fin serías víctima del egoísmo fanático y de la insoportable autoridad de quien no tiene ningún derecho a martirizarte... Pobrecilla, graba en tu memoria lo que te estoy diciendo y más tarde bendecirás esta locura mía. No, no volverás allá. No pienses más en doña María. Confía en mí. Dime: ¿te he engañado alguna vez? Desde que nos conocimos ¿no has sido para mí una criatura venerada a quien de ningún modo se puede ofender? ¿No has visto siempre en mí, junto con el cariño más vivo que jamas se tuvo hacia persona alguna, un respeto, un culto superior a todas las debilidades humanas? Inés, tú eres víctima de un gran error. ¿Temes a doña María, temes a la de Leiva, temes a esas siniestras y medrosas figuras que constantemente te están vigilando con sus ojos terribles? Pues bien; esas dos personas no son para ti otra cosa que dos figurones como los que asustan a los chicos. Acércate, tócalos y verás cómo son cartón puro.

—No sé qué quieres decir.

—Quiero decir —continué hablando con tanta vehemencia como rapidez— que te has forjado respetos de familia, consideraciones e ideas que son hijas de un error. Te han engañado, están abusando de tu bondad, de tu dulzura para fines execrables, y no pudiendo amoldar tu hermosa condición a la suya, te corrompen por grados, falsificándote, querida mía, con la escuela del disimulo. No hagas caso, no pienses en ellas, considérate libre. Vivirás al amparo de la única persona que tiene derecho a mandar en ti; serás libre, disfrutarás de los goces inocentes, de los nobles placeres de la Naturaleza; podrás mirar al cielo, admirar las obras de Dios, podrás ser buena sin hipocresía, alegre sin desenfado, vivir rodeada de personas que te adoren, y con la conciencia en paz y tranquila. No interrumpirá tu sueño la cavilación de los fingimientos que tendrás que hacer al día siguiente para que no te castiguen. No te verás en el doloroso caso de mentir; no te aterrará la idea de desposarte con un hombre aborrecido; no estarás expuesta a la alternativa de que peligre tu virtud o seas desgraciada, desgraciadísima y digna de lástima en esta breve vida y luego condenada en la eternidad de la otra.

—Gabriel —me dijo ella bañado el rostro en lágrimas— no entiendo lo que me dices. No puedo creer que tú seas capaz de engañarme. ¿Lo que dices es una locura o qué es...? ¿A dónde me llevas...? Por Dios, no hagas una locura. Cochero, cochero, a la calle de la Amargura.

—El cochero irá donde yo le mande —exclamé alzando la voz, porque el ruido del carruaje nos obligaba a hablar a gritos—. Regocíjate, Inés, alégrate, amiguita. El aspecto de tu existencia va a cambiar desde esta noche. ¡Cuántas penas, pobrecita, cuántas alternativas y vaivenes en tan pocos años! Por un lado tú, por otro yo. Ambos sujetos a mil fatigas, mecidos y arrastrados por este oleaje terrible que ya nos sube, ya nos baja, ya nos junta, ya nos separa...

—Es verdad, es verdad.

—¡Pobre amiga mía! ¡Quién había de decirte que en tu grandeza serías tan desgraciada como en tu miseria!

—Sí, es verdad, es verdad... Pero me dejo arrastrar por tu demencia. ¡Llévame a mi casa, por Dios! Después concertaremos...

—Ya está concertado...

—Pero mi familia... Yo tengo nombre y familia...

—A eso voy.

—No, no puedo consentirlo. Es imposible que me engañes... ¡A casa, a casa! ¡Qué dirán de mí! ¡Virgen Santísima!

—No dirán nada.

—Yo tengo imaginado un gran plan...

—Este plan es el mejor... Tu prima acabará de dártelo a conocer. Al diablo doña María y la de Leiva.

—Es el jefe de la familia. Ella manda.

—Ahora mando yo, Inés. Obedece y calla. ¿No recuerdas que en todos los instantes supremos de tu vida has necesitado de mi ayuda? Ahora es lo mismo. Hace tiempo que buscaba esta ocasión... te atisbaba con vigilante mirada... quería robarte, como te robé en casa de los Requejos, y al fin lo he conseguido... Que venga acá doña María a arrancarte de mi poder. Lo demás te lo dirá tu prima. Ya llegamos.

Fuera que confiaba en mí entonces como en otras ocasiones de su vida, abandonándose a aquel destino suyo, de que yo había sido tantas veces celoso ejecutor; fuera que un vago presentimiento la inclinaba a aprobar mi conducta, lo cierto es que no hizo esfuerzo para resistir cuando entré con ella en la casa y la conduje arriba, despertando con el estruendo de mi llegada a todos los habitantes de la casa. Gran susto tuvo Amaranta al sentir tan a deshora los golpes y voces con que yo me anuncié. Al salir a mi encuentro, doña Flora y la condesa estaban aturdidas de puro asombradas.

—¿Qué es esto? ¿Cómo has salido de la casa? —exclamó la condesa, besándola con ternura—. A Gabriel debemos sin duda esta buena obra.

—Qué placer es estar junto a usted, querida primita —dijo Inés sentándose en el sofá de la sala tan cerca de Amaranta, que casi estaba sobre sus rodillas—. Me olvido de la falta que he cometido huyendo de mi casa, y los gritos de mi conciencia son ahogados por la gran felicidad que ahora siento. Estaré un ratito, un ratito nada más.

—Gabriel —dijo Amaranta con el rostro inundado de lágrimas— ¿cuándo sale la expedición? Yo pediré permiso para marchar en ella y nos llevaremos a Inés.

—¡Huir! —exclamó la muchacha con terror—. Yo apareceré a los ojos de todos como una criatura sin pudor que deshonra y envilece a su familia... Volveré a casa de doña María.

—¡Fuera engañosas apariencias! —grité yo—. Por más que vuelvas a todos lados la vista, no encontrarás más familia que la que en estos momentos te rodea.

La condesa con su mirada penetrante quiso imponerme silencio; pero yo no podía callar, y los pensamientos que se agitaban con febril empuje en mi cerebro, afluían precipitadamente a mis labios, dándome una locuacidad que no podía contener.

—El entrañable amor que te ha manifestado siempre la persona en cuyos brazos estás, ¿no te dice nada, Inés? Cuando pasaste de la humildad de tu niñez a la grandeza de tu juventud, ¿qué brazos te estrecharon con cariño? ¿Qué voz te consoló? ¿Qué corazón respondió al tuyo? ¿Quién te hizo llevadera la soledad de tu nobleza? Seguramente has comprendido que entre ella y tú existían lazos de parentesco más estrechos que los que reconoce el mundo. Tú lo conoces, tú lo sabes, tu corazón no puede haberse engañado en esto. ¿Necesito decírtelo más claro? La voz de la Naturaleza antes de ahora, en todas ocasiones, y más que nunca ahora mismo clamará dentro de ti para declarártelo. Señora condesa, abrácela usted, porque nadie vendrá a arrancarla de manos de su verdadero dueño. Inés, descansa tranquila en ese seno, que no encierra egoísmo ni intrigas contra ti, sino sólo amor. Ella es para ti lo más santo, lo más noble, lo más querido, porque es tu madre.

Diciendo esto callé; descansé como Dios después de haber hecho el mundo. Estaba tan satisfecho de haber hablado, que las lágrimas, la turbación, la emoción silenciosa y profunda de las dos mujeres, abrazadas y oprimidas una contra otra como queriendo formar una sola persona, me halagaban más que al orador elocuente los aplausos de la multitud y el delirio del triunfo. Las últimas palabras las solté como se echa fuera algo que nos ahoga.

- XXVIII -

Mientras madre e hija espaciaban a sus anchas y a solas los sentimientos y ternezas de su corazón, yo me encontraba (seis horas después de lo contado, y ya muy entrado el día) frente a frente de mi señora doña Flora, separada su persona de la mía tan sólo por la breve superficie de una mesa, donde dos regulares tazones de chocolate nos servían de almuerzo. Hablamos un rato del acontecimiento que mis lectores conocen, y después, arrimando con arte la conversación hacia asunto más de su gusto, me dijo:

—Amaranta me asegura que no miras con malos ojos a esa jovenzuela que nos trajiste anoche. ¡Bonita formalidad es la tuya! ¿Y qué dirán de un chiquillo que en vez de inclinarse a buscar apoyo para sus inexperiencias en la compañía de personas mayores, se enloquece con las niñas de su misma edad?... Vuelve en ti, hombre... oye la voz de la razón... penétrate bien de...

—Vuelvo, oigo y penetro, señora doña Flora. Estoy arrepentido de mi locura... Tentome el demonio, y... Pero siento pasos, que se me figura son los del Sr. D. Pedro del Congosto.

—Jesús, María y José... ¡Y tú ahí tan serio tomando chocolate conmigo!... Pero hombre, ¿y el pudor y la decencia?

No pudo continuar porque entró D. Pedro, todo lleno de bizmas y parches, fruto amarguísimo de la brillante campaña del Condado. Levantose azorada doña Flora, y dijo:

—Sr. D. Pedro... es una casualidad, créalo usted, que se encuentre aquí este mozuelo... Nunca está una libre de calumnias... Este chico es tan loco, tan imprudente...

Congosto me miró con ira, y tomando asiento, habló así:

—Dejemos a un lado esa cuestión. A su tiempo será tratada... Ahora vengo a decir a usted que se prepare a recibir a la señora condesa de

Rumblar, que viene seguida de respetables personas para que le sirvan de testigos.

—¡Dios mío! ¡La justicia en mi casa!

—Parece que lord Gray robó anoche a la señora doña Inesita, depositándola aquí.

—¡Es un error! ¿Pero de veras viene doña María? Yo estoy temblando... Alguien ha entrado en la casa.

No había acabado de decirlo cuando sintiose gran ruido abajo y arriba gran conmoción. Apareció Amaranta, apareció Inés, emitiéronse distintos pareceres, pero prevaleció el de que se recibiese decorosamente a la de Rumblar, contestando a sus cargos en el terreno legal, si ella en el mismo los hacía.

Todos menos Inés nos reunimos en la sala, y a poco entró el lúgubre cortejo, presidido por doña María, con una pompa y severa majestad que le habrían envidiado reinas y emperatrices. Profundo silencio reinó en la sala por un instante, mas rompiolo al fin, sin gastar tiempo en saludos, doña María, no pudiendo contener el volcán que bramaba dentro de las cavidades de su pecho.

—Señora condesa —dijo— venimos a casa de usted en busca de una doncella puesta a mi cuidado, la cual ha sido robada esta noche de mi casa por un hombre que se supone sea lord Gray.

—Aquí está, sí, señora —repuso Amaranta— . Es Inés. Si estaba puesta al cuidado de personas extrañas, yo la reclamo porque es mi hija.

—Señora —dijo doña María temblando de cólera— ciertas supercherías no producen efecto ante la declaración categórica de la ley. La ley no la reconoce a usted por madre de esa joven.

—Pues yo me reconozco y declaro aquí delante de los que me escuchan, para que conste con arreglo a derecho. Si usted alega una ley, yo alego otra, y entretanto mi hija no saldrá de mi casa, porque a ella ha venido espontáneamente y por su propia voluntad, no seducida por un cortejo, sino con deliberado propósito de vivir a mi lado, como hija obediente y cariñosa.

—No me sorprende la conducta de lord Gray —dijo doña María—. Los nobles de Inglaterra suelen corresponder de este modo a la hospitalidad que se les da en las casas honradas... Pero no debo culpar tan sólo a él, hombre de mundo, privado de ideas religiosas y ciego ante la luz de la verdadera y única Iglesia, no. ¿Qué ha de hacer el ciego sino tropezar? A quien principalmente acuso es a ella; lo que más que nada me asombra es la liviandad de esa muchacha casquivana... Verdaderamente, señora condesa, voy creyendo que tiene usted razón en llamarla su hija. Árbol y fruto con iguales propiedades se distinguen.

—Señora doña María —replicó Amaranta con la voz tan temblorosa, a causa de la cólera, que apenas se entendían sus palabras— no vino mi hija seducida por lord Gray. Vino acompañada por él o por otro, que esto no hace al caso, y movida de propia inspiración y deseo. Me congratulo de ello, porque así la persona que más amo en el mundo estará libre de corromperse con el mal ejemplo de dos conocidas niñas mojigatas, que esconden a sus novios bajo las faldas de brocado de los santos que tienen en los altares de su casa.

Doña María se levantó como si el sillón en que estaba sentada se sacudiera repelido por subterránea explosión. Sus ojos fulminaban rayos, su curva nariz, afilándose y tiñéndose de un verde lívido, parecía el cortante pico del águila majestuosa: moviose convulsivamente su barba picuda, reliquia de la antigua casta celtíbera a que pertenecía, hizo ademán de querer hablar; mas con gesto majestuoso semejante al de las reinas de la dinastía goda cuando mandaban hacer alguna gran justicia, señaló a la otra condesa, y desdeñosamente dijo:

—Vámonos de aquí. No es este mi lugar. Me he equivocado. Señora condesa, quise que no se agriara esta cuestión; quise evitar a usted la visita de los emisarios de la ley. Pero usted no merece otra cosa, y no seré yo quien desempeñe en esta casa el papel que corresponde a alguaciles y polizontes.

—Como experta en pleitos —repuso Amaranta— y conocedora de tal laya de gente, puede usted buscar en la familia de estos una esposa para su digno hijo el señor conde, varón insigne en las tabernas y garitos de Madrid. Jugando al monte podrá restablecer el mermado patrimonio, sin verse en el caso de solicitar un enlace violento con una joven mayorazga.

—Salgamos de aquí, señores; son ustedes testigos de lo que aquí ha pasado —dijo doña María dirigiéndose a la puerta.

Y sin esperar a más, resueltamente y bramando de ira, que expresaba con olímpico fruncimiento de cejas, salió de la sala y de la casa, seguida de los mismos que le habían acompañado, a cuya cola iba D. Paco.

Por largo rato reinó profundo silencio en la sala. Amaranta, después de desahogar las antiguas cóleras de su pecho, estaba meditabunda y aun diré que arrepentida de todo lo que había dicho, doña Flora preocupada, y Congosto, con los ojos fijos en el suelo, revolvía sin duda en su cabeza altos y caballerescos pensamientos. Sacó a todos de su perplejidad una visita que nadie esperaba, y que causara general asombro. En la sala se presentó de improviso lord Gray.

Advertí en su fisonomía las huellas de la agitación de la pasada noche, y lo turbado de su hablar indicaba que aquel singular espíritu no había recobrado su asiento.

—En mal hora viene milord —le dijo secamente D. Pedro—. Ahora acaba de salir de aquí doña María, cuyo enojo por las picardías de usted es tan fuerte como justo.

—La he visto salir —repuso el inglés—. Por eso he entrado. Deseo saber... ¿Se sospecha de mí, señora condesa, se me acusa?...

—¡Pues no se le ha de acusar, hombre de Dios!... —dijo D. Pedro—. Pues a fe que echó requiebros la señora doña María... y con mucha razón por cierto. Pues qué, robar a la señora doña Inesita, aun con consentimiento de la que se llama su madre...

—Vamos, estoy tranquilo —dijo lord Gray—. Veo que me imputan las hazañas de este pícaro Araceli, dejando en el olvido las mías propias. Desvaneceré el engaño, aunque en realidad, yo acepto todas las glorias de esta clase que me quieran adjudicar... La señora condesa estará ya contenta.

Amaranta no contestó.

—Disimule usted —dijo D. Pedro—. Eche usted sobre el prójimo sus abominables culpas.

—Veo con dolor —repuso lord Gray jovialmente— que en el rostro de usted, Sr. de Congosto, están escritas con parches y ungüentos las gloriosas páginas de la expedición al Condado.

—Milord —exclamó el héroe con ira—, no es propio de un caballero zaherir desgracias motivadas por la casualidad. Antes que hacer tal cosa examinaría yo mi conciencia por ver si está libre de faltas. La mía no me acusa de haber cometido en ningún tiempo bellaquerías como la de anoche.

—¿Cuál?

—Ya lo sabe usted. Acabamos de oír a la señora de Rumblar —añadió la estantigua enfureciéndose gradualmente—. Digo y repito que es una gran bellaquería.

—Eso va con usted, Araceli.

—No, con usted, con usted, lord Gray. Usted es quien ha sacado a esa joven de aquella honesta casa, morada augusta de los buenos principios; usted quien la ha quitado de la protección y amparo de doña María, cuya santidad y nobleza engrandecen cuanto a su alcance se halla.

—¿Con que es una gran bellaquería? —repitió lord Gray burlonamente—. Eso quiere decir que soy un gran bellaco.

—¡Sí señor, un grandísimo bellaco! —repitió don Pedro, poniéndose tan encendido que las arrugas de su rostro semejaban los pliegues y abolladuras de un pimiento riojano—. Y aquí está D. Pedro del Congosto, para sostener lo que ha dicho, aquí y fuera de aquí en la forma y manera que usted lo crea conveniente.

—¡Oh, Sr. D. Pedro! —exclamó lord Gray con júbilo—. ¡Qué gran placer me proporciona usted! Desde que por primera vez visité esta noble tierra, he buscado ansiosamente al gran D. Quijote de la Mancha; yo quería verle, yo quería hablarle, yo quería medir la fuerza de mi brazo con la del suyo, pero ¡ay!, hasta ahora lo he buscado en vano. He revuelto media península buscando a D. Quijote, y D. Quijote no parecía por ninguna parte. Yo creí que tan noble tipo se había extinguido, disipándose en la corruptora sociedad de los modernos tiempos; pero no, aquí está, al fin le encuentro con idéntico traje y rostro, un Quijote algo degenerado en verdad, pero Quijote al fin, que no se encuentra ni puede encontrarse más que en España.

—Si usted bromea, señor lord, yo soy hombre serio —repuso D. Pedro—. Yo tomo a mi cargo la defensa de esa ultrajada señora que acaba de salir; yo desharé su agravio y me tomo a pechos el castigar esta gran injuria que ha recibido limpiando con la sangre del traidor la infame mancha. Esto digo sin nada de quijotería. Ya se ve... en esta casa no me entienden. Es indudable que han entrado aquí las ideas filosóficas, ateas y masónicas, según las cuales ya se acabó el honor y la grandeza, lo noble y lo justo, para que no haya más que pillería, liberalismo, libertad de la imprenta, igualdad y demás corruptelas... Lo dicho, dicho. Este traje que visto prueba que he tomado a mi cargo la defensa de los principios en cuyo nombre se ha levantado la nación contra Bonaparte. ¡Oh, si todos me imitaran!... ¡Si todos empezando por el traje acabaran por las obras!... Pero basta de palabras. Elija usted hora y sitio. Acción tan aleve no puede quedar sin castigo.

—D. Quijote, sí, es él mismo —dijo el inglés—. D. Quijote degenerado y nacido de cruzamientos, pero que algo conserva de la generosa sangre del padre, como el mulo lleva en sí un poco de la dignidad y nobleza del caballo.

—¡Cómo! ¿Llama usted mulo a un hombre como yo? —exclamó Congosto requiriendo coléricamente la espada.

—No, caballero insigne; decía que el quijotismo español de hoy se parece al antiguo, como se parece el mulo al caballo. Por lo demás acepto el reto de usted y nos batiremos a la jineta, a pie, con sable, espada, lanza, honda, ballesta, arcabuz, o como usted quiera. Pronto partiré de Cádiz, quizás mañana mismo. Disponga usted de mí cuando guste.

—¿De verás se marcha usted? —dijo Amaranta saliendo de su atonía.

—Sí, señora, estoy decidido... Vendré a despedirme de usted... Conque Sr. D. Pedro...

—Lo dicho, dicho. Enviaré mi padrino.

—Lo dicho, dicho. Enviaré el mío.

D. Pedro salió mirándonos con altanera soberbia, que nos hizo sonreír a todos menos a doña Flora, la que reprendió al inglés su deseo de sujetar a nuevas pruebas la quebrantada osamenta del héroe del Condado. Después la condesa, que no participaba de nuestro humor festivo por la escena cómica que había seguido a la trágica, cual ordinariamente ocurre en el mundo, llevome aparte, y con aflicción me dijo:

—Temo haberme dejado arrastrar demasiado lejos por la ira que me produjo la presencia de aquella mujer. Le dije cosas demasiado duras, y cada palabra me pesa sobre la conciencia. Exasperada por lo que le dije, tomará venganza de mí, y si acude a la ley, no creo que la ley me sea favorable. Yo no tomé precaución alguna cuando se verificó el reconocimiento de Inés.

—Venceremos esas y otras dificultades, señora.

—Yo transigiría con ella y con mi tía, con tal que me dejaran a Inés. Creo que cediendo a doña María parte de mis derechos mayorazguiles, sería fácil aplacar esa furia. La de Leiva no es ni con mucho tan inconquistable.

—¿Quiere usted que lo proponga a la señora doña María?... Nada se pierde... No sé si me recibirá; pero intentaré hablarla. Me favorece el que no sospecha nada de mí en el suceso de anoche.

—Es una buena idea. Sí... tampoco sería malo que yo me mostrase arrepentida de las atrocidades que le dije... no... ¡Oh, qué confusión, Dios mío! No sé qué hacer...

—Cualquiera de esos actos me parece aceptable.

—¿Te parece que debo ir allá?

—Hoy no es conveniente. Se reanudaría al punto la reyerta, porque aquel volcán en erupción estará echando fuego, humo y lava por algún tiempo. Será prudente que yo me anticipe e indique a doña María esa idea de transacción que usted le propone, con tal que no la priven de su hija.

—Sí, hazlo tú primero. Yo me arriesgaré a tratar con mi tía, que es el jefe de la familia, pero antes conviene tantear a la de Rumblar, a ver qué tal se presenta.

—Ante todo debo indicar prudentemente a doña María que usted reconoce haber estado algo dura en la entrevista.

—Sí... lo encomiendo a tu habilidad, y me quedo tranquila... Si te recibe mal, no te importe. Con tal que te deje hablar, aguanta desprecios y desaires.

Hago mención de este diálogo que tuvimos la condesa y yo, para que comprenda el lector la razón de la extraña visita que hice a doña María

469

un día después de aquel de tanto ruido en que ocurrió lo que acabo de contar.

- XXIX -

En efecto, traslademe a hora que me pareció oportuna a casa de doña María, recelando no ser recibido, pero con el firme propósito de no salir de allí sin intentar por todos los medios ver y hablar a la orgullosa dama. Encontré a D. Diego, quien, contra mi creencia, recibiome muy bien y me dijo:

—Ya sabrás los escándalos de esta casa. Lord Gray es un canalla. Cuando yo dormía en casa de Poenco, fue allá y me sacó las llaves del bolsillo... No podía haber sido otro. ¿Le viste tú entrar?

—Sr. D. Diego, quiero ver a la señora condesa para hablarle de un asunto que a esta familia, lo mismo que a la de Leiva, importa mucho. ¿Tendrá la señora la bondad de recibirme?

Madre e hijo conferenciaron a solas un rato allá dentro, y por fin la señora se dignó ordenar que me llevaran a su presencia. Estaba la de Rumblar en la sala acompañada de sus dos hijas. La madre tenía en el altanero semblante la huella de la gran pesadumbre y borrasca del día anterior, y la penosa impresión se traslucía en una especie de repentino envejecimiento. De las dos muchachas, Presentación revelaba al verme cierta alegría infantil, que ni aun la proximidad de su madre podía domar, y Asunción una tristeza, una decadencia, una languidez taciturna y sombría, señal propia de los muy místicos o muy apasionados.

La señora de Rumblar, después de ordenar a Presentación que se alejase, me recibió con un exordio severísimo, y luego añadió:

—No debía ocuparme de nada que se refiera a aquella casa donde ayer por mi desgracia estuve; pero la cortesía me obliga a oírle a usted, nada más que a oírle por breve tiempo.

—Señora —dije— yo me marcharé pronto. Recuerdo que usted me rogó que no volviese más a su casa. Hoy me trae un deber, un deseo vehemente de restablecer la paz y armonía entre personas de una misma familia, y...

—¿Y a usted quién le mete en tales asuntos?

—Señora, aunque extraño a la casa, me ha afectado tan profundamente el agravio recibido por esta augusta familia, a quien respeto y admiro (aunque mis enemigos calumniadores hayan hecho creer a usted lo contrario) que me sentí vivamente inclinado a terciar de parte de usted. Señora doña María, vengo a decir a usted que la condesa se muestra hoy arrepentida de las duras palabras...

—¿Arrepentimientos?... Yo no lo creo, caballero. Suplico a usted que no me hable de esa señora. Si es eso lo que usted quería decirme... La justicia está ya encargada de esto y de devolver a Inés al jefe de la familia.

Asunción alzó la vista y miró a su madre. Parecía deseosa de hablarle, pero con tanto miedo como deseo. Al fin, cobrando valor, se expresó de este modo con voz quejosa y tristísima, que producía en mí extraña sensación.

—Señora madre, ¿me permite usted que hable una palabra?

—Hija mía, ¿qué vas a decir? Tú no entiendes de esto.

—Señora madre, déjeme usted decirle una cosa que pienso.

—Está delante una persona extraña y no puedo negártelo. Habla.

—Pues yo pienso, señora, que Inés es inocente.

—He aquí, Sr. D. Gabriel, lo que es la limpieza de corazón. Esta tierna y piadosa criatura, a quien una celestial ignorancia de las maldades de la tierra eleva sobre el vulgo de los mortales, es incapaz de comprender que haya ruines pasiones en la sociedad. Hija mía, bendita sea tu ignorancia.

—Inés es inocente, lo repito —afirmó Asunción—. Lord Gray no puede haberla sacado de esta casa, porque lord Gray no la quiere.

—No la quiere porque no te lo ha dicho... ¿Qué sabes tú de eso, hija mía? ¿Tienes acaso idea de los ardides, de la perfidia, de los disimulos y malignas artes que usa la seducción?

—Inés es inocente —repitió cruzando las manos—. Algún otro motivo la habrá impulsado a abandonarnos, pero no el amor de lord Gray. No, lord Gray no la ama. ¿Cree usted en los Evangelios? Pues tan verdad como los Evangelios es esto que estoy diciendo.

—En otra ocasión me enfadaría —dijo la madre— al ver la exageración de tu benevolencia. Hoy mi espíritu está quebrantado: anhelo la tranquilidad y te perdono.

—¿No me deja usted decir otra cosita que me falta?

—Acaba de una vez.

—Yo quiero ver a Inés.

—¡Verla! —exclamó con enfado doña María—. Mis hijas no estiman sin duda su dignidad.

—Señora, yo quiero verla y hablarla —prosiguió Asunción con suplicante acento—. Si hay en ella pecado, estoy segura de que me lo confesará. Si no le hay, como creo, tendré la dicha de descubrir la verdadera causa de su fuga, y reconciliarla con la familia.

—No pienses en eso. Que cada cual se entienda con su conciencia. Si tú a fuerza de devoción y reconcentración, y gracias también al rigor de mi prudente autoridad has logrado elevar tu alma a cierto grado de beatitud, concedido a pocos, no te achiques empeñándote en disculpar a los demás. La perfecta virtud anda muy escasa por el mundo. Si en algunas honestas moradas, inaccesibles a las profanidades de hoy, se conserva encerrada como el más precioso tesoro, no debe contaminarse con el roce de la desenvoltura. En infausta hora vino Inés a mi casa. Renuncia a verla y a hablar con ella, mientras esté fuera de aquí. Tu sublimada virtud debe quedar satisfecha con perdonarla.

—No, yo quiero verla, yo quiero ir allá —exclamó la joven derramando de súbito un torrente de lágrimas—. Yo quiero verla. Inés es una buena alma. Estamos engañados. Ella no puede haber cometido ninguna mala acción. Señora, lord Gray no la ama ni puede amarla. Quien lo dijese es un infame que merece arder en el infierno por toda la eternidad, traspasada la lengua con un hierro candente.

—Asunción, sosiégate —dijo la madre con menos severidad, al notar que la infeliz muchacha padecía una febril excitación, semejante a los primeros síntomas de una enfermedad grave—. ¿A qué tanto empeño? Siempre eres lo mismo... Tus manos arden... los ojos se te quieren saltar de la cara; estás lívida... Hija, tu piedad exaltada de algún tiempo a esta parte te hace mucho daño, y es preciso no olvidar la salud del cuerpo. Tus largos insomnios cavilando en las cosas santas, tus meditaciones sin fin, la viva pasión que te consume por lo religioso, te han marchitado en pocos días.

Y luego, dirigiéndose a mí, añadió:

—Yo no quisiera que se extremara tanto en sus devociones; pero no se la puede contener. Su alma es muy vehemente, y una vez que logré dirigirla al santo fin que me proponía, hase inflamado en una piedad estupenda. Es un fuego abrasador su espíritu, no un vano soplo, y la creo capaz de grandes cosas en la esfera de la vida mística que tan celosamente ha abrazado.

—Por Dios y todos los santos, ruego a usted, señora, que me permita ver a Inés. Es mi amiga, mi hermana. Yo tengo orgullo en su virtud, yo me siento ofendida y lastimada por la mala opinión que hoy se tiene de ella en esta casa. Quiero hacer una buena obra y volverle su honor. ¿Por qué ha de intervenir en esto la justicia, si yo confío en que la traeré a casa? La justicia es el escándalo... Yo quiero ver a Inés, y conseguiré de ella con una palabra más que toda la curia con una montaña de papeles. Señora madre, esto que digo es inspiración de Dios, me salen estas palabras del fondo del alma, siento dentro de mí un blando susurro, como si la voz de un ángel me las dictara. No se oponga usted a esta divina voluntad, pues voluntad divina es en este momento la mía.

La señora de Rumblar reflexionó, miró al techo, después a mí, luego a su hija, y al fin exhalando un hondo suspiro, dijo:

—La dignidad y entereza tienen su límite, y la razón no puede a veces resistir a las súplicas del sentimiento y la piedad reunidos. Asunción, puedes ir a ver a Inés. Te llevará D. Paco.

La muchacha corrió ligera a vestirse.

—Pues como indiqué a usted, señora condesa... —dije, reanudando mi interrumpida conferencia diplomática.

—Haga usted cuenta de que no ha indicado nada, caballero. Todo es inútil. Si el objeto de su visita es traerme recados o proposiciones de la condesa, puede usted retirarse.

—La señora condesa se apresura a conceder a usted...

—No quiero que me conceda nada. El jefe de la familia es la señora marquesa de Leiva, y a estas horas ha tomado todas las providencias necesarias para que todo vuelva a su lugar. Nada me corresponde hacer.

—¡La señora condesa está tan arrepentida de aquellas palabras!

—Que Dios la perdone... Mi responsabilidad está a cubierto... ¿Pero a qué estos artificios, Sr. de Araceli? ¿Cree usted que no le comprendo?

—Señora, no hay artificio en lo que digo.

—Vamos, que a mí no se me engaña fácilmente. ¿Me faltará entendimiento para comprender que todos esos supuestos recados de la condesa, son pretexto que usted toma para entrar aquí y ver a mi hija Presentación, de quien está tan enamorado?

—Señora, la verdad, no había pensado...

—Un ardid amoroso... en efecto, no es ningún crimen. Pero ha de saber usted que he destinado a mi hija al celibato. Ella no quiere casarse... Además, aunque de mis repetidos informes

resulta que no es usted mala persona, no basta...
porque, veamos, ¿quién es usted?... ¿de dónde ha
salido usted?

—Creo que del vientre de mi madre.

—Bueno será, pues, que renuncie a sus locas
esperanzas.

—Señora, usted padece una equivocación.

—Yo sé lo que digo. Ruego a usted que se retire.

—Pero... si me permitiera usted que acabara
de exponerle...

—Ruego a usted que se retire —repitió con
grave acento.

Me retiré, pues, y en el corredor, una puerta
se entreabrió para dejarme ver el lindo rostro de
Presentación y una blanca manecita que me saludaba.

- XXX -

Poco después entraba en casa de doña Flora.
Después de enterar a la condesa del resultado de
mi visita, dije a Inés:

—Asunción vendrá aquí. Ahora salía con D.
Paco.

Un momento después, Asunción entró y las
dos amigas se abrazaban llorando. Salimos del
gabinete Amaranta y yo, dejándolas solas para
que hablaran a su gusto; pero la condesa apos-
tándose tras de la puerta, me dijo con malicioso
acento:

—Yo me quedo aquí para oírlo todo. Será curioso lo que hablen. Ya sabes que en palacio he
realizado grandes cosas escuchando detrás de las
cortinas.

476

—No es ningún negocio de Estado lo que van a tratar. Yo me voy.

—Quédate, necio, y oye... Por no querer oír rompimos las amistades en el Escorial... Considera que han de hablar algo de ti...

Verdad es que si la delicadeza me ordenaba cerrar los oídos, la curiosidad me impulsaba a abrirlos. Venció la curiosidad, mejor dicho, venció la pícara Amaranta, que no podía dejar de ser cortesana. Las muchachas hablaban en alto y lo oímos todo, y aun veíamos algo.

—No quería mamá que te viera, Inés —exclamó Asunción—. ¡Qué raro acontecimiento! Yo me despedí creyendo no verte más... y ahora yo estoy en casa y tú fuera. Hipócrita, tan preparado lo tenías, y no me habías dicho nada.

—Te equivocas —repuso Inés— yo no he salido como tú... Pero no quiero acusarte ahora, puesto que arrepentida de tu gran falta, volviste a casa de tu madre. ¿Has conocido tu error, has abierto los ojos comprendiendo el abismo de perdición en que ibas a caer, en que quizás has caído ya?

—No sé lo que me pasa —exclamó Asunción apretando las manos de su amiga—. Estoy horrorizada de lo que hice. Me volví loca, se me encendieron en la imaginación unas llamas que no me dejaban vivir, y conociendo el mal me era imposible evitarlo. Lord Gray ha tiempo que quería sacarme de la casa; yo me resistía; mas al fin tanto pensé en ello, tanto discurrí sobre aquel gran pecado a que él me quería inducir, que se me clavó dentro de la cabeza la idea de cometerle, y sin saber cómo lo cometí. ¿Por qué no te echaste en mis brazos para impedirme salir? Ahora vengo a que me fortalezcas. Yo no puedo vivir lejos de ti; y si desde mucho antes no caí en el lazo, lo debo a tu buena amistad. ¿Nos separaremos ahora? Entonces voy a ser muy desgraciada, querida mía. Vuelve a casa, por Dios, y yo te juro que lucharé con todas las fuerzas de mi alma para olvidar a lord Gray, como tú deseas.

—Yo no podré lograr ahora lo que antes no logré —repuso Inés—. Asunción, entra en el convento mañana mismo. Cuando traspases la puerta de la santa casa, deja fuera todos los pensamientos de este mundo, pide a Dios que te libre de la gran enfermedad que padece tu alma, procura formarte de nuevo y ser otra mujer diferente de la que hoy eres.

—¡Ay! —exclamó la otra con dolor, arrodillándose delante de su amiga—. Todo eso lo he intentado; pero cuanto más he querido no pensar en él, más he pensado. ¿De qué me vale rezar, si no puedo representarme imagen ninguna de Dios ni de santo que sea distinta de la suya?... ¡Ay, Inés! Tú sabes muy bien la vida que llevamos en casa de mi madre; tú sabes muy bien la espantosa soledad, tristeza y fastidio de nuestra vida. Tú sabes muy bien que allí quiere una rezar y no puede, quiere una trabajar y no puede, quiere una ser buena y no puede. Obligadas por el rigor de mi madre, trabajan las manos, pero no el entendimiento; reza la boca, pero no el alma; se ciegan y abaten los ojos, pero no el espíritu... Las mil prohibiciones que por todas partes nos entorpecen, despiertan en nuestro pecho ardientes curiosidades. Ya sabes que todo lo queremos saber, todo lo averiguamos y de todo hacemos un objeto de afanes e inquietudes. Como sabemos disimular, vivimos en realidad con dos vidas, una para mamá y otra para nosotras mismas; una vida, acá

478

para una sola, y que tiene sus pesares y sus delicias... Como nos apartan del mundo, nosotras nos hacemos un mundito a nuestro modo, y echando fuego, mucho fuego al horno de la imaginación, allí forjamos todo lo que nos hace falta. Ya lo ves, amiga. ¿Tengo yo la culpa? Si no lo podemos remediar, si se nos ha metido dentro un demonio, un demonio grandísimo, Inés, al cual no es posible echar fuera.

—Tú y tu hermana seréis muy desgraciadas.

—Sí; desde que éramos chiquitas, mamá nos asignó a cada una el puesto que habíamos de tener en la sociedad: yo monja, mi hermana nada. A mí me educaron para el claustro; a mi hermana la criaron para no ser nada. Nuestro entendimiento, nuestra voluntad, no podía apartarse ni tanto así del camino que se les había trazado; a mí el camino del monjío, a Presentación el camino de no ser nada. ¡Ay, qué niñez tan triste! No nos atrevíamos a decir, ni a desear, ni siquiera a pensar cosa alguna que antes no estuviera previsto e indicado por mamá. No respirábamos en su presencia, y nos infundían tanto, tanto pavor sus mandatos y reprimendas, que nos era imposible vivir. ¡Ay, para poder vivir nos fue preciso engañarla, y la engañamos!... Dios, o no sé quien, nos inspiraba un día y otro mil ingeniosidades, y se desarrolló en las dos un talento superior para el engaño. Yo me esforzaba, sin embargo, en tener devoción, y pedía a Dios que me diera fuerzas para no mentir y que me hiciera santa; yo se lo pedía todas las noches cuando me quedaba sola y podía rezar con el corazón. Delante de mamá no rezaba sino con los labios... Pues bien; en cierta época de mi vida llegué a conseguir lo que a Dios pedía; llegué a aficionarme a las cosas santas;

llegué a sentir un entusiasmo, una exaltación religiosa semejante a la que ahora siento por muy distinto objeto. Me consideraba feliz y pedía a la Virgen que conservara en mí tan agradable estado. Entonces me perfeccioné por algún tiempo, se acabaron los disimulos y tuve la gran satisfacción de hablar repetidas veces con mi madre sin decir cosa alguna que no saliese de mi corazón. Raudales de verdad, de fe, de amor apacible y místico a los santos y santas brotaban de él. Yo dije: «¡Qué fortuna he tenido en que me destinaran al claustro!». Mis insomnios eran dulces y placenteros, y mi imaginación era como un celaje poblado de angelitos. Cerraba los ojos y veía a Dios... sí, a Dios, no te rías; a Dios mismo, con su barba blanca y su capa... pues, como le pintan...

—Todo eso duró hasta que viste a lord Gray con su pelo rubio y su capa negra... pues, como es —dijo Inés.

—Me lo has quitado de la boca —prosiguió Asunción, siempre de rodillas y con los brazos apoyados en los de su amiga—. Lord Gray fue a casa; yo le miré y dije para mí que se parecía a un San Miguel que está pintado en mi devocionario. Le dijeron que yo era muy piadosa y él hizo demostraciones de gran admiración. Después, en las noches sucesivas, empezó a contar las maravillosas aventuras de sus viajes, y yo le oía con más religiosidad que si fuera el primer predicador del mundo narrando las hermosuras del cielo. En aquellas noches yo no veía alrededor de mí más que tigres del África, cataratas de América, pirámides de Egipto y lagunas de Venecia. Estaba encantada y bendecía a Dios por haber creado tantas cosas bellas, incluso a lord Gray. ¡Oh! Lord Gray no se apartaba de mi imaginación. Al sentir sus pasos me era difícil disimular la alegría; si tardaba me ponía triste; si hablaba con vosotras, y no conmigo, me moría de rabia... Le decían siempre que yo era muy piadosa; ya recordarás que él me alababa mucho por esto. Mamá nos permitía a las tres que habláramos con él. Con el pretexto de la piedad, me decía mil cosas sobre asuntos de religión delante de vosotras. Una noche que pudo hablarme a solas me dijo que me amaba... Yo sentí un sacudimiento; me pareció que el mundo se había abierto en dos pedazos debajo de nosotras. Le miré y él clavaba los ojos en mí. Estaba fascinada y no acertaba a contestarle... Todas las noches hablaba, como sabes, de cosas santas; con dificultad me decía algunas palabras a solas; me preguntó durante tres noches seguidas si le amaba, y a la tercera noche le contesté que sí... Tú sabes muy bien cómo nos entendíamos. Lord Gray me dijo: «Yo hablaré con Inés cerca de ti. Pon atención a lo que le diga y haz cuenta de que te lo digo a ti. Habla tú con tu hermano y procura contestarme con palabras dirigidas a él...». Teníamos además mil señales. Tú eras tan buena que te conformaste con tu papel. Ojalá no hubieras sido tan condescendiente. Cuando lord Gray me arrojaba cartas por la ventana y tú te apropiabas la culpa para librarme de las crueles represiones, lejos de detenerme en la pendiente me hacías precipitar más por ella. Nada conoció ni ha conocido mamá; ¡ojalá lo conociera, aunque me hubiese matado!... ¿Te acuerdas del día en que fui con ella al convento del Carmen, convidadas por fray Pedro Advíncula para ver desde una tribuna la función de la Virgen? ¡Ay! Después de la función, un lego nos llevó a ver la sala de capítulo. No sé cómo, ni por qué causa me encontré separada de los demás en una celdita sombría. Tuve miedo... de repente se me presentó lord Gray, quien me estrechó en sus brazos repitiéndome con ardientes palabras que me quería mucho. Fue un segundo y nada más, pero en aquel segundo lord Gray me dijo que me era forzoso partir con él, porque si no moriría de desesperación...

—Nada de eso me habías dicho.

—Te tenía miedo. Verás lo demás. Me reuní al instante con mi madre y con el lego. Aquella súplica, o más bien que súplica mandato de huir con él, se me clavó en el pensamiento como una espina. No dormía, no vivía, no pensaba más que en aquello. Me parecía un delito horroroso: echaba de mí esta idea y cuando me encontraba sin ella salía volando a buscarla, porque sin ella no podía vivir... No creas que aborrecí la devoción, al contrario. La meditación era mi delicia y meditando era feliz... ¡Ay! Lord Gray en todas partes; lord Gray en los altares de la iglesia, en el de mi casa; lord Gray en el breve espacio de calle y de mundo que se nos permitía ver desde nuestro cuarto; lord Gray en mis rezos, en mi libro de oraciones, en la oscuridad, en la luz, en el bullicio y en el silencio. Las campanas tocando a misa me hablaban de él. La noche se llenaba toda con él. ¡Oh, Inés de mi corazón! ¡Cuán desgraciada soy! ¡Tener esta enfermedad en el espíritu y no poderla desechar, tener esta fragua de pensamientos en el cerebro y no poder echarle agua para que se apague...!

Breve rato permanecieron las dos amigas en silencio y después Asunción prosiguió de este modo:

—Nos comunicábamos al fin por un medio que tú no conociste ni llegaste a sospechar. Parece imposible que por tanto tiempo pueda guardarse secreto tan peligroso sin que por nadie sea descubierto. Yo le había dicho que si por indiscreción o vanidad suya alguna persona, cualquiera que fuese, llegaba a conocer nuestro secreto, le aborrecería... Después del día en que hablé con él en las Cortes, cuando se empeñó en que le habíamos de seguir a bordo de no sé qué barco, y al fin nos envió a casa con fray Pedro Advíncula; después de aquel día, digo, no le había vuelto a ver... Mi madre sospechaba de ti y le había prohibido entrar en casa. ¿Recuerdas aquella anciana pordiosera que iba a casa a vender rosarios? Pues ella me traía sus recados y le llevaba los míos. Yo le escribía poniendo ciertos signos con lápiz en una hoja arrancada de la *Guía de Pecadores* o del *Tratado de la tribulación*; de modo que el gran fray Luis de Granada y el padre Rivadeneyra han sido nuestras estafetas. Él me decía cosas hermosísimas y apasionadas que más me arrebataban y confundían. Me pintaba su infelicidad lejos de mí y las grandes dichas que Dios nos tenía reservadas. Por algún tiempo dudé. Yo creo que viéndole, hablándole, o distrayendo con el trato de diversas gentes mi espíritu, se habría aplacado la efervescencia, el bullicio, la borrasca que yo sentía dentro de mí; pero ¡ay!, el largo encierro, la soledad, la idea de sepultarme para siempre en el claustro me perdieron... Inés, figúrate que el corazón se destroza y se oprime, que con la opresión de la naturaleza toda, alma y cuerpo estallan; figúrate que se siente por dentro una iluminación, una inquietud no comparable a las demás inquietudes, porque es la sed del espíritu que quiere saciarse, una quemazón que crece por grados, un mareo que desfigura todo cuando nos rodea, un impulso, un frenesí, una necesidad, porque necesidad es la de romper el cerco de hierro que nos estrecha; figúrate esto, y me comprenderás y me disculparás... Yo decía: «Sí, Dios mío, me marcharé con él, me marcharé». Momentos de alegría loca sucedían a otros de tristeza más negra que el purgatorio. Glorias e infiernos se sucedían rápidamente unos tras otros dentro de mi pecho. Dudaba, deseaba y temía, hasta que un día dije: «Sé que me condenaré, pero no me importa condenarme...», y después me ponía a llorar pensando en la deshonra de mi familia. Por último, pudo más mi amor que todas las consideraciones y me decidí. Lord Gray por unos moldes de cera que le envié, falsificó las llaves de la casa, le escribí fijando hora, fue... salí... Pero ¡ay!, al verme fuera de casa, parece que se me cayó el cielo encima con todas sus estrellas... lord Gray me llevó a una casa que está muy cerca de la nuestra, en la calle de la Novena... No era aquella su vivienda. Salió una señora de edad a recibirnos. Yo me sentí acongojada y aturdida, empecé a llorar y pedí ardientemente a lord Gray que me llevase otra vez a mi casa. Quiso consolarme; el sentimiento del honor se encendió en mí con inusitada fuerza, y la vergüenza me inflamaba el alma como momentos antes la pasión. Deseé la muerte y busqué un arma para extinguir mi vida; lord Gray fingió enojarse o se enojó realmente. Díjome algunas palabras duras. Prometí amarle con más vivo cariño si me volvía a mi casa. Viendo que no accedía a mis súplicas, grité, acudió la señora anciana, diciendo que la vecindad se había alarmado y que nos fuéramos a otra parte. Irritose lord Gray y amenazó a aquella señora con ahorcarla. Después pareció conformarse con mi deseo, y dándome mil quejas llevome sin dilación a mi casa. Por el camino me aseguró que partiría pronto para Inglaterra y que le concediera otra entrevista fuera de casa. Yo se lo prometí, porque al paso que me aterraba la idea de mi deshonor, me hacía muchísimo daño su determinación de partir para Inglaterra... ¡Ay, Inés qué noche! Entré en casa llena de miedo. Me parecía ver a mi madre esperándome en la escalera con una espada de fuego... subí temblando... Tardé más de una hora en volver a mi cuarto, porque no andaba, sino que me arrastraba lentamente para no hacer ruido. Al fin, llegando a la alcoba, corrí a tu cama para confesártelo todo y no estabas allí. Figúrate cuál sería mi confusión.

—Yo desperté —dijo la otra—. Creí sentir pasos dentro de la casa. Te vi salir, y por un instante el temor no me permitió hacer ningún movimiento ni tomar resolución alguna. Quise después correr tras de ti; yo sabía que tenía poder bastante para destruir tu alucinación, y fiaba en el cariño que nos profesábamos, en lo que me debes, en la deuda que tienes conmigo por haberte librado de las sospechas de tu madre. La idea de tu deshonor me volvía loca... Salí en busca tuya. Lo demás no necesitas saberlo. Yo no soy esclava de la autoridad de doña María como lo eres tú; aquella casa no es la mía; mi casa es esta. Asunción, querida amiga y hermana mía, nos separamos hoy quizás para siempre.

—No te separes de mí —exclamó Asunción abrazando a su amiga y besándola con ardiente cariño—. Si te separas, no sé qué será de mí. Recuerda lo que hice anoche... Inés, no me dejes.

Vuelve a mi casa, y prometo no hacer cosa alguna sin tu permiso, esclavizando mi pensamiento al tuyo, y lograré adquirir una parte al menos de la santa serenidad que te distingue. He venido sólo a rogarte que vuelvas a mi casa. Prométeme que volverás.

—Por distintos caminos nos lleva Dios a ti y a mí, Asunción. Por de pronto no admitas cartas, ni avisos, ni recados de lord Gray. Levántate a la altura de tu dignidad, abraza con resignación la vida del claustro, y dentro de algún tiempo te verás libre de ese gran peso.

—No, no puedo. La vida del claustro me aterra. ¿Sabes por qué? Porque tengo la seguridad de que en el convento he de amarle más, mucho más. Lo sé por experiencia, sí: la soledad, el mucho rezar, las penitencias, las meditaciones, las vueltas y revueltas y dolorosos giros del pensamiento, más y más avivan en mí la pasión que me quema. Lo sé muy bien, lo veo, lo toco. Yo he amado a lord Gray porque en mis solitarias devociones se ha apoderado de mi espíritu como el demonio tentador... No, no iré al claustro, porque sé que lo tendré siempre delante, mezclado con aquella dulce poesía del coro y el altar. ¡Ay, amiga mía! ¿Creerás esto que te digo? ¿Creerás esta profanación horrible? Pues sí, es verdad. En la iglesia ha tomado cuerpo esta insensata inclinación. Tal efecto hace en mi espíritu turbado todo lo que se refiere a devociones y piedades, que siempre que escucho el son de un órgano, tiemblo de emoción; las campanas de la iglesia hacen palpitar mi pecho con ardiente viveza; la oscuridad de los templos me marea, y Jesucristo crucificado no puede serme amable si no me lo presento con el mismo rostro que veo en todas partes... Esto

espanta, ¿no es verdad? Pero no puedo reme-
diarlo. Yo creo que esto es una enfermedad.
¿Tendré yo un mal incurable? Ojalá me muera
mañana de él. Así descansaría... No, no quiero
claustro. Quiero distraerme con el trato de multitud de gentes, ver diversidad de espectáculos,
visitar el mundo, la sociedad, asistir a tertulias
donde se hable de muchas cosas que no sean lord
Gray: quiero que mi pensamiento se enrede aquí
y allí, se desparrame pasando y repasando por
distintos caminos, para dejarse un vellón de lana
en cada flor, en cada espina. Lo que me ha de curar es el mundo, amiga querida, es el mundo con
todo lo bueno que encierra, la sociedad, la amistad, las artes, el viajar, el mucho ver y el mucho
oír; que verdaderamente, aunque mi madre crea
lo contrario, la mayor parte de lo que se ve y oye
en el mundo es honrado, lícito y provechoso...
Apártenme de la soledad, que es causa de mi perdición; apártenme de las meditaciones, del cavi-
lar, de este perenne volteo y constante rodar sobre el eje de una sola idea. Si he de curarme, no
me curarán los conventos. Querida amiga, segura
estoy de que si entro en él, amaré más locamente
a lord Gray, porque no habrá cosa alguna que lo
aparte de los vigilantes y calenturientos ojos de
mi espíritu; y si ese hombre se empeña en perse-
guirme aun en la casa de Dios, como sabe hacerlo, no podré guardar la santidad de mis jura-
mentos, y rompiendo rejas y votos, me asiré a la
primera cuerda que ponga en la ventana de mi
celda para arrojarme a la calle. Yo me conozco,
querida mía; sé leer claramente en este oscuro libro de mi alma, y no me equivoco, no.

Oyendo estas palabras en boca de la infeliz
joven, al paso que compadecía su desventurada

pasión, admiraba la gran perspicacia de su entendimiento.

—Pues ten valor. Di a tu madre que no quieres ser monja —indicó Inés.

—Ayudada por tu amistad, podría hacerlo. Sola no me atrevo. Ella considerará esto como una deshonra, y entonces tendré el claustro en casa, porque me encerrará para siempre.

—Todo eso puede vencerse. Principia por rechazar a lord Gray.

—Lo haré si no le veo, si no me persigue...

Asunción pronunciaba estas palabras, cuando sentimos los pasos de lord Gray.

—¡Es él! —dijo con terror.

—Ocúltate y sal de la casa.

Amaranta hizo pasar a lord Gray a una estancia inmediata y al instante me llamó a su lado. El inglés afectaba tranquilidad; mas la condesa adivinando sus propósitos, le desconcertó al momento.

—Ya sé a que viene usted —le dijo—. Sabe que Asunción ha entrado en mi casa... Por Dios, lord Gray, retírese usted. No quiero tener nuevas ocasiones de disgusto con doña María.

—Discreta amiga mía —repuso él con vehemencia—. Usted me juzgue mal. ¿Impedirá usted que me despida de ella? Dos palabras nada más. ¿Saben que me voy esta noche?

—¿Es de veras?

—Tan cierto como que nos alumbra el sol... ¡Pobrecita Asunción!... También ella se alegrará de verme... Vamos, no salgo de aquí sin decirle adiós...

—Francamente, milord —indicó Amaranta—. No creo en su partida.

—Señora, aseguro a usted que partiré de madrugada. Me ha detenido tan sólo la broma que pensamos dar a Congosto... Sea testigo Araceli de lo que digo.

La condesa sin aguardar más, abrió la mampara, y las dos muchachas aparecieron ante nosotros.

Asunción no podía ocultar la angustia que la dominaba y quiso retirarse.

—¿Se marcha usted porque estoy aquí? —dijo secamente lord Gray—. Pronto saldré de Cádiz y de España, para no pisar más esta tierra de la ingratitud. Los desengaños que aquí he padecido me impelen con fuerza a huir, aunque mi corazón no ha de encontrar ya reposo en ninguna parte.

—Asunción no puede detenerse para oírle a usted —dijo Inés—. Tiene que marcharse a su casa.

—¿No merezco ya ni dos minutos de atención? —afirmó con amargura el noble lord—. ¿Ya no se me concede ni el favor de una palabra?... Está bien, no me quejo.

—Ahora parece indudable que parte —dijo Amaranta.

—Señora, adiós —exclamó lord Gray con emoción profunda, verdadera o fingida—. Araceli, adiós; Inés, amigos míos, procuren olvidar a este miserable. Y usted, Asunción, a quien sin duda debo haber ofendido, según el encono con que me mira, adiós también.

La infeliz se deshacía en lágrimas.

—Había solicitado de usted el último favor, una entrevista para despedirme de la que tanto he amado, pero no espero conseguirlo. He sido un insensato... Ha hecho usted bien en cobrarme de pronto ese aborrecimiento que me están revelando sus bellos ojos... ¡Miserable de mí, he aspirado a lo que me era tan superior! En mi demencia juzgué posible apartar esta noble alma de la piedad a que desde el nacer se inclina; aspiré a lo imposible, a luchar con Dios, único amante que cabe en la inconmensurable grandeza de ese corazón... Adiós, vuelva usted a sus santidades, remóntese usted a aquellas celestiales alturas, de donde este infame quiso hacerla descender. Entre usted en el claustro... entre usted... Perdóneme Dios mis arrebatados pensamientos... cada cual a su puesto. Ángeles al cielo, miseria y debilidad a la tierra... Antes amor, locura, ardientes arrebatos; ahora respeto, culto. Mañana, como ayer, vivirá usted en mi corazón; pero ahora, santa mujer, está usted dentro de él canonizada... Adiós, adiós.

Y apretando calurosamente las manos de la joven, partió con tales modos, que todos le creíamos con el corazón despedazado y tuvimos lástima de él.

Poco después Asunción, acompañada de su ayo, salió a la calle, y la santa imagen, entrando en la casa materna, volvió a su altar.

Mis lectores creerán, juzgando a lord Gray por las palabras arriba reproducidas, que el astuto seductor partía realmente renunciando a la empresa frustrada en la célebre noche. ¡Qué error! Sigan leyendo un poco más, y verán que aquella despedida, admirable y hábil recurso estratégico empleado contra la alucinada muchacha, sirviole de preparación para el hecho (catástrofe podemos llamarlo) consumado aquella misma noche, y con el cual da fin la curiosa aventura que estoy contando.

- XXXI -

Narraré punto por punto. Aconteció, pues, que cerca ya del oscurecer en el siguiente día entraba yo con toda tranquilidad en casa de doña Flora, cuando esta, Amaranta y su hija saliéronme al encuentro con gran sobresalto y alarma.

—¿No sabes lo que ocurre? —dijo doña Flora—. El bribón de lord Gray ha cargado con la santa y la limosna. La Asuncioncita ha desaparecido anoche de la casa.

—Pero ha sido violentamente —dijo Inés— porque D. Paco apareció atado al barandal de la escalera. Ella debió de resistir... A sus gritos despertose doña María, pero cuando salieron ya estaban fuera. Esta mañana, Presentación, hostigada por su madre, hizo confesión de los amores de su hermana.

—No me digan a mí que ha resistido —objetó doña Flora—; lord Gray es muy galán y muy lindo mozo... ¿A qué vienen con hipocresías?... La niña se marchó con él porque le dio la gana.

—Doña María estará satisfecha de la formalidad de las niñas... —dijo Amaranta riendo—. Ahora repetirá su muletilla: «Yo educo a mis hijas como me educaron a mí».

—¿Pero se ha marchado lord Gray con ella? —pregunté.

—Se dispone a partir.

—Ahora acaba de estar aquí un capitán de navío, el cual me ha dicho que milord ha fletado el bergantín inglés Deucalión, que sale mañana.

—¿Pero no corremos a impedirlo? —dijo Inés con gran zozobra—. Aún es tiempo.

—Eso será de cuenta de doña María.

—Pero será forzoso avisarle que el Deucalión sale esta noche y que lo ha fletado lord Gray.

—Sí, es preciso avisárselo —repitió Inés con energía—. Iré yo misma.

—Gabriel irá al momento.

—¿Por qué no? Aunque doña María me arrojó ayer de su casa, no tengo inconveniente en prestarle este servicio.

—Pero no pierdas tiempo... Yo me muero de impaciencia —indicó Inés.

—Ve pronto, que la niña se impacienta.

—Allá voy... De veras no creí volver a poner los pies en aquella casa... ¿Conque el Deucalión?... Un bergantín inglés... Me parece que no les atraparán.

Corrí a la casa de Rumblar, y desde que entré todo me indicó que reinaba allí la consternación más profunda. D. Diego y D. Paco estaban sentados en el corredor, el uno frente al otro, mirándose como dos esfinges de la tristeza, y en las manos del último los verdes cardenales indicaban el suplicio de que había sido víctima. El infeliz anciano a ratos hendía los aires con la ráfaga de sus fuertes suspiros, que habrían hecho navegar de largo a un navío de línea. Cuando entré, levantáronse los dos, y el ayo dijo:

—Vamos a ver si la encontramos ahora. Es el sétimo viaje...

La condesa de Rumblar y su hija menor estaban escondiendo su dolor y vergüenza en un gabinete inmediato a la sala, y en ésta la marquesa de Leiva, atada por el reuma a un sillón portátil; Ostolaza, Calomarde y Valiente sostenían viva polémica sobre el gran suceso. Cuando oí la voz de la de Leiva, lleno de recelo, aunque sin arredrarme, dije para mí:

—Ahora va a ser la tuya, Gabriel. La marquesa te conocerá, con lo cual, hijo, has hecho tu suerte.

Entré, sin embargo, resueltamente.

—De modo —decía la marquesa— que un inglés se puede burlar impunemente de toda España...

—En la embajada —indicó Valiente— rieron mucho cuando les conté lo ocurrido, y dijeron: «Cosas de lord Gray».

—Yo he afirmado siempre —dijo Ostolaza con petulancia— que la alianza con los ingleses sería a España muy funesta.

Yo corté de súbito el coloquio, diciendo:

—Traigo noticias de lord Gray.

La marquesa examinome de pies a cabeza, y luego, señalándome impertinentemente con la muleta que sus doloridas piernas le obligaban a usar, preguntó:

—¿Usted?... ¿Y usted quién es?

—Es el Sr. de Araceli —dijo Ostolaza con sonsonete desdeñoso.

—Ya... ya conozco a este caballero —dijo la de Leiva con malicia—. ¿Sigue usted al servicio de mi sobrina?

—Me honro en ello.

—¿Viene usted de allá? ¿Inés está ya dispuesta a volver a su casa? Ya sabrá que el gobernador de Cádiz va esta noche misma por ella...

—No saben nada —repuse tan desconcertado como sorprendido.

—Creo que bajo el punto legal, la cosa no ofrecerá dificultad alguna, ¿no es verdad, señor de Calomarde?

—Absolutamente ninguna. La niña volverá a casa de usted, que es el jefe de la familia, y cuantas sutilezas se aleguen en contrario no tienen fuerza de derecho.

—Tal vez la señora condesa —dije— alegue algún motivo que no esté previsto.

—Todo está previsto; Sr. Calomarde, ¿no es verdad? Y agradézcame mi sobrina que no he solicitado se dicte auto de prisión contra ella... Pero a esta fecha no nos ha dicho usted lo que anunciaba con respecto a lord Gray. ¿En qué piensa usted, señor de... de qué?

—De Araceli —repitió Ostolaza con el mismo sonsonete.

Muy brevemente les dije lo que sabía.

—Pues hay que avisar a la Comandancia de Marina —replicó la de Leiva con viveza—. Plumas, papel...

En aquel instante entró en la sala un personaje grave, al cual saludaron todos con el mayor respeto. Era D. Juan María Villavicencio, gobernador de la ciudad, varón estimabilísimo, buen patriota, instruido, algo filósofo y hábil por demás en el conocimiento y trato de las gentes.

—Ya tenemos datos, Sr. Villavicencio —dijo la marquesa, contándole lo del Deucalión.

—En este negocio, señora —respondió el funcionario bajando la voz— hay que andar con prudencia... Antes de ocuparme de lord Gray voy a cumplir el acto legal, en cuya virtud la Inesita volverá esta noche a su casa.

El alma se me partió al oír esto.

—Pronto, pronto, amigo mío —dijo la reumática—. También temo que se me escapen. La gente de esta casa se marcha por el escotillón, y esto parece escenario de un teatro... Y creímos que había sido robada por lord Gray. La pícara se marchó sola...

—En cuanto a lord Gray —dijo Villavicencio en tono dubitativo y con cierto embarazo— me parece que no podemos hacer nada contra él... La Asuncioncita volverá al lado de su madre o a donde la quieran llevar; pero eso de prender y castigar a milord...

—Pero...

—Señora, no podemos chocar con la embajada... Ya conoce usted las circunstancias; Wellesley es quisquilloso... la alianza...

—¡Maldita sea la alianza!

—¡Y esto lo dice una dama española —exclamó Villavicencio con entusiasmo— el día en que nos llega la noticia de una gloriosa batalla, de esa gran victoria, señores, ganada por españoles, ingleses y portugueses en los campos de Albuera!

—¡Otra batalla! —exclamó la marquesa con hastío—. Siempre batallas, y la guerra no se acaba nunca.

—Creo que ha sido muy sangrienta —dijo Calomarde.

—Como todas las que damos —repuso con orgullo Villavicencio—. Hemos perdido cinco mil hombres y matado a los franceses más de diez mil... ¡Precioso resultado!... Han muerto dos generales franceses, dos ingleses, y de los nuestros han quedado heridos D. Carlos España y el insigne Blake.

—De todo eso se deduce que no podemos hacer nada contra Gray —dijo con disgusto la de Leiva.

—Nada, señora... Se va a erigir un monumento a Jorge III... La embajada inglesa...

495

Wellesley... ¡Oh!, esta batalla de la Albuera estrechará más aún las relaciones entre ambos países.

—¡Gran victoria! —dijo Valiente—. En Extremadura nos envalentonamos un poco.

—Pero está muy mal de la parte del Ebro. Tortosa ha caído ya en poder del enemigo...

—Traición, pura traición del conde de Alacha.

—También se han apoderado los franceses del fuerte de San Felipe en el Coll de Balaguer.

—Pero aún resiste Tarragona.

—Y resistirá más todavía.

—Y de Manresa, ¿qué se ha dicho hoy?

—Ya es seguro que ha sido incendiada.

—Nada de eso nos importa por ahora —dijo la marquesa, interrumpiendo la chispeante conversación patriótica—. En suma, Sr. Villavicencio, si milord se escapa...

—¡Qué le hemos de hacer! Nadie sabe dónde está.

—Creo que esta noche se le podrá ver —dijo Valiente— porque a las diez se verificará, según he oído, entre lord Gray y D. Pedro del Congosto una especie de desafío quijotesco con que espera reírse mucho la gente.

—Bobadas... En fin, señora marquesa, Wellesley me ha prometido que la muchacha volverá, pero hay que dejar en paz a lord Gray... Señora marquesa, me llama mucho la atención este extraño caso. Soy experto en ciertos asuntos, y creo que en el lance de que nos ocupamos juega alguna persona que no es lord Gray.

—¿Lo cree usted? Yo opino que Inés se ha marchado sola.

—Pues yo creo que no.

496

—O con lord Gray. Ese señor inglés se propone desocupar mi casa.

—Algún otro pájaro, señora, algún otro pájaro ha enredado aquí, y no pararé hasta averiguar quién es... Los dos raptos tienen entre sí íntima conexión.

—Busque usted, pues —dijo la marquesa— a ese cómplice desconocido, y haga caer sobre él todo el peso de la ley, si es que nada puede hacerse contra lord Gray.

—Espero sacar mucho partido de mis averiguaciones esta noche.

—Verdaderamente —dijo Calomarde— si ha de haber un choque con la embajada inglesa, lo mejor es dar fuerte sobre el pobre cómplice si se descubre, y decir: «aquí que no peco».

—Así anda la justicia en España —objetó la de Leiva.

—Veremos lo que saco en limpio —dijo Villavicencio—. Vaya, señora mía, me voy a hacer una visita de cumplido a la calle de la Verónica. Creo que bastará mi autoridad...

De pronto presentose D. Paco en la sala sofocado y jadeante, y exclamó:

—¡Ahí está, ahí está ya!... al fin la encontramos.

—¿Quién?

—La señora doña Asuncioncita... ¡Pobre niña de mi alma!... Está en la escalera... No quiere subir... ¡parece medio muerta la pobrecita!...

- XXXII -

Reinó sepulcral silencio, y miramos todos a la puerta del fondo por donde apareció doña María. Con decoroso silencio, que no con lágrimas, mostraba esta señora su honda pena. El color blanco de su cara habíase convertido en una palidez pergaminosa; su frente estaba surcada de repentinas arrugas, y los secos ojos tan pronto irradiaban el fulgor de la ira como se abatían amortiguados. Pero otro incidente llamó la atención más que el grave silencio y la amarillez y las arrugas, y fue que sus cabellos, entrecanos algunos días antes, estaban enteramente blancos.

—¡Está ahí! —repitió un sordo murmullo.

—¿Te negarás a recibirla? —dijo con emoción la marquesa, adivinando los pensamientos de doña María.

—No... que venga aquí —repuso la madre con energía—. Veré a la que ha sido mi hija... ¿La encontró usted? ¿Estaba sola?

—Sola, señora —exclamó llorando D. Paco—. ¡Y en qué triste y lastimoso estado! Los vestidos están rotos, en su preciosa cabecita tiene varias heridas, y en su voz y ademanes demuestra el más grande arrepentimiento. No ha querido subir, y yace exánime y sin fuerzas en la escalera.

—Que entre —dijo la de Leiva—. La infeliz empieza a expiar su culpa. María, pasó la ocasión del rigor y ha llegado el momento de la benevolencia. Recibe a tu hija, y si acabó para el mundo, no acabe para ti.

—Retirémonos para evitarle la vergüenza de verse delante de nosotros —dijo Valiente.

—No, queden todos aquí.

—Sr. D. Francisco —dijo doña María al ayo— traiga usted a Asunción.

El ayo salió determinando fuertes corrientes atmosféricas con la violencia de sus suspiros.

Bien pronto oímos la voz de Asunción que gritaba:

—Mátenme, que me maten: no quiero que mi madre me vea.

Por D. Diego y el ayo conducida, a intervalos suavemente arrastrada, casi traída a cuestas, entró la infeliz muchacha en la sala. En la puerta arrojose al suelo, y sus cabellos en desorden sueltos, le cubrían la cara. Todos acudimos a ella, la levantamos, la consolamos con palabras cariñosas; pero ella clamaba sin cesar:

—Mátenme de una vez. No quiero vivir.

—La señora doña María la perdonará a usted —le dijimos.

—No, mi madre no me perdonará. Estoy condenada para siempre.

Doña María, por largo tiempo llena de entereza y superioridad, comenzó a declinar y su grande ánimo se abatió ante espectáculo tan lamentable. Después de mucho luchar con la sensibilidad y el cariño materno, pugnó por sobreponerse a este, y resueltamente exclamó:

—¿He dicho que la traigan aquí? No, me equivoqué. No quiero verla, no es mi hija. Váyase a los lugares de donde ha venido. Mi hija ha muerto.

—Señora —exclamó D. Paco poniéndose de rodillas— si la señora doña Asuncioncita no se queda en la casa, usted se condenará. ¿Pues qué ha hecho? Salir a dar un paseo. ¿Verdad, niña mía?

—No; ¡mi madre no me perdona! —gritó con desesperación la muchacha—. Llévenme fuera de aquí. No merezco pisar esta casa... Mi madre no me perdona. Vale más que me maten de una vez.

—Sosiégate, hija mía —dijo la de Leiva—. Grande es tu culpa; pero si no puedes reconquistar el cariño de tu madre y la estimación de todos, no serás abandonada a tu dolor. Levántate. ¿Dónde está lord Gray?

—No sé.

—¿Vino a buscarte con conocimiento y consentimiento tuyo?

La desgraciada se cubría el rostro con las manos.

—Habla, hija mía, es preciso saber la verdad —dijo la de Leiva—. Tal vez tu culpa no sea tan grande como parece. ¿Saliste de buen grado?

La presencia de doña María se conocía por su respiración que era como un sordo mugido. Luego oímos distintamente estas palabras que parecían salir de la cavernosa garganta de una leona:

—Sí... de grado... de grado.

—Lord Gray —dijo Asunción— me juró que al día siguiente abrazaría el catolicismo.

—Y que se casaría contigo, ¡pobrecita! —dijo con benevolencia la marquesa.

—Lo de siempre... historia vieja —balbuceó Calomarde a mi oído.

—Señores —dijo Villavicencio— retirémonos. Estamos aumentando con nuestra presencia la confusión de esta desgraciada niña.

—Repito que se queden todos —dijo la de Rumblar con fúnebre acento—. Quiero que asistan a los funerales del honor de mi casa. Asunción, si quieres, no que te perdone, sino que tolere tu presencia aquí, confiesa todo.

—Me prometió abrazar el catolicismo... me dijo que marcharía de Cádiz para siempre, si no... Yo creí...

—Basta —exclamó Villavicencio—. Que se retire a buscar algún reposo esta criatura.

500

—Pero ese infame hombre la ha abandonado...

—La ha arrojado de su casa —dijo D. Paco.

Múltiple exclamación de horror resonó en la sala.

—Esta mañana —añadió Asunción sacando difícilmente de su pecho el aliento necesario para hablar— lord Gray salió dejándome sola en la casa. Yo temblaba de zozobra... Entraron luego unas mujeres, unas mujerzuelas... ¡qué horrible gente!... Con sus gritos me desvanecieron y con sus manos me maltrataron. Todas se reían de mí y me desgarraron los vestidos, diciéndome palabras ignominiosas... Bebían y comían en una mesa que el criado de milord les dispuso... disputaban unas con otras sobre cuál de ellas era más amada por él... Entonces comprendí el abismo en que había caído... Lord Gray volvió... Le increpé por su vil conducta... Estaba taciturno y sombrío... Tomó una chinela y con ella les azotó la cara a aquellas viles mujeres... Me colmó de cuidados. Me dijo que me iba a llevar a Malta... Yo me negué a ello y empecé a llorar amargamente invocando el nombre de Jesús... Volvieron las mujeres acompañadas de hombres soeces; uno de ellos quiso ultrajarme. Lord Gray le rompió la cabeza con una silla... Corrió la sangre... ¡Dios mío, qué horror!...

Deteníase a cada rato, y luego con gran esfuerzo seguía:

—Lord Gray me dijo después que él no podía hacerse católico, y que se alegraba de que yo entrase en el convento para robarme. Quise salir y el criado anunció la llegada de una señora... ¡Oh! Entró una señora principal que le llamó ingrato... La señora se reía de mí... ¡Qué hora, Dios mío,

qué hora!... La señora dijo que yo era la más piadosa y devota señorita de todo Cádiz, y luego me
rogó que encomendase a lord Gray a Dios en mis
oraciones... La vergüenza me inflamaba, y busqué un cuchillo para matarme... Después...

Estábamos todos conmovidos y aterrados
con la patética relación de la desgraciada niña,
digna de mejor suerte.

—Después... entraron unos hombres; ¡qué
hombres! Vestían de cruzados como don Pedro
del Congosto, y venían a recordar a lord Gray que
este le había desafiado... Entraron los amigos de
lord Gray y todos se rieron mucho del desafío con
D. Pedro. Luego... milord me rogó de nuevo que
partiese con él a Malta... Yo le decía que me hiciese el favor de matarme... Reíase a carcajadas y
jugando con un puñal hacía como que me quería
matar... Me inspiraba tal horror que huí de su
lado... Yo corrí por la casa dando gritos... él se
reía... un criado me dijo: «milord me ha mandado
que la acompañe a usted a su casa». Salimos a la
calle y en la puerta añadió: «No tengo ganas de ir
tan lejos: vaya usted sola», y cerró la puerta... Di
algunos pasos... una mujer frenética que dijo haber perdido por mí los favores de lord Gray, quiso
castigarme... ¡Ay!, yo estaba medio muerta y me
dejé castigar... Libre al fin recorrí varias calles...
me perdí... yo buscaba la muralla para arrojarme
al mar... al fin después de dar mil vueltas volví
junto a la casa de lord Gray... Encontráronme D.
Paco y mi hermano... yo no quería venir aquí...
pero me trajeron al fin a mi casa de donde salí
culpable, y a donde vuelvo castigada, pues las penas todas del purgatorio y el infierno no son superiores a las que yo he padecido hoy... Aun así
no merezco perdón. Mi falta es grande... No

merezco más que la muerte, y pido a Dios que me la conceda esta noche misma, para que ni un día más soporte la vergüenza y el deshonor que han caído sobre mí. ¡Señora madre mía, adiós! ¡Hermana mía, adiós! ¡No quiero vivir!

No dijo más y cayó desmayada en el pavimento.

Conmovidos y aterrados, contemplamos el semblante de doña María, que reclinada en el sillón, con la barba apoyada en la mano, silenciosa, ceñuda primero como una sibila de Miguel Ángel, y conmovida después, pues también las montañas se quebrantan al sacudimiento del rayo, derramó lágrimas abundantes. Parecía que su rostro se quemaba. Su llanto era metal derretido.

—Hija mía —dijo la marquesa—, retírate a descansar... Sr. D. Francisco, o tú, Diego, llévala a su cuarto.

El conmovedor espectáculo de la infeliz Asunción desapareció de nuestra vista.

—Señoras —dijo Villavicencio— tengo el alma despedazada, y me retiro.

—Siento mucho... pues... —murmuró Ostolaza, y se retiró también.

—He tenido un verdadero sentimiento... —dijo Valiente, marchándose tras el anterior.

—Por mi parte... —indicó Calomarde saludando—. Si es preciso entablar recurso...

Se fueron todos. Yo me quedé, porque una fuerza irresistible me clavaba en aquella sala, y no podía apartar el pensamiento del desolado cuadro que había visto. Delante de mí estaba la de Rumblar en la misma actitud en que antes la he descrito. El fenómeno de su llanto me llenaba de asombro. A mi lado la marquesa de Leiva lloraba también.

Pero no estábamos solos los tres. Acababa de entrar una figura estrambótica, un mamarracho de los antiguos tiempos, una caricatura de la caballería, de la nobleza, de la dignidad, del valor español de otras edades. Mirando aquella figura de sainete que se presentaba tan inoportunamente, dije para mí:

—¿Qué vendrá a hacer aquí D. Pedro del Congosto? ¿Si creerá que sus caballerías ridículas sirven de alguna cosa en estas circunstancias?

La de Leiva abrió los ojos, vio al estafermo, y como si no diera importancia alguna a su persona, volviose a mí y me dijo:

—¿Qué piensa usted de lord Gray?

—Que es un infame, señora.

—¿Quedará sin castigo?

—No quedará —exclamé arrebatado por la ira.

D. Pedro del Congosto dio algunos pasos, púsose delante de doña María, y alzando el brazo, con voz y gesto que al mismo tiempo parecían trágicos y cómicos, habló así:

—Señora doña María... ¡esta noche!... ¡a las once!... ¡en la Caleta!

—¡Oh! ¡Gracias a Dios! —exclamó la noble señora levantándose con ímpetu—. Gracias a Dios que hay en España un caballero... Cuatro personas han presenciado el lastimoso cuadro de la deshonra de mi hija, y a ninguno se le ha ocurrido tomar por su cuenta el castigo de ese miserable.

—Señora —dijo Congosto con voz hueca, que antes que risa, como otras veces, me produjo un espanto indefinible—. Señora, lord Gray morirá.

Aquellas palabras retumbaron en mi cerebro. Miré a D. Pedro y me pareció trasfigurado. Aquel espantajo, recuerdo de los heroicos tiempos, dejó de ser a mis ojos una caricatura desde el momento en que me lo representé como providencial brazo de la justicia.

—No es usted, D. Pedro —dijo con incredulidad la de Leiva— quien ha de arreglar esto.

—Señora doña María —repitió el estafermo sublimado por una alta idea de su propio papel, por la idea de la hidalguía, del honor, de la justicia— ¡esta noche!... ¡a las once!... ¡en la Caleta! Todo está dispuesto.

—¡Oh! Bendita sea mil veces la única voz que ha sonado en mi defensa en esta sociedad indiferente. Abominables tiempos, aún hay dentro de vosotros algo noble y sublime.

Esto que en otras circunstancias hubiera sido ridículo, tratándose de D. Pedro, en aquellas me hacía estremecer.

—Bendito sea mil veces —continuó doña María— el único brazo que se ha alzado para vengar mi ultraje en esta generación corrompida, incapaz de un sentimiento elevado.

—Señora —dijo D. Pedro— adiós... voy a prepararme.

Y partió rápidamente de la sala.

—María —dijo la de Leiva a su parienta— sosiégate; debes procurar dormir...

—No puedo sosegar —repuso la dama—. No puedo dormir... ¡Oh Dios mío! Si permites que el miserable quede sin castigo... Si vieras, mujer... siento una salvaje complacencia al recordar aquellas palabras «esta noche... a las once... en la Caleta».

—No esperes de D. Pedro más que ridiculeces... Sosiégate... Han dicho aquí que el desafío de D. Pedro con lord Gray era una función quijotesca. ¿No es verdad, caballero?

—Sí, señora —repuse—. Son ya las diez... Soy amigo de lord Gray y no puedo faltar.

Respetuosamente me despedí de ellas y salí. Detúvome en la escalera D. Diego, que a toda prisa y muy sofocado subía, y me dijo:

—Gabriel, ahí me traen otra vez a la buena alhaja de doña Inesita.

—¿Quién?

—El gobernador. Esta noche todas las ovejas descarriadas vuelven al redil... Vengo de allá... si vieras. La condesa ha llorado mucho y se ha puesto de rodillas delante de Villavicencio; pero no pudo conseguir nada. La ley y siempre la ley. Si es lo que yo digo: la ley... Por supuesto, chico, no puedo negarte que me dio lástima de la pobre condesa. Lloraba tanto... Inés estaba más serena y se conformaba. Aguárdate y la verás llegar. Sin embargo, más vale que no parezcas en tu vida por aquí. Villavicencio quiso averiguar el cómo y cuándo de la fuga de Inés, y allá le dijeron que la sacaste tú de la casa. Te anda buscando porque no te conoce. Dice que eres cómplice de lord Gray y el verdadero criminal. Calumnia, pura calumnia; pero no te metas en vindicar tu honra mancillada y echa a correr, que Villavicencio tiene malas pulgas, y aunque te escuda el fuero militar... Conque en marcha y no vuelvas a Cádiz en tres meses.

—Pues sí; yo fui quien la sacó de casa.

—¡Tú! —exclamó con tanto asombro como cólera—. Ya no me acordaba que eres servidor de mi famosa parienta la condesa. ¿Conque la sacaste tú?

—Y la volveré a sacar.

—Tú bromeas... no pienses que me apuro mucho... ¿Crees que insisto en casarme con ella?... Pues ahora de mejores veras debes poner los pies en polvorosa, porque voy a contarle a mamá tu hazaña... Francamente, yo creí que era una calumnia. Ahora me explico el furor de Villavicencio contra ti. ¿Pues no dice que tú eres el autor de todo y que es preciso sentarte la mano?

—¿A mí?

—Y disculpaba a lord Gray... Se me figura que quieren hacer justicia en tu persona sin molestar para nada al señor milord. Ándate con cuidado, pues se le ha puesto en la cabeza que tú eres cómplice del maldito inglés y le ayudaste en esta gran bribonada que nos ha hecho.

—¿Ha visto usted a lord Gray? —le pregunté—. ¿Dónde se le podrá encontrar?

—Ahora mismo me han dicho que le acaban de ver paseando solo por la muralla. ¡Maldito inglés! Las pagará todas juntas... Hace poco la Inesita me llamó vil y cobarde por dejar sin castigo esto de anoche, y aseguraba que si ella fuera hombre... estaba furiosa la niña. Por supuesto, yo pienso buscar a lord Gray, y cuando le vea le he de decir «so tunante...», pues... conque márchate... tú también eres buena pieza. Adiós.

No me podía detener a contestar sus majaderías, porque un pensamiento fijo me atormentaba, y dirigida mi voluntad a un punto invariable con arrebatadora fuerza; nada podía apartarme de aquella corriente por donde se precipitaba impetuosamente todo mi ser.

- XXXIII -

Un cuarto de hora después tropezaba en la muralla, frente al Carmen, con lord Gray, el cual, deteniendo la velocidad de su paso, me habló así:

—¡Oh, Sr. de Araceli... gracias a Dios que viene alguien a hacerme compañía!... He dado siete vueltas a Cádiz corriendo todo lo largo de la muralla... ¡Aburrimiento y desesperación!... Mi destino es dar vueltas... dar vueltas a la noria.

—¿Está usted triste?

—Mi alma está negra... más negra que la noche —repuso con alucinación—. Camino sin cesar buscando la claridad, y no hago más que dar vueltas recorriendo un círculo fatal. Cádiz es una cárcel redonda, cuya pared circular gira alrededor de nuestro cerebro... Me muero aquí.

—¡Tan feliz ayer y tan desgraciado hoy! —le dije—. ¡Cuán limitada es la creación que está a nuestro alcance! ¡Cuán pobre es el universo!... El Omnipotente se ha reservado para sí lo mejor, dejándonos la escoria... No podemos salir de este maldito círculo... no hay escape por la tangente... El ansia de lo infinito quema nuestra alma, y no es posible dar un paso en busca de alivio... Vueltas y más vueltas... ¡Mula de noria... arre!... Otro circulito y otro y otro...

—Lord Gray, Dios le ha dado a usted todo y usted malgasta y arroja las riquezas de su alma haciéndose infortunado sin deber serlo.

—Amigo —me dijo apretándome la mano tan fuertemente que creí me la deshacía— soy muy desgraciado. Tenga usted lástima de mí.

—Si eso es desgracia, ¿qué nombre daremos a la horrenda agonía de una criatura, a quien usted acaba de precipitar en la mayor deshonra y vergüenza?

—¿Usted la ha visto?... ¡Infeliz muchacha!... Le he rogado que vaya conmigo a Malta y no quiere.

—Y hace bien.

—¡Pobre santita! Cuando la vi, más que su hermosura que es mucha, más que su talento que es grande, me cautivó su piedad... Todos decían que era perfecta, todos decían que merecía ser venerada en los altares... Esto me inflamaba más. Penetrar los misterios de aquella arca santa; ver lo que existía dentro de aquel venerable estuche de recogimiento, de piedad, de silencio, de modestia, de santa unción; acercarme y coger con mis manos aquella imagen celestial de mujer canonizable; alzarle el velo y mirar si había algo de humano tras los celajes místicos que la envolvían; coger para mí lo que no estaba destinado a ningún hombre y apropiarme lo que todos habían convenido en que fuese para Dios... ¡Qué inefable delicia, qué sublime encanto!... ¡Ay!, fingí, engañé, burlé... Maldita familia... Luchar con ella es luchar con toda una nación... Para atacarla toda la inteligencia y la astucia toda no bastan... Mil veces sea condenada la historia que crea estas fortalezas inexpugnables.

—La audacia y la despreocupación de un hombre son más fuertes que la historia.

—Pero cómo se desvanece todo... Aquello que ayer aún valía, hoy no vale nada y su encanto desaparece como el humo, como la nave, como la sombra... El hermoso misterio se disipó... La realidad todo lo mata... ¡Ay! Yo buscaba algo extraordinario, profundamente grandioso y sublime en aquella encarnación del principio religioso que caía en mis brazos; yo esperaba un tesoro de ideales delicias para mi alma, abrasada en sed inextinguible; yo esperaba recibir una impresión celeste que transportara mi alma a la esfera de las más altas concepciones; pero ¡maldita Naturaleza!, la criatura seráfica que yo soñaba rodeada de nubes y de angelitos en sobrenatural beatitud, se deshizo, se disipó, se descompuso, como una imagen de máquina óptica cuya luz sopla el bárbaro titiritero diciendo: «buenas noches...». Todo desapareció... Las alas de ángel agitándose zumbaban en mi oído, pero yo me desencajaba los ojos mirando y no veía nada, absolutamente nada más que una mujer... una mujer como otra cualquiera, como la de ayer, como la de anteayer...

—Hay que conformarse con lo que Dios nos ha dado y no aspirar a más. En resumen: usted sacó a Asunción de su casa, jurándole que abrazaría el catolicismo y se casaría con ella.

—Es verdad.

—Y lo cumplirá usted.

—No pienso casarme.

—Entonces...

—Ya le he dicho que venga conmigo a Malta.

—Ella no irá.

—Pues yo sí.

—Milord —dije dando a mis palabras toda la serenidad posible— usted debajo de ese humor melancólico, debajo de los oropeles de su imaginación tan brillante como loca, guarda sin duda un profundo sentido y un corazón de legítimo oro, no de vil metal sobredorado como sus acciones.

—¿Qué quiere usted decirme?

510

—Que una persona honrada como usted sabrá reparar la más reciente y la más grave de sus faltas.

—Araceli —me dijo con mucha sequedad— es usted impertinente. ¿Acaso es usted hermano, esposo o cortejo de la persona ofendida?

—Lo mismo que si lo fuera —repuse, obligándole a detenerse en su marcha febril.

—¿Qué sentimiento le impulsa a usted a meterse en lo que no le importa? Quijotismo, puro quijotismo.

—Un sentimiento que no sé definir y que me mueve a dar este paso con fuerza extraordinaria —repuse—. Un sentimiento que creo encierra algo de amor a la sociedad en que vivo y amor a la justicia que adoro... No le puedo contener ni sofocar. Quizás me equivoque; pero creo que usted es una peligrosa, aunque hermosa bestia, a quien es preciso perseguir y castigar.

—¿Es usted doña María? —me dijo con los ojos extraviados y la faz descompuesta— ¿es usted doña María que toma forma varonil para ponérseme delante? Sólo a ella debo dar cuentas de mis acciones.

—Yo soy quien soy. Por lo demás, si parte de la responsabilidad corresponde a la madre de la víctima, eso no aminora la culpa de usted... Pero no es una sola víctima; las víctimas somos varias. La salvaje pasión de una furia loca y desenfrenada para quien no hay en el mundo ni ley, ni sentimiento, ni costumbre respetables, alcanza en sus estragos a cuanto la rodea. Por la acción de usted personas inocentes están expuestas a ser mortificadas y perseguidas, y yo mismo aparezco responsable de faltas que no he cometido.

—En fin, Araceli, ¿en qué viene a parar toda esa música? —dijo con tono y modales que me recordaban el día de la borrachera en casa de Poenco.

—Esto viene a parar —repuse con vehemencia— en que usted se me ha hecho profundamente aborrecible, en que me mortifica verle a usted delante de mí, en que le odio a usted, lord Gray, y no necesito decir más.

Yo sentía inusitado fuego circulando por mis venas. No me explicaba aquello. Deseaba sofocar aquel sentimiento exterminador y sanguinario; pero el recuerdo de la infeliz muchacha a quien poco antes había visto, me hacía crispar los nervios, apretar los puños, y el corazón se me quería saltar del pecho. No había cálculo en mí. Todo lo que determinaba mi existencia en aquel momento era pasión pura.

—Araceli —añadió respirando con fuerza—, esta noche no estoy para bromas. ¿Crees que soy Currito Báez?

—Lord Gray —repuse— tampoco yo estoy para bromas.

—Todavía —dijo con amargo desdén— no he gustado el placer de matar a un deshacedor de agravios propios y amparador de doncellas ajenas.

—Maldito sea yo, si no es noble y nuevo lo que inflama mi espíritu en este instante.

—¡Araceli! —exclamó con súbita furia— ¿quieres que te mate? Deseo acabar con alguien.

—Estoy dispuesto a darle a usted ese gusto.

—¿Cuándo?

—Ahora mismo.

—¡Ah! —dijo riendo a carcajadas—. Tiene la preferencia el Sr. D. Quijote de la Mancha. España, me despido de ti luchando con tu héroe.

—No importa. Después de las burlas pueden venir las veras.

—Nos batiremos... ¿Quiere usted antes recibir las últimas lecciones de esgrima?

—Gracias, ya sé lo bastante.

—¡Pobre niño!... ¡Le mataré a usted!... Pero son las diez y media... mis amigos me esperan...

—A la Caleta.

—¿Nombramos padrinos?

—No nos faltarán amigos para elegir.

—Vamos pronto.

—Ahora mismo.

—Creí —dijo con espontánea fruición—, que no había en Cádiz más Quijote que D. Pedro del Congosto... ¡Oh, España! ¡Delicioso país!

- XXXIV -

La noche era oscura y serena. Al acercarnos a la puerta de la Caleta vimos de lejos la iluminación que había en la plazuela de las Barquillas, junto al teatro y en las barracas. Inmensa multitud se apiñaba en aquellos improvisados sitios de recreo, y oíanse los gritos y vivas con que se celebraba el gran suceso de la Albuera.

Aguardamos largo rato. Los amigos de lord Gray y D. Pedro esperaban en la muralla en dos grupos distintos.

—¿Se han traído los garrotes? —preguntó sigilosamente uno de los de lord Gray.

—Sí... son vergajos de cuero para que pueda ser vapuleado sin recibir golpes mortales...

—¿Y las hachas de viento?

—¿Y los cohetes?

—Todo está —dijo uno sin poder disimular su gozo—. El figurón vestido de todas armas a la antigua que ha de presentarse en lugar de lord Gray aguarda en aquella casa. Mamarracho igual no le ha visto Cádiz.

—Pero D. Pedro no parece...

—Allá viene... sus amigos los cruzados le rodean.

—Todo ha de hacerse como lo he dispuesto yo... —indicó lord Gray— quiero despedirme de Cádiz con buen bromazo.

—Lástima que esto no pudiera hacerse en el escenario del teatro.

—Señores, se acerca la hora. ¿Baja usted... Araceli?

—Al instante voy.

Bajaron todos, y me detuve deseando aislarme por breve rato para recoger mi espíritu y dar alas a mi pensamiento. Habíame paseado un poco entre la puerta y la plataforma de Capuchinos, cuando vi en la muralla una persona, un bulto negro, cuya forma y figura no podía distinguirse bien, y que se volvía hacia la playa, siguiendo con la vista a los espectadores y héroes del burlesco desafío. Picábame la curiosidad por saber quién era; mas teniendo prisa, no me detuve y bajé al instante.

Dos grandes grupos se formaron en la playa, y los de uno y otro bando, excepto algunos bobalicones que vestían el traje de cruzados, estaban en el ajo. Entre los de lord Gray, vi un figurón armado de pies a cabeza, con peto y espaldar de latón, celada de encaje, rodela y con tantas plumas en la cabeza que más que guerrero parecía salvaje de América. Dábanle instrucciones los demás y él decía:

—Ya sé lo que tengo que hacer. Triste cosa es dejarse matar, manque sea de mentirijiyas... Yo le diré que me pongo en guardia, luego hablaré inglés así: «Pliquis miquis...», y después daré un berrido, cétera, cétera...

—Haz todo lo posible por imitar mis modales y mi voz —le dijo lord Gray.

—Descuide miloro.

Uno de los presentes acercose al otro grupo y dijo en voz alta:

—Su excelencia lord Gray, duque de Gray, está dispuesto. Vamos a partir el sol; pero como no hay sol, se partirán las estrellas... Hagamos una raya en la arena.

—Por mi parte, pronto estoy —dijo D. Pedro, viendo avanzar hacia el ruedo la espantable figura del caballero armado—. Me parece que tiembla usted, lord Gray.

Y en efecto, el supuesto lord temblaba.

—Dios venga en mi ayuda —exclamó huecamente Congosto— y que este brazo, pronto a defender la justicia y a vengar un vergonzoso ultraje, sea más fuerte que el del Cid... ¿Lord Gray, reconoce usted su error y se dispone a reparar la afrenta que ha causado?

El Sr. Poenco (pues no era otro) creyó prudente contestar en inglés de esta manera:

—Pliquis miquis... ¡ay!, ¡ooo!... Esperpentis Congosto... ¡Nooo!

—¡Pues sea! —dijo D Pedro sacando la espada— y a quien Dios se la dé...

Cruzáronse los terribles aceros; daba don Pedro unos mandobles que habrían hendido en dos mitades al Sr. Poenco, si este con prudencia suma no se retirara dando saltos hacia atrás. Los presentes aguantaban con gran trabajo la risa, porque el desafío era una especie de baile, en el cual veíase a don Pedro saltando de aquí para allí para atrapar bajo el filo de su espada al supuesto lord Gray. Por fin, después de repetidas vueltas y revueltas, este exhaló un rugido y cayó en tierra, diciendo:

—Muerto soy.

Al punto D. Pedro viose rodeado por un lado y otro. Multitud de vergajos cayeron sobre sus lomos, y con loco estrépito repetían los circunstantes:

—¡Viva el gran D. Pedro del Congosto, el más valiente caballero de España!

Las hachas de viento se encendieron y comenzó una especie de escena infernal. Este le empujaba de un lado, aquel del otro, querían llevarle en vilo; pero fue preciso arrastrarle, y en tanto llovían los palos sobre el infeliz caballero y los dos o tres cruzados que salieron en su defensa.

—¡Viva el valiente, el invencible D. Pedro del Congosto, que ha matado a lord Gray!

—¡Atrás canalla! —gritaba defendiéndose el estafermo—. Si le maté a él, haré lo mismo con vosotros, gentuza vengativa y desvergonzada.

Y apaleado, pinchado, empujado, arrastrado, fue conducido hacia la puerta como en grotesco triunfo, hasta que condolidos de tanta crueldad, le cargaron a cuestas, llevándole procesionalmente a la ciudad. Unos tocaban cuernos, otros golpeaban sartenes y cacharros, otros sonaban cencerros y esquilas, y con el ruido de tales instrumentos y el fulgor de las hachas, aquel cuadro parecía escena de brujas o fantástica asonada del tiempo en que había encantadores en el mundo. Ya en lo alto de la muralla, dejaron de mortificar al héroe, y llevado en hombros, su paseo por delante de las barracas fue un verdadero triunfo. La espada de D. Pedro quedó abandonada en el suelo. Era según antes he dicho, la espada de Francisco Pizarro. A tal estado habían venido a parar las grandezas heroicas de España.

Lord Gray y yo con otros dos, nos habíamos quedado en la playa.

—¿Una segunda broma? —preguntó Figueroa, que era uno de los padrinos, sobre el terreno nombrados.

—Acabemos de una vez —dijo lord Gray con impaciencia—. Tengo que arreglar mi viaje.

—Dense explicaciones —dijo el otro— y se evitará un lance desagradable.

—Araceli es quien tiene que darlas, no yo —afirmó el inglés.

—A lord Gray corresponde hablar, sincerándose de su vil conducta.

—En guardia —exclamó él con frenesí—. Me despido de Cádiz matando a un amigo.

—En guardia —exclamé yo sacando la espada.

Los preliminares duraron poco y los dos aceros culebrearon con luz de plata en la oscuridad de la noche.

De pronto uno de los padrinos dijo:

—Alto, alguien nos ve... Por allí avanza una persona.

—Un bulto negro... Maldito sea el curioso.

—Si será Villavicencio, que ha tenido noticia de la broma y creyendo venir a impedirla, sorprende las veras...

—Parece una mujer.

517

—Más bien parece un hombre. Se detiene allí... nos observa.

—Adelante —dijo lord Gray—. Que venga el mundo entero a observarnos.

—Adelante.

Volvieron a cruzarse los aceros. Yo me sentía fuerte en la segunda embestida; lord Gray era habilísimo tirador; pero estaba agitado, mientras que yo conservaba bastante serenidad. De pronto mi mano avanzó con rápido empuje; sintiose el chirrido de un acero al resbalar contra el otro, y lord Gray articulando una exclamación, cayó en tierra.

—Muero —dijo, llevándose la mano al pecho—. Araceli... buen discípulo... honra a su maestro.

- XXXV -

Arrojando la espada, mi primer impulso fue correr hacia el herido y auxiliarle; pero Figueroa lleno de turbación, me dijo:

—Esto es hecho... Araceli, huye... no pierdas tiempo. El gobernador... la embajada... Wellesley.

Comprendiendo lo arriesgado de mi situación, corrí hacia la muralla. Turbado y hondamente impresionado y conmovido andaba hacia la puerta, cuando me detuvo una persona que avanzaba resueltamente hacia el lugar de la catástrofe.

—¡El gobernador Villavicencio! —dije en el primer momento antcs de distinguir con claridad el bulto de aquel extraño espectador del duelo.

Mas reconociendo a la persona al acercarme a ella, exclamé con asombro:

—Señora doña María... ¡Usted aquí a esta hora!

—Ha caído —dijo mirando con viva atención hacia donde estaba lord Gray—. Acertó la marquesa al asegurar que no era D. Pedro hombre a propósito para llevar adelante esta grande empresa. Usted...

—Señora —dije bruscamente— no alabe usted mi hazaña... Quiero olvidarla, quiera olvidar que esta mano...

—Ha castigado usted la infamia de un malvado, y el alto principio del honor ha quedado triunfante.

—Lo dudo mucho, señora. El orgullo de mi hazaña es una llama que me quema el corazón.

—Quiero verlo —dijo bruscamente la señora.

—¿A quién?

—A lord Gray.

—Yo no —exclamé con espanto, deseando alejarme de allí.

Doña María se acercó al cuerpo y lo examinó.

—Una venda —dijo uno.

Doña María arrojó un pañuelo sobre el cuerpo, y quitándose luego un chal negro que bajo el manto traía, hízolo jirones y lo tiró sobre la arena.

Lord Gray abriendo los ojos, con voz débil habló así:

—¡Doña María! ¿Por qué tomaste la figura de este amigo?... Si tu hija entra en el convento, la sacaré.

La condesa de Rumblar se alejó con presteza de allí.

Movido de un sentimiento compasivo, acerqueme a lord Gray.

Aquella hermosa figura, arrojada en tierra, aquel semblante descolorido y cadavérico me inspiraba profundo dolor. El herido se incorporó al verme, y alzando su mano me dijo algunas palabras que resonaron en mi cerebro con eco que no pude nunca olvidar; ¡extrañas palabras!

Aparteme rápidamente de allí y entraba por la puerta de la Caleta, cuando la de Rumblar, andando a buen paso tras de mí, me detuvo.

—Lléveme usted a mi casa. Si es preciso ocultarle a usted, yo me encargo. Villavicencio quiere prenderle a usted; pero no permito que tan buen caballero caiga en manos de la justicia.

Ofrecile el brazo y anduvimos despacio. Yo no decía nada.

—Caballero —prosiguió—. ¡Oh, cuánto me complazco en dar a usted este nombre! La hermosa palabra rarísima vez tiene aplicación en esta corrompida sociedad.

No le contesté. Seguimos andando, y por dos o tres veces me prodigó los mismos elogios. Yo principiaba a cobrar aborrecimiento a mi estupenda caballerosidad. La sangre de lord Gray corría en surtidor espantoso delante de mis ojos.

—Desde hoy, valeroso joven, ha adquirido usted el último grado en mi estimación, y le daré una prueba de ello.

Tampoco dije nada.

—Cuando mi hija se presentó en casa en el lastimoso estado en que usted pudo verla, invoqué a Dios, pidiéndole el castigo de ese verdugo de nuestra honra. Me indignaba ver que de tantos hombres como en casa se reunieron, ni uno solo comprendió los deberes que el honor impone a un caballero... Cuando vi al buen Congosto dispuesto a vengar mi ultraje, creí firmemente que Dios le había hecho ejecutor de su justicia. Dicen que D. Pedro es ridículo; pero ¡ay!, como la hidalguía, la nobleza y la elevación de sentimientos son una excepción en esta sociedad, las gentes llaman ridículo al que discrepa de su nauseabunda vulgaridad... Yo, no sé por qué confiaba en el éxito del valor de Congosto... Anhelaba ser hombre, y me consumía en mi profundo dolor. Yo creía que la armonía del mundo no podía existir mientras lord Gray viviera, y una curiosidad intensa devoraba mi alma... No podía dormir, el velar me hacía daño... no se apartaba de mi pensamiento la escena que después he presenciado aquí, y cada minuto que pasaba sin saber el resultado de una contienda que yo creí seria, me parecía un siglo...

—Señora doña María —dije procurando echar fuera el gran peso que tenía sobre mi alma— el varonil espíritu de usted me asombra. Pero si vuelve usted a nacer y vuelve a tener hijas...

—Ya sé lo que me quiere usted decir, sí... que las tenga más sujetas, que no les permita ni siquiera mirar a un hombre. He sido demasiado tolerante... Pero apartémonos de aquí... el ruido de esa canalla me hace daño.

—Son los patriotas que celebran la victoria de Albuera y la Constitución que se ha leído hoy a las Cortes.

Detúvose un instante ante las barracas y al andar de nuevo, habló así lúgubremente:

—Yo he muerto, he muerto ya. El mundo acabó para mí. Le dejo entregado a los charlatanes. Al dirigirle la última mirada, mi espíritu se recoge en sí mismo, se alimenta de sí mismo, y no necesita más... Siento haber nacido en esta infame época. Yo no soy de esta época, no... Desde esta noche mi casa se cerrará como un sepulcro... Valeroso joven, al despedirme de usted para siempre, quiero darle una prueba de mi gratitud.

Tampoco dije nada... Lord Gray continuaba delante de mí.

—Usted —prosiguió— se presenta desde este instante a mis ojos rodeado de una aureola. Usted ha respondido a mis ideas como responde el brazo al pensamiento.

—Maldita aureola —exclamé para mí— maldito brazo y maldito pensamiento.

—Le premiaré a usted del modo siguiente. Ya sé que usted ama a la estudianta... me lo ha dicho la de Leiva.

—¿Quién es la estudianta, señora?

—La estudianta es Inés, hija como usted sabe... dejémonos de misterios... hija de la buena pieza de mi parienta la condesa y de un estudiantillo llamado D. Luis. He querido sacar algún partido de esa infeliz; pero no es posible. Su liviana condición la hace incapaz de toda enmienda. Vale bien poco. ¿Es cierto que la sacó usted de casa?

—Sí, señora. La saqué para llevarla al lado de su madre. Me vanaglorio de esta acción más que de la que usted acaba de presenciar.

—¿Y la ama usted?

—Sí, señora.

—Es una lástima. La estudianta es indigna de usted. Yo se la regalo. Puede usted divertirse con ella... Será como su madre... le han dado una educación lamentable, y criada entre gente humildísima, tuvo tiempo de aprender toda clase de malicias.

522

Oí tales palabras con indignación, pero callé.

—Me asombro de mi necedad. ¡Oh! Mi hijo no puede casarse con tal chiquilla... La condesa la reclama, la llama su hija, desbarata la admirable trama de la familia para asegurar el porvenir de la hija y poner un velo al deshonor de la madre. La condesa la reclama... ¿Qué nombre llevará? Desde este momento Inés es una desgraciada criatura espúrea, a quien ningún caballero podrá ofrecer dignamente su mano.

Continué en silencio. Mi entendimiento estaba como paralizado y entumecido por el estupor.

—Sí —prosiguió—. Todo ha concluido. Pleitearé... porque el mayorazgo me corresponde. La casa de Leiva no tiene sucesión... Supongo que usted no será capaz de dar su nombre a una... Llévesela usted, llévesela pronto. No quiero tener en casa esa deshonra... Una muchacha sin nombre... una infeliz espúrea. ¡Qué horrible espectáculo para mi pobrecita Presentación, para mi única hija!...

Doña María exhaló un suspiro en que parecía haberse desprendido de la mitad de su alma, y no dijo más por el camino. Yo tampoco hablé una palabra.

Llegamos a la casa, donde con impaciencia y zozobra esperaba a su ama D. Paco. Subimos en silencio, aguardé un instante en la sala, y doña María después de pequeña ausencia apareció trayendo a Inés de la mano, y me dijo:

—Ahí la tiene usted... Puede usted llevársela, huir de Cádiz... divertirse, sí, divertirse con ella. Le aseguro a usted que vale poco... Después de la declaración de su madre, yo aseguro que ni

la marquesa de Leiva ni yo haremos nada por recobrarla.

—Vamos, Inés —exclamé— huyamos de
aquí, huyamos para siempre de esta casa y de Cádiz.

—¿Van ustedes a Malta? —me preguntó
doña María con una sonrisa, de cuya expresión
espantosa no puedo dar idea con las palabras de
nuestra lengua.

—¿No me deja usted —dijo Inés llorando—
entrar en el cuarto donde está encerrada Asunción, para despedirme de ella?

Doña María por única contestación nos señaló la puerta. Salimos y bajamos. Cuando la
condesa de Rumblar se apartó de nuestra vista;
cuando la claridad de la lámpara que ella misma
sostenía en alto, dejó de iluminar su rostro, me
pareció que aquella figura se había borrado de un
lienzo, que había desaparecido, como desaparece
la viñeta pintada en la hoja, al cerrarse bruscamente el libro que la contiene.

—Huyamos, querida mía, huyamos de esta
maldita casa y de Cádiz y de la Caleta —dije estre-
chando con mi brazo la mano de Inés.

—¿Y lord Gray? —me preguntó.

—Calla... no me preguntes nada —exclamé
con zozobra—. Apártate de mí. Mis manos están
manchadas de sangre.

—Ya entiendo —dijo ella con viva emoción—
. La infame conducta de ese hombre ha sido castigada... Ha muerto lord Gray.

—No me preguntes nada —repetí avivando
el paso—. Lord Gray... Yo tuve más suerte que él
en el duelo. Mañana dirán que el honor... pues...
me pondrán por las nubes... ¡Infeliz de mí!... El
desgraciado cayó bañado en sangre; acérqueme a

él y me dijo: «¿Crees que he muerto? ¡Ilusión!... yo no muero... yo no puedo morir... yo soy inmortal...».

—¿De modo que no ha muerto?

—Huyamos... no te detengas... yo estoy loco. ¿Esa figura que ha pasado delante de nosotros no es la de lord Gray?

Inés estrechándose más contra mí, añadió:

—Huyamos, sí... quizás te persigan... Mi madre y yo te esconderemos y huiremos contigo.

Septiembre-octubre, 1874.
FIN DE CÁDIZ

M. de mi corazon
llora mi alma llena de tristeza..

Printed in Great Britain
by Amazon